御製

佛光恩照　三千大千　隨緣徧滿

恒沙法界　普度衆生　悉證菩提

身心安泰　年時豐稔　風雨調順

日月升恒　乾坤清寧　百昌蕃熾

上下樂利　中外協和　庶物咸亨

萬善圓成　情與無情　同登正覺

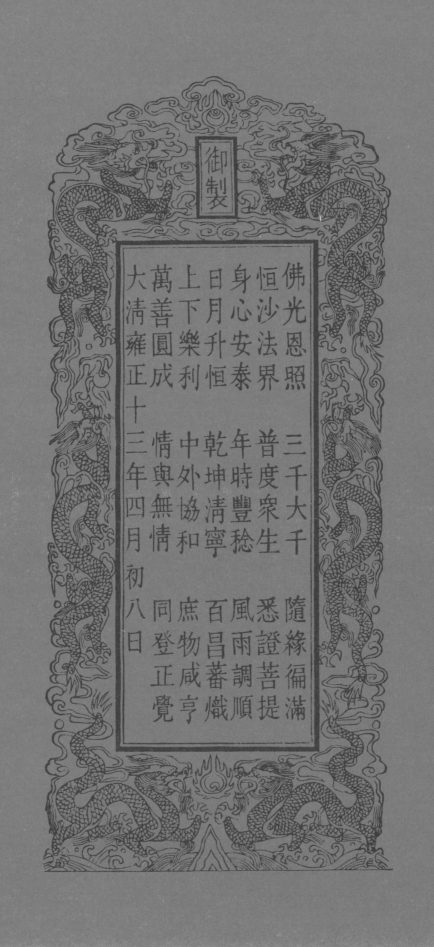

大清雍正十三年四月初八日

第六七册 大乘律

小乘律（一）

佛說菩薩内戒經

劉宋三藏求那跋摩譯

清刻龍藏佛說法變相圖

佛說菩薩內戒經

劉宋三藏求那跋摩譯

佛以十五日說戒時文殊師利正衣服以頭腦著佛足起長跪白佛言若有初發意菩薩於道於俗當用何等功德以開化一切衆生使各得成其功德惟佛當以漚惒拘舍羅爲我曹分別說之佛言善哉善哉文殊師利若所問甚深甚深多所過度多所安隱若諦聽諦受吾當爲說若具說其要各自以意施行之諸在會者及文殊師利皆言受教佛言當先三自歸三尊當言某自歸佛自歸法自歸比丘僧自歸菩薩自歸摩訶薩自歸文殊師利菩薩自歸摩訶般若波羅蜜某身作惡口言惡意念惡不知故作後不復作菩薩十萬劫常行四等心某從十萬劫以來身作惡口

言惡意念惡不知故作後不復作其先世時不行菩薩道今適行菩薩道以棄惡故從今以往晝夜作善不敢復犯諸惡波藍質兜波初發意菩薩當行六波羅蜜何謂六第一檀波羅蜜布施意行第二尸波羅蜜持戒意行第三羼提波羅蜜忍辱意行第四惟逮波羅蜜精進意行第五禪波羅蜜一心意行第六般若波羅蜜智慧意行若見人分檀布施正心代其歡喜若見人持戒正心代其歡喜若見人忍辱正心代其歡喜若見人精進正心代其歡喜若見人坐禪正心代其歡喜若見人智慧說經正心代其歡喜菩薩當知三願乃爲菩薩何謂三一願我當作佛我當作佛時令國中無有三惡道者皆有金銀水精瑠璃七寶人民壽無極皆自然飯食衣被五樂倡妓宮殿舍二願我往生阿彌陀佛前三願我世世與佛相值佛當授我莂是爲三願合會爲千五戒具菩薩所當奉行恕闍名明師阿祇利名文殊師利前已過去菩薩皆從波藍質兜波發意行菩薩道自致得作佛無有菩薩亦無有佛是故當行菩薩道當作佛菩薩入塔寺有五事入塔寺不得著屐入塔寺不得持繖蓋入塔寺當禮佛遶塔三帀入塔寺若見不淨汙穢當掃棄入塔寺見諸沙門皆當作禮菩薩行道路有二事若天熱若雨時見有樹木屋舍當讓人先坐若見井水泉水若見人持水當讓人飲若見大溪水極自飲是爲二事菩薩得人飲食時有三事視上下皆令等若不等得當分令等飯已得水飲當讓上座先飲若飲已不得先起去當與衆

人俱起是爲十法則第一時南無佛今受尸羅四十七戒何謂四十七一者菩薩不得殺生身口意不得念殺生念殺生者不得爲菩薩也二者菩薩不得盜他人財物三者菩薩不得婬泆他人婦女四者菩薩不欺怠人五者菩薩不得飲酒六者菩薩不得兩舌七者菩薩不得惡口八者菩薩不得妄言九者菩薩不得綺語十者菩薩不得嫉妬十一者菩薩不得瞋恚十二者菩薩不得癡疑十三者菩薩不得信邪魔道十四者菩薩不得持惡行教人十五者菩薩當廣方便益布施十六者菩薩不得慳貪十七者菩薩不得貪利他人財物十八者菩薩不得邪心賊害人十九者菩薩不得讒擊人二十者菩薩不得撾捶人二十一者菩薩不得掠取良民作奴婢二十二者菩薩不得販賣奴婢二十三者菩薩不得賣妻子與人二十四者菩薩不得男子更相婬戲二十五者菩薩不得至博戲婬女舍二十六者菩薩不得至黃門家二十七者菩薩不得相欺詐二十八者菩薩不得持重秤侵人二十九者菩薩不得持輕秤欺人三十者菩薩不得持大斗侵人三十一者菩薩不得持小斗欺人三十二者菩薩不得持長尺侵人三十三者菩薩不得持短尺欺人三十四者菩薩不得斷棄牛馬五陰三十五者菩薩不得賣牛馬三十六者菩薩不得賣象駝三十七者菩薩不得賣騾驢三十八者菩薩不得賣豬羊三十九者菩薩不得賣雞犬畜生四十者菩薩不得賣經法四十一者菩薩不得至邪魔道家四十二者菩薩不得至

擔死人種家四十三者菩薩不得入死喪家四十四者菩薩不得入酒舍四十五者菩薩不得入䔲飯舍四十六者菩薩得人飯時心念言我何時當布施與人令飽滿如我今日四十七者菩薩相見心當歡喜如見父母兄弟見他人亦爾無有異若見人作菩薩道行當等心視之不得言某人善某人惡是爲四十七戒具菩薩身口意不得犯十惡不得教人犯亦不得勸勉人犯之晝夜思惟我持是戒堅住不動會當得三術一者得阿惟越致二者得阿惟顔三者當得作佛

第二時

南無佛今受羼阿惟越致法四門何謂四佛二十因緣法二十因緣身二十因緣摩訶般若波羅蜜二十因緣何謂佛二十因緣是爲佛多陀阿伽度阿羅呵三耶三佛陀術闍發心所念天眼洞視預知他人心中所念遮蘭那身口心所行三般術闍遮蘭那三般是三蓋乃成須迦頭須迦頭是泥洹由迦庇多世間之父阿耨多羅天上天下無有在其上者浮溜沙勇猛男子曇雲摩沙羅祁曇摩者法沙羅祁者馭法世多提惒摩耨沙那教天上天下人佛陀波迦惒正蹈地足下平行時直舉足手足指間網相連紫磨金色兩手兩肩項上有浮肉頰車如師子四十齒正白平出舌入耳入目入鼻自覆面肉髻是爲佛二十種因緣何謂法二十因緣阿術闍本癡僧迦羅所爲惟然那知衆事那摩留波那摩名留波明所見沙羅耶多那福罪法來至波利眼耳鼻口身意痛癢惒檀那若病未差時惒毒痛

若病已差快痛三根那迦摩怛那波恕怛那惟波恕怛那男子女人所愛樂願欲作天作人願令我身富貴無有極漚波他那師使弟子授教作波恕其事成耶祁天下人生闍羅摩羅那闍老摩羅那死是爲十二因緣生死四意何謂四身意念痛癢意念心意念法意念是爲四意念四神足欲精進意慧是爲四神足是爲法二十種因緣何謂身二十因緣三事身所作何謂三殺盜婬身自不殺不得教人殺身自不盜不得教人盜身自不婬不得教人婬四事口所作何謂四兩舌惡口妄言綺語口自不兩舌不得教人兩舌自不惡口不得教人惡口自不妄言不得教人妄言自不綺語不得教人綺語三事意所作何謂三嫉妬瞋恚癡疑意自不嫉妬不得教人嫉妬意自不瞋恚不得教人瞋恚意自不癡疑不得教人癡疑身口意不得犯是十事不得教人犯是爲身口意法二十種因緣何謂摩訶般若波羅蜜二十因緣先世所念欲令一切天下人皆作佛欲令一切天下人皆洞視欲令一切天下人皆徹聽波羅質然知人意欲令一切天下人皆知人意阿耨沙耶阿耨沙耶然那知一切天下人意所念欲令一切天下人皆知一切人意所念因利耶波利浮利耶然那眼耳鼻舌身意因利佛所知欲令一切天下人皆知佛現威神然那欲令一切天下人皆知摩訶迦留祁然那佛慈心念一切天下人欲令一切天下人薩恕浮然那皆知一切天下人事欲令一切天下人皆知一切人事阿那恕羅然那佛智慧一切天下鬼

神天神龍神皆不能禁制欲令一切天下人皆知是智慧是爲摩訶般若波羅蜜二十種因緣合會爲八十種因緣阿惟越致菩薩法以過去當來今現在菩薩是爲八十種因緣皆合會是爲菩薩法

第三時

南無佛今受惟逮法二十因緣行之自知宿命何謂二十有五因緣多福何謂五檀那福多尸福多念福多所作善無量福多治正塔寺無量福多是五多福有五因緣護身何謂五護身護口護意護尸護戒護是爲五因緣護身菩薩有五意何謂五尸意好心善意布施意念善道意慧意是爲五意合會爲二十種因緣行之自知宿命乃致阿耨多羅三藐三菩何謂阿耨多羅天上天下無有在其上者

第四時

南無佛今受四禪法何謂禪法菩薩坐禪一心念佛佛空無所有意便不復念貪婬五所欲已無貪婬五所欲便得一禪菩薩坐禪一心念法法亦空無所有意便無瞋恚痛癢已無瞋恚痛癢如是便得二禪菩薩坐禪一心念摩訶般若波羅蜜亦空無所有意便無愚癡如是便得三禪菩薩已得三禪諸惡已盡無所復念意清淨不動不搖便得四禪一心不復轉自然得五旬是爲菩薩行禪法

第五時

南無佛今受般若三昧法何謂三昧法菩薩三昧慈哀念一切十方諸天人民父母兄弟妻子怨家債主泥犁薜荔畜生諸在厄難勤

苦人及非人薩惒薩皆欲令解脱勤苦得出生人道奉行六波羅蜜阿耨多羅三耶三菩心是爲菩薩三昧法菩薩三昧等心護一切十方諸天人民父母兄弟妻子怨家債主泥犂薜荔畜生中人及非人薩惒薩皆欲令解脱勤苦富樂安隱發阿耨多羅三耶三菩心是爲菩薩三昧法菩薩三昧等意慈心哀愍念一切十方諸天人民父母兄弟妻子怨家債主泥犂薜荔畜生中人非人薩惒薩視之護之如母親護赤子一切平等無有異意已平等是爲三昧法從是自然得五旬菩薩坐起晝夜思惟常當平心等意爾乃爲菩薩三昧法

第六時

南無佛南無菩薩南無摩訶薩今受三昧法如菩薩摩訶薩今我持心所作當如虛空今持虛空作平是故行菩薩道持心視天下萬民如一當如視父母兄弟妻子無異當等心視之今我歡喜爲十方天下人民作善是爲文殊師利菩薩三昧持是三昧戒具者文殊師利菩薩當來與共語持是三昧戒具者是爲諸菩薩中最尊是爲文殊師利菩薩三昧菩薩摩訶薩文殊師利三昧菩薩坐欲起時叉手念腹中所願言我是菩薩摩訶薩文殊師利菩薩我所作分檀布施用是故我得菩薩道若人從菩薩求目菩薩當以目與之若人從求身菩薩以身與之若人求財物菩薩當以財物與之常當念言我是菩薩文殊師利亦是菩薩今我當諦持是身與不妄菩薩常當念使十方天下人民安隱富樂如使十

方人民勤苦我當念令安隱富樂解脱菩薩
當諦持身法行菩薩道菩薩當急欲作沙門
當持禪波羅蜜我急當至阿彌陀佛所我持
是三昧急欲與水精瑠璃金銀共會相娛樂
文殊師利菩薩愸闍名阿提波羅阿耨名阿
提調
第七時
南無佛南無法南無比丘僧南無諸摩訶薩
南無洹那鳩溜菩薩三昧道住止是故念十
方天下人民若在窴中者我何時當作大光
明如日月爲十方人民作光明如菩薩當爲
十方天下人民作大光明是三昧諦持心當
正要安心平心當爲十方天下人民如日月
作光明是菩薩三昧道當爲十方天下人民
心作平令十方有菩薩十方菩薩行三昧適

等用是月三昧如他菩薩亦用是三昧如洹
那鳩溜菩薩問釋迦文佛是三昧云何釋迦
文佛嘿然無所語洹那鳩溜復問三昧釋迦
文佛復無所語洹那鳩溜菩薩自念佛何等
心洹那鳩溜知佛心洹那鳩溜便起往爲佛
作禮洹那鳩溜便搊揵椎十方三昧菩薩皆
來會六萬菩薩皆前爲佛作禮已皆坐洹那
鳩溜問佛當爲十方天下人民平心三昧名
爲何等爲月三昧佛語六萬菩薩皆平心已
平心諸拘樓檀皆動揺不能住持佛威神安
天下是三昧名月三昧已得聞是三昧者皆
當平心行之
第八時
南無佛南無法南無比丘僧南無諸菩薩南
無摩訶薩南無文殊師利菩薩我自念命前

世時已行菩薩道自念我已奉事三百億佛自念我前世爲菩薩時常以慈悲喜護之心愍傷一切人非人及蜎飛蠕動之類恒爲之感痛我常以經道勸勵開導之使得入正法遠去惡爲善耳不受善惡之聲眼不視好醜之色鼻不嗅臭香之氣口不甞五味之味身不求麤細之飾意不求可欲之欲我自斷六我自斷三六事不得起耳得定不聞善惡之聲眼得定不視好醜之色鼻得定不嗅臭香之氣口得定不貪著五味之味身得定不知寒温之痛癢意得定無復往來之思想身行檀波羅蜜但欲布施眼爲尸波羅蜜但欲持戒耳爲羼提波羅蜜但欲忍辱鼻爲惟逮波羅蜜但欲精進口爲禪波羅蜜但欲一心意爲般若波羅蜜但欲智慧我當以是六事救濟施惠一切我今來生復得見佛經戒復得奉事三尊我今當復以六事教化一切廣利法門開導衆人使成大道爲一切人非人作唱導時當死死不犯淨戒時當死死不爲欲惑時當死死不爲可不可動是我本願人來索身當以與之制其所索我不逆也是爲菩薩九時之戒以平等心持之是爲持戒所以爾者我爲十方諸佛故我爲諸經法故我爲諸比丘僧故我爲諸菩薩摩訶薩故我爲十方天下人非人蜎飛蠕動之類故我持是諸事憂念衆生以故我今得菩薩道行諸菩薩法是故菩薩道難值難聞聞之者皆得阿惟越致我今持我身命歸十方諸佛一心不復退轉

第九時

南無佛南無法南無比丘僧南無諸菩薩南無摩訶薩南無文殊師利菩薩菩薩道難我以身命救濟一切衆生無所愛惜菩薩不作罪亦不畏罪宿命到來怨家債主至菩薩歡喜畢罪亦不怖懼菩薩持法如法持戒如戒菩薩以信故得作佛菩薩博讀衆經悉入諸道順化衆生菩薩常行慈心言語懦輭不中傷人意菩薩與妻子並居如養怨家常護其意菩薩視女人如虎狼師子如毒蛇菩薩不畏愛欲不能動菩薩意菩薩捨欲故愛欲不能得沾汙菩薩清淨之行如蓮華不於高山陸地生也菩薩於愛欲中生如蓮華雖於泥中生不爲泥塗所汙也菩薩戒内不戒外也外行如地内戒如水水以清淨懦輭爲行地以多容多受爲功德也一切百草樹木皆從

地得生長一切萬物皆從水得生活是故菩薩功德如地如水菩薩山居獨處亦不恐懼菩薩雖居家畜養妻子常如獨處恬然安定無復痛癢思想之念以故菩薩功德尊大巍巍堂堂無端無底無邊無限功德難稱難量是爲菩薩十時之戒菩薩常行四等心平等無異已信功德便得一住已得一住便得二住已得二住便得三住已得三住便得四住已得四住便得五住已得五住便得六住已得六住便得七住已得七住便得八住已得八住便得九住已得九住便得十住已得十住便得作佛便度一切衆生是爲菩薩積累功德自致得道其有人隨我諷誦是經者既却諸惡得佛疾也見者聞者一時歡喜者既却已身無央數之罪今得十住信心以致得

道常當以月十五日一日一夜誦讀是經其福蓋於三界中莫作限礙縛著之行是則遠離功德不爲菩薩道也

第十時

南無佛南無法南無比丘僧南無諸菩薩南無檀那鳩溜菩薩南無文殊師利菩薩菩薩常慈心愍念一切人民見貧者富者豪者貴者卑賤者強健羸瘦怯弱者心常念之欲使齊等常願使十方平如水無山坑人民貧富等等無異壽命長短等等無異豪貴卑賤等等無異求道同心常願俱發大乘之業一切人非人皆發無上正眞之道悉有智慧悉行布施無有慳貪悉持經戒悉能忍辱皆能精進一心入定見化三昧皆有漚惒拘舍羅見迷惑者願使之疾見正道陰冥者得覩光明疾者皆使除愈強健各現色力陸行願使人馬車牛肥壯人手足筋力強健財物安隱船行者東西南北上水下水各得其願船車安隱帆行調利賈市百倍千倍萬倍住止得處賣買便利貴賤各得所願居家者妻子父母公嫗皆使安隱水火盜賊疾病縣官無有居官者常得安隱發心愛育人民家人富饒無有貧窮憂厄苦劇者是爲菩薩十一時戒平等之行善男子善女人聞是歡喜皆得阿惟越致諸天神地神山神皆來侍衛帶持是經者一切災害不敢干犯是爲菩薩已得神通

第十一時

南無佛南無法南無比丘僧南無諸菩薩摩訶薩南無文殊師利菩薩菩薩從一數二隨三止四觀五還六淨以次得道得須陀洹得

斯陀含阿那含得阿羅漢辟支佛皆不於中住得佛道現三十二相八十種好紫金色十種力四無所畏十八法不共八種大音聲亦不於中住菩薩發大乘之業以僧那僧涅度脫一切人非人以波羅蜜示現衆人以慈悲喜捨救濟衆人菩薩以懦輭伏諸剛強菩薩以漚惒拘舍羅和合衆人菩薩以謙恭慈仁安慰衆人菩薩以和悅歡喜降伏諸惡逆菩薩以道力度諸愚癡菩薩以貞潔度諸愛欲菩薩以大慈愍念衆生菩薩以省約絶諸財寶菩薩以清淨斷諸醉酒菩薩以訥言正心口忍辱菩薩以經行立於精進菩薩以少食絶於睡臥菩薩以無欲輕身強健菩薩以無瞋怒養於道德菩薩以無嫉妬合聚衆人菩薩以功德歸流一切人非人是爲菩薩十二時戒平等之行救濟一切衆生是爲飛行菩薩功德具足有善心好意樂聞是經諷誦讀是者是爲十住阿惟顔菩薩入水不沉入火不燒索頭與頭索眼與眼索耳與耳匃鼻與鼻投身虎口不惜身命是爲菩薩大士尊貴功德難稱難量無端無底無邊無限不可度量各尊承世尊經戒以自衛身行與是經合者舉止得所善加精進善遠諸惡莫犯是犯是者非爲菩薩也是爲菩薩具足正戒一生補處旦暮朝晡當得作佛光明相好皆已照現是爲功德成滿諸善已現威神具悉一切皆敬伏無敢當菩薩者佛說菩薩功德十二時正戒竟文殊師利菩薩及諸來會神通菩薩飛行菩薩成就菩薩現化菩薩及八方上下諸菩薩颰陀和菩薩羅隣那竭菩薩憍越

兜菩薩那迦達菩薩深彌菩薩摩訶須菩薩惒菩薩因提達菩薩惒轉稠菩薩等合七萬二千人皆大踊躍歡喜各現光明展轉相照各各起正衣服前以頭腦著地爲佛作禮

第十二時

佛說菩薩戒十二時竟文殊師利白佛言菩薩用何功德得是十住惟願天中天分別說之佛言善哉善哉文殊師利菩薩摩訶薩多所愛念多所安隱吾當爲汝具說其要諦聽諦受文殊師利言受教佛言有十住菩薩功德各有高下自有次第文殊師利言何等爲十一住波藍質兜波菩薩法住佛言上頭見師端正無比視面色無有猒無有遠者尊貴無有能過者所教授無有能踰者見佛威神儀法如是便稍入佛道中轉導之皆隨其意教度脫之見勤苦者皆愍傷之稍稍解曉佛語信向之新發起意學佛道悉欲得了知佛智十難處悉欲逮得之何等爲十難處佛十種力是一者當供養佛二者當隨其所樂當教語之三者所生處皆尊貴四者天上天下無有能及者五者佛智慧悉逮得六者世世所生處得見無央數佛七者佛經悉逮得八者悉過度諸生死九者令脫去不久十者悉度脫十方人二住何等爲阿闍浮菩薩法住佛言有十意念十方人等何等爲十意一者悉念世間善二者潔淨心三者皆安隱四者柔輭心五者悉愛等六者心念但欲布施與人七者心悉當護八者念人與我身無異九者心念十方人我視如師十者心念十方人視如佛阿闍浮菩薩法當多學經多學經已

當獨處山獨處山當與善師從事與善師從事當在善師邊當易使當隨時隨時所作爲勇所作既爲勇當學入慧中心所受法當悉持既悉持悉持法當不忘也既不忘者當安隱處山所以者何益於十方人故三住何等爲喻阿闍菩薩法住者佛言入於諸法中用十事何等爲十事一者諸所有皆無常二者諸所有皆勤苦三者諸所有皆虛四者諸所有皆非我所五者諸所有皆無主六者諸所有皆無利也七者諸所有皆無所止八者諸所有皆無所處九者諸所有皆無所著十者一切無所有諸法悉入一法中一法悉入諸法中是爲喻阿闍菩薩教法四住何等爲闍摩期菩薩法住者佛言常願於佛處生有十事一者不復還二者多深思於佛三者深思於法四者念比丘僧視十方人五者思惟萬物皆無所有六者十方佛剎皆虛空七者宿命所作了無所有八者所有如幻皆虛空九者諸所勤苦無所有十者泥洹虛空亦無所有用是故生於佛法中是爲闍摩期菩薩教法五住何等爲波喻三般菩薩法住者佛言所信功德悉度十方人有十事一者悉護十方人二者悉念十方人善三者悉念十方人悉令安隱四者悉愛十方人五者悉哀念十方人六者悉念十方人莫使作惡七者悉引十方人著菩薩道中八者悉清淨於十方人九者悉度脱十方人十者悉使十方人般泥洹是爲波喻三般菩薩教法六住何等爲阿耆三般菩薩法住者佛言有十法深哀慈心一者用人説佛善惡心無有異二者説經法

善惡心無有異三者說菩薩善惡心無有異四者求菩薩道人共相道善惡心無有異五者人言十方人有多少心無有異六者覩十方人展轉相道善惡心無有異也七者中有人說言十方人易脫難脫心無有異八者若有人說法多少心無有異九者有人說法壞心無有異十者有法處無法處心無有異是爲阿惟越致菩薩教法七住何等爲阿惟越致菩薩法住者佛言有十事堅住不動一者言有佛無佛不動還二者有法無法不動還三者有菩薩無菩薩不動還四者有求索菩薩無求索菩薩道者不動還五者持法得不動還六者有諸過去佛無諸過去佛不動還七者有諸當來佛無諸當來佛不動還八者有現在佛無現在佛不動還九者佛智慧盡不盡不動還十者當來過去現在世事呼若動不動還是爲阿惟越致菩薩教法八住何等爲鳩摩羅浮童男菩薩法住者佛言菩薩於十事中住一者身所行口所言心所念悉淨潔二者無有能得長短者三者心一返念在所欲生何所四者十方人知誰慈心者五者十方人所信用悉知六者十方人若干種悉知七者十方人所作爲悉知八者十方諸佛剎土成敗悉知九者得神足念飛在所至到十者諸悉淨潔是爲鳩摩羅浮童男菩薩教法九住何等爲喻羅闍菩薩法住者佛言用十事得一者十方人所出生悉知二者十方人所繫恩愛悉知三者十方人所念本末所從來悉知四者十方人所住宿命所趣向悉知五者若干種諸法悉知六者十方人所

念若干種變化悉知七者諸佛剎善惡壞敗悉知八者過去當來現在無央數世事悉知九者十方人等不等悉知十者教授十方人說虛空法悉知是爲喻羅闍菩薩教法十住何等爲阿惟顏菩薩法住者佛言菩薩入於十智中能分別知有十事一者何因當感動十方諸佛剎中二者當明無央數佛剎中三者我日日當署置無央數佛剎中菩薩四者我日日當度脫無央數佛剎中人民五者我當安隱無央數佛剎中衆生六者十方人莫不聞我聲歡喜得度脫者七者悉念十方人民使得佛道皆捨家作沙門八者十方人所思想善惡我悉知之九者十方人我悉當內著佛道中悉使發菩薩意十者十方人我悉當度脫是阿喻羅闍菩薩了不能及知阿惟顏身所行口所言心所念所作爲了不能及知阿惟顏菩薩事亦不能知神足念不能知飛行亦不能逮知阿惟顏菩薩當來過去今現在事是爲阿惟顏菩薩教法

佛說菩薩內戒經

音釋

惒音和 繖先謙切蓋也 讒鋤咸切譖也 撾張瓜切擊也 溜方救切

懦乃箇切弱也 嫗於語切老婦之通稱 匃居太切乞也 颰蒲末切

菩薩優婆塞五戒威儀經

劉宋罽賓三藏法師求那跋摩譯

清刻龍藏佛說法變相圖

菩薩優婆塞五戒威儀經

劉宋罽賓三藏法師求那跋摩 譯

佛者衆聖尊　神通應自在　隨類處身形
音聲亦復爾　見聞獲安隱　莫不信向心
是故我歸命　願普如世尊　甚深菩薩戒
功德難思議　受者獲安隱　福慧日夜生
諸佛常護念　萬行漸滿盈　六度四等意
普度諸羣盲　手足初莫犯　節言順所行
常樂在定意　是名眞比丘　質直離諂曲
常與賢聖俱　愛衆猶養已　是名眞菩薩

諸大德一心諦聽諦聽善思念之我今欲說三世諸佛菩薩成就利益一切衆生功德戒如是住菩薩戒者有四波羅夷法何等爲四若菩薩爲利養故自讚毀他是名菩薩波羅夷若菩薩多饒財物貧苦之人來從乞索菩

薩慳貪無有慈心乃至不施一錢之物有求法者乃至不爲説於一偈是名菩薩波羅夷若菩薩瞋於前人惡言駡辱加以手打及以杖石意猶不息前人求悔善言懺謝菩薩猶瞋憤結不解是名菩薩波羅夷若菩薩自謗菩薩法藏若見人謗善可其言既自不信反助他言若心自解或從他受是名菩薩波羅夷如是菩薩四波羅夷菩薩於中不應犯一何況具犯若有犯者不名菩薩現身不能莊嚴菩提又復不能令心寂靜是似菩薩非實菩薩犯有三種有輭中上若輭中心犯是不名失若是增上心犯是名爲失何者是上若犯上四數數樂犯心無慚恥不自悔責是名上犯菩薩雖犯於上四事不即永失如比丘犯四即爲永棄菩薩不爾何以故比丘犯四更無受路菩薩雖犯脱可更受是故不同略有二事失菩薩戒一捨菩提願二增上惡心除是二事若捨此身戒終不失從是以後生生之處常有此戒若不憶念更遇善友而更受者不名新得如是菩薩戒者應當識知犯不犯事輕重之相輭中上異

如是住菩薩戒者日應供養諸佛若塔若像次供養法若行法人及菩薩藏大乘經典供養衆僧及十方土住於大地諸菩薩等於日夜中供養三寶隨其力能乃至一念一禮一四句誦信心供養勿令有廢若不恭敬慢惰心者犯重垢罪若妄誤者犯輕垢罪不犯者若病若狂若有淨心逮菩薩地如須陀洹得不壞淨心常能供養三寶不絶是名不犯菩薩不知猒足貪著利養不制心者犯重垢罪

不犯者雖貪利養常生悔心我當精進斷除是意極自制御貪心猶起若取小利助斷大貪是名不犯

菩薩見上座尊長耆年宿德同師同學生憍慢心及瞋惡心不起承迎禮拜避坐設有言語餘談不聽若有所問不如實答者犯重垢罪若無慢瞋恚癡之意直以懶惰無記散心犯輕垢罪不犯者若病若狂若時睡眠若聽法說法若先共他人語若爲調伏滅惡增善若有僧限護多人意是名不犯

菩薩檀越來請若於自舍若僧寺內給施所須菩薩憍慢瞋恚輕賤不往受者犯重垢罪若懶惰不往犯輕垢罪不犯者若病若狂若遠若道嶮難若爲調伏滅惡增善若失受請若爲修善若聽未聞若知請主欲相惱故若有僧限護多人意是名不犯

菩薩從他人邊得金銀瑠璃種種雜寶所須之物及地中伏藏無主財物皆應取之念當轉施若惡心瞋故不取者犯重垢罪若作是心我不與人而作因緣若懶惰心犯輕垢罪不犯者若是狂心若爲調伏滅惡增善若知受已必生愛著若知施已生悔若知施主施故發狂若慮施主施已窮苦若知施物三寶所有若知施物劫盜所得若知受已多得苦惱所謂王難賊盜死亡繫閉惡聲流布擯令出境界是名不犯

菩薩他來求法以瞋惡心憎嫉他故不與說者犯重垢罪若懶惰心不與說者犯輕垢罪不犯者若外道求法慮還譏刺若病若狂若爲調伏滅惡增善若知前人不解其義若前

人不敬不如法事若前人鈍根不解深法恐生邪見若知聞已破失本心壞滅正法若知聞已必向非器宣說其事是名不犯

菩薩見惡衆生犯戒毀禁作衆罪行菩薩自知能化爲善若惡心瞋心捨不教者犯重垢罪何以故菩薩不於身口意淨持戒人邊起於悲心若見惡人犯戒毀禁作衆罪行極生悲心是故有犯不犯者若狂若爲調伏滅惡增善若有僧限護多人意是名不犯

菩薩如佛所制波羅提木叉及結毗尼欲使不信者信已信者增此聲聞戒及菩薩戒等無有異何以故聲聞之人順常自爲猶欲學令不信者信信者增何況菩薩所修學常爲衆生豈不能爾是故名同不犯

如佛所制聲聞之人應少欲作少因緣事菩薩不爾何以故順求自利不爲他人是聲聞好菩薩若爾則不名菩薩爲他人故所可受衣乃至百千從非親里婆羅門居士盡力所求如衣鉢亦如是爲他人故及應乞縷教織師織畜憍奢耶衣受取金銀乃至百千如是之事與聲聞異若菩薩本爲衆生而瞋惡心少作少因緣事放捨衆生獨居其所者犯重垢罪若懶惰心少欲少事居其所者犯輕垢罪菩薩有五非法一諂二華三相四以利求利五邪命有此五事以不爲愧不制不息者犯重垢罪不犯者覺是非法常欲制之是名不犯

菩薩戲笑散亂高聲唱說作非威儀令他人笑爲衆所輕者犯重垢罪若是宿習妄誤作者犯輕垢罪不犯者覺是非法常欲制之若外人瞋恚欲調伏故若人苦惱爲令懌

故若欲攝取戲笑故若二人共諍爲和合故是名不犯菩薩如是見如是語菩薩不應樂於涅槃不應背涅槃不應畏煩惱不應滅煩惱何以故菩薩三阿僧祇往來生死故如是語者犯重垢罪何以故如菩薩樂於涅槃畏於煩惱比於聲聞千萬倍不可爲喻何以故聲聞之人順自爲已菩薩常爲一切衆生故菩薩雖處有漏於滅煩惱而得自在過於羅漢處無漏者上若菩薩起身口業應自防護莫使他人慢墮罪若故不自護使他墮罪者犯重垢罪若不作意自護放散所作生他罪者犯輕垢罪不犯者若外道若隨出家如法所作若值多瞋惡人是名不犯

菩薩見前衆生須加杖痛然後有利自護不治者犯輕垢罪不犯者若利少苦多是名不犯

菩薩以罵報罵以瞋報瞋以打報打以牽挽者犯重垢罪菩薩與他共鬬及共相嫌惡心瞋心若憍慢心不如法悔者犯重垢罪若懶惰放逸一不求悔者犯輕垢罪不犯者若爲調伏滅惡增善若彼外道要作非法若彼喜鬬怨更增上若知彼人終不受悔若向彼悔起彼重慢是名不犯

菩薩共他嫌恨他如法求悔菩薩惡心不受爲惱他者犯重垢罪若無瞋心不受他悔犯輕垢罪不犯者若爲調伏滅惡增善若惡非法是名不犯

菩薩瞋他受者瞋事不休息者犯重垢罪不犯者若常制之瞋心猶起是名不犯

菩薩受畜徒衆但爲給事及與衣食是名不

犯
菩薩起懶惰意樂於非時食貪著睡眠若倚若臥者犯重垢罪不犯者若病若狂無巧便若道路行極若常制之是名不犯
菩薩以染著心談說世樂事者犯重垢罪若妄誤說犯輕垢罪不犯者若有人問正心少說若談異聞若談論法事是名不犯
菩薩樂欲坐禪知他有法以瞋慢心不能下意從他求受法者犯重垢罪若懶惰心不求受者犯輕垢罪不犯者若病若無巧便若知彼人不順法教若自有巧便多聞攝其心者是名不犯
菩薩起欲界欲不觀對治疾除滅者犯重垢罪不犯者常勤欲滅欲心猶起是名不犯如欲餘蓋亦爾若菩薩貪味於禪著功德者犯重垢罪不犯者常欲捨著著心猶起是名不犯
菩薩如是見如是語菩薩不應聽受誦學聲聞法藏菩薩之人用學是爲作是語者犯重垢罪何以故菩薩於外道經書尚應當學何況佛語不犯者爲欲調伏聲聞入大乘故是名不犯
菩薩法藏一向捨置貪學讀誦聲聞經者犯輕垢罪菩薩有佛經藏不能勤學乃更勤學外道俗典犯重垢罪不犯者若極根利一聞能持同佛語者取用助化以彼妙辭助明佛法於佛法於佛經義意不傾動是名不犯
菩薩欲學外道經典應如上學若於中受樂生著心不如服苦藥者犯重垢罪菩薩若聞菩薩法藏甚深秘密第一實義不思議事純

是諸佛菩薩境界於此義中生誣謗心言此義無益非佛所說不能佑利一切衆生作是謗者犯重垢罪不犯者若思惟定義若方便說菩薩聞於甚深義時若不生信以不諂心爲生信故應作是念我不應爾我如盲者無有慧眼佛口所說我云何謗如是菩薩自責由癡是佛境界非我所及若能如是是爲正行若意不解不生誹謗是名不犯

菩薩爲飲食故以瞋惡心自讚毀他犯重垢罪不犯者若爲伏外道若伏憍慢增長佛法若爲不信者信已信者增是名不犯

菩薩有說法家若說毗尼處大法會處瞋嫉慢心不往聽者犯重垢罪若懶惰心不往聽者犯輕垢罪不犯者若自不聞又無人喚若病若無巧便若知彼說法不順義理若知說者於已有難若知彼說更無異聞若得緫持自多聞若勤修善根是名不犯

菩薩有人來倩我有事緣當爲營辦所謂共去共還營佐衆事有所營了守護財物和合鬪訟經辦飲食修福德業若一二事不爲作者犯重垢罪若懶惰不爲犯輕垢罪不犯者若病若無巧便若自有事若彼能辦若不相倩若無益事若爲調伏滅惡增善若無他倩若報他作勤修善根若自闇鈍恐失業次若有僧限護多人意是名不犯

若菩薩見病衆生以惡心瞋心不瞻養者犯重垢罪若懶惰不養犯輕垢罪不犯者若自有病若無巧便若倩他看若彼病者自有眷屬若知病者能自經給若久病若人猶能起止若欲勤修增上善根若極自闇鈍恐失黨

次若失看病如病餘貧窮苦惱亦復如是是名不犯

菩薩見前衆生應有利宜無有方便而能發起菩薩惡心瞋心不教示者犯重垢罪若懶惰不教犯輕垢罪不犯者若無方便若使他教若彼自有善知識若爲調伏滅惡增善若示彼方便更瞋反戾無有敬愛心强得自用是名不犯

菩薩衆生給施所須應念其恩若惡心瞋心不念恩報恩者犯重垢罪若懶惰不報犯輕垢罪不犯者若自無力若無巧便若爲調伏滅惡增善若欲念報施主不受是名不犯

菩薩見人親里死亡若亡失財物種種憂苦若惡心瞋心不往慰喻者犯重垢罪不犯者如前倩菩薩中說

菩薩有人從索飲食所須不與者犯重垢罪不犯者若自無物若索不淨物若爲調伏滅惡增善若王所制若護僧限是名不犯

菩薩弟子應隨時教誨若弟子有乏應從篤信人邊勸索供給若惡心瞋心不教誨不供給者犯重垢罪若懶惰心不教供給犯輕垢罪不犯者若爲調伏滅惡增善若護僧限若病若無巧便若倩人教若弟子福德能致供養若弟子本是外道無好善心是名不犯

菩薩以瞋心惡心不護他意者犯重垢罪若懶惰放逸不護他意犯輕垢罪不犯者若非法事若病若有僧限護多人意若外道若爲調伏滅惡增善是名不犯

菩薩見他德行不能稱讚以惡心瞋心隱藏他善者犯重垢罪若懶惰放逸不稱他善者

犯輕垢罪不犯者若知彼人不樂讃歎若病若無巧便若爲調伏滅惡增善若護僧限若知聞讃更生憍慢若彼無實德若言似善實無善義若爲外道若讃時未到是名不犯

菩薩爲多人頭首見諸眷屬不如法事應呵應擯若瞋心惡心捨不呵治者犯重垢罪若懶惰放逸不教呵者犯輕垢罪不犯者若知彼人惡性健瞋不受教呵若待時教呵若畏破僧若知彼質直宿習少羞喜數犯悔是名不犯

菩薩有神通變化應爲衆生隨時變現或方便恐怖令生信心若畏信施不現變化者犯輕垢罪不犯者若人深著惡法邪見若是外道若罵賢聖若著邪見若狂若痛是名不犯

菩薩戒聚成就具足無量妙果以是戒聚因縁力故具足尸波羅蜜受者雖未得阿耨多羅三藐三菩提以得具足五事功德一者常爲諸佛菩薩所護念二者受常淨樂三者臨終無悔四者捨身得生諸佛世界五者莊嚴阿耨多羅三藐三菩提菩薩受持菩薩戒者不自爲身惟爲利他及莊嚴阿耨多羅三藐三菩提是菩薩戒悉是過去未來現在恒河沙等諸佛菩薩之所成就乃至十方諸佛菩薩亦復如是菩薩弘慈普恩及六道衆生三塗八難苦惱十方無不蒙益

功德不可計　福慧如虚空　略説其要竟
歡喜禮奉行　普發菩提心　福慧命得成
慈悲男女長　喜捨次第生　一切成佛道
永盡無有餘　十方同其願　巍巍無極尊

欲爲菩薩優婆塞放逸五戒威儀者若無師

從受處爾時受者若無師應向佛像前自誓受菩薩優婆塞威儀應如是作禮偏袒右肩胡跪合掌應如是言我某甲白十方佛及住大地諸菩薩等今於諸佛前欲受一切戒學一切菩薩戒優婆塞五戒威儀攝一切善法菩薩戒爲利衆生戒是戒過去諸菩薩已學未來諸菩薩當學現在諸菩薩今學我亦如是學第二第三亦如是說竟其餘諸事應如前廣說

離欲優婆塞具行五戒遠離身四惡一者殺二者盜三者婬四者飲酒遠離口五惡一者妄語二者惡口三者兩舌四者無義語五者綺語遠離五邪命一者賣肉二者沽酒三者賣毒四者賣衆生五者賣兵仗遠離嚴飾五事一者香二者華三者瓔珞四者香油塗身五者香薰衣遠離放逸五事一者歌二者舞三者作樂四者嚴飾樂器五者不往觀聽此五戒隨力所堪若能終身具持五爲上若不能隨持多少年月日夜乃至須臾亦得暫持不但如持全念佛臨涅槃勑四大聲聞及六應眞吾滅度後如是眞法之中若出家二衆淨持禁戒及在家二衆隨力多少心次近持上戒者若造房舍牀蓐衣服飲食一切順道資生之具施四方僧及諸賢聖汝等盡應受請若不受者得罪以此觀之賢聖不遠感至則應若作功德先當竭力受持上戒然後至心請四方僧及諸賢聖若不能終身至一日一夕者善若不能者設供之時便受罷便止此諸賢聖皆來受請若有所犯即如法悔此一切菩薩犯當突吉羅罪當向大小乘人能

解説能受悔者如法懺悔
若菩薩以增上煩惱犯波羅夷處法者失律儀戒應當更受若中煩惱犯波羅夷處法者當向三人若過三人長跪合掌作突吉羅懺悔所犯罪多作是説言大德億念我某甲捨菩薩毗尼如所稱事犯吉羅罪餘如比丘突吉羅罪懺悔法説若下煩惱犯波羅夷處法及餘所犯向一人懺三禮文
願十方法界世性六道三業罪障垢惑衆生崩顛倒山竭四流濟登平等道入無爲國歸命敬禮七處八會盧舍那佛盡十方國諸妙覺尊
願十方法界世性六道沉淪諸有長沒衆生摧破惑林殄滅邪照歸命敬禮七處八會佛華嚴藏盡十方國修多羅海
願十方法界世性六道小心膠固顛倒衆生頓絶偏照須證住想永附大乘盡未來際歸命敬禮七處八會普賢衆等盡十方國諸賢聖僧
諸欲發心去時當立五願一者願令我早棄此身二者願師僧父母使不愁惱令我身命疾至菩提三者願至阿蘭若處行若有虎狼惡毒蟲獸來欲噉我我不恐怖猶如比丘得第三禪樂四者若我至阿蘭若處若天雨風起或有惡鬼毒龍來欲螫我我心安隱亦不恐怖猶如有人欲度大海到水中央天忽風起波浪甚大度者恐怖天風即定度到彼岸心大歡喜願我亦爾疾到菩提無上彼岸五者願我到阿蘭若處若當病時願得諸天來至我所教導我等使心不悔我復念言我此

身中有四毒蛇同俱止中猶如四蛇同共一窟蛇欲出時各相謂言我前去諍窟不出死在窟中猶瞋諍故四俱滅亡我今身中有四毒蛇鬪諍瞋恚在我身中作如是念病得即除菩提心起令心得安六識不亂安心蘭若四者行具足安心禪定制伏六情是第五願發此願已禮四方佛乃有十拜作如是言諸佛世尊哀愍我等覆護我等使我得無上道疾至菩提我今懺悔我某甲歸依佛歸依法歸依僧十地菩薩辟支羅漢諸賢聖等我從無數劫以來流轉生死百生千生無量億生或墮六趣受生異報或作餓鬼畜生受如此苦常不得樂我自思尋愚惑自纏不覩聖道障涅槃門閉甘露戸塞衆善道不聞正法沉没大海有如此苦罪今悉懺悔五體投地如此投地七遍亦然當投地時發如此言願去我身無量衆毒拔出邪愚無量衆毒拔出邪愚無量塵惑心意清淨六念成就使我到阿蘭若處心無恐怖疾到菩提開涅槃門啓甘露戸塞地獄門閉三惡道拔三毒根出三界網得三樂證三果直超生死厄當得智慧離最後身疾至菩提發此願已從地而起禮十方佛訖竟合掌立住心懷歡喜作如是念我罪永除

受繩牀法四種一者請佛二者請師三脫華屐偏袒右肩清淨四右膝著地胡跪佛前請師作如是白十方諸佛及大迦葉親於佛前受阿蘭若法佛爲作證明師爲作證知若我四十五日行於苦行志不退轉若生退心我即妄語誑於諸天不到彼岸大德當證受請

師復作是言長老一心念今於佛前發此誓言請大德爲證汝若退者誑於他人自墮地獄不免苦也汝當眞誠行阿蘭若行阿蘭若智如是受持答言如是三說

受錫杖法長跪大德前如是三白大德一心念今請大德師如是三白大德作如是言長者一心念汝今發無上心受持如法用不得不淨手捉入僧房應當脫樓鐏不得近地若入白衣舍應鐏在後若中前須詣白衣舍或受中食種種因緣當三搖三若不來者乃至五五若不來者乃至七七若不來更至餘家乃至七家七家不得於是中第二第三亦如是說捨法戒

長老一心念比丘某甲優婆塞五戒威儀者何緣而生日滿後不死不墮地獄中間白十方佛及大迦葉皆當善聽某甲豎標如是三白已訖捉標豎標竟復作如是白十方諸佛四方淨行大德悉爲證知其不欺誑於諸天不到彼岸今賫法牀及如法杖悉皆具足今以結座一切行蘭若比丘亦皆結坐如是三白作禮六拜合掌一心如是念念十方諸佛及大迦葉比丘某甲優婆塞某甲衆念成就今解坐向餘處還結若欲捉繩牀時應作四念第一念者念我身中皆是無常應當苦之二者苦身修習空智自至宜當修之三者當起忍心莫生瞋怒四生歡喜心若生歡喜心疾至菩提作此念已向彼放牛虎狼大聲小聲婬聲及迫迮聲悉皆遠離離此聲已安心端念欲去諸塵時當作二念言一者今我身中得安隱定不生疲極疾到菩提二者當得

閑靜心無錯亂六識安隱得滅盡定安詳放牀立住禮佛乃至十拜立住合掌便作三念一者念佛二者念戒三者念禪定作此念已便向繩牀安詳而坐復作六念一者念諸佛護念我念成就二者念我戒身清淨戒者謂波羅提木叉念者是名不犯從序至偈四事恩得至於十三念此十三成就二不定三十九十四波羅提提舍尼衆多學法七滅諍法從上至下皆應實念三者念報父母師僧之恩四者念五欲皆是無常大患之根本昏網之元首五者念地獄之苦惱當勤修善遠離此苦我已出家宜應謹慎棄惡修善六者念慧若我有慧則應憶持慧具足無事不辦者得無上道六念具足安心而坐依禪法觀優婆塞若欲移時當作三念一者念我行時地上蠢蠢多有蟲蟻我若悞殺時得何罪死者生天二者當念如法行如法仰手捉杖在身威儀齊整安詳而行三者行不反顧亦不搖頭動手是名三念成就如法行來優婆塞威儀篤信持食來時當淨受之受得訖已結加趺坐復作四念一者念我身中有八萬戶蟲蟲得此食即皆安隱二者我念得食當少食之若少食者令我身輕若身輕衆欲亦少若欲少者疾至菩提三者我不爲美故但爲活命者諸善成就善若成就成無上智四者我食時十方餓者悉令飽滿皆悉奉行

菩薩優婆塞五戒威儀經

音釋

懌夷益切悅也　殄徒典切絕也　螫施隻切蟲毒也　迮側格切迫也

蠢尺允切蟲動貌

佛說文殊師利淨律經

西晉三藏法師竺法護初譯

清刻龍藏佛說法變相圖

佛說文殊師利淨律經

西晉三藏法師竺法護初譯

眞諦義品第一

聞如是一時佛遊羅閱祇耆闍崛山中與大比丘衆俱比丘千二百五十菩薩三萬二千彼時世尊與無央數百千之衆眷屬圍繞而爲說經時有天子名曰寂順律音在於會坐即從座起更整衣服長跪叉手白世尊曰文殊師利今爲所在一切諸會四部之衆天龍鬼神釋梵四王皆共渴仰欲覩正士咨講妙辭聽受經義佛言東方去此萬佛國土世界名寶氏佛號寶英如來無所著等正覺今現在演說道教文殊在彼爲諸菩薩大士之倫宣示不及天子白佛唯願大聖加哀垂威令文殊師利自屈到斯所以者何文殊師利所

說經法開發結閡靡不爗然踰過聲聞緣覺之上文殊師利設說大法一切衆魔皆爲降伏諸邪迷惑無得人便諸外異道莫不歸命其貢高者不懷自大未發意者皆發道心已發道心立不退轉所當受者無不稽顙所當執御靡不攬持如來至眞皆亦勸讚因此聖教乃令正法長得久存自捨如來未有他尊智慧辯才頒宣典誥如文殊者也於是世尊見寂順律音天子之所啓白爲一切故則發大哀演兩眉間毫相之光其明普照照諸三千大千佛土通達周徹一萬佛土大光照耀寶氏世界時彼佛土諸菩薩衆前問其佛是何感應先現此瑞寶英如來告諸菩薩西方去此過萬佛剎有世界名忍其佛號曰能仁如來至眞等正覺今現在講法演眉間光照萬佛土普耀此剎菩薩問曰唯然世尊何故放光佛言無央數億百千菩薩會彼佛土釋梵持世及四部衆皆共傾望文殊師利欲得奉覲諮講經法悉俱白佛奮斯光明遙請文殊師利寶英如來告文殊曰汝往彼土能仁如來延企相待衆會無數遲想相見稽首思聞欲聽稟受文殊白佛吾亦尋知此光瑞應於時文殊與萬菩薩禮寶英佛右遶三帀猶如壯士屈伸臂頃於寶氏剎忽然不現立于忍土在虛空中不現其身僉雨天華遍大衆會華至于膝時諸會者怪未曾有皆共白佛言此何先瑞而雨天華佛告諸族姓子此文殊師利與萬菩薩應命俱來在于虛空雨於衆華以供養佛衆會僉曰願見文殊及諸菩薩若能親覲如是正士甚爲欣慶難值難遇

說是未竟文殊師利與萬菩薩便即現身稽首佛足右遶七帀各以威力神足變化作大蓮華自處其上寂順律音天子白佛願發聖教令文殊師利敷演道化衆會踦蹈欲聞訓誨佛告天子自恣汝心便可稽問寂順律音則白文殊寶英佛土有何奇特超異之德至使仁者遊居樂彼文殊告曰不興貪欲亦不滅之不起瞋恚亦無所盡不建愚癡亦無所除不造塵勞亦無所壞所以者何無所生法亦無所盡又問其佛說法何所興爲何所滅除答曰其本淨者以無起滅不以生盡所以者何彼土衆生了眞諦義以爲元首不以緣合爲第一也又問何謂眞諦元首何謂緣合以爲第一答曰於義無起亦無所壞無有相處亦不無相亦非一相亦不離相亦不顯相彼無視者亦不無視亦不諦視亦不有盡無能盡者已無所盡不可盡者是曰眞諦義義者天子謂無心矣無本心者不教他人不於此際不度彼岸不在中流是眞諦義義者天子謂無文字乃爲聖諦所以者何如佛言曰一切音聲皆爲虛僞天子又問如來所說將無欺乎文殊答曰如來所說無誠無欺所以者何如來於二心無所住而於有爲無爲之法無有言辭由是之故無誠無欺於天子意所趣云何如來之化設有所說爲實爲虛答曰不誠不欺所以者何如來之化不有四大亦無誠實文殊答曰如是天子一切諸法皆亦如化自然之行如來所解無所成就亦無所住以是之故所宣講法不誠不欺歸于無二又問何謂如來說眞諦義文殊答曰眞諦

義者不可稱説所以者何其義趣者無言無説亦不可得説是眞諦義時五百比丘漏盡意解無數千人遠塵離垢於諸法法眼淨萬二千菩薩逮得無所從生法忍

聖諦品第二

寂順律音問文殊師利其眞諦義甚爲難解文殊答曰如是天子其懈怠者於眞諦義甚爲難解又問何謂比丘精進答曰無所斷滅亦無所除而不修行亦不取證是爲比丘奉行正義所以者何其自念言斷滅如是除去若此修行取證則爲懷想顛倒放逸衆行俱合又計斯者非正精進又問何謂正精進乎答曰其等無本及與法界等於五道亦復如是如等無本及與法界於六十二邪見亦如凡夫之法學法不學聲聞之法縁一覺法佛法亦如如等佛法生死之法其泥洹法愛欲塵勞諍訟顛倒亦復如是比丘若茲精進行者乃正精進又問何謂所行平等如等佛法乃於愛欲塵勞之義亦等諍訟顛倒之事文殊答曰用空無相無願等故所以者何空者不别無有若干猶如天子坏瓦器内空及與寶器之内空者俱同等空無有若干不可言二如是天子愛欲之空及與諍訟顛倒之空上至道空彼則俱空無有若干不可名二也天子又問何謂菩薩修行聖諦文殊答曰假使菩薩不行眞諦何因當爲聲聞説法所以者何菩薩行諦多所察護聲聞無護菩薩行諦廣大難限聲聞偏局菩薩行諦將護衆生而於本際無所造證菩薩行諦善權方便不捨生死泥洹之門菩薩行諦普觀一切諸佛

之法猶如天子有一士夫竊捨大師馳逸奔走獨身無侶心懷恐懼渡於曠路不敢復還聲聞如是意懷惶懅怖畏生死不護衆生不能堪任遊渡一切終始之患獨自行諦不護佛法離權方便無有慧侶不亦然乎猶如天子謂彼大師多獲盈利賫無量寶瓌琦異珍賜衆賈人超越曠嶮菩薩如是亦如大師積行無量道寶無限修於大慈無極之哀眞諦聖慧饒益一切無數辯智以爲傲富遊一佛國復遊一國六度無極攝行四恩以濟危厄矜救衆生還入生死善權方便修行聖諦度諸未度解諸未解周旋三界獨步無侶開化未聞使入大乘猶如天子垢穢弊衣以思夷華黄白須曼而用熏之香氣不久尋便歇盡聲聞縁覺行諦薄尠亦復如是便中滅度不修所願不至於佛戒定慧解度知見事度脱之香亦復不能降伏罣礙塵勞之欲猶如天子細輭妙衣其價百千以天殊特珍寶諸華百千萬歲熏此好衣其衣常香香氣普流巍巍芬馥未曾有歇諸天世人皆所愛樂菩薩如是從無數劫行諦法香不具所願不中滅度而常演出佛無上道戒定慧解度知見馨降伏罣礙塵勞之欲遊於天上及至人間天龍鬼神諸阿須倫君子庶民莫不奉敬而欲見者恒弘濟度寂順律音天子復問文殊其寶英如來至眞佛土聲聞之衆爲如何乎文殊答曰不御篤信不從他教不行於法不毁法界亦不八等離於八邪不須陀洹皆度一切恐懼惡趣非斯陀含來化衆生非阿那含於一切法無所往來非阿羅漢而皆受於三

千世界供養之利不離於欲亦不以欲而見惱恚不離瞋恚不以怒恨而見焦然不於衆生而懷害心亦無所憂不離於癡不以愚騃而爲危難滅除杳冥及一切法不離塵勞慇懃精進化去一切衆生愛欲逮得高節無所從生而遊現生於諸想念開化衆生不計吾我及與人壽悉無所受亦無所捨淨畢一切人民所施衆祐之德無意無念以修意止奉四意斷不起不滅行四神足身意寂然遵于五根曉了一切衆生本原行于五力降伏塵勞念於覺意解平等慧靖修道教棄捐邪徑證于道訓不得無爲遊趣寂寞而行本際觀於所觀僉入法界滅於無明盡于愚癡興于聖慧無上正眞而除於三解脱之品則以肉眼皆見衆生一切佛土諸佛世尊所化人民則以天眼覩于五趣生死往來周旋人民蜎飛蠕動蚑行喘息形物之類之所歸生則以慧眼察知一切衆生之儔心行所念則以法眼覩見三世三界羣萌一切人民所可行者則以佛眼皆用明觀一切諸法法藏祕典聖曜所照則以天耳遙聞諸佛所宣經法以無念慧念知過去無央數劫之所更歷而以神足遊於無量諸佛國土靡不周遍盡于諸漏不至無餘修解脱也而現其形無有色身有所講説不演文字有所思惟無心想著示於顔貌姿豔端正以相莊校衆好若干而以功德自嚴其體威神殊絶無能當者名稱普流功勳闡布通于三世無所蔽閡以咨嗟慧而爲馨香自熏其身則於世法而無所著不爲塵勞而見染汙惡口麤辭不能毁之則以神

通而自娱樂博聞無猒班宣辯才爲師子吼以智慧光靡所不照聖明之達而爲雷震滅除閉塞幽隱之愚所説無盡通解總持佛所觀察聲聞緣覺所不知處常見諸佛覺意如海三昧之定猶須彌山忍辱柔和等之如地勇猛之力降魔官屬棄諸外道安樂自在如天帝釋喻若梵天心得由已無有儔匹求比難比而無等倫亦如虚空不可爲喻靡所不周無所不入天子欲知寶英如來所生國土聲聞之衆其功德勳復超於此如吾所歎不可計量文殊師利説是語時五百比丘五百比丘尼五百優婆塞五百優婆夷五千天子未得道證發心白佛世尊我等願生於彼寶英佛土得爲聲聞文殊答曰諸族姓子不可以懷聲聞之心生彼佛土汝等當發大道之心乃至彼土應時受教皆發無上正真道意佛悉記説當生彼土

解律品第三

寂順律音天子復問文殊何謂聲聞律何謂菩薩律答曰受教畏三界難猒患惱者聲聞之律護於無量生死周旋勸安一切人民蚑行喘息蠕動之類開導三界決其疑網衆想之著是菩薩律惡猒積德以用懈廢不能自進是聲聞律興功爲德不猒諸行以蓋衆生因而得濟是菩薩律滅除一切塵勞之欲已身所惡是聲聞律攻伐一切衆生塵勞恩愛之著是菩薩律不覩諸天心行所念所志不同是聲聞律自見三千大千之佛國土根心所歸是菩薩律但能察已心之所行是聲聞律普見十方諸佛處所衆生心念是菩薩律

惟照巳身志性所趣是聲聞律光于一切人民之行蛸飛蠕動心念思惟三界之居各有本末是菩薩律難以將護一切衆魔是聲聞律降化一切三千大千世界諸魔官屬壞衆魔行能受正法是菩薩律如毁破碎瓦石之器不可還合小志之德滅度如是不進正眞是聲聞律猶若金器雖爲破敗終不遺棄即可還合以爲寶器大士現滅深慧法身永存不朽不增不減續現三界是菩薩律若大火燒山林樹木莫不燔燎禽獸馳竄小志若茲畏三界難藏隱泥洹是聲聞律樂于生死獨步三界意無怯懦欣心娛樂道法之樂勸化衆生亦如苑囿遊觀之園華實茂盛多所悅豫是菩薩律不能斷除罣礙槃結之難而有處所是聲聞律摩滅一切弊蓋之患永無止處是菩薩律取要言之而有限節自繫縛身以有限德而見成就戒定慧解度知見事不能具足無極大道是聲聞律所接玄邈志如虚空功勳無量戒定慧解度知見品不可稱載是菩薩律爾時世尊歎文殊師利曰善哉善哉快說解此諸菩薩律文殊聽吾引喻重解令是義歸廣普究竟猶如二人一人歎譽牛跡之水一人起立咨嗟大海積水之功於意云何其人歎譽牛跡之水能久如乎答曰牛跡之水甚爲少少不足稱譽佛言文殊聲聞之律所見威神亦復若茲如牛跡水不足稱譽彼人起立嗟嘆大海能如何乎答曰甚多甚多天中之天其大海者無有邊際不可齊限深廣難計佛言菩薩之律當作是觀猶如江海不可訾量佛說是時二萬二千人逮

得無所從生法忍異口同音皆而歎曰我等世尊當學於斯菩薩之律開導發起無央數人寂順律音天子復問文殊師利文殊爲學何律爲修聲聞緣覺之律若菩薩律文殊答曰於天子意所志云何其大海者爲受何水捨置何水答曰其大海者無水不受報曰如是天子菩薩之律猶如大海不逆汙塗十方諸律靡不歸之聲聞緣覺一切衆生開化行律而普遊之天子又問文殊師利所言律者爲何謂乎答曰所言律者開導教化恩愛塵勞故曰爲律曉了貪欲故曰爲律天子又問何謂開導恩愛塵勞何謂曉了於貪欲者答曰衆念思想計有吾我處于諸見不棄顛倒不捨不明愚癡之本行于二事興發塵勞分別此者是謂曉了貪欲也彼若修行無貪思想淨導隨順不計吾我不住諸見捐捨顛倒棄除無明愚癡之冥不爲二行塵勞不興亦無諍亂無諍亂已究竟永安是謂開化塵勞之律譬如天子其有術師明識能知毒虺種類便以呪術除去毒害學者若斯設能分別塵勞本末無有根源則能消滅塵勞恩愛天子又問何謂開化塵勞本末之律答曰於衆想念本末所行無有想念則不興諍已不興諍則無所著已無所著則無所倚已無所倚則無所住已無所住則無惱熱已無惱熱究竟被教而蒙度脱此謂爲律設使天子以賢聖慧玄妙之智曉了塵勞恩愛之本虛妄空無無所是在無有常主亦無所屬無所從來無所從去無有處所亦無方面無内無外亦不兩間亦不積聚無色無像無有形貌是爲

曉了塵勞恩愛之本天子又問塵勞云何而蒙度脫爲實爲虛答曰猶如有人卧出夢中毒蛇螫之其人苦痛不能堪任尋時便服除毒之藥其毒即滅痛惱休息於天子意所趣云何其人審爲毒蛇所螫爲虛事乎答曰爲虛不可言實又問設使虛者何故被毒而蒙藥除答曰如虛妄夢夢虛不實而被於毒毒除亦然亦無所除文殊答曰衆聖解空開化一切塵勞恩愛亦復如是如天子問何謂開化塵勞恩愛爲實爲虛欲了此義如我之身計無有身恩愛塵勞實無恩愛亦復若斯設使我身是實身者恩愛塵勞亦當常存所以塵勞無塵勞者用我已身無有身故由是之故無有能得開化塵勞所以者何一切諸法皆爲寂寞而無生故諸法惔怕不可受持故諸法靜默無歸趣故諸法皆盡無積聚故諸法無盡無所生故諸法不生無所成故諸法無成用無造故諸法無作無所爲故諸法無爲用無我故諸法無我用無生故諸法無主如虛空故諸法無來無所著故諸法無去從無住故諸法無住無所受故諸法無受無所著故是故天子究竟蒙化成爲法律亦無所化

道門品第四

天子又問一切諸法以何爲門之元首也答曰無順之念以爲門首周旋生死順義之念爲泥洹矣不行精進爲聖閡門精進之行爲道品門狐疑之行爲陰蓋門勤修解脫無聖閡門思想諸著爲塵勞門無所想念無有虛妄無恩愛門諸亂多念衆妄想門寂然之行

爲惔怕門六十二見爲憍慢門修於空無無自大門隨惡親友爲惡罪門從善親友爲善法門衆邪見事爲惱患門正見之義爲安隱門慳貪之事爲貧匱門布施之義爲大富門毀犯戒者便當歸趣諸惡道門奉修禁戒當歸一切生善處門喜諍訟者違失法門若忍辱者得歸殊特超異之門爲懈怠者心垢穢門遵行精進爲無垢門放逸之事爲亂意門一心之事爲定意門惡智之行癡冥之惑如牛羊門修智慧者三十七品爲道法本師子之門而悉具足慈心行者無所害門悲哀行者志和雅門性以和柔無諛諂門而行喜悅樂法樂門修行護者無所適莫無增減門行四意止不失宿德諸所福門四意斷者順平等門四神足者心身輕門五根行者篤信之

義爲元首門五力行者不爲塵勞及諸愛欲所玷汙門七覺意者悉已曉了平等慧門八道行者棄捐一切衆邪異徑迷惑之門復次天子計於菩薩爲諸佛法元首之門將護諸法法自在門故善權方便曉了處處無處之門故智度無極通知一切衆生心念所合隨順度彼岸門故六度無極攝於六欲令無所處爲大乘門故觀求於空三界如化終始如夢智慧明門故一切諸法皆爲本無法無生忍明達自然無所不了其慧不依他人明故也天子又問文殊師利何謂法界之門乎答曰其法界者則曰普門又問其法界爲何所界答曰一切衆生之所界者名曰法界又問其法界者豈有分際文殊答曰虛空之界寧有分際乎報曰不也文殊答曰猶如虛空無

有分際法界如是亦無分際天子又問曰豈可分別於法界乎答曰其法界者不可分別天子又問仁者何因解明諸法乃能曉了如斯辯才文殊告曰於天子意所趣云何其呼響者而有音出以何解法天子報曰其呼響者不解諸法以緣合成乃響出矣答曰如是天子菩薩皆因衆緣故而有所說天子又問仁者爲住何所而有所說答曰如來化住有所講說吾之所住所演若斯問曰如來之化法無所住而有所說答如如來化於無所住而有所說吾之所宣亦復如是設使文殊於一切法無所住立而有所說仁何所住成於無上正眞之道爲最正覺乎答曰吾住五逆乃成無上正眞之道又問文殊其五逆者爲住何所答曰其五逆者無有根本亦無所住

又問如來說言其作逆者無間可避不離地獄答曰如是天子如佛所說其作逆者當墮地獄若菩薩住於此五逆疾逮無上正眞之道何謂爲五假使菩薩慇懃至心發大道意去小乘心而不墮落聲聞緣覺之地是第一逆發心廣施一切所有無所愛惜不與慳貪而共合會是第二逆而發慈心一切衆生吾當度之不中懈廢是第三逆見一切法無所從生尋便逮得無所從生法忍不復中與六十二疑邪見俱合是第四逆所當知見所當斷除所當班宣所當成覺發意之須悉知見覺靡所不達而無所住成一切智不著三界是爲五逆文殊師利謂其天子菩薩已住於是五逆爾乃疾成無上正眞之道爲最正覺天子又問所說何謂逆不成逆順不成順答

曰如紫磨金及如意珠雖墮不淨爲俱合乎答曰不合所以者何其物眞故不與僞合文殊告曰人心本淨縱處穢濁則無瑕疵猶如日明不與冥合亦如蓮華不爲泥塵之所沾汙譬如虛空無能汙者欲行學法發菩薩心住於諸逆而不動搖開化諸逆則名曰順其心本淨不與穢合所以者何設使合者不可而別水及泥土尚不俱合況乎心本清淨無形與形合乎

佛說文殊師利淨律經

音釋

閡音艾與礙同阻也　爟忽郭切雲消貌　蚑去縊切蟲行貌　喘尺兖切疾息也　燔燎燔符艱切爇也燎力弔切燒也　竄七亂切藏匿也　虺詡鬼切蝮也　疵音慈黑類也

菩薩善戒經

劉宋罽賓三藏法師求那跋摩等譯

清刻龍藏佛說法變相圖

菩薩善戒經卷第一 一名菩薩地經

劉宋罽賓三藏法師求那跋摩等譯

序品第一

如是我聞一時佛在舍衛國須達多精舍祇陀林中與大比丘僧五百人俱菩薩千人爾時世尊即告無量諸菩薩言誰能於此後惡世時受持擁護阿耨多羅三藐三菩提誰能護法誰能教化一切衆生爾時彌勒菩薩即從坐起偏袒右肩右膝著地長跪叉手白佛言世尊我能於後惡世之中受持擁護阿耨多羅三藐三菩提能護正法能化衆生師子菩薩復作是言世尊我亦能以種種方便攝持衆生金剛菩薩言世尊若有衆生當墮三惡道我能遮持令不墮落文殊師利復作是言世尊若有衆生凡所求索我悉能令一切

具足智幢菩薩復作是言我能惠施衆生大智法幢菩薩復作是言世尊我能以法普施衆生日光菩薩言世尊我能施於衆生安樂月光菩薩言世尊我能教化一切衆生令修福德善護菩薩言世尊我能教化一切衆生令不放逸無盡意菩薩言世尊我能教化一切衆生悉令知見無盡界義月子菩薩言世尊我能惠施一切衆生無上安樂善月菩薩言世尊我能施於一切衆生安樂之因觀世音菩薩言世尊我能救護衆生怖畏得大勢菩薩言世尊我能令彼未度者度衆善菩薩言世尊我能令彼不調者調善意菩薩言世尊若有衆生墮在畜生我能教化令其調伏不樂菩薩言世尊我能施於愚者智慧光聚菩薩言世尊我能令彼下根之人令得上根

不諦菩薩言世尊我能示彼狂者正道樂見菩薩言世尊我能施於無量衆生無量安樂釋幢菩薩言世尊我能令彼受苦衆生常憶苦事不可思議解脫菩薩言世尊我能令彼餓鬼衆生遠離飢苦聖光菩薩言世尊我能令彼不調者調維摩詰菩薩言世尊我能壞彼衆生疑心光明菩薩言世尊我能閉塞三惡道門金剛功德菩薩言世尊我能令彼異解衆生悉作一解無量行菩薩言世尊我能施彼衆生無漏之道無所畏菩薩言世尊我能壞彼種種怖畏寶功德菩薩言世尊我能顯示一切衆生功德寶藏善意菩薩言世尊我能以此微妙輭語調伏衆生淨光菩薩言世尊我能以愛調諸衆生寶賢菩薩言世尊我能令彼一切衆生憶過去世高貴德光菩

薩言世尊我能令彼修勤精進善功德菩薩言世尊我能令彼苦惱衆生悉得解脱寶手菩薩言世尊我能施彼無量衆生種種諸寶意珠菩薩言世尊我能壞彼衆生貧窮破結菩薩言世尊我能壞彼衆生煩惱金光明菩薩言世尊我能示彼邪僞衆生眞實德色菩薩言世尊我能令彼諸乘衆生皆住一乘法意菩薩言世尊我能令彼悉得法眼金剛子菩薩言世尊我能壞彼衆生惡業法增菩薩言世尊我能如法攝持衆生無名菩薩言世尊我能令彼一切衆生遠離三毒月勝菩薩言世尊我能示彼衆生善方師子意菩薩言世尊我能以法施於衆生師子吼菩薩言世尊我能破壞衆生疑網香象王菩薩言世尊我能於後惡世之中示衆生夢令壞煩惱爾時舍利弗作是思惟甚奇甚特諸菩薩事不可思議復白佛言世尊若有菩薩勤修精進具足方便而能種種利益衆生世尊如是等菩薩摩訶薩衆生云何乃從是人乞索頭目髓腦血肉及諸所須世尊我今定知如是乞者即是菩薩摩訶薩也佛言善哉善哉舍利弗實如所言唯諸菩薩乃知菩薩實非聲聞緣覺所及舍利弗菩薩摩訶薩雖復現佛種種神足終不捨於菩薩之心舍利弗若有長者生憍慢心菩薩現作長者之像破彼慢故若至那羅延及端正人有憍慢者悉現其身壞其憍慢若得聖法示以大乘何以故離一解脱更無異解脱故是故名如來舍利弗在家菩薩修習二施一者法施二者財施出家菩薩修習四施一者筆施二者墨施

三者經施四者説法出家菩薩具足成就是四施已能調其心破壞憍慢修習忍辱舍利弗出家菩薩具足忍辱則能受持菩薩禁戒又復具足三種惠施乃能受持菩薩禁戒一者施二者大施三者無上施施者於四天下尚不悋惜況於小物是名爲施大施者能捨妻子無上施者頭目髓腦骨肉皮血菩薩具足如是三施乃具於忍具是忍已則能受持菩薩禁戒舍利弗菩薩欲受菩薩戒時先當調伏柔輭諸根於生欲處不生欲心於生瞋處不生瞋心於生癡處不生癡心於生畏處不生畏心若自知具如是四事則爲十方諸佛所知其人亦能知十方佛舍利弗若知不具如是四事受菩薩戒者是人亦不得菩薩戒亦誑十方現在諸佛及諸菩薩舍利弗菩薩有二種一者從瞋因緣二者從癡因緣舍利弗瞋者能作八大地獄因緣癡者能爲諸惡煩惱因緣以是瞋癡二因緣故能毀菩薩戒舍利弗若欲受持菩薩戒者應先遠離欲癡瞋畏六月晝夜獨處閑靜懺悔諸罪我某甲歸依佛歸依法歸依僧歸依十方現在諸佛及菩薩僧歸依釋迦牟尼如來南無佛南無法南無僧南無十方佛及菩薩僧南無釋迦牟尼佛南無金剛無壞身南無寶光南無無量自在王南無無上林王南無無上歡喜南無寶火南無寶月光南無清淨南無手勤精進南無梵德南無善功德南無栴檀功德南無光功德南無阿叔伽功德南無那羅延力南無華功德南無蓮華南無財功德南無念功德南無善名南無釋種王南無無勝南

無無邊身光南無無邊身南無無動南無大山王如是等無量世間諸佛菩薩常住在世宣說法化惟願慈哀留心見念若我過去無量世中及現在世所作衆罪不善惡業若自作若見他作心生隨喜若取佛物法物僧物招提僧物現在僧物若自取已若見他取心生隨喜若自造作五逆之罪見他造作心生歡喜若自造作十不善業若見他作心生歡喜以是不善業因縁故當生畜生餓鬼地獄若邊地身長壽天身諸根不具親近邪見不值佛世如是等罪今悉誠心求哀懺悔如於現在釋迦佛前如來世尊眞實知見具智無礙淨眼無障常爲一切衆生證人惟願觀我誠心懺悔我從今日更不敢作

復次十方諸佛及諸菩薩至心諦聽若我過去無量世中及現在世所修惠施乃至施於畜生一把若我持戒乃至一念如是功德悉以迴向無上菩提如過去佛及諸菩薩發願迴向未來佛及諸菩薩發願迴向亦如十方現在諸佛諸菩薩等發願迴向舍利佛菩薩如是至心禮拜恭敬諸佛過六月已若去若立若行若坐十方諸佛示其身面具足三十二相八十種好雖示菩薩如是相好而於法界初無動轉何以故如來眞實知其心故十方諸佛定知是人堪任受持菩薩禁戒修習慈悲能壞魔衆轉正法輪能調衆生宣說法界以是義故十方諸佛爲是菩薩示現其身舍利弗如師子吼猫狸能不不也世尊若有不於無量世中無量佛所植諸德本能得受持菩薩戒不不也世尊舍利弗如香象王之

所負擔驢能勝不不也世尊舍利弗如日月光螢火及不不也世尊舍利弗如毗沙門所有財寶貧者等不不也世尊舍利弗金翅鳥飛鳥能及不不也世尊舍利弗若有能於無量世中無量佛所深植德本是人乃能受菩薩戒了了見於十方諸佛舍利弗受菩薩戒已若有客塵煩惱因緣犯可懺法應當向諸佛懺菩薩終不造五逆罪若貪不息乃至生子應於十方現在佛前滿足二年晝夜經行以殷重心求哀懺悔若爲貪心取佛物法物僧物如本佛前二年懺悔舍利弗菩薩若以瞋恚因緣毀禁戒者無有是處以瞋因緣毀破禁戒得懺悔者亦無是處

爾時優波離於其晨朝從禪定起即詣佛所頭面作禮右遶三帀却坐一面白佛言世尊如戒經中說若我弟子有信者於所受戒乃至失命終不毀犯世尊現在若入涅槃我當云何分別了知聲聞禁戒緣覺禁戒菩薩禁戒世尊說我於持律中爲最第一我今不知毗尼方便云何當說今者多有大比丘僧諸菩薩僧唯願如來具示廣說佛言善哉善哉優波離至心諦聽善思念之當爲汝說優波離聲聞戒因緣異菩薩戒因緣異聲聞戒心異菩薩戒心異聲聞戒莊嚴異菩薩戒莊嚴異聲聞戒方便異菩薩戒方便異優波離聲聞戒淨非菩薩戒淨菩薩戒淨非聲聞戒淨聲聞之人乃至一念不求於有名聲聞戒淨菩薩若不求於有者名大破戒名不淨戒聲聞求有是名破戒名不淨戒優波離菩薩摩訶薩於無量劫常處有中心不生悔名菩薩

戒淨非聲聞戒淨以是義故優波離汝應宣說聲聞戒急菩薩戒緩聲聞戒塞菩薩戒開聲聞戒中應說因緣菩薩戒中則不應說優波離菩薩之人隨衆生心非聲聞也若取菩薩於戒小緩聲聞護急優波離菩薩若於晨朝犯戒猶故應念阿耨多羅三藐三菩提自知罪過晝夜三時皆應如是是名菩薩戒優波離菩薩若時時犯不名破戒聲聞若時時犯是名破戒是名失戒是名不得沙門道果何以故聲聞之人爲壞煩惱勤行精進不應毀犯優波離菩薩若於恒河沙等劫受五欲樂亦不失於菩薩禁戒不名破戒不名失戒不名不得菩提之果優波離菩薩不能於一世中盡諸煩惱當以方便漸漸令盡優波離阿耨多羅三藐三菩提要須無上大莊嚴力然後乃得非一世得是故如來不說菩薩於生死中而生悔心亦不宣說永斷貪愛爲說喜法甚深法無疑法空法聞是法已樂於生死優波離言世尊犯有三種一者貪二者瞋三者癡菩薩所犯何者爲重何者爲輕佛言優波離若諸菩薩犯如恒河沙等貪如是菩薩不名毀戒若犯一瞋因緣毀戒是名破戒何以故優波離瞋恚之心能捨衆生貪愛之心能護衆生若愛衆生不名煩惱瞋捨衆生名重煩惱優波離是故如來於經中說貪結難斷不名爲重瞋恚易斷名之爲重優波離難斷非重菩薩常有易斷重者乃至夢中尚不爲之優波離愚癡菩薩無有方便怖畏犯愛菩薩有智善知方便怖畏犯瞋不畏犯愛爾時文殊師利白佛言世尊毗尼者名爲調

伏一切法性畢竟是調如來何故宣說毗尼文殊師利若凡夫人能知諸法畢竟調者如來終不宣說毗尼以凡夫人不知不解是故如來爲說毗尼文殊師利汝今何故不說毗尼優波離欲得聞之時文殊師利語優波離優波離一切諸法畢竟調伏一切諸法性不可汙一切諸法性無顛倒一切諸法其性清淨一切諸法不可宣說一切諸法無有取著一切諸法不去不來一切諸法不可思議一切諸法無有障礙一切諸法本無有性一切諸法無行一切諸法不出不滅一切諸法無有三世一切諸法無有疑網如是等法佛法覺知優波離言世尊如文殊師利所說非了了說佛言優波離文殊師利常樂宣說如是解脫優波離言世尊云何名憍慢若菩薩言我有菩提心我爲菩提行六波羅蜜我爲般若修造諸行菩提行深聲聞行淺菩提行淨聲聞行不淨菩提行畢竟聲聞行不畢竟若復分別是聲聞法是緣覺法是菩薩法是諸佛法此名爲淨此名不淨是名爲道是名非道是名菩薩憍慢

菩薩地善行性品第二

菩薩摩訶薩修習聖行行於善果菩提之道有十法則能攝取一切善法何等爲十一者支二者翼三者淨心四者行五者有六者因七者器八者地九者方便十者住云何名支謂菩薩性菩薩性者謂初發心及三十七品何以故菩薩摩訶薩發菩提心乃是一切善法根本是故名支因此發心得阿耨多羅三藐三菩提是故名因因初發心決定必得阿

耨多羅三藐三菩提是故名性菩薩摩訶薩因初發心故得修行檀波羅蜜尸波羅蜜羼提波羅蜜毗離耶波羅蜜禪波羅蜜般若波羅蜜行六波羅蜜故則得修行智慧莊嚴福德莊嚴修三十七助道之法是故菩薩發菩提心名之爲支菩薩摩訶薩隨發心行具足得阿耨多羅三藐三菩提是故名支菩薩摩訶薩若無菩薩性者雖復發心勤修精進終不能得阿耨多羅三藐三菩提是故當知非因發心勤修精進有菩薩性以是義故菩薩性者名之爲支菩薩雖有菩薩之性若不發心勤修精進則不能疾成阿耨多羅三藐三菩提有菩薩性發菩提心勤修精進故則能疾得阿耨多羅三藐三菩提以是義故菩薩性者說之爲支又復支者名因亦名爲梯亦名增長亦名莊嚴亦名依憑亦名次第亦名進行亦名室宅以是義故性名爲支云何名性性有二種一者本性二者客性言本性者陰界六入次第相續無始無終法性自爾是名本性言客性者謂所修習一切善法得善薩者是名客性而此經中以是二種名之爲性是二性者名之爲支又復性者亦名爲子亦名爲界亦名爲性復有二種一細二麤所言細者無因而得無因得果故名爲細所言麤者有因而得從因得果故名爲麤菩薩摩訶薩具足如是二種性者勝於一切聲聞緣覺況諸外道以是義故菩薩摩訶薩得名爲勝何故名勝以清淨故清淨有二一淨智障二淨結障聲聞緣覺淨結障故菩薩性淨非淨智障菩薩性淨菩薩摩訶薩具足二淨以

是義故菩薩性者得名爲勝菩薩摩訶薩復有四事勝於聲聞辟支佛等一者根勝二者行勝三方便勝四得果勝言根勝者菩薩摩訶薩本性猛利縁覺性中聲聞性鈍是名根勝言行勝者聲聞縁覺爲自度故修習善法菩薩之人不自爲已但爲衆生修習善法施衆安樂大悲憐愍是名行勝方便勝者聲聞縁覺唯能了知陰界諸入不能了知十二因縁及處非處菩薩方便則能善知一切諸法是名方便勝言果勝者聲聞自得聲聞菩提縁覺自得縁覺菩提菩薩自得菩薩菩提是名果勝菩薩性者有六種印以是印故一切衆生則得識知此是菩薩何等爲六所謂檀波羅蜜乃至般若波羅蜜以何義故檀波羅蜜名菩薩性印菩薩摩訶薩本性能得如是

捨心於諸財物若多若少心不貪著欲施施時及行施已悉生歡喜隨所施物若多若少心無疑悔若少施時亦無羞愧若無財時常讚歎施見有慳者能破其心見行施者心生欣慶歡喜踊躍如見父母見來求者深自慶幸若無財物應以身業供給長老父母諸師應以喜語輭語法語實語正語除破衆生妄語兩舌惡口無義語若有人問猶不說人長短過失況於無問而自說耶若有衆生怖畏王賊水火之難能爲救解知恩念恩受恩能報受他寄付不令他疑若是重寶心不貪著於已物中心無悋惜能食能衣惠施於人能調欲心躭酾之心調戲等心貪妓樂心修習慚愧雖獲大寶不生貪喜是名檀波羅蜜菩薩性印云何尸波羅蜜菩薩性印菩薩摩訶

薩身口意業性自淨輭於衆生中不起惡心恚害之心若因客塵諸煩惱等造作衆罪作已心悔深生慚愧發露懺悔於諸衆生起憐愍心作一子想終不以手若杖若石加於一切心常求覓眞善知識志樂供養父母師長耆舊宿德破壞憍慢先意問訊知恩念恩若有乞者輭語慰喻不以幻術誑惑衆生終不樂以非法活命常喜修習一切功德教諸衆生廣修福業見諸衆生所受諸苦斷其命根打縛閉繫飢渴寒熱菩薩爾時觀彼受苦如已無異護持佛戒乃至輕微尚不故毀況餘重者能以十善教化一切不樂見聞諸惡衆生鬬諍駡詈所有三業常爲衆生終不自爲若有衆生具戒忍慧樂與同行得柔輭心無有害心無不忍心心常敬重所有諸戒不誑衆生無有兩舌及無義語雖無問者尚讃人善況有問者而當不說尊重宗敬正實之語是名尸波羅蜜菩薩性印云何羼提波羅蜜菩薩性印菩薩摩訶薩觀諸衆生若有來打我是身者我則不應加惡報之何以故我身非身所謂身者名爲眞實眞實之身則不可打而我此身是和合身和合身者所謂不淨於和合中少分見打多無所損多無所損何故不喜瞋者少分有瞋多分不瞋多不瞋故云何名瞋若和合打和合受者誰打誰受譬如二物相觸出聲若我瞋者應當自瞋何以故以業緣故而得此身以是身故受是楚毒譬如有的箭則著之我若增長是瞋心者則不能觀善惡等法若不能觀善惡法者必定當墮三惡道中以是義故若 打若駡不應於

他生瞋恨心如是觀已是名羼提波羅蜜菩薩性印復次若見有打罵者應於是人生一子想心無怨恨是名羼提波羅蜜菩薩性印云何毗黎耶波羅蜜菩薩性印菩薩摩訶薩勤修精進晨起夜寐不樂眠卧終不觀於寒熱飢渴恐怖歡喜凡所造作若是世事及出世事要令究竟終不中廢事若未果終不中悔雖得他人恭敬供養於已所修不休不息於自已身不起輕心言不能得阿耨多羅三藐三菩提雖見世間難爲之事終不退縮是名毗黎耶波羅蜜菩薩性印云何禪波羅蜜菩薩性印菩薩摩訶薩至心樂觀諸法實義樂住寂靜及無人處樂離惡人增長善法見樂靜者歡喜恭敬雖有煩惱本性輕微所有善心終不爲於諸惡覺觀之所破壞修習慈心視怨如子若見衆生受大苦惱生於悲心隨其已力而爲除斷願諸衆生悉令安隱身設受苦不生憂惱若失身命及以財物若繫若縛若打若擯能自曉喻不失正念生於憂苦專心聽法書寫受持讀誦解說若他忘失能爲誨示以如是等至心因緣於後世中不忘法界是名禪波羅蜜菩薩性印云何般若波羅蜜菩薩性印菩薩摩訶薩了知一切世間之事知諸方術及諸衆生所有言說雖知此事心不迷謬亦不放逸不爲外道之所誑惑不隨邪見所說義理是名般若波羅蜜菩薩性印我今粗略說麤印相後細印相諸佛所知菩薩性者不可思議成就具足諸功德事清淨眞實具足淨法是故名上亦名不動亦名阿耨多羅三藐三菩提印菩薩摩訶薩

若不覩見惡法過患則不得修一切善法菩薩摩訶薩修上善時若以客塵煩惱因緣墮三惡道猶故勝於惡道衆生何以故菩薩性故若以客塵煩惱因緣墮惡道者能速破壞疾得出離如其不出不同惡道受於重若若受苦時於諸衆生猶生大悲以性因緣故得悲心是故菩薩勝於一切三惡衆生菩薩摩訶薩以四煩惱因緣故破壞淨法何等爲四一者利重常恒二者以是二結親近惡友三者若於師所王主怨賊而生怖懼故失善心起於煩惱四者爲身命故作諸惡法以是四法雖有菩薩摩訶薩性終不能得阿耨多羅三藐三菩提復有四事雖有菩薩摩訶薩性亦不能得阿耨多羅三藐三菩提何等爲四一者不值善友佛及菩薩不謬說義者二者雖值善友佛及菩薩錯謬解義不學菩薩所有禁戒三者雖值善友佛及菩薩隨順解義不能學持菩薩禁戒四者雖值善友佛及菩薩隨順解義學菩薩戒善根未熟未得具足莊嚴菩提是故不得阿耨多羅三藐三菩提菩薩雖有菩薩之性若不具足如是四事終不能得阿耨多羅三藐三菩提雖復具足如是四事無菩薩性而能得成阿耨多羅三藐三菩提者無有是處

菩薩地發菩提心品第三

菩薩摩訶薩初發心時立大正願作如是言我得阿耨多羅三藐三菩提時當大利益一切衆生要當安置一切衆生大涅槃中復當教化一切衆生悉令具足般若大智是則名爲自利利他是故初發菩提心者則得名爲

菩提因緣衆生緣因正義緣因三十七助道法緣因攝取一切善法根本是故菩薩名善大善名實眞實亦名一切衆生善根能破一切身口意等三業諸惡一切世間所有誓願及出世願無有能勝阿耨多羅三藐三菩提如是誓願無勝無上菩薩摩訶薩初發三菩提心有五事何等爲五一者性二者行三者境界四者功德五者增長是名爲五菩薩若能發菩提心則得名爲菩薩摩訶薩定得阿耨多羅三藐三菩提修大乘行是故初發菩提之心則能攝取一切善法菩薩摩訶薩發菩提心隨行漸得阿耨多羅三藐三菩提若不發心終不能得是故發心是阿耨多羅三藐三菩提根本菩薩摩訶薩見苦衆生心生憐愍是故菩薩因慈悲心發阿耨多羅三藐三菩提心因菩提心修三十七品因三十七品得阿耨多羅三藐三菩提是故發心名之爲支發菩提心故行菩薩戒是故發心爲菩薩戒支是故發心名根名因名餘名果亦名爲子菩薩發心復有二種一者畢竟二者不畢竟畢竟者乃至得阿耨多羅三藐三菩提終無退失不畢竟者則有退失退有二種一畢竟退二不畢竟退畢竟退者終不發阿耨多羅三藐三菩提心不能推求修習其法不畢竟者求菩提心修習其法是菩提心有四種因何等爲四一者若善男子善女人若見若聞諸佛菩薩不可思議爾時則生信敬之心作是念言佛菩薩事不可思議若佛菩薩不思議事是可得者我亦當發阿耨多羅三藐三菩提心是故至心念於菩提發菩提心

三者復有不見諸佛菩薩不思議事唯聞諸佛菩薩祕藏聞已即生敬信之心得信心故爲阿耨多羅三藐三菩提及大智故發菩提心三者復有不見諸佛菩薩不思議事亦不聞法見法滅時便作是念無上佛法能滅衆生無量苦惱作大利益唯諸菩薩能令佛法久住不滅我今亦當發菩提心令諸衆生遠離煩惱諸大苦事護持佛法久住於世爲住世故發菩提心四者復有不見佛法滅時唯見惡世諸衆生等具重煩惱貪恚癡等無慚無愧慳恪嫉妬愁憂苦惱不信懶惰見是事已尋作是念大惡世時衆生大惡不能修善如是惡時尚不能發二乘之心況阿耨多羅三藐三菩提心我今當發菩提之心發是心已乃當教化一切衆生令發阿耨多羅三藐三菩提心是故菩薩於此惡世惡衆生中發菩提心復有四因發菩提心何等爲四一者性具足二者善友具足三者慈心具足四者觀生死苦具足聖行不畏菩提難行苦行性具足者菩薩性自具足善友具足有四事何等爲四一者善友諸根完具具大智慧能示善惡不行邪道是名善友具足二者心不放逸能破放逸能閑惡道三者自能具足菩薩禁戒轉以教他四者不以下道轉他上道不以小乘轉他大乘不以修福轉他定慧具足慈心復有四事何等爲四一者或有世界有苦惱處或有世界無有苦惱苦惱之處菩薩發願往生其中或見受苦若身自受生於慈心爲破其苦二者生地獄中或見受苦若身自受亦生慈心爲破其苦三者生餓鬼中或

見受苦若身自受亦生慈心爲破其苦四者生畜生中或見受苦若身自受亦生慈心爲斷其苦具足慈心復有三種謂上中下上者復有四事一者觀生死苦二者修慈悲心無有終始三者性勇健心四者得智慧心復有四事何等爲四一不放逸二具足戒三能忍辱四者至心專念阿耨多羅三藐三菩提復有四事何等爲四一者等視衆生猶如一子二者於怨親中無有分別三者得堅信心四者修行聖行是爲四修習慈心有四種力何等爲四一者内力二者外力三者因力四者莊嚴力菩薩摩訶薩至心專念阿耨多羅三藐三菩提是名内力爲欲化度諸衆生故發阿耨多羅三藐三菩提心是名外力能於無量阿僧祇劫修習善行師事諸佛及諸菩薩是名因力菩薩摩訶薩樂近善友聽受正法思惟其義如說修行是名莊嚴力若菩薩摩訶薩以是二力發阿耨多羅三藐三菩提心是名正心不動心不退心不轉心所謂内力因力若以外力及莊嚴力發菩提心是名不正心動心退心轉心菩薩轉心有四因緣何等爲四一者性不具足二者惡友具足三者於諸衆生不具悲心四者不能觀察生死過患菩薩摩訶薩初發菩提心有二事不可思議何等爲二一者於諸衆生作眷屬想二者無衆生想菩薩常以智慧觀察誰是衆生衆生屬誰是名爲二因是二心能令菩薩無有退轉初發菩提有二種心何等爲二一者爲施衆生安隱二者爲施衆生快樂以諸善法化諸衆生令離惡法是名安隱能以財物賑

給衆生令離貧窮所謂衣食房舍卧具病瘦醫藥是名快樂不退菩薩有二種心何等爲二一者性莊嚴二者專心受持莊嚴常念欲令衆生安樂是名性莊嚴終不退轉菩提之心因是生心能施一切衆生安樂是名受持莊嚴不退菩薩出生福德有二處何等爲二一者菩提之心二者衆生受苦如二出處福聚亦爾是名爲二不退菩薩又有二事勝於一切聲聞縁覺何等爲二一者因勝二者果勝菩薩摩訶薩發菩提心所修善法是名爲因因行善法得阿耨多羅三藐三菩提是名爲果如是因果勝於一切聲聞縁覺不退菩薩有二大事何等爲二一者發是心已即爲一切無量衆生而作福田爲作父母師長和尚生大憐愍以憐愍故行住坐卧若眠若寤常爲諸天之所守護如轉輪王常爲五百青衣鬼神之所守護不退菩薩亦復如是以憐愍故若更受身無有病苦二者發心菩薩常爲衆生之所樂見猶如父母一切衆生於菩薩所身口意業柔輭無惡是名爲二菩薩摩訶薩發菩提心不失正念於諸衆生不起害心不食肉不欺誑常以善法教化衆生衆生不受不廢不愁自調伏亦能調他隨其所住衆生之處皆悉能令滋長福業若以客塵煩惱因縁墮三惡道能速得出雖同受苦不生楚毒見受苦者心生悲愍菩薩初發菩提心者成就如是無量功德

菩薩地利益内外品第四

菩薩摩訶薩發菩提心云何名爲菩提之行菩薩若於此彼之處若學若教皆爲阿耨多

羅三藐三菩提謂戒聞思惟是名菩提行菩薩摩訶薩於何處學學有七處何等爲七一者内義二者外義三者正義四者不可思議義五者調衆生義六者自熟佛法義七者得阿耨多羅三藐三菩提是名爲七云何内義内義有十何等爲十一者眞實義二者爲他義三者調伏義四者安隱義五者快樂義六者因義七者果義八者現在義九者他世義十者畢竟義菩薩摩訶薩爲他事故是名内義眞實義者知煩惱性及對治門以巳樂具施於衆生志常修習無上正道凡所求索以安衆生既得財物心無貪悋能以供養佛法衆僧父母師長於千萬里求佛經典及菩薩藏既得法巳廣令流布不生祕悋雖解深義不生高心爲生天上説持戒利爲轉輪王説布施德爲二乘道説修三昧爲得世間大果報故教令供養佛法僧寶廣修福業爲貪心者而説貪事爲欺誑者説欺誑事爲非法人而作僮僕菩薩摩訶薩作是事巳是名眞實義菩薩摩訶薩所有自利悉爲衆生是名他義菩薩摩訶薩凡所演説悉爲破壞衆邪異見謂無因果破戒之人不見過故爲説種種毁禁之過爲破三惡而演説法若有退禪及善法者爲不退故而爲説法爲欲增長諸善法故而爲説法欲令衆生得自在故而爲説法欲令十方世界衆生得善神足而爲説法是名調伏義内義者名爲外義外義者亦名内義内外義者名調伏義調伏義者亦名内外義如來十力四無所畏十八不共法大悲三念處五智三昧是名眞實義眞實義者名

內外義內外義者有二種何等爲二一者自調二者調他菩薩摩訶薩善知方便是名調伏義菩薩所行一切善行名調伏義云何復名內外義內外義者有五事何等爲五一者淨於他身二者長他善法三者現在利益四者他世利益五者壞他煩惱若菩薩摩訶薩隨所修善若多若少以教衆生同已所得是名調伏義菩薩摩訶薩旣自安隱復已安隱施於衆生所謂若出世及以世間若欲界若禪定是名安隱義安隱義者亦名內外義亦名調伏義亦名眞實義菩薩摩訶薩內外義者有現在樂非他世樂有他世樂非現在樂有現在他世樂有非現在非他世樂內外義者復有四種有人受法現世受樂他世受苦有人受法現世受苦他世受樂有人受法現世受樂他世亦樂有人受法現在受苦他世亦苦菩薩摩訶薩若說涅槃及大涅槃八聖道分三十七品說世間道出世間道是名安隱義安隱義者名內外義者名爲正義正義者名無上義無勝義安隱義常樂義菩薩摩訶薩受常樂者能作內外義正義調義安隱義云何名快樂義快樂義者有五種何等爲五一者因樂二者受樂三者斷受樂四者遠離樂五者菩提樂云何因樂因內外觸因觸因緣故有受樂是名因樂因善法得他世樂是名因樂云何受樂從因因緣身得增長心得安隱是名受樂受樂者有二種何等爲二一者有漏二者無漏無漏有二種一者學地二者無學有漏有三欲界色界無色界三有有內外入故有六觸六觸有二一者

身樂二者心樂五識共行名爲身樂意識共行名爲心樂修習聖道斷諸受故道德增長無有諸受名斷受樂永離煩惱身心無患名遠離樂受常樂故名菩薩樂或有說言無想定者名爲斷樂是義不然何以故不斷受故遠離樂者有四種一者出家樂二者寂靜樂三者斷樂四者菩提樂世間之人多有憂苦永斷是苦名出家樂斷欲界貪名寂靜樂永斷煩惱名爲斷樂受常樂故名菩提樂菩薩常能施衆生樂名菩提樂菩薩摩訶薩自受常樂轉施衆生名菩提樂何故因樂是樂因故名爲因樂不名受樂受樂者不名因樂名爲性樂斷樂者不名因樂不名受樂以斷多樂故名爲斷樂遠離樂者不名因樂不名受樂不名斷樂以觀生死衆過患故名智慧樂

菩提樂者不名因樂不名受樂不名斷樂不名離樂無邊常故名菩提樂名無勝樂名無邊樂名無上樂亦名常樂名寂靜樂菩薩摩訶薩能以如是五種之樂施於衆生是名因義菩薩摩訶薩常壞衆生諸惡之業示以正業以正業故得無上道是名因義菩薩摩訶薩爲衆生故受大苦惱以受苦故能調衆生是名因義菩薩摩訶薩觀察善惡能示衆生善惡之事以開示故得大智慧得智慧故解壞大惡是名因義菩薩摩訶薩因智慧故行六波羅蜜乃至得阿耨多羅三藐三菩提是名果義菩薩摩訶薩以壞貪心貪心故能施衆生五種之樂而諸衆生得樂是故名爲果義菩薩摩訶薩憐愍衆生欲令一切同已受樂是名內外義內外義者有三種因亦三種

果亦三種報因報果福因福果智因智果云何名報報有八種何等為八一者長壽二者得受身完具三者上種姓四者得自在五者言語微妙六者得男子身七者得大力八者無能勝者是名為八菩薩摩訶薩修習慈心故得長壽是名因報菩薩摩訶薩樂以衣食房舍卧具病瘦醫藥施於衆生是故獲得具足之身菩薩摩訶薩破憍慢心供養恭敬父母師長有德之人是故獲得上族種姓菩薩摩訶薩隨法如行破於非法是故獲得自在無礙菩薩真實不欺衆生是故獲得言語微妙菩薩摩訶薩常呵五欲是故獲得男子之身菩薩摩訶薩常樂供養佛法僧寶是故其身獲得大力菩薩摩訶薩常能教化一切衆生供養三寶是故能得無能勝者是名果報不害衆生命得增長是名報因樂以衣食房舍卧具病瘦醫藥施於衆生是故菩薩得具足身能破衆生所有憍慢故得上妙能除衆生貧窮困苦故得自在能壞衆生妄語兩舌惡口無義故得妙語讚歎男身呵責女身以是二因得生人內受男子身又復遠離非法欲故得男子身菩薩摩訶薩以清淨食施於衆生見危懼者能為救解是故其身獲得大力受持正法讀誦解說是故能得無能勝者是為報有八種如是八種因三事故而得增長何等為三一者心淨二者莊嚴淨三者福田淨菩薩摩訶薩至心專求阿耨多羅三藐三菩提是名心淨供養同學同法同師是名心淨若見若聞同學同法同師心生歡喜是名心淨修習菩提助道之事常樂受持書寫

讀誦菩提法藏復以此法轉化衆生若有不受心不憂悔亦不休息是名莊嚴淨以此二淨名福田淨云何菩薩報果菩薩長壽名爲果報菩薩何故求於長壽菩薩得是壽命長故經無量世修習善法爲自利利他是故菩薩求於長壽是名報果菩薩何故求身具足菩薩得是身具足故衆生樂見愛敬歡喜以歡喜故易得受化是故菩薩求具足身是名報果菩薩何故求上種姓上種姓故常爲衆生之所恭敬以恭敬故信受其語或爲姓故或爲利故或爲畏故復受其語是故菩薩求上種姓菩薩何故求於自在得自在故則能教化無量衆生具足成就檀波羅蜜是故菩薩求於自在是名果報菩薩何故求微妙語妙語者菩薩所出言辭衆生樂聞同法同義同行同師常能教化令其調伏是名報果菩薩何故求於男子身男子之身乃是一切善法之器堪忍衆苦能觀法戒於四衆中無所畏難於時於義能疾了知隨有所至無所罣礙是故菩薩求男子身是名報果菩薩何故求於大力菩薩成就是大力者則能修行一切善法能勤精進救拔衆生煩惱諸苦是故菩薩求於大力是名報果菩薩何故求於無勝菩薩若得是無勝者則能惠施一切衆生所須之物以是因緣能令衆生樂見聞法信受其語是故菩薩求於無勝是名報果是八報果菩薩具者則能長養無上佛法利益衆生則見佛道如觀掌中菴摩勒果菩薩雖復具足成就如是八果若不能化無量衆生令調伏者則不能得阿耨多羅三藐三菩提雖

復教化令其調伏若不具足如是八果亦不能得阿耨多羅三藐三菩提菩薩摩訶薩成就具足如是八果以三乘法教化衆生自得阿耨多羅三藐三菩提菩薩摩訶薩所以具足如是八果爲欲教化調伏衆生名内外義具八果者名爲果義報因報果亦名果義云何爲福云何爲智三波羅蜜所謂檀那尸羅羼提是名福德般若波羅蜜是名智慧餘二波羅蜜亦名福因亦名智因若勤精進修習禪定具足成就慈悲喜捨以是四等因緣力故獲得自在是名福因若勤精進修進三昧深觀五陰諸入諸界觀苦實苦觀集實集觀滅實滅觀道實道觀實非實觀善非善觀法非法觀上觀下觀白觀黑觀十二緣是名智因若勤精進修習一心樂喜惠施樂持禁戒樂修忍辱是名福因若勤精進修習一心樂聞受持書寫讀誦解說菩薩祕藏經典以是多聞因緣力故得大智慧而能分別法界分別法界是名智果菩薩福因亦因亦果菩薩智因亦因亦果菩薩福因亦福亦智菩薩智因亦智亦福是故菩薩福因有六智因亦六何等爲六謂六波羅蜜云何名爲福智因因福智因因有三種何等爲三一者信心二者發心三者親近善友是爲三福因智因復有二種一者善二者不善若近善友修習邪道行施定慧名不善福破壞如是不善福慧是名善福若無信心及以發心不親善友終不能得福德智慧若言遠離如是三事得福慧者無有是處是名福德智慧因因云何名爲福果智果菩薩摩訶薩成就如是具足福德

不爲生死之所沾汙是名爲果菩薩成就具足智慧遠離惡道修習善道是名爲果菩薩摩訶薩成就具足如是二事教化衆生成阿耨多羅三藐三菩提是名爲果四無量心亦是菩薩福果智果菩薩摩訶薩若果因若報果是名福德福德因福德果亦名智慧智慧因智慧果若有說言是二法中若離一法得阿耨多羅三藐三菩提者無有是處是名果義果義者名内外義云何現在義若菩薩摩訶薩偏學一切世間諸事以偏知故得大自在得自在故能化衆生衆生受已修習善法是名現在義修定故還得善法是名現在義若菩薩摩訶薩客煩惱故造作衆罪作已深觀定當得果即生悔心慚愧不作現壞惡業是名現在義若以惡業因緣力故或爲他罵或瞋恚打身受楚毒名現在義若菩薩摩訶薩修習禪定以是因緣身受安樂是名現在義菩薩摩訶薩身得自在常樂我淨是名現在義若菩薩摩訶薩修八聖道以是因緣獲得涅槃是名現在義如菩薩衆生亦爾云何他世義以現因緣受他世身是名他世義現在他世義是名内外義云何爲畢竟義欲界福德非畢竟義色無色界世間福德雖得自在非畢竟義如諸菩薩修八聖道獲得涅槃其身無礙無有邊際善法無量名畢竟義畢竟有三事何等爲三一者性畢竟二者退畢竟三者報盡畢竟不畢竟亦爾性畢竟者是名涅槃性不畢竟名爲有法退畢竟者名聲聞緣覺所修八道不退畢竟者名阿毗跋致報盡畢竟者世間所有福德果報報不盡畢

竟者謂無上道果是名十義菩薩摩訶薩常應修習教化衆生如過去世諸菩薩學現在未來亦復如是若菩薩摩訶薩不能修學是十法者則不能得菩薩禁戒

菩薩善戒經卷第一

音釋

維摩詰 梵語也此云淨名詰契吉切　髓腦 髓息委切骨中脂也腦乃老切頭髓也　猫貍 猫眉鑣切貍陵之切狐貍也　金翅 翅式利切金翅鳥名　躭湎 躭丁含切樂也湎亡辨切溺也　羼提 梵語也此云忍辱羼初限切　賑 章刃切贍也　阿毗跋致 梵語也此云不退轉跋蒲撥切

菩薩善戒經卷第二

劉宋罽賓三藏法師求那跋摩等譯

菩薩地眞實義品第五

云何名眞實義眞實義有二種一者法性二者法等復有四種一者世流布二者方便流布三者淨煩惱障四者淨智慧障云何名世流布世間之法同其名號衆生見地眞實是地終不言火火眞實火不言是地水風色聲香味觸衣服飲食瓔珞器物妓樂明闇男女舍宅田業苦樂苦眞實苦終不言樂樂眞實樂終不言苦此是此非定以不定一切世間從昔已來傳此名相自然而知不從修習然後知也是名世流布眞實義也云何名方便流布如世智人先以籌量然後造作經書論議是名方便流布云何淨煩惱障一切聲聞辟支佛等以無漏智無漏道壞煩惱故得無礙智是名淨煩惱障以壞煩惱故智得明淨智慧淨故身心無礙是名淨智慧障眞實義也云何復名眞實眞實者名爲四諦所謂苦集滅道觀此四諦得實智慧是名聲聞辟支佛聲聞辟支佛分觀五陰是故離陰都不見我及以我所分觀十二因緣是故離陰不見衆生及以士夫是名淨智慧障眞實義也若智不能知境界者名曰智障若能壞障知境界者名淨智障眞實義也眞實義者謂佛菩薩深觀一切陰入界故觀我無我衆生非衆生士夫非士夫是名淨智障觀諸法界不可宣說知世諦故分别法衆知諸法界眞實性故名無勝慧無勝慧者壞一切障是故名爲淨智慧障眞實義也眞實義者有二種一者

有二者無有者名世流布世流布者所謂色受想行識眼耳鼻舌身地水火風色聲香味觸善不善無記出法滅法從緣生法去來現在有爲無爲此世他世日月見聞識知所得覺觀修習受持乃至涅槃是名世流布有也世間有者所謂法性無者世流布有從色乃至涅槃其性無故是名爲無衆生見故名之爲有法性本無名之爲無諸佛如來所說有無名之眞實眞實者名爲中道非有非無名爲中道中道者名無上道如是中道諸佛世尊除壞障礙是故名之爲一切智菩薩摩訶薩雖覺如是中道猶有障礙是故不得爲一切智菩薩智慧爲方便故名阿耨多羅三藐三菩提因何以故菩薩摩訶薩雖不具足中道智慧說生死相亦有亦無亦爲流布無上佛法雖在生死亦能了了知生死過患心無猒悔如其不知生死過者則不能得壞煩惱結若心猒者則不能得教化衆生護諸佛法疾得涅槃若得涅槃則不能得阿耨多羅三藐三菩提若不教化諸衆生者云何能得阿耨多羅三藐三菩提菩薩若在生死之中修菩提道不畏涅槃不求涅槃菩薩若畏於涅槃者則不能得具足莊嚴菩提之道亦不能爲無量衆生讚歎涅槃於涅槃所不生信喜專念之心是故菩薩於涅槃所不生怖畏若是菩薩求涅槃者即能得之如其得者則不能成阿耨多羅三藐三菩提以諸佛法教化衆生若是菩薩不能深觀生死過患或生猒離怖畏涅槃或求涅槃是名菩薩無善方便若是菩薩能深觀察生死過患樂處其中不

畏涅槃不求涅槃是名菩薩有善方便善方便者解第一義空菩薩摩訶薩修習如是第一義空名菩薩戒大方便也爲得如來無上智故若有修習是菩薩戒得眞實智知見諸法無我我所知諸法性是故於法心無所著亦説世諦第一義諦見一切法其心平等能大惠施以施因緣善知世事雖學世事心不猒悔悉得了知得大念力雖知世事心無憍慢常教衆生不生慳恪以巧方便善教衆生世間之事爲令衆生得阿耨多羅三藐三菩提故菩薩於是世間之事勤心修習無有猒悔若見衆生受苦惱時即得增長阿耨多羅三藐三菩提心菩薩如是增長善法不生憍慢於諸衆生生憐愛心菩薩如是增長智慧不生憍慢破壞衆生種種邪見菩薩若得世間三昧出世三昧不顯己德令他供養不爲世法之所汙染菩薩爾時成就具足無量功德名菩薩戒菩薩摩訶薩所有善法悉以迴向菩提之道名菩薩戒過去菩薩得阿耨多羅三藐三菩提皆由成就菩薩禁戒未來現在亦復如是菩薩摩訶薩受持三世諸菩薩法能以佛法教化衆生至心修行菩提之道爲菩提道不惜身命不惜身命是菩薩戒惜身命者終不能得菩薩禁戒乃至悋惜一錢之物亦不能得菩薩禁戒菩薩摩訶薩爲衆生故受身畜財若於是二生悋惜心假名菩薩非義菩薩菩薩法能不惜財命當知則能利益衆生能行忍辱能壞瞋恚嫉妬之心了知世事善解方便能壞衆生所有疑心能自增長菩提果因善能調伏所有諸根不爲四

倒之所傾動能解諸法甚深之義能得具足四無量心成就五通四無礙智畢竟能觀十二因緣逮得菩薩一子之地能得常樂我淨之身得大自在無上涅槃善能開示方便涅槃菩薩摩訶薩成就如是無量功德皆因禁戒因緣而得菩薩摩訶薩成就具足菩薩戒者能爲一切衆生僕使若爲衆生之所瞋罵打害刼奪則生慈心若見衆生厚重煩惱發憐愍心爲欲破壞衆生煩惱繫心思惟諸善方便於諸衆生心無奸曲任力所能施衆生樂不求恩報不懷瞋恨爲壞衆生瞋惱心故思惟方便知恩念恩無有求者先意行施若已所有不施求者不得成就菩薩禁戒求者三至若不施者是名犯重不犯者若以方便善語慰喻令彼求者不生恨心求者二種一者貧窮二者邪見不施貧者則便得罪不施邪見則不名犯若不犯者是名善行善行菩薩諦知法界不可宣說知法界性知世流布世流布者色受想行識乃至涅槃色乃至涅槃不名真實何以故而是色者非有非無乃至涅槃非有非無若非有無云何真實云何非有衆生顛倒計色爲我乃至涅槃橫計爲我是名非有云何非無世流布故不虚誑故可宣説故是名非無以是故名非有非無如所説法如説有者一法之中應無量名無量名故則有無量性何以故一一法中有無量名故云何名爲無量名耶如色一法亦説青黄赤白長短方圓麤細可見不可見有對無對澀滑輕重是名可説隨説有者應一法中有無量相所可宣説實無定性以言説故流

布於世實無說者及真實性一切諸法亦復如是如其色中乃至涅槃有實性者不應說有青黄赤白乃至輕重若無實性未流布時云何可傳以流布性有無有初始故可流布若未有色時有流布者以何因緣無色之時不流布耶如其流布能作色性者何故流布而不能作色無量性是故法性不可宣說如色受想行識乃至涅槃亦復如是有二種人遠離佛法非佛弟子永失佛法一者說色乃至涅槃有真實性二者不信世流布性如是二人不任受持菩薩禁戒如其受者受者不得師則有罪何故不得誹謗實法著非法故是故雖受終不得戒若不得戒云何得名在此法中爲佛弟子是故名爲遠離佛法菩薩戒者非口所得心口和合然後乃獲是二種人都無實心云何可得若於色中妄生計著於佛法中則爲永失若不信色是流布者是則名爲謗一切法是人則爲永失佛法是故不可宣說若有若無何以故如因五陰則有我人衆生士夫若無五陰如是等名何由流布色亦如是以有色故則有種種名字流布真實之法無有流布離真實法亦無流布愚癡之人說諸法空則得大罪若有說言大乘經中一切法空亦得大罪不能善解大乘經義生憍慢心言我善解隨其自心妄想思惟爲人廣說亦得大罪若言一切諸法性無云何得有流布於世亦得大罪何以故謗一切法故謗一切法者即是外道富蘭那等真弟子也富蘭那謂法性無而佛法中亦有亦無若有人說一切法空當知是人不中共住共

語論議布薩説戒若與共住乃至説戒則得大罪何以故不解空義故是人不能自利利他是故大乘經説若不解空甚於癡人何以故愚癡之人説色是我至識是我有我見者不壞佛法不解空義永壞佛法破失滅沒生我見者不至三惡不解空義爲人廣説當知是人必到阿鼻有我見者不謗三寶妄説空者誹謗三寶説有我者不狂衆生不謗實性不妨法性不妨衆生獲得解脱不教他人毀犯禁戒不解空者謗一切法不解實性不解法性妨於解脱與多衆生作惡知識自不持戒教人毀禁常樂宣説無作無受令多衆生增長地獄以是義故名爲遠離無上佛法云何名爲不解空義若有比丘比丘尼優婆塞優婆夷不信受空不解於空不解於法是則名爲不解空義何以故説一切法本性自空無因緣空説一切法亦無處所若無處所云何名空是名不解空云何名爲眞解空義若比丘比丘尼優婆塞優婆夷説一切法中無有性故是名爲空法亦不空是名解空如是解者不妨於義不謗三寶是名正解無有錯謬云何正解如色説色乃至涅槃分別無有種種相性是名色空以色眞實流布於世是名不空以是義故説色一法亦有亦無解是二故亦法亦空終不於中妄生計著是名眞解空義是故大乘經中説偈

一法有多名　實法中則無　不失法性故
流布於世間

如色乃至涅槃則有多名色無自性無自性者則無多名有多名者名爲流布以是義故

雜藏中說諸佛世尊不著流布若見若聞思惟覺知如色名乃至涅槃名名爲流布諸佛世尊終不說言有流布性而生染著何以故壞顛倒故有染著者名爲顛倒如來已斷一切惡見故不染著以不見不說不染著故名爲正見是故如來爲迦旃延比丘而作是說迦旃延我弟子者不著地定水火風定空定識定無所有定非有想非無想定非此世非他世非日非月非見非聞非思非量非取非得非覺非觀是名禪定云何比丘不著地定比丘於地不作地相乃至覺觀不作覺觀相是則名爲不著地定乃至覺觀亦復如是若有比丘能作如是修習定者即爲諸天釋天梵天十方諸佛及大菩薩之所讚歎南無大士南無大士咸作是言我都不知汝在何定修習何定若有染著地相地名當知是人名不修空若於色中不著名相是名修空爲流布故宣說地相及以地名若著色相及以色名名增長相若壞色相及以色名名於捨相不增不捨是名中道修習如是二種相故是名比丘修習地定乃至覺觀若有比丘修是定者是名實相以實相故比丘於法無所言說以諸法性不可說故是故比丘無所言說若一切法無可說者云何說不可說若不可說云何得聞若不說不聞云何得知一切諸法不可宣說以可知故說令流布愚癡之人不知不解世流布故於諸法中生八種謬一者性謬二者分別謬三者聚謬四者我謬五者我所謬六者愛謬七者不愛謬八者非愛非不愛謬是八謬中初三種謬乃是一切諸

謬根本著性著名不解流布從此展轉生無量謬我我所謬名爲我是我見復是諸見根本是二種謬從憍慢生見故憍慢諸見根本後三謬者從三毒生是八種謬攝取一切諸結煩惱令諸衆生迴轉三有云何性謬若色作色想乃至重作重相是名性謬云何分別謬若分別色是色非色是可見是不可見是有對是無對是名分別謬云何聚謬如於色中見我衆生士夫壽命屋舍四衆軍旅衣食蓮華車乘樹木積聚如是等中各作一相是名聚謬云何名我我所謬於有漏中取我我所無量世中常生取著計我我所是名我我所謬云何愛謬於淨物中生貪著心是名愛謬云何不愛謬於不淨物中生瞋恚心是名不愛謬云何非愛非不愛謬於一切淨不淨物中生貪恚心是名非愛非不愛謬是名八謬菩薩摩訶薩云何能知是八種謬應推四事何等四一者推名二者推物三者推性四者推分別云何推名菩薩摩訶薩唯知名名不見名物是名推名云何推物唯知是物不知餘者是名推物云何推性知名流布是名推性云何推分別名不見物物不見名是名推分別菩薩摩訶薩何故推名知名實名是故推名菩薩諦觀若無色名何由說色若不說名云何觀色若不觀色云何而得阿耨多羅三藐三菩提是故菩薩推求知名菩薩何故推求於物若無物者推有此名而此名者非不可說若不可說云何得知諸法之性是故菩薩推求於物菩薩何故推求於性菩薩摩訶薩知於色性乃至涅槃性知色流布乃

至涅槃流布云何名爲知於色性知是色性如鏡中像幻化夢影響熱時之焰水中月形是名推性菩薩何故推求分別菩薩摩訶薩若分別名分別物分別性分別法分別非法分別有無是色非色可見不可見是名分別以分別故得阿耨多羅三藐三菩提是故菩薩推求分別菩薩摩訶薩爲壞八謬推是四事菩薩何故壞是八謬八謬因緣增長邪見邪見增故煩惱增長煩惱增長故生死增長生死增長故十二因緣增長菩薩若修如是四事斷除邪見邪見斷故諸煩惱滅煩惱滅故生死滅生死滅故知十二因緣滅知十二因緣滅故修無上道修無上道故得阿耨多羅三藐三菩提得阿耨多羅三藐三菩提故能壞衆生如是八謬能教衆生知世流布說

眞實義若除衆生如是八謬名大涅槃能得現世大自在故得大神通故得大方便故得大禪定故得大一切知故求得不退不墮處故是名大涅槃得大自在菩薩摩訶薩成就五事一者心得寂靜二者了知世事及出世事三者爲衆生故處在生死心不愁惱四者了知如來甚深祕藏五者菩提之心無能壞者菩薩何故心得寂靜能破現在衆生煩惱故心得寂靜爲調衆生得佛法故了知世事及出世事爲令衆生得利根故樂處生死心不愁惱爲令衆生破壞疑心受持讀誦了知如來甚深祕義法說非法能滅佛法汙辱佛法犯說非犯受畜八種不淨之物爲擯如是諸惡人故受持解說如來祕密甚深之義雖知外道微細書論解其義趣終不破壞菩提

之心如是五事攝取菩薩菩提之事亦名五事亦名五功德何等名爲菩提之事能自利根調伏衆生受持佛法不破菩薩所修禁戒菩提之心終不傾動勤修精進壞邪見等説三乘道菩薩成就如是五事有三種謂下中上具足二種是名爲下具足三種是名爲中若具四種是名爲上

菩薩地不可思議品第六

云何菩薩摩訶薩不可思議菩薩摩訶薩得自在三昧發心已得無量功德不造作業而獲果報不修聖道而得聖心是名菩薩不可思議少作善業得大果報爲菩提故於無量世修諸苦行菩薩實知無有衆生而能爲之勤修苦行知無作者及無受者能作受者是名菩薩不可思議不可思議有五種一者六通不可思議二者法不可思議三者性不可思議四者共生不可思議五者不共生不可思議云何六通神足天耳天眼他心智宿命智漏盡智是名六通不可思議云何法不可思議法者所謂檀波羅蜜尸波羅蜜羼提波羅蜜毗梨耶波羅蜜禪波羅蜜般若波羅蜜是名法不可思議云何神通神通有二種一者變二者化何等爲變震動出火光明示現自轉其身或現去來現種種色大衆隱顯障他神通言辭無礙施他憶念施衆歡樂放大光明是名變神通云何震動菩薩摩訶薩得自在三昧能動舍宅聚落村邑城郭國土從四天下至千世界二千世界三千大千世界百三千大千世界千三千大千世界千萬三千大千世界乃至無量無邊世界是名震動

云何出火身上出火身下出水身上出水身下出火或舉身出火作種種色青黄赤白紫黒玻瓈是名出火云何光明身出光明充徧一舍聚落村邑乃至無量無邊三千大千世界是名光明云何示現諸佛菩薩爲度衆生示現地獄畜生餓鬼天人雜類乾闥婆阿脩羅迦樓羅緊那羅摩睺羅伽或復示現十方世界無量無邊恒河沙等諸佛國土及其佛身諸大菩薩說諸佛名令諸衆生皆悉聞知是名示現云何爲轉諸佛菩薩得自在三昧能變地爲火變火爲水風亦如是變色爲香變香爲色色香味觸變爲草木衣食瓔珞器物石具瑠璃眞珠金銀等山好色作惡惡色作好是名爲轉云何去來或住梵處從梵處還或住阿迦尼吒天上復從彼還或至東方南西北方四維上下乃至無量無邊世界皆亦如是遠能作近近能作遠能令須彌如小微塵令小微塵如須彌山是名去來云何種種色能現自身或作男女大小僮僕樹林草木是名種種色云何大衆隱顯自在能以大衆内已身中而心不怖身無妨礙是諸大衆各不自知來往處所或時往至婆羅門衆現同其像同色同衣形質脩短與彼無差音聲無別彼邪說者亦能說之彼不能說亦能說之能以方便善導其人示已即滅彼衆不知何來何滅人耶天耶如婆羅門衆刹利衆大會衆長者衆四天王衆三十三天衆夜摩天衆兜率陀天衆化自在天衆他化自在天衆梵衆梵師天衆大梵天衆少光天衆無量光天衆淨光天衆少善天衆大善天衆無邊

善天衆無雲天衆福生天衆廣果天衆無需天衆無誑天衆善見天衆愛見天衆阿迦膩吒天衆亦復如是於如是等諸天衆中一時之頃百出百没千出千没千萬出千萬没是名大衆隱顯自在云何障他神通菩薩摩訶薩除佛世尊同行同性同定後邊生菩薩所得神通勝餘内外一切神通是名障他神通云何言辭無礙菩薩摩訶薩説法之時言辭無盡義味無盡樂説無盡是名言辭無礙云何施他憶念菩薩摩訶薩説法之時無量衆生於無量世諸所失念悉令還憶是名施他憶念云何施他歡樂菩薩摩訶薩説法之時能令衆生身心安樂壞煩惱障聽者歡樂如第三禪四大諸患一時消滅諸惡鬼等不得其便是名施衆歡樂云何放大光明菩薩摩訶薩放大光明徧照十方無量世界至地獄中壞地獄苦至放逸天教修人法令得人身來至佛所請召十方無量菩薩來集佛所教化衆生是名放大光明如是等事名變神通轉法性故名變神通云何化神通物無作物故名爲化若化身若化聲化身者或似已身或似他身有根具足不具足者餘如轉中又復化爲無量之身諸佛菩薩爲衆生故化無量身徧無量界有佛菩薩現徧化身或有如幻或有眞實衣食金銀瑠璃眞珠玻瓈珂貝亦復如是爲破衆生貧窮困苦是名化身化聲者諸佛菩薩化現好聲疾聲妙聲自説義聲他説義聲無義聲説法聲教化聲以是諸聲能壞衆生放逸之心是名化聲佛菩薩聲深遠如雷如迦陵頻伽聲人所愛樂聲徧滿

聲思惟聲了了聲易解聲喜聞聲無所著聲無可訶聲無盡聲菩薩摩訶薩如是諸聲若三千大千世界所有天衆人衆聲聞衆辟支佛衆菩薩衆若近若遠悉得聞之如是聲中出種種法利益衆生自化聲者如自說法爲放逸衆生故他化聲者如佛化身爲他說法爲放逸衆生故無義聲者如虛空出聲說法聲者爲癡衆生故教化聲者爲放逸者增長不放逸故諸佛菩薩如是等化神通之事展轉無量不可稱計如是無量不可稱計神通變化爲於二事一者爲令衆生生於信心趣向佛法故二者爲示貧窮困苦衆生無上福田故云何宿命智菩薩摩訶薩自知宿世與如是等衆生共住共行自識名字及他名字知自種姓及他種姓知自飲食及他飲食自知苦樂及他苦樂菩薩自知如是宿世亦能教他令知宿世自識乃至無量世事亦能教他識無量世若麤若細是名宿命智以是宿命智勢力故能說本昔菩薩因緣令諸衆生於佛法中現在生信說諸菩薩本因緣經闍陀伽經阿波陀那經說業因緣惡業善業爲破衆生常見及無常見故是名菩薩宿世智云何天眼菩薩摩訶薩以淨天眼過於人眼見諸衆生死此生彼若好色若惡色若好若醜明見衆生善惡等業善惡果若老若少若自造作若教他作若麤若細若人天色若三惡道色乃至無量十方世界無量佛土衆生之色明了無量十方諸佛演說法時是名天眼通云何天耳菩薩摩訶薩所聞音聲若天聲若人聲若聖聲若非聖聲若麤聲若細聲

若化聲若實聲若遠聲若近聲天聲者從欲天至阿迦尼吒乃至上方無量世界諸天音聲悉得聞之是名天聲人聲者所謂十方無量世界聖聲者謂諸佛菩薩聲聞緣覺爲化衆生宣說佛法若讚布施持戒善業破壞惡業讀誦解說書寫佛經是名聖聲非聖聲者所謂妄語兩舌惡口無義之言下至三惡上至欲界所有諸天十方衆生有如是等四種惡口是名非聖聲云何麤聲謂大衆聲大衆生聲地獄聲雷震聲貝聲鼓聲是名麤聲細聲者謂竊語聲不了聲陀毗羅國聲粟特聲月支聲大秦聲安息聲眞丹聲佉沙聲裸形聲鮮卑聲如是等邊地聲名爲細聲何以故嫉妬煩惱因緣得故菩薩成就如是天耳聞諸衆生所出善聲讚歎恭敬教住佛法令生信心廣爲分別十二部經菩薩祕藏若聞惡聲即便訶責說惡業過開對治門是名天耳通云何他心智通菩薩悉知十方世界所有衆生共煩惱心不共煩惱心煩惱繫心及不繫心善願心惡願心疑心無疑心上心下心貪恚癡心欲界心色無色界心乃至一切畜生衆生受苦樂心無苦無樂心以一心觀一衆生心以一心觀無量衆生心是名他心智通諸佛菩薩他心智通爲知衆生利鈍根故爲知衆生諸種性故知是衆生有善心已即爲演說十二部經及菩薩藏知惡心已即便訶責說惡業過是名菩薩他心智通漏盡智通者菩薩摩訶薩爲斷煩惱故修習道自壞煩惱故修習道爲壞衆生諸煩惱故而爲說法爲壞有漏憍慢衆生爲破非道計道衆生

故菩薩摩訶薩雖爲衆生説盡漏法自不盡漏雖未盡漏不爲所汙菩薩摩訶薩漏盡智通不可思議修漏盡通爲化衆生壞憍慢故是名漏盡通云何爲性檀波羅蜜乃至般若波羅蜜果是名爲性是六種果凡有四事一者修習道故二者莊嚴菩提故三者自他利益故四者得後世大善果故菩薩行施破壞慳貪莊嚴菩提道攝取衆生爲菩提道令行布施欲施施時施已歡喜是名自利斷除衆生飢渴苦惱寒熱恐怖是名利他捨是身已獲大自在饒財尊貴是名大果是名菩薩布施四事菩薩摩訶薩受持禁戒除滅惡戒莊嚴菩提道攝取衆生爲菩提道令持禁戒離破戒怖卧安覺安心無悔恨歡喜悦樂是名自利於諸衆生無有害心施衆生無畏是名

利他持戒故受人天樂得道涅槃是名大果是名菩薩持戒四事菩薩摩訶薩修於忍辱破壞不忍莊嚴菩提道攝取衆生爲菩提道令修忍辱若自若他遠離怖畏是名自利利他以忍因緣無有瞋心眷屬不壞不受苦惱心無悔恨捨是身已受人天樂得道涅槃是名大果是名菩薩忍辱四事菩薩摩訶薩勤修精進破壞懈怠莊嚴菩提道攝取衆生爲菩提道令修精進卧安覺安離諸煩惱增長善法身受安樂是名自利菩薩精進不惱衆生打擲訶罵是名利他捨是身已受人天樂身得大力獲菩提道是名大果是名菩薩精進四事菩薩修定壞破亂心莊嚴菩提道攝取衆生爲菩提道令修禪定現世受樂身心寂静是名自利以身心静故不惱衆生是名

利他捨是身已受清淨身安隱快樂得道涅槃是名大果是名菩薩禪定四事菩薩摩訶薩成就智慧破壞無明莊嚴菩提道以四攝法攝取衆生爲菩提道修行智慧以知法界故身受安樂是名自利能教衆生世間之事及出世事是名利他能壞煩惱智慧二障是名大果是名菩薩智慧四事共生不可思議者菩薩摩訶薩非宿命智憶宿世事爲觀衆生善惡諸業同受苦者爲欲利益菩薩摩訶薩處兠率天成就壽命有三事勝一者壽勝二者色勝三者名稱勝初下之時放大光明徧照十方了了自知始入母胞胎時住時出時於十方面行七步時無人扶侍作如是言我今此身是最後邊諸天鬼神乾闥婆阿脩羅迦樓羅緊那羅摩睺羅伽以諸華香微妙妓樂旛蓋供養三十二相莊嚴其身無能勝者以慈善力壞魔兵衆一一肢節同那羅延所得大力童亂之年不學世事而能知之無師而學自然而得阿耨多羅三藐三菩提梵天勸請爲諸衆生轉正法輪正受三昧雷聲震動不能令動諸獸親附愛如父母畜生奉食知佛心故雲神降雨洗浴其身樹隨曲枝蔭翳其軀既成道已六年之中魔常伺求不得其短常在禪定成就念心善能了知覺觀起滅是名菩薩共生不可思議不共生者爲欲利益一切衆生如彼狂人緣見如來還得本心盲者得眼倒痓得順聾者得聽貪瞋癡者悉得除滅是名不共生不可思議又共生者如來所行不可思議常右脇卧如師子王若草若葉無有動亂隨藍猛風不動衣服發

足行步如師子王白鵞王等若欲行時先發右足所行之處高下皆平食無完過遺粒在口是名共生不可思議如來世尊入涅槃時大地震動放大光明徧十方界一切悉聞妓樂之音是名共生不可思議云何名爲共聲聞緣覺不共聲聞緣覺不共有三一者細二者行三者界如來悉知一切衆生無量煩惱無量對治是名爲細行者名爲六通六波羅蜜法性自生不可思議是名爲行界者一切世間無礙智慧是名爲界是名不共生不可思議聲聞神通齊二千世界緣覺神通齊三千大千世界諸佛菩薩通達無量無邊世界是名不共共者除上三事餘一切法是名爲共是故聲聞辟支佛等尚不得與佛菩薩共況凡夫人天外道邪見菩薩摩訶薩六波羅蜜法性共生不共生聲聞緣覺共法不共法是名不可思議

菩薩善戒經卷第二

音釋

澀 色入切不滑也 擯 必刃切斥也 阿迦膩吒 梵語也此云質礙究竟 膩 女利切 裸 郎果切赤體也 打擲 打音頂擊也擲直炙切投也 肢 張移切四肢也 齔 初覲切毀齒一 隨藍 猛藍盧甘切梵語也此云迅

菩薩善戒經卷第三

劉宋罽賓三藏法師求那跋摩等譯

菩薩行地調伏品第七

云何名爲菩薩調伏調伏者有六種一者性調伏二者衆生調伏三者行調伏四者方便調伏五者熟調伏六者熟印調伏性調伏者有善種子故修善法修善法故壞二種障一煩惱障二智慧障修善法故身心清淨身心清淨故若遇善友諸佛菩薩若不值遇能壞煩惱智慧二障如癰已熟若遇醫師及以不遇悉得除愈譬如瓦器任用之時名之爲熟如菴羅果等任噉食時亦名爲熟一切衆生亦復如是修習善道畢竟欲得阿耨多羅三藐三菩提時是名爲熟是名性調伏衆生調伏者有四種一者有聲聞性得聲聞道二者有緣覺性得緣覺道三者有佛性得佛道四者有人天性得人天樂是名爲四是名衆生調伏行調伏者有六種一者根調伏二者善根調伏三者智慧調伏四者下調伏五者中調伏六者上調伏根調伏者以調根因緣故得長命好色種姓自在大力言音微妙男子之身無能勝者具足成就是報果者任得阿耨多羅三藐三菩提常爲衆生修習苦行其心初無憂愁悔恨是名根調伏善根調伏者性不好樂造作惡業五蓋輕微諸覺觀漸漸羸弱樂受清淨純善之言是名善根調伏智慧調伏者菩薩摩訶薩修習智慧故心行廣大善能受持讀誦經典解善惡義思惟分別廣爲人說以修習智慧故任得阿耨多羅三藐三菩提若能具足根調伏善根調伏智慧

調伏者能淨智障若具根調伏能淨報障若具善根智慧調伏能淨智障及煩惱障下調伏者有二種一者不於無量世中修習善法故二者不樂推求善根智慧故名下調伏中調伏者於無量世修習善法得善根調伏不得智慧名中調伏上調伏者具上三事是名上調伏方便調伏者有二十三一者界增長二者現在因三者入於出家四者初發五者非初發六者遠淨七者近淨八者莊嚴九者至心十者施食十一者施法十二者爲示神通生信心故十三者爲說法得生信心十四者說深密藏廣分別法十五者下莊嚴十六者中莊嚴十七者上莊嚴十八者聽法十九者思惟修習二十者攝取二十一者訶責二十二者不待請說二十三者待請而說界增長者具善種子具善種子故他世善根復得增長現在修習法種子故他世法種子亦得增長是名界增長現在因者現在世中說法不謬聽法不謬如法受持因先世因增現在因因現在因增未來因又現在因增現在因是名現在因入出家者親近善友諸佛菩薩信心得生得信心故捨離世法受持修行出世之法出世法者謂菩薩戒若不能受名字沙門不名出家斷欲法故乃名出家不受如是菩薩戒者不名畢竟亦不斷欲法斷一切受名爲出家受畢竟樂名爲出家樂易行道名爲出家增長佛法名爲出家樂持禁戒名爲出家是名入出家初發者初發心時不樂生死不樂生死故信心得生修習於道增益佛法是名初發非初發者發心已後親近諸佛

及佛弟子受持禁戒讀誦書寫廣爲人說乃至增長上上善法是名非初發遠淨者如不受持菩薩禁戒不能讀誦書寫解說不隨師教嬾惰懈怠經無量劫不能得成阿耨多羅三藐三菩提是名遠淨近淨者受持禁戒讀誦書寫爲人解說隨順師教勤修精進速疾能得阿耨多羅三藐三菩提是名近淨莊嚴者至心勤求無上佛道爲菩提故持菩薩戒爲怖畏王師長和尚爲名稱故持菩薩戒是名莊嚴至心者於佛法中至心繫念無有疑網不忍之心護持正法以菩薩藏菩薩摩夷教化衆生於師和尚耆舊長宿有德之人深生恭敬勤供三寶無有休息深信三寶常住不變是名至心施食者菩薩摩訶薩見饑饉者施以飲食隨前所須一切供給是名施食施法者菩薩若以一句一偈乃至半偈一部一藏廣爲衆生演說其義爲菩提故教令行善是名施法爲示神通生信心者菩薩摩訶薩以大神通示諸衆生爲憐愍故欲令衆生心清淨故爲知衆生信心淨故爲見衆生淨莊嚴故爲令衆生發阿耨多羅三藐三菩提心故是名神通說法生信心者菩薩自知未有利益爲利他故而演說法亦復因知利益他故能滅已罪而演說法又復自知爲他說法亦行增長已所修善是名說法說深密藏廣分別法者菩薩摩訶薩以方便力能爲衆生開示如來甚深密藏爲令衆生解其義故爲有智者增善根者說深義故是名說深密義廣分別法下莊嚴者不能至心常行無上賢聖之行是名下莊嚴中莊嚴者雖復至心

修習聖行不能常行是名中莊嚴上莊嚴者亦常亦至心是名上莊嚴聽法者若修無上佛法之時至心聽採十二部經受持書寫讀誦解說是名聽法思惟修習者既聽法已身心寂靜思惟其義破壞疑心修習三想謂定慧捨是名思惟修習攝取者以無貪心爲人說法受畜弟子善爲教誡施其衣鉢病給醫藥知煩惱起隨病說法是名攝取訶責者若自知見所起煩惱訶責身心起煩惱者不能自利及利益他輕罪見中中罪見重如人亂心墮墜坑陷已墮之後不宜復墮煩惱若起應當調伏若見弟子起微煩惱應當訶責不應受其禮拜供養乃至楊枝澡水若犯大罪應作擯出羯磨若訶責者自利利他是名訶責不待請說者爲自利益受持讀誦解說深義爲破衆生所起煩惱爲增衆生所行善法故爲說法如已所持如持而說如法而住何以故菩薩若不如法住者衆生輕慢而作是言汝自不能如法而住云何教他汝今方應從他受法云何反更爲他說法是名不待請說待請說者如持禁戒勤修精進具足善根樂處閑靜常爲一切之所恭敬所可演說人皆信受知義知辭善能說法若有比丘比丘尼優婆塞優婆夷作如是言唯願大士爲調衆生開甘露門是名待請而說如是等二十三事誰調伏耶謂六種菩薩住六地者如是菩薩則能教化調伏衆生何等六地一者至心專念菩提行地二者淨心爲菩提道地三者如法住地四者定地五者畢竟地六者成就菩提道地是名爲六爲欲調伏無性衆生

說人天樂令得不退爲有性說令得調伏增長善法是名熟調伏熟調伏印者聲聞之人於無量世修習善根是名下熟調伏印復有下熟調伏印謂下輭心下莊嚴下善根不能破壞三惡道報現在不得四沙門果及以涅槃是名下熟調伏印云何中熟調伏印若得中心中莊嚴中善根破三惡道現在不得四沙門果及以涅槃是名中熟調伏印上熟調伏印者有上心上莊嚴上善根破三惡道現在能得四沙門果及以涅槃是名上熟調伏印緣覺亦如是有二事勝一者修習道勝二者無師得道勝菩薩摩訶薩住此專念菩提行地是名下熟調伏印住第二地名爲中熟住第三地名爲上熟初地菩薩其心微輭莊嚴亦爾隨三惡道修行已經初阿僧祇劫初阿僧祇劫未能具足無動無上清淨三十七品中熟調伏印者菩薩中心中莊嚴不墮三惡修行已經第二阿僧祇劫雖得清淨不動轉善具三十七品未得具足最大寂靜三十七品是名中熟調伏印上熟調伏印者菩薩摩訶薩住上熟調伏印上心上莊嚴不隨三惡修行已經三阿僧祇劫具足清淨不動轉善獲大寂靜三十七品即是菩薩無上道故名爲大淨不動純善最大寂靜是名上熟調伏印下熟調伏印有三種下下下中下上中熟有三中下中中中上上熟有三上下上中上上菩薩摩訶薩具足如是等調伏者則能增長無上佛法教化衆生調伏諸根智慧猛利能爲衆生開示三乘

菩薩行地菩提品第八

云何名菩提菩提者謂二種解脱二種智慧二解脱者一煩惱障解脱二智障解脱智慧二者一者能壞煩惱障二者能壞智慧障又復無上菩提者所謂淨智無礙智一切智斷一切習斷除一切無記無明淨智者斷一切習弘一切界一切法一切行一切世間一切時一切對治界有二種一者世界二者衆生界法亦二種一者有爲二者無爲行亦二種一者壞煩惱障二者壞智慧障世間二種一者智二者愚時有三種過去現在未來對治三種不淨觀慈觀十二因緣觀是名淨智無礙智者不假莊嚴思惟入定而能通達一切界一切法一切行一切世間一切時一切對治是名無礙智復有無礙智謂百四十不共法如來所有無諍三昧願智四無礙智是名

無礙智名爲菩提云何名爲百四十不共之法謂三十二相八十種好四淨行十力四無所畏三念處三不護大悲不忘斷一切習一切行無勝智是名百四十不共法後住品中當廣說云何名爲無上菩提具七無上故名無上菩提一者身無上二者受持無上三者具足無上四者智慧無上五者不可思議無上六者解脱無上七者行無上身無上者三十二相莊嚴身故受持無上者諸佛菩薩自利利他能施衆生人天樂故具足無上者諸佛菩薩有四具足故所謂壽命具足見具足戒具足行具足智慧無上者謂四無礙不可思議無上者所謂具足六波羅蜜解脱無上者如來能壞二種障故行無上者所謂聖行天行梵行聖行者謂三三昧空無相願滅盡

定天行者謂四禪四無色定梵行者謂四無量心是三種行出佛四行常樂修習云何爲四聖行有二一者空三昧二者滅盡定天行有一謂第四禪梵行亦一所謂大悲如來以是大悲因緣晝夜六時常觀衆生誰無善根當施種子誰種善根當令增長乃至誰未發阿耨多羅三藐三菩提心我當令發阿耨多羅三藐三菩提心如來以是無上身故名大丈夫受持無上故名爲大悲具足無上故名到彼岸智慧無上故名一切智不可思議無上故名阿羅訶解脫無上故名大涅槃行無上故名三藐三佛陀以是義故如來具足十種名號所謂如來應供正徧知明行足善逝世間解無上士調御丈夫天人師佛世尊無虛妄故名爲如來良福田故名爲應供知法界故名正徧知具三明故名明行足不來還故名爲善逝知二世間故名世間解一者國土世間二者衆生世間能調伏衆生身心惡故名無上士調御丈夫能爲衆生作眼目故能令衆生正知正法正義正歸爲諸衆生廣說義故能壞一切煩惱苦故能破衆生疑網心故開示諸法甚深義故一切善法根本故是故名爲天人之師知善法聚不善法聚非善非不善法聚是名爲佛壞魔波旬故能得難得如來身故名婆伽婆無量劫中乃至無有一佛出世是故難得無量世界有無量佛十方世界有無量菩薩同時同願修習莊嚴同時俱發菩提之心一時一日一月一歲同施同戒同忍同進同禪同智以是義故十方世界應有無量無邊佛土一土之中終無二

佛一時出世若無十方無量世界如是無量無邊菩薩同修善行可無果耶以是故知有十方無量無邊諸佛世界何以故一土之中無二佛故菩薩摩訶薩初發心時作如是言唯我一人能令無量無邊衆生斷煩惱苦入於涅槃以是願力獲得果報如來能爲三千大千無量世界說法教化調伏衆生是故一土無二佛出若一土中有二佛出者衆生不能樂修善法不生恭敬難遭之想若見一佛則得生於不思議心佛或涅槃我等當共及時修善勤行精進轉離生死生難遭想恭敬之心修檀波羅蜜乃至修習般若波羅蜜是故一土無二佛出十方諸佛唯除四事其餘一切平等無二一者壽二者姓三者名四者身菩薩終不以女人身得阿耨多羅三藐三菩提何以故菩薩摩訶薩初阿僧祇劫已斷女身女人之身貪欲多欲二指智故如是惡智不能得阿耨多羅三藐三菩提者不可思議何以故一切聲聞辟支佛等所不得故是故無上菩提無量功德之所成就二指者謂女人和合智也

菩薩地菩提力性品第九

菩薩摩訶薩欲學菩薩戒者當修信解常樂求法常樂說法見持法者深生供養如法而住教誨弟子住正法中善知身口意業方便云何菩薩修習信解明信三寶及其功德信佛菩薩不可思議信眞實義信有因果信諸衆生有種種業種種業果知善方便及非方便自信必得阿耨多羅三藐三菩提自知得義義者所謂無上菩提智菩提方便菩提方

便者謂菩薩戒乃至三十七品菩薩戒者聞說法時心忍信受所謂十二部經是名菩薩戒學菩薩戒者當修二事一者慈心二者信心菩薩修習如是二法得信解心求法者求何事云何求何故求求者謂菩薩藏聲聞藏一切世論一切世事菩薩藏者謂毗佛略餘十一部名聲聞藏世論者有三種一者因論二者聲論三者醫方論一切世事者如金寶工匠一切方術方術有五一者內術二者因術三者聲術四者知病因治病術五者知一切作事菩薩摩訶薩常求如是五種方術內術者謂十二部經菩薩摩訶薩爲二事故求十二部經一者知因果二者作業不失不作不受求因論者爲二事故一者爲知外道過故二者爲壞外道諸論師故求聲論者亦爲二事一者爲解一切法界義故二者爲正一切言辭音聲故求治病術爲四事故一者爲知病相貌故二者爲知病因緣故三者爲知病除愈故四者爲知病愈之後更不起故求十二部經爲知因果者一切法有十種因說眞因相攝一切因若生死若解脫若善若不善若內若外若衆生若非衆生何等爲十一者流布因二者從因三者作因四者攝因五者增長因六者轉因七者不共因八者共因九者害因十者不害因流布因者所謂法因名得其體相得體相故故可宣說是名流布因如因手取物因足涉路因身而有去來坐卧是名從因如從子得果是名作因離子從餘而得果者是名攝因子滅芽生從芽得果名增長因如從子生穀因穀生子是名轉因

隨種得果名不共因如地水火風名爲共因犯四重禁恐害善法是名害因若不犯者是名不害因害因有五一者聲害二者生害三者不共住害四者怨害五者定害聲害者猶如世論初說善好後說不善又復害者如說諸法一切無常猶如虛空說一切常謂生老死是名聲害生害者如說無因而能生果有因無果不共住害者猶如明闇貪恚苦樂怨害者如蛇鼠狼馬與水牛如狸與鼠定害者如不淨觀除貪慈心除瞋悲除害心八聖道分除一切結復有二因一者眞實因二者方便因眞實因者所謂種子方便因者如餘外緣方便因者有四種緣一者因緣二者次第緣三者緣緣四者增上緣因緣者諸法生因增上緣者謂方便因次第緣緣緣者謂心心數法是名四緣如是十因云何出生一切世法及出世法云何斷生死云何不斷生死如世間中種種穀子爲增長命有種種名所謂大麥小麥大豆小豆粳粮胡麻等是名流布因因於飢渴無氣力故爲除是患身得力故求大小麥乃至胡麻因於美食心生貪著生貪著心故方便求索是名從因如彼種子生相似果是名作因如彼地水火風糞土人功等是名攝因從子增長乃至於果是名增長因如子生果從果復生因果是名轉因如麥生麥豆自生豆是名不共因如離子巳從餘生果是名共因如子遇雹火燒鳥食是名害因離雹火鳥名不害因以是義故是十種因出生世法及出世法又復演說十二因緣所有名相謂無明因緣行行因緣識識因緣名

色名色因緣六入六入因緣觸觸因緣受受因緣愛愛因緣取取因緣有有因緣生生因緣老死憂悲愁惱大苦聚集是名流布因無明緣行乃至生緣老死爲貪恚故不斷十二因緣是名從因現在愛取未來無明是名作因現在有未來行是名作因現在識未來生是名作因現在名色六入觸受未來生老死是名作因不近善友不樂聽法不思惟義不如法住以此四事攝取無明乃至生老死是名攝因因惡業故增長無明乃至老死是名增長因無明三種謂下中上下爲中因中爲上因乃至老死是名轉因有無明墮地獄有無明墮畜生有無明墮餓鬼是名不共因一切衆生平等共有十二因緣是名共因無明因緣故無具足性不與如來共生一國遠離善友不得聞法不思惟義不如法住不得修習三十七品是名害因除無明故性得具足性具足故得與如來共生一國親近善友得聞正法思惟正義如法而住修習三十七品是名不害因以是義故是十種因出生世法云何十因生出世法若說三十七品名相菩提名相乃至涅槃名相名流布因因四念處得四正勤因四正勤得如意足因如意足得五根因五根得五力因五力得七覺分因七覺分得八聖道因八聖道得涅槃是名從因無明滅故諸行滅行滅故識滅識滅故名色滅名色滅故六入滅六入滅故觸滅觸滅故受滅受滅故愛滅愛滅故取滅取滅故有滅有滅故生滅生滅故老死滅老死滅故得涅槃是名從因性具足故修三十七品修三十

七品故得涅槃是名從因性具足故乃至三十七品能生菩提是名作因親近善友至心聞法思惟其義如法而住調伏諸根修八聖道是名攝因三十七品能爲二種涅槃之因是名轉因具聲聞性得聲聞果具緣覺性得緣覺果具佛性故得無上道是名不共因如是三人悉共修習三十七品是名共因性不具足生處八難不聞正法是名害因壞害因故得聞正法名不害因修習八聖道因緣故得聲聞菩提辟支佛菩提得佛菩提是名增長因是十種因出生世法出世之法如是二法各有三世所謂過去未來現在若有說言離是十因更有因者無有是處云何名果果有五種一者報果二者餘果三者解脱果四者現作果五者增上果不善之法得三惡報有漏善法得人天果是名報果以造惡故樂爲惡業以修善故樂修善業是名餘果修八聖道遠離煩惱名解脱果凡夫修道雖離煩惱不名解脱果何以故非畢竟故若人現世種種方便役力得財是名現作果眼根眼識乃至意法意識名增上果菩薩摩訶薩以知因果增長性力修習於道知不作不受作不失果菩薩摩訶薩知因果故求十二部經受持讀誦書寫解說得第一業力若有菩薩不信衆生業因果者終不能得菩薩禁戒菩薩何故求十二部經菩薩至心念菩薩戒勤求佛法乃至一句一偈一義若見說者心生恭敬歡喜樂聞不輕於說法者已身於說法者不求其過至心奉敬如從佛聞若說法者悋法不施應以錢財乃至身命供事奉獻若有

菩薩能如是者名義菩薩菩薩若能至心聽受乃至一句一偈一義三界煩惱皆悉萎悴具菩薩戒菩薩至心求佛語時渴法情重不惜身命設蹈熱鐵猛火之地不以爲患菩薩摩訶薩以一偈故常不惜身況十二部經爲一偈故尚不惜命況餘財物以聞法利身得安樂深生信心得柔輭心直心正見見說法者如見父母心無憍慢爲衆生故至心聽法終不爲已爲增衆生所有善根聽受正法不爲利養爲衆生故受菩薩戒不爲自利爲正法故不畏王難飢渴寒熱虎狼惡獸盜賊等事先自調伏煩惱諸根然後聽法非時不聽至心聽法恭敬說者尊重於法是名菩薩具菩薩戒云何菩薩至心聽法聽法有四一者至心二者一心三者一切心四者善心是名

菩薩勤求十二部經菩薩何故求十二部經爲欲流布諸佛正法故爲欲增長諸佛法故爲令世間信佛法故爲令一切無量衆生悉得阿耨多羅三藐三菩提是故菩薩求十二部經菩薩何故求於因論爲知因論諸過罪故爲破外道惡邪論故爲弘方便調衆生故爲欲分別如來語義世語義故是故菩薩求於因論菩薩何故求於聲論爲令言辭淨莊嚴故不淨之言不能宣說明了義故爲欲解知一切義故壞不正語憍慢心破邪見故爲知方便調衆生故是故菩薩求於聲論菩薩何故求諸醫方爲令衆生離四百四病故爲憐愍故爲調伏衆生故爲生信心故生喜心故是故菩薩求諸醫方菩薩何故求世方術爲易得財利衆生故爲諸衆生生信心故爲

知世事破憍慢故調伏衆生故破一切法諸闇障故若有菩薩不能如是求五事者終不能得阿耨多羅三藐三菩提成一切智爲得阿耨多羅三藐三菩提故求於五事菩薩成就菩薩戒者爲衆生說說何事云何說何故說說何事者謂十二部經云何說者成就五事何故說者爲得成就阿耨多羅三藐三菩提故說有二事一者次第說二者清淨說次第說者初說惠施次說禁戒次說天樂次說三昧次說受持十二部經思惟其義如法而住是名次第說清淨說者人在高處已身處下不應說法除爲病患心不信者不應爲說不猒生死者不應爲說人在已前不應爲說人覆頭者不應爲說求過失者不應爲說其餘皆如波羅提木叉修多羅中說何以故諸佛菩薩恭敬法故若說法者尊重於法聽法之人亦生宗敬至心聽受不生輕慢是名清淨說次第說者一切說一切說一切說初一切者謂十二部經中一切者謂一切衆生後一切者謂一切衆生壞悋法心無有憍慢若一句一偈乃至半偈若辭若義若法說義說及法義說示教利喜或時訶責或時直說或時喻說隨所應說或淺近說爲易入說隨所樂說是名菩薩次第說也清淨說者菩薩摩訶薩於怨憎中修習慈心得慈心已於惡衆生及放逸人以諸方便而爲說法乃至受樂其心憍恣及貧窮人方便開示而爲說法不爲讚已毀辱他人飲食利養名譽故說是名菩薩清淨說法如法住者身口意業修習善法正思惟義是名如法而住云何菩薩思惟

於義菩薩調伏身口意業樂處閑靜若自受持若從他聞思惟正義不思非義至心思惟眞實之義爲菩提道繫心思惟依於實義不依文字思惟分別此是佛語此非佛語捨非思惟懼心亂故隨所聞聲隨聲思義不隨他語雖不解義終不言非何以故此是諸佛之境界故菩薩摩訶薩依義不依字能知如來甚深之義知法非法無能動轉如是菩薩未得忍者令已得忍未得三昧令得三昧是名菩薩如法而住云何名修習修習有四一者舍摩他二者毗婆舍那三者愛樂修習四者隨所修習樂在中住舍摩他者菩薩摩訶薩修習四禪四無色定專心緣定能破五蓋因住定故解眞實行能離一切諸惡覺觀其心不亂能思內外法界之義隨順法相心心數法安住一緣是名舍摩他毗婆舍那者修舍摩他能觀法界分別法相求於善法遠離惡法智慧正見不顛倒見善解於義是名毗婆舍那愛樂修習者至心修習如上二法至心修者常不放逸是名愛樂修習樂住修習者修舍摩他毗婆舍那時不假方便隨意而住是名樂住修習菩薩摩訶薩常修二法亦名樂住亦名清淨亦名身心寂靜亦名廣智菩薩摩訶薩修是二法即是得阿耨多羅三藐三菩提根本菩薩成就菩薩戒者得是二法是名修習云何爲教教有八種菩薩摩訶薩成就三昧欲教衆生先當入定或與共住然後能以八事教化何等爲八一者知心二者知根三者善根四者煩惱五者對治對治者有貪心者教觀不淨有恚心者教修慈心有

癡心者教觀因緣惡覺觀者教令數息是名爲八以如是等諸善方便教化衆生破斷常心說於中道實無作相而作作相眞實不得而作得想眞實無觸而作觸想眞實無證而作證想是八種事能破如是妄想憍慢復有三事一者心若不住能令住緣二者住已能觀正法三者知善方便若知衆生心根善根及以煩惱以是四事能令散心住於緣中破斷常見而說法者是名能觀正法破貪心故說觀不淨破瞋恚心說慈心觀破愚癡故說因緣觀破惡覺觀說於數息是名知善方便若菩薩摩訶薩自於佛所若菩薩所學是八事復以是法教化衆生是名菩薩摩訶薩淨八種力何等爲八一者知諸禪定解脫力二者知根力三者解力四者世界力五者知至

處道力六者宿命智力七者生死智力八者漏盡智力是名爲八又復教者復有五種一者教令遠惡二者教修善法三者教犯戒者發露懺悔四者教作憶念羯磨五者教不受語者作擯出羯磨菩薩摩訶薩以是五事教化衆生以憐愍心故清淨心故菩薩摩訶薩若以瞋心教化衆生則不能得菩薩禁戒若受教者如法而受應當恭敬至心瞻視供養尊重如父如母如佛菩薩何以故以如法受教故則能疾得聲聞菩提緣覺菩提得阿耨多羅三藐三菩提是名菩薩教也善方便者菩薩摩訶薩一切所有身口意業悉爲調伏一切衆生是名善方便善方便者有四種一者惠施二者輭語三者利益四者同義菩薩摩訶薩能施衆生衣服飲食房舍卧具病瘦

醫藥受施之人既受施已於菩薩所生愛念心至心聽說聞已受持以受持故菩薩則以輭語讚歎以讚歎故受者歡喜以歡喜故能壞惡心受持善法壞惡心故菩薩復言我已具信戒聞施慧汝亦當具菩薩若不具是五事則不能教一切衆生衆生亦言汝自不具云何教他令具足耶是故菩薩具足五事是名菩薩以善方便教化衆生方便者所謂善調伏調伏者所謂不棄不轉不退是名善方便

菩薩善戒經卷第三

音釋

癰　於容切癤也　噉　徒紺切食也　羸　力追切瘦也　嬾惰　嬾魯旱切惰杜果切　饑饉　饑居宜切穀不熟也饉渠吝切菜不熟也　坑陷　坑口莖切塹也陷戶鑑切穽也　羯磨　梵語也此云作法羯居謁切　粳　古行切稻之不粘者曰粳　雹　蒲角切雨氷也　萎悴　萎於爲切枯也悴秦醉切憔悴也

菩薩善戒經卷第四

劉宋罽賓三藏法師求那跋摩等譯

菩薩地施品第十

菩薩摩訶薩求阿耨多羅三藐三菩提具足莊嚴六波羅蜜所謂檀波羅蜜尸波羅蜜羼提波羅蜜毗黎耶波羅蜜禪波羅蜜般若波羅蜜云何名爲菩薩檀波羅蜜菩薩布施有九種一者性施二者一切施三者難施四者一切自施五者善人施六者一切行施七者爲除施八者自利利他施九者寂靜施性施者自利利他自他俱利內發善心身口意業善於財物中心無貪著是名爲施菩薩行施持戒精進信十二部經信因信果隨諸衆生所求之物心無悋惜以如是等身口意業施心財物如是五事即是五陰是名性施云何一切施一切施者有二種一者內物二者外物菩薩摩訶薩於無量世爲施衆生受是陰身是名內物菩薩摩訶薩爲食吐鬼自服食已吐施於彼是名內物離是二事是名外施菩薩摩訶薩捨身布施有二事一者菩薩不得自在二者屬他有求不施不能得成阿耨多羅三藐三菩提是名菩薩不得自在屬他者菩薩摩訶薩爲菩提故身屬衆生如世間人以衣食故爲他僕使菩薩摩訶薩於自身中不得自在一切衆生於菩薩身頭目髓腦乃至手足隨意取用而得自在外施有二事一者爲利衆生二者心無貪悋菩薩摩訶薩於是內外有施不施菩薩摩訶薩觀諸衆生受施之後不得利樂則不行施受施之後必得利樂則便行施菩薩若知緣以身施令衆

受苦妨行善法及非法求亦不應施菩薩摩訶薩若見百千萬億衆生非法因緣求不得故喪失身命終不爲此而行惠施非法求者所謂若殺若誑若偷若害是名不施復有不施者菩薩摩訶薩若知身自能多利益無量衆生有來求者則不應施是亦名施何以故有淨心故若知如是魔及魔眷屬則不應施若有爲魔所迷亂者來求索時亦不應施若有狂癡及欲惱亂如是乞者亦不應施是名内不施外不施者火毒刀酒能爲衆生作惡因緣菩薩終不以此施人若作利益則以布施菩薩摩訶薩終不爲他作惡業使若知受者受施之後必行惡業亦不施之是亦名施何以故以淨心故手雖不施其心已捨所以者何菩薩定知受施之人受已必作無量惡業墮三惡道是故不施菩薩雖知受者得物其心歡喜然知不免三惡道苦是故不施菩薩摩訶薩終不教人張弶捕獵亦不教人事婆藪天自不殺羊祀祠天神亦不教他殺羊祠天不以羅網施來求者一切怨惡打罵繫縛悉不施人若有困厄貧窮愁惱欲自刑戮或求刀槊亦不施之亦不教人自墜高巖投淵赴火以喪身命若有病人所須之物是醫禁者悉不施之貪食之人食飽已不施是名不施菩薩摩訶薩不以父母師長布施若爲國主不應自在取他妻息以施於人唯除城邑聚落國土若自妻息及以僮僕眷屬宗族先以軟語慰喻其心若不肯者則不應施設其肯者終不施與怨家惡人羅刹惡鬼旃陀羅種唯以城邑國土聚落惠施於他終不施

與暴惡之人亦不私以父母師長兄弟妻子僮僕奴婢所有財物布施於人菩薩不以非法求財而行布施行施之時於已眷屬不瞋不打不罵不訶善言教導令其歡喜如是福報汝亦有分菩薩施時其心平等不觀福田及非福田不觀怨親種姓尊卑已許之物終不生悔多許之物終不少與不先許好後以惡施雖許惡與好許少施多菩薩施時無不喜心瞋心亂心施已終不於受者所計於恩報行施之時不以受者是尊貴故恭敬手奉受者卑賤撩擲而與若其受者打罵劫奪菩薩於是終不生瞋但責煩惱不訶其人於是人所深生憐愍終不念言因是施故我當得成阿耨多羅三藐三菩提是施亦能莊嚴菩提不爲求果故而行於施一切所施悉以迴向阿耨多羅三藐三菩提不爲他教故行於布施不以聞有施果報故而行於施如經中說施食得力施衣得色施乘者樂施燈得好眼施房舍者得隨意物終不悕得如是等果而行布施唯以憐愍而行於施爲破貧窮故而行於施爲調衆生阿耨多羅三藐三菩提故而行於施不施非施非施者不以殘食以施聖人非聖人者不求不施不以殘食施於父母師長耆宿有德之人如其求者則應施之終不以吐膿汗涕唾糞土雜食而以施人不以穢食而以施人凡所施食若多若少先語後施不語不施不食葱者不以雜葱食施不食肉者不以雜肉食施不飲酒者不以雜酒食施若有酒香亦不以施是名不淨之物不以布施菩薩摩訶薩見來乞者求時即施

終不以施要他策使不爲天樂而行布施不以名稱而行布施不求恩報而行布施不以轉輪聖王身故而行布施不以魔天梵天身故而行布施不爲國王長者恭敬供養尊重而行布施少物尚施何況有多不爲誑故而行布施不爲壞他眷屬成已眷屬乃至聚落城邑國土而行布施菩薩施時手奉上座乃至沙彌及持戒毀戒心無疲猒菩薩施時終不可毀乞求之人不爲憍慢故而行布施菩薩摩訶薩於一切物常生捨心所畜之物常爲衆生若有審知菩薩已捨於已有分作已分取則無有罪菩薩摩訶薩見求者時心生歡喜如重病人見大良醫隨其所須自恣聽取三時歡喜所謂未施施時施已菩薩施時常發是心設有貧富俱來乞者應自思惟若多有物當等施之如其少者先救貧苦作是願者即是阿耨多羅三藐三菩提因慳有三種謂下中上菩薩摩訶薩先壞下慳以壞下慳則能破壞中上二慳既自破慳復爲衆生說破慳法以說法故利益衆生復次菩薩於不求者強以物施若無財物應以方便役力求覓而行惠施若無財施應行法施教化衆生汝今何故不行惠施前人若隨行布施者深生歡喜身力佐助代其策使又無財者應以智慧爲諸衆生開示善惡復次菩薩不以正典施邪見者不爲活命衒賣經律若讀誦者則應施與若悋不與名曰法慳若能說法不爲說者亦名法慳若我不能以法施人云何能破衆生煩惱菩薩終不作是說言我今無財不能行施亦不瞋惱自燋其心以善方

便慰喻求者我今未有不稱來意何以故初發心時自言當施一切衆生故復次菩薩聞求者來即出承迎爲施牀座既得相見先意共語輭言問訊隨所須物事事供施菩薩摩訶薩初發心時自言我今所有之物常施十方諸佛菩薩及諸衆生譬如弟子以衣鉢物奉施於師師雖不取而此弟子得福無量菩薩亦爾所有之物奉施諸佛及諸菩薩諸佛菩薩雖不受取亦令施者得無量福常隨菩薩如恒河沙菩薩摩訶薩觀已財物如十方佛菩薩所寄知佛菩薩於是物所心無慳恪是故菩薩自在隨意以施衆生亦復深觀不應施者應當諫喻如此物者實非我有乃是諸佛菩薩所有以柔輭語曉喻求者不令瞋恨是故菩薩成就具足財物二施具二施已知性知因知果知分別菩薩若施於怨憎者慈因緣故若施有德者喜因緣故若施眷屬兄弟僮僕捨因緣故是名菩薩因智慧施復次菩薩知害施心害施心者有四種一者無量世來不習施故二者財物少故三者貪著好物故四者不求後世善果故菩薩摩訶薩見來求者富有財物不即發施心是則菩薩無量世來不習施心菩薩爾時應以智力而自思惟以我從昔無量世來不習施故不即發心我於今者多有財物兼有求者若不惠施於未來世復當增長慳恪之心終不隨順不修施心復次菩薩見來求者財物少故不即發施心菩薩復應以智慧力而自思惟我以無量惡業因緣無量世中身屬於他受大苦惱飢渴寒熱不能利益無量衆生以是業

緣令身少財令若不施復增來世貧窮困苦我今以是少物施人雖當貧苦終不至於三惡道苦作是思惟能壞少物慳恪之心復次菩薩見有求者於好物中心生貪著不即發施心菩薩爾時應以智慧而自思惟我於無常而作常想無我所中作我所想我若不施則長貪著是我顛倒是故菩薩能壞貪著好物之心復次菩薩不求果報故不行布施菩薩爾時應思惟言一切諸法無常無定若常定者則不須施何以故無因果故以無常故則有因果今若不施云何當得菩提道果是故菩薩則能破壞不求果心而行惠施菩薩摩訶薩知四顛倒法無決定無有常想是故能壞四怨惡心復次菩薩内身寂靜至心思惟常作是念我設有財當以供養諸佛菩薩若施法僧是名菩薩智慧布施有財無財常作如是繫心思惟法施亦爾是名一切施云何菩薩難施能施菩薩摩訶薩若有少物常以惠施是名難施心所愛重貪著之物無量世中勤求得者及大方便役力得者以如是等惠施他人是名難施云何一切自施菩薩摩訶薩若自行施若教父母兄弟妻子眷屬奴婢令行布施是名一切自施云何善人施若善男子以善心施信心施至心施自手施應時施如法得財施是名善人施云何菩薩一切行施不求果報故名一切行施常施故名一切行施福田施故名一切行施不觀福田及非福田施故是名一切行施不觀時與非時是名一切行施不觀財物是可施是不可施是名一切行施云何菩薩爲除故施若

有衆生飢渴苦惱爲除此事而行布施寒者施衣求乘施乘求瓔珞者施以瓔珞塗香末香雜華燈明房舍卧具病瘦醫藥亦復如是是名爲除故施云何自利利他施菩薩摩訶薩若以財法施於彼者能爲已身及以衆生作二世樂常施衆生無畏之樂所謂虎狼師子水火王難怨賊能爲救濟是名無畏施菩薩摩訶薩法施者凡有所說初無顛倒是名法施善能教誡一切衆生是名淨法施菩薩財施利益現在行法施者則能利益現在他世復有財施或爲衆生作現世苦法施不爾能作現在他世樂事財施不淨法施清淨行財施者不名無邊法施之施名無邊施財施易得法施難遇是名自他利施云何名寂靜施寂靜施者有十種何等爲十一者無礙施二者無錯謬施三者非莊嚴施四者無高心施五者無著心施六者無羞施七者無愁施八者無睥面施九者無求恩報施十者不求果報施無礙施者菩薩摩訶薩行施之時不爲一切遽務世事之所障礙雖知求者無心悒遲然能疾捨稱其所求是名無礙施無錯謬施者菩薩摩訶薩終不念言施無果報無善惡報亦不念言殺生行施得善果報如婆藪所說以不貪著施因緣故得世間樂及阿耨多羅三藐三菩提果是名無錯謬施非莊嚴者菩薩摩訶薩終不聚物爲好莊嚴而行布施隨得隨施終不貯積何以故菩薩深知財命二法無常難保故有來求者遇已便施終不語言待我莊嚴然後乃與何以故莊嚴施者則不得名莊嚴阿耨多羅三藐三菩提

菩薩若待莊嚴施者則令衆生大受苦惱是名非莊嚴施無高心施者菩薩摩訶薩見來求者生謙下心不自讚言我是施主不求恩報不爲勝他行施名稱而行布施是名無高心施無著心施者菩薩摩訶薩不著名稱菩薩善觀是名稱者如空如風藕根中絲若求名施者我則不得阿耨多羅三藐三菩提是故菩薩求阿耨多羅三藐三菩提不求名稱是名無著心施無羞施者行施之時三時歡喜是名無羞施無愁施者菩薩摩訶薩以所重物施已無悔是故無愁是名無愁施無聘面施者菩薩普觀一切衆生其心平等無不喜見是名無聘面施不求恩報施者以憐愍故修習慈故施安樂故不求報故是名不求恩報施不求果報施者菩薩摩訶薩行施之時不求轉輪聖王身三十三天魔天梵天財物自在何以故菩薩深觀有爲之法如芭蕉樹是故施時不求果報是故名爲不求果報施如是十事能令菩薩具足成就檀波羅蜜得阿耨多羅三藐三菩提

菩薩地戒品第十一

云何名菩薩摩訶薩戒戒者有九種一者自性戒二者一切戒三者難戒四者一切自戒五者善人戒六者一切行戒七者除戒八者自利利他戒九者寂靜戒自性戒者菩薩摩訶薩具自性戒四功德一者以清淨心從他如受二者其心不淨毀所受戒應當至心慚愧懺悔悔已專心更不敢犯菩薩摩訶薩從他受戒生慚愧心心慚愧故護持不犯若心不淨毀所受戒心慚愧故不敢覆藏乃至一

宿菩薩犯戒若經一宿若欲懺者不應直作一犯懺悔應作念念無量犯悔何以故若是多犯作一犯懺者不得名懺受者得罪菩薩從他受持戒時有二事一者慚愧二者至心堅持菩薩摩訶薩至心持戒終不生於毀犯之心三者受巳一心護持四者淨心受持菩薩具足四功德戒能作四事何等四一者不犯二者設犯尋悔三者心生慚愧四者不生悔恨是名性戒性戒菩薩名眞實戒若自他利戒名饒益衆生戒名利益衆生義戒名增長人天戒名無量功德戒菩薩成就如是戒者生心憐愍則能教化無量衆生菩薩若以客塵煩惱不懺悔者應常爲人讃歎持戒訶責破戒説毀禁者所得過罪若能如是雖名毀犯罪過輕微亦能畢竟得阿耨多羅三藐三菩提是名自性戒一切戒者在家出家所受持者名一切戒在家出家戒有三種一者戒二者受善法三者爲利衆生故行云何名戒所謂七衆戒比丘比丘尼式叉摩尼沙彌沙彌尼優婆塞優婆夷菩薩摩訶薩若欲受持菩薩戒者先當淨心受七種戒七種戒者即是淨心趣菩薩戒如世間人欲請大王先當淨治所居屋宅是七種戒俱是在家出家所受菩薩戒者亦復如是俱是出家在家所受是名爲戒云何名受善法戒善法戒者菩薩摩訶薩離七種戒爲菩提故修身口意十種善法是名受善法戒身口意者若菩薩摩訶薩住戒地巳讀誦書寫分別解説思惟修習舍摩他毗婆舍那恭敬供養尊重讃歎師長和尚耆舊有德時時供給瞻視走使若病

若老或道路疲頓代擔衣鉢若見說法及經唄者稱歎善哉見持戒者盡力擁護讚歎於戒願諸衆生悉持淨戒見破戒者深生憐愍善語訶責教令懺悔身口意業所作諸善悉發誓願迴向阿耨多羅三藐三菩提隨身口意有氣力時勤心供養佛法僧寶爲增善法勤修精進爲得一切諸善法故修不放逸常當至心念戒護戒調伏諸根飲食知足不樂眠卧初夜後夜讀誦經典憶念三寶親近善友樂聞其說自省已過知已懺悔深生慚愧至心憶念更不毀犯向佛法僧同師同法同戒同學發露懺悔是名受善法戒爲利衆生行戒者有十一種若有衆生欲修善者即往勸喻共爲伴侶有瞻病者亦往勸喻共爲伴侶若有衆生欲解世法出世法義即以方便而爲解說有受恩處念欲酬報酬報者所謂堅持禁戒讀誦書寫十二部經思惟正義分別解說能救衆生種種恐怖所謂師子虎狼水火王賊擁護衆生令得遠離如是等畏若有衆生喪失所親捐棄財物所愛別離心生愁憂能爲說法令離苦惱若有衆生貧窮困苦則能施其所須之物爲持法故受畜弟子不爲名利爲持法故往來四衆與共講論不爲利養爲持法故親近國王大臣長者不爲利養不爲檀越曲從人情造作非法身口意業不得非時往來他家在家出家俱有非時非時者所謂貪時恚時癡時大風時大雨時嫁娶時歡會時發行時除上非時則名爲時隨已所得善法功德悉以轉教一切衆生心無貪妬見毀戒者深生憐愍以清淨心善語

教告猶如父母教告諸子汝所犯者宜應發露如法懺悔若彼不受不宜如本受其供給身力作役復應隨事舉處讁罰若故不受應當驅遣令出寺廟爲令佛法得增長故如其不能教訶罰擯故共住者是名破戒名非沙門非婆羅門佛法中臭名旃陀羅名爲屠兒旃陀羅等及以屠兒雖行惡業不能破壞如來正法不必定墮三惡道中爲師不能教訶弟子則破佛法必定當墮地獄之中爲名譽故聚畜徒衆是名邪見名魔弟子不畜弟子不能破壞如來正法畜惡弟子則壞佛法壞佛法故名魔弟子爲利養故聚畜徒衆是名邪見若有神通及他心智識宿命智然後乃能以菩薩戒教化他人是人則能畜惡弟子何以故智方便故知方便故破壞惡法開示善法若有比丘不具如是三種智慧而言我具是三種智堪能受畜惡弟子者當知是人則爲犯重若離此事名利他戒菩薩摩訶薩成就如是戒善戒利益他戒名爲好戒攝一切戒名到彼岸戒名解脱戒名無上戒名無因果戒名常樂我淨戒名畢竟無邊戒名一切善方便戒菩薩若能至心憶念菩薩戒者勝於一切聲聞縁覺若能具足菩薩戒者亦得勝於六地菩薩若有菩薩捨轉輪王位出家學道受解脱戒放捨五欲如棄涕唾不念不求不生悔惜乃至天上五欲之樂亦復如是不爲人天受快樂故受持禁戒觀五欲樂如大毒蛇如三惡趣得他供養觀如吐食心不貪著世人若爲人天受樂利養名譽受禁戒者當知是人不名得戒成就戒者若住僧

中若住空處是名寂靜不能教化諸衆生故不能護法惜身命故不能護法貪利養故不能護法爲怨隙故不能護法爲怖畏故不能護法爲憍慢故不能護法不受法故不能護法憐愍心故不能護法懼慚恥故不能護法是名破戒名不寂靜若有於戒生知足者當知是人不名持戒知因戒故得諸菩薩無量三昧若無戒者則不增長無量三昧爲三昧故護持禁戒菩薩受持菩薩戒者寧失身命終不聽用非法之言與惡人住不念不起諸惡覺觀如其起者心生慚愧訶責懺悔若坐衆中設聞惡語惡事惡法惡聲惡義即應起去若力能制置不教訶而捨去者名之爲犯若力不能制而住聽者是亦名犯若得不聽心是名持戒作聽心者是名破戒若樂聽者是名破戒不樂聽者是名持戒生悔心者是名持戒心不悔者是名破戒菩薩受持菩薩戒者終不自念我所受戒齊從和尚師邊受得自念乃從十方諸佛菩薩邊受我若從師及和尚邊受得戒者不名菩薩戒若從十方佛菩薩邊所受得者乃名菩薩戒菩薩摩訶薩若分別十八部僧不名得菩薩戒若能等觀悉是十方諸佛菩薩弟子者是名得菩薩戒若觀一切悉是十方諸佛菩薩弟子住於大地以住大地因緣故悉得阿耨多羅三藐三菩提衆生界不可思議衆生法界不可思議衆生性不可思議衆生戒不可思議我既未得一切智云何分別是十八部我若分別則不能得一切戒無礙戒無上戒以能如是觀故得菩薩戒如過去菩薩所得禁戒菩薩

若能如是觀者則得無量無邊福德能知十方佛菩薩心亦知具足菩薩戒者得無上道菩薩摩訶薩觀過去諸佛及諸菩薩未得成就無上道時具足煩惱學菩薩戒具足成已得無上道我今此身亦是衆生亦有五陰亦具煩惱亦受菩薩戒修習菩提亦應當得阿耨多羅三藐三菩提我亦能調身口意惡必亦當得阿耨多羅三藐三菩提菩薩受持菩薩戒者至心專念自省己過不訟彼短見行惡者心不瞋恨見破戒者心生憐愍無有瞋惱菩薩受持菩薩戒者若爲惡人之所打擲手拳刀杖惡聲罵詈於是人所不起惡心麤言加報菩薩若學菩薩戒者有五不放逸一者觀已犯罪如法懺悔二者觀當犯罪如法懺悔三者觀現犯罪如法懺悔四者至心堅持不作犯想五者犯已至心懺悔是名五不放逸菩薩受持菩薩戒者所有功德應當覆藏諸所犯罪應當發露少欲知足堪忍衆苦常樂寂靜心無悔恨不自高不輕躁修寂滅行及微細行破壞邪命菩薩成就如是法者是名菩薩住菩薩戒菩薩受學菩薩戒者不念過去五欲之樂不求未來五欲之樂於現在五欲心不生著常樂寂靜破惡覺觀成就具足不放逸行一切衆生不敢輕慢成就忍辱具足淨心學淨戒者不惜身命不悋財賄善知破戒煩惱因緣善能調伏破戒煩惱調伏瞋心能調衆生惱害之心了知顛倒知善因果知善因果故勤心求之破壞不信善因果倒觀一切法無常我相無樂淨相破於衆生無常常倒無樂樂倒無我我倒不淨淨倒

修學善戒修習施因戒因忍因精進因禪定因智慧因菩薩受持利益他戒故化衆生令行善業共修善者而爲伴侶常教衆生供養三寶若見離別以善方便還令和合見有病苦身自供給見盲瞽者供給所須衣服飲食示道徑路善爲說法見有聾者畫地示義見有躄者施其車乘若無車乘身自荷負見有貪者以貪受苦能爲說法令除貪苦瞋恚癡疑亦復如是行路疲乏代其擔負施以水漿牀榻所須調身案摩復有衆生樂爲罪業菩薩見已應善說法善辭善義辭合句合辭義次第增長善法說義圓足爲欲莊嚴菩提道故以善方便教破惡業爲慳貪者說破慳法增長善法及諸財物若有衆生不信佛法善爲說法令生信心爲破衆生煩惱惡業得八正道故而爲說法復次菩薩學菩薩戒發大誓願爲破衆生諸惡邪見知恩報恩忍語輭語先意問訊供養師長耆舊有德能破愁怖所謂師子虎狼水火王難怨賊若有衆生喪失父母兄弟眷屬妻子僮僕捐棄財物親愛別離能以方便如應說法除其苦惱常施衆生所須之物所謂衣服飲食房舍卧具病瘦醫藥香華瓔珞燈燭等物若菩薩受持菩薩戒者畜養弟子不能善教說法示導令其調伏貪瞋癡等不能供給衣服飲食房舍醫藥不能爲求善厚檀越若爲檀越善說法要所得財物不能等分當知是人爲名譽故畜養弟子不名爲法若能隨時說法教告爲性爲力爲菩薩藏爲欲具足菩薩禁戒修八正道得阿耨多羅三藐三菩提是名菩薩眞畜弟

子不爲名譽菩薩受學菩薩戒者先當觀知衆生性界然後共住爲轉性界如應説法隨意共行令其調伏不造諸惡能破惡法增長善法所須之物能以惠施見作惡者深生憐愍不受語者深生悲惱於已所作諸惡業等心不生愁見他造作特生悲愍何以故菩薩自於身口意惡能疾調伏開心懺悔以有大智因緣力故菩薩爲他亦復造作身口惡業爲欲調伏他惡業故隨他心故菩薩或時現受歡樂爲調他故菩薩摩訶薩以爲他故不早取阿耨多羅三藐三菩提菩薩摩訶薩雖隨衆生不輕不笑不打不罵不説惡事不讚已德以自高人不親近人非不親近雖復親近非時不爲他所愛著不説其過所不愛者復不讚歎未知人根不説深義不從求乞他雖多施應生知足心不甘樂受人供養常樂捨財供給他人常樂讚歎他人善事見犯禁者不爲説戒無信心者不讚於信有貪心者不讚惠施不樂讀誦不讚多聞癡闇之人不讚智慧若爲犯禁讚歎戒者不喜不樂生於瞋恚羞恥之心以瞋恚故於佛法中及説者所生大惡心以惡心故增長地獄菩薩摩訶薩若如是者則施衆生地獄因緣不名菩薩隨意説法乃至癡者爲讚智慧亦復如是若有菩薩有大神足如是之人乃能爲彼不信之人説菩薩戒何以故是人能以神通之力示彼熱地獄寒地獄大地獄小地獄復作是言汝今云何不信我説觀是惡果人中造作令地獄受汝今若復不信如是菩薩戒者今當復得如是惡果彼不信者見是事已心驚

怖畏即生信心復有菩薩爲彼不信以神通力現羅刹像而作是言我今求見諸不信者欲斷其命如其信者我當護念彼不信者見聞如是即生怖畏以怖畏故信菩薩戒復以神力現密跡像執金剛杵復作是言若有不信菩薩戒者當破其頭令作七分彼不信者見聞如是即生怖畏以怖畏故即便信之復以神力作種種身或作一身或作多身或作樹木山河等身無礙之身大身小身身出水火彼不信者見已即問如是等事悉是何果答言悉是菩薩戒果彼人聞已於菩薩戒生大信心若無神通爲彼不信說菩薩戒得無量罪無量罪者於無量世受是名無量雖有五逆未足爲喻何以故五逆罪者則可移轉如阿闍世王彼不信者罪不可轉五逆罪者極至一世不信者罪無量世受是故我言不可爲喻若取佛物法物僧物現前僧物如是罪報亦不得喻何以故如是罪報極至一世不信者罪至無量世如十恒河沙等衆生發菩提心假使有人能令如是恒沙衆生退菩提心教以邪見如是罪報及不信者罪等無差別復令如是恒沙衆生皆住五地假使有人盡奪其眼如是罪報不信者罪亦復如是若復有人能破一切諸佛塔廟殺害一切諸佛弟子焚燒一切諸佛經典如是罪報爲不信者說菩薩戒所得罪報亦復如是何以故從因故生地獄從因故入涅槃因於說者得無量苦是故說者得無量罪雖知大衆無量衆生堪任能作人天善業及發信心於是衆生若有一人心無信者亦不可說是名菩薩

利益衆生善戒

菩薩善戒經卷第四

音釋

弶其亮切施罟於道也　捕獵捕薄故切捉也獵良涉切逐禽也　藪蘇后切　戮力竹切殺也　槊所角切矛屬也　撩力昭切　涕唾涕他計切唾吐卧切　葱倉紅切葷菜也　衒黃絹切鬻也　睥匹米切旁視也　遽其據切急也　悒於汲切憂也　唄蒲拜切梵音也　讁陟革切責也　怨隙怨於袁切讎也隙綺戟切嫌恨也　躁則到切不安靜也　牀榻牀士莊切榻吐盍切

菩薩善戒經卷第五

劉宋罽賓三藏法師求那跋摩等譯

菩薩地忍品第十二

云何菩薩摩訶薩性忍智慧力故能堪種種苦惱等事一切忍一切忍一切忍有憐愍故得慈心故性忍有二種一者出家二者在家在家出家俱有三種一者能忍衆生打罵等事二者能自堪忍一切諸苦三者忍樂善法能忍衆生打罵等者菩薩摩訶薩若爲衆生所打罵時作是思惟緣我是身造作惡業令自受報云何於彼而生瞋恚我亦不求是苦煩惱今若不忍後復增多不忍辱者是則名爲苦煩惱因我所受身及諸煩惱非衆生過自是我咎若有惡事實不樂受今若不忍便是自作若自作者復當自受生死性苦身若受苦云何不忍聲聞緣覺爲自利益尚修忍辱何況我今爲欲利益一切衆生而當不忍我若不忍不得具足菩薩禁戒修八正道得無上道菩薩摩訶薩作是觀時修五種忍一者於怨於親非怨親中修行於忍二者於上中下人修習於忍三者於受苦受樂不苦不樂人中修習於忍四者於有福德無福德非有福德非無福德人中修習於忍五者於一切惡人中修習於忍菩薩成就如是五忍修習五相一者衆生相二者法相三者無常相四者苦相五者無我我所相菩薩爲彼惡人所打云何而能作親友相菩薩諦觀過去世時流轉生死無有衆生非我父母師長和尚眷屬親族所可恭敬供養之者作是觀時怨憎相滅親友相生親相生故能修於忍是時

成就衆生之相法相者菩薩諦觀衆生者名爲法界名有爲法名有漏法若是法界還對法界誰打誰瞋無我無我所壽命士夫以智慧力作是觀時滅衆生相成就法相無常相者菩薩思惟一切衆生一切有爲有漏之法皆悉無常以無常故誰有罵者誰有受者若使罵者及以受者暫時停住則不得言諸法無常若使常者誰罵誰受常無常中俱無是二俱無作受尚不應生微惡之心何有打罵是故菩薩破於常相修無常相以能修習無常相故成就忍心成忍心故修菩提道乃至得阿耨多羅三藐三菩提云何菩薩修習苦相菩薩摩訶薩作是觀察若欲界衆生得大自在餘財巨富如轉輪王尚有三苦況復餘人三苦者謂復變苦生死苦苦苦作是觀時若使衆生有此三苦我不應瞋我若瞋者云何當能救彼衆生是三苦耶我若瞋者則爲增長衆生三苦作是觀時樂相滅苦相生以能修習苦相因緣故修八正道得阿耨多羅三藐三菩提云何菩薩修無我無我所相菩薩諦觀有諸外道說我是常我若常者衆生無我何以故衆生者即是五陰五陰無常若無我者何有我所是故無我無我所菩薩復作是觀我者即是菩提之心菩薩初發菩提心時於衆生中得一子心是名我所若我於彼有瞋心者云何得名有我有我所我若增長瞋恚心者不能度脱一切衆生作是觀時成就於忍增長無我無我所心得無我相以是因緣修八正道得阿耨多羅三藐三菩提云何菩薩能忍衆生打罵等苦菩薩爾時復

作是觀我於過去爲五欲故備受衆苦在家作務耕田種植種種苦親近國主市買販易多受衆苦我於爾時雖受如是種種大苦不得利益若我今爲度衆生故受諸苦惱當得利益我若當得大利益者應受無量不可計苦作是願時菩薩則能堪忍衆苦受苦者名一切苦一切苦者有八種一者依苦二者世法苦三者威儀苦四者法攝苦五者乞食苦六者精進苦七者爲利衆生苦八者營事苦依苦者名四依苦若比丘受四依已得出家受戒得名具足比丘若得少衣少食卧具病藥不生愁苦心無悔恨以能修習壞苦心故修八正道得阿耨多羅三藐三菩提是名依苦世法苦者有九種一者求不得苦二者惡聲苦三者現對惡法苦四者苦苦五者亡失苦六者物盡苦七者老苦八者病苦九者死苦是名世法苦菩薩受是九種苦時不生愁惱心不悔恨不廢無上菩提之心以不悔故菩提增長菩提增長故得阿耨多羅三藐三菩提威儀苦者名身四威儀一者行二者住三者坐四者卧菩薩若行若坐晝夜常調惡業之心忍行坐苦非時不卧非時不住所住内外若牀若地若草若葉於是四處常念供養佛法僧寶讃歎經法受持禁戒持無上法廣爲人説正思惟義如法而住分别法界修舍摩他毗婆舍那菩薩修習如是法時設有諸苦堪樂忍受是名威儀苦乞食苦者有七種一者身捨飾好二者剃除鬚髮三者著割截衣四者一切世事不得自在命屬於他五者乞求活命六者遠離生業少欲知足七者

捨離親族五欲之樂云何乞求活命供身之物衣服飲食房舍卧具病瘦醫藥一切仰他不得不嫌得時知足乃至盡壽障受五欲妓樂戲笑忍如是苦是名乞食苦精進苦者菩薩精進供養三寶受持讀誦菩薩藏經書寫解說思惟其義晝夜不廢勤加精進修習聖道以精進故堪忍衆苦是名精進苦爲利衆生苦者如上利内外十一事中說是名利衆生苦營事苦者熏鉢縫衣染作浣濯衆僧使役供給師長若爲供養塗掃佛塔爲善法故終不休息爲阿耨多羅三藐三菩提故忍種種苦是名營事苦忍樂善法苦者有八種忍受三寶所有功德忍佛菩薩不可思議忍因忍果忍善方便忍佛菩薩性復有二忍一者究竟忍二者淨智慧忍是名法忍云何菩薩難忍難忍有三種一者有無量衆生打罵菩薩菩薩能忍二者菩薩有自在力能打罵忍受不報菩薩處在種族豪貴能忍卑下云何一切自忍菩薩摩訶薩於怨親中非怨親中忍下忍中忍上忍是名一切自忍善人忍者有五種知忍功德一者不著惡心瞋心二者心難沮壞三者心無愁惱四者死時無悔五者死已受天人樂菩薩觀忍有如是功德教化衆生令行於忍自所修忍亦得增長讚歎忍辱見行忍者恭敬尊重讚歎禮拜是名善人忍一切行忍者菩薩摩訶薩觀不忍者所有過惡云何名惡果報能得三惡道故長惡道故應修行忍憐愍故忍爲修慈故忍爲輭心故忍爲愛衆生故忍至心爲阿耨多羅三藐三菩提故忍具足羼提波羅蜜故忍爲出

家故忍爲受戒故忍爲具足性故忍爲欲修習無量世忍故忍爲得忍性故忍爲得無受無瞋故忍爲見法界故忍爲見衆生界故忍一切時忍一切國忍一切心忍是名一切行忍除忍者若有貧窮之人數從菩薩乞索所須復有惡人亦來從乞復有破戒之人亦來從乞破壞惡心修習忍心爲破苦故施以樂事是名除忍自利利他忍者菩薩忍於飢渴寒熱風雨惡獸終不放逸生死受苦憐愍衆生菩薩摩訶薩得如是等忍增長現在一切善法遠離煩惱他世獲得無量善果悉能調伏衆生惡心惡心調故一切煩惱不得其便現在安樂後獲善果是名自利利他忍寂靜忍者菩薩若爲諸惡衆生之所打罵於彼終不生於惡心不作怨想作善友想若無如是諸惡人者我之善法云何增長見有罵者輭語慰喻修慈悲心能壞欲界所有煩惱具足如是十忍菩薩能修八正道得阿耨多羅三藐三菩提

菩薩地精進品第十三

云何菩薩性精進性精進者心勤精進爲攝善法故爲利衆生故爲令衆生得無上道故爲破顚倒故以性精進故得身口意業善是名性精進一切精進者有二種一者世二者出世復有二種一者在家二者出家復有三種一者莊嚴二者攝取善法三者爲利衆生莊嚴者菩薩摩訶薩初發心時勤精進莊嚴若我能令一人解脱於無量劫在地獄中受大苦惱受大苦惱已然後得阿耨多羅三藐三菩提得菩提已乃至能令一人解脱亦當

受於地獄之苦心不休息是名莊嚴菩薩具
足莊嚴精進勝於一切聲聞緣覺所得功德
不可稱計何以故爲欲利益一切衆生受大
苦故若爲一人受大苦惱尚得無量無邊功
德何況乃爲一切衆生是名菩薩莊嚴精進
攝取善法勤精進者若爲修行檀波羅蜜尸
波羅蜜羼提波羅蜜禪波羅蜜般若波羅蜜
勤精進者名爲不動一切煩惱一切惡業一
切邪見一切苦惱不傾動故亦名堅固健莊
嚴故復名一切知世方術及出世法故復名
具足方便眞實因緣修習道故復名眞實得
眞實義故復名爲廣一切時中無休息故復
名調伏勤修精進不生憍慢故如是七事增
長善法是名攝取善法精進以勤精進故具
足六波羅蜜勤精進法於諸迴向菩提法中
是近因緣無上無勝是故如來於經中說阿
難勤精進者疾得阿耨多羅三藐三菩提爲
利衆生勤精進者有十一種如戒中說勤精
進者菩薩摩訶薩不作衣想不作食想不作
臥具想不作我想不作我所想不作法想不
作道想不作菩提想亦爲菩提勤修精進是
名勤精進於一切時一切國一切心勤修精
進是亦名難不急不緩處中而行是名勤精
進勤精進有二種因一者悲二者慧一切自
精進者有四種一者離惡法二者增長善法
三者瑩磨善法四者增長智慧離惡法者若
菩薩摩訶薩勤修精進未生惡法勤作方便
令不生故增長善法者已生善法方便令增
廣故瑩磨善法者勤修身口意業因緣至心
繫念受持善法故增長智慧者若菩薩勤修

精進多聞修定增長智慧故是名一切自精進善人精進者菩薩爲善法故勤精進時設燒身首不以爲熱菩薩修善法時勤行精進尚自不覺地獄火熱況世間火菩薩精進不多不少平等而行增長精進善調御故所以者何心清淨故不休不息心不悔故得大利益不顛倒故畢竟能得阿耨多羅三藐三菩提故是名善人精進一切行精進者常勤精進至心精進智慧精進不斷精進莊嚴精進忍苦精進不動精進不時精進不知足精進菩薩成就一切行精進名爲大力常勤精進安住善處堅固莊嚴不休不息得於善法欲心精進菩薩摩訶薩求阿耨多羅三藐三菩提故至心欲精進菩薩摩訶薩增長菩提心故方便心精進菩薩摩訶薩諸煩惱垢不汙其心以身爲器成阿耨多羅三藐三菩提故勝精進菩薩摩訶薩爲於善法不救身首火故如是菩薩勝於一切聲聞緣覺求精進菩薩摩訶薩求於世法及出世法諸方術故學精進菩薩摩訶薩速得世法及出世法故利他精進菩薩摩訶薩有十一種如戒中說不作犯意犯已懺悔除精進及自利利他如忍中說寂靜精進者有十種一者宜二者修習三者非動四者堅持五者一切時六者緣三相七者捨八者不散九者調御十者趣向菩提菩薩若起一切煩惱爲除病故隨對治之如貪欲起觀不淨相瞋恚起時修於慈心愚癡心起觀十二因緣思覺起時觀阿那波那破憍慢故觀衆生界是名宜精進菩薩精進非始非終無量世中常得成就是名修習精

進菩薩精進常勤修習亦如初得是名非始精進一切時中勤精進故是名非動菩薩摩訶薩常能親近諸師長宿有德之人修學多聞若修三昧思惟其義勤行精進隨順聽受是名堅持精進菩薩摩訶薩心不顛倒宜修舍摩他時修舍摩他宜修毗婆舍那時修毗婆舍那宜修捨時修行於捨是名一切時精進菩薩善知定慧捨時時修習三相入相住相起相不失正念至心精勤是名緣三相精進菩薩若聞諸佛菩薩勤精進故不可思議聞已其心不自輕不愁惱不知足是名捨精進菩薩摩訶薩時調伏諸根諸入飲食知足初夜後夜減損睡眠至心不亂無有放逸推求莊嚴發勤精進修眞實義心無顛倒隨順修道是名不散精進菩薩精進不急不緩所作事業處中而行是名調御精進菩薩一切精進悉以迴向阿耨多羅三藐三菩提菩薩摩訶薩修性精進乃至寂靜精進悉爲阿耨多羅三藐三菩提故是名一切精進悉以迴向阿耨多羅三藐三菩提過去世諸菩薩所持精進悉爲阿耨多羅三藐三菩提未來世諸菩薩所持精進亦爲阿耨多羅三藐三菩提現在世諸菩薩至心不放逸所持精進亦爲阿耨多羅三藐三菩提是名趣向菩提精進

菩薩地禪品第十四

云何菩薩摩訶薩性禪菩薩若聞菩薩法藏若思惟義若世間禪出世間禪繫心一處定智分等修習於道是名性禪一切禪者有二種一者世間二者出世間是二種復有三種

一者入禪現在受樂二者入禪增長菩提三者入禪利益衆生入禪現在受樂者菩薩摩訶薩破諸疑網身心寂靜受遠離樂壞諸憍慢不貪著味離一切相是名入禪現在受樂入禪增長菩提者菩薩摩訶薩禪定有種種緣不可思惟不可稱計無有限量攝十力性得種種三昧如是三昧一切聲聞辟支佛等尚不識名況能修習復有共法所謂八勝處十一切處四無礙智願智無諍智頂智增長如是共有法至故是名入禪增長菩提入禪利益衆生者有十一種如戒中說菩薩摩訶薩修具如是十一種禪能化衆生破苦煩惱修習善法種種智慧知恩報恩能救衆生種種苦惱能施一切所須之物善知方便能畜弟子能使弟子隨意受行如是等禪名一切禪難禪者有三種一者菩薩摩訶薩入禪定時所受快樂勝於一切世間之樂及出世樂爲衆生故捨禪定樂受欲界身二者菩薩摩訶薩修習禪定無量無邊阿僧祇等不可思議不可稱計修習三昧一切聲聞辟支佛等不能知其所入境界三者菩薩摩訶薩禪因緣故得阿耨多羅三藐三菩提是名難禪一切自禪者有四種一者共覺觀二者共喜三者共樂四者共捨是名一切自禪善人禪者有五種一者無愛二者共慈三者共悲四者共喜五者共捨是名善人禪一切行禪者有十三種一者善無記二者神足三者趣舍摩他四者趣毗婆舍那五者自利六者利他七者得五神通功德禪八者辭因緣九者義因緣十者舍摩他相因緣十一者毗婆舍那相

因緣十二者捨相因緣十三者現在受樂行因緣是名一切行禪除禪者有八種一者菩薩入三昧時能除衆生種種苦毒所謂暴風雹雨熱病鬼病是名爲禪二者若入三昧能治衆生身中四大不調適苦是名爲禪三者若入三昧能於亢旱飢饉之世施降甘雨是名爲禪四者若入三昧能令衆生離種種怖所謂人怖鬼怖水怖陸怖是名爲禪五者若入三昧能施曠野飢乏衆生水漿飲食所須之物是名爲禪六者若入三昧能施貧窮困苦之人種種所須是名爲禪七者若入三昧能破十方衆生放逸是名爲禪八者若入三昧能破衆生種種疑網是名爲禪是名除禪自利利他禪者有九種一者入禪因神足故調伏衆生二者入禪因他心智故調伏衆生三者入禪因眞實說故調伏衆生四者入禪爲惡衆生示地獄苦五者入禪令失瘖者語六者入禪令失念者念七者入禪隨順解說十二部經菩薩法藏菩薩摩夷爲法久住八者入禪能教衆生種種世事書疏算數讀誦畫印金木瓦匠九者入禪爲放大光明破三惡衆生苦惱是名自利利他禪寂靜禪者有十種一者世法寂靜淨二者出世法寂靜淨三者方便寂靜淨四者本根寂靜淨五者上寂靜淨六者入寂靜淨七者住寂靜淨八者起寂靜淨九者自在寂靜淨十者煩惱智慧二障寂靜淨如是十種寂靜淨名爲淨禪菩薩修習如是十種成就無量無邊功德爲得無上菩提果故過去未來現在菩薩皆修是禪得阿耨多羅三藐三菩提

菩薩地慧品第十五

云何菩薩性慧爲一切智故分别法界是名性慧又復善學五種方術所謂内方術因論聲論醫方一切世事是名性慧一切慧者有二種一者世間二者出世間是二種復有三種一者智如實知智如實知五種術知三聚衆生知利益衆生方便知法界不可説知四眞諦無我無我所於諸法界無有覺觀觀諸法界其心平等不捨不著不常不斷説於中道是名智慧二者知世間事及出世法爲阿耨多羅三藐三菩提故是名智慧三者觀深法界分别演説爲利益衆生故是名智慧是名一切慧難慧者有十一種如戒中説爲調衆生故善知其心是名難慧知一切法界無有障礙是名難慧爲諸衆生説深法界是名難慧善知無我及無我所是名難慧一切自慧者若能受持讀誦解説聲聞法藏菩薩藏故則得修智因修智故得智慧力智慧力故知可修不可修可作不可作至心觀無量事是名一切自慧善人慧者有五種一者因問正法故得二者因思惟正法故得三者因自利利他故得四者因不顛倒見法處所故得五者因破煩惱故得復有五種一者能知微細甚深義故二者修習禪定知法界故三者共慧莊嚴得智慧故四者從佛菩薩來故五者具足獲得寂靜之心乃至畢竟心故是名善人慧一切行慧者有十三種一者苦智二者集智三者滅智四者道智五者盡智六者無生智七者法智八者比智九者世智十者通智十一者因智十二者力智十三者初心

智是名一切行慧除慧者謂四無礙智世智出世智破一切闇故是名除慧自利利他慧者如初五術中說以是五術因緣故得阿耨多羅三藐三菩提是名自利利他慧寂靜慧者爲眞實故修習爲衆生故修習爲得義故修習爲知因果故修習爲破顛倒故修習爲善知方便故修習爲知作不作事故修習爲知煩惱故修習爲畢竟得故修習是名寂靜慧菩薩具足如是十慧名智名慧亦名畢竟亦名眞實亦名無量慧以是無量慧因緣故菩薩具足般若波羅蜜具足般若波羅蜜故得阿耨多羅三藐三菩提如佛經中有具足般若有不具足當知十種性乃至寂靜或說一波羅蜜或說二三四五六若說一則攝於六乃至說六亦攝於六若有衆生聞一一中十種名字信受持讀誦書寫分別廣說教化衆生畢竟當得具足成就六波羅蜜

菩薩地輭語品第十六

云何菩薩性輭語菩薩摩訶薩歡喜語樂聞語實語法語義語利衆生語是名性輭語一切輭語者菩薩摩訶薩若見有人初未相識見已輭語先意共談若見前人端正有德勝於己者不懷妬心破於憍慢敬意問訊四大安不道路疲極不苦惱不善來相見爲施牀坐給施漿水爲行世法故隨衆生意故菩薩終不爲諸衆生說麤惡語所謂死殺破壞劫奪失物唯說善語所謂汝兒息長大今已娉娶財物滋息穀米豐熟智慧成就信戒施進廣博多聞菩薩具足如是法語爲利衆生是名一切輭語解析輭語者有二種一者隨世

二者隨出世世者有二一者下世二者上世出世有二種一者正法自利出世二者正法利他出世菩薩摩訶薩爲下上世法輭語爲自利利他出世輭語是名解析輭語難輭語者若有衆生來害菩薩菩薩於彼生於子想至心輭語謂打者罵者劫者又難輭語菩薩摩訶薩常爲癡人輭語說法身口意業多受衆苦雖受大苦續復教諭汝好勤學後當如我或復見勝是名難輭語復次菩薩見有瞋人妬人慳人不受師教欺誑師長父母宿德惡害邪見賊旃陀羅與共輭語不生惡心是名難輭語一切自輭語者有四種一者爲破煩惱因緣故輭語二者爲生人天因緣故輭語三者爲增長善法因緣故輭語四者爲說莊嚴菩提因緣故輭語復有四種一者說四眞諦令彼解故二者破四倒故三者破放逸故四者破疑心故是名一切自輭語善人輭語者菩薩摩訶薩教化衆生時有因緣故說法所謂爲解脫因緣故說法爲莊嚴菩提因緣故說法爲神足因緣故說法爲持戒因緣故說法是故諸法從緣故生從緣故滅是名善人輭語一切行輭語者若說法時有可聽者有可遮者以柔輭語隨順法性說字不倒有恐怖者能以輭語令除恐怖有求乞者亦以輭語許之施與是名一切行輭語除輭語者離口四惡妄語兩舌惡口無義語見則言見聞則言聞知則言知識則言識不見不聞不識不知亦復如是是名除輭語自利利他輭語者若見受苦之人爲說輭語若以輭語教化衆生或以輭語教戒衆生或以輭語教

令正見或以軟語教令行施或以軟語教令正命或以軟語說於正法是名自利利他軟語寂靜軟語者有二十種如初性力品中說性利他者若菩薩摩訶薩爲教誡他分別戒義說如法住義憐愍衆生修習悲心至心教化調伏衆生是名性利他一切利他者未熟衆生令解脱故得現世樂及他世樂教出家者是名他世樂說法教令破欲界結是名現在他世樂以破欲界諸煩惱故身心寂靜身心寂靜故受安樂是名一切利他難利他者有三種若有衆生未種善根未有善因難教化者是名難利他二者若有衆生多饒財寶勢力自在貪心慳悋難可教化何以故放逸故是名難利他三者若有外道邪見難可教化何以故癡狂故能化如是等得利益故是名難利他一切自利利他者有四種一者未有信者教令生信二者未有戒者教令持戒三者慳貪之人教令修施四者愚癡之人教令得慧是名一切自利利他善人利他者菩薩摩訶薩教化衆生令知眞實知時知義知柔軟語教化修慈是名善人利他一切行利他者菩薩摩訶薩見諸衆生可讚歎者則以美言讚歎可訶責者則以善言訶責若有衆生於佛正法破信心者則能調伏未入佛法者教令得入已得入者爲說正法令彼善根得增長故調伏安置於三乘中根已熟者爲說解脱樂聲聞者教令發阿耨多羅三藐三菩提心未有善莊嚴者教令莊嚴無定性者教定性心是名一切行利他除利他者若有衆生無慚愧者教令慚愧麤獷之人教令修

心爲妬嫉者除壞垢心爲慳貪者除斷慳心爲疑心者除破心疑網是名除利他自利利他者菩薩摩訶薩常以十善教化衆生是名自利利他寂靜利他者有十種善内寂靜有五種外寂靜亦有五種内五種者一者淨二者不轉三者次第四者徧有五者隨順善法淨者菩薩不以惡法不淨法不善法用教衆生是名爲淨不轉者菩薩於解脱中不説非解脱清淨法中不説不淨不顛倒法不説顛倒是名不轉於非解脱不説解脱不淨法中不説清淨顛倒法中不説非倒是名不轉次第者菩薩有癡者説淺易義而調伏之中根之人爲説中法利根之人爲説上法先説惠施次説持戒後説智慧是名次第徧有者菩薩説法之時不觀衆生種姓貧富隨力隨智而爲説法令彼衆生得安樂故是名徧有隨順善法者觀諸衆生應得下中上法隨爲説之是名隨順善法外寂靜五事者一者菩薩摩訶薩修習無量慈心爲衆生故二者受無量苦爲衆生故三者得大喜見諸衆生得利益故四者得大自在猶屬衆生如僮僕故五者有菩薩具大威德猶故謙卑如旃陀羅子故是名内外寂靜利他云何名菩薩摩訶薩同利菩薩摩訶薩既自成就具足善法復以此法轉勸衆生是名菩薩同利菩薩摩訶薩爲同行故教化衆生衆生受已善法心堅難可傾動何以故衆生諦知菩薩成就是善法已轉以勸我爲欲令我得安樂故若修善法得惡事者菩薩摩訶薩終不自修以勸於我菩薩勸化無量衆生同已利時無有一人能

說菩薩自不成就而勸於人亦無有言汝自不善云何勸他令行善法復次菩薩有自成就不能勸他有自不成而能勸他有自成就能勸於他有自不成亦不勸他自成就不勸他者同師同學同法同德不顯已功是名自成不勸於他自不成就而能勸他者菩薩若見諸惡衆生行於惡法旃陀羅人乃至畜生爲調伏故同彼受身同於事業破惡業故是名自不成就而能勸他有自成就能勸他者菩薩摩訶薩自成善法亦勸他人令成善法破於憍慢輕心轉心是名自成能勸於他有自不成不勸他者若菩薩自放逸故不能教化調伏衆生菩薩摩訶薩以六波羅蜜自莊嚴身以四攝法莊嚴衆生菩薩摩訶薩以六波羅蜜自調其心以四攝法調衆生心身口意淨故菩提數法淨自身淨故衆生心淨成就善身心故名爲無上無勝無共以此無上無勝無共教化衆生是名同利菩薩摩訶薩於諸衆生於時於物悉無分別於衆生中無分別者菩薩爲衆生故行檀波羅蜜乃至般若波羅蜜求諸善法於時無分別者菩薩摩訶薩於一切時爲衆生故勤心精進求於善法於物無分別者菩薩摩訶薩爲衆生故受畜雜物然於此物心無貪著以是三無分別因緣故得阿耨多羅三藐三菩提菩薩摩訶薩甘樂修習一切善行心無悔退以修習因緣故能壞衆生邪法邪見自所修學善根增長至心觀察善行功德一切邪見不能沮壞終不求於轉輪王身釋身魔身及以梵身不求恩報利養名譽長壽身樂菩薩摩習如是

等法則得具足檀波羅蜜乃至般若波羅蜜是名同利菩薩摩訶薩修同利時心不動壞清淨寂靜大明無翳菩薩摩訶薩住淨心地具足成就無上善法光明善法光明善法者菩薩摩訶薩所行善法一切無有能呰毀者菩薩摩訶薩心不動者所修善法無有動轉日夜增長如初生月寂靜善法者菩薩所得三昧寂靜同於如來垂近阿耨多羅三藐三菩提菩薩摩訶薩一切施戒一切四攝因緣故得金剛身得法身果菩薩摩訶薩難施難戒因緣故獲得如來不可思議功德妙果一切自施戒因緣故得諸人天所奉供養果善人施戒因緣故於衆生中爲無有上一切行施戒因緣故獲得如來三十二相八十種好除施除戒因緣故得坐道場菩提樹下魔王眷屬不能傾動自利利他施戒因緣故獲得如來常樂解脱寂靜施戒因緣故得四寂靜果所謂身寂靜緣寂靜心寂靜智寂靜十力四無所畏大悲三念處五智三昧爲衆生故數有十八不共之法利智慧故乃有無量不共法數

菩薩善戒經卷第五

音釋

販易 販方願切販賣也易夷益切貿易也 浣濯 浣胡管切濯垢也濯直角切洗也 沮 慈呂切止遏也 亢旱 亢若浪切旱合罕切亢旱謂愆陽不雨也 瘖 於金切不能言也 娉娶 娉匹正切娉問也娶七庚切取婦也 析 先擊切分擗也 獷 古猛切獷惡也 呰毀 呰將几切譏也毀許委切謗也

菩薩善戒經卷第六

劉宋罽賓三藏法師求那跋摩等譯

菩薩地供養三寶品第十七

云何名爲菩薩摩訶薩供養如來供養如來凡有十種一者供養色身二者供養塔三者現見供養四者不現見供養五者自供養六者他供養七者利益供養八者最勝供養九者清淨供養十者受持供養供養色身者菩薩摩訶薩若見佛色身而供養之是名供養色身供養塔者若菩薩摩訶薩爲如來故造作塔廟形像龕窟修治已壞朽故之塔若見新塔華香供養是名供養塔現見供養者菩薩摩訶薩若現見如來形像時如見此佛見十方佛亦復如是是名現見供養不現見供養者菩薩摩訶薩若供養現在諸佛及佛塔廟得信解心我今現見作是供養亦得供養過去未來佛何以故一切如來同一法性故以是故則得供養去來諸佛若我供養現在佛塔亦得供養去來佛塔何以故如是諸塔同一法性故若供養一佛則已供養十方諸佛若供養一塔則已供養十方佛塔造作龕窟補治故塔供養塔時亦復如是是名不現見供養又復不現見供養者若不見佛不見佛塔心想念言此是如來此是佛塔一切佛一切塔一切窟一切像亦復如是是名不現見供養復有不現見供養者若菩薩佛涅槃後爲如來故建立塔廟造作龕窟若一若二乃至無量隨力能作是名不現見供養如是無量福德果報攝取無量梵福德果菩薩摩訶薩以是因緣於無量劫不墮惡趣亦能莊

嚴菩薩之道菩薩摩訶薩不現見三寶而設供養勝於現見供養之者不可稱量不可爲比所得果報不可宣說愚癡之人現見之後而設供養智慧之人雖不現見而能供養是名不現見供養自作供養者菩薩摩訶薩若供養佛及供養塔手自經理不令他作是名自供養他供養者若佛若塔欲供養時聚集多人和合共作非獨自作多人者所謂父母妻子宗親眷屬僮僕若王大臣婆羅門長者隣比知識內人外人男女貧富受苦受樂若師和尚若同師同和尚若同住同法同學同國同名同姓乃至邪見及旃陀羅是名他供養復有他供養者菩薩摩訶薩若財富自在以慈悲心惠施衆生臨施之時作是願言衆生貧苦尠於福德今受施已我當勸令供養三寶以是供養三寶因緣破壞貧窮多獲福德作是願已惠施衆生施衆生已教令供養佛法僧寶是名他供養利益供養者菩薩若於佛及佛塔奉施衣服飲食卧具醫藥房舍恭敬禮拜復以種種雜華塗香末香散香妓樂旛蓋燈明供養又歎如來無量功德五體投地右繞三帀至無量帀兼復奉獻金銀瑠璃玻瓈珂貝硨磲碼碯及身瓔珞鐘鈴之屬乃至一錢一綖一銖是名菩薩利益供養最勝供養者菩薩若於佛及佛塔所設供養利益供養常恒供養好物供養現見供養不現見供養自供養他供養至心供養喜心供養至心忍樂供養三寶以如是等供養迴向阿耨多羅三藐三菩提是名最勝供養清淨供養者菩薩若於佛及佛塔手自供養非以憍

慢輕賤心故令他執作無有放逸勤心精進至心淨心非爲國主生信敬故非以當得國王大臣長者居士所供養故非以自顯己之功德而供養也所作形像不以雌黄雞子羅差膠油酥等油酥塗地不燒膠香葉香供養頗迦華等亦不供養一切臭華雖有好色亦不供養乃至種種臭穢之物不以供養離如是等諸供養者是名清淨供養受持供養者菩薩若於佛及佛塔若自出財若從他求若作像若作塔若一若二若乃至百千無量萬億一一塔中一一像前恭敬禮拜以好華香妓樂燈明瓔珞旛蓋而供養之亦不以此供養因緣故求阿耨多羅三藐三菩提求於佛道何以故菩薩摩訶薩住不退地故菩薩住是不退地已於諸佛土受身不礙菩薩摩訶薩不自出財不求他財作是願言若閻浮提所有衆生有能供養佛法僧寶從四天下乃至三千大千世界十方無量無邊世界所有衆生以上中下供養三寶我當至心隨其歡喜復作是願以是因緣令諸衆生悉得成就阿耨多羅三藐三菩提是名菩薩莊嚴無上菩提之道是名如法作供養菩薩摩訶薩修習慈心如犛牛頊悲喜捨心亦復如是一切有爲無常無我無樂無淨深觀涅槃功德微妙念佛法僧施戒天等乃至不見法界之中有微分相可得宣説至心趣行六波羅蜜以四攝法攝取衆生是名如法作供養若有比丘常樂喜見恭敬供養金塔金像銀塔銀像玻瓈眞珠硨磲碼碯璧玉塔像不喜樂見供養恭敬泥木塔像當知是人不名如法作供

養是如法作供養名無上供養無勝供養最上供養如是供養勝諸供養能得無量無勝之果菩薩摩訶薩供養三寶爲六事故一者福田無勝故二者知恩報恩故三者勝於一切一足二足多足無足故四者難遇如優曇鉢華故五者無師和尚自然得成阿耨多羅三藐三菩提故六者能令衆生獲得世樂出世樂因故法僧亦爾菩薩欲受菩薩戒時當觀和尚若具八法乃從受戒一者具足優婆塞戒沙彌戒大比丘戒二者善能觀察持戒毀戒相貌三者得舍摩他毗婆舍那四者慈心憐愍一切五者能捨已樂以施衆生六者無畏七者不說非法不聽非法說非法者呵責諫喻能忍一切呰毀打罵惱害等苦貪瞋癡等毀禁之人及懈怠者處衆說法不辭疲勞不謬解義亦不誤說發言柔軟初不麤獷常念衆生欲令安樂有疑輒請不懷恥辱善知方便教化衆生知諸衆生煩惱對治於諸衆生其心平等無有貴賤尊卑之異六根具足威儀庠序不信讒言細行淨行不自矜高輕懱於人不爲利養外現諂曲捨除貪妬慳悋之心若自得利先推他人其心常一無有放逸見他得利歡喜如已知足少欲唯畜六物六物之外隨得隨施恒勸前人隨犯發露爲示憶念善知悔法善能瞻養病苦之人終不宣說聲聞法藏菩薩藏過若有具足如是法者任爲和尚菩薩摩訶薩既受戒已和尚若病應爲給使若不病者應隨教作應生虔重恭敬之心迎逆禮拜立侍左右奉施衣食卧具醫藥隨順法語隨法而作無有動轉隨

所犯罪成實而說若聽法時作佛想法想比丘僧想難想眼想大智因想大光明想得大果報想是大涅槃無上道因想得常樂想得舍摩他毗婆舍那想如是想者即是眞實法想是名具足聽法功德又聽法時應至心聽信心聽不應念言我今不應從破戒者斯下種姓根不具足不正語者弊性之人而問法也離如是念至心聽法菩薩摩訶薩受菩薩戒有二種一者智二者愚若作如上思惟觀者是名愚癡不增善法不得大智菩薩修習四無量心慈悲喜捨四無量心有三種一者衆生緣二者法緣三者無緣衆生緣者菩薩摩訶薩修習慈心諦觀一切三聚衆生一者受樂二者受苦三者受不苦不樂菩薩摩訶薩修習慈心觀受樂者令其增長觀苦衆生滅苦生樂觀不苦不樂者斷除苦樂令得涅槃是名衆生緣法緣者菩薩摩訶薩唯觀法相不作衆生相若我修慈無衆生者誰得離苦誰得受樂是名法緣無緣者捨衆生相及以法相增長慈心是名無緣如慈餘三無量亦復如是菩薩摩訶薩若因衆生修無量心當知是心不異外道亦與聲聞辟支佛共菩薩摩訶薩四無量心合則爲悲是故菩薩名爲大悲菩薩觀察受苦衆生有百一十爲除是苦修習大悲何等百一十一種生苦復有二種一者求不得苦二者得已失苦復有三種一者苦苦二者行苦三者壞苦復有四種一者愛别離苦二者怨憎會苦三者死苦四者五陰盛苦復有五種一者欲因緣苦二者瞋因緣苦三者睡眠因緣苦四者掉悔因緣

苦五者疑因緣苦復有六種一者惡道因緣苦二者惡道果苦三者多求苦四者守護苦五者得無猒苦六者失苦復有七種一者生苦二者老苦三者病苦四者死苦五者愛別離苦六者怨憎會苦七者求不得苦復有八種一者寒苦二者熱苦三者飢苦四者渴苦五者不得自在苦六者自作苦如尼揵子七者他作苦如王事等八者久威儀苦復有九種一者身貧窮苦二者他貧窮苦三者親愛壞苦四者失財物苦五者病苦六者破戒苦七者邪見苦八者現在苦九者他世苦復有十種一者有食無器苦二者步涉無乘苦三者求諸瓔珞華香不得苦四者求覓妓樂遊戲不得苦五者求於光明不得苦六者求給使人不得苦七者求漿不得苦八者求衣不得苦九者得不用苦十者見來求苦復有九種一者一切苦二者大苦三者一切自苦四者不如法住苦五者轉苦六者不得自在苦七者害苦八者隨逐苦九者一切行苦一切苦者由往昔因得現在苦大苦者如諸衆生無量世中受地獄苦一切自苦者如地獄畜生餓鬼人天中苦不如法住苦者如作謀議欲害於他事不成就反受其禍如貪飲食後受大苦如念貪欲瞋恚癡苦如因身口意惡業受苦如因毀戒受於憂苦轉苦者如現在王身轉至他世爲奴僕苦如現父母兄弟妻子轉至他世爲怨憎苦如現在巨富轉至他世受貧窮苦不得自在苦者如欲得長命欲得端正欲得上族欲得富貴欲得身力欲得智慧欲除怨敵不得如意苦害苦者如世中

人求破貧窮不能破苦出家之人求壞煩惱不能壞苦如事難苦兵革起苦行曠路苦截手脚苦閉繫打縛苦驅擯出外苦一切行苦者因苦受苦離樂受苦一切諸受未斷故苦不能出家苦不能寂靜苦不得菩提苦多生思覺苦凡夫苦四大苦三界苦煩惱苦是名百一十苦菩薩觀察如是等苦增長大悲如是大苦因十八種而得增長何等十八一者愚癡苦二者受果報苦三者行苦四者常苦五者生苦六者自作苦七者他作苦八者破戒苦九者邪見苦十者過世苦十一者大苦十二者地獄苦十三者人天苦十四者轉苦十五者受苦十六者不知苦十七者增長苦十八者懈怠苦菩薩常以四事因緣名爲大悲一者諦觀衆生受苦因緣甚深難解二者無量世中修習三者至心修習四者以至心故爲於衆生不惜身命以是四事因緣故能爲衆生勞謙忍苦受於苦身是故菩薩名淨大悲淨大悲者名如來地菩薩摩訶薩觀是百一十事一切菩薩皆悉修習爲衆生故增長大悲如是菩薩能觀衆生及以法相生於大悲不能觀察無緣之相生於大悲是故不得名爲大悲如來能具如是三種故名大悲菩薩修習大悲故得身寂靜得心寂靜以是身心寂靜因緣故能破衆生所有煩惱住於淨地一子之地於諸衆生愛之如子以大悲因緣故爲諸衆生勤行苦行心無悔退如聲聞道悟四諦時受無漏樂菩薩修悲亦復如是菩薩修悲但爲衆生不爲自身修悲因緣菩薩乃至不惜身命及外財物修悲因緣捨

身受身終不毀失如來禁戒難得三昧即能得之難得智慧即能得之是故如來於經中說菩薩阿耨多羅三藐三菩提住在何處當言住於大悲無量無邊不可稱計故名大悲菩薩修習是無量心得現在樂能令衆生遠離苦惱得無量無上功德之聚莊嚴阿耨多羅三藐三菩提

菩薩地三十七助道品第十八

云何名爲菩薩摩訶薩慚愧慚愧有二種一者性二者因緣性者菩薩摩訶薩自知所作非法怖畏惡報而生慚愧因緣者菩薩若於自所作惡恐人知故而生慚愧性慚愧者非因緣得如菩薩性菩薩修慚愧者從因緣得如八正道因緣慚愧有四種一者不應作而作生於慚愧二者應作不作生於慚愧三者心自生疑而生慚愧四者於覆藏罪恐他知故而生慚愧云何名爲菩提薩埵薩埵者名爲勇健無所畏懼菩薩之性性有健力以性健故能調煩惱不隨其心能忍衆苦種種恐怖雖有恐怖不能傾動菩薩所有善法莊嚴是名性勇健力是故名爲菩提薩埵菩薩性勇健力有五因緣一者種種生死苦二者衆生種種行諸惡業三者於無量世利益衆生受無量苦四者至心堅持菩薩禁戒五者至心聽受深法菩薩摩訶薩有五因緣爲諸衆生受大苦切心無愁惱一者有大勇健力故二者修習無愁故三者勤善方便健精進故四者智慧力健故五者專念修悲心故云何菩薩解世書籍菩薩善知世間方術知字知句知辭知義心口和合專念受持是名菩薩

知法知義知法知義故能爲他説以説因緣故法智義智而得增長是名聞慧思慧以是聞思慧因緣故助菩提法而得增長云何名爲菩薩知世世有二種一者衆生世二者器世菩薩摩訶薩觀衆生世是故經説世間苦行受於生死不知生死不得解脱如來善知衆生世間是故經説衆生有五濁一者命濁二者衆生濁三者煩惱濁四者見濁五者劫濁如今人壽不滿百年是名命濁如今衆生不能孝養父母師長和尚沙門婆羅門等不隨義行不畏現在及未來世不樂惠施不喜福德不樂受齋持戒精進是名衆生濁如今衆生因煩惱故殺害父母於母姊妹及餘親屬强作非法爲與衆生作惡因緣受畜弓箭刀杖矛槊多有衆生妄語兩舌惡口無義語有如是等無量諸惡不善煩惱起時是名煩惱濁如今衆生非法見法法見非法非法説法法説非法以是説故破壞正法增長邪法無量衆生修習邪見是名見濁如惡時衆生有三種内惡劫起一者飢饉内劫二者疫病内劫三者刀兵内劫是名劫濁是名菩薩知衆生世間復次菩薩知器世間菩薩善知器世成壞因緣是故經説迦旃延如來善知世間知世間因知世間滅知世間道知世間味知世間苦知世間解脱迦旃延六入五陰及四大等名爲人身以人身故隨世作相名之爲我名爲衆生名爲壽命名爲士夫名爲某甲如是名字性無眞實因煩惱故衆生説言我見我聞我知見聞知者亦無眞實流布如是名姓飲食受苦受樂長壽短壽是名流布

流布者名爲相不名眞實如來善知衆生世間器世間故名如來善知世間菩薩若見於已年長福德勝者應起奉迎禮拜問訊安施牀座若見年德與已等者先意問訊謙下輭語執手共坐不生憍慢我勝於彼若見年德於已少者先意輭語勸以福德教行善法心不輕慢設其有罪終不識刺隨所須物任以給施菩薩悉於上中下衆生先意輭語善法教化以食以法而攝取之身口意業善思惟等悉向衆生常作是念願我莫與一切衆生作惡因緣於諸衆生不作怨想常生親想無瞋恚心設有瞋者不以在意若他瞋打當觀法界身口意業常自凝重具足十四事所謂六方便四惡知識四善知識如善生經說常能利益今世後世能求財物得已能護營生富足能作福德不貪不慳不作幻術誑惑世人持戒慚愧有人寄付不令生疑衆生見者如見眞實常近善友治國理民勸以十善見則言見聞則言聞覺則言覺知則言知是故菩薩名知世間云何名爲菩薩學四依菩薩依義不依於字菩薩聽法不爲依字唯爲依義菩薩摩訶薩依法不依人知法非法知如是法是佛所說是長老說是衆僧說若是非法雖聞佛說心不生信復有是法非佛所說非長老說非衆僧說雖非佛說長老僧說是法相者聞則信受菩薩摩訶薩依了義經不依不了義經依了義者不可動不可移了義經者不生疑心菩薩若於了義經中生疑心者則可移動菩薩依智不依識何以故修智慧者名淨智故是故菩薩解甚深義雖於深

義未得解了終不生謗是名菩薩成就四依菩薩成就如是四依了了能知世道出世道菩薩復有四道以四道故知一切法界得無礙智四道者即是四無礙智知一切法界名法無礙智若知一切法性無礙智無顛倒智名義無礙智菩薩若知一切諸法種種名字名辭無礙智菩薩若知一切法界一切法名一切法義說不可盡名樂說無礙智菩薩具足四無礙智知陰入界方便十二因緣方便是處非處方便菩薩具足四無礙智了了自知菩提之道復能爲人分別廣說云何名爲莊嚴菩提莊嚴菩提有二種一者功德莊嚴二者智慧莊嚴如自利利他品中說菩薩若在初阿僧祇劫修習如是二莊嚴者名下莊嚴在第二阿僧祇劫修名中莊嚴在第三阿僧祇劫修名上莊嚴云何菩薩修習三十七品菩薩具足四無礙智得方便智以方便智故修習三十七品亦未得證阿耨多羅三藐三菩提亦知二乘所修道品知二乘者如初品說云何名知菩薩所修三十七品菩薩觀身循身觀作是觀時不著身相不作空相亦知是身不可宣說是名觀身第一義爲流布故說名爲身如身餘三十六品亦如是菩薩摩訶薩觀是身時不作苦不作集不作滅不作滅因緣道何以故法界不可說故菩薩若能如是知苦集滅道是名第一義修習三十七品爲流布故說苦集滅道菩薩若知不以覺觀觀三十七品是名舍摩他菩薩若知法界眞實不可宣說是名毗婆舍那菩薩舍摩他有四種一者第一義舍摩他二者期舍摩

他三者真實舍摩他四者離煩惱怨舍摩他菩薩具足四舍摩他知一切法界爲阿耨多羅三藐三菩提故菩薩毗婆舍那有四種一者共四種舍摩他行二者遠離顛倒三者分别無量法界四者知法界無礙菩薩修習是四種毗婆舍那爲阿耨多羅三藐三菩提故云何名爲菩薩摩訶薩善方便善方便者有十二種内六種外六種内六種者菩薩常於一切衆生起大悲心真實了知一切諸行常樂繫念阿耨多羅三藐三菩提樂爲衆生轉於生死真知煩惱不壞煩惱爲阿耨多羅三藐三菩提勤修精進是名内方便外六種者能令少施得無量福有功德者能令增長壞佛法者能令生信已有信者能令增長未淳熟者能令淳熟已淳熟者能令解脫是名外方便云何少施得無量福若有衆生於菩薩所聞說法已以一把食施於餓狗施物既少福田又薄以能迴向菩提道故所得福報不可稱量有德增長者若有衆生先受八齋菩薩復爲分別解說教令迴向無上菩提若有衆生深著邪見一月不食晝斷夜食菩薩即爲講宣正法破其邪心教令受持八戒齋法菩薩爲破苦不善齋教令受持善法齋戒若有衆生欲求解脫不知方便菩薩爲說中道實義離於二邊若有衆生欲得天身投淵赴火菩薩爲破如是現苦爲說持戒現世受樂後受天身若有衆生爲寂靜故讀誦解說四毗陀典菩薩即以十二部經教令分別思惟其義復次菩薩以世所有上妙香華供養三寶亦教衆生復令供養自向十方無量諸佛

發願供養亦教衆生向十方佛發願供養復次菩薩常修念佛乃至念天亦教衆生令修六念復次菩薩身口善業若多若少悉施衆生亦以是法教化衆生復次菩薩常作是願一切衆生所有苦事悉集我身莫令他受亦以此法轉教衆生復次菩薩若有過去現在世罪悉向十方諸佛懺悔亦以此法教衆生行復次菩薩自能修習四無量心亦教衆生行四無量心有功德者能令增長壞佛法人能令生信已生信者能令增長未淳熟者能令淳熟已淳熟者令得解脫菩薩摩訶薩爲是四法修習六事一者隨他二者無障三者不動四者心相似五者報恩六者清淨隨他者菩薩若爲衆生說法先以輭語隨彼心語隨身口意任力惠施令彼恭敬生歡喜之心樂法之心然後爲說隨諸衆生上中下根說易解法時節說次第說不顛倒說利益說憐愍說若須神通應感化度爲示神足略能說廣廣能說略能破疑網施其憶念能廣分別出入定處若有衆生不解如來甚深空義即爲開示分別演說若有衆生誹謗方等六乘經典即爲說法令其調伏若有衆生作如是言如來所說無一切法無一切物一切諸法無生無滅猶如虛空如幻如夢如熱時焰乾闥婆城如水中月如呼聲響以是不解法性因緣故生於怖畏生怖畏故而生誹謗言非佛經是邪見說菩薩摩訶薩善巧方便漸漸爲開修多羅義隨意而言非一切法無以一切法不可說故名爲無法以不可說可說性無所有故名爲無物若初無不可說無不可

說性云何可說有生有滅是故說名無生無滅若無生滅即名虛空如虛空中有無量色有無量業諸色諸業無有障礙所謂行住屈伸俯仰若無如是諸色諸業名虛空者是則虛空不可宣說若因虛空有諸色諸業可宣說者不得說言虛空之性不可宣說若彼虛空不可說者諸色諸業云何可說菩薩摩訶薩得聖智已乃知法界不可宣說爾時菩薩破壞邪相言一切法有一切法可說菩薩初以如是聖智教於衆生衆生得已自見法性不可宣說猶如虛空是故如來說一切法同於虛空如幻性相非有非無聖人亦說非有非無幻若定有以何因緣有時可見有時不可見若定無者云何令人見種種相實無之法不應生相一切法界亦復如是於諸凡夫說有名相有名相故不得言無第一義性不可說故不得言有是故法界如幻有二是故菩薩於諸法界不取不捨不增不減實則知實亦說是實是名菩薩善隨方便無障者菩薩摩訶薩見來求者作如是言善男子汝今若能供養三寶父母師長沙門婆羅門者所須之物若衣若食牀卧病藥華香瓔珞旛蓋妓樂田宅屋舍僕使乘用資生之物悉當與汝若有衆生恐怖畏憂懼菩薩語言汝今若能供養三寶乃至婆羅門者我當給汝衣食所須乃至一切資生之具亦當救汝憂懼之事若有病者亦復語言汝今若能供養三寶乃至婆羅門者我當爲汝求覓良醫瞻病好藥衣食乃至資生之具令汝病愈如是衆生若能信受菩薩語者菩薩當作種種方便必

令如意若不受者菩薩爾時則修捨心若有信受菩薩不爲稱意作者得罪菩薩先教供養三寶父母師長持戒精進爲調令得阿耨多羅三藐三菩提若先受語後不受者以憐愍故則現瞋訶非實惡心若不施物不爲作使非實嫌恨爲調伏故是名無障不動心相似者菩薩若得自在之身若王大臣多有眷屬先唱是言若我境內及家中人其有不能供養三寶父母師長沙門婆羅門毀戒懈怠我當斷其衣服飲食打罵繫縛閉之牢獄若殺若擯囑付大臣使令鑒察知誰持戒知誰毀戒誰能供養父母三寶誰不供養父母三寶爾時衆生以怖畏故遠離諸惡修習善法似菩薩心是名相似方便報恩者菩薩若受檀越衣服飲食卧具病藥房舍若多若少或遭恐怖有人救解或遭病苦有療治者或聞說法破壞疑心菩薩摩訶薩以念恩故悉教是等行於善法是名報恩菩薩說法衆生聞已即能供養三寶父母師長沙門婆羅門等持戒精進是名報恩寂靜者菩薩摩訶薩安住畢竟菩提地中修習寂靜菩提之道生兜術天當知不久下閻浮提得阿耨多羅三藐三菩提衆生聞已悉發願言如是菩薩成佛之時我等當於是佛法中出家學道爾時菩薩下閻浮提託生刹利婆羅門家爲衆生故捨五欲樂出家學道修行苦行爲苦行者生於恭敬破苦心故修苦行已得阿耨多羅三藐三菩提壞聲聞緣覺菩提心故既成道已默然而住釋梵天王來勸請故梵天啓請爲令衆生於正法中生尊重故爾時世尊即以

佛眼觀諸衆生然後説法佛眼觀者爲破惡名故所謂衆生説言如來但爲梵王勸請非爲憐愍若以佛眼觀於衆生轉法輪者爲破衆生邪惡輪故轉法輪已集衆制戒爲令衆生得解脱故是名菩薩寂靜方便爲令衆生得信心故未入佛法者令得入故未熟衆生令得熟故已熟衆生得解脱故

菩薩善戒經卷第六

音釋

龕窟（龕苦含切窟苦骨切穴也）尠（息淺切少也）綖（私箭切與線同）銖（市朱切錙銖也）𤛓（古候切取牛羊乳也）讒（鋤銜切譖也）懱（莫結切輕易也）誹謗（誹府尾切非議也謗補曠切訕也）嘿然（嘿莫北切靜無言）

菩薩善戒經卷第七

劉宋罽賓三藏法師求那跋摩等譯

助菩提數法餘品第十九

云何菩薩摩訶薩陀羅尼陀羅尼有四種一者法陀羅尼二者義陀羅尼三者辭陀羅尼四者忍陀羅尼法陀羅尼者菩薩心得憶念以念力故得大智慧大智力故知諸法界言辭字句堅心受持經無量世無有忘失義陀羅尼者如法陀羅尼隨順解義於無量世受持不忘辭陀羅尼者菩薩摩訶薩爲破衆生種種惡故受持神呪讀誦通利利益衆生爲呪術故受持五法一者不食肉二者不飲酒三者不食五辛四者不婬五者不淨之家不在中食菩薩具足如是五法能大利益無量衆生諸惡鬼神諸毒諸病無不能治忍陀羅尼者菩薩摩訶薩智慧力故心樂寂靜不與人居默然不語獨處無伴於食知足食一種食坐禪思惟夜不眠寐時佛即以陀羅尼呪教之令誦

乙致　蜜致　鞞致毗　羼提　般檀那莎訶

菩薩爾時從佛受已深心觀察知字無義以無義故無有義語若無義語辭亦無義法亦無義以無義故一切諸法悉不可說義者一切諸法無義義也以忍力故了了能知四陀羅尼以了知故則得具足忍陀羅尼以能具足忍陀羅尼故不久得成阿耨多羅三藐三菩提菩薩摩訶薩初阿僧祇劫修習行時得是法義二陀羅尼因此法義二陀羅尼修習三昧因修三昧發誓願故復得辭忍二陀羅

尼菩薩若能具足四事得四陀羅尼一者不貪五欲二者於衆生中無嫉妬心三者能施施已無悔四者樂聞正法受持讀誦書寫解說菩薩法藏菩薩摩訶薩云何菩薩發大誓願有五種一者發心發願二者有發願三者行發願四者善發願五者大發願初發菩提心時名發心發願爲利衆生生人天故名有發願爲衆生故修無量心名行發願修習一切菩薩善法名善發願不惜身命護持正法名大發願菩薩若以十種供養佛法僧寶護持正法見持法者供養恭敬是名大發願菩薩摩訶薩生兜率天乃至大涅槃是名大誓願菩薩摩訶薩從初發心乃至得阿耨多羅三藐三菩提是名大發願菩薩摩訶薩爲度衆生徧在諸有隨而受身是名大發願菩薩摩訶薩常以大乘菩薩法藏菩薩摩訶薩教化衆生是名大發願菩薩摩訶薩凡所演說無不利益無善根者令生善芽是名大發願云何名爲菩薩摩訶薩修空三昧菩薩深觀一切諸法有可說性是可說性不可說性中無故名空三昧云何無願三昧菩薩摩訶薩以一切法可宣說故有我有我所有我有我所故則名爲苦菩薩摩訶薩破邪想故知一切法不可宣說是故不著我及我所無我無我所故更不願求是名無願三昧云何無相三昧菩薩摩訶薩知一切法不可宣說以不可說故悉無一切煩惱之相以無相故名爲寂靜修寂靜故是名無相三昧如來何故說三三昧一切諸法凡有二種一者有爲有二者無爲有有爲有者謂我我所無爲有者所謂涅

槃有爲有者菩薩摩訶薩觀一切苦不生願求是名無願三昧無爲有者所謂涅槃菩薩摩訶薩於涅槃中不生樂想是名無想無爲者亦有亦無是故菩薩非願非不願菩薩摩訶薩見有有見無無有中無無無中無有是名爲空菩薩爾時修空三昧得眞實智如是三昧聲聞緣覺亦修亦學而不能說一切諸法不可宣說諸佛菩薩爲令衆生得寂靜故說是四法一切有爲法無常苦無我涅槃寂靜諸佛菩薩爲諸衆生說是四法當知已說一切法界諸法根本是名優陀那優陀那者過去無量一切諸佛亦如是說能作上者名優陀那增長善法名優陀那云何菩薩見有爲法悉是無常菩薩摩訶薩知有爲法可說無常是故一切有爲無常不知眞實不可說故不知因果是故作相言一切法悉是生滅以是過去有爲亦生亦滅是故過去之法不見有因不見有性以不見因性故說過去法悉是無常現在法知生而不知滅現在之法不見其因見果見性不滅故知性不知因未來有爲法不見生滅是故知因不知果不知性以未生故是故菩薩知因不知性爾時觀三世一一念有三相若過一念則有四相先滅法已次第生相似法是名爲生生已作事是名爲住先滅法相滅法相已見相似是名爲老生已不住至於二念是名爲壞菩薩見有爲法相一種如生住老亦如是唯壞相異何以故不共三相住故如是四相見有二種一者有二者無有者三相無者第四相菩薩見有爲法不見生不見住不見老不見壞何

以故生住老壞無眞性故菩薩摩訶薩見色法生色法住色法老色法壞不見生住老壞菩薩摩訶薩以方便觀不見四相方便觀者菩薩觀若離色法別有生者色法生時生亦應生若爾者一切諸法皆應二生一者色生二者生生如是二生若即法若離法若不離者則無生生若言離法別有生者是義不然若不離者爾時色無有生生因緣故生住老壞亦如是若壞自性有者當知是壞亦生亦壞若壞生者當知一切有爲之法悉無有滅入滅定時心心數法常應還生色法滅時亦應還生何以故是壞生故是故諸法悉應是常是故菩薩離色法已不見四相知有爲法性無常故亦常宣說有爲無常菩薩觀見有爲之法有三種苦苦苦行苦壞苦是故如來

說有爲法一切是苦云何菩薩見有爲法無我無我者有二種一者衆生無我二者法無我衆生無我者衆生非是有法非是無法非是離有無法是名衆生無我法無我者一切諸法可說可說性無故是名法無我有如是等二種無我是故如來說有爲法一切無我如是有爲斷現在因障未來因是名涅槃無煩惱結故名寂靜若是菩薩以不淨心觀於涅槃聲聞未得道果觀於涅槃俱亦未實知涅槃性亦是涅槃相譬如大王爲子息故刻木造作象馬鹿兔王子亦於非眞實象馬作眞實想是王或時讚歎象馬諸子各謂讚已象馬其後出舍見眞象馬即生慚愧我等云何於非象馬生象馬想云何於此同名同相生眞實想如來亦說菩薩心不清淨聲聞之

人未證道果往生死舍如來爲說涅槃寂靜菩薩聲聞聞已亦生眞涅槃想實不能知眞涅槃也聞佛說時生心作想言是涅槃菩薩修習八正道已得淨智慧出生死舍爾乃眞實知涅槃性方生慚愧我等云何於非涅槃生涅槃想譬如病人往良醫所爾時良醫爲彼病故隨病授藥病者得已心生歡喜作眞藥想即便服之既服藥已所患雖除更發餘病爾時良醫斷先所服更與餘藥病者復言大師先藥佳良力能治病非是藥能良醫雖說如是藥好而此病者猶故不信爾時病者服藥病差方乃信藥生慚愧心佛說法時亦復如是衆生聞已壞小煩惱即便生於眞實之想更起煩惱言佛無常如來復爲說甚深法雖復聞之猶不生信以本爲實菩薩若得清淨之道爾時方生慚愧之心如來實常我云何言如來無常是故如來說有爲法一切無常苦無我等涅槃寂靜

菩薩地功德品第二十

菩薩摩訶薩修菩提行有五事不可思議一者憐愍一切衆生二者爲利衆生受生死苦三者以善方便調伏衆生四者發心欲知甚深難義五者欲知不可思議神足如是五法不與一切衆生共之是故得名不可思議菩薩摩訶薩復有五事不可思議菩薩摩訶薩爲利衆生受於苦因以受苦因故得受安樂以受樂故具足成就不思議法復次菩薩觀生死過涅槃寂靜爲衆生故不樂涅槃流轉生死是名受樂以受樂故具足成就不思議法復次菩薩樂於空閑寂靜默然爲諸衆生

演說正法是名受樂以受樂故具足成就不思議法復次菩薩摩訶薩爲衆生故行六波羅蜜亦復不求六波羅蜜果是名受樂以受樂故具足成就不思議法復次菩薩摩訶薩營他事業如造已務甘心喜樂不辭勤苦是故受樂以受樂故具足成就不思議法是名菩薩五事不可思議法菩薩復有五事於諸衆生其心平等一者初發菩提心時普爲一切非爲一人是名平等二者菩薩修大悲時普爲一切非爲一人是名平等三者菩薩修習一子地時普爲一切非爲一人是名平等四者菩薩普觀十二因緣一切等有是名平等五者菩薩求阿耨多羅三藐三菩提時普爲一切非爲一人是名平等菩薩摩訶薩復有五事爲利衆生一者教修正命二者教習世事方便三者見貧窮者方便教令破貧窮苦四者爲上善者說正實道五者爲三乘故說三乘法是名五事利益衆生有五事法報菩薩恩一者受持善法一切禁戒二者貧者受已如教修行破於貧窮三者供養三寶四者於菩薩所聞法受持讀誦書寫分別解說轉以教他五者見持法者恭敬供養菩薩摩訶薩行菩薩道至心立願常求五事一者常願世間有佛興出二者常願具足六波羅蜜三者常願求見菩薩法藏菩薩摩夷四者常願當得解脫五者常願眷屬成就是名爲五菩薩復有五事利益衆生如自利利他品中說菩薩復有五事疾得阿耨多羅三藐三菩提一者護法二者修行善行三者智慧力四者專心寂靜五者定得菩薩性是名爲五護

法菩薩具足護陀羅尼從他聞法速得解了復次菩薩具足護念以護念故受法不忘復次菩薩具護智慧以護智故分别法界復次菩薩具足護心調諸根故復次菩薩具護他心隨他行故是名護法修行善行者菩薩於法順解順説常修善法四無量心願向阿耨多羅三藐三菩提是名善行智慧力者菩薩摩訶薩從初發心乃至得阿耨多羅三藐三菩提是名智慧力專心寂靜者菩薩摩訶薩以十淨法供養如來如上所説是名靜寂定得菩薩性者所謂菩薩住一子地不退轉地是名菩薩定得菩薩性菩薩摩訶薩有五事善法損減一者不能供養於法及説法者二者放逸懈怠三者樂起煩惱心掉不息四者於同菩薩心生憍慢五者於菩薩藏顛倒解義菩薩有五法善法增長一者供養於法及説法者二者攝心精進三者所起煩惱心樂除滅四者於同菩薩心生恭敬五者於菩薩藏隨順解義有五事實非菩薩假名菩薩實非沙門假名沙門非婆羅門假名婆羅門不得菩薩戒不中同止一者惡性二者護毁禁者三者不得禪定示得禪相四者邪命自活五者見有智者生嫉誹謗有五事眞名菩薩眞名沙門眞名婆羅門得菩薩戒得與同止一者善性調和二者治毁禁者三者實得禪定不示其相四者正命自活五者見有智者生喜讃歎菩薩摩訶薩教化衆生有十種一者爲破惡法故二者爲知法界故三者不作犯故四者犯巳慚愧悔故五者調伏諸根故六者不放逸故七者遠離惡知識故八者住

寂靜處故九者遠離煩惱故十者得解脫故是名爲十授菩薩記有六事一者定有菩薩性未發阿耨多羅三藐三菩提心二者未有菩薩性而發阿耨多羅三藐三菩提心三者有菩薩性亦發阿耨多羅三藐三菩提心四者於無量世爲菩提故修行善行五者定得阿耨多羅三藐三菩提不說時定六者定得阿耨多羅三藐三菩提亦說時定是名爲六有三事菩薩定得阿耨多羅三藐三菩提一者定有性二者得不退心三者凡所作事悉爲衆生生善法芽菩薩以是三定爲佛所說菩薩摩訶薩不具五事不得阿耨多羅三藐三菩提一者不發菩提之心二者不得愍憐之心三者不勤精進四者不敬重戒五者不知一切世事菩薩若不具足如是五事不得

阿耨多羅三藐三菩提若有說言離是五法得阿耨多羅三藐三菩提者無有是處有五事菩薩常所修習一者不放逸二者爲破衆生貧窮困苦三者供養三寶四者至心持戒有犯尋覺五者所作善事悉以迴向阿耨多羅三藐三菩提菩薩摩訶薩有十法勝一切法一者菩薩性勝一切性二者初發菩提心勝於一切世間出世間發心三者毗棃耶波羅蜜般若波羅蜜勝於一切諸波羅蜜四者輭語攝法勝於諸攝五者如來勝於一切衆生六者悲心勝於一切無量心七者所修四禪勝一切禪八者空三昧勝一切三昧九者滅盡定勝一切滅定十者淨方便勝一切方便是爲十法有四事唯佛菩薩獨能流布非餘沙門婆羅門天魔梵等所能流布若從佛

聞則能流布一者法流布二者實流布三者方便流布四者乘流布法流布者次第演說十二部經實流布者有一種謂不妄語復有二種謂世諦第一義諦復有三種相實口實行實復有四種謂苦集滅道復有五種一者因實二者果實三者智實四者知境界實五者無上實復有六種一者實實二者虛妄實三者智實四者遠離實五者證實六者修實復有七種一者愛實二者苦實三者解脫實四者法實五者解實六者聖實七者非聖實復有八種一者行苦實二者苦苦實三者生苦實四者滅實五者煩惱實六者解脫實七者善行實八者善果實復有九種一者無常實二者苦實三者不淨實四者空實五者無我實六者有愛實七者窮愛實八者斷二愛方便實九者有餘涅槃實復有十種一者非分強作苦實二者貧窮苦實三者四大不調苦實四者愛別離苦實五者怨憎會苦實六者業實七者果報實八者煩惱實九者善思惟實十者正見實是爲十法名實流布方便流布者如方便品說乘流布者所謂聲聞乘辟支佛乘菩薩乘佛乘是名爲四菩薩摩訶薩觀一切方便有五無量一者衆生界無量二者世界無量三者法界無量四者調伏界無量五者調伏方便無量衆生界者有六十一種住喜地菩薩觀衆生界轉爲無量世界無量者有無量名故如此世界名爲娑婆是故梵天名娑婆主法無量者善不善無記轉爲無量調伏無量者有一種謂調伏故復有二種具足煩惱不具煩惱復有三種上中下

根復有四種婆羅門刹利毗舍首陀復有五種多貪多瞋多癡多慢多惡覺觀復有六種出家在家未熟已熟未得解脱已得解脱復有七種一者聞已便解二者以譬喻得解三者一句一句解四者一字一字解五者現在熟六者他世熟七者隨因緣熟復有八種所謂八衆復有九種一名如來調伏二聲聞調伏三緣覺調伏四菩薩調伏五難調伏六易調伏七輭語調伏八訶責調伏九輭語訶責調伏復有十種一者地獄二者畜生三者餓鬼四者欲界人天五者中陰六者色七者非色八者想九者無想十者非想非非想是名十種是五十五種觀作無量衆生界調伏界有何差別衆生界者都不分別有性無性調伏界者分別有性調伏方便無量者如初品中說是故菩薩五種無量攝取一切方便菩薩摩訶薩欲知眞實當求四事一者推物二者推名三者推性四者推分別如是四事亦如前說諸佛菩薩爲衆生說法有五事一者說時即悟四諦二者說時即得解脱三者說時即發阿耨多羅三藐三菩提心四者說時得菩薩羼提五者衆生聞已受持讀誦書寫解說護持正法是名諸佛菩薩爲衆生說法得大功德不可思議云何名大乘有七事大故名大乘一者法大法大者菩薩法藏於十二部經最大最上故名毗佛略二者心大心大者謂發阿耨多羅三藐三菩提心三者解大解大者解菩薩藏毗佛略經四者淨大淨大者菩薩發心已其心清淨乃至得阿耨多羅三藐三菩提五者莊嚴大莊嚴大者菩薩

具足功德莊嚴智慧莊嚴得阿耨多羅三藐三菩提六者時大時大者菩薩摩訶薩爲阿耨多羅三藐三菩提故三阿僧祇劫修行苦行七者具足大具足大者菩薩具足三十二相八十種好以自莊嚴得阿耨多羅三藐三菩提法大心大解大淨大莊嚴大時大如是六大名之爲因具足大者名之爲果有八法能攝一切大乘一者演説菩薩法藏説菩薩藏義説菩薩藏中諸佛菩薩不可思議思惟其義修習其義得具足義得修習果解其深義是名爲八菩薩摩訶薩如是學者得阿耨多羅三藐三菩提菩薩修學菩薩菩提有十種一者性住二者入三者不淨心四者淨心五者不熟六者熟七者不定八者定九者一生得十者現身得住性學戒愛阿耨多羅三藐三菩提心是名爲入入者未得淨地名爲不淨得淨地已是名爲淨淨者未入畢竟地時名爲未熟入畢竟地名之爲熟熟者未入定地名爲不定已入定地名之爲定熟有二種一者一生得阿耨多羅三藐三菩提二者現身得阿耨多羅三藐三菩提如是十種菩薩摩訶薩能受菩薩戒行菩薩戒是十種菩薩攝一切菩薩若能至心受持修行菩薩戒者是名菩薩是名摩訶薩是名智者是名勇健是多上仙是名佛子是名佛持是名大勝是名佛戒是名無畏是名大聖是名商主是名船師是名大名稱是名憐愍是名大功德是名自在是名法持是名不可思議是名能知十方無量世界如觀掌中阿摩勒果若有人言我是菩薩不受菩薩戒不能至心行菩

薩戒然生信心當知是菩薩欲得阿耨多羅三藐三菩提若有人言我是菩薩不能至心受持菩薩戒心不生信是名名字菩薩久久乃得阿耨多羅三藐三菩提若有人言我是菩薩受持菩薩戒至心修行信菩薩戒是名入十種菩薩中不久定得阿耨多羅三藐三菩提若有人言我是菩薩受菩薩戒不能至心護持禁戒毀破所受心不生信是名菩薩旃陀羅不名名菩薩不名義菩薩

如法住菩薩相品第二十一

眞實菩薩有五種相菩薩具足五種相故名眞實菩薩一者憐愍心二者柔輭語三者勇健四者不貪五者解說深義如是五法有五種智一者性二者因緣三者功德果四者次第五者攝取憐愍性者有二種一者至心二者如法至心者施衆安隱是名爲性如法者菩薩摩訶薩如巳樂事以施衆生是名如法柔輭性者先意語歡喜語遠惡語利益語是名柔輭性勇健性者心無所畏猛健果敢能破衆生畏懼之想是名健性不貪性者一切施一切施一切施清淨施施巳無悔是名不貪性解說深義性者四無礙智是名解說深義性憐愍者五因緣一者受苦衆生二者行惡衆生三者放逸衆生四者邪見衆生五者樂煩惱衆生受苦衆生者常受苦惱乃至無有一念之樂是名受苦又有衆生雖不受苦造身口意十惡業道如十六惡律儀是名行惡衆生復有衆生不行惡業不受苦惱貪著五欲躭樂嬉戲貪愛巳身不修善法是名放逸復有衆生不受苦惱不行惡業亦不放逸

爲求解脱非因見因非果見果是名邪見如外道等復有衆生不受苦惱不行惡業亦不放逸亦不邪見具煩惱繫煩惱障故不修善法是名憐愍因緣以是因緣憐愍之心遂得增長柔輭因緣者有五種一者善先語二者善喜語三者善無畏語四者善淨語五者善教語此五因緣是柔輭語如四攝品中説不貪者有五因緣一者不分别施二者慧施三者至心施四者淨施五者如法得財施是名不貪五因緣施説甚深義有五因緣一者説修多羅甚深之義解説空義三世中陰退不退我我所佛性菩薩性如來涅槃三乘色造色十二因緣是名修多羅義二者能説毗尼義是犯是非犯是可悔是不可悔是輕是重是性重是遮重是名説毗尼甚深義三者説摩夷義佛爾時爲衆生故説名爲犯爲他故説輕作重説重作輕爲令一人得懺悔故乃至大衆中得懺悔故是名説摩夷甚深義四者能自解説正義五者能知諸法名字憐愍功德果者菩薩慈心爲諸衆生壞惡心故修習慈心能利衆生心無悔恨常修習故得現世樂是故如來説慈功果毒不能害刀不能傷眠無惡夢諸天擁護捨此身已得生初禪是名憐愍功德果柔輭功德果者菩薩摩訶薩修柔輭語能破現在口四惡過是柔輭語自利利他能令衆生受樂喜聞是名柔輭語功德果勇健功德果者菩薩現在能破懈怠受歡喜樂樂於寂静護持禁戒心無悔恨自修忍辱教人行忍修諸苦行莊嚴菩提心無退轉是名勇健功德果不貪解説深義一一

功德果如上所說次第者菩薩摩訶薩先修慈心爲調衆生故次說輭語爲破惡業故見諸衆生受惡業者心不怖畏生救護故名爲勇健爲調衆生故行惠施次說不貪及以深義菩薩摩訶薩隨是五相攝六波羅蜜憐愍相者攝禪波羅蜜柔輭語者攝尸波羅蜜般若波羅蜜勇健相者攝毗棃耶波羅蜜羼提波羅蜜般若波羅蜜不貪攝檀波羅蜜說甚深義攝般若波羅蜜檀波羅蜜

如法住禪品第二十二

菩薩摩訶薩若在家若出家俱有四法有能修學即得阿耨多羅三藐三菩提行善業方便憐愍衆生善業方便者爲波羅蜜故修善行專心行常行淨行善行者菩薩若有財物施乞者時不觀有恩不觀無恩不觀福田及非福田雖有人天沙門婆羅門不能沮壞菩薩施心是名善行專心行者菩薩施時有來求者捨内外物一切施與心無貪悋是名專心施常行者菩薩施時有來乞者不觀時與非時隨得隨施是名常行淨行者菩薩施時有來乞者不以名譽故施非爲天樂故施如施品中說是名淨行如施四事尸波羅蜜羼提波羅蜜毗棃耶波羅蜜禪波羅蜜般若波羅蜜亦復如是云何菩薩善方便若有生心欲破佛法爲調伏故行善方便欲令中人入佛法故行善方便雖入未熟爲令熟故行善方便入已旣熟令得解脫故行善方便菩薩爲說世間醫方技術諸論行善方便爲欲至心受菩薩戒堅持不毁故行善方便善顧方便聲聞乘方便辟支佛乘方便大乘方便此

中方便能作五事初四方便爲利益衆生行世術方便爲破邪論菩薩受持菩薩禁戒終不毀犯設犯隨懺善發願方便隨所欲事即能得之菩薩三乘方便隨根說法是故菩薩如是十種方便能作五事以五事故具足必定能得世間一切之事若現在若他世云何菩薩利益於他如四攝品中說云何菩薩善發願菩薩所作一切善業若過去未來現在不求餘果唯求無上菩提道果是名善發願如來若爲出家在家說戒一切攝取如是四事若出家在家菩薩若過去未來現在受持菩薩戒悉得阿耨多羅三藐三菩提出家菩薩勝於在家何以故出家菩薩獲得一切菩薩禁戒在家菩薩不得菩薩一切禁戒出家菩薩能行寂靜清淨梵行在家菩薩不能修行清淨梵行出家菩薩能行三十七品在家菩薩不能修行三十七品出家菩薩解脫一切世間之事在家菩薩爲世間事之所繫縛

菩薩善戒經卷第七

音釋

羈居宜切　嫉妬嫉音疾害賢也妬當故切害色也　憍慢憍居喬切自矜也慢莫晏切不敬也

菩薩善戒經卷第八

劉宋罽賓三藏法師求那跋摩等譯

如法住定心品第二十三

菩薩摩訶薩憐愍衆生有七種何等爲七一者無畏二者眞實三者不愁四者不求五者不愛六者廣大七者平等菩薩摩訶薩憐愍衆生無所畏故修三業善爲破衆生諸惡業故是名無畏菩薩摩訶薩憐愍衆生非煩惱愛故非法住非毗尼住非妄語不教化於非處是名眞實菩薩摩訶薩以憐愍故爲諸衆生勤修苦行心無憂悔是名不愁一切衆生不求菩薩而諸菩薩自修慈心是名不求菩薩摩訶薩修憐愍時於諸衆生無有貪心無貪心者不求恩報及慈心果是名不愛菩薩修慈設有衆生打罵惱害終不捨於修慈之心是名廣大菩薩修慈不爲一人普爲無量無邊衆生無量法界是名平等是爲七法菩薩具足如是七法名爲菩薩至心清淨心清淨者有十五種一者無上淨二者如法淨三者波羅蜜淨四者眞實義淨五者不可思議淨六者安隱淨七者樂淨八者不放淨九者堅固淨十者不誑淨十一者不淨淨十二者淨淨十三者善淨十四者調伏淨十五者性淨菩薩摩訶薩至心專念佛法僧寶是名無上淨菩薩受持菩薩戒已至心擁護不令毀犯是名如法淨菩薩摩訶薩至心具足五波羅蜜是名波羅蜜淨菩薩至心了知法界無我無我所爲流布故名爲士夫了了通達十二部經甚深之義甚深義者即第一義第一義者名眞實義淨諸佛菩薩不可思議從初

出世乃至涅槃是名不可思議淨菩薩至心修習悲心者普施一切衆生安樂是名安隱淨菩薩摩訶薩爲苦衆生修習慈心令其得樂是名樂淨菩薩摩訶薩爲諸衆生修習慈悲不求無貪心無果心無恩報心亦不放衆生行諸惡行是名不放淨菩薩摩訶薩爲阿耨多羅三藐三菩提其心堅固不可破壞是名堅固淨菩薩摩訶薩於無量世至心修習菩提善行如是菩提及菩提道無有虛誑是名不誑淨菩薩摩訶薩未得解地是名不淨淨菩薩摩訶薩住於淨地乃至畢竟地是名淨淨菩薩摩訶薩住畢竟地修檀波羅蜜是名善淨菩薩摩訶薩爲得淨地故調伏其心是名調伏淨菩薩摩訶薩住於淨地及畢竟地名爲性淨性淨者不假修習然後清淨性本自爾身心淨故名爲性淨菩薩具足是十五法能作十事菩薩因於無上淨故能供養三寶供養三寶即是莊嚴一切菩提道之根本菩薩因於受持淨故即能受持菩薩禁戒乃至捨身壽命終不毀犯若失念犯者即時懺悔菩薩因於波羅蜜淨常能修習一切善法成不放逸菩薩因於眞實義淨雖有煩惱爲衆生故流轉生死終不忘失涅槃之心菩薩因不可思議淨令無量衆生於佛法中得大信心修習道果菩薩因安隱淨樂淨不放淨具足成就利益一切衆生之事心不愁悔菩薩因堅固淨勤修精進破於懈怠成不放逸菩薩因不誑淨即得阿耨多羅三藐三菩提善法增長修行無猒菩薩因調伏淨性淨能以阿耨多羅三藐三菩提教於衆生能以

安隱施於人天一切衆生菩薩性淨攝於三淨所謂不淨淨淨淨善淨過去未來現在諸佛及諸菩薩得阿耨多羅三藐三菩提已得當得今得無不由是十五淨得若有說言菩薩離是十五淨法得阿耨多羅三藐三菩提者無有是處

如法住生菩薩地品第二十四

菩薩摩訶薩性具足戒具足學菩薩戒具足菩薩相具足成就菩薩莊嚴具足十五淨心身口意業淨菩薩有十二行攝取一切菩薩所行十二如來行得阿耨多羅三藐三菩提已名無勝行何等名爲菩薩十二行一者性行二者解行三者喜行四者戒行五者慧行慧行有三種一者共助菩提行二者共諦行三者共十二因緣行菩薩摩訶薩以如實見見如實法若不如實見流轉生死若如實見則斷衆苦是故菩薩智慧有三種是名慧行六者行行七者無相行八者不漏行九者無行行十者無礙行十一者菩薩行十二者具足行是名十二行菩薩若行是十二行則能攝取一切諸行如來之行勝一切行是故名爲無勝行性行者菩薩摩訶薩修習菩薩功德善法具足修習諸善法故常樂善法受持一切佛法種子自知已身有佛種子壞麤煩惱是名性行菩薩具足是性行者終不能起一種煩惱作五逆罪及一闡提是名性行解行者菩薩摩訶薩發菩提心所修諸行是名解行性行菩薩行十行是如來行因中所行亦未得果亦未得淨亦欲得如來十一行若行一行名如來行名爲行行淨行行以淨行

故名爲喜行欲淨喜行喜行淨故得戒行戒行淨故乃至能得菩薩行具足菩薩行已得如來行淨如來行喜行者菩薩至心淨菩提心是名喜行戒行者菩薩先淨性重不毀遮重以戒淨故修習世禪是名慧行乘於世道入四眞諦修三十七品是名共助菩提行修助菩提實見四諦是名共諦行共十二因緣行者若觀四諦見一切苦從因緣生從因緣滅是名共十二因緣行行行者爲助菩提勤行精進是名行行無相行者雖不見衆生相及菩提相而修菩提不休不息是無相行不漏行者爲助菩提堅持禁戒無有毀犯不休不息是名不漏行無行行者得阿耨多羅三藐三菩提已爲調伏衆生行不爲菩提行是名無行行菩提行者修習無相行是名菩提行不分別法界行名菩提行無礙行者修習無分別法界爲無量衆生演說正法令修阿耨多羅三藐三菩提若一生若現身是名無上行行無上行次第得阿耨多羅三藐三菩提名如來行具足性行菩薩摩訶薩定得十二行具足解行菩薩摩訶薩斷漏麤相具足喜行菩薩摩訶薩不退轉如喜行乃至菩薩行亦如是菩薩摩訶薩行性行時不見一切諸法相貌乃至菩薩行亦復如是菩薩行性行時不求善法及善法果乃至菩薩行亦復如是菩薩摩訶薩行性行時得大智力乃至菩薩行亦復如是菩薩摩訶薩行性行時斷五怖畏一者不活畏二者惡名畏三者死畏四者惡道畏五者大衆畏時時猶有身口意惡業時時生貪念於五欲於有物時時慳惜

時時隨他不自決定或時不能觀佛法僧寶與不實諸佛菩薩不可思議因果得方便行不行少有聞慧時時忘失具足苦苦行智少念阿耨多羅三藐三菩提不勤精進不得甚深信解之心見色聲香味觸時心生顛倒捨身他世忘失正念或時得慧或時失慧不能善知隨宜方便調伏衆生或說法時不能善解文字句義聞者或受或有不受如闇射入或中不中發菩提心或退不退或毀菩薩所受禁戒或欲自樂不爲衆生或觀菩薩所有果報及福德果聞深法時或時驚怖或時歡喜或時深信或時生疑不能修習慈悲之心少施他樂生大歡喜知足之心無菩薩相無菩薩莊嚴自見其身去無上道遠不能至心念大涅槃不識助菩提法名如是等相名性行菩薩解行菩薩有三種忍謂下中上得下忍時如是等相下得中忍時如是等相中得上忍時如是等相上得善行時斷如是相一向是善具足如是善法故是名淨心解行菩薩雖有如是三忍心不清淨何以故行三忍時有下中上不清淨故住喜行時悉斷諸惡是故清淨又住喜行時發阿耨多羅三藐三菩提心隨順他語又自思惟以是二緣其心堅固是名淨願離於世法得出世界破衆生苦勝於聲聞緣覺發願菩薩摩訶薩一念之願能得無量無邊福德如是願者無動無盡不退不轉增長熾盛畢竟能得阿耨多羅三藐三菩提是名眞願眞願菩薩有四事一者誰發道心二者因何發心三者發心是何等性四者發心有何功德發心之時有是四觀

誰發道心者成就解行具善功德善行菩提道如是衆生發菩提心因何發心者具足莊嚴菩提之道利益衆生修阿耨多羅三藐三菩提無量之行具足成就一切佛法一切佛行是名因緣以是因緣發菩提心一切發心莊嚴菩提一切修行菩提之事隨一切智及一切佛事遠離凡夫菩薩名字離凡夫地入決定地生佛種性得名佛子定得阿耨多羅三藐三菩提得大善心遠離貪心垢心瞋心爲他演說菩提之道具足莊嚴一切佛法佛事佛行獲得喜心愛寂靜樂遠離煩惱身受安樂成就具足清淨善法近阿耨多羅三藐三菩提至心淨心爲向菩薩離一切怖得大喜心深發菩提心遠離五恐怖修習無我相了知無我無我所以觀無我無我所故不貪

於身是故得離不活怖畏不求他物乃至一錢常作是願云何當令是諸衆生得大利益是故得離惡名怖畏遠離我見離我見故不見有我是故得離死畏至心了知我捨身已常與諸佛菩薩共行是故得離惡道怖畏我今至心求出世法是故得離大衆怖畏菩薩遠離如是畏已亦得遠離聞深義畏離一切慢惱害惡心離世喜心得清淨心得不壞心得廣大心得不共心得如是等心故勤行精進至心念阿耨多羅三藐三菩提故以至心信故精勤修習助菩提法是名喜行以住喜行心得清淨故至心常念供養如來常念護法念增長法至心專念調伏衆生住佛世界親近諸佛至心聽法淨佛國土常念親近共佛菩薩善知識行爲利衆生得阿耨多羅三

藐三菩提而作佛事未得阿耨多羅三藐三菩提時常作是願是名大願如是等無量百千願名爲善願作是願已於現在世勤修精進爲淨喜行故修習十法信一切佛法故無十二因緣衆生受苦爲菩衆生得解脫故修習悲心爲施衆生安樂之事修習慈心爲破衆生苦惱事故不惜身命不惜身命故捨内外物爲利衆生受苦不悔心不悔故能知一切世典方術知世典故能知衆生下中上異隨下中上具足慚愧修如是事其心不退得勇健力受他財物能以供養佛法僧寶是名十法十法者一者信二者悲三者慈四者施五者不愁六者了知世典七者隨順世間八者慚九者愧十者健菩薩摩訶薩修是十法爲持戒故行於九法觀察道果功德過患知已則能修習於道至心受持過一切行得阿耨多羅三藐三菩提能度衆生於生死海能教衆生行諸善行菩薩爾時住喜行時見無量佛如菩薩藏所說見聞復知十方無量世界有無量名有無量佛知已至心求見能見是名善願又復作願願我常生諸佛世界隨願往生是名善願以得往生諸佛世界隨力供養佛法僧寶聽法受持如法而住所修善法一切迴向阿耨多羅三藐三菩提以四攝法攝取衆生是故善法增長熾盛供養三寶攝取衆生於無量劫淨於身心如數鍊金其色倍明菩薩之心亦復如是其心淨故善法則淨菩薩摩訶薩受人身時作轉輪王王四天下隨意自在遠離慳貪亦破衆生所有慳貪以四攝法攝取衆生所作善法若多若少

悉以迴向阿耨多羅三藐三菩提願令衆生一切悉得無上道利爾時菩薩以勤精進捨家爲道於一念中能具百種三昧一念中見百世界佛亦知百佛所行之處亦能振動百佛世界其身能過百佛世界光明徧滿百佛世界神通能變一身爲百化百衆生了知去來各百劫事入百法門陰入界門各知百數能示百人以爲眷屬悉得神通菩薩摩訶薩住喜行時能作如是神通等事以願力故是故菩薩發願不可思議喜行菩薩有六發心一者發於善願勤精進故二者行淨故三者爲得異行故四者淨善根故五者爲善有故六者不可思議故喜行者如十住中歡喜地說利他故名地自利故名行戒行菩薩有何等相喜行菩薩所有功德戒行菩薩悉以具足有十淨心一者心淨盡敬奉事諸師和尚耆舊宿德不生欺誑二者心淨見同法菩薩先意輭語三者心淨勝於一切煩惱魔業四者心淨見一切行多諸過咎五者心淨見涅槃功德六者心淨修習一切助菩提法七者心淨爲助菩提修習寂靜八者心淨不爲世法之所染汙九者心淨離聲聞乘樂念大乘十者心淨常念利益一切衆生是名十種淨心以具如是十淨心故名戒地行戒地行時具足性戒共邪業戒不受不念不生歡喜輕戒不毀況中上戒具十善法知善不善善業惡業善有惡有是乘非乘若因若果悉了了知了了知故自行十善復教衆生令行十善若諸衆生惡業因緣受於苦行心生憐愍修習大悲爲破衆生所受苦故戒行菩薩身寂

靜心寂靜身心寂靜如眞金得迦私婆樂入火則淨菩薩善心所修善法亦復如是菩薩摩訶薩住戒行時若生世間作轉輪王王四天下能轉衆生毀戒惡業安置衆生善法戒中餘如初說亦如十住離垢地說遠離一切毀戒垢故名離垢地教菩薩戒故名曰戒行淨地戒行義無差別慧行菩薩有何等相慧行菩薩得十淨心作如是觀我十淨心不退不轉我於一切有漏之法心不甘樂我於漏法樂喜修習對治法門於是對治不退不轉一切有漏煩惱魔業悉不見勝以修習故不生捨心我甚甘樂佛菩薩行爲佛菩提修諸苦行不生厭悔我今至心專念大乘常欲利益一切衆生慧行菩薩觀一切行有無量苦行作是觀已不深諸行觀佛功德及以智慧無量福行至心念佛所有功德得大信心爲破衆生苦惱事故修習悲心善思方便爲令衆生得解脫故爲解脫故觀於對治得對治故觀善三昧樂聞菩薩法藏經典既得聞已勤修精進爲聽法故不惜身命内外財物供養父母和尚師長耆舊有德爲諸衆生多受衆苦若得受聞菩薩法藏一字一句一偈一義其心歡喜勝得三千大千世界滿中珍寶勝得釋身魔梵天身轉輪王身若聞說言我有一字一句一偈一義是佛所說若能受苦投大火坑乃當與汝菩薩聞已歡喜樂受即作是言假使三千大千世界滿中猛火於無量劫尚以身處況於小火菩薩爾時勤精進故作是思惟若得眞義則能利益無上佛法非以字句能利益也爲解眞義故修世四禪

四無色定四無量心及五神通以修定故願生欲界修助菩提利益衆生雖生欲界無欲界結先斷貪欲瞋恚愚癡猶如眞金數被鍊治終無損減修淨善根故得帝釋勝身爲樂欲者壞貪欲故令得思惟諸善法故爲令衆生眞實能知行界衆生界故爲苦衆生令得解脫知善方便故爲供養父母和尚師長福德人故爲令衆生如法住故爲得禪定善三昧神通故如十住明地中說如十住明地慧行亦爾無有差別助菩提行菩薩有何等相慧行菩薩有十法如先說住如是法心不可壞修習智慧能爲衆生演說正法爲令調熟已得熟者爲說解脫生佛種性修三十七品及善方便故遠離我見及以斷見斷諸煩惱得忍心輭心善心淨無量行心知恩念恩恩具無量清淨善法勤加精進修作上地一切善業了知法界及衆生界一切惡人魔及眷屬不能移轉沮壞其心餘如上說猶如工匠作金瓔珞爲令衆生受歡喜樂菩薩善法亦復如是不爲聲聞辟支佛等之所傾動生夜摩天破諸衆生所有我見是名菩薩助菩提行爲欲修習利智慧故修習三十七品破一切見一切漏故遮一業故增長善法故令地清淨故菩薩修習助菩提行如十住中焰地所說助菩提行亦復如是等無差別自利名地利他名行諦行諦行菩薩先得十清淨法以大淨故名共諦行諦行菩薩見無量世界無量諸佛觀四眞諦有十行若說苦何故說何因緣說云何說誰所說如是等能眞實知集滅道亦如是作是觀時知諦方便觀一切苦一

切諦過患功德爲諸衆生增長悲心知諸衆生去來世業了知世諦知受邪法爲邪法者說於解脫知莊嚴事具足念心具足慧心種種方便以調衆生解了一切世間方術爲化衆生破種種苦爲得阿耨多羅三藐三菩提故能施衆生所須之物能破衆生貧窮困苦知處非處破邪祠祀不受倒解菩薩藏義說眞實道餘如上說譬如眞金衆寶厠填價直無量菩薩摩訶薩亦復如是所有善法勝於聲聞辟支佛等下地菩薩慧行菩薩如日月光無能毀翳毗嵐大風不能移動菩薩摩訶薩所有智慧亦復如是一切聲聞辟支佛等所不能動不爲世法之所破壞捨身往生兜率天上得大自在破壞邪法成就無量億數福德具足如是菩薩智慧爲淨衆生故爲知眞諦方便說故爲觀生死有大苦故爲欲增長大悲心故爲欲具足功德智慧二莊嚴故爲發善願故爲令念心施心慧心轉增長故爲欲思惟諸善法故爲欲調伏行衆生故爲教世法出世法方便故爲淨善根故餘如上說如十住衆難勝地說諦行亦爾無有差別共十二因緣行菩薩如先說菩薩摩訶薩住共十二因緣行時觀一切法第一義相第一義相者即諸法無相一切諸法不可說故名之無相無相者無生滅相是故諸法無生無滅無生無滅故見無生平等無始終平等有無平等無取無捨平等如幻平等無性平等無有無無平等菩薩住是諸平等已增長大悲至心專念菩提之法了知世間出滅之處知十二因緣知從緣生法知從十二因緣出

生三解脫門所謂空無相願修習三解脫門故永斷我我所相作相受相是名第一義爲衆生故眞實思惟煩惱和合因緣不牢因緣不牢有爲危脃是故無我無我所成就具足無量衆苦我能壞散有爲之法雖能壞散不應求滅我護有爲爲衆生故作是觀時即得無礙慧行以知無礙智慧行故於一切世中行無罣礙以得無礙智慧行故是名攝取第七地忍修助菩提共有爲行不樂永滅有爲之法雖不永滅亦不染著菩薩爾時修是方便即得萬空三昧門如萬空門無相無願亦復如是以修三萬三昧門故一切邪見外道聲聞緣覺諸魔眷屬不能移轉傾動沮壞餘如上說猶如帝釋轉輪聖王所著金冠雜寶廁塡諸天世人之所樂見菩薩智慧亦復如是亦爲諸佛及諸菩薩之所樂見如日月光諸明中勝菩薩智慧亦復如是菩薩摩訶薩住十二因緣行爲令衆生見法平等爲知十二因緣得解脫故得三解脫門故破壞一切諸邪相故方便教化轉生死故得無礙智慧故得無礙智慧行故得無量三昧門故不破不動故增長善法故清淨諸有故餘如十住現前地說十住中說此之所說等無差別行行菩薩有何等相菩薩得助菩提行時具足能得無量三昧有共世間不共世間以具足故入第七行菩薩爾時於世法中得大自在至心念慈功德莊嚴菩提莊嚴悉得增長菩薩所得助菩提法不與聲聞辟支佛共知法界衆生界世界界知佛身心爾時具足如是功德知佛境界無相無業無有覺知見無量

佛土若行若住若坐若卧於一切行不失道心菩薩爾時一念中增長一切十波羅蜜具足成就助菩提法菩薩住喜行時發願因緣住第二行遠離一切毁戒因緣住第三行善願增長得法光明住第四行離一切障道因緣住第五行離世學障住第六行得入深義令此七法增長趣向一切佛法具足增長助菩提法是故菩薩次第當得第八淨行畢竟淨故名爲淨行七行雜故不名淨行住此行時斷諸煩惱亦不與俱又不名離煩惱不起不得名俱未得佛故不得名離三業清淨了知一切世術方便能爲三千大千世界人天之師唯除八地三千大千世界衆生心無與等亦除八地自在入出無量法門永離聲聞辟支佛道是名清淨身口意業亦修習道無有猒足能得阿耨多羅三藐三菩提爲衆生故護有爲法離身口意一切相貌得深法忍不生不滅行六行時入滅盡定令此行中雖念念滅不取涅槃是名不可思議雖共一切衆生行菩提行不爲世法之所染汙餘如上說修三解脱調伏衆生不令住於聲聞緣覺調伏衆生離五欲樂斷諸邪見修習是時善增長無法能破壞動轉其心譬如真金厠填衆寶價直無量菩薩功德亦復如是無量無邊不可稱計又如日光一切衆生不能思議菩薩慧光亦復如是菩薩摩訶薩修習此行多令衆生得無量億諸三昧故破壞一切取相心故得善方便修習道故見佛世界得解脱故能入甚深諸法門故具足得助菩提法故永斷淨法不淨法故具足莊嚴菩提道故

淨心業故了知一切世方術故得無量法門及諸三昧不與聲聞緣覺共故餘如十住遠行地說遠行地行義無差别無相行菩薩有何等相菩薩摩訶薩住初行時得十行法如諸法義及知三世不出不滅過去不出未來不滅現在無相無因緣故不出不滅是故第一義相不可宣說不可說法可說流布雖可流布實無有性性無相故無因無果然不可說性不可說無何以故以可說故若可說性是有相者是名邪相若是有物不可說者是則無有初中後異以是故一切時中煩惱不行入正法界無有思惟心得平等離疑網故具足如是十種智已入第八行菩薩摩訶薩住此行時即得寂靜無生法忍復有四求求一切法有四眞智知一切法以求知故能斷一切諸邪業等斷邪業故見諸煩惱更不復生何以故過去故又見一切煩惱不滅何以故無生因故現在不起諸結煩惱不集因故四求如眞實品說四眞實智如解行中說此行名爲寂靜法忍是故菩薩得無生忍得無生忍故得甚深菩薩行住深行時行無相行若有過患及微細相今悉遠離是故此行名爲寂靜住深行已樂住法流無量諸佛勸發慰喻以勸發故起入法門得法門故得十心自在如上所說得自在故欲久近住隨意即能欲入何定隨意即入欲行何行隨意修行於一念中隨所須物即能得之若欲了知世間方便即能了知欲生諸有隨意往生欲示神足隨意能現欲立誓願隨意能得欲作解觀隨意成就欲知法界即能知之欲知文字

知辭知句知法處非法處即能知之是名自在八行功德於念念中常見諸佛餘如上說金喻日喻亦復如是菩薩摩訶薩住此行時爲破衆生所著相故爲眞實見第一義故得眞實慧故得寂靜無生忍故知甚深行故住法流故入佛法門故入不可思議法門故於佛法中心不可壞不傾動故得無量神足故得十種自在故得十自在功德故寂靜善根故於一切有自在往生故餘法如十住中不動地說不動地此行無有差別四無礙行菩薩有何等相菩薩摩訶薩行甚深行無有猒足修無上慧具足一切法爲衆生說了知法界法界者所謂煩惱垢淨誰垢誰淨了了而知說如是等法名大法師名曰成就無量陀羅尼知方便說辭義無盡受法持法隨衆生念而爲說之非時不說隨樂而說是名菩薩四無礙智行餘功德如先說菩薩摩訶薩住於此行爲諸衆生入寂靜故爲諸衆生知法界故爲諸衆生不可思議大法師故爲增長善法故廣說如十住中善地所說爲施衆生安隱樂故菩薩摩訶薩住無礙行中與善地義等無差別住菩薩行菩薩有何等相菩薩摩訶薩淨無礙行欲爲法王入淨三昧故欲具一切智最後所得三昧法門與諸佛共同佛一坐行一切行知一切法知解脫方便知佛行處知無量解脫陀羅尼門知大憶念知大神通善根寂靜知淨諸有餘如十住法雲地說具足菩薩莊嚴菩提道菩薩行法雲地與諸佛共得菩提已施於衆生無量法雨如是法雨能淹一切煩惱塵埃生法種芽善芽

增長成熟善根是故此地名爲法雲以是義故名菩薩行若説後地功德先地所無修一一行要經無量那由他劫乃得具足三阿僧祇大劫得一切行初阿僧祇大劫得解行過解行已第二大阿僧祇劫得喜行得喜行時亦行無相行過無相行已第三阿僧祇大劫得無行無相行是名菩薩得決定行過無行無相行得無礙智行過無礙智行得菩薩行阿僧祇有二種一者大劫不可數名阿僧祇二者中劫不可數名阿僧祇菩薩修行即是大劫阿僧祇也若有菩薩勤精進者能轉無量中劫不能轉大劫菩薩摩訶薩修習如是行能壞煩惱障及智慧障無相行時斷一切煩惱相後行時求斷習氣是名如來行智障有三一者皮二者膚三者實得喜行時已斷皮障得無相行能斷膚障得如來行能斷實障具足如是等行得十一淨初行得性淨第二行得解淨第三行得心淨第四行得戒淨第五行得願淨第六第七第八行得智莊嚴淨第九行具菩提莊嚴淨第十行眞實智淨第十一無礙智淨第十二一切智淨第十三習氣淨第一第二行聞菩薩藏便得信心第三行至心立願修習餘行第四第五第六行了知法相第七乃至第十三寂靜一切行因果畢竟行聲聞亦有十二種行有聲聞性是名初行若得世間第一法名第二行得苦法忍名第三行得四信心戒得清淨名第四行若如戒住法得增長名第五行若觀四諦名第六第七第八行修習無相三昧名第九行具足成就三三昧故名第十行獲得解脱名

十一行阿羅漢果名十二行

如法住畢竟地生品第二十五

菩薩生有五種一切一切行一切菩薩淨爲令衆生安隱樂故一者爲離苦有二者隨心行有三者勝有四者自在有五者菩薩後有遠離苦有者菩薩若見衆生飢渴苦惱遭荒穀貴爾時菩薩以願力故受大魚身無量由旬以施衆生衆生食巳飢渴得除以願力故身轉增大若有惡世一切衆生四百四病同時發作菩薩爾時以大願力作大醫王能令衆生遠離病苦若有惡世兵甲競起衆生恐怖地主諍國不知猒足菩薩爾時爲大法王有大力勢以善方便和合二敵以輭語故壞其惡心不打不罸不閉不繫不斷其命劫其財寶等視衆生猶如一子憐愍衆生若有邪見爲供養天造作邪業菩薩爲破如是邪見示受鬼身現夢教言汝今不應殺羊祠祀是故菩薩爲破衆生諸苦惱故示受諸有是名離苦有隨心行有者菩薩摩訶薩以願力故示受畜生種種諸身爲彼畜生諸惡業故作惡鬼身作惡人身又作邪見婆羅門身或復示作貪五欲身先隨其心示受諸有爲令衆生離惡業故雖受有身不作惡業若彼作時自終不造衆生見巳亦效不作以善方便破壞衆生所有惡業是名隨心行有勝有者菩薩生時勝諸衆生若姓若色若命若果報果報如自利利他品說是名勝有自在有者修初喜行至十二行菩薩爾時所示受身名爲自在自在者即是願力從性地乃至十二行受轉輪王身自在天身乃至阿迦尼吒天身

及過阿迦尼吒一切諸有於諸有中得無上身以願力業力故是名自在有菩薩後有者菩薩最後身名菩薩有具足成就莊嚴菩提若生婆羅門種若生刹利種得阿耨多羅三藐三菩提作一切佛事是名菩薩後有過去菩薩摩訶薩亦受如是五有現在未來諸菩薩等亦復如是因是五有得阿耨多羅三藐三菩提果若有菩薩修行示受是五有者即得阿耨多羅三藐三菩提

菩薩善戒經卷第八

音釋

一闡提（梵語也此云信不具闡昌演切）厠塡（厠初吏切間厠也塡徒年切塡塞也）嵐（盧含切）脃（此芮切物易斷也）

菩薩善戒經卷第九

劉宋罽賓三藏法師求那跋摩等譯

畢竟地攝取品第二十六

菩薩摩訶薩修一切行時有六事善攝衆生一者至心攝取二者增益攝取三者取攝取四者究竟攝取五者不畢竟攝取六者後攝取菩薩摩訶薩初發心時攝取衆生如父母兄弟妻子眷屬至心繫念方便攝取云何能施衆生安樂作是願時隨力施與是名菩薩至心攝取菩薩摩訶薩雖於父母兄弟妻子眷屬中勝心無憍慢倍增供養若爲國王於諸眷屬亦復如是增益者破壞惡法教以善法隨時禮拜讃歎供養施以衣食所須之物知恩報恩瞻病授藥於諸僕使不作賤想如兄弟想若見有罪堪忍含受言常柔輭無有麤獷若爲國主於諸眷屬不加苦痛不斷其命遠離刑罰正法治國隨本種姓所有分界於他國土不生貪奪任力養民作一子想所有之物與眷屬共所言誠實柔輭不麤離於慳貪是名菩薩增益攝取菩薩摩訶薩攝取諸衆生有二因緣一者財施二者法施以財施故破於貧窮以法施故破於邪見於諸衆生其心平等不作法慳不作師相憍慢之想不求恩報不求供養若有求福來供養者亦不遮止爲令福德莊嚴增長故若有修習善法持戒精進之者瞻視供養親爲執使不解義者爲解說義已解義者說令增長若有疑網爲說深義能令除斷苦樂同彼心無增減有犯罪者以善方便教令懺悔有時訶責有時讃歎見病苦者瞻視不捨善以方便爲除

所患若有衆生下色下進下念下智心不輕慢隨時爲説正心因緣見愁苦者説法慰喻善自思惟不信他語無能動者若得所施與衆同等修習悲心具足成就或見正命先意問訊遠離惡心常修善法終不放逸遠離懈怠常作是願云何當令我之福德等與一切菩薩摩訶薩非一切時行取攝取有利之時爾乃攝取是名菩薩取攝取若諸衆生諸根闇鈍善根難熟則久遠攝取何以故究竟當有清淨心故若中根中熟則不久遠何以故以不久遠得淨心故若有利根易熟上熟易淨易調是名菩薩後有攝取是名菩薩六攝取正法攝取菩薩摩訶薩以此六攝攝取三世一切衆生過去未來現在菩薩攝取衆生悉皆不離如是六攝菩薩摩訶薩攝衆生時

有十二難事菩薩摩訶薩知無我無我所無有衆生而爲衆生修習苦行是名一難爲調他故而行訶責亦自護戒不令毀傷是名二難所有物少乞者甚多是名三難菩薩一身繫屬多人趍走給使是名四難放逸諸天同彼受身而其内心初無放逸是名五難常爲一切衆生作使自於禁戒無所毀失是名六難常與貪欲恚癡慳悋諂曲奸僞惡人共住不隨彼行是名七難了知生死多諸過患而不捨之是名八難一切煩惱生死多過捨命之時心未清淨雖未清淨不失正命是名九難未得淨心能以己身所愛之物妻子眷屬而以施人是名十難衆生異心境界不同或時輭語或時行捨是名十一難終不放逸不斷煩惱是名十二難菩薩摩訶薩於諸衆生

不作輕重或時作輕或時作重或觀境界或作健心或時立願或不放逸或修智慧或修柔輭或行訶責或時行捨或勤精進或時懈怠或作方便菩薩摩訶薩作如是學於十二難處心不憂悔既能自護又能利他

畢竟地畢竟品第二十七

菩薩摩訶薩修十二行有七地六是菩薩地餘一地聲聞菩薩共一者性地二者解地三者淨心地四者持地五者定地六者定行地七者畢竟地是名七地性行解行各爲一地喜行名爲淨心地戒行慧行無相行合爲持地無行無相行名爲定地無礙智行名爲定行地如來行名畢竟地畢竟地後當廣説菩薩從下地入淨心地時云何能斷三惡道苦菩薩修習世俗漏禪修漏禪已得世淨禪修淨禪已即得解地莊嚴菩提修習一百一十種悲以修悲故於衆生中即得悲心得悲心故樂三惡道如已舍宅菩薩自觀住三惡道莊嚴菩提時爲衆生故受大苦惱若我淨心有勢力者願令衆生所有苦惱悉集我身善立大願以善願力世淨禪故遠離身心煩惱習氣離習氣故轉四大身四大既轉因世淨禪故不到三惡是故菩薩斷三惡道苦過解地已入於淨地餘功德如行品中十淨心説此十淨法有十對治不作心不發心不受菩薩戒不信心惡心不修習悲瞋心憂悔心不慈心放逸心所言麤獷貪惜身命不隨世間嬾惰懈怠無慚無愧苦惱逼身疑網怯弱不能供養佛法僧寶如是等對治不淨是十淨中初三法者清淨其心後七法者淨於莊嚴

菩薩摩訶薩信於菩提及菩提道信菩提道故見苦衆生生大慈心生慈心故即作是願願我救濟如是等苦以憐愍故捨身惠施無所貪惜爲利衆生心無憂悔心不悔故知世方術知世方術故善知時節隨衆生心以知時故名知世間以智力故客煩惱來深生慚愧以慚愧故令彼煩惱不得自在是名勇健以勇健故無有放逸不放逸故修習善法習善法故受菩薩戒受菩薩戒故供養三寶供養三寶故其心清淨是名淨地

畢竟地行品第二十八

菩薩摩訶薩住於解地乃至菩薩地有四行一者波羅蜜行二者菩提行三者神通行四者熟衆生行波羅蜜行者六波羅蜜如先說方便波羅蜜願波羅蜜力波羅蜜智波羅蜜是十波羅蜜是名波羅蜜行善方便有十二種如先說是名方便波羅蜜願有五種如先說是名願波羅蜜十力莊嚴淨是名力波羅蜜知一切法是處非處名智波羅蜜知世諦故名智波羅蜜知第一義諦名般若波羅蜜復次無量智者名方便波羅蜜求勝勝智名願波羅蜜不爲四魔之所障故名力波羅蜜能知諸法眞實性故名智波羅蜜四念處乃至八正道分四求四眞智如先說是名菩提行神通如不可思議品說六通如先說是名神通行二無量調伏無量方便無量如先說是名熟行菩薩摩訶薩如是四行攝一切行菩薩摩訶薩無量阿僧祇究竟具足淨諸善法勝諸聲聞辟支佛等畢竟攝取菩提道果畢竟能得阿耨多羅三藐三菩提是故名十

波羅蜜若說次第則有三事一者對治故二者生故三者得果故對於善法有六事一者慳貪二者惡業三者恚心四者懈怠五者亂心六者愚癡以是六法因緣故不得阿耨多羅三藐三菩提爲壞六法故說六波羅蜜檀波羅蜜乃至般若波羅蜜六波羅蜜則攝四波羅蜜是名對治生者菩薩摩訶薩捨於一切世俗之物出家學道是名檀波羅蜜旣出家已受菩薩戒是名尸羅波羅蜜以護戒故雖有罵打默受不報是名羼提波羅蜜戒旣清淨勤修善法是名毗梨耶波羅蜜以精進故五根調伏是名禪波羅蜜五根旣調知眞法界是名般若波羅蜜是名爲生果報者菩薩現在修施等善法若捨身已外得大財內得五具足五具足者生人天中得壽色力安樂辯才是名施果以施因緣修習善法心無嫉妬忍衆罪過是名具足第二果報以施因緣若作世事及出世事心無猒悔是名第三果報以施因緣其心柔輭無有錯亂是名第四果報以施因緣了了能知此是福田此非福田知是可施是不可施善知方便求財取財是名第五果報四波羅蜜攝六波羅蜜有三戒一者隨戒戒二者隨心戒三者隨智戒菩薩尸波羅蜜名爲隨戒戒禪波羅蜜名隨心戒般若波羅蜜名隨智戒離是三戒無菩薩戒菩薩三戒攝一切戒菩薩有四事能利衆生何等爲四一者爲於菩提修習善法二者先以眞智知諸法義三者增長善法四者熟衆生根如是四事菩薩能大利益衆生若有說言離是四事能利衆生者無有是處

畢竟地三十二相八十種好品第二十九

十三如來行者名爲畢竟佛地畢竟佛地者有百四十不共之法所謂三十二相八十種好四一切行淨十力四無所畏三念處三不護大悲常不忘失斷煩惱習一切智是名百四十不共法三十二相者一者足下平二者足下千輻輪三者指纖長四者足跟牖滿五者指網縵六者手足柔輭七者牖腨腸如伊尼延鹿王八者踝骨不現九者平住手摩膝十者藏相如象馬王十一者果圓滿足如尼拘陀樹十二者身毛上靡十三者一一毛孔右旋十四者身眞金色十五者常光面各一尋十六者皮膚細輭塵垢不著十七者七處滿十八者上身如師子十九者臂肘牖圓二十者缺骨平滿二十一者得身牖相二十二者口四十齒二十三者齒密不踈二十四者齒色白二十五者頰車方如師子二十六者味中得上味二十七者肉髻相二十八者廣長舌二十九者梵音聲三十者目紺青色三十一者眼如牛王三十二者眉間白毫八十種好者二十指是名二十好手足表裏八處平滿兩踝膝脞六處妙好手有三聚肩肘腕六處滿腰竒中是名二好髖及二尻是名二好馬藏二髆是名二好腰𪗋兩脅兩腋兩乳是名爲八腹胷脊項是名六十上下牙齒上下脣齶兩頰兩鬢兩目兩眉及鼻二孔額上兩頰兩耳頭圓足是名八十

菩薩摩訶薩住淨地已以業力故雖得如是八十種好未大明淨道樹起時乃得明淨不明淨時謂菩薩地行莊嚴菩提有二種一近

二遠遠者未得三十二相八十種好果報若得名近說三十二相八十種好爲令衆生作善業故衆生造作種種惡業以惡業故得種種惡果是故如來說三十二相八十種好種種善業種種善果衆生聞已即得除破種種惡業菩薩至心修持淨戒故得足下平相供養父母和尚師長有德之人以是因緣得足下輪相於諸衆生不生害心無劫盜想若見父母和尚師長有德之人遠出奉迎安施牀座恭敬禮拜破除憍慢以是因緣得纖長指相具上三行得足跟傭滿以四攝法攝取衆生以是因緣得指網縵以好酥油摩洗父母和尚師長有德之人以是因緣得手足柔軟修習善法不知猒足以是因緣得臑腨腸聞法歡喜樂爲人說爲法走使以是因緣得踝骨不現相三業清淨瞻病施藥破除憍慢飲食知足以是因緣得平立手摩膝相見分離者善言和合自修慚愧亦教人修以是因緣得馬藏相自淨三業亦教人淨若有衆生四大不調能爲療治以是因緣得身圓相聞法歡喜樂爲人說以是因緣得身毛上靡相思惟諸法甚深之義樂修善法供養父母和尚師長有德之人若行道路佛塔僧坊除去塼石荊棘不淨以是因緣得身毛相若以飲食瓔珞施人除去瞋心以是因緣獲得二相一者金色二者常光以何業緣得一一毛相即此業緣得身細軟塵垢不著常施衆生所須之物以是因緣得七處滿相自破憍慢調柔其性隨衆生心如法而行爲除不善教以善法以是因緣得上身如師子相得肩圓相缺

骨平滿相以何業緣得纖指相即此業緣得身傭相遠離兩舌和合鬬諍以是因緣得四十齒相齒密不踈相齒齊平相修欲界慈以是因緣得白齒相見有求者歡喜迎送以是因緣得方頰車相等視衆生猶如一子以是因緣得上味相常施衆生無上法味見有忘者施其憶念自持五戒轉以教人修習悲心能大法施以是因緣得肉髻相廣長舌相實語喜語法語輭語非時不語以是因緣得梵音聲相修習悲心視諸衆生猶如父母以是因緣獲得二相一者目紺首色二者眼如牛王見有德者稱實讚歎以是因緣得白毫相三十二相雖復各各說其因緣眞因緣者持戒精進何以故若不持戒能修精進尚不得人身況得三十二相無見頂相及肉髻相等無差別復次凡所作事定心不悔以是因緣得足下平相若至心作以是因緣得千輻輪相第二第三指網縵相七處滿相細輭肩圓缺滿身直廣長舌相若常作者以是因緣得長指相平住摩膝常光一尋相齒密不踈相若淨作者以是因緣獲得餘相復次若於衆生生淳善心以是因緣得手足柔輭膚體細滑塵垢不著次第修習時節修習以是因緣得第二第三第四相喜修善法心無悔退以是因緣得金色身常光齒白眉閒毫相若聞讚歎不生憍慢覆藏善法不令人知以是因緣得馬藏相所修習法迴向菩提以是因緣得一一孔一毛相身毛上靡口四十齒最上味相勤精進故以是因緣得方頰車上身如師子相至心愛念一切衆生如視一子以是

因緣得齒齊平紺青如牛王眼相修習善法不知猒足以是因緣獲得餘相菩薩摩訶薩住性行時修三十二相業住淨行時雖有如是三十二相相不具足未得明淨住十三行爾乃了了明顯具足一切佛法雖無量相衆生不同有下中上不可思議是故佛說三十二相一切衆生所有功德和合集聚正與如來一毛相等一切毛孔所有功德和合集聚乃成一好合集衆好所有功德增至百倍乃成一相唯除白毫無見頂相合集其餘一切諸相增至千倍成是二相和合集聚三十二相八十種好所有功德增至千萬億倍乃成如來深遠螺音其聲聞于無量無邊諸佛世界如來成就如是等無量無邊功德以是義故如來世尊名爲無上所行之法名無上行三十二相八十種好有三種無量一者三劫無量二者修善無量三者利益衆生無量是故說言如來成就無量功德

畢竟地住品第三十

菩薩四淨者一者身淨二者緣淨三者心淨四者智淨永斷習氣得清淨器成阿耨多羅三藐三菩提身得自在生滅自由是名身淨神通自在名爲緣淨修習善法心離煩惱是名心淨知一切法無有罣礙得自在智知一切法行是名智淨菩薩以是四清淨法獲得十力何等爲十一者知是處非處力二者知諸業力三者知諸禪定解脫力四者知諸根利鈍力五者知諸衆生解力六者知衆生界力七者知至處道力八者知過去世力九者天眼力十者漏盡力如來所說眞實無二是

故名爲多陀阿伽度若説善果及不善果眞實因緣眞實體眞實性眞實住眞實生是名是處善不善果非因作因是名非處破憍慢智名眞實智名一切智名無礙智名爲淨智名離慢智數次第故名第一力無有上故名一切行利益衆生破壞諸魔故名爲力眞實莊嚴得自在故名爲具足能破一切諸恐怖故名爲涅槃因八正道因破諸苦故名爲無上如法住故名爲眞實自得淨法憐愍衆生而爲演説故名爲梵輪梵輪者名爲如來如來者名爲清涼清涼者名之爲戒受持淨戒如戒而説是名清淨正説實説利益而説廣大説無礙説一切説畢竟説無上説無漏説無爲説外説現前説是故名爲大師子吼説善力方便説眞實因以眞實因緣得眞實果

所謂人天及無上果無上果故名爲無上若作業已增長得果名爲過去有作業已未受果報亦名過去未作業故作未得果欲得是名未來已作之業未得果報受果之業已滅過去是名現在去來現在業有三種謂身口意果身口意果何處造作身口意善業是處得果何處造作身口意惡業是處得果是名是處純善之業不得惡果是名非處不善惡業不得善果是名非處人業不受地獄果報是名非處地獄之業不受人報是名非處唯除能修身戒心慧令地獄報人中輕受以相似故名地獄報人中輕受故名人果是名是處非處四禪八解脱如是等法自在修得以自在故是故如來常在三昧説法之時梵天王等唯聞音聲不見形貌如是等禪定解脱

有二種煩惱謂未得欲得憂已得退失憂如來已斷如是二憂得大自在知諸衆生一切心想雖得了知心不貪著不生歡樂修習具足欲得便得大得易得得已不退是名第三禪定解脱力知信等五根有上中下從聞生者正思惟生者是名根力知上中下欲是名解力知種種性聲聞性緣覺性如來性衆生貪性乃至八萬四千煩惱是名第五力知因煩惱獲得種種世界之身是名第六力知諸煩惱各有對治知一切有亦各有對知破一切惡邪見對是名至處道力了知四方種種衆生種種名字過去衆生念八事一名二生三姓四食五受苦樂六壽七住八者命終復念六事一者名字二者利利等姓三者親族父母四者飲食五者貧富六者壽夭是名第八力天行名爲四禪得四禪果故名爲天眼具足獲得淳善果故名爲清淨眼不同故名過天眼有欲界天眼雖復名同以不淨故不名天眼天眼知者見衆生墮墮者名天復有墮者名爲人死生名中陰中陰有二種一者善二者不善不善中陰色如黑氍褐夜闇之時淨眼乃見清淨天眼見中陰色亦復如是善中陰色如婆羅㮈女衣明月之時淨眼乃見清淨天眼見中陰色亦復如是黑色者名下行衆生白色者名上行衆生身口意惡業因緣故名爲下行身口意善業因緣故名爲上行惡業者名爲邪見邪見有二一者可轉二不可轉誹謗因果言無聖人名不可轉非因見因非果見果是名可轉是故惡業名爲邪見善業者名爲正見不謗四諦信善惡業

眞實果報是故善業名爲正見惡業因緣死入地獄受不樂果故名地獄放逸惡業共爲翅羽必至地獄若受惡報若惡畢竟是名惡死明見因果故名天眼善業因緣過於惡死受樂果報受人天身以正見故得生善有生善有者名爲人天眼見了了故名天眼云何善有以善因緣獲得善果是名善有是名第九力以修身戒心慧因緣斷一切漏以斷漏故獲得無漏身戒心慧無漏身戒心慧有二種見道修道以二道故心得解脱慧得解脱得心慧解脱故能示神通教化衆生是名第十力十力菩薩知性知分別知自相共相不共相知平等知業知次第知勝不勝菩薩能知如是七事知性者十力性即五根性以慧多故名爲智性是故說言知處非處不言信

處非處乃至漏盡亦復如是分別者有三種一者分別時二者分別行三者分別自相共相十力能知一切時所謂過去未來現在是名分別時十力能知一切十方世界無量煩惱對治是名分別行十力能知一切色相是名自相知色無常乃至一切法無常是名共相是名分別自相共相不共者十力不共一切聲聞緣覺十方諸佛同得十力是名平等知業者處非處力因實知因果實知果是第一力如來了知自業果報亦知衆生所有業果因禪定解脱力故如來得三種示現能調衆生因知根力了知衆生下中上根以知根故隨根說法因解力故如來了知一切衆生善性惡性爲除惡性教以善性因知世界力故如來常行世間之法不爲世法之所染汙

知世界故知衆生界知衆生界故隨根隨心隨其煩惱而爲說法云何如來初教衆生令入佛法如來若教聲聞菩薩初入佛法作如是言善男子汝應修習深樂寂靜空閑獨處汝初生時父母爲汝所立名字乃至諸師和尚所立名字當至心觀如我此字父母諸師和尚所作於內外六入有耶無耶善男子汝若離於內外諸入不見有者汝於爾時得眞實知知是名字虛假不眞法亦不眞名亦不眞以名字法不眞實故云何於是而生憍慢善男子汝於爾時復應觀眼及眼名字眼有二種一者名字二者流布眼名非眼眼相非眼若有一物名爲眼者是物亦無若實有眼名亦應實若眞實者衆生生時自應識知不須教誨未見不教而能知者以是義故知名亦不實物亦不實如眼識亦如是作是觀時除斷內外諸入貪著以斷內外貪故斷一切法相以斷一切法相眞實知於一切法性一切法性者謂不眞實無有相貌善男子作是觀時若欲得一切智欲得大慈大悲欲得初禪乃至非想非非想欲得性行乃至如來行欲得菩薩地六通乃至阿耨多羅三藐三菩提悉能得之是名第六力因至處道力知眞實道不眞實道壞不眞道示以眞道因宿命力故知受衆苦知已不樂生死亦教衆生不樂生死壞於常見因天眼力授人記莂斷於斷見因漏盡力如來自知已得解脫能壞衆生見非如來謂眞如來見非沙門言實沙門非婆羅門言實婆羅門如來得阿耨多羅三藐三菩提時得是十力一時而得云何而說

有次第耶如來得阿耨多羅三藐三菩提時初觀因果是故初名處非處力如是因果誰所受作是名業力以破業故修習禪定爲知衆生誰能修習誰不修習故觀諸根根有三種謂下中上是名衆生性是第五力以知性故知心淨不淨是名世界欲知淨心及不淨心因緣故知至處道如是道者斷常斷見是名宿命天眼力二見斷故諸漏永盡名漏盡力是名次第復有次第如來得阿耨多羅三藐三菩提時最初先觀是處非處次觀世業破世業故觀禪解脫及觀衆生能修習道不能修習故次天眼見諸衆生諸根利鈍爲欲知故餘如先說復有次第如來得阿耨多羅三藐三菩提時觀十二因緣是處非處十二因緣由何而出是故觀業衆生諸業或有受報或不受報故天眼觀何等爲衆生故觀法界是名爲解法界世界無有差別欲知難調易調故知宿命爲知受教不受教故知根利鈍知已爲說八正道分名至處道以道力故斷諸煩惱名漏盡力處非處力及以業力有何差別善業惡業了知善果及以惡果是名是處非處力作者定受不作不受是知業力爲欲調伏不善業故修習禪定調伏有二種一者信二者不信是故觀根信心有二種一者信三寶二者信摩醯首羅是名爲解脫有三種謂下中上是名世界力知世界已說於世道聲聞道緣覺道菩薩道佛道是名至處道力觀諸衆生善因惡因重業輕業是名宿命力因是知故斷常斷見是名天眼眞實見故諸漏永盡是名漏盡力十力之性悉是智

性無有差別以境界緣故說有差別四無所畏如常說如來爲衆生說於四事一者聲聞不共法解脱二者聲聞共解脱三者衆生苦解脱四者爲衆生斷苦得解脱說於對治聲聞不共者我所覺知若言有法汝不知者我亦不見沙門婆羅門若人若天若魔若梵如法而言不知不見以不見故不生羞畏我漏已盡若言不盡不見沙門乃至魔梵如實而言汝漏未盡以不見故不生羞畏我已得道若言是道非畢竟者我亦不見有諸沙門乃至魔梵如實而言汝未得道見非畢竟以不見故不生羞畏我說障道若言不障我亦不見有諸沙門乃至魔梵如實而言說障非障以不見故不生羞畏佛所說道爲諸菩薩及諸聲聞佛涅槃後集結藏時聲聞藏中除菩薩名菩薩藏中安菩薩名是故方等名菩薩藏不共聲聞者謂如來三念處如來說法至心聽受心得歡喜受諸安樂如法而住不違佛教佛亦不喜修習捨心不失正念亦不放逸如來說法有不信受違反所說佛亦不瞋無有愁惱修習捨心不失正念亦不放逸如來說法或有聽者有不聽者聽者不喜不聽不愁修習捨心不失正念亦不放逸是名三念處復有不與聲聞共者謂三不護如來不護身口命有阿羅漢無記業起失念心故無記業者名突吉羅如來已斷一切無記業何以故常修正念故是故如來隨心而說訶責眷屬所謂驅擯麤言加之心無畏難何以故身口命淨故復有不與聲聞共所謂大悲如先說如來作何事何處作何因緣作云何作

何時作如來諸事能如實知是名念心如來知何事者謂一切行何處者一切世界何因緣者爲調伏衆生云何作者謂善方便何時作者謂一切時以是故如來常修正念之心如來世尊若動若眴若語若行若住若作一切時中無煩惱習是故說言如來永斷煩惱習氣阿羅漢等則不如是是故不與聲聞共也如來覺知三種法聚一者得利益義聚二者非利益義聚三者非利益非不利益義聚如來了了知是三聚是故說言如來得一切智如是等一百四十不共之法不與聲聞辟支佛共是故名爲聲聞不共菩薩行時得三十二相八十種好然不明淨坐道樹下無師修習三十七品乃得明淨學地菩薩得金剛三昧已次第二念得十力一切佛法乃至一切淨智以得故名一切智無礙智無障智淨智寂靜智清淨智具足智是名畢竟地過一切菩薩行一切菩薩地入如來地如來行得無上身轉菩薩身永斷習氣住畢竟地菩薩摩訶薩觀見佛法如羅縠中視如來世尊都無斯事是故名淨住畢竟地菩薩見於佛法如遠見色諸佛見法如近見色畢竟菩薩見於佛法如闇見色諸佛見法如晝見色畢竟菩薩如未出胎諸佛世尊如已出者畢竟菩薩如夢所見諸佛世尊如覺見物畢竟菩薩如燈不明諸佛世尊如盛明燈菩薩得阿耨多羅三藐三菩提已能於一切諸佛世界施作佛事作佛事者有九種一一佛事能大饒益無量衆生何等九一者自爲大丈夫事能令衆生信丈夫事二者以三十二相八十種

好莊嚴其身爲利衆生破其疑網三者如來具足十力具足十力故能利衆生若有問言云何爲力則能善解破其疑心調伏衆生壞破邪見四者如來具足四無所畏爲信三寶爲調衆生爲破邪見爲大師子吼五者如來具足三念處如說而行如行而說破諸煩惱能畜徒衆能化衆生六者如來具足三不護法爲利衆生爲調衆生晝夜常以佛眼觀察諸衆生七者如來具足大悲爲具足羼提波羅蜜爲令衆生離諸苦故爲施安樂故八者如來具足無錯謬不失念心是故無師如法而行如法而住爲利衆生令調伏故爲壞衆生諸放逸故九者如來永斷煩惱習氣知義法非義法非義非非義法是故如來說於義法離非義法非義非非義法如來具足一百四十不共之法如是九事能作佛事是名如來行是名如來地是名如來畢竟地何以故爲如來行如來地如來畢竟地於無量億那由他劫受菩薩戒修菩提行畢竟菩薩能教無量無邊衆生住畢竟地如來一切佛法悉爲衆生不自爲已聲聞緣覺所有之法但爲自利少利於他是故二乘無不共法無上佛法終無似於聲聞辟支佛法大悲不錯謬斷習氣一切智五智三昧如來具足一切不共之法是故名爲無上此經演說菩薩禁戒菩薩道菩薩戒果一切菩薩行一切菩薩戒果行是故名爲菩薩地名菩薩藏菩薩摩夷攝取一切大乘經典無礙智經若天若人若沙門若婆羅門信是經典受持聽說讀誦書寫廣說修習分別其義見有持者供養恭敬尊

重讚歎燈燭香華妓樂供養當知是人常爲十方諸佛之所護念稱説其名得無量功德聚何以故菩薩戒因緣得阿耨多羅三藐三菩提受持讀誦書寫解説菩薩戒故如來正法久住不滅諸惡比丘漸就損減若無菩薩戒者諸惡比丘漸漸熾盛如來正法不久則滅爾時優波離白佛言世尊此經當名何經優波離是名善戒名菩薩地名菩薩毗尼摩夷名如來藏名爲一切善法根本名安樂因名諸波羅蜜聚爾時優波離聞佛所説歡喜禮拜右繞而去

菩薩善戒經卷第九

音釋

纖息廉切細也　跟古痕切足踵也　⿰月庸丑凶切圓直也　網縵網文紡切縵母官切　腨市兗切腓腸也　臂肘臂必至切腕也肘陟柳切臂節也　頰古協切面旁也　踝胡瓦切腿兩旁曰內外踝　⿰月坒部禮切股也　腕烏貫切手腕也　臗苦官切兩股間也　尻苦刀切脊骨盡處也　髆補各切肩髆也　脅虛業切腋下也　腋羊益切左右肘脅間也　齶五各切齒根肉也　⿰叉頁初牙切項頸骨也　荊棘荊舉卿切棘紀力切　氀褐氀力朱切褐何葛切氀褐毛布也　摩醯首羅梵語也此云大自在醯馨夷切　突吉羅梵語也此云惡作突陀骨切　眴輸閏切目動也　縠胡谷切縐紗也

菩薩善戒經卷第十

劉宋罽賓三藏法師求那跋摩等譯

優波離問菩薩受戒法

菩薩摩訶薩成就戒成就善戒成就利益衆生戒先當具足學優婆塞戒沙彌戒比丘戒若言不具優婆塞戒得沙彌戒者無有是處不具沙彌戒得比丘戒者亦無是處不具如是三種戒者得菩薩戒亦無是處譬如重樓四級次第不由初級至二級者無有是處不由二級至於三級不由三級至四級者亦無是處菩薩具足三種戒已欲受菩薩戒應當至心以無貪著捨於一切内外之物若不能捨不具三戒終不能得菩薩戒也爾時受者自觀己身如觀智者爾時於寂靜處禮十方佛東向像前右膝著地合掌而言大德十方佛菩薩僧聽今我某甲求菩薩戒我已具優婆塞戒乃至具智者事是故我從十方佛菩薩僧求菩薩戒今十方佛菩薩僧觀我心我若有不信心毀菩提心有惡心虚誑心莫施我戒若其無者當施我戒憐愍故第二第三亦如是至心默然住專念已而作是言今已施我菩薩戒我已得菩薩戒何以故十方佛菩薩以他心智觀我心我有眞實心當知已施我戒憐愍故今我無師十方佛菩薩爲師第二第三亦爾爾時十方佛菩薩即作相示當知得戒十方佛菩薩告諸大衆彼世界有某甲眞實受菩薩戒我今已施憐愍故今此人無師我爲作師我今護念是我法弟即起禮十方佛菩薩是爲自羯磨若有智者以憍慢故不從受者不得菩薩戒若是破戒者若

智者在遠方若國土亂若自重病若爲利益多人若更無受處出家在家若能捨能施深心立願求阿耨多羅三藐三菩提爾時若有同菩提心同法同意能説能教善知義者欲受戒人應往其所頭面作禮偏袒右肩右膝著地合掌而言大德諦聽我今從大德乞受菩薩戒大自在戒無上戒無勝戒大德於我不重心者爲憐愍故乞施我戒若彼大德默然聽者即應還起更整衣服向十方三世諸佛世尊及住大地諸菩薩等頭面作禮隨已智力讚歎諸佛及諸菩薩所有功德專念三寶在佛像前長跪合掌作如是言大德我今某甲乞受菩薩戒大德今當爲憐愍故施菩薩戒若彼大德默然聽者受者爾時應當至心專念三寶生歡喜心復作是念今我已得成就無量無邊無上功德寶藏當得菩薩所受持戒復應一心默然而住爾時智者語受者言善男子諦聽法弟菩薩汝今眞實是菩薩不眞實發於菩提心不受者答言大德實是智者復言汝今具足三種戒不答言具足又問能捨内外所有物不答言能捨又問惜身財不答言不惜又問汝能從我受一切菩薩戒攝持一切菩提道戒利益一切諸衆生戒是戒如十方三世諸佛菩薩戒汝能持不答言能第二第三亦如是爾時智者應唱是言十方諸佛及諸菩薩大德僧聽今某甲求我從十方佛菩薩僧乞受菩薩戒已具三戒發菩提心眞實菩薩能捨一切内外所有不惜身命願十方諸佛菩薩僧憐愍故施某甲菩薩戒憐愍故施無量無邊無上功德寶藏

戒爲利益衆生故增長諸佛菩薩法故第二第三亦如是爾時諸方有涼風起智者當知十方諸佛諸菩薩僧施是人戒已語受者言某甲諦聽十方諸佛諸菩薩僧今施汝戒如一切三世菩薩戒汝當至心持能持不答言能諸佛第三亦如是爾時智者敬禮十方諸佛諸菩薩僧及禮佛像禮已復唱是言十方諸佛菩薩大德聽今某甲三說時已從十方諸佛及菩薩僧得菩薩戒說者我是受者某是我爲某甲證人大師者謂十方無量諸佛菩薩僧是小師者我身是也師有二種一可見二不可見不可見者十方諸佛菩薩僧是可見者我身是於可見不可見師邊是人得戒竟第二第三亦如是如是羯磨竟羯磨竟二俱黙然爾時十方世界諸佛及諸菩薩知是相已告諸大衆彼世界中有如是人從彼智者受菩薩戒如是人者是我法弟我今至心憐愍護念以十方佛諸菩薩僧憐愍護念故授者受者俱增善法黙然小住已便起敬禮十方諸佛諸菩薩僧是名菩薩受菩薩戒已一切戒無上戒無邊戒功德聚戒寂靜戒淨心戒破一切衆生煩惱戒如是戒者勝於十方一切聲聞辟支佛戒何以故度脫一切諸衆生故菩薩受菩薩戒已應當學讀菩薩法藏菩薩摩夷菩薩欲受菩薩戒時先當觀察若不信者不應從受慳者貪者不知足者破戒汙戒不敬重戒喜貪瞋者無忍辱者不能爲他遮罪咎者懈怠懶惰貪受世樂樂說世事乃至不能一念之頃念於三寶疑網癡闇不能讀誦菩薩法藏菩薩摩夷及生誹謗

如是之人不應從受既受戒已不應向彼不信者說乃至不向謗大乘者說何以故若不信者以是因緣墮地獄故是故菩薩不應向說若說得罪菩薩定知向彼說能破彼人惡口惡業及不信心說則無罪菩薩既受菩薩戒已師應爲說犯非犯法若知至心能受不爲供養故受不爲效他故受不爲憍慢故受爾時是師便應爲說犯非犯法其甲諦聽善薩戒者有八重法四重如先菩薩若爲貪利養故自讚其身得菩薩戒住菩薩地是名菩薩第五重法若有貧窮受苦惱者及以病人來從乞索菩薩貪惜不施乃至一錢之物有求法者悋惜不施乃至一偈是名菩薩第六重法菩薩若瞋不應加惡若以手打或杖或石惡聲罵辱或時無力不能打罵心懷瞋忿

若爲他人之所打罵前人求悔不受其懺故懷瞋恨增長不息心不淨者是名菩薩第七重法菩薩若有同師同學誹謗菩薩方等法藏受學頂戴相似非法者不應共住若定知已不得向人讚歎其德是名菩薩第八重法菩薩有二種一者在家二者出家在家六重出家八重是八重法菩薩若犯一一重法若具足犯現在不能莊嚴無量無上菩提現在不能令心寂靜是則名爲名字菩薩非義菩薩是名菩薩旃陀羅也不名沙門非婆羅門不能正向阿耨多羅三藐三菩提菩薩心有三種下中上若後四重下中心犯不名爲犯若以上心惡心犯者是名爲犯上者所謂樂作如是四事心無慚愧不知懺悔不見犯罪讚破戒者是名上惡心犯菩薩雖犯如是四

重終不失於菩薩戒也如比丘犯四重失波羅提木叉戒菩薩若犯比丘四重亦失波羅提木叉戒汙菩薩戒汙者現在不能莊嚴菩提不得無量福德三昧是名爲汙有二因緣失菩薩戒一者退菩提心二者得上惡心離是二緣乃至他世地獄畜生餓鬼之中終不失於菩薩戒也菩薩戒者不同波羅提木叉戒菩薩若於後世更受菩薩戒時不名新得名爲開示學淨今當更說受菩薩戒是犯非犯輕重之相上中下異菩薩若受菩薩戒已若於晝夜塔像經卷讀誦之人千萬菩薩不以華香供養禮拜不能讚歎心不歡喜乃至一念是名犯重不名八重是名菩薩汙心疑心有瘖墮落起不淨心若有所作無恭敬心不信故懈怠故是名犯重不名八重若無念心是名犯輕不犯者若有淨心常求菩提淨心者如須陀洹所有四信菩薩若不知足不少欲貪著利養是名犯重不名八重不犯者若能定知以不知足能調衆生菩薩若見上座宿德同學同師生憍慢心及以惡心不起承迎禮拜設座不共語言先意問訊若問所疑不爲解說是名犯重不名八重是名菩薩汙心疑心有瘖墮落不起不淨有所作不犯者若病若眠若亂心時若至心聽法供養佛時寫經讀誦解說論義共先客語不說者心知不與語能令調伏防僧制故護多人故若比丘爲求罪過聽菩薩戒不信受者不信教者及不成就優婆塞戒不成就沙彌戒不成就波羅提木叉戒者不得聽菩薩戒聽者得罪若比丘犯波夜提罪不慚愧不生悔聽菩

薩戒者得偷羅遮罪若比丘犯偷羅遮罪不慚愧不生悔聽菩薩戒者得僧伽婆尸沙罪若比丘犯僧伽婆尸沙罪不慚愧不生悔聽菩薩戒者得波羅夷罪謂第八重若有說者得僧伽婆尸沙是故經中作如是言不信者不應聽不信者不應說有篤信檀越來請菩薩若自舍若塔寺若村落若國土供給所須衣服飲食卧具醫藥菩薩憍慢瞋恨輕賤不往受者得罪是罪因煩惱犯若菩薩無伴獨行至白衣家得錯謬罪若到白衣舍不能說法開示教化令其供養佛法僧寶是名犯重不名八重不犯者若病若闇鈍若狂若遠請若道路恐難知不受請令彼調伏若先受請若勤修善法時若未聞義爲欲聞故若知請主心不眞實若受彼請恐多人瞋若僧制若

有檀越以金銀眞珠硨磲碼碯瑠璃玻瓈奴婢車乘象馬等物雜色敷具奉施菩薩菩薩應受若不受者得罪是罪因煩惱犯不犯者若狂若知受已必生貪著若知受已施主生悔若知施主施已發狂若知受已施主貧窮若知是物是三寶許若知是物是劫奪得若知受已多得苦惱所謂王難賊盜死亡閉繫惡聲流布擯令出境若知受已不能捨用修種福德於良福田若有衆生爲解義故欲得聞法往菩薩所諮啓未聞菩薩輕心慢心不爲說者得罪是罪因煩惱犯不犯者若知前人是惡邪見求覓過罪若病若病始差若狂若知不說令彼調伏若佛未制若知前人於三寶所不生敬重若舉動麤踈若知鈍根聞深義已生於邪見若忍邪見若知聞已轉向

惡人宣説其事破壞正法若有惡人能作殺害及旃陀羅菩薩若不親近往返爲説正法者得罪何以故菩薩若見持戒精進身口意淨不生慈悲若見惡人能生慈悲是故菩薩若不爲説則得犯罪不犯者若狂若王制若僧制若慮多人嫌若知不説令彼調伏若有檀越非親里若長者若婆羅門以種種衣奉施菩薩菩薩應受若菩薩自求多得亦應受之如衣鉢亦如是如衣鉢線亦如是菩薩若到檀越邊求索縷線使非親里織師織教令緻織務令廣厚我不自著汝與檀越俱亦有福若檀越言我爲師故唯願自著菩薩得已若自爲身往織師所教令緻織務使廣厚若得衣已自著者犯重不名八重若不教者不犯十一

菩薩若受菩薩戒已應受應畜憍奢耶敷具至百千萬數金銀亦爾聲聞之人但爲自利是故如來不聽受畜菩薩不爾爲利衆生是故聽畜不得不受若爲知足名譽故不受者得失意罪墮落不起有所有疑不淨若菩薩以懈怠因緣不能利益諸衆生者得罪是罪因煩惱犯若菩薩爲人所讃言是十住若阿羅漢至須陀洹少欲知足默然受者得罪是罪因煩惱犯若菩薩入僧中時見有諸人非法戲笑不呵責者得罪不犯者若聽法時爲調伏故爲隨心説法故爲能利益故若言菩薩不樂涅槃亦非不樂不畏煩惱亦非不畏何以故流轉生死故若菩薩作是言得罪何以故菩薩樂於涅槃聲聞緣覺所不能知聲聞緣覺所樂涅槃於菩薩樂百分千分百千

萬分乃至無有一分菩薩呵責畏於煩惱聲聞緣覺所不能知聲聞緣覺呵責畏於煩惱於菩薩呵責畏於煩惱百分千分百千萬分乃至無有一分何以故聲聞緣覺但爲自利不能利他菩薩不爾自利利他故菩薩雖行有漏故勝羅漢終日處漏煩惱不汙是故得罪若菩薩不畏惡聲不護惡聲得失意罪若他無惡橫稱他惡者得犯惡罪是罪因煩惱犯若爲調伏加之惡語者得失意罪非是惡罪不犯者若呵外道詐來現受菩薩戒者若心本無惡口出惡言若顛狂者若知呵責有大利益若知瞋彼彼得利益若爲護戒不生瞋者得罪若知瞋彼得現少利無他世大利若菩薩打者報打罵者報罵惱者報惱得失意罪是罪因煩惱犯若有菩薩共相譏呵若實不實菩薩即應謙下歸謝若不能者得罪不受歸謝是亦得罪以放逸故不歸謝者得罪以放逸故不受歸謝者得罪不犯者若知彼人由來弊惡常來求人短若知不受令彼破惡若菩薩於他瞋恨常生念言我若見時當打當罵不休不息不能自調者犯罪若菩薩與比丘尼共同一道行不犯若有貪心得罪不犯者爲調伏故十二

若菩薩從非親里尼受食不犯何以故菩薩摩訶薩發菩提心已於諸衆生無非親里若菩薩爲貪作使多畜弟子犯罪不犯者若爲調伏若爲護法若爲利益若無貪心若菩薩懈怠懶惰不勤精進樂眠卧者得罪不犯者若病若病差氣力未足時若遠行時若讀誦疲乏時若思惟對治時若菩薩共談世事無

益之言得罪不犯者若他問說若隨他心爲調伏故說時至心莫作增減若菩薩憍慢心故不諮問師不受師教得罪不犯者若病若狂若癡若大聰明多聞有智爲調衆生若入定時若菩薩欲心起時不觀對治疾調滅者犯罪不犯者雖觀對治煩惱力盛不能令滅若故自試發欲心時若菩薩言不應受聲聞戒不應讀聲聞經何以故聲聞經律不能利益諸衆生故若作是言犯重不名八重不犯者爲貪著小乘經律者若菩薩不讀不誦菩薩法藏一向讀誦聲聞經律得罪不犯者若不聞知有菩薩藏若菩薩不讀不誦如來正經讀誦世典文頌書疏者得罪不犯者若爲論義破於邪見若二分佛經一分外書何以故爲知外典是虛妄法佛法眞實故爲知世事故不爲世人所輕慢故若菩薩聞菩薩藏聲聞藏有不可思議事不信不受言非佛說若自謗若是他謗得罪若菩薩作是言我智力羸弱肉眼不淨不見如來甚深境界如來境界佛眼所見唯佛能知一切法界非我所及若能如是思惟觀者是名實行菩薩忍與不忍二俱不犯十三

若菩薩生瞋慢心自言持戒多聞智慧悉勝汝者得罪是罪因煩惱犯不犯者若爲破邪見爲破輕慢於佛法者若爲伏彼自大心故爲未信者生信心故已生信者得增長故若菩薩聞說法處乃至一由旬不往聽者得罪若輕說者不往得罪是罪因煩惱犯若懈怠不往者得失意罪不犯者若不覺不知不聞若病若病初差氣力未足若知說者顛倒不

正法處說者生羞愧心若說一法更無異義若修善法若化衆生若不解彼說若不能憶念若菩薩輕說法者不生恭敬不讚其德嗤笑所說辭義不正者得罪菩薩若受菩薩戒已衆生所作事務不與同者得罪所謂去來入出擁護財物和合鬭諍作諸善事戒施多聞不共同者得罪不犯者若病若不知作若自營大事若先許助他若自修善法若慮多人瞋若喜若癡若狂若知不同能調伏彼若僧制菩薩若輕說法之人罵辱打擲嗤笑所說但依文辭不依義者得罪是罪因煩惱犯菩薩若受菩薩戒已不能隨從衆生心者得罪所謂行住坐卧修諸善事菩薩若受菩薩戒已見病苦人不能贍養作給使者得罪不犯者若自病若無事力應廣勸化有事力者若彼病者多有宗親若自急修無上善法若先贍他病若根闇鈍如病貧窮困苦亦復如是菩薩若受菩薩戒已見惡衆生修行惡法不能教呵勸勉之者得失意罪不犯者若知是人有善知識能教呵責若知爲說不隨其語若倒解語若有害心菩薩若受菩薩戒已所畜之物與白衣同者得失意罪菩薩若受菩薩戒已不應以金銀盂器受取飲食所畜銅器不得同彼白衣木器角器悉不聽用用者得罪不犯者若失本器若行路請時若重病 十四

菩薩若受菩薩戒已受恩不念得罪是罪因煩惱犯菩薩若受菩薩戒已受他恩惠不能報者得罪報者應當持戒精進坐禪讀誦經典隨施主心所喜之事而以報之不犯者施

主不受菩薩若受菩薩戒已見有苦人若死失物王賊水火親屬離別應往其所說法慰喻隨其所須任力給施若不能者犯罪不犯者若不得自在若自重病若不受語若有疑難若王瞋彼人若僧制菩薩若受菩薩戒已若畜弟子不能從諸篤信檀越求索所須衣食卧具醫藥房舍隨時供給又不隨時說法教化者得罪不犯者若知弟子有大勢力聰明福德多諸檀越若是外道詐來盜法若知不能增長佛法菩薩若受菩薩戒已應常讚歎他人善事若隱他德者得罪是罪因煩惱犯不犯者若前人遮若辭鈍不知若重病若處他嫌若難了知如菴羅果等菩薩若受菩薩戒已所坐牀榻過八指者得罪不犯者若說法時若受篤信檀越請時若至外道祠中坐時菩薩若受菩薩戒已若弟子中應瞋不瞋應呵不呵應罰不罰應擯不擯得罪是罪因煩惱犯不應瞋而瞋不應呵而呵不應罰而罰不應擯而擯得罪不犯者若知弟子能燒塔寺作大惡事或殺師和尚若同師同和尚若父母若待時若定了知以是因緣破壞衆僧若知後時自生慚愧菩薩若受菩薩戒已獲大神足見可怖者而不怖之可生信者不令生信得罪不犯者若知一切信邪倒見不言佛法菩薩若受菩薩戒已當至心念不作犯想如其犯已尋應向人發露懺悔所謂大小乘人能善解義善宣說者是名菩薩一切戒從菩薩初地解六波羅蜜至一切戒一切悉是菩薩禁戒是名一切戒如來先於聲聞經中所未說者今於菩薩藏摩夷中說何

故名爲一切戒總說出家在家戒故是名一切戒難戒者有三種一者菩薩有大自在財富無量悉能捨離受菩薩戒是名難戒二者菩薩急難之時猶不令戒有微瑕拆況復毀破是名爲難戒三者菩薩雖隨衆生行住坐卧常堅持戒不令毀犯是名難戒一切自戒者有四種一者受二者性三者修四者方便受者謂三羯磨性者謂與性共俱菩薩摩訶薩性柔輭故身口意業常善修者於無量佛諸菩薩所修方便者如諸菩薩以四攝法攝取衆生教令修習身口意善是名一切自戒善人戒者有五種一者自持禁戒二者教他令持三者讚戒四者見樂持者歡喜讚歎五者有犯隨悔心無休息是名善人戒一切行戒者有十三種一者發願迴向涅槃二者廣大三者清淨四者歡喜五者不破六者不牽七者堅固八者瓔珞九者眞實十者義十一者信十二者寶十三者常如聲聞地聲聞禁戒一切善法悉是阿耨多羅三藐三菩提因是名一切行戒除戒者有八種菩薩常應作如是念如我不喜死一切衆生亦復如是是故不應殺害物命如我不喜劫盜貪婬惡口妄語兩舌無義語杖石打罵等一切衆生亦復如是是故不應劫盜貪婬惡口妄語兩舌無義語杖石打罵是名除戒菩薩乃至喪失身命終不毀壞如是八戒自利利他戒者菩薩於戒遮處則遮開處則開若遮處不遮開處不開者得罪菩薩知一切衆生可攝則攝可捨則捨身口淨戒常共檀波羅蜜行乃至共般若波羅蜜行如是淨戒自利利他是名

自利利他戒寂靜戒者從初受戒至心堅持爲四沙門果爲菩提果不爲身命是名寂靜戒菩薩坐時見王長者起者得罪若先跏趺見王長者跪者得罪若先衣不整見王長者檢容整服者得罪若王長者說惡語時隨意稱讚者得罪不疑之處强生疑者得罪應疑之處不生疑者得罪菩薩戒者初夜後夜不得眠卧善願善行善法具足堪任中用正命成就遠離斷常具行中道離五欲樂無上無勝遠離邪見不破不壞是名寂靜戒菩薩戒聚成就具足無量妙果以是戒聚因緣故具足尸波羅蜜受者雖未得阿耨多羅三藐三菩提已得具足五事功德一者常爲諸佛菩薩所念二者受常淨樂三者臨死無恨四者捨身得生諸佛世界五者莊嚴阿耨多羅三藐三菩提受持菩薩戒者不自爲身唯爲利他及莊嚴阿耨多羅三藐三菩提是菩薩戒悉是過去未來現在恒河沙等諸佛菩薩之所成就乃至十方諸佛菩薩亦復如是

菩薩善戒經卷第十

音釋

級　居立切階級也
緻織　緻直利切工致也織之翼切經緯相成曰織
瑕　胡加切釁也
拆　丑厄切開也

菩薩地持經

北涼天竺三藏法師曇無讖譯

清刻龍藏佛說法變相圖

菩薩地持經卷第一

北涼天竺三藏法師曇無讖譯

初方便處種性品第一

敬禮過去未來世　現在一切佛世尊

有十法具足菩薩道摩訶衍攝云何爲十一者持二者相三者翼四者淨心五者住六者生七者攝八者地九者行十者安立云何名持菩薩自種性初發心及一切菩提分法是名爲持何以故菩薩依種性必定堪任阿耨多羅三藐三菩提是故種性名必定持菩薩依初發心修行檀波羅蜜尸羅波羅蜜羼提波羅蜜毗梨耶波羅蜜禪波羅蜜般若波羅蜜修此六波羅蜜功德律儀智慧律儀菩提分法是故初發心名菩薩行方便持菩薩依行方便滿足阿耨多羅三藐三菩提是故行

方便名爲大菩提持非種性人無種性故雖復發心勤精進必不究竟阿耨多羅三藐三菩提是故當知雖不發心不修行方便猶得名爲種性持若有菩薩種性而不發心不修行方便不能疾成阿耨多羅三藐三菩提有菩薩種性發菩提心勤行精進則能疾成阿耨多羅三藐三菩提又種性名爲持名爲長養名爲因名爲依名爲梯名爲導名爲覆如種性發心行方便亦如是云何爲種性略說有二種一者性種性二者習種性是菩薩六入殊勝展轉相續無始法爾是名性種性若從先來修善所得是名習種性又種性名爲種子名爲界名爲性又不習者果細果遠習者果麤果近菩薩成就種性者出過一切聲聞辟支佛上何以故有二種淨一者煩惱障淨二者智障淨二乘種性煩惱障淨非智障淨菩薩種性具足二淨是故一切最勝最淨復有四事勝於一切聲聞緣覺一者根勝二者道勝三者巧便勝四者果勝菩薩性自利根緣覺中根聲聞輭根是名根勝聲聞緣覺但爲自度菩薩不爾自度度彼是名道勝聲聞緣覺唯能了知陰界諸入十二因起是處非處及四眞諦菩薩巧便悉能了知一切諸法是名巧便勝聲聞得聲聞菩提緣覺得緣覺菩提菩薩得阿耨多羅三藐三菩提是名果勝有六波羅蜜是菩薩種性相令諸衆生知是菩薩云何爲六謂檀波羅蜜乃至般若波羅蜜檀波羅蜜菩薩種性相者是菩薩性自樂施於彼受者以所施物等施不倦於諸財物若多若少等心惠施歡喜無悔若無所

施心常慙愧常爲他人歎施功德勸令行施見行施者心常隨喜於諸尊重耆宿福田應供養者捨所坐處恭敬奉施若有人問今世後世如法事者悉皆爲說若有王賊水火惡知識怖隨力所能施以無畏受他寄物未曾差違若負人債終不抵捍兄弟分財平等無二於諸珍寶深愛著者教令捨離尚教他離況自貪著性於好財能捨受用樂修勝業報利弘多於諸酒色歌舞倡妓種種變現一切戲事常生慙愧能速遠離得大財寶猶不貪著何況小利如是等比是名檀波羅蜜菩薩種性相尸羅波羅蜜菩薩種性相者是菩薩身口意業性自柔輭不增惡行不樂殺生設作惡業心生慙愧能疾悔除不令增長不以刀杖恐怖衆生體性仁賢常懷慈愛恭敬尊長奉迎供養善知機宜所作巧便善隨人心言常含笑舒顏平視先意問訊知恩報恩所求正直不僞不曲受如法財不爲非法性常喜樂修諸福德見人修福尚以身助況復自爲若有衆生更相殘害打縛割截毀呰訶責有如是等無量衆苦若見若聞心常憐愍重今世善及後世樂於輕罪中心常恐怖況餘重惡而不畏愼若見他人農商放牧書數筭計和合諍訟求財守護出息施與婚姻吉會如是一切如法事中悉與同事鬪亂諍訟互相恐怖若自若他無義無益如是一切不與同事善能遮制十不善道若爲他使隨順其教已所宜行諮訪明哲於諸事業廢我成彼常懷悲惻不與怨害設令暫起尋即除滅恒修實語不誑衆生不離他親及無義語言常

柔輭無有麤惡於已僮僕尚不麤言況於他人於諸功德心常愛樂見人行者隨喜讚善如是等比是名尸羅波羅蜜菩薩種性相羼提波羅蜜菩薩種性相者是菩薩性自柔和若遇他人不饒益事不起恚害無反報心若他悔謝即受其懺不懷結恨無復餘想如是等比是名羼提波羅蜜菩薩種性相毗梨耶波羅蜜菩薩種性相者是菩薩性自精進晨起夜寐不樂習著睡眠偃卧凡所作事精勤不捨能善思惟要令究竟創始造業必定堅固事若未成終不中廢於第一義心不退没不自輕言不能成辦於所作事堪能勇猛入諸大衆摧伏邪論善能訓答一切難問諸大苦事悉能堪忍大方便力終不憂悔何況小惱如是等比是名毗梨耶波羅蜜菩薩種性相禪波羅蜜菩薩種性相者是菩薩於法於義性善思量無諸亂想若見若聞山巖林藪離諸憒亂隨順寂默即生念言是處安樂是處遠離尋往其處勤加修學是菩薩性薄煩惱陰蓋輕微至遠離處思量已利不爲惡覺之所惱亂或時暫起尋即除滅於怨憎所常起慈心況復餘人若見若聞衆生受苦即起悲心隨力方便度令離苦性樂饒益安樂衆生若有親屬錢財殺縛驅擯如是等難悉能安忍能速受持諸法深義念力成就所受專諦久遠所修悉能憶持亦令他人憶念不忘如是等比是名禪波羅蜜菩薩種性相般若波羅蜜菩薩種性相者是菩薩於一切明處一切智處生慧成就不頑鈍不薄少不愚癡諸放逸處悉能思量是名般若波羅蜜菩薩

種性相是菩薩種性麤相我已略說諸餘實義唯佛世尊能決定知種性菩薩具足如是性功德者成就眞實白淨之法是故名爲難得名爲奇特名爲不可思議名爲不動名爲無上名爲如來住處正因相應種性菩薩成就白淨法者不爲四種煩惱之所染汙若染汙者白淨之法不現在前或生惡道種性菩薩久處生死或墮惡道墮惡道者疾得解脫雖處惡道不受大苦如餘衆生入地獄者若苦觸身即能猒離見他受苦能起悲心如是種性爲大悲因是故菩薩雖墮惡道勝餘一切惡道衆生云何四種煩惱一者久習放逸煩惱數利二者愚癡習惡知識三者尊主王賊怨敵所迫不得自在其心迷亂四者衆具不足常憂身命種性菩薩復有四法不得阿耨多羅三藐三菩提云何爲四一者本無善友諸佛菩薩善說法者二者雖值善友佛及菩薩善說法者而謬受學三者雖值善友佛及菩薩善說法者不謬受學而不勤方便不熾然精進四者雖值善友佛及菩薩善說法者勤修方便而善根未熟莊嚴未備久遠已來心不調伏菩薩雖有菩薩種性因緣不具不能得成無上菩提離是四法疾得阿耨多羅三藐三菩提若無菩薩種性雖有一切諸方便行終不得成無上菩提

方便處發菩提心品第二

菩薩初發心是一切正願始悉能攝受一切正願是故初正願名自性願菩薩發心而作是言我當求無上菩提安立一切衆生令究竟無餘涅槃及如來大智如是發心求菩提

道是故初發心名爲求行菩薩緣於菩提及緣衆生而發心求是故初發心名爲攝受一切菩提善根爲無上道爲極巧便爲功德具足爲極賢善爲極眞實於一切衆生悉捨惡行於世間出世間正願爲上無上如是當知初發心有五相一者自性二者行三者緣四者德五者勝初發心菩薩名爲度大乘菩提諸菩薩數是故初發心度之所攝發是心已漸得阿耨多羅三藐三菩提是故初發心是菩提根本發是心已見諸衆生受無量苦而起悲心欲度脫之是故初發心是大悲所依依初發心建立菩薩菩提分法及衆生所作菩薩所學悉能修習是故初發心是菩薩學之所依如是初發心名爲攝名爲根本名爲依初發心菩薩有二種一者出二者不出出者從初發心乃至究竟終不退轉不出者則有退轉退有二種一者究竟退二者不究竟退究竟退者退已終不復起菩提之願不究竟退者退已還起菩薩初發心有四種緣四種因四種力云何四緣一者善男子善女人若見若聞諸佛菩薩有不可思議神通變化彼見聞已即發是念是爲大事不可思議能爲如是諸變化事以此見聞爲增上緣故樂佛大智發菩提心二者雖不見聞如上神變聞說法者讚歎菩提及菩薩藏聞則欣慶歡喜信樂以此聞法爲增上緣故樂佛大智發菩提心三者雖不聞法見法滅相而作是念無量衆生當遭大苦菩薩住世則能除滅我今當修菩薩之道護持正法爲諸衆生滅無量苦以護法爲增上緣故樂佛大智發菩提

心四者不見法滅見惡世衆生爲十煩惱之所惱亂一者愚癡二者無慚愧三者慳嫉四者苦惱五者穢汙六者煩惱七者惡行八者放逸九者懈怠十者不信見已作是念大濁世起於此惡世尚不能發二乘之願況能志求無上菩提我當發心亦令他發以濁世中發心難得爲增上緣故樂佛大智發菩提心云何四因一者種性具足二者諸佛菩薩善友所攝三者起大悲心四者生死苦難行苦如是久遠無量諸苦於此衆苦心不怖畏種性具足者所謂無始法爾善友所攝者有四事一者善友不愚不鈍黠慧不邪二者不教人放逸亦不以放逸具授與他人三者不教人惡行亦不以惡行具授與他人四者終不斷人上信上欲上受上精進上方便上功德令其退下不以下信下欲下受下精進下方便下功德授與他人所謂斷無上大乘令學二乘斷脩慧與思慧斷思慧與聞慧斷聞慧與福業斷戒與施如是等斷上功德令其退下以下功德授令修習起大悲心者有四事或有世界有苦惱處或有世界無有苦惱菩薩生於有苦惱處見他受苦或自受苦或見俱受或見生死長久受無間苦菩薩依自種性性自仁賢於四境界起下中上悲於無窮生死無間大苦心不怖畏者有四事一者性安隱勇猛二者黠慧專修思惟三者於無上菩提起增上樂四者於諸衆生發增上悲云何四力一者自力二者他力三者因力四者方便力菩薩自力發菩提心是名自力因他發心是名他力先習大乘相應善根今少見

佛及諸菩薩或少聞歎說則便發心是名因力於現世中近善知識聞其說法能修衆善是名方便力菩薩以四緣四因自力因力發菩提心者堅固不動決定究竟他力方便力而發心者不堅固動轉不定菩薩有四事退菩提心云何爲四一者種性不具足二者惡知識所攝三者於諸衆生悲心微薄四者於生死苦生恐怖心初發心堅固有二事出過世間殊勝奇特未曾有法一者於諸衆生起親屬想二者無攝親屬之過攝親屬過者受親屬故心生愛恚初發心堅固有二事於諸衆生起眞淨心一者安隱心二者快樂心安隱心者爲諸衆生除不善法安置善處快樂心者貧乏衆生無所依怙能以攝法等心饒益初發心堅固有二方便一者淨心方便二者道方便淨心方便者彼安隱心快樂心日日增長道方便者自於日夜成熟佛法隨其力能淨心方便安樂饒益一切衆生初發心堅固有二門善法所入一者自利方便發菩提心二者他利方便滅除衆苦初發心堅固有二事發心成道所攝善法出勝一切所攝衆善一者因勝二者果勝彼菩提因所修善法是名因勝無上菩提是名果勝勝於一切聲聞緣覺是故菩薩因果殊勝初發心堅固有二種利益一者發是心已即爲一切無量衆生而作淨施尊重福田二者攝取淳淨福德成就淨福者二轉輪王福德所護若卧若覺不爲惡獸惡鬼神等之所惱害在所生處少病無病若說法時身不疲倦心不忘失微薄種性菩薩身口意惡性自薄少既發心已

倍復輕微若他所用無驗呪術菩薩用之悉皆神驗已能成就隨順上忍能忍他惱亦不惱他見人相惱心生憐愍瞋嫉隱覆幻僞諂曲諸上煩惱皆悉微薄設起速滅在所住處無諸恐怖鬭諍饑饉非人所惱如是諸難未起不起設起速滅發心菩薩或生惡道速得解脫受苦微少疾生猒離於餘衆生能起悲心淳淨福德之所護故成就如是等無量淨福

方便處自他利品第三

云何菩薩行略說諸菩薩所學處如學行而學總說是菩薩行菩薩於何處學學有七處云何爲七一者自利二者他利三者眞實義四者力五者成熟衆生六者自熟佛法七者無上菩提云何自利他利自利他利略說十種一者純二者共三者安四者樂五者因攝六者果攝七者此世八者他世九者畢竟十者不畢竟純共自他利者純有二種一者純自二者純他違菩薩道者應知應斷順菩薩道者應當修學爲已樂故求索財物爲祕法故求佛經法守護執持爲生天故受持禁戒精進禪定智慧等法爲世間貪果故供養佛塔爲貪利故作求利相爲欺彼故無緣自說種種功德貪他親附非法攝受自住禪樂捨爲衆生是名純自利應知應斷布施忍辱悲心爲首迴向菩提及欲生天是名爲自利共他應當修學除如是所說餘純自利相違者是名自利共他純他利者無因無果邪見布施犯戒違道爲他說法自度下地而以下地淨法授與他人菩薩捨禪願生欲界自在菩

薩十方世界種種變現教化衆生如來畢竟力無所畏不共之法利益一切無量衆生是名純他利上所説二種純他利應知應斷餘純他利應當修學除如是所説餘純他利相違者是名他利共自安自他利者略説五種一者無罪相二者攝受相三者此世四者他世五者寂滅菩薩所攝善根若多若少修習成就亦以此善成就衆生調伏建立是名無罪相安自他利菩薩以離染汙樂衆具樂住禪樂饒益自他是名攝受相安自他利菩薩有此世安非他世有他世非此世有此世他世有非此世非他世此四種受四種法次第隨其所應云何爲四有法現世受樂他世受苦有法現世受苦他世受樂有法現世受樂他世受樂有法現世受苦他世受苦是名此世他世安自他利涅槃及涅槃道涅槃分世間法出世間法是名寂滅安自他利樂自他利者略説五種一者因樂二者受樂三者苦對治樂四者斷受樂五者無罪樂因樂有二種一者情塵觸因緣故樂受生二者今世後世愛果業是名因樂衆苦息已顧念思惟及三種因樂起身心受是名受樂受樂有二種有漏及無漏無漏者學無學有漏者三界繫欲界色界無色界彼一切三界隨其所應六入分别眼觸因緣乃至意觸因緣生五識相應名爲身受意識相應名爲心受寒暑飢渴種種苦惱已起未起對治令息息已樂知生是名苦對治樂滅受想定是名斷受樂無罪樂者有四種一者出家樂二者遠離樂三者寂滅樂四者菩提樂信家非家出家學道解

脱種種在家之難是名出家樂斷欲惡不善法得初禪離生喜樂是名遠離樂二禪爲首覺觀止息是名寂滅樂一切煩惱究竟滅於一切法如實覺知樂是名菩提樂因樂者是樂因非自性受樂者非樂因是自性苦對治樂者非樂因非自性而是息苦除苦斷受樂者非樂因非自性非除苦而所有受是眞實苦隨住定時是受滅無罪樂所攝最後菩提樂未來現在一切煩惱究竟滅諸餘無罪樂於彼隨順是名無罪樂是菩薩以安隱樂饒益衆生非安隱樂如實知之隨力方便教令除斷若苦而後安者彼雖憂惱要當饒益是則菩薩依巧方便若樂而後不安者彼雖憂苦不欲去之以巧方便要爲除斷何以故以後必得樂故是菩薩欲衆生安者欲令得樂與其安者亦欲與樂安者謂因處樂者謂果處是故當知樂衆生者必先安之彼愛果業今世後世因樂所攝及苦對治樂斷受樂無罪樂決定以此饒益衆生亦名爲攝亦名無罪受樂及情塵觸因樂是染汙有罪不安隱者不以饒益教令除斷若非染汙無罪安隱者以此饒益一切衆生菩薩亦常隨力自行是名菩薩安樂自他利因攝果攝自他利者略說三種因三種果報因報果福因福果智因智果云何爲報報有八種一者壽具足二者色具足三者種姓具足四者自在具足五者信言具足六者大力具足七者人具足八者力具足彼長壽久住是名壽具足顔容端正是名色具足生於上族是名種姓具足得大財大衆大眷屬是名自在具足斷決事訟

制作法度受與寄付悉從取正凡所出言人所信服是名信言具足有大名稱大方便大智慧種種術藝爲人所重大衆恭敬尊重讚歎是名大力具足成就丈夫法是名人具足少病少惱有所堪能是名力具足云何報因不殺衆生無傷害心是名壽因施燈明淨物是名色因捨離憍慢是名種姓因衆具惠施是名自在因離口四過是名信言因攝諸功德立大誓願供養三寶及諸尊長是名大力因樂丈夫法猒女人法説丈夫法饒益他人教令猒離女人之法是名人因衆生所作如法事中隨其所能悉往營助是名力因如是八種是名報因略説報因有三種勝令報增上一者心淨二者方便淨三者福田淨淨心悕望無上菩提迴向善根漸漸增長信樂修行勝妙淳善見人行者心生隨喜日夜念念隨順正法隨覺隨觀是名心淨長夜修習精勤無間復以此法轉授他人見有授者隨喜讚善見彼受行隨順訓導亦以此法而自建立是名方便淨略説方便正起方便果是名福田淨云何報果菩薩壽具足故久修善法令諸衆生成就善根是名壽具足果菩薩色具足故大衆愛樂衆愛樂故悉共宗敬樂聽所説是名色具足果菩薩種姓具足故衆所敬重供養讚歎言必受行無所違犯是名種姓具足果菩薩自在具足故布施普攝成就衆生是名自在具足果菩薩信言具足故常以愛語利益同事攝取衆生化令成就是名信言具足果菩薩大力具足故衆生所作悉能營助衆生知恩咸來歸仰凡出言教即皆

承用是名大力具足果菩薩人具足故男相成就堪爲一切功德法器於一切方便一切知見得無所畏於一切時自在遊處一切衆生往來同事人間曠野隨意無礙是名人具足果菩薩力具足故精勤方便堅固方便速疾方便修善無猒攝人不倦是名力具足果菩薩以此八種報果饒益衆生自熟佛法隨順功德菩薩住是報果令諸衆生作所應作衆生隨教各修所願若菩薩雖自有力而彼不從不名利他若自無力而受化者順亦不名利他若自有力受化者順是二具足則能兼利菩薩二法具足能自行佛法以三乘法成就衆生能自究竟無上菩提衆生熟者令得解脱是故菩薩住八種報果乃能安樂一切衆生一切衆生無際生死從本巳來空無義利悉令不空獲大果實云何爲福云何爲智檀波羅蜜尸羅波羅蜜羼提波羅蜜是名爲福般若波羅蜜是名爲智禪波羅蜜毗梨耶波羅蜜各有二分一者福分二者智分依禪故修四無量等是名福分依禪故修陰界入巧便處非處巧便觀苦集滅道善不善法有罪無罪法下法上法垢法淨法及諸緣起皆能如實分別觀察是名智分依精進故修行施戒四無量等是名福分依精進故修聞思修慧陰巧便等如上說是名智分如是福智略說六種廣說則無量云何福因智因福因智因略說三種一者得長養福智方便處欲二者隨順近緣三者本習福智近緣者不住顚倒緣住不顚倒緣習近惡知識倒說福智倒念倒受是名住顚倒緣與此相違淨分

是名住不顛倒緣長養福智方便處障不起是名爲近此三因不具者福智不生云何福果智果菩薩依福故爲諸衆生於無窮生死備經衆苦隨其所欲攝取衆生菩薩依智故攝受正福種種巧便爲諸衆生乃至無上菩提如是略說福智有四種果廣說則無量若報若報因若報果一切依福起福依智起此二具足最勝最上得無上菩提若福智不具終不能得是名因攝果攝自他利云何此世他世自他利現修福業獲如法財宿善因緣令受果報善能轉禪住此世樂依於此世爲利衆生依於諸禪現法涅槃如實世間出世間向現法涅槃有爲法是名此世自利即以此法教化衆生是名此世他利他世欲界身財乃至禪無色生此世憂苦思惟修習彼因是名他世自他利此世喜樂思惟修身財因乃至此世退分禪無色正受是名此世他世自他利云何畢竟不畢竟自他利欲界身有因有果凡夫世俗淨有因有果是名不畢竟自他利一切煩惱畢竟滅八正道及依此生世俗善法是名畢竟自他利畢竟不畢竟有三種一者自性二者退三者受用果盡自性者涅槃畢竟一切有爲法不畢竟八正道不退受用果不盡畢竟餘善有漏法退受用果盡不畢竟是名十種自他利如具略說廣說菩薩應當隨力修學過去已學未來當學一切十種自他利是名畢竟不畢竟自他利

菩薩地持經卷第一

音釋

摩訶衍（梵語也此云大乘衍以淺切）羼提（梵語也此云安忍羼楚限切）梯（天黎切木階也）輭（乳兖切柔也）捍（侯肝切抵也）呰（蔣氏切口毁也）諮（津夷切訪問也）藪（蘇后切）憒（古對切亂也）擯（必刃切斥也）黖（胡八切慧也）饑饉（饑居夷切穀不熟曰饑饉渠吝切菜不熟曰饉）

菩薩地持經卷第二

北涼天竺三藏法師曇無讖譯

方便處眞實義品第四

云何眞實義略說二種一者實法性二者一切事法性此二法性以種分別復有四種一者世間所知二者學所知三者煩惱障淨智所行處法四者智障淨智所行處法云何世間所知眞實義耶世間衆事隨順俗數知見悉同謂地即是地非水非餘水火風色聲香味觸乃至苦樂略說此法即此法非彼法如是一切決定意解所行處事世間本來自憶想知不從修習是名世間所知眞實義也云何學所知眞實義耶如世智人依現智比智及從他聞思量修學彼決定智所行處事結集建立是名學所知眞實義也云何煩惱障淨智所行處法眞實義耶一切聲聞緣覺無漏智若無漏方便若隨生世智修行境界於彼智緣中煩惱障淨未來世障畢竟不起是名煩惱障淨智所行處法眞實義也所謂四聖諦苦集滅道聲聞緣覺修習知見觀此四諦入無間等慧及無間等所起智慧見陰離陰我不可得諸行緣起生滅和合陰與離陰無我人性修習知見云何智障淨智所行處法眞實義耶智所智礙是名爲障彼智障解脫智修行境界是名智障淨智所行處法眞實義也所謂諸佛菩薩入無我法入已清淨於一切法離言說自性假名自性離諸妄想平等大智修行境界第一如實無上無邊一切法擇永滅不起又眞實相建立二種一者有性二者無性有性者建立施設假名自性

久遠已來世間計著一切憶想虛妄根本所謂是色是受想行識眼耳鼻舌身意地水火風色聲香味觸法乃至涅槃如是世間假名有自性法是名爲有無性者色假名乃至涅槃假名無事無依假名所依一切悉無是名爲無如上所說有無是二俱離法相所攝二法無有二無二者是名中道離於二邊是名無上如是眞實是佛世尊淨智境界是諸菩薩所應修學若修學者名爲大智方便菩薩當得阿耨多羅三藐三菩提何以故菩薩與空解脫相應在於生死如實知生死不於生死無常等行而生厭離能成就佛法利益衆生若不如實知生死者不能捨離貪恚癡等一切煩惱若不捨離則以染汙受諸生死以染汙心受生死者不能成就佛法利益衆生若於生死無常等行生厭離者是菩薩疾得涅槃疾得涅槃者亦不能成就佛法利益衆生云何能得阿耨多羅三藐三菩提空解脫相應菩薩則不畏涅槃亦不求涅槃若菩薩畏涅槃者不能滿足涅槃之道以畏涅槃故不見涅槃功德利益見涅槃功德利益清淨信樂皆悉遠離若求涅槃多修習者則疾得涅槃疾得涅槃者亦不能成就佛法利益衆生若於生死不如實知者則長受生死若厭生死無常等行者則疾得涅槃若畏涅槃者則不能滿足涅槃之道若求涅槃多修習者則疾得涅槃當知是菩薩於阿耨多羅三藐三菩提無大方便若於生死得如實知者則於生死心不染著若於生死無常等行不厭離者則不疾涅槃若不疾涅槃者則能滿足

涅槃之道深見涅槃功德利益若不勤求疾涅槃者當知是菩薩於阿耨多羅三藐三菩提有大方便是大方便依第一空解脱是故名爲修第一空解脱菩薩最大方便謂向如來無上大智故復次菩薩從久遠來入無我法智於一切法離言説自性如實知已無有一法可起妄想隨事取隨如取不如是念是事是如但行其義行第一義已一切法如無等等如實知見一切平等觀平等心得第一捨依第一捨已一切經論一切巧便悉善通達一切苦難終不退轉其心堅固身無疲極所爲巧便得大念力於諸巧便亦不自高法化衆生無所祕惜於諸巧便心不怯弱有所堪能終不退滅能被具足大堅固鎧如是如是生死苦增如如是如是堪能增長無上菩提如是如是功德轉增如是如是憍慢漸減如是如是智慧轉明如是如是彼彼諍訟犯戒煩惱皆悉了知知已放捨如是如是功德增長如是如是逾更覆藏不令他知求於利養菩薩如是等無量福利順菩提道悉依彼智是故菩薩已得菩提令得當得悉依彼智非餘離虚妄菩薩有如是等無量福利能自成就無上佛法以三乘法利益衆生是名正趣正趣已自於身財遠離貪愛離貪愛已復教衆生令離貪愛捨於身財等心衆生給施所須善攝諸根學身口律儀性不樂惡仁賢眞實忍他侵逼及諸惡行修學忍已瞋恨轉薄不惱逼他一切明處精勤修學善爲衆生決諸疑難攝取饒益亦自攝受一切智因内攝其心安住正受淨四梵處遊五神通一切事

業悉方便學一切巧便若與若廢終不疲猒能善觀察第一眞實能善修學第一大乘終不願求現世涅槃如是平等究竟具足於諸大德奉事供養於惡衆生興大悲心隨力所能爲除惡行於巳嫌恨不饒益者爲起慈心隨力堪任不諂不僞安樂饒益令彼結恨過惡自滅饒益巳者以等以增知恩報恩如法所求皆令滿足若自無力彼雖不求要作方便心不休息令彼知我無所遺惜是名菩薩遠離虛妄依第一實智平等方便云何知一切法離於言說此施設假名自性所謂色受想行識乃至涅槃當知假名無有自性亦不離彼有言說行處言說境界如是無有自性如言語所說亦不一切都無所有如是無所有亦非一切都無所有彼云何有有實謗實此二俱離如是有是名第一義自性離一切妄想智慧行處若一切法隨說有事轉者應有自性若爾者一法一事應有衆多自性何以故一法一事有衆多名字施設故亦非多名有決定性亦非一名有自性餘名無自性是故施設假名多名一名悉無自性復次色乃至涅槃法若隨名字有自性者要先有法而後隨意制名未有名時彼法應無自性若無自性無事制名是義不然無名有法是亦不然若色本來自性是色然後以名字言說攝取是色者應離名有色施設衆生應自知是色不待名知而衆生無名則不知色以是故知一切諸法離言說自性如色乃至涅槃亦復如是復次有二種人壞佛正法一者於色等諸法色等諸事施設假名說自性自相

於不實法妄想計著二者施設假名處假名所依離言說自性相第一實義誹謗毀滅一切都無所有如上說建立不實法妄想過惡者謂於色等諸法色等諸事非實計實以是過故破壞正法又色等諸法色等諸事因緣分齊誹謗毀滅都無所有破壞正法今當說色等諸法色等諸事誹謗說言無有眞實亦無假名二俱不然如士夫等陰說名爲人是則應爾無事說人是不應爾如無事說人如非無事說人如是因緣分齊色等諸法建立假名非是無事而立假名是則應爾若但假名而無事者則無依處亦無假名是不應爾是人聞大乘修多羅甚深空相應義於如實說不如實解作不正思惟虛妄分別以無方便慧作如是說一切皆是假名無有眞實作如是觀是爲正觀是等於假名所依悉無所有假名亦無假名旣無假名眞實亦無所有眞實假名是二俱謗者是名都無所有如是說無者智慧梵行人不應共語不應共住是爲自壞亦壞世間是故世尊爲是事說寧起身見不惡取空何以故起身見者於所知戒不謗一切所知不因此見墮於惡趣不壞他信樂離苦解脫不作留難亦能建立眞諦正法不於戒律而生懈慢惡取空者於所知戒又復誹謗一切所知以是因緣墮於惡道亦壞他信樂離苦解脫亦作留難於戒慢緩謗實法故破壞佛法云何爲惡取空若沙門婆羅門謂此彼皆空是名惡取空何以故若言此空無彼性此空有此性是義應爾若一切皆無何處何法空亦不應言此即此空何等

爲善取空若言此法無彼法故名爲空此法不空是名如實不顚倒空謂色等假名法無有自性而色等法有餘謂色等假名事因緣分齊俱如實知謂事分齊有事分齊假名分齊不立非實不誹謗實不增不減不舉不下如實如如離言說自性如實知是名善取空正智所知我以具足思量結集說一切法離言說自性從佛所聞一切法離言說自性今當說如佛世尊趣有契經說偈顯示

如以種種名　用說種種法　此亦無有彼是法法如是

此偈顯示施設假名名色等諸法以色等名空說色乃至涅槃流通言教色等假名無色等自性色等法亦無餘自性此色等假名諸法離言說義無所有是名第一義自性法又世尊義品說

世間集言說　牟尼悉不著　不著孰能著不起見聞著

此偈顯示以色等假名施設色等事是名世間集言說此假名彼事無彼自性何以故建立及謗無有此見故無彼顚倒見是名見不著如是不著誰能起見著於色等事若建立若誹謗不起著正觀境界是名爲見聽所知言說是名爲聞是故見聞不起染著於彼緣中一切捨離是名不起見聞著復次佛爲詵大迦旃延比丘說比丘不依地修禪不依水火風不依空識無所有非想非非想非此世非他世非日月非見聞覺知非求非得非覺非觀不依此等而修禪定云何不依地乃至不依覺觀而修禪定迦旃延若地地想除乃

至覺觀覺觀覺觀想除比丘如是修禪是名不依
地修禪乃至不依覺觀修禪比丘如是修禪
者釋天大力天梵天悉來禮敬說偈讚歎
南無最勝士　南無士之上　今我不知汝
何所依而禪
此偈顯示地等假名衆事於彼地等施設假
名是名地想又此地等想於假名事若建立
自性若一切毀滅壞第一義攝受誹謗是名
爲想若除彼想是名爲斷是名爲捨當知是
名從諸如來第一義師聞一切諸法離言說
自性如是一切法離言說自性者一切言說
爲何所應若無言語不能爲人說離言說法
既無說亦無聞無說無聞彼一切法離言說
自性無能知者是故應有言說令彼聞知如
是眞實凡愚不知以是因緣起八種妄想而
生三事一切衆生器世間增一者自性妄想
二者差別妄想三者攝受積聚妄想四者我
妄想五者我所妄想六者念妄想七者不念
妄想八者俱相違妄想是名八種妄想云何
所生三事一者自性妄想差別妄想攝受積
聚妄想此三妄想是妄想虛僞處虛僞攀緣
事由此而生於色等假名若彼於色以名想
言說攝受增長無量虛僞常行不息二者我
我所妄想此二妄想是身見身見爲一切見
根本及慢根本我慢能生一切諸慢三者念
妄想不念妄想俱相違妄想隨其所應生貪
恚癡是名八種妄想生三種事所謂妄想處
攀緣事一切見一切慢事貪恚癡事依妄想
虛僞生身見我慢依身見我慢生貪恚癡此
三種事一切世間積聚分一切熾然云何自

性妄想於色等假名事妄想言是色是名自性妄想云何差別妄想於色等假名事言此是色此非色此可見此不可見此有對此無對此有漏此無漏此有爲此無爲如是等無量分別於自性妄想處作差別妄想是名差別妄想云何攝受積聚妄想於色等假名事我人壽命衆生於彼俗數妄想於色等饒益積聚多法攝受積聚因起舍宅軍衆叢林飲食衣服車乘於彼俗數妄想饒益是名攝受積聚妄想云何我我所妄想若彼諸法是有漏受陰久遠積習我我所著是故無攝受處習自見事以是因緣起不如實妄想是名我我所妄想云何念妄想於彼淨妙及所喜事緣妄想云何不念妄想於不淨妙及所不喜事緣妄想云何念不念俱相違緣妄想於彼淨不淨所喜所不喜俱離事緣妄想彼略說有二種謂妄想及妄想依妄想緣事此二種俱從本來展轉相因過去妄想生現在妄想緣事現在妄想緣事生現在緣事妄想不知現在妄想故復生未來妄想緣事緣事生已必復生彼緣事妄想云何知妄想有四種求四種如實知云何四種求一者名求二者事求三者自性施設求四者差別施設求菩薩於名名分齊觀是名名求於事事分齊觀是名事求於自性施設自性施設分齊觀是名自性施設求於差別施設差別施設分齊觀是名差別施設求彼名與事若離相觀若合相觀名事合依自性施設差別施設觀云何四種如實知隨名求如實知隨事求如實知隨自性施設求如實知隨差別施設求如實

知云何隨名求如實知菩薩於名名分齊求如是名如實知此名爲此事立爲想爲見爲流布於色等假名事不立色等名者無有能知色等事若不知者無思量事會無思量事會者則無言說如是如實知者是名隨名求如實知云何隨事求如實知菩薩於事事分齊求觀色等假名事一切言說事離言說是名隨事求如實知云何隨自性施設求如實知菩薩於色等假名事自性施設自性施設分齊求彼自性施設此自性事觀自性相如實知如化如影如響如焰如水中月如夢如幻觀自性相無有眞實是名甚深義處隨自性施設求如實知云何隨差別施設求如實知菩薩於差別施設差別施設分齊求是色等假名事差別施設不二觀彼事非有性非無性言說自性不可得亦非無性離言說自性而建立性非有色第一義諦故亦非無色世諦有色故如有性無性色非色如是可見不可見一切法差別施設皆如實知此差別施設不二義如實知是名隨差別施設求如實知若彼八種妄想愚癡凡夫生三種事增長世間彼四種如實知不具足者彼邪妄想煩惱起煩惱起故受生死受生死故隨生死生老病死等衆苦增長若菩薩依四種如實知現世知八種妄想現世知已未來依處緣中虛僞事則不復起彼事不起者彼未來緣中妄想不生如是彼事彼妄想滅已一切虛僞亦滅虛僞滅菩薩疾得大乘大般涅槃現世能得奇特大士行處淨智成就一切大自在力所謂種種化化神力種種變變神力一

切智知無所罣礙隨其所欲存亡自在得如是等無量自在名一切衆生最勝無上如是一切自在菩薩成就五種上妙功德一者得第一淨心寂滅正受而不寂滅一切煩惱二者一切明處清淨知見增長無減三者爲衆生故處在生死而不疲猒四者善入如來言説旨趣五者善解大乘不從他受如是五種功德爲五種業一者現世第一樂住閑覺方便生身心方便疲勞悉滅是心寂滅功德之業二者成熟一切佛法是一切明處清淨知見功德之業三者成就衆生是處生死而不疲猒功德之業四者教化衆生起未起疑能爲開解護持正法令得久住有相似法能滅正法者善知善説能令除滅是善入如來言説旨趣功德之業五者降伏一切外道異論堅固精進正願不滅是善解大乘不從他受功德之業如是菩薩一切所作皆是五功德業之所攝所謂不染汙第一樂住成熟佛法成就衆生護持正法降伏異論堅固精進正願不滅彼四種眞實義第一第二是下第三是中第四是上

方便處力品第五

云何爲力略説有三種一者諸佛菩薩得自在三昧依自在三昧隨其所欲一切堪能是名聖力二者法有大果有大利益是名法力三者諸佛菩薩先大福德方便成熟諸佛菩薩有俱生奇特未曾有法是名俱生力此三種力以種分別復有五種一者神通力二者法力三者俱生力四者共聲聞緣覺力五者不共力神通者所謂六通一者神足二者天

耳三者他心智四者宿命智五者生死智六者漏盡智是名神通力法力者所謂六波羅蜜檀波羅蜜尸羅波羅蜜羼提波羅蜜毗梨耶波羅蜜禪波羅蜜般若波羅蜜是諸法有所堪能故名法力云何神足略說有二種一者變二者化若以種分別則有無量云何變神足以種分別所謂震動熾然充滿示現轉作異分去來大小色像入身所往相似隱顯自在障他神通與辯與念與樂放大光明如是等比名變神足震動者謂佛菩薩得自在三昧能有所作震動寺舍城郭宮殿聚落田宅地獄畜生餓鬼人天及四天下千世界二千世界三千世界百三千世界千三千世界萬三千世界乃至無數三千大千世界皆悉震動熾然者身上出火身下出水身上出水身下出火入火三昧舉身洞然現種種色青黃赤白紅紫玻瓈充滿者身放光明充滿一舍乃至充滿無量無數三千大千世界示現者謂安坐來去現爲沙門衆婆羅門衆聲聞衆緣覺衆菩薩衆天龍夜叉揵闥婆阿脩羅迦樓羅緊那羅摩睺羅伽人非人等衆諸佛菩薩下至惡道上至人天皆悉示現乃至十方恒河沙刹亦復如是過無量恒河沙刹有佛名刹名悉能示現亦說彼佛及國土名號復過是數隨其所欲悉能示現轉作異分者變地爲水即是眞水如實非餘變作火風亦復如是如地如是水火風色香味觸亦復如是草木泥土變爲飲食衣服瓔珞香華塗香諸莊嚴具沙礫瓦石變爲衆寶雪山王等一切諸山變爲金色一切即是如實非餘好色

衆生變爲惡色惡色衆生變爲好色或好惡色變爲中色或中間色變爲好惡如好惡色肢節具足若不具足若肥若瘦如是等比所有自相能變其色自在無礙非一切變隨其所欲來去者石壁無礙上至梵世乃至色究竟天若來若去悉得自在周遍十方無量無邊三千大千世界若化身麤麤四大身若來若去亦復如是若遠近想即時往反大小者能令雪山如一微塵令一微塵如雪山王色像入身者諸沙門婆羅門一切大衆若村若城草木叢林及諸山地一切色像悉納身中時諸大衆各各自見入菩薩身所往相似者若至刹利衆如彼色像身量修短音聲語言悉與彼同彼之所説與彼同説彼所不能爲其開演廣説正法令歡喜已即於前没不令彼知誰出誰没爲天爲人如刹利如婆羅門居士沙門衆四王天三十三天夜摩天兜率陀天化樂天他化自在天梵身天梵衆天大梵天少光天無量光天光音天少淨天無量淨天遍淨天無障天福生天廣果天無煩天無熱天善見天善現天色究竟天亦復如是隱顯者於大衆前作百作千或復過是乃至無量然後還没没已復現自在者菩薩能令衆生若來若去若住若語障他神通者如來神力悉能障蔽諸餘神力亦能令現究竟菩薩一生補處除如來及等行菩薩悉能障蔽其餘菩薩除上及等亦悉能障與辯者無辯衆生能與辯才與念者於法失念能令憶念與樂者廣説正法令彼得聞隨彼身心攝取時益得止息樂離諸陰蓋專心聽法隨其時饒

非究竟樂四大錯亂能令調適非人所惱亦令休息於大光明者謂佛菩薩神力放光遍至十方無量世界地獄衆生苦痛休息上至諸天龍夜叉乾闥婆阿脩羅迦樓羅緊那羅摩睺羅伽人非人等令見光明來至佛所他方世界諸菩薩衆皆悉來集略說十方世界無量諸佛無量光明饒益安樂無量衆生是爲轉變神足若以種分別則無量無數除自然性變爲餘事是故名爲轉變神足云何化神足略說無物化作隨其所欲悉能化現是名化神足是化多種或化身或化聲化身者或似自身或不似或似他身或不似又自身他身相似不相似化作相似根及根所依非作實根又復化作相似境界謂飲食衆寶色香味觸所攝衆具一切隨意又自身相似或作一身或作無量天龍夜叉乾闥婆阿脩羅迦樓羅緊那羅摩睺羅伽人非人等種種色像人天畜生餓鬼地獄聲聞縁覺菩薩如來如是色像隨其所應悉能化作自相似身名自相似化若異自身名自不相似化他天身等化令相似是名他相似化若作彼天不相似身是名他身不相似化如天身乃至佛身亦復如是無量身者謂佛菩薩於十方無量無數世界一時化作種種色像饒益十方無量衆生佛及菩薩雖至餘方化住如故或爲衆生暫現如幻或作飲食衣服車乘金銀眞珠瑠璃玻瓈珂貝玉石如是等物一切化現如實不異常得受用是名化身化聲者妙聲具足廣聲具足或從自身起或從他身起或無所從起或說正法或隨事教責妙聲者謂

佛菩薩化作口聲其聲深遠猶如雷震或復微妙如迦陵毗伽音可樂聲悅樂聲可愛聲如是廣化無量音聲言辭辯正易知喜聞隨順無盡廣聲者謂佛菩薩化作天聲令天龍夜叉乾闥婆阿脩羅迦樓羅緊那羅摩睺羅伽人非人等聲聞緣覺諸大菩薩無量衆會乃至一由旬若內若外周遍普聞若小千世界中千世界大千世界乃至十方無量世界亦悉普聞爲衆生故從其自身以一音聲說無量法從他起者化作他聲爲人說法除其放逸無所從起者空中化聲猶如人語說正法者爲愚癡衆生演說正法令得開解隨事教責者彼雖不癡得信樂心而爲放逸令生慙愧起不放逸如是衆多略說三種化身化聲化境界是名化神足若一一分別則有無量如是諸佛菩薩二種神足能辦二事一者爲令衆生生信樂故神足現化令入佛法二者攝苦衆生安隱利益云何宿命智通謂佛菩薩自知宿命如是衆生是我名字如契經廣說知他宿命亦如己身自知宿命能令他知所知衆生本同事者亦能令彼自識宿命彼諸衆生知與菩薩昔同事已亦復知餘衆生與己同事亦復能令其餘衆生展轉相知宿命名字名字等種種因緣此中應廣說從今現在及過去世乃至無量無數劫事念念中間巨細多少次第悉知是名宿命智通菩薩自知宿世行菩薩道未曾有事能爲衆生開示顯現令其敬信愛樂佛法猒離生死亦爲顯示過去業報令計常者遠離常見謂於過去妄想常見及以斷見云何生死智通謂

佛菩薩天眼清淨過於人眼見諸衆生死時妙色惡色下色上色乃至後生漸漸增長諸根成熟身諸所作善不善無記天眼光明照見悉知乃至化色天細微色一切悉見上至色究竟天下至無擇地獄於十方世界亦不一一別相方便十方無量無邊世界一切色像一時普觀於彼彼佛刹彼彼如來種種大衆會坐說法如是一切悉見無餘云何天耳智通謂佛菩薩以天耳聞天人音聲聖聲非聖聲麤聲細聲辯聲不辯聲化聲非化聲遠聲近聲一切悉聞若作有限方便者上至色究竟天若無限者乃至上方無量世界天聲者從四天王乃至色究竟人聲者一切四天下聲聖聲者謂佛菩薩聲聞緣覺所出音聲教誡衆生所謂示教讚喜令修善法捨不善法彼諸衆生無染心者受誦論議如法問難與念教誡及餘一切善語利益如是等聲是名聖聲非聖聲者謂諸衆生妄語兩舌惡口無義語從無擇獄上至欲界諸天諸方衆生種種諸聲麤聲者謂大衆生聲大衆會聲種種苦痛迫切之聲相呼喚聲雷電聲鼓貝聲細聲者乃至竊語極微細聲辯聲者謂義理可解不辯聲者謂義理不可解如陀彌羅國語風雨聲草木聲鸚鵡鴝鴒拘耆羅命命等衆鳥之聲化聲者謂神通自在隨衆生心化作諸聲遠聲者除佛菩薩所住村落城邑中聲其餘乃至十方無邊世界一切音聲諸佛菩薩以天眼見乃至十方身之所作淨不淨色見已方便隨宜利益以天耳聞口之所作淨不淨聲聞已方便隨宜利益是名略說諸

佛菩薩天眼天耳之所作爲云何知他心智通謂佛菩薩以知他心智知十方無量無邊世界衆生煩惱纏心知離煩惱纏心知煩惱相續煩惱使心知離煩惱相續煩惱使心知邪願心謂外道心及貪求心知下心謂欲界衆生乃至禽獸心知中心謂色界天心知上心謂無色界天心知苦相應心知樂相應心知不苦不樂相應心一念他心智知一衆生心隨其所念悉如實知一念他心智知無量衆生心隨其所念悉如實知復次諸佛菩薩知他心智通爲種種根力種種解力種種界力至處道力漏盡力隨其所應而作方便云何漏盡智通謂佛菩薩煩惱盡如實知謂已及衆生若盡若不盡悉如實知已及衆生漏盡方便已起未起悉如實知彼諸衆生起漏盡增上慢不起漏盡增上慢悉如實知菩薩一切漏盡如實知而不證漏盡菩薩不捨煩惱具諸有漏事常行彼事而不染汙如是力者名最上力又佛菩薩漏盡智通自離煩惱亦爲衆生廣分別說令其捨離增上慢心當作是知是漏盡智業云何法力謂佛菩薩檀波羅蜜乃至般若波羅蜜此六波羅蜜各有四事一者對治二者成菩提具三者攝取自他四者得未來果云何布施四事一者布施對治慳貪二者成菩提具三者以慧施攝取成就衆生欲施善心清淨心施施已不悔三時歡喜以自饒益是名自攝彼諸衆生飢渴寒熱疾病所須衆難恐怖悉令遠離以此饒益是名攝他四者以是因緣在在所生得大財富得大種姓得大眷屬是名布施四功德

力無餘無上云何持戒四事一者受身口律儀對治犯戒二者成菩提具三者受持淨戒同事攝取成就衆生遠離犯戒怨家恐怖卧覺常安以自饒益又持戒者心不悔恨常得歡喜乃至心定諸自利事是名自攝普施衆生一切無畏是名攝他四者以是因緣命終生天是名持戒四功德力無餘無上云何忍辱四事一者修忍對治不忍二者成菩提具三者以堅固忍同事攝取成就衆生自身及他度大恐怖是名自他俱攝四者以是因緣於未來世無有怨憎無別離者既無別離亦無憂苦臨命終時心不悔恨捨此身已生人天中是名忍辱四功德力無餘無上云何精進四事一者精進對治懈怠二者成菩提具三者依勤精進同事攝取成就衆生精進樂住離諸惡法功德增長歡喜悅豫以自饒益是名自攝精勤修善不以身口恐怖衆生衆生見已亦樂精進是名攝他四者以是因緣於未來世能成大人奇特功業是名精進四功德力無餘無上云何禪定四事一者禪定對治煩惱言語亂覺喜樂色相煩惱悉滅二者成菩提具三者依諸禪定同事攝取成就衆生住現法樂以自攝取其心寂靜離於貪欲是名自攝於諸衆生不瞋不惱是名攝他四者以是因緣未來果報生於天上智慧清淨神通清淨是名禪定四功德力無餘無上云何般若四事一者智慧對治無明二者成菩提具三者布施愛語饒益同事攝取成就一切衆生於所知事隨喜了知勝妙饒益歡喜悅豫是名自攝普爲衆生巧便說法令得

令世後世安樂是名攝他四者以是因緣攝取一切平等善根於未來世除障作證所謂煩惱障智障是名智慧四功德力無餘無上是名法力云何諸佛菩薩俱生力性識宿命利益衆生思惟長夜無間大苦悉能堪忍饒益衆生衆生受樂其心隨喜生兜率天隨壽命住有三事勝蔽諸天人一者天壽二者天色三者天名稱生母胎時奇特光明充滿世界正智入胎住胎出胎生墮地時即行七步舉手而言吾當於世爲無上尊天龍夜叉乾闥婆阿脩羅迦樓羅緊那羅摩睺羅伽等以天香華妓樂幢旛種種嚴飾而爲供養三十二相以自莊嚴爲最後身諸魔怨惡所不能壞坐佛樹下慈心伏魔一一肢節有那羅延力從始幼稚爲童子時一切術藝種種技能自然巧便不從師受坐于道場菩提樹下無師自然成等正覺梵王來下勸請說法雷霆震擊發大音聲不能動亂如來正受惡獸親附隨順無畏諸衆生類悉皆供養如彼獼猴奉進香蜜世尊哀受歡喜弄舞龍神降雨洗浴其身若出行時雨輙爲止菩薩如來坐佛樹下樹爲曲枝隨蔭其軀成正覺已於六年中天魔波旬恒求其短不能得便常得正念平等安住一切衆生種種異知種種異想種種異覺生住滅時念念悉知如來以俱生力示現色身及聖威儀攝取衆生示現身故狂者得正逆胎得順盲者得視聾者得聽令三毒者離欲恚癡以如是比示現色身攝取衆生是名示現俱生神力威儀俱生力者常右脅卧如師子王草蓐不亂風不動衣行如師

子步若牛王先舉右足次左足隨行處平正無沙礫瓦石行時安詳諸根寂靜若入門時下門爲高食無完過口口無遺如是無量未曾有事當知皆是聖威儀所攝俱生神力云何諸佛菩薩不共聲聞辟支佛力云何共力不共力者略說三種一者細二者分別三者量力方便利益悉如實知是名爲細一切種界諸佛菩薩於無量無數阿僧祇衆生以無神通力法力俱生力滿足成就是名分別一切世界一切衆生界是神通力境界是名爲界聲聞者以二千世界內國土世界衆生世界爲神通境界緣覺者以三千世界爲神通境界何以故彼自調伏故非一切衆生是故唯一三千世界以爲境界除此已諸佛菩薩餘神力是名爲共力聲聞緣覺尚不能及菩薩神力況復人天外道凡夫菩薩有三種示現力一者神足二者示他心三者教誡此亦神通所攝隨其所應所謂神足他心智漏盡智

方便處成熟品第六

云何成熟略說有六種一者自性成熟二者人成熟三者種分別成熟四者方便成熟五者衆生成熟六者人相成熟自性成熟者有善法種子修習善法隨順二障清淨解脫身心有力眞實方便具足究竟有佛無佛堪能次第斷煩惱障及智慧障如癰已熟至應破時名之爲熟又如瓦瓶任用之時名之爲熟亦如菴羅等果堪食用時名之爲熟如是菩薩修習善法眞實方便具足究竟次第堪任離障清淨是名自性成熟人成熟者略說四

種有聲聞種性者以聲聞乘成熟有緣覺種性者以緣覺乘成熟有佛種性者以佛乘成熟無種性者以善趣成熟如是四種衆生諸佛菩薩以此四法而成熟之種分別成熟者略說六種一者諸根成熟二者善根成熟三者智慧成熟四者下成熟五者中成熟六者上成熟諸根成熟者壽具足色具足種性具足自在具足信言具足大力具足人具足力具足身得報果堪能勇猛精進方便心無疲猒於一切明處悉能修學善根成熟者性少煩惱不起惡法隂蓋輕微質直隨順智慧成熟者明慧具足善說惡說能解義趣受持分別生智成就堪能究竟離諸煩惱諸根成熟解脫報障善根成熟解脫業障智慧成熟解脫煩惱障下成熟者有二因緣一者不久修習諸根善根智慧因緣二者修習下因中成熟者於二因緣一勝一劣上成熟者當知俱勝方便成熟者有二十七種一者界充滿二者現在緣饒益三者度四者愛樂攝受五者初處六者非初處七者遠淨八者近淨九者方便十者淨心十一者財施十二者法施十三者神足十四者說法十五者隱覆說法十六者顯現說法十七者下方便十八者中方便十九者上方便二十者聞二十一者思二十二者修二十三者攝取二十四者伏取二十五者自作二十六者請他作二十七者俱作界充滿者善法種子生長具足依先修習善法種子展轉相因增長充滿是名界充滿現在緣饒益者於現在世不倒說法不倒受持善隨順法次法向界充滿者以本因故現

在成熟現在緣饒益者現在世因現在成熟度者親近善友信心得生信增上已離家惡行受持禁戒非家出家受離欲戒愛樂攝受者出苦道跡欲樂苦行二俱捨離行於樂道深樂佛法初處者以初猒法修行猒離知勝妙義度功德利非初處者已度成熟於現在世不離親近諸佛菩薩增長住處漸漸增進轉勝成熟遠淨者起懈怠心修行遠緣流轉生死經歷劫數堪任清淨與此相違名為近淨方便者得諸善義欣樂奉行畏猒來世惡道衆苦於現世中畏惡名稱受持禁戒常行頓行淨心者正觀諸法次第堪忍於正法中無能壞者亦令衆生修習正法於三寶中得善勝義信心不動財施者隨其所須衣食衆具一切施與法施者欲受法者授之以法樂受義者為說正義神足者神力示現哀愍衆生令得信樂信增上已修方便淨彼諸衆生若見若聞大神變已於正法中得清淨心修善方便說法者自善解義能為人說已及衆生與正道俱疾成大智隨順說法隱覆說法者於少智衆生覆藏深義為說麤現易行之法顯現說法者智慧衆生深入佛法為說甚深微妙之處下方便者不常方便不頓方便中方便者或常方便或頓方便行一捨一不能具足上方便者具二方便聞者解佛所說修多羅等種種經法受持誦習精勤方便思者於寂靜處思惟諸法開解通達決定法相修者謂止舉捨止觀前行修習深樂止觀捨心攝取者依止無貪心修行布施瞻視和尚諸師疾病供施食衣湯藥衆具若有憂悔及

餘煩惱能爲開解修如是等如法供養伏取者心正思惟自護煩惱見餘衆生若有毀失下犯訶責中犯謫罰上犯驅出訶責謫罰爲安樂彼及餘衆生若驅出者還聽懺悔旣安樂彼兼利餘人若不還悔安樂餘人餘人見彼犯罪驅出因是自護自作者自如法住隨順說法令彼衆生出不善處安立善處若不如法住衆生當言汝今云何教授他人發舉與念他應教汝發舉與念請他者彼善方便巧妙說法者衆所知識增上愛敬勸請說法成熟衆生俱作者自作請他二俱成熟此二十七種方便成熟彼六種成熟分別具足所謂諸根成熟善根成熟智慧成熟下中上成熟衆生成熟者略說六種菩薩住於六地成熟衆生謂住解行地菩薩行解住淨心地菩薩行淨心住行道跡地菩薩行道跡住決定地菩薩行決定住決定行地菩薩行決定行行畢竟地菩薩行畢竟無種性處人善趣成熟數進數退有種性處人令得成熟增數數進無有退失人相成熟者本習聲聞住下成熟者下欲下方便未離惡趣於現法中不得沙門果不得涅槃住中成熟者中欲中方便不墮惡趣於現法中得沙門果不得涅槃住上成熟者上欲上方便不墮惡趣於現法中得沙門果及般涅槃住上成熟者上欲上方便於現法中得沙門果及般涅槃成辟支佛如聲聞何以故道同聲聞故勝聲聞者謂最後身無師自悟本習力故修三十七品斷一切結得阿羅漢證故名緣覺又菩薩住解行地者當知下成熟淨心地者中成熟決定究

竟地者上成熟住下成熟菩薩下欲下方便未離惡趣當知是第一阿僧祇滿熾然不動快淨道品悉不成就住中成熟菩薩中欲中方便不墮惡趣第二阿僧祇滿熾然不動道品成就快淨不成就住上成熟菩薩上欲上方便不墮惡趣第三阿僧祇滿熾然不動快淨道品一切成熟其性淳厚具足熾然增上妙果增上福利故名熾然不還不退堅固昇進故名不動於菩薩地清淨無上故名快淨彼中財施成熟神足成熟隱覆說法成熟下方便成熟聞慧成熟此五種成熟久遠修習猶尚爲下況復近修餘一切成熟事一一三種說謂下下下中下上中下中中中上上下上中上上如是等下中上分別則有無量成熟當知諸佛菩薩成熟衆生彼菩薩於此成熟事如所說自熟佛法諸根成熟善根成熟智慧成熟下中上行成熟以三乘法成熟衆生

菩薩地持經卷第二

音釋

鎧 可亥切甲也 訕 所晏切謗也 分齊 分扶問切齊在詣切分齊限量也 礫 郎狄切小石也 鴝鵒 鴝權俱切鵒俞玉切鴝鵒鳥名 蔭 於禁切芘也 脅 虛業切腋下也 蓐 儒欲切薦也 讁 陟革切責也

菩薩地持經卷第三

北涼天竺三藏法師曇無讖譯

方便處無上菩提品第七

云何爲菩提略說二種斷二種智是名菩提二種斷者煩惱障斷及智障斷二者智者煩惱障斷離垢清淨一切煩惱不相續智及智障斷一切所知無障礙智復次清淨智一切智無礙智滅一切煩惱習清淨明達永斷無餘是名無上菩提一切煩惱習究竟斷智是名清淨智一切界一切事一切種一切時無礙智是名一切智界有二種世界及衆生界事有二種有爲無爲如是有爲無爲事無量種分別自相差別分別總相差別分別因果分別界分別趣分別善不善無記等分別時者三時過去未來現在如是知一切界一切事一切種一切時是名一切智不假方便發心即知於一切法了達無礙是名無礙智復次百四十不共法及如來無諍智願智無礙辯是名無上菩提百四十不共法者三十二大人相八十隨形好四無礙智一切種清淨十力四無畏三念處三不護大悲不忘法斷除諸習一切種妙智是諸佛法後建立品當廣說

無上菩提者具七無上故於一切菩提最爲無上云何爲七一者身無上二者道無上三者正無上四者智無上五者神力無上六者斷無上七者住無上如來三十二相莊嚴其身是名身無上如來自度度人多所過度哀愍世間利益安樂諸天世人是名道無上如來無上無等四正成就謂正戒正見正威儀

正命是名正無上如來無上無等四無礙智成就法無礙義無礙辭無礙樂說無礙是名智無上如來無上無等六神通成就如前說是名神力無上如來無上無等一切煩惱習斷及智障斷成就二斷是名斷無上如來無上無等三種住多於中住聖住天住梵住是名住無上空無相無願滅盡正受是名聖住四禪四無色定是名天住四無量心是名梵住如來於三住中多住四法聖住中住空三昧及滅盡定天住中住第四禪梵住中住大悲如來以是晝夜六時常以佛眼觀察世間誰應度者未起善根我當令起乃至誰應得無上果我當建立是名住無上身無上者名大丈夫道無上者名爲大悲正無上者名大戒大法智無上者名爲大慧力無上者名大神通斷無上者名大解脫住無上者名大住多住

復次如來有十種名稱功德隨念功德云何爲十如來應等正覺明行足善逝世間解無上調御士天人師佛婆伽婆非不如說故名如來得一切義故無上福田故應供養故故名爲應如第一義開覺故名等正覺三明如契經說行者止觀具足明行故名明行足第一上昇永不復還故名善逝知世界衆生界一切種煩惱及清淨故名世間解第一調伏心巧方便智一切世間唯一丈夫故名無上調御士四種眞實智義法眞實故顯示不了義故依一切義故廣宣說故斷一切疑故顯示甚深清白處故爲諸法根故爲一切法導故爲一切含故脫一切苦師演說法義正諸

天人故故名天人師義饒益聚非義饒益聚非義非非義饒益聚具足一切種平等開覺故名爲佛壞一切魔力故名婆伽婆義饒益善也非義饒益不善也非義非非義饒益無記也或無量劫無一佛出世或一劫中多佛出世於彼彼十方無量世界有無量無邊阿僧祇佛出現於世何以故十方世界有無量菩薩俱發大願故若一菩薩如是日如是分如是月如是歲發菩提心一切菩薩亦復如是即於此日此分此月此歲發菩提心同一威儀同一堪能同一方便如是一世界有無量菩薩同願同施同戒同忍同精進同禪定同智慧況復十方無量世界一一世界各有無量無數菩薩無二菩薩同願同行於一國土俱時成佛況復無量一時俱成又無量菩薩同願同行次第成佛是亦不然亦非一成餘悉不成是故十方無量世界隨其所淨空無佛處同行菩薩各各成佛是故無量世界有無量佛無一世界二佛俱出何以故菩薩長夜作如是願如是方便我當於一無佛法處廣說正法調伏衆生令脫衆苦入於涅槃如是長夜長養大願攝受正道大願果成又一如來於三千大千剎土悉能施作一切佛事第二佛出無所利益復次一世界中一佛出世能令衆生自事決定勤修隨順何以故彼作是念一切世間唯一如來教化周已當入涅槃更無有佛能令我等修行梵行聽受正法念已疾行淳修精進修行梵行聽受正法若多佛者不速勤修以是故說一世界中唯一如來衆生自爲決定勤修一切如來等無差別唯除四事一者壽命

二者名稱三者種姓四者色身唯此四事有差別相非餘功德亦非女身得無上菩提何以故菩薩於初阿僧祇劫已捨女身乃至坐佛樹下不受女身一切女人性多煩惱成就惡智不以煩惱惡智能得無上菩提如是無上菩提有無量義舉要言之有自性義無上義名稱功德義隨念功德義堪能義最勝義悉如上說當知眞實復次不思議度諸思議無量無邊功德具足出過一切聲聞辟支佛上是故名阿耨多羅三藐三菩提第一最勝無等無上

方便處力種性品第八

已說菩薩所學處菩薩學今當說如是菩薩欲善學菩薩學者有七事一者當先多修信解二者求法三者說法四者法次法向五者正教授六者教誡七者攝方便身口意業云何菩薩多修信解菩薩於八種解處淨信在前一心決定樂欲成就所謂三寶佛法僧功德諸佛菩薩自在神力眞實之義如上所說義種種因種種果隨順相應而不顚倒得義得方便有得方便則能得義得義者無上菩提得方便者一切菩薩所修學道所謂信解修多羅祇夜受記無量言教微妙善說菩薩於此八種解處有二種解力一者多修解行二者深忍樂著（先經曰謂信十二部經也）菩薩求法者求何法云何求何故求求何法者略說求菩薩藏聲聞藏外論世工業處智十二部經唯方廣部是菩薩藏餘十一部是聲聞藏外論者略說有三種因論聲論醫方論世工業處智者謂種種事業如金銀等工巧及餘種種明

處所攝明處有五種一者內明二者因明三者聲明四者醫方明五者世工業明此五明處菩薩悉求佛所說者名爲內論略說二種一者顯示正因果二者顯示所作不壞不作不受因論有二種一者能屈他論二者自申已義聲論有二種一者顯示界色界色是聲之差別非常所謂陰界形色也根本聲名爲界有種種別聲名爲色此二聲總一切音聲聲論此中應廣說二者顯示巧便言辭醫方論有四種一者顯示善知病二者顯示病因三者顯示能除已起之病四者顯示已除之病令不重起世工業論者顯示種種世間事業云何是佛所說正因正因有十種當知攝一切因生一切煩惱一切清淨一切世間無記法云何爲十一者隨說因二者以有因三者種植因四者攝因五者生因六者長因七者自種因八者共成因九者相違因十者不相違因彼一切法名名已想想已說此諸法名想言說是名隨說因以有手故有所作以有足故有遊行以有身故有屈伸以有飢渴故有求飲食如是比無量無數名已是名以有因種諸種子各各自生初植種子是名種植因水土潤澤令芽得生是名攝因種子於芽是名生因芽莖相續乃至成熟是名長因種種種子各各自生是名自種因彼以有因種植因攝因生因長因自種因此六因總說共成因障礙於生名相違因不障礙者名不相違因彼相違有六種一者語相違謂沙門婆羅門所說經論前後相違二者所應相違謂說一切義與理相違三者生相違謂生緣不具障礙於生四者處相違謂明暗愛恚苦樂等法五者

怨相違謂毒蛇鼠狼猫鼠是等蟲獸各各怨害六者對治相違謂修不淨對治貪欲慈息瞋恚悲止害覺無漏道品永斷煩惱此中以生相違故說此諸因二因所攝一者生因二者方便因若種諸種子生是名生因諸餘因是名方便因復次有四緣因緣次第緣緣緣增上緣生因者是因緣方便因者是增上緣次第緣緣緣者是心心數法謂前生心心數法開導攝受緣攝受生是故二緣攝因所攝云何十因生一切世間事種種諸穀世間資生名想言說所謂黍稷稻粮胡麻豆麥等持來持去若取若與如是等種種言說是名隨說因以飢渴羸瘦故求索飲食如是等是名以有因種諸種子各各自生彼初植種子是名種植因水土潤澤令芽得生是名攝因種子於芽是名生因芽莖枝葉展轉相續乃至成熟是名長因如麥種子麥芽生非餘餘亦如是是名自種因彼以有因乃至自種因是名共成因以一切和合生故故名共成因霜雹災害障礙破壞是名相違因彼不具不障是名不相違因諸餘一切世間事皆十因所生隨所宜應當知云何生一切煩惱彼一切緣起名想言說所謂無明行識名色六入觸受愛取有生老病死憂悲苦惱如是名想言說是名煩惱隨說因無明緣行乃至生緣老死等言說境界顧念味著諸有枝生是名煩惱以有因無明等法現法種子生餘生生老病死是名種植因不近善友聽受正法習不正思惟無明等生是名攝因各各種子無明等生是名生因從無明至後有增進相求至

餘生生老病死是名長因種種種子俱從無明乃至後有生地獄餓鬼畜生及諸人天是名自種因彼以有因乃至自種因是名共成因若有種性值佛出世演說善法近善知識聽受善法正念思惟法次法向清淨道品是名煩惱相違因如上所說不具者是名不相違因是名十因生一切煩惱應當知云何生一切清淨彼一切淨法乃至滅盡涅槃名名想言說所謂念處正勤乃至八聖道無明滅乃至生老病死滅如是名想言說是名淨法隨說因以有無明等故樂求淨法攝受淨法淨法得生是名以有因種性具足人向有餘無餘涅槃最先行者是名種植因近善知識聽受善法正思惟修諸根成熟是名攝因種性所攝無漏道品種子於諸道品法是名生因彼種子生道品法向無餘涅槃是名長因彼聲聞種性以聲聞乘而般涅槃緣覺種性以緣覺乘而般涅槃大乘種性以無上大乘而般涅槃是名自種因彼以有因乃至自種因是名共成因種性不具不值佛世生諸難處不近善友不聞善法不正思惟習行邪道是名淨法相違因此相違不具者是名不相違因諸煩惱相違因是淨法因淨法相違因是煩惱因如是煩惱十因清淨十因過去未來煩惱清淨皆亦如是無餘無上云何正果略說五種一者報果二者依果三者解脫果四者士夫果五者增上果諸不善法得惡趣報有漏善法得善趣報是名報果若習不善法樂住不善法增不善法若習善法樂住善法增益善法先業相似後果生是名依果八

聖道滅諸煩惱名解脱果若世俗道滅諸煩惱彼不究竟捨離凡夫非解脱果若於現法依種種世間工巧業諸士夫事所謂田種販賣宰官理務書畫算數卜占印封各有果生是名士夫果眼識是眼根增上果乃至意識是意根增上果生理不壞是命根增上果二十二根各爲增上各有果生當知皆是增上果此二十二根增上如攝事處說菩薩如是知佛顯示正因果巳處非處智力種性次第修習清淨增長非不作異作有所成熟亦無自所作業經劫而失作者不失不作不受菩薩如是知佛顯示業巳自業智力種性次第修習清淨增長云何菩薩求聞法是菩薩住殷勤恭敬求善說法善語法如是略說求善說法住勤恭敬若菩薩爲聞一善說法路由惡道大地熾然猶尚歡喜從中而過況爲多聞爲一聞法猶尚不惜所愛之身況餘資生一聞說法愛樂恭敬比上愛敬百千萬倍乃至算數譬喻不得爲比謂聞善說心無猒足增益淨信其身柔輭心直見直深樂功德至說法所無留難心恭敬除慢但求正法不求名稱爲巳及他修諸善根不爲利養至說法所不染心聽法不亂心聽法不染心聽法者離貢高煩惱輕想煩惱下想煩惱離貢高煩惱有七行一者時聽二者欲受三者頓聽四者敬聽五者不戲六者隨順七者不求過失如是七行離貢高煩惱離輕想煩惱有四行一者恭敬法二者恭敬說法人三者不輕法四者不輕說法人如是四行離輕想煩惱有一行離下想煩惱所謂作聽受正法不自輕

聽法以此一行離下想煩惱離如是等過聽受正法是名菩薩不染心聽法云何不亂心聽法有四行一者一心二者側聽三者定意四者一向專樂聽受正法是名菩薩求聞法菩薩何故求聞法菩薩求佛所說法者爲受正法次法向故爲他廣說故菩薩求因論者欲知彼論過故欲降伏異論故未信佛法者令生信故已生信者令增廣故菩薩求聲論者廣爲衆生演說正語令愛樂故爲淨莊嚴辭句味故於一義中種種言辭莊嚴故菩薩求醫方論者爲除衆生種種病故攝受大衆故菩薩求世間工業處智者爲少方便獲致大財饒益無量諸衆生故爲教衆生種種事業故如是菩薩求五明處爲無上菩提大智衆具究竟滿故非不次第學一切法而得一切無障礙智是名菩薩所求如所求所爲求菩薩爲他說法者何所說云何說何故說彼如所求法如是法說如所求義如是義說以二因緣故說一者隨順說二者清淨說隨順說者住如法威儀說非不如法不爲高坐無病者說覆頭者在前行者悉不爲說如修多羅廣說何以故諸佛菩薩自恭敬法以敬法故令餘衆生深起恭敬聞已奉持不起輕慢一切說一切無聞說不爲法慳不作師捲如次第句味說如次第句味受如次第義分別說義饒益及法饒益種種義饒益示所應示授所應授照所應照喜所應喜現智比智從師具聞而爲人說非不思量具足聽聞順向善趣不亂說善說不深隱說應四聖諦隨衆所應而爲廣說此十五種菩薩普爲衆生隨

順善說一切利他應當知復次菩薩於不饒益已者住慈心說惡趣行者住安慰心說苦樂衆生放逸貧乞者住安樂哀愍心說不以嫉纏故自歎毀他離貪著心不求名利爲他說法如是五種菩薩清淨說法前後略說二十種一者時二者頓三者次第四者相續五者堪忍六者歡喜七者欲八者喜九者勸十者不毀十一者應十二者文字具足十三者不雜十四者如法十五者隨衆十六者慈心十七者安心十八者哀愍心十九者不自譽毀人二十者不依名利是名菩薩爲他說法云何菩薩法次法向略說五種如所求如所攝法身口意隨轉正思及修若此法世尊制身口意所作若此法聽身口意所作彼身口意業如是離如是修身口意隨轉是名法次法向彼正思者菩薩獨一靜處如所聞法思惟稱量觀察先離如是不思處思量於法勤思常思頓思方便不息又菩薩正思具足具足行隨順入有所捨依義不依味暗說明說如實知菩薩先思量應入者入已入者數數思惟離不思處者不隨愚心亂心勤思常思頓思方便不息者未知義者令得知之已知義者不失不妄具足者有所入所行不由他人能具觀察有所捨者若知諸法非其境界當自念言此佛所知非我境界如是不謗無有罪咎依義不依味者善入如來隱密之說善知暗說明說者於眞實義莫能動摇初入正思菩薩先未得忍於今得之已得忍者堅固隨順入於修慧如是八種正思所攝法次法向修者略說四種一者止二者觀三者修

習止觀四者樂住止觀止者謂八種正思善正眞實離言説法若事若義係心緣中遠離一切虚僞輕躁及諸憶想緣中解脱係心安立内三昧相廣説乃至一心是名爲止觀者彼止所熏修憶念思惟如正思法相憶念選擇乃至明慧是名爲觀修習止觀者若行止觀常修方便頓修方便是名修習止觀樂住止觀者彼彼止觀相心住不動不勤方便能自觀察處所攝受心不散亂是名樂住止觀彼菩薩如是如是修習止觀如是如是樂住止觀如是如是樂住止觀如是如是止觀清淨如是如是止清淨如是如是身心猗息漸漸增廣如是如是觀清淨如是如是知見增廣如是習行修慧者離身心惡於一切所知知見清淨一切修慧業皆從如是四種修生

云何正教授略説有八種菩薩依三摩提教修行者心無餘菩薩教者則自教授如諸佛法先當如是知四種求一者心求者知心求二者知根求三者悕望求者知悕望求四者使求者知使求五者隨其所應種種度門而度脱之謂慈心緣起界分别安那般那念是名隨應度門而度脱之六者執常邊對治爲説中道七者執斷邊對治爲説中道八者除不作作增上慢不得得不觸觸不證證增上慢彼八種教授略説三處所攝三處者一者先未住心令係念緣中二者已住心者令得自義正方便道三者未究竟者令捨中住知彼心根悕望結使隨應度門而度脱之令心正住係念緣中彼執斷常對治爲説中道令住心者成就自義正方便道彼不作作乃至

不證證增上慢未究竟者令捨中住如是三事攝八種教授如是菩薩從他受教教授他已八力種性清淨增長所謂禪定解脫三昧正受智力諸根利鈍智力種種解智力種種界智力一切至處道智力宿命智力生死智力漏盡智力云何教誡略說五種一者有罪行者制二者無罪行者聽三者若制若聽法有缺減者如法舉之四者數數違犯者折伏與念五者不濁不變淳淨正向若制若聽法眞實功德愛念稱歎令其歡喜是名略說菩薩五事教誡所謂若制若聽若舉若折伏若歡喜云何攝方便身口意業略說菩薩四攝事是名方便如世尊說四攝事是名方便略說四種方便調伏衆生攝取衆生無餘無上一者隨攝方便二者攝方便三者度方便四者隨順方便菩薩種種財施隨攝衆生故莫不信受奉順修行是名布施隨攝方便次行愛語愚癡衆生捨離癡冥令無有餘具攝顯示是名愛語攝方便具攝顯示已令彼衆生不善處覺授與善處調伏樂住是名利益度方便如是菩薩以同事隨順度脫衆生調伏恭敬不作是言汝自無信戒惠施多聞以何教他舉罪與念是名同事隨順方便如是四攝方便若總若別是名菩薩攝方便身口意業等攝衆生調伏成熟

方便處施品第九

復次菩薩次第滿足六波羅蜜已得阿耨多羅三藐三菩提所謂檀波羅蜜尸波羅蜜羼提波羅蜜毗梨耶波羅蜜禪波羅蜜般若波羅蜜云何菩薩檀波羅蜜略說有九種一者

自性施二者一切施三者難施四者一切門施五者善人施六者一切行施七者除惱施八者此世他世樂施九者清淨施自性施者謂菩薩思願與無貪俱不惜財身起身口業捨所施物捨如法財住律儀處見未來果以如是義施與衆生是名自性施一切施者略說有二種施物一者內物二者外物菩薩捨身是名內施爲食吐衆生食已吐施是名內外施除上所說是名外施菩薩內施復有二種一者隨所欲作他力自在捨身布施譬如有人爲衣食故繫屬於人爲他僕使如是菩薩不爲利養但爲無上菩提爲安樂衆生爲滿足檀波羅蜜隨所欲作他力自在捨身布施二者隨他所須頭目手足種種肢節血肉筋骨髓腦隨其所求一切施與菩薩外施復有二種一者隨其所求受用樂具歡喜施與二者奉事彼故一切捨心一切施與菩薩於內外物非無差別等施一切或有所施或有不施若於衆生樂而不安不樂不安是則不施與若於衆生安而不樂亦安亦樂是則施與如是略說應施不施次當廣說若菩薩布施令他受苦若致逼迫若被侵欺及非法求自力他力不隨彼欲菩薩爲衆生故寧自棄捨百千身命不隨彼欲令致逼迫殘害侵欺菩薩淨心修行布施饒益無量諸衆生時有求身體頭目肢節則不施與何以故非是菩薩行淨施時作是念言是可與是不可與心生退弱是故菩薩以清淨心不捨現前利益衆生捨身布施雖不捨身不違淨心若彼魔天及魔所使欲行恐怖求其身分則不施與

不欲令彼得大罪故或有衆生若狂若心亂
求其身分亦不爲彼而捨身命不自住心故
心惱亂故心不自在故與上相違來求請者
隨其所欲爲捨身命是名菩薩內物應施不
應施菩薩外不施者若有人求火毒刀酒爲
欲自害若欲害他是則不施若爲自攝若爲
攝他是則施與若是他財先不同意不以施
人菩薩不爲媒行以此授彼有蟲飲食悉不
施與若有衆生爲作戲樂非義饒益來乞求
者菩薩不施何以故若施與者於菩薩所雖
少歡喜而多起惡行身壞命終墮於惡道若
戲樂具不墮惡趣不起善根而令衆生因此
成熟爲攝取故是則施與何者可與何者不
可與謂學捕獵傷害極大貪著作大方便多
殺衆生如是比會菩薩不爲亦不教人祀天
殺羊亦不施與惱衆生者來求水陸多衆生
處亦不施與爲欲造作罾羅機網世間種種
害衆生具亦不施與若罵若殺若縛若罰亦
不自作亦不教人若怨家怨家悉不施與略
說一切逼迫衆生戲樂之具悉皆不施若復
種種象馬輦轝諸莊嚴具衣服飲食塗身香
華嚴飾珍翫園林樓觀舍宅男女種種技術
工巧業處如是一切戲樂爲信樂因緣來求
請者一切施與若彼衆生不自知量及非應
病種種飲食悉不施與若已飽食性貪欲得
亦不施與若有衆生不堪憂惱欲自殘殺食
毒投巖如是等求悉不施與若菩薩爲王統
領多國不以他人妻子施與除城邑林落人
民賦稅應屬已者則以施之菩薩所愛妻子
奴婢若施人時先以軟語方便開喻若不樂

者則不施與若其樂者隨所應施若惡知識惡人惡鬼是等來求悉不施與亦不施彼令作奴婢若有惡人來求王位則不施與若此惡人先爲王者菩薩有力則便廢退父母妻子奴婢財物不以施人若因布施父母憂惱妻子僮僕由是致苦如是等施菩薩不爲非法之物不以施人如法淨物持用布施不逼迫訶責取他財物而行布施不犯佛戒而行布施菩薩於諸衆生平等心施作福田想亦不分別親怨中人功德過惡是下中上是苦是樂菩薩終不如所求許後以少施亦不許好後與麤惡若施勝物心無不泰不恨不亂菩薩施已不自稱歎言我於汝所惠弘多若施下流不起輕想況復有德所應敬者若有衆生住諸惡行掉動毀戒罵詈瞋恚亦不悒

感悔恨心施方於彼所起憐愍心菩薩不以邪見而行布施所謂大會殺生求法不爲希有吉慶會故而行布施不爲清淨一切行分故而行布施求世間出世間離欲清淨除爲清淨方便而行布施不求果報而行布施一切布施悉以迴向無上菩提菩薩自知一切種施因緣故生一切種如實果報不由於他而行布施所謂施食得力施衣得色施乘得樂施燈得眼如是一切應當廣說菩薩亦不畏貧窮而行布施以慈悲故而行布施菩薩亦不以非法飲食施出家人所謂餘殘飲食便利涕唾膿血所汙不語不知飯及麥飯法應棄者謂非葱食葱雜葱汙如是非肉食非酒飲酒雜酒汙如如法業和合則以施人如是等不如法者則不以施菩薩不令求者數

數往返留難生惱然後乃施菩薩不以諂故而行布施所謂若王大臣長者居士此諸檀越知我施已必當恭敬供養於我不爲要他作使故施少物尚施況復多物不以布施起他貪著爲生患難令致傾滅不以布施離他城邑所謂施攝令其屬已菩薩智慧精進不息堪能具足自誓莊嚴先自行施然後教人不自懈怠勸人行施一切大會持戒犯戒從上至下次第等施菩薩得財多少隨捨不待積聚然後行施不畏他故而行布施所謂若瞋若打若責若毀殺縛驅擯不畏是等而行布施菩薩欲施心悅施時歡喜施已無悔不以相似摩尼眞珠珂貝玉石瑠璃珊瑚虛僞之物欺誑於人菩薩所畜一切財物初得物時發心捨與一切衆生後來求者自求已物菩薩時施非不時施自他淨施非不清淨如威儀施非不威儀決定心施非不決定見來求者終不嗤笑亦不輕弄亦不顰蹙先語稱讚然後施與時應所求不爲留難若彼不求開心自施若自來取恣聽所欲菩薩不以惡智而行布施常以善智而修施業智慧施者菩薩自量財物多少隨其所應而行惠施見來求者有二種人一者非是貧下亦非孤獨無所依怙二者貧苦孤煢下賤無所依恃作是念言若我財多當令俱足若財少者先當周給與彼貧苦下賤無依恃者作是念已如所念施於非貧下不滿其意當以本心辭謝發遣惟願仁者不生恨心菩薩若見慳貪衆生財富無量自爲身惜不敢衣食往詣其所共爲親友與作同意而語之言汝若貪惜不

能施者我家乃有無量財物欲行滿足檀波羅蜜普爲一切乞求衆生若有衆生從汝求者可來就我取財與之勿令空去若難自來可遣使取於我施時汝當隨喜彼聞此已心大欣悅於我無損彼蒙饒益因與菩薩共相親愛令雖未能即時行施已種來世離慳種子以彼次第修習自知爲本以巧方便教令少施依下無貪教令至中依中至上復次菩薩若和尚阿闍梨若共住弟子近住弟子淨修梵行受性慳貪或不慳貪財物不具擁其施心菩薩以已財物向佛法僧欲作福者捨以與之令其造作已自不爲如是菩薩功德更增令慳貪者降伏煩惱樂修法者亦滿其願如是攝取成熟衆生復次菩薩見彼來者有求索相知其心已不令發言隨其所須施令滿足若有商人欺誑於他菩薩知見覆藏不說彼作惡行欺誑他人尚爲覆藏況復欺已欲滿彼願隨意與財彼無慙愧得已歡喜無所畏懼嬉悅而去若菩薩爲商人所欺先不覺知欺已乃覺亦不責彼不令憶念不欲令彼犯不與取起隨喜心如是等捨所施物是名菩薩智慧布施復次菩薩無財施時先所造作世間工巧彼業現前以少方便多獲財利用施衆生若復爲他莊嚴說法美善說法慈心說法貧苦聞法歡喜供養何況富樂慳悋無惜況常樂施者若有信心長者居士常習行施財富無量將求者往令彼饒益彼所行施所作功德自身往助堪能具足信心清淨身口意業隨其力能助彼營理令其無礙滿足求者彼乏事力施事難成若隨朋黨

若非法行若失正念如是等若菩薩無財以智慧施乃至未得淨心淨心菩薩不墮惡趣生生常得無盡之財復次菩薩知彼邪見求法短者不授其法不與經卷若性貪財貨賣經卷若得經卷隱藏不現若非彼人所知義者悉不施與若是彼人所知義者菩薩於此經卷已自知義則便持經隨所施與若未知義自須修學若知他人有如是經示語其處若更書與若無示處復不得書菩薩當復自觀其心我今不施爲是法慳纏心不能施耶爲更有爲不施彼耶如是觀已少有法慳者當以經與爲法施故寧以法施現世癡瘂爲除煩惱猶尚應施況作將來智慧方便如是觀時無少許法慳者應當自學我爲除煩惱故修行法施滿足智慧方便故修行法施愛念衆生故修行法施菩薩自見内無煩惱見不施彼現得智慧於未來世轉增無量非施彼故得是功德經法施者於未來世獲少法利不及自學智慧開覺今雖不施必將安樂一切衆生施其智慧寧爲一切今不施與不爲一人與其經卷如實知已不施彼者無有過咎亦無悔恨不越菩薩所受禁戒云何菩薩方便不施不忍直言無可相與要以輭語開解發遣作是方便有而不施菩薩本來所畜衆具一切財物以清淨心於一切諸佛菩薩捨作淨施譬如比丘以巳衣物於和尚阿闍梨所捨作淨施如是作淨施因緣故得畜種種無量財物故名爲住聖種菩薩亦得無量功德常自憶念如是功德於一切時常隨增長凡是淨施所畜之物爲諸佛菩薩受寄

護持見彼來求觀察其人有成就相先所捨物作淨施者取以與之諸佛菩薩於一切衆生無不捨物作如是知滿求者意觀察彼人無成就相以淨施法而開解之語言仁者此物先捨已有所屬輭語發遣不令致恨若以餘物兩三倍施作是方便令知菩薩不以慳故而不惠施以不自在故不以施我如是經法則不施與菩薩作如是法施者名智慧施復次菩薩一切施所謂法施財施無畏施此類相貌若名若義分別因果如實知已而行布施是名菩薩智慧布施復次菩薩於不饒益已者慈心布施於苦惱者悲心布施於功德者喜心布施於饒益已者及善知識親族人所捨心布施是名菩薩智慧布施復次菩薩有障施障施對治皆如實知障施有四種一者先不習施二者所有物少三者貪愛增上四者見未來財果而生貪著先不習施者菩薩見正求者富有財物不生施心當知是我不習施故疾行智慧作是思惟我昔定當不習施心致令今日雖有財物見來求者施心不生今若不施復於來世有此施礙如是知已依障施對治而行布施則能捨離不習施障所有物少者菩薩見正求者所有物少不生施心以是施障故疾行智慧作是思惟寧安貧苦要當布施思惟是已悲心布施復作是念我從昔來宿業過故他自在故令我飢寒困苦不能饒益一切衆生寧令我今因是失命現世受苦要當行施攝取衆生不令受者心不滿足況我今有菜果活命要當安苦而行布施貪愛增上者菩薩見正求者以

增上可意故最上故於所施物不生施心菩薩知藏積過故疾行智慧作是思惟我於苦中而作樂想於無常而作常想無我所中作我所想於未來世當受大苦如是顛倒若知若斷作是思惟已能行布施見未來財果生貪著者菩薩行布施已於施果大財生福利見不能志求無上菩提菩薩知耶果見爲過患已疾行智慧如實正觀一切諸行無有堅固念念磨滅受用果報亦復如是悉是離散磨滅之法如是觀時果見則斷一切布施悉以迴向無上菩提是名菩薩四種障施對治智慧應當知所謂分別忍苦知攝顛倒觀行不堅前三對治智是正布施後一對治智攝受正果是名菩薩智慧布施復次菩薩內獨淨心淳厚淨信覺想勝妙無量施物意解施與一切衆生是菩薩以少方便生無量功德是智慧菩薩大智慧施是名略說菩薩有財無財財施所攝法如是法施分別施清心施施障對治智慧施淨心意解施是名菩薩不共施是名菩薩一切施略廣分別上一切施當知分別爲難施等云何菩薩難施者略說有三種一者菩薩有少財物自忍貧苦施與他人二者菩薩所可愛物性深愛著久習愛著增上寶物起最上貪能自開覺施與他人三者菩薩勤苦得財施與他人云何一切門施者略說四種菩薩若自有物若勸他得物若自集布施若父母妻子奴婢使人若善友大臣親屬若他所須悉皆施與善人施者略說五種一者信心施二者恭敬施三者自手施四者時施五者不侵他施一切行施者略

說十三種一者無依施二者廣施三者歡喜施四者常施五者福田施六者一切施七者一切處施八者一切時施九者無罪物施十者一切物施十一者國土施十二者象馬等施十三者穀施除惱施者略說八種一者須飲食與飲食二者須衣與衣三者須乘與乘四者須莊嚴具與莊嚴具五者須華鬘塗香與華鬘塗香六者須藥與藥七者須舍與舍八者須燈明與燈明此世他世樂施者略說九種謂財施無畏施法施財施者勝妙清淨如法調伏慳垢藏積垢故修行布施調伏慳垢者捨執著心調伏藏積垢者捨受用執著無畏施者謂師子虎狼王賊水火等種種恐怖救令得度法施者不顛倒說法具足說法授人禁戒如是略說菩薩九種施令諸衆生

得今世後世安樂彼財施無畏施分別此世樂法施分別令後世樂清淨施者略說十種一者不留難二者不異見三者不積聚四者不高心五者無依六者不退弱七者不下心八者不背面九者不求恩十者不求報不留難施者菩薩有來求者疾疾布施不作留難時滿所願過其速望不異見施者菩薩於施不起異見言無果報不以害生布施謂言是法不於此施求世間出世間淨不積聚施者菩薩不久積財然後頓施何以故是菩薩有所施物見來求者堪能不施不如法見非不施與云何積聚然後乃施亦非積聚施福利增多所施物等求者亦等漸施頓施以何因緣見福差別又復菩薩見積聚施過不見隨施有咎何以故謂積聚施先來求者或有百

數而不施與令彼嫌恨起不忍心後來求者積以頓施是故菩薩不積聚施不高心施者菩薩於求者所謙下心施不觀他勝競心布施不以施故而自稱譽我是施主餘者不能無依施者菩薩不以名稱而行布施於假名稱譽猶如塵坌不退弱施者菩薩欲施心悅施時歡喜施已無悔財物增廣第一勝妙菩薩聞他廣施勝施心不自輕生退弱意不下心施者菩薩思量以最勝最上妙物布施不背面施者菩薩等心不隨朋黨怨親中人悲心等施不求恩施者菩薩以悲愍心而行布施不於受者計其恩惠觀欲樂衆生愛火熾然無勢力苦不求報施者菩薩施已不悕未來財身具足觀一切行皆悉磨滅見無上菩提眞實福利如是十種是名菩薩快淨布施

如是菩薩依九種施具足檀波羅蜜得阿耨多羅三藐三菩提

菩薩地持經卷第三

音釋

雹 弼角切雨冰也 師捲 捲逵員切氣勢也 躁 則到切不安靜也 不猗 於宜切輕安也 悕 香衣切與希同 觔 舉欣切骨絡也 罾 咨登切魚網有機者 悒 一入切憂也 嗤 充之切笑也 顰蹙 顰毗賓切蹙子六切顰蹙愁貌 嬉 虛其切戲也 鬘 莫班切 坌 蒲悶切塵塕也

菩薩地持經卷第四

北涼天竺三藏法師曇無讖譯

方便處戒品第十

云何菩薩尸波羅蜜略說有九種一者自性戒二者一切戒三者難戒四者一切門戒五者善人戒六者一切行戒七者除惱戒八者此世他世樂戒九者清淨戒自性戒者略說四德成就名自性戒云何爲四一者從他正受二者善淨心三者若犯即懺四者專精念住從初堅持不犯從他正受者外顧他於犯慙心生善淨心受者內自顧於犯愧心生若犯即懺從初堅持如是不犯戒菩薩有二因緣心無有悔依受戒淨心戒起慙愧心起慙愧心故於所受戒能善護持善護持故心無有悔從他正受善淨心此二是法若犯即懺從初堅持此二隨法從他正受善淨心從初堅持此三是菩薩不壞戒若犯即懺者毀而還復若菩薩四德成就自性戒名眞實戒自利利他多所安隱多所快樂哀愍世間饒益天人受戒隨戒當知無量攝受菩薩無量淨戒攝取一切安樂衆生成大果報獲大福利疾得阿耨多羅三藐三菩提名自性戒一切戒者略說有二種一者在家二者出家在家出家所受持者名一切戒一切戒復有三種一者律儀戒二者攝善法戒三者攝衆生戒律儀戒者謂七衆所受戒比丘比丘尼式叉摩尼沙彌沙彌尼優婆塞優婆夷在家出家隨其所應是名律儀戒攝善法戒者菩薩所受律儀戒上修大菩提身口意善是名略說一切名攝善法戒何者是謂菩薩依戒住戒

修聞慧思慧奢摩他毗婆舍那修慧空閑靜默恭敬師長禮事供養見疾病者起悲愍心瞻視供給聞說法者歎言善哉實功德者稱揚讚美一切衆生所作功德心口隨喜有侵犯者悉能安忍身口意業已作當作一切迴向無上菩提隨時修習種種勝願常勤精進供養三寶於諸善法心不放逸念慧護持身口淨戒守攝根門飯食知量初夜後夜未曾睡眠親近善人依善知識常省已過知已不犯隨其所犯於佛菩薩及同行所如法懺悔如是等護持修習長養善法戒是名攝善法戒攝衆生戒者略說有十一種一者衆生所作諸饒益業悉與同事二者衆生已起未起病等諸苦及瞻病者悉與爲伴三者爲諸衆生說世間出世間法或以方便令得智慧四者知恩報恩五者衆生種種恐怖師子虎狼王賊水火悉能救護若有衆生喪失親屬財物諸難能爲開解令離憂惱六者若見衆生貧窮困乏隨其所須悉能給施七者德行具足正受依止如法畜衆八者隨時往反先語安慰給施衣食說世善語進止非已去來隨物如是等事安衆生者皆悉隨順若非安者皆悉遠離九者有實功德者稱揚讚美十者有過惡者慈心折伏訶責罰擯令其改悔十一者以神通力示現惡道令彼衆生畏猒衆惡奉修佛法歡喜信樂生希有心是名攝衆生戒云何菩薩住律儀戒住攝善法戒住攝衆生戒善護持戒善攝善法戒一切行攝衆生戒菩薩住波羅提木叉律儀戒捨轉輪王出家學道不顧尊位如遺草土捨離五欲如

棄涕唾來世乃至魔天五欲亦無願樂終不
爲彼修持梵行心常恐怖如實見過於現在
樂如畏風雹正見觀察而不味著其性恬靜
好處空閑若衆若獨心常安住不限持戒生
知足想依戒修習菩薩正受所生無量功德
若近四衆不說非法於空閑處不住惡覺設
令暫起即自悔責深見其過見過患已還得
本心若聞菩薩一切戒法大地菩薩微妙無
量不可思議久遠難行心不恐怖亦不懈退
而作是念彼是丈夫能持菩薩不可思議身
口淨戒我亦丈夫必當如彼決定無疑住律
儀戒菩薩常省已過不觀彼闕若見兇暴及
惡性人心不恚恨起法心悲心慈愍方便令
得解脫住律儀戒菩薩於衆生所不生怖想
況復加害住律儀戒菩薩成就五種不放逸
行與過去俱與未來俱與現在俱已作當作
菩薩過去所犯如法懺悔是名過去不放逸
行未來當犯當如法懺是名未來不放逸行
現在所犯即如法懺是名現在不放逸行如
所行如所住專心護持是名已作不放逸行
依已作不放逸行如所行如所住不起犯戒
是名當作不放逸行住律儀戒菩薩功德覆
藏惡事發露少欲知足堪忍衆苦不生憂慼
進止安諦威儀詳序離諸諂曲淨修正命菩
薩成就如是十行名住律儀戒菩薩持戒所
謂過去五欲心不顧念未來五欲不生願樂
現在五欲不起貪著好處空閑不生足想離
惡言惡覺心不自輕安隱樂住善能慈忍不
爲放逸威儀淨命菩薩住攝善法戒於身命
財若起少著即時除滅不令增長一切犯戒

因緣煩惱等起即時除滅若於衆生起恚害怨心即時除滅若起懈怠即時除滅若起味相應禪即時除滅如實知五處謂善果善因善因果倒及與非倒攝善法障皆如實知菩薩見善果福利而求善因攝善法倒如實知之菩薩得善根不起無常常見苦有樂見不淨淨見非我我見如實知攝善法障離不攝善法菩薩成就如是十行名住攝善法戒疾攝諸善法及一切行所謂依施依戒依忍依精進依禪定依成就五行智慧菩薩住攝衆生戒有十一種於一一種成就一切行一者衆生所作諸饒益業若始思量及所施作行路去來正業方便守護財物和合諍訟若吉會若福業悉與同事二者於諸苦事悉與爲伴若見疾病瞻視供給盲者將道迷者示路聾者指授躃者荷負欲纏苦者教令遠離瞋恚睡眠掉悔疑蓋亦復如是欲覺恚覺害覺親里覺國土覺不死覺輕侮覺族姓覺悉教遠離衆生諍訟不知苦者能爲開解行路疲乏施諸所安三者爲諸衆生具足說法惡行衆生說除惡行善句善味善義隨順通達增長道品或方便說爲惡衆生說除惡行說除慳法得現果報少正方便而得大財得已守護憎嫉法者令生信樂清淨見諦離諸惡趣煩惱永盡一切苦滅四者知恩報恩饒益已者善心與語問訊慰喻讚言善來設坐安處若等若增酬報無減諸有所作悉與同事瞻視病苦隨順說法滅除恐畏離諸憂惱若有乏短給施衆具如法依止隨順其心有實德者稱揚讚美有過惡者慈心折伏訶責罰擯

示神通力隨所宜現五者恐怖衆生爲作救護謂師子虎狼王賊水火人非人等一切恐怖悉爲救護令得安隱若見衆生親屬財物諸難憂惱或有喪失親屬善友知識及諸師長所尊敬者或有財物王賊所奪水火燒沒忘失寶藏事業不成强分私財或惡眷屬散棄資產悉爲開解令離憂惱六者若見衆生資生不具衣服飲食疾病湯藥香華燈明舍宅財物車乘服翫諸莊嚴具如是等乏悉給施之七者如法畜衆先與依止以無貪心哀愍心而爲說法賑給所須若自無者從彼信心居士長者求索與之如法所得衣食湯藥及諸房舍等共受用無所藏積以五種法隨時教誡如力種性品中說八者隨順他心先知衆生體性及性應共住者與共同止隨其所宜與共從事又隨心者觀其所行若以如是身行如是口行令彼憂苦無善利者菩薩不爲雖令憂苦而獲善利者菩薩爲之若菩薩自行身行口行非戒所攝亦非功德智慧方便令彼憂苦無善利者菩薩不爲與上相違者菩薩爲之如生憂苦喜樂亦爾隨其所應廣分別說又隨心者若見衆生有瞋恨色尚不歎其德況說其惡亦不懺謝又隨心者人不問訊安慰已者猶尚自往問訊安慰況來問訊而不酬和唯除教誡又隨心者不惱他人除慈愍心諸根寂靜訶責弟子令其調伏又隨心者不嗤笑不戲弄令其慙恥而生疑悔彼雖不如不言汝今墮在負處見人謙下亦不自高又隨心者非不習近不極習近不非時習近又隨心者於他親厚不說其過

於他怨者不稱其德不親善者不與同事不多求欲若有所取知量知足若有請者不逆其意若有嫌責如法懺謝九者實功德者稱揚讚美具足信者歎信功德戒聞施慧亦復如是十者應折伏者訶責折伏微過微犯者以慈愍心輭語訶責中過中犯中語訶責上過上犯上語訶責如訶責罰擯亦爾輭中過輭中犯者隨時驅出還令共住爲化犯戒及餘人故以愛益心擯令出衆上過上犯者不同住不同食乃至攺悔亦不同住以慈愍心不令彼人於佛法中多起罪過亦爲教化餘衆生故十一者爲饒益故現神通力或令恐怖或令歡喜行惡行者示以惡報所謂寒氷地獄邊地獄等諸惡道處語其人言汝當觀此人間造惡當生此中受無量苦彼見恐怖而生猒畏離諸惡行菩薩於大衆中見不信者問事不答即時化作金剛力士及餘大力諸天鬼神而恐怖之以恐怖故捨高慢心敬信正答其餘大衆聞彼正答亦皆信伏又以神力現一爲多現多爲一石壁皆過身出水火或復示現共聲聞神力令彼歡喜未信者信犯戒者清淨少聞者多聞慳者能施癡者得慧菩薩如是名成就一切行攝衆生戒是名菩薩三種戒藏無量功德藏菩薩欲學菩薩律儀戒攝善法戒攝衆生戒者若在家若出家發無上菩提願已於同法菩薩已發願者有智有力善語善義能誦能持如是菩薩所恭敬作禮胡跪合掌作是言我某甲令於大德乞受菩薩律儀戒大德於我不憚勞者哀愍聽許作是乞已偏袒右肩向一切佛及

大地菩薩恭敬作禮念其功德起輭中上淳淨心於佛像前謙下恭敬長跪曲身向於智者作是言願大德授我菩薩律儀戒作是語已一心念住長養淨心我今不久當得無盡無量無上大功德藏如是念已默然而住爾時智者於彼受者不起亂心若坐若立作是言汝某甲善男子諦聽法弟汝是菩薩不答言是發菩提願未答言已發問已智者復作是言善男子汝欲於我受一切菩薩戒律儀戒攝善法戒攝衆生戒此戒是過去未來現在一切菩薩所住戒過去一切菩薩已學未來一切菩薩當學現在一切菩薩今學汝能受不答言能第二第三亦如是說智者三說授菩薩戒竟受者不起智者於佛像前敬禮十方世界諸菩薩衆如是白言某甲菩薩於我某前三說受菩薩律儀戒我爲作證一切諸佛無上大師現知見覺於一切衆生一切法現知見覺者亦如是白某甲菩薩於我某前三說受菩薩律儀戒我爲作證第二第三亦如是白如是受菩薩律儀戒竟次第十方一切世界無量諸佛及大地菩薩前法有相現爾時十方世界諸佛菩薩念是菩薩起如實知見告諸大衆某世界中有某甲從某菩薩受菩薩律儀戒於是菩薩起子想弟想慈心愛念慈心愛念故令是菩薩善法增長終不退減如是白如是知見如是受菩薩律儀戒竟智者受者俱起敬禮十方諸佛及菩薩衆如是菩薩所受律儀戒於餘一切律儀戒最勝最上攝受無量無邊功德從第一無上眞實心起一切衆生一切種惡行對治波羅

提木叉戒於此律儀戒百分不及一百千萬分乃至極算數譬喻亦不及一攝受一切諸功德故住律儀戒菩薩當作是思惟如法者行非法不行功德轉增學戒菩薩聞修多羅藏所説及菩薩摩德勒伽藏所説當勤護持有智菩薩不從一切菩薩受菩薩律儀戒若初聞菩薩律儀戒不信不順不能思惟者則不從受慳者貪者多欲者不知足者破戒者慢緩者不護戒者瞋者恨者不堪忍者嬾惰者懈怠者著睡眠者樂説世事者如是等人悉不從受若菩薩修習善心乃至搆牛乳頃者不飲酒者不愚癡者不怯弱者不少聞者不謗菩薩修多羅藏者如是等人悉皆從受菩薩受菩薩律儀戒者誹謗違逆菩薩藏者不向其説亦不教義何以故彼聞不信無知障故而生誹謗如是謗者如受菩薩律儀戒無量功德藏謗者罪報亦復如是乃至不捨惡言惡見惡覺終不捨離如是罪業菩薩欲受菩薩律儀戒時智者應先爲説菩薩摩德勒伽藏所説菩薩律儀戒及犯戒相令受戒者自心觀察智慧思惟我堪受戒非效他受是名堅固菩薩如是人者應受菩薩律儀戒住律儀戒菩薩有四波羅夷處法何等爲四菩薩爲貪利故自歎已德毀呰他人是名第一波羅夷處法（先經曰自歎得菩薩戒住菩薩地也）菩薩自有財物性慳惜故貧苦衆生無所依怙來從求索不起悲心給施所求有欲聞法悋惜不説是名第二波羅夷處法（先經曰不施乃至一錢不施乃至一偈也）菩薩橫生瞋恚出麤惡言意猶不息復以手打或加杖石殘害恐怖瞋恚增上前人懺謝

不受其懺結恨不捨是名第三波羅夷處法菩薩誹謗菩薩藏說相似法於相似法熾然建立若自心解若從他受是名第四波羅夷處法菩薩於此四法若一一犯是名波羅夷處法何以犯四不能增廣現在莊嚴菩提亦不增廣現在淨心是名相似菩薩非實菩薩菩薩以輭中煩惱犯此四法不名捨律儀戒以上煩惱犯是名爲捨若於四法數數違犯不生慙愧歡喜愛樂言是功德是名上煩惱菩薩無有頓犯波羅夷處法捨菩薩律儀戒如比丘捨木叉律儀戒菩薩捨菩薩律儀戒已堪任更受非如比丘捨木叉律儀戒不得更受有二因緣捨菩薩律儀戒一者捨無上菩提願二者起增上煩惱犯無有捨身受身捨菩薩律儀戒乃至十方在所受生亦復如是若菩薩不捨大願非上煩惱犯捨身受身雖不憶念從善知識數數更受猶是本戒不名新得住律儀戒菩薩當知犯非犯染汙不染汙輭中上住律儀戒菩薩於佛若佛塔若法若經卷若菩薩修多羅藏若菩薩摩德勒伽藏若比丘僧若大菩薩衆若不恭敬嬾惰若懈怠於一日一夜不修供養乃至一禮不以一偈讚歎三寶功德乃至不能一念淨心者是名爲犯衆多犯是犯染汙起若忘誤犯非染汙起不犯者入淨心地菩薩如得不壞淨比丘常法供養佛法僧寶若菩薩多欲不知足貪著財物是名爲犯衆多犯是犯染汙起不犯者爲斷彼故起欲方便攝受對治性利煩惱更數數起若菩薩見上座有德同法應敬者以瞋慢心不起恭敬不讓其坐問訊

請法悉不訓答是名爲犯衆多犯是犯染汙起若嬾惰懈怠若無記心若忘誤犯非染汙起不犯者若狂若病若無力若亂心若眠作覺相問訊請法悉不訓答若上座說法若決定論時若自說法若決定論時若聽法若說法衆中若決定論衆中若護說者意若以方便令彼調伏捨惡修善若護多人嫌若護僧制若菩薩檀越來請若至自舍至寺內若至餘家供施衣食種種衆具以瞋慢心不受不往是名爲犯衆多犯是犯染汙起不犯者若狂若病若無力若處遠若道路恐難若知不受令彼調伏捨惡修善若先受請若自修善法不欲暫廢若爲欲聞未曾有法饒益之義及決定論若知請者爲欺惱故若護多人嫌若護僧制若菩薩檀越以金銀眞珠摩尼瑠璃寶物奉施以瞋慢心違逆不受是名爲犯衆多犯是犯染汙起若嬾惰懈怠犯非染汙起不犯者若狂若知受已必生貪著若知受已施主生悔若知受已施主生惑若知受已施主貧苦若知受已多得憂惱所謂殺縛謫罰奪財訶責若知是物是三寶物若知是物是劫盜得若菩薩衆生往至其所欲得聞法瞋恨慳嫉不爲說者是名爲犯衆多犯是犯染汙起若嬾惰懈怠犯非染汙起不犯者若外道求短若狂若病若無力若知不說令彼調伏若所修法未善通利若知前人不能敬重若威儀不整若彼鈍根聞深妙法生怖畏心若知聞已增長邪見若知聞已毀呰退沒若知聞已向惡人說破壞正法若菩薩於兇惡犯戒衆生以瞋恨心若自捨若遮他令捨

不教化者是名爲犯衆多犯是犯染汙起若嬾惰懈怠若忘誤遮他令捨非染汙起何以故菩薩不於持戒精進起慈悲心如惡衆生現在苦者不犯者若狂若知不說令彼調伏若護多人嫌若護僧制若菩薩於如來波羅提木叉毗尼建立遮罪護衆生故令不信者信信者增廣同聲聞學何以故聲聞乃至自度不能度他令不信者信信者增廣學戒何況菩薩第一義度又復遮罪住少利少作少方便世尊爲聲聞建立者菩薩不同學此戒何以故聲聞自度捨他應住少利少作少方便菩薩自度度他不應同住菩薩爲衆生故從非親里婆羅門居士求百千衣鉢及自恣與當觀施主堪與不堪隨施應受如衣鉢如是自乞縷令非親里織師織爲衆生故應畜百千憍奢耶卧具坐具乃至金銀百千亦應受之如是等住少利少作少方便聲聞遮罪菩薩共學住菩薩律儀戒爲諸衆生若嫌恨心共聲聞學者是名爲犯衆多犯是犯染汙起若嬾惰懈怠非染汙起（先經曰若爲知足名譽不受者）若菩薩身口諂曲若現相若毀呰若因利求利住邪命法無慚愧心不能離捨是名爲犯衆多犯是犯染汙起不犯者爲斷彼故起欲方便煩惱增上更數數起若菩薩掉動心不樂靜高聲戲笑令他喜樂作是因緣是名爲犯衆多犯是犯染汙起若妄誤犯非染汙起不犯者爲斷彼故起欲方便如前說又不犯者若他嫌恨欲令止故若他愁憂欲令息故若他性好戲爲攝彼故爲斷彼故爲將護故若他疑菩薩嫌恨違背和顔戲笑現心淨故若

菩薩作如是見如是説菩薩不應樂涅槃應背涅槃不應怖畏煩惱不應一向猒離何以故菩薩應三阿僧祇劫久受生死求大菩提作如是説者是名爲犯衆多犯是犯染汙起何以故聲聞深樂涅槃畏猒煩惱比於菩薩百千萬分不及其一何以故聲聞但爲自利菩薩普爲衆生菩薩修習離煩惱心勝於羅漢成就有漏煩惱不汙若菩薩不護不信之言不護譏毀亦不除滅若實有是不除滅者是名爲犯衆多犯是犯染汙起若實無過不除滅者非染汙起不犯者若外道誹謗及餘惡人若出家乞食修善因縁生他譏毀若前人瞋若狂而生譏謗若菩薩觀見衆生應以苦言方便利益恐其憂惱而不爲者是名爲犯衆多犯是犯非染汙起不犯者觀見現在少所利益多起憂惱若菩薩罵者報罵瞋者報瞋打者報打毀者報毀是名爲犯衆多犯是犯染汙起若菩薩侵犯他人或不侵犯令他生疑即應懺謝嫌恨輕慢不如法懺謝者是名爲犯衆多犯是犯染汙起若嬾惰懈怠犯非染汙起不犯者若以方便令彼調伏若彼欲令作不淨業然後乃受若知彼性好鬬訟若懺謝者增其瞋怒若知彼和忍無嫌恨心恐彼慙恥不謝無罪若菩薩他人侵犯如法懺謝以嫌恨心欲令彼惱不受其懺是名爲犯衆多犯是犯染汙起若不嫌恨性不受懺非染汙起不犯者若以方便令彼調伏如前説若彼不如法懺其心不平不受其懺無罪若菩薩於他起嫌恨心執持不捨是名爲犯衆多犯是犯染汙起不犯者爲斷彼故起

欲方便如前說若菩薩爲貪奉事畜養眷屬者是名爲犯衆多犯是犯染汙起不犯者無貪心畜若菩薩嬾惰懈怠耽樂睡眠若非時若不知量是名爲犯衆多犯是犯染汙起不犯者若病若無力若遠行疲極若爲斷彼故起欲方便如前說若菩薩以染汙心論說世事經時者是名爲犯衆多犯是犯染汙起若忘誤經時非染汙起不犯者見他聚語護彼意故須臾暫聽若答他問未曾聞事若菩薩欲求定心嫌恨憍慢不受師教是名爲犯衆多犯是犯染汙起若嬾惰懈怠犯非染汙起不犯者若病若無力若知彼顛倒說若自多聞有力若先已受法若菩薩五蓋心起不開覺者是名爲犯衆多犯是犯染汙起不犯者爲斷彼故起欲方便如前說若菩薩見味相應禪以爲功德是名爲犯衆多犯是犯染汙起不犯者爲斷彼故起欲方便如前說若菩薩如是見如是說菩薩不應聽聲聞經法不應受不應學菩薩何用聲聞法爲是名爲犯衆多犯是犯染汙起何以故菩薩尚聽外道異論何況佛語不犯者專學菩薩藏戒未能周及若菩薩於菩薩藏不作方便棄捨不學一向修習聲聞經法是名爲犯衆多犯是犯非染汙起若菩薩於佛所說不作方便棄捨不學反習外道邪論世俗經典是名爲犯衆多犯是犯染汙起不犯者若上聰明能速受學若久學不忘若思惟知義若於佛法具足觀察得不動智若一日中常以二分受佛經一分學外典若菩薩於世俗經典外道邪論愛樂不捨不作毒想是名爲犯衆多犯是犯

染汙起共菩薩聞菩薩藏甚深義眞實義諸佛菩薩無量神力誹謗不受言非利益非如來說是亦不能安樂衆生是名爲犯衆多犯是犯染汙起菩薩或自心不正思惟或隨順他故謗聞第一甚深義不生解心是菩薩應起信心不諂曲心作是學我大不是盲無慧眼如來慧眼如是隨順說如是有餘說云何起謗是菩薩自處無知處如是如來現知見法正觀正向非不解謗不犯若菩薩以貪恚心自歎已德毀呰他人是名爲犯衆多犯是犯染汙起不犯者爲毀外道稱揚佛法若以方便令彼調伏令不信者信信者增廣先經曰生瞋慢心言已持戒多聞悉勝也若菩薩聞說法處若決定論處以瞋慢心不往聽者是名爲犯衆多犯是犯染汙起若嬾惰懈怠犯非染汙起不犯者若不解若病若無力若知彼顚倒說若護說者意若數數聞已受持已知義若多聞若聞持若如說行若自修禪定不欲暫廢若鈍根難悟難受難持不往者皆不犯若菩薩輕說法者不生恭敬嗤笑毀呰但著文字不依實義是名爲犯衆多犯是犯染汙起住律儀戒菩薩見衆生所作諸饒益業若始思量及所施作行路去來正業方便田業牧牛和合諍訟若吉會若福業以瞋恨心不與同者是名爲犯衆多犯是犯染汙起若嬾惰懈怠犯非染汙起不犯者若病若無力若彼自能辦若彼自有伴若彼所作非法非義若以方便令彼調伏若先許他若彼有怨若自修善法不欲暫廢若性暗鈍若護多人嫌若護僧制若菩薩見羸病及窮苦人以瞋恨心不往瞻視

是名爲犯衆多犯是犯染汙起若嬾惰懈怠
犯非染汙起不犯者若自病若無力若教有
力者隨順瞻視若知彼人自有眷屬若彼有
力能自經理若病數發若長病若自修善法
不欲暫廢若闇鈍難悟難受難持難緣中住
若先瞻他病如病窮苦亦爾若菩薩見衆生
造今世後世惡業以嫌恨心不爲正說是名
爲犯衆多犯是犯染汙起不犯者若自無智
若無力若使有力者說若彼自有力若彼自
有善知識若以方便令彼調伏若爲正說於
我增恨若出惡言顛倒受若無愛敬若彼人
性弊儱悷若菩薩受他恩惠以嫌恨心不以
若等若增酬報彼者是名爲犯衆多犯是犯
染汙起若嬾惰懈怠犯非染汙起不犯者若
作方便而無有力若以方便令彼調伏若欲
酬報而彼不受若菩薩見諸衆生有親屬難
財物難以嫌恨心不爲開解除其憂惱是名
爲犯衆多犯是犯染汙起若嬾惰懈怠犯非
染汙起不犯者如前不同事中說若菩薩有
求飲食衣服以瞋恨心不能給施是名爲犯
衆多犯是犯染汙起若嬾惰懈怠犯非染汙
起不犯者若自無有若求非法物若非益彼
物若以方便令彼調伏彼若犯王法護王意
故若護僧制若菩薩攝受徒衆以瞋恨心不
如法教誡不能隨時從婆羅門居士求索衣
食卧具醫藥房舍隨時供給是名爲犯衆多
犯是犯染汙起若嬾惰懈怠犯非染汙起不
犯者若以方便令彼調伏若護僧制若病若
無力若使有力者說若彼有力多知識大德
自求衆具若曾受教自已知法若外道竊法

不能調伏若菩薩以嫌恨心不隨他者是名爲犯衆多犯是犯染汙起若嬾惰懈怠犯非染汙起不犯者若彼欲爲不如法事若病若無力若護僧制若彼雖如法能令多人起非法事若伏外道若以方便令彼調伏若菩薩知他衆生有實功德以嫌恨心不向人說亦不讚歎有讚歎者不唱善哉是名爲犯衆多犯是犯染汙起若嬾惰懈怠犯非染汙起不犯者知彼少欲護彼意故若病若無力若以方便令彼調伏若護僧制若令彼人起煩惱起溢喜起憍慢起非義若實功德似非實德若實善說似非善說若爲摧伏外道邪見若待說竟若菩薩見有衆生應訶責者應罰者應擯者以染汙心不訶責若訶責不罰若罰不擯是名爲犯衆多犯是犯染汙起若嬾惰懈怠犯非染汙起不犯者彼不可治不可與語不可教誨多起嫌恨若觀時若恐因彼起鬪一一諍事若相言訟若增諍若壞僧若彼不諂曲有慚愧心漸自改悔菩薩成就種種神力應恐怖者而恐怖之應引接者而引接之欲令衆生消信施故若不以神力恐怖引接者是名爲犯衆多犯是犯染汙起不犯者若彼衆生更起染著外道謗聖成就邪見若發狂若增苦受起此戒事佛於處處修多羅中說律儀戒攝善法戒攝衆生戒菩薩律儀戒攝是菩薩摩德勒伽藏中和合說菩薩當勤受持起上恭敬專心修學從他正受已善淨欲學心菩提心利衆生心從初受戒專精堅持若有所犯即如法懺悔菩薩一切所犯突吉羅攝當向大小乘人有力解語能受懺

者如法懺悔若菩薩以增上煩惱犯波羅夷處法者失律儀戒應當更受若中煩惱犯波羅夷處法者當向三人若過三人長跪合掌說所犯事作突吉羅罪懺作是言大德憶念我某甲越菩薩毗尼犯某事得突吉羅罪餘如比丘犯突吉羅懺悔法說若下煩惱犯波羅夷處法及餘所犯向一人懺若無如法人可從懺者當自起清淨心懺念言我終不更犯此罪於未來中常當攝持律儀戒若能如是所犯即除若無如上具功德人可從受菩薩律儀戒者是菩薩應於佛像前自受整衣服偏袒右肩右膝著地曲身合掌作如是言我某甲白十方世界一切諸佛及大地諸菩薩衆我今於諸佛菩薩前受一切菩薩戒律儀戒攝善法戒攝衆生戒此諸戒過去一切菩薩已學未來一切菩薩當學現在一切菩薩今學第二第三亦如是說說已應起餘如前說菩薩所犯無無餘犯如世尊說菩薩起瞋煩惱犯應更受非貪欲犯當知此義菩薩愛念衆生爲增上菩薩所作一切能作非作所作犯應更受菩薩瞋衆生者不能自度度他亦不能作菩薩所作如是不作所作犯應更受菩薩輭中上犯當作是知如四攝處說菩薩於此律儀戒具足成就三正法得安樂住一者方便具足二者淨心具足三者本因具足菩薩於戒不穿漏身口意業不數數犯發露諸惡是名方便具足菩薩爲法出家不爲身命爲義爲禪定不爲財利爲沙門爲涅槃不爲非義不爲懈怠精進不退不雜衆惡不善之法煩惱受有熾然苦報及未來世生

老病死是名淨心具足菩薩本餘生時廣修
諸業於今獲得衣食牀卧湯藥衆具能修惠
施是名本因具足住律儀戒菩薩具足三正
法者名安樂住與此相違名具足三不正法
當知菩住是名略説廣説在家出家一切戒
當知此一切戒分别爲難戒等難戒者略説
三種一者菩薩具足大財大勢力能捨出家
受菩薩戒二者菩薩若遭急難乃至失命於
所受戒不令鈌減況具足犯三者菩薩於一
切修行一切正受一切憶念心住不亂乃至
盡壽於細微戒不令鈌減何況重者一切門
戒者有四種一者正受戒二者性戒三者習
戒四者方便成戒正受戒者菩薩已受三種
律儀戒所謂律儀戒攝善法戒攝衆生戒性
戒者菩薩性自賢善身口業淨習戒者菩薩
本餘生時於三種戒已曾修習以本因故一
切惡行心常猒惡樂修善行方便成戒者菩
薩依四攝事於諸衆生行善身口業善人戒
者有五種一者自持淨戒二者授與他人三
者讚歎淨戒四者見同法者心生歡喜五者
設有所犯如法懺除一切行戒者彼六種七
種略説十三種迴向大菩提廣攝戒故是名
爲廣貪其欲樂自身苦行離此二邊故是名
無罪歡喜處盡其壽命常不還戒一切利養
行外道邪論煩惱諸纏不能侵欺亦不能奪
故是名堅固戒莊嚴成就故當知戒莊嚴謂
聲聞地離殺生等律儀戒攝善法戒攝衆生
戒順戒不順戒護隨護戒大人相報戒增上
意報善趣報利衆生報除惱戒者有八種菩
薩初作是思惟我不欲令他殺盜邪婬妄語

兩舌惡口無義語手石杖等觸惱於我如我不欲彼亦如是云何以此加於他人以是不殺於彼乃至不以手石杖觸作是思惟已不以八事觸惱衆生此世他世樂戒者有九種遮處則遮開處則開攝處則攝應降伏者則降伏之菩薩於彼身口業是四種戒又檀波羅蜜得戒羼提波羅蜜乃至般若波羅蜜俱戒是五種戒如是略說九種戒菩薩自己及他現法樂住及後世樂是故名此世他世樂清淨戒者有十種一者初善受戒爲沙門爲菩提不爲身命二者終不退減起於疑悔三者亦不過持戒起非處疑悔四者離諸懈怠不樂睡眠日夜精勤成就善法五者攝心不令放逸如前五不放逸說六者修習正願不願財利及生天上常修梵行七者攝持威儀善於威儀所作衆事方便修善如法身口行正命具足諂曲邪命種種過惡皆悉遠離八者離於二邊離隨順欲樂及諸苦行九者修習出要異學諸見皆悉遠離十者於所受戒不缺不減是名清淨戒是名菩薩大戒藏得菩提果菩薩依此戒已滿足尸波羅蜜得阿耨多羅三藐三菩提乃至未成無上正覺得五種福利一者常爲一切諸佛所念二者終時其心歡喜三者捨身在所生處常與淨戒諸菩薩衆爲善知識四者無量功德藏戒度成就五者今世後世性戒成就如前所說自性等九種戒當知三戒所攝所謂律儀戒攝善法戒攝衆生戒又三種戒略說能爲三事律儀戒能令心住攝善法戒自成佛法攝衆生戒成就衆生是名菩薩一切事所謂現法

心得樂住身心不倦能具足佛法成就衆生是名菩薩戒是名戒福是名戒所作無餘無上過去一切諸菩薩求大菩提已於中學未來當學現在今學

菩薩地持經卷第四

音釋

恬徒兼切安也　躃必益切足不能行也　賑止忍切舉救也　悋良刃切慳也　兇許容切惡暴也　㦖悷㦖力董切悷郎計切㦖悷多惡不調也

菩薩地持經卷第五

北涼天竺三藏法師曇無讖譯

方便處忍品第十一

云何菩薩羼提波羅蜜略說有九種一者自性忍二者一切忍三者難忍四者一切門忍五者善人忍六者一切行忍七者除惱忍八者此世他世樂忍九者清淨忍自性忍者菩薩依思惟力若性力能忍他人不饒益事一切諸忍依無貪心純一悲心是名自性忍一切忍者略說二種一者在家一者出家在家出家各有三種一者他不饒益忍二者安苦忍三者法思惟解忍他不饒益忍者從久遠來無間大苦他不饒益現前迫切菩薩作是思惟是我自業過惡所致本作罪業得今日苦今若不忍復爲未來大苦因緣我今便爲重自造苦又我及彼俱是一切有爲行苦彼無知故增苦於我我今有知云何復欲重加於彼又聲聞自利尚不以苦加於他人況於菩薩廣利衆生如是思惟已修習五種想於怨親中人下中上品若苦若樂有德無德如是衆生一切能忍云何五種想一者本親屬想二者法數想三者無常想四者苦想五者攝取想本親屬想者菩薩作是思惟衆生久遠已來少非親者若父若母兄弟姊妹和尚阿闍梨若師若師等及諸所尊於怨憎所害是正思惟時捨怨憎不饒益想住本親想依本親想已他不饒益者悉能堪忍法數想者菩薩作是思惟因緣行數法數無我衆生壽命生者罵者打者諍者如是正思惟時離衆生想住法數想依法數想已他不饒益者悉

能堪忍無常想者菩薩作是思惟一切衆生生所起者一切悉是無常死法於上復有不饒益事欲斷其命如是無常衆生性是死法智者不起不清淨心況復手石刀杖欲斷其命如是正思惟時離常堅固想住無常不堅固想依無常想已他不饒益者悉能堪忍苦想者菩薩作如是觀大力具足者尚不離三苦所謂行苦變易苦苦苦況復不具足者作如是觀時於常苦衆生欲令離苦云何加報重增其苦如是正思惟時離於樂想住於苦想依苦想已他不饒益者悉能堪忍攝取想者菩薩作是思惟我爲一切衆生發菩提心於一切衆生作親屬想我應攝取普令安樂不應於親屬應利益處而反重加不饒益事如是正思惟時滅除他想住攝取想依攝取想已他不饒益者悉能堪忍云何爲忍不瞋不報心不懷恨是名爲忍安苦忍者菩薩作是思惟我從昔來爲五欲故作諸苦因受無量苦所謂營世生業治生種植奉事王家如是諸苦莫不備經皆是癡冥無知過故今當修學樂因具足善法無量衆苦悉當安忍況復小苦如是正思惟時覺慧具足一切苦事悉能安忍一切苦事略說有八種一者依處二者世法處三者威儀處四者攝法處五者比丘隨戒處六者精勤處七者利衆生處八者諸所作處依處者謂四依法依正法出家得比丘分若得麤澁弊惡不恭敬與留難不時心無憂惱菩薩於彼衆苦不捨精進如是名爲安忍依苦世法者有九種一者不利二者不譽三者譏四者苦五者壞法壞六者盡

法盡七者老法老八者病法病九者死法死此諸世法若離若合能生衆苦菩薩於彼衆苦不捨精進如是名爲安忍世法苦威儀者有四威儀行住坐卧是菩薩若行若坐晝夜二時除去陰障心得清淨不非時卧坐牀卧牀草敷葉敷因此疲極而生衆苦悉能堪忍菩薩於彼苦不捨精進如是名爲安忍威儀苦攝法者有七種寶供養德供養諮受正法廣爲人說妙音讃歎獨靜思惟稱量觀察憶念攝受修習止觀菩薩攝此七法方便修習所起衆苦悉能堪忍終不因是捨於精進如是名爲安忍攝法若比丘隨戒者有七種一者除髮毁形捨離俗相二者著壞色衣三者捨不如法世俗所行心正念住四者依他活命捨世事業五者盡壽從他求衣不爲積聚六者盡壽障人五欲攝諸根門捨非梵行七者盡壽捨歌舞倡妓種種戲樂如是等所作艱難行比丘戒由是生苦菩薩安忍不因是故捨於精進精勤者菩薩精勤供養三寶受持讀誦菩薩經藏書寫解說思惟其義勤加精進修習聖道由是生苦菩薩安忍不因是故捨於精進利衆生者略說有十一種如戒品說由是生苦菩薩安忍不因是故捨於精進諸所作者出家衣鉢等業在家營生等業由是生苦菩薩安忍不因是故捨於精進菩薩雖受衆苦要當安忍修無上菩提終不退轉心常歡喜不生染汙是名安苦忍法思惟解忍者是菩薩於法正擇善觀開覺於八種解處深入繫念所謂三寶三寶功德眞實之義諸佛菩薩大神通力若因若果所應得義

得方便所知行處又復解者有二因緣一者久遠修習二者得快淨智是名一切忍依二種分別廣説爲難忍等難忍者略説三種一者下劣衆生不饒益者悉能堪忍二者於己僕使自能堪忍三者卑下種姓起增上過而能堪忍一切門忍者略説四種一者堪忍親屬不饒益事二者堪忍怨家不饒益事三者堪忍中人不饒益事四者堪忍下中上不饒益事善人忍者略説五種是菩薩先見行忍有大福利謂修行忍者於未來世不多結恨不多乖離心多喜樂死時無悔身壞命終生於善趣天上見如是等功德福利能自堪忍教他行忍常爲他人難忍功德見他行忍其心隨喜一切行忍者謂六種七種略説十三種菩薩見不忍者得大苦報怖畏故忍於一切衆生慈心悲心親厚心親愛故忍殷勤願樂無上菩提欲滿足羼提波羅蜜作因故忍忍力故出家如世尊説常當具足等受持戒是出家忍是名受法忍種性具足及先修習現在住是名性忍知一切法無有衆生見離言説法數是名正念法忍一切不饒益忍一切忍一切處忍謂一人及大衆會一切時忍謂平旦日中日入日夜過去未來現在若病不病若卧若起身常行忍不觸惱彼口常行忍離不愛言意常行忍不興忿怒亦復不起不淨悕望除惱忍者略説八種一者於苦求者堪忍不惱二者於兇暴增上惡者依大悲心堪忍不惱三者於出家犯戒者依大悲心堪忍不惱五者精進堪忍不惱苦惱衆生欲爲除苦求法及法次法向如是法廣爲宣説

若衆生所作悉皆營助精進堪能是名八種除惱忍衆生所患堪忍爲除有所乏少堪忍饒益四者六者七者諸藏皆闕此世他世樂忍者略說九種是菩薩住不放逸善法堪忍寒熱飢渴蚊䖟風日衆毒所觸堪忍一切身心疲苦悉能堪忍墮生死海生老病死諸苦衆生哀愍在前如是等忍菩薩於現法中自住安樂一切諸惡皆悉遠離復爲來世安樂因緣亦復令他向令世後世安隱快樂是故名爲此世他世樂忍清淨忍者略說十種一者他不饒益無反報心二者不起恚恨三者無怨憎想四者常饒益向如本心後亦如是作饒益事捨不饒益五者於不饒益者輙語辭謝六者若彼悔謝能速忍受七者見彼不忍加以悲心八者見彼修忍倍增敬佛九者衆生恐怖深起悲心十者斷除一切不忍等過離欲清淨如是十種名菩薩清淨忍如是從自性忍乃至清淨忍廣大無量大菩提果因依是忍必得阿耨多羅三藐三菩提

方便處精進品第十二

云何菩薩毗梨耶波羅蜜略說有九種一者自性精進二者一切精進三者難精進四者一切門精進五者善人精進六者一切行精進七者除惱精進八者此世他世樂精進九者清淨精進自性精進者是菩薩堪能攝受無量善法利益安樂一切衆生熾然不斷亦不顛倒彼所起身口意業是名自性精進一切精進者略說二種一者在家二者出家在家出家各有三種一者弘誓精進二者攝諸善法三者利益衆生弘誓精進者菩薩先起

精進方便心數堪能被弘誓鎧作是念言我爲一衆生脫苦因縁故以百千大劫爲一日一夜如是數億百千大劫在地獄中乃至成佛誓不退轉不得無上菩提終不捨精進況復少時受於少苦是名菩薩弘誓精進如是像類菩薩弘誓精進起少信少解已能長養無量開覺勤方便性況復成就如是弘誓精進菩薩爲無上菩提故利益衆生不以爲難生退沒想攝善法精進者菩薩精進爲檀波羅蜜戒忍禪定般若波羅蜜方便成就故略說七種一者不動一切妄想煩惱異論無量衆苦不傾動故二者堅固頓方便故三者得無量明處安住正念故四者方便具足所當得義不顚倒道隨順得故五者正精進義饒益所當得義成就願故六者熾然常勤方便故七者離慢精進方便心不自舉故菩薩修此七種攝善法精進方便疾滿足諸波羅蜜得阿耨多羅三藐三菩提一切菩提行善法皆此精進之所成就是故此精進爲最上最勝因無餘無上是故世尊修多羅中種種稱歎精進疾得阿耨多羅三藐三菩提菩薩利衆生精進有十一種如戒品說彼說戒此說精進難精進者略說三種一者菩薩精進無間無衣食想牀臥具想已身想常修善法二者菩薩如是精進乃至捨身受身常修善法不捨精進三者菩薩平等分別功德具足不緩不急心不顚倒以義饒益精進成就又此難精進力當知是攝取大悲及智慧因一切門精進者略說四種一者捨染汙法二者生白淨法三者淨除三業四者增益智慧捨染

汙法者菩薩精進離諸煩惱未起不起已起令滅生白淨法者未生善法方便令生已生善法方便增廣淨除三業者菩薩精進三業清淨悉能攝取善身口意業增益智慧者菩薩精進得聞思修慧增長具足善人精進者略說五種一者無有不作一切欲方便不休息故二者不下隨其所起若中若上精進長養故三者不懈怠勇猛熾然長久無間精進方便心不退沒不息不壞故四者不顚倒義饒益方便攝取故五者殷勤方便精進速疾於無上菩提故一切行精進者謂六種七種略說十三種六種者所謂常精進常方便故頓精進至到方便故依精進因本精進力故方便精進思惟計校善方便故不動精進一切苦觸不傾動故亦不向餘義故不知足精進限量勝進不歡喜故菩薩成就如是六種一切行精進者殷勤精進堪能堅固於諸善法不可毀壞七種者一者與欲俱精進殷勤欲願長養無上菩提故二者等具足精進諸餘煩惱染汙心住於諸善法等心住故三者勝進精進諸餘煩惱上煩惱心住斷彼煩惱如救頭然故四者求精進一切明處求故五者學精進彼如是諸法隨其所應起法次法向故六者利衆生精進有十一種如戒品說七者自正方便護精進若有缺漏如法悔故是名七種如是十三種是名菩薩一切行精進善薩除煩惱精進此世他世樂精進如忍品說清淨精進者略說十種一者隨順二者修習三者專著四者善攝五者時具足六者分別相七者不退弱八者不壞九者平等十

者迴向大菩提是菩薩爲斷煩惱隨其所應修習對治如愛所纏修不淨觀瞋修慈心癡觀緣起覺觀所亂修安般念慢修分別界方便觀如是等名隨順精進是菩薩非成就初業精進謂心已住教授教誡修習方便調伏方便是名修習精進是菩薩非修習精進教授教誡方便心住然是初業是菩薩於是方便專精方便常方便頓方便是名專著精進是菩薩緣諸所尊若多聞力不顛倒受其心安住精進方便是名善攝精進是菩薩如是不顛倒受止時修止舉時修舉捨時修捨是名時具足精進是菩薩於止舉捨相三昧住起相常善觀察不妄分別是名分別相精進是菩薩聞說第一勝妙第一甚深不可思議無量菩薩精進方便心不自輕亦不怯弱不少勝進生知足想而不上求是名不退弱精進是菩薩常守根門飲食知量初夜後夜未曾睡眠精進方便正智心住如是等三摩提具精勤成就正義饒益是名不壞精進是菩薩精勤方便不緩不急平等修習一切方便平等頓修是名平等精進是菩薩一切精進方便所作迴向無上菩提是名正迴向精進如是從自性精進乃至清淨精進當得大菩提果菩薩依是精進滿足毗梨耶波羅蜜得阿耨多羅三藐三菩提

方便處禪品第十三

云何菩薩禪波羅蜜略說有九種一者自性禪二者一切禪三者難禪四者一切門禪五者善人禪六者一切行禪七者除惱禪八者此世他世樂禪九者清淨禪自性禪者於善

薩藏聞思前行世間出世間善一心安住或止分或觀分或二同類或俱分是名自性禪一切禪者略說二種一者世間二者出世間世間出世間各有三種一者現法樂住禪二者出生三昧功德禪三者利益衆生禪菩薩禪定離一切妄想身心止息第一寂滅自舉心息捨離味著及一切相是名現法樂住禪菩薩禪定出生種種不可思議無量無邊十力種性所攝三昧彼諸三昧一切聲聞辟支佛不知其名況復能起及所出生二乘解脫除入一切入無礙慧無諍智願智勝妙功德是名出生三昧功德禪利益衆生禪者有十一種如戒品說菩薩依禪衆生所作以義饒益皆與同事爲除衆苦如所應說知恩報恩護諸恐怖諸難憂苦能爲開解資生不具給施所須如法畜衆善能隨順見實功德稱揚讃美有過惡者慈心折伏神力恐怖或令歡喜難禪者略說三種一者菩薩久習勝妙禪定於諸三昧心得自在哀愍衆生欲令成就捨第一禪樂而生欲界二者菩薩依禪出生無量無數不可思議諸深三昧出過一切聲聞辟支佛上三者菩薩依禪得無上菩提一切門禪者略說四種一者有觀有覺禪二者喜俱禪三者樂俱禪四者捨俱禪善人禪者略說五種一者不味著二者慈心俱三者悲心俱四者喜心俱五者捨心俱一切行禪者謂六種七種略說十三種善禪無記化化禪止分觀分禪自他利禪正念禪出生神通力功德禪名緣義緣止相緣舉相緣捨相緣現法樂住第一義禪除惱禪者略說八種一者

菩薩入定除諸苦患毒害霜雹寒熱鬼病是名呪術所依禪二者菩薩入定能除四大所起衆病是名除苦禪三者菩薩入定興致甘雨能消灾旱救諸饑饉是名雲雨禪四者菩薩入定濟諸恐難一切水陸人非人怖是名等度禪五者菩薩入定能以飲食饒益曠野飢渴衆生是名饒益禪六者菩薩入定能以財物調伏衆生是名調伏禪七者菩薩入定覺諸迷醉十方迷醉等開覺之是名開覺禪八者菩薩入定衆生所作悉令成就是名等作禪此世他世樂禪者略説九種一者神足示現調伏衆生禪二者隨説示現調伏衆生禪三者教誡示現調伏衆生禪四者爲惡衆生示惡趣禪五者失辯衆生以辯饒益禪六者失念衆生以念饒益禪七者造不顛倒論微妙讃頌摩德勸伽爲令正法久住世禪八者世間技術義饒益聚攝取衆生禪所謂書數算計資生方法如是等種種衆具九者暫息惡趣放光明禪清淨禪者略説十種一者世間清淨淨不味不染汙禪二者出世間清淨淨禪三者方便清淨淨禪四者得根本清淨淨禪五者根本上勝進清淨淨禪六者入住起力清淨淨禪七者捨復入力清淨淨禪八者神通所作力清淨淨禪九者離一切見清淨淨禪十者煩惱智障斷清淨淨禪如是菩薩無量禪得大菩提果菩薩依是得阿耨多羅三藐三菩提

方便處慧品第十四

云何菩薩般若波羅蜜略説有九種一者自性慧二者一切慧三者難慧四者一切門慧

五者善人慧六者一切行慧七者除惱慧八者此世他世樂慧九者清淨慧自性慧者入一切所知境界隨入已如法擇觀緣五明處所謂內明因明聲明醫方明世工巧明是名自性慧一切慧者略說二種一者世間二者出世間世間出世間各有三種一者所知眞實隨覺分別二者善攝五明處及三聚法三者利衆生所作隨覺分別者菩薩以無言說無我法覺了眞諦覺已於上般若第一寂滅處繫念安住離諸妄想滅除虛僞入於平等大總相觀建立及謗是二俱離入于中道善攝五明處者廣說如力種性品說三聚法者義饒益法聚非義饒益法聚非義非非義饒益法聚如是入處般若善攝無上大慧衆具滿足得阿耨多羅三藐三菩提利衆生所作者有十一種如戒品說於彼一一處智慧方便調伏衆生難慧者略說三種一者知甚深無我法二者調伏方便三者一切所知無有障礙一切門慧者略說四種所謂學聲聞藏菩薩藏聞慧思慧思惟菩薩所作隨順離諸障礙思惟力所攝慧修力所攝正定地無量慧善人慧者略說五種一者得聞正法慧二者內正思惟俱慧三者自他利方便俱慧四者於諸法法相法住不顛倒決定慧五者離煩惱慧復有五種一者細微如其性境界入二者周至如其性境界入三者本得智慧衆具俱生四者諸佛如來及大地菩薩所說法義悉能受持五者得淨心地乃至究竟地所攝受慧一切行慧者謂六種七種略說十三種於四眞諦苦智集智滅智道智究竟盡智

無生智是名六種法智比智等智神通智相智十力方便智四事具足智是名七種除惱慧者略說八種一者知經法故名法無礙二者知法相故名義無礙三者知諸法名故名辭無礙四者知諸法種種句義故名樂說無礙五者伏一切異論智六者建立一切正論智七者能治產業增長錢財智八者善知王者決斷世事智此世他世樂慧者略說九種於內明處善淨建立智因明聲明醫方明世工巧明善淨建立智如是依善淨五明菩薩調伏衆生愚癡放逸懈怠令正隨其次第顯示教授照明歡喜清淨慧者略說十種眞實義有二種乃至性如性眞實義攝受流轉義有二種正因及果攝受取義有二種顚倒不顚倒如實知方便義有二種一切應作不應作如實知究竟義有二種穢汙清淨如實知如是五種十種分別淨慧當知第一清淨如是菩薩善決定無上慧得大菩提果菩薩依是滿足般若波羅蜜得阿耨多羅三藐三菩提又此六波羅蜜處處修多羅中世尊分別說我今略說當作是知如來修多羅中說檀波羅蜜乃至般若波羅蜜分別從自性檀波羅蜜乃至清淨檀波羅蜜所攝隨其所應如是尸波羅蜜乃至般若波羅蜜所攝隨其所應當作如是知如來爲菩薩時於無量生苦行相應一切檀波羅蜜相應當知乃至般若波羅蜜相應或爲攝一或攝二或攝三或攝四或攝五或攝一切六波羅蜜當知此六波羅蜜起阿耨多羅三藐三菩提菩薩大清淨法大清淨海一切衆生一切種正法因最大

珍寶如是無量功德智慧衆具得阿耨多羅三藐三菩提果無餘無上

方便處攝品第十五

云何菩薩愛語略說有九種一者自性愛語二者一切愛語三者難愛語四者一切門愛語五者善人愛語六者一切行愛語七者除惱愛語八者此世他世樂愛語九者清淨愛語自性愛語者是菩薩可喜語眞實語如法語義饒益語與衆生語是名自性愛語一切愛語者略說二種一者菩薩見人舒顏平視讚言善來等念在前先語安慰道路清泰四大調適卧覺安不如是等隨順世間巧便調言等心慰問又復呪願妻子眷屬錢財穀米增長具足見具功德者勸其信戒施聞智慧令其歡喜二者說一切種功德相應法安樂衆生常說等說第一勝妙饒益言說是名菩薩一切愛語菩薩愛語二種分別慰問讚歎者是名隨世間語第一勝妙饒益言說者是名正說法語難愛語者略說三種一者於怨憎所以清淨心思惟慰喻發喜饒益而共言語二者於增上愚癡鈍根衆生以無厭心思惟籌量忍諸疲苦以法攝取爲具足說三者於諸諂曲幻偽衆生欺和尚阿闍梨及尊重福田或惡邪見以無害心方便慰喻發喜饒益而爲說法是名難愛語一切門愛語者略說四種一者斷除諸蓋向於善趣說初所作法二者斷除諸蓋實心增進說應四眞諦法三者見在家出家放逸衆生等心訶責令離放逸四者已起疑惑能爲開解若說法若決定論善人愛語者略說五種一者說佛菩薩

正因調伏法二者正出三者正依四者正度五者正示現處所因緣制戒是故此法名爲正因於所受戒有所缺犯教令還淨是故此法名爲正出說四依所攝正法律至處道是故此法名爲正依顯示出一切苦不退還道是故此法名爲正度三種示現於一切說無礙是故此法名爲正示現一切行愛語者謂六種七種略說十三種聽所應聽法愛語制所應制法愛語現諸經法愛語現諸法相愛語現諸法名字不顛倒愛語法句種種分別愛語慰喻愛語發喜愛語自恣安以衆具代其所作虛受愛語種種恐怖施安愛語具足說法攝取愛語開覺不善安立善法見聞疑舉罪折伏愛語勸有力說法愛語是十三種名爲一切行愛語除惱愛語者略說八種依

口四淨八種聖語口四淨者離妄語兩舌惡口綺語八種聖語者見聞識知見聞覺知說不見不聞不識不知不見不聞不覺不知說此世他世樂愛語者略說九種斷親屬難憂苦故愛語說法斷財物難憂苦故愛語說法斷疾病難憂苦故愛語說法斷戒難憂苦故愛語說法斷見難憂苦故愛語說法戒具足見具足威儀具足正命具足故愛語說法清淨愛語者有二十種說法如前力種性品說云何菩薩利益利益者如愛語廣說異利益今當說謂菩薩一切行愛語隨所說義利安衆生自性利益者是愛語具足顯示衆生如所應學隨利益行法次法向住於悲心無貪心勸導教授調伏安立是名自性利益一切利益者略說二種一者一切衆生未熟者方

便令熟二者已熟者令至解脱復有三種一者與現世利二者與後世利三者與現世後世利勸教衆生如法德業獲大財寶守護增長與現世利於此現世得大名稱及衆具樂攝受安立勸捨大財非家出家乞求活命與後世利樂已必定得故現則不定勸在家出家次第離欲於此現世身心息止安隱樂住後世則生淨妙天上及無餘涅槃界而般涅槃是名現世後世利難利益者略説三種一切衆生本不修善因而能利益以苦勸化故二者本修善根得大財寶深起貪著而能利益彼大放逸故三者外道異學著本邪見而能利益彼極愚癡違正法故一切門利益者略説四種一者不信者勸令生信乃至建立二者惡戒者勸修淨戒三者惡慧者勸修正慧四者慳貪者勸修慧施乃至建立善人利益者略説五種一者於衆生眞實利與二者時與三者義饒益與四者柔輭與五者慈心與一切行利益者謂六種七種略説十三種應攝等攝應伏等伏違佛法者除其障礙中住衆生令入法律已入者以三乘法而成熟之已成熟者令得解脱衆具護養勸導成就所謂勸捨小乘守護大乘獨靜一心淨諸障礙憶念及修勸令成就有聲聞緣覺種性者以聲聞緣覺乘而成就之有如來種性者以無上菩提而成就之除惱利益者略説八種若有衆生所應慙處令無慙纏心得開覺無愧纏睡纏眠纏掉纏悔纏慳纏嫉纏悉令開覺亦復如是此世他世樂利益者略説九種普令衆生身業清淨謂授一切種不殺不盜

不邪婬不飲酒普令衆生口業清淨謂授一切種不妄語不兩舌不惡口不綺語普令衆生意業清淨謂授無貪無恚正見清淨利益者略說十種五種外清淨五種内清淨五種外清淨者一者無罪二者不隨轉三者次第四者一切五者隨所應雜惡行者先惡行者一向惡行者等以善法而成就之是名無罪利安衆生樂解脱者勸令解脱是名不隨轉利安衆生童蒙衆生爲說近法近教誡而隨順之中智者爲說中法教誡而隨順之上智者爲說深法勝微細誡而隨順之令其次第漸得善法是名次第利安衆生四姓乃至天人一切衆生隨能隨力利益安樂是名一切利安衆生下中上善隨其所應方便利益是名五種外清淨五種内清淨者廣住悲心利

安衆生忍一切苦而不懈倦心常歡喜利安衆生以自在身謙卑忍下猶如僕使亦如旃陀羅子離於我慢利安衆生離於利養捨於虚僞心在勝妙利安衆生於究竟處終不退轉常以慈心利安衆生是名五種内清淨如是外内五種清淨是名十種清淨利安衆生云何菩薩同事是菩薩此義此善若等若勝授與衆生悉與已同是名同事菩薩得此同事調伏衆生堅固決定終不退轉於勸授善法何以故彼作是念是菩薩與我同事必能令我安隱快樂是菩薩所授我者自修行故非不樂因而自修行若以同事教授衆生彼終不言汝自不行云何勸授教誡於人汝應從人諮受教誡有菩薩同事如是同事不示他有菩薩不同事如是同事示他有菩薩同

事亦示同事有菩薩不同事亦不示同事不示他者諸菩薩等功德住菩薩道等功德菩薩隱覆眞實功德不爲顯示他者下劣衆生怖畏深法菩薩思惟方便調伏現同彼法如旃陀羅疾得利益息惱調伏故現與彼同示亦同事者爲調伏彼受動揺善根衆生故菩薩以住善根若上善根顯示同事亦不示同事者心自放逸棄捨他利從種種施如前說乃至同事諸波羅蜜自成熟佛法成熟衆生是名略說菩薩善法業從種種施乃至同事是無量善法菩提分當知三種行二種勝三種淨身口意行是名爲行上妙無染是名爲勝上妙有三種衆生等事等時等衆生等者是菩薩爲一切衆生行施等善根不自爲已事等者是菩薩行施等一切種善根時等者是菩薩不離方便時節日夜今世後世常修施等善根心不休息無染有四種是菩薩歡喜心修習善法不因是故生憂苦悔恨是菩薩不惱他人不著諸見不雜惡行行施等善根是菩薩一切自已功德專至顯現堅固顯現寂滅決定不由於他行施戒等諸善法是菩薩不於施等善法而求果報若轉輪聖王帝釋魔梵不求他報不依此等求名利身命於此等行淨歡喜俱不惱亂他專至無依從施等乃至同事諸善法行是名無染熾然不動快淨是名清淨菩薩入淨心地一切善根熾然不動是名熾然淨心地菩薩一切善法不思惟起是名不動淨心地菩薩隨所得所修善法則不退轉於未來世必定不退如明分月日夜增長善法不退亦復如是代究竟

地菩薩一生相續若最後身所得善根是名快淨於上更無菩薩淨地故是名三種行二種勝三種淨當知從檀波羅蜜乃至同事一切施乃至一切同事修習清淨如來具足充滿無上菩提金剛法身正法久住果報生難施乃至難同事修習清淨如來平等奇特未曾有法成就果報生一切門施乃至一切門同事修習清淨如來一切取勝天人供養果報生善人施乃至善人同事修習清淨如來於無足二足四足多足色無色想無想非想非非想一切衆生最上果報生一切行施乃至一切行同事修習清淨如來種種無量功德攝受三十二大人相八十隨形好果報生除惱施乃至除惱同事修習清淨如來於菩提樹下一切魔怨不能傾動果報生此世他世樂施乃至此世他世樂同事修習清淨如來最勝禪解脫三昧正受安樂果報生清淨施乃至清淨同事修習清淨如來一切種淨所謂四種身淨緣淨心淨智淨果報生三不護十力四無畏三念處一切不共佛法清淨果報生是名菩薩施等善法果報無上無量菩薩無罪行之所出生

菩薩地持經卷第五

音釋

阿闍梨　梵語也此云軌範闍石遮切

澀　色入切不滑也

亙　層庚切

安般　安梵語具云安那此云遣來入息也般梵語具云般那此云遣去出息也

般　北末切

菩薩地持經卷第六

北涼天竺三藏法師曇無讖譯

方便處供養習近無量品第十六

云何菩薩供養如來略說十種一者身供養二者支提供養三者現前供養四者不現前供養五者自作供養六者他作供養七者財物供養八者勝供養九者不染汙供養十者至處道供養若菩薩於佛色身而設供養是名身供養若菩薩爲如來故若供養偷婆若窟若舍若故若新是名支提供養若菩薩面見佛身及支提而設供養是名現前供養若菩薩於如來及支提悕望心俱歡喜心俱現前供養如一如來法如是過去未來現在一切如來法如一如來支提法如是一切如來支提法作是念我今現前供養如來及供養過去未來現在如來我今現前供養如來支提及供養一切十方無量世界一切支提若偷婆若窟若舍若新若故是名菩薩共現前不現前供養若菩薩於不現前如來及支提心念供養爲一切佛故爲一切如來支提故是名不現前供養若菩薩於如來般涅槃後以佛舍利起偷婆若窟若舍若一若二若多乃至億百千萬隨力所能是名菩薩廣不現前供養以是因緣得無量大果常攝梵福是菩薩常於無量大劫不墮惡趣無上菩提衆具滿足若菩薩於如來及支提現前供養得大功德不現前供養得大大功德共現前不現前供養得最大大功德若菩薩於如來及支提手自供養不依懈惰令他施作是名菩薩自作供養若菩薩於如來及支提不獨供

養普令父母師友親屬國王大臣長者居士在家出家悉共供養是名自他共供養若菩薩有少許物以慈悲心施彼貧苦薄福衆生令供養如來及支提令得安樂而不自爲是名菩薩他作供養自作供養者得大果報他作供養者得大大果自作他作供養者得最大大果若菩薩於如來及支提以衣食牀卧湯藥衆具問訊禮拜奉迎合掌熏香末香塗香種種華鬘妓樂幢旛繒蓋燈明種種讃歎五輪作禮敬遶右旋以爲供養無盡財勝財摩尼眞珠珂貝玉石珊瑚琥珀硨磲碼碯金銀亦寶左旋勝寶摩尼寶環懸以寶鈴散以金錢金縷圍遶施如是等寶是名財物供養若菩薩久遠於如來及支提以財物供養若多若勝若現前不現前若自作他作淳淨信心現在前專精解心而作供養以是善根迴向無上菩提如是七種名菩薩勝供養若菩薩自手供養如來及支提不輕他人不放逸不懈怠至心恭敬不輕未學不亂心不染汙心不於信心國王諸勝人所現諂曲威儀求財供養不以雌黄塗佛形像亦不以汁而洗浴之亦不燒求求羅香而以供養阿迦華等諸不淨物悉不用之是名菩薩六種無染供養若菩薩殊勝不染財物供養如來及支提若自力得若從他求若如意得彼衆具自在如意得財菩薩若化作身若二若三乃至百千萬億身彼一一身悉禮如來彼一一身化作百千手彼一一手以種種華香供養如來及支提彼一切身悉讃歎如來眞實功德饒益衆生彼一切身皆以上妙衣服衆寶瓔珞

幢旛華蓋供養如來如是等名爲如意自在力得繫心供養不待如來出現于世何以故住不退轉地菩薩於一切佛刹未曾障礙故若菩薩不自力得財不從他求亦不自在力得而爲供養然於他衆生若閻浮提若四天下若千世界若二千世界若三千大千世界乃至十方無量世界上中下心所作供養菩薩於彼一切供養以淨信心勝妙解心周遍隨喜是菩薩以少方便與大供養攝大菩提具是菩薩常等真實心可喜樂心應當修學彼菩薩少時乃至一搆牛頃於一切衆生修習慈心悲心喜心捨心於一切有爲行起無常想無常苦想苦無我想涅槃安樂想念佛念法念僧念波羅蜜乃至少時於一切法起少忍知離言說法自性如解脫離諸妄想無相心住況復過上彼菩薩護持禁戒止觀菩提分方便諸波羅蜜諸善攝事方便是名菩薩至處道供養如來第一最上最勝無上如此供養比前財物供養百倍千倍乃至極算數譬喻不得爲比如是十事名菩薩一切種供養如來如供養佛如是法如是僧隨所應當知於此三寶作十種供養菩薩於如來所起六種淨心謂福田無上心恩德無上心於一切衆生無上心如優曇鉢華難遇心於三千大千世界獨一心於世間出世間法一切具足依義心以此六心少想供養如來法僧獲無量功德何況多菩薩成就幾行爲善知識有幾行善知識開導無礙復有幾行得善知識淨信住處復有幾行善知識調伏衆生爲善知識事菩薩有幾行習近善知識復有

幾行想於善知識聽受正法菩薩於善知識聽受正法復有幾處無有想念菩薩成就八事滿足一切善知識行一者善住律儀戒而不毀犯二者多聞現在覺悟三者得禪定修慧及餘止觀善根四者悲心哀愍捨現法樂廣化衆生五者成就無畏爲衆說法正念不失樂說無畏六者堪忍輕欺罵辱諸不愛言及諸惡行皆悉能忍七者無倦多思惟力爲四衆說法而不疲懈八者辯才巧便凡所說法言辭通利菩薩有五事如是一切種功德具足善知識善知識所作開導無礙一者先欲安樂衆生二者於彼安樂如實知之不顛倒覺三者若作方便隨順說法善能隨順調伏衆生有堪能力四者心不疲猒五者平等悲念一切衆生於上中下心無偏黨菩薩有五事得善識淨信住處他聞歡喜況復現見一者威儀成就寂靜威儀具足威儀舉身齊整二者心常安住身口意業不掉不躁三者不諂謂不諂他故攝持威儀四者不嫉謂於他說法及得財利不生嫉心常自勸請令他說法若財向已勸與他人無諂僞心心常歡喜見他說法及得利樂起隨喜心如已所得五者以知足心少積衆具所得能捨菩薩有五事真善知識調伏衆生爲善知識事一者語言二者與念三者教授四者教誡五者說法以是五事廣化衆生如聲聞地教授教誡廣說如力性品菩薩有四事親近善知識滿足一者若病不病隨時供養愛念恭敬淨信饒益二者隨時敬禮問訊奉迎合掌供養三者如法衣食湯藥衆具而作供養四者若依

止者如法隨作而不傾動如實而說隨時往詣請所應作菩薩於善知識所成就五想而聽法當作寶想以難得故作眼想得勝俱生智慧眼故作明想得俱生智慧眼顯示一切種如實境界故作大果福利想得涅槃道無上因故作樂無罪想現法不得涅槃道如實觀察止觀大樂無罪因故菩薩於善知識聽受經法於說法人有五處不憶念淨心專聽一者不念破戒謂不念言此犯律儀不應從彼聽受經法二者不念不性謂不念言我不從彼下性之人聽受經法三者不念醜陋謂不念言我不從彼醜陋之人聽受經法四者不念壞味謂不念言我不從彼不正語人聽受經法但依於義不依於味五者不念壞美語謂不念言我不從彼麤言說人聽受經法如是五處不憶念已是菩薩勤攝正法於說法人不起嫌想若下根菩薩起人過心退不樂聽法當知是菩薩不能自度智慧退減云何菩薩修四無量謂慈悲喜捨略說菩薩四無量有三種修一者衆生緣二者法緣三者無緣菩薩安處一切三聚衆生已若苦若樂不苦不樂衆生欲安樂故作樂饒益想而修慈心周遍十方一切衆生意解想住是名菩薩衆生緣慈若菩薩起法數想法數衆生行觀而修慈心是名法緣慈若復於法離諸妄想而修慈心是名無緣慈如衆生緣法緣無緣慈悲喜捨亦如是若菩薩於苦衆生作除苦想周滿十方而修悲心是名爲悲於樂衆生起樂隨喜想周滿十方而修喜心是名爲喜如是三種衆生不苦不樂隨其次第起離

癡恚貪想周滿十方而修捨心是名爲捨若菩薩慈等無量衆生緣與外道共若法緣者與聲聞緣覺共非外道若菩薩無緣無量不共一切聲聞緣覺及諸外道若菩薩三無量當知樂想攝所謂慈悲喜三無量安想攝所謂捨一切無量名爲哀愍成就此者名哀愍菩薩菩薩觀察衆生界有百一十苦而修悲心云何百一十苦有一種苦謂一切衆生皆隨集苦以集苦無差別故又二種苦謂欲根本所愛念事變易生苦愚癡報苦極苦觸身而作是言我苦愚癡愁憂亦名二箭身受心受又三種苦謂苦苦行苦變易苦又四種苦一者合會別離苦從愛別離生二者斷苦從種類沒死生三者相續苦從無量生死展轉相續生四者終竟苦從不得涅槃者五盛陰生又五種苦欲纏緣苦恚疑睡眠悔掉纏緣苦又六種苦謂因苦依惡道因故果苦生惡道故求財守護苦不足苦壞敗苦又七種苦謂生苦老苦病苦死苦怨憎會苦愛別離苦求不得苦又八種苦謂寒苦熱苦飢苦渴苦不自在苦自作苦謂尼乾等他作苦謂被手石刀杖蚊虻等久住威儀生又九種苦謂自不具足苦他不具足苦親屬不具足苦財物不具足苦無病不具足苦戒不具足苦見不具足苦現在苦他世苦又十種苦謂食具不足苦飲具不足苦車乘不足苦衣服不足苦瓔珞不足苦器物衆具不足苦華鬘塗香衆具不足苦妓樂衆具不足苦燈明衆具不足苦男女給使不足苦初始苦復有餘九種苦謂一切苦大苦一切門苦惡行苦轉生苦不

隨欲苦違害苦相續苦一切種苦一切苦者若前因所起及轉時緣苦大苦者長夜種種無間大苦一切門苦者若地獄畜生餓鬼惡趣輪轉惡行苦者若現世犯他他還報已若食惡食令身不安如是種種自身現作還受其苦若佳衆多不正思惟則生一切諸煩惱苦身口及心多造惡行於未來世生惡行苦轉生苦者有六事不決定起輪轉生死自身不定謂先爲王後反貧乞妻子不定奴婢給使不定朋友大臣親屬不定謂今爲妻子乃至大臣親屬巳彼於後時在生死中反爲怨害及惡知識財物不決定者謂於生死中貲財無量後極貧苦不隨欲苦者欲得長壽不樂短命惱苦生欲得端正不樂醜陋惱苦生欲爲上族不樂卑賤惱苦生欲得自在不樂貧窮惱苦生欲得大力不樂少力惱苦生欲多智慧不樂愚癡惱苦生欲降伏彼不樂不如惱苦生違害苦者謂在家妻子滅苦出家煩惱增苦饑儉苦刀兵恐畏苦曠野嶮處恐怖苦肢節不具苦殺縛斷截捶打苦驅擯出外苦相續苦應有九種此中不說一切種苦者有五種如前說五種樂相違苦謂因苦受苦樂對治苦不斷受苦出家遠離寂滅菩提樂對治非家欲界和合覺想凡夫苦是名五苦又有五苦謂逼迫苦衆具不足苦四大增損苦失所欲苦三界煩惱穢汙苦是名五苦此五種及前五種略說十種一切種苦前五十五種此五十五種略說百一十種苦是菩薩悲境界緣彼故悲心生修習增長成就滿足於彼大苦聚緣十八種苦生大悲心云何

十八苦謂愚癡報苦行苦所攝究竟苦因苦生苦自作苦他逼迫苦他作苦惡戒苦惡見苦本因苦大苦地獄苦善趣攝苦一切性苦無智苦增長苦受苦鄙穢苦復次有四行悲名爲大悲一者緣彼衆生甚深微細難知之苦而起悲心二者久遠長養於百千劫修習殷勤發悟緣生三者菩薩隨其發悟入於悲心爲令衆生永離衆苦故捨百千身命何況一身及諸財物四者悉能代受一切種苦出離快淨謂究竟地菩薩菩薩清淨及如來如來地清淨復次菩薩於此百一十種苦修習悲心則爲修習菩薩一切悲心則能疾得清淨悲心入淨心地菩薩於諸衆生極親厚想愛念想欲爲所作想不疲猒想代受苦想所作自在想非如苦諦無間等聖弟子究竟深入猒離心相續生謂菩薩悲心前行觀百一十種大苦積聚菩薩如是修習悲心於內外事無有少分而不捨離無一律儀而不攝持無一他不饒益而不堪忍無一精進而不勇猛無一禪定而不正受無一智慧而不得入若人問佛住何等住處名爲菩薩應正答言住大悲者是彼一無量如前說於諸無量最爲無量積聚攝無量愛果無量行一向純善無有罪過如是具足修習無量者有四功德利修此無量先得第一現法樂住無量功德具攝受增長於無上菩提淨心堅固爲衆生故於生死中代諸衆生受一切苦

方便處菩提品第十七

云何菩薩慙愧略說有二種一者自性二者依處菩薩行無罪行自覺非法內自羞恥是

名爲慚以此非法故於他生畏恭敬羞恥是名爲愧又羞恥菩薩性自專精況復修習是名菩薩自性慚愧依處者略說有四種若所應作不隨建立而生羞恥是名初依處所不應作隨順建立而生羞恥是名第二依處若爲惡覆藏而生羞恥是名第三依處若自疑悔能自除滅續起羞恥是名第四依處是名依處云何菩薩不動力略說有二種一者自性二者依處能斷染汙心不令一切煩惱自在堪忍衆苦種種財利種種怖恐修正方便而不傾動性自寛忍性能思惟是故不動是名自性不動力復次菩薩不動力略說五種不動一者種種輪轉苦能速除滅二者所化種種衆生造諸惡行爲是等故長夜受苦三者伏諸異論四者爲諸大衆隨順說法五者演說勝妙甚深之法能令菩薩具足受持一切禁戒云何菩薩心無疲猒有五因緣修正方便而不疲猒一者菩薩性自有力而不疲猒二者於不疲猒數數修習而不疲猒三者方便所攝精進勇猛自觀前後所修轉勝而不疲猒四者深利智慧思惟成就而不疲猒五者於諸衆生深起悲心常等哀愍而不疲猒云何菩薩善知諸論是菩薩於五明處名身句身味身從他所聞具足攝受誦習通利從他聞義善能思量如是菩薩知法知義於法於義已受不忘未修習者漸漸增進聞思究竟次第成熟得喜淨心菩薩如是行者無量滿足善知諸論而不顛倒云何菩薩善知世間是菩薩於衆生世間如實了知所謂生老死此没彼生此衆生於生死出離如實了

知復次於衆生世間濁世增時如實了知離濁世增時亦如實知所謂五濁一曰命濁二曰衆生濁三曰煩惱濁四曰見濁五曰劫濁謂今世短壽人極壽百歲是名命濁若諸衆生不識父毋不識沙門婆羅門及宗族尊長不修義理不作所作不畏今世後世惡業果報不修惠施不作功德不修齋法不持禁戒是名衆生濁若此衆生增非法貪刀劒布施器杖布施諍訟鬬亂諂誑妄語攝受邪法及餘惡不善法生是名煩惱濁若於今世法壞法没像法漸起邪法轉生是名見濁若饑饉劫起疾病劫起刀兵劫起是名劫濁是名菩薩知衆生世間復次菩薩於器世間若成若壞如實了知復次菩薩於世間若世間集世間滅世間集滅道世間味世間患世間離如實了知復次菩薩眼及色及俱生四大名士夫身名爲人無有第三言我衆生想無第三想言我眼見色乃至我意識法但是言說數言是長老如是生如是姓如是食如是苦覺樂覺如是長壽如是久住如是等言說分齊一切如實知菩薩於此衆生世間器世間入行觀察世間義世間第一義如實了知是故名知世間復次菩薩若見上座及勝功德者尊重奉迎設牀請坐合掌恭敬禮拜問訊年德等者正言訓對輭語安慰不起等慢稱量彼此年德下者隨力勸喻稱彼實德爲覆實罪不令恥懼生退没心不輕慊彼若見衆生求法求財不背面不顰蹙歡喜舒顔不嗤彼闕見彼圮頓不起輕心若見一切上中下人先語問訊歎言善哉隨宜善處隨力所能攝

以財法不諂曲不自重不自高不自大不以增高而自矜異於諸親厚一切給與終不棄捐若病不病隨順身口意業與相習近爲善知識離諸怨對孤獨貧乞無所歸蔭隨其力能爲作依怙不以憂苦加於衆生因緣事起所應戲笑如法戲笑非不如法不以戲言形名他人乃至親密亦復不説於他人所不久瞋恨雖復瞋彼不揚其過若爲他人身口毀辱能善思惟以法自解自省已過心不躁動身口意業慮而後行離十四垢業謂隱覆六方離四惡友攝四善友如修多羅廣説現法樂義錢財具足勤力具足守護具足以正命心爲諸世間工巧之業不曲不幻不欺誑常有慙愧行無罪行威儀具足重愼威儀爲他親厚受寄不侵若負人債終不抵捍分文餘財平等無偏若是眞實主作僞想依實與價決斷世事辯正機速彼彼所作來求請者悉與同事終不廢退能問隨答爲正事業不爲非正若爲國王以法治世不爲非法不樂罰責於惡戒衆以戒建立成就八種賢聖之語見則言見聞覺識知則言識知不聞不見不覺不知則言不知菩薩成就如是等法如世間知如世間轉如實了知是名知世間云何菩薩修習四依是菩薩爲義故從他聽法不爲味爲義聽法不爲味者若聞世間非巧便説依義菩薩亦專心聽復次菩薩於暗説明説如實了知知所應依不以上座多識若佛若僧依止如是諸説法人如是依止所應不依於人於眞實義心不動搖能自了知不由於他復次菩薩於如來所深信清淨一向信

受如來所說依了義經非不了義依了義經者於此法律不可破壞不了義經者謂以種種門說而不決定應有疑問若菩薩於了義經作不決定者於此法律則爲可壞復次菩薩得堅固修慧不以聞思識諸法義用修慧知不以聞思識知故聞如來所說第一甚深法義不起誹謗是名菩薩修習四依如是成就者略說四種無量顯示其義具足大師修慧所知一切四依平等方便菩薩於彼出要道皆悉明達而不迷惑云何菩薩四無礙慧於一切法一切章句如其體實修慧所知無礙不謬是名法無礙於一切法一切相如其體實修慧所知無礙不謬是名義無礙於一切法一切名處如其體實修慧所知無礙不謬是名辭無礙於一切法一切種分別如其體實修慧所知無礙不謬是名樂說無礙菩薩如是四無礙得五處無量巧便謂陰巧便界巧便入巧便緣起巧便處非處巧便此四行菩薩於一切法能自覺悟爲他顯示除此已更無有餘能自覺悟況餘顯示云何菩薩菩提具當知二種一功德具二智慧具此二種具廣說如自他品又功德智慧具菩薩初阿僧祇劫名爲下第二爲中第三爲上云何菩薩摩訶衍所攝修習三十七道分是菩薩依四無礙慧方便所攝智三十七道分如實了知而不取證種種乘方便彼亦如實知所謂聲聞乘方便大乘方便聲聞乘方便如實知如聲聞地所說云何菩薩於大乘方便三十七品如實了知是菩薩住身身觀不於身身而起妄想亦非一切非性於彼身離言說

自性如實了知是名第一義身身觀念處若菩薩觀世諦者隨無量處方便知身身觀念處如身身觀念處餘念處及餘道品亦復如是非身等法妄想觀苦若妄想觀集亦不於斷起滅妄想亦不於得因起道妄想離言說自性苦法集法滅法道法如實了知依此第一義修道分名爲修諦若菩薩隨世諦無量處方便名爲緣諦修若彼菩薩於此法如是不起妄想者是名爲止及彼如實知第一義及無量處方便知法是名爲觀略說菩薩止有四行一者第一義二者俗數智前行三者一切虛僞妄想不行四者於此無言無相之法不起妄想其心寂靜一切諸法悉同一味如是四行菩薩止起乃至究竟如來知見略說菩薩觀有四行謂此四行所起智慧是名爲觀離一切法有無智慧隨無量法分別處觀於此四行菩薩觀起乃至究竟如來知見是名略說菩薩止觀云何菩薩巧方便略說十一種爲起内佛法有六種爲外成熟衆生有六種云何爲起内佛法六種巧方便一者菩薩悲心顧念一切衆生二者一切諸行如實了知三者求無上菩提智四者依顧念衆生捨離生死五者依諸行如實知以無染心輪轉生死六者依求佛智慧熾然精進是名爲起内佛法六種巧方便云何爲外成熟衆生六種巧方便一者菩薩巧方便以少善根起無量果二者以少方便起無量善根三者毀壞佛法衆生除其暴害四者處中衆生令入佛法五者已入衆生令其成熟六者已成熟者令得解脫云何菩薩能以少善根得無

量果是菩薩教下劣衆生以少財物施下福田乃至揣麨施於畜生施已迴向無上菩提以迴向力故得無量果云何菩薩以少方便起無量善根是菩薩見有衆生修邪法齋而求解脱則爲彼說賢聖八齋斷苦方便不究竟法授少方便得大果齋復次邪見衆生苦身求度爲説中道令離二邊究竟解脱復次或有衆生求生天者邪見方便投巖赴火不食等苦則爲演説正法禪定現法樂住後生天上如法受樂復次或有衆生誦習外典求清淨者以佛正法令其誦習思惟其義又説如來甚深經典具足顯示空相應法彼聞法已生猒離心專精淨信於一念頃能攝廣大無量善根況復次第續念不捨復次菩薩意解思惟起淨妙想即以世間香華珍物供養三寶亦教他人心想供養復次如是淨心遍滿十方一切世界供養三寶生隨喜心亦復教人令其隨喜復次常修念佛乃至念天亦教他人令修六念菩薩心念合掌恭敬隨時供養一切三寶亦教他人修此供養復次於一切衆生一切功德皆悉隨喜亦教他人起隨喜心復次於一切衆生入廣大悲心悉欲代受一切衆苦亦教他人與此大悲復次於過去現在一切所犯以真實隨順求淨戒心向十方佛至誠懺悔亦教他人如是悔過彼常如是悔其所犯以少方便於一切業障悉得解脱復次作衆多種種無量變化一切十方佛法僧處及衆生處無量神通他心自在菩薩攝取功德復次菩薩修慈悲喜捨亦教他修是名菩薩以少方便生廣大無量善根

果報云何菩薩壞佛法者除其暴害處中者令入已入者令熟已熟者令解脫是菩薩於此四種成就衆生當知略說六種巧方便一者隨順二者立要三者異相四者逼迫五者報恩六者清淨菩薩隨順巧方便者是菩薩欲爲衆生說法先如是柔輭身口行以施將順自捨恚恨除恚恨已彼生愛敬樂欲聞法然後乃爲如應說法易入易解時說次第諦不顛倒以義饒益而爲說法忍諸問答調伏衆生第一利益哀愍成就若以神力示現他心而爲說法或請餘人令種種現化調伏衆生若有略說義饒益論廣爲分別若廣大論能爲略說授彼令誦自恣問難彼受誦已廣爲說義以一切緣三昧度門隨順教授隨順教誡攝取衆生令其行義彼諸衆生於如來

說甚深微妙空相應經知其旨趣彼經中說離自性法及離諸事不起不滅如虛空如幻如夢不知義者聞則驚怖謗彼深經言非佛說菩薩爲彼衆生隨順巧便於彼深經如來旨趣隨順其義分別解說而攝取之如是隨順爲彼說言彼經不說一切都無所有但言說我自性空無所有是名離自性離言說有事依言事轉是故言說有自性亦非第一義有彼自性是故說言離一切事言說自性從本已來一切都無所有云何有生有滅是故說言不生不滅譬如虛空有種種色及諸色業悉容受彼爲所依處謂虛空行住去來屈伸俯仰又如除彼色及色業已謂無色自性分名清淨虛空如虛空處色等業轉離言說事種種施設言說妄想虛僞隨轉亦復如是

又如虛空容色等業離言說法容受妄想亦復如是菩薩以智慧除一切言說所起邪惑妄想諸虛僞轉是菩薩以第一聖智離言說事一切言說自性非性如虛空清淨亦非彼展轉有餘自性是故一切諸法譬如虛空譬如幻不如事有亦非一切都無幻事如是一切法不如言說愚癡計有亦非一切都無所有第一義離言說自性如是方便入非有亦非無是故知如幻故說如幻如是菩薩於一切法界不取不捨不增不減亦無所壞如實了知如其所知爲人顯示是名菩薩隨順巧方便云何菩薩立要巧方便若有衆生來從菩薩求索十種資生衆具爲立要言汝能供養父母沙門婆羅門廣說如上乃至受戒若能如是我當施汝如其不能則不施與所謂田宅市肆官爵國土錢財六畜工巧醫方若結婚姻若食不食所作同事爾時菩薩爲立要言汝能供養父母乃至受戒我當施汝飮食乃至同事復次菩薩若有衆生犯罪謀逆作不饒益事爲他殺縛斷截捶打毀辱訶責驅出質任爲他所執爾時菩薩爲立要言汝能供養父母乃至受戒我當救汝令脫衆難復次若有衆生王賊水火人及非人不活惡名諸恐怖等爾時菩薩爲立要言汝能供養父母乃至受戒我當救汝令脫恐怖若有衆生欲恩愛集會遠離恐怖爾時菩薩爲立要言汝能供養父母乃至受戒我當方便從汝所願復次若有衆生疾病困厄爾時菩薩爲立要言汝能供養父母乃至受戒我當令汝病苦得除菩薩如是立要已彼諸衆生疾

修善法遠離諸惡得隨所欲是名菩薩立要巧方便若菩薩與衆生立要已彼諸衆生不隨要者如上所許亦不施之爲度彼故非不欲與諸難恐怖及諸病苦愛念和合不愛别離爲度彼故一切放捨示作如是決定之相非其實心有放捨念漸漸要令斷不善法建立善法若復衆生無所須欲亦無衆難乃至無病而與菩薩先爲親厚隨宜勸導令修善法所謂供養父母乃至持戒若彼衆生不隨其教爾時菩薩現瞋責相爲度彼故心無恚恨於諸所作悉現乖異爲度彼故非實違背或現加彼不饒益事欲度彼故非其實心菩薩方便現此異相欲令衆生修諸善法斷不善法是名菩薩異相巧方便云何菩薩現逼迫巧方便若菩薩爲主爲王於自眷屬作如是教若我眷屬有不供養父母乃至犯戒者我當斷其供給或加謫罰或至驅擯立一士夫常令伺察彼諸衆生以怖畏故勤修善法斷不善法彼雖不樂强逼令修是名菩薩逼迫巧方便云何菩薩報恩巧方便若菩薩先於衆生施諸恩分若施財物若度衆難若度恐怖和其所念離所不念救療衆病令得安樂衆生知恩欲報德者爾時菩薩勸令修善不須世間財利酬報報之大者當供養父母乃至持戒求報恩者令其行善是名菩薩報恩巧方便云何菩薩清淨巧方便住究竟地菩薩淨菩薩道生兜率天衆生念言其菩薩生兜率天不久當下生閻浮提當成如來無上等覺令我愛樂莫令不樂彼所生處我亦隨生無量衆生樂修是願又復菩薩從兜率

天來生世間若生王宮若婆羅門家捨上妙樂出家學道令諸衆生捨離高慢又於樹下苦行六年令餘衆生信苦行者斷其信樂又復旣成無上菩提令餘衆生堅固信樂同求佛道又成佛已默然待請爲令衆生敬重法故梵天勸請然後乃説又以佛眼觀察世間莫令衆生作是謗言但以梵天勸請力故非是如來大悲故説爲除衆生邪攝受故轉正法輪諸餘世間所未曾轉及制戒律是名菩薩清淨巧方便如是巧便無餘無上是名菩薩六種巧方便略説廣説壞法衆生除其暴害處中者令入佛法入者令熟熟令解脱無餘無上是名菩薩巧方便云何菩薩陀羅尼略説四種一者法陀羅尼二者義陀羅尼三者呪術陀羅尼四者得菩薩忍陀羅尼云何法陀羅尼菩薩得如是憶念智慧力於未曾所聞未曾修習名句味身次第莊嚴次第所應無量章句經無量劫憶持不忘云何義陀羅尼如前所説於此諸法無量義趣未曾讀誦未曾修習經無量劫憶持不忘云何呪術陀羅尼菩薩得如是三昧力以呪術章句爲衆生除患第一神驗種種灾患悉令消滅云何得菩薩忍陀羅尼菩薩精勤修習因起智慧獨一靜處燕默少言亦不遊行知量而食不雜種食常一坐食思惟禪定少睡眠多覺悟於如來所説得菩薩忍呪術所謂

伊致　蜜致　吉胝鼻　羼提跛大唱蘇急切

波訶

於此諸呪術章句義思量觀察如是呪術章句如是正思惟如此義尚不自聞何有所得

如呪術章句義不可得是則無義如是諸義所謂無義是故亦無餘義可求如是爲善解呪術句義善解呪術句義者以如是義比知一切諸法義皆悉善知不從他聞又知一切言說一切法自性義不可得以此等無言說自性義則如一切諸法自性義是名第一義最勝義得最上歡喜是菩薩得此陀羅尼呪術處名得菩薩忍得此忍者不久當得淨心增上解行地忍是名菩薩得菩薩忍陀羅尼彼法陀羅尼義陀羅尼菩薩是度初阿僧祇劫入淨心地所得必定不動最勝最妙若中間所得或因願力或禪定力不定不住亦不勝妙如法義陀羅尼呪術陀羅尼亦如是得菩薩忍陀羅尼如前所說如是一切陀羅尼具四功德者乃能得之非不具足云何爲四一者不習愛欲二者不嫉彼勝三者一切所求等施無悔四者樂法深樂菩薩藏及摩得勒伽藏云何爲菩薩願略說五種一者發心願二者生願三者境界願四者平等願五者大願彼菩薩初發無上菩提心是名發心願未來世爲衆生故隨善趣生是名生願願正觀諸法無量等諸善根思惟境界是名境界願願未來世一切菩薩善攝事是名菩薩平等願大願者即平等願又說十種大願一者願一切種供養無量諸佛二者願護持一切諸佛正法三者願通達諸佛正法四者願生兜率天乃至般涅槃五者願行菩薩一切種正行六者願成熟一切衆生七者願一切世界悉能現化八者願一切菩薩一心方便以大乘度九者願一切正方便無礙十者願成

無上正覺云何菩薩空三昧菩薩離一切言說自性觀無言說自性心住是名空三昧云何無願三昧菩薩於無言說自性事邪見妄想所起煩惱苦常見其過於未來世不願心住是名無願三昧云何無相三昧菩薩於無言說自性事離一切妄想虛僞相滅觀察如實寂靜心住是名無相三昧以何等故說三三昧不增不減有二種有及無有有爲無爲名爲有無我我所名無有於有爲有不願不隨故立無願三昧於無爲涅槃願樂攝受故立無相三昧又於此諸事非願非不願然於有不有見以是見故立空三昧菩薩修此三三昧如是建立如實知若有餘行悉入三三昧門所謂聲聞所學所行有四憂檀那法諸佛菩薩爲令衆生清淨故說云何爲四一切行無常是憂檀那法一切行苦是憂檀那法一切法無我是憂檀那法涅槃寂滅是憂檀那法諸佛菩薩具足此法復以此法傳授衆生是名憂檀那過去寂默諸牟尼尊展轉相傳是名憂檀那增上勇出乃至具足出第一有是名憂檀那云何菩薩觀一切行無常菩薩觀一切行言說自性常不可得若復不知眞實無言說事故有生有滅若彼觀無言說自性一切行無常觀過去行無生無滅彼亦無因亦無自性可得是故亦無因亦無自性觀現在行無生無滅彼因不得而與果故自性可得是故觀彼自性而無因觀未來行無生無滅彼因可得而不與果故無自性是故觀因而無自性如是見三世分段諸行相續轉時一一行刹那有三有爲有爲相於刹那

後有四有爲相彼前諸行相自性壞次未曾行相自性起名爲生起已未壞名爲住顧念前滅行相自性彼起異異名爲老是故生刹那後即彼起行相自性壞名爲滅若觀起自性行相即彼自性生住老相無餘自性是故刹那後如是行相自性滅如是諸生等行相如實觀此四有爲相略說二種有性及無性如來以起故立一有爲相以自性故立第二有爲相諸行住老故立第三有爲相彼菩薩觀有爲行分齊非生非住非老非壞一切時別有事起何以故諸行分齊起時更無別生別住別老別壞諸行分齊住老壞時亦無別生別老別壞菩薩如實觀者不別有生等事可得若可得者離色等諸行應別有生如色等得自性起彼亦應起若然者應有二生行生及生生若有行生及生生者或一或異若一而謂別有生者彼空無義若別有生者此事不然若異者彼行生非相生所爲行生相生所爲者此事不然如生住老亦如是若壞有法自性者彼應生滅若壞生時一切行應即滅如入滅盡正受以少方便心心數法滅若壞滅時彼一切行應生以壞無有故言壞有生滅者此事不然彼善男子善女人一切時常有自性者不應有猒離欲解脫異者應爾以此事故菩薩於一切諸行無常如實知復次菩薩於一切諸行無常相續轉時觀三苦相行苦變易苦苦苦如是菩薩於一切行苦如實知復次菩薩於一切法有爲無爲無我我所如實知衆生無我及法無我彼衆生無我者有法非衆生離有法亦非衆生法無

我者一切言說事亦無言說自性法如是菩薩於一切法無我如實知復次一切行起因斷無餘諸餘畢竟滅名般涅槃煩惱寂滅衆苦永息未入淨心地菩薩未見諦聲聞於涅槃作意解想說言寂滅涅槃當知是等不得眞實涅槃知見唯有正思惟譬如國王長者巨富無量爲諸子故造作戲具鹿車牛車馬車象車彼諸子等歡喜愛樂作眞鹿馬象車等想其父知子漸已長大爲說眞實牛鹿象馬諸子謂父歎已象馬父於後時知子轉大將出宅外示眞象馬彼見實已乃知其眞定知其父常所歎說非是我等先所玩好先所玩好非眞象馬如是諸行以爲屋宅未住淨心地菩薩未見諦聲聞如彼童子諸佛如來及入大地菩薩明見涅槃爲彼菩薩及諸聲聞歎說涅槃彼既聞已隨說意解若彼漸學道品具足入淨心地及見諦聲聞彼於涅槃生現知見如是諸佛菩薩所歎說者非如我等愚癡智慧意想所解我等所想相似非實於彼所解生慙愧心依後知見譬如病人遇得良醫爲治病故說隨病藥彼諸病者常習此藥便作信解樂著此藥緣是病差更起餘病應服餘藥良醫教彼棄捨前藥更服餘藥彼諸病者信前藥故不肯棄捨良醫方便令服後藥如是菩薩住淨心地見諦聲聞諸煩惱病諸佛如來住大地菩薩爲彼說法上法上上法深法上深法上上深法勝法上勝法上上勝法教授教誡入淨心地菩薩見諦聲聞聞佛所說信受不疑乘如來所說具足法乘善能調御遊平等道疾疾止向無餘涅槃

方便處菩薩功德品第十八

菩薩學阿耨多羅三藐三菩提有五奇特未曾有法云何爲五一者於諸衆生無有因緣而起愛念二者爲諸衆生受無量苦三者煩惱熾盛難化衆生方便調伏四者入第一難解眞實之義五者入不可思議神通之力如是奇特未曾有法不與一切諸衆生共菩薩有五事非奇特能成奇特未曾有法一者爲安衆生受於苦因受苦因故得受安樂二者知生死過惡涅槃功德有淨衆生念不自受樂爲淨衆生故受諸生死三者修靜默樂有淨衆生念不自受樂爲淨衆生故演說正法四者修六波羅蜜善根有淨衆生念不自受樂爲淨衆生故不信一切衆生亦不捨果報五者他事已事如是一切利益衆生菩薩有五事於一切衆生其心平等一者初發心願爲一切衆生其心平等二者修習大悲與哀愍俱其心平等三者於一切衆生作一子想與愛念俱其心平等四者觀一切衆生諸行緣起一衆生法即是一切諸衆生法隨順一切衆生其心平等五者如爲一衆生行如是一切衆生利益心俱其心平等菩薩有五事饒益一切衆生一者說正命饒益二者不隨順者說隨順法饒益三者孤獨辛苦貧乞無依者爲作依怙饒益四者向善趣者說道饒益五者爲向三乘人說三乘饒益菩薩有五事報衆生恩一者自成功德二者勸他令成三者孤獨辛苦貧乞無依爲作依怙四者供養如來五者佛所說法若誦若書持若供養菩薩行菩提道常求五事一者常願諸佛出

興於世二者於諸佛所聽六波羅蜜及菩薩藏三者堪能一切種成熟衆生四者堪能無上成熟衆生五者得阿耨多羅三藐三菩提阿惟三菩提聲聞菩提和合聲聞菩薩有五事利益衆生眞實方便是菩薩先欲安樂衆生於彼安樂如實知不顛倒覺如前供養習近無量品說菩薩有五種方便攝一切正方便一者隨護方便二者無罪方便三者思惟力方便四者淨心方便五者決定方便隨護方便有五種一者黠護得俱生智能疾受法二者念護念持於法三者智護得堅固智觀察法義以黠念智護離於退分修勝進分四者自心護守諸根門五者他心護隨順他心無罪方便者於諸善法不顛倒熾然無量常修迴向菩提思惟力方便者是解行地淨心方便者是淨心地具足行地決定方便者是決定地決定行地究竟地是名五種方便攝一切正方便菩薩退分有五事一者不恭敬法及說法者二者放逸懈怠三者習衆煩惱及諸惡行四者稱量同巳及餘菩薩起增上慢五者於法顛倒起增上慢菩薩勝分有五事與上退分五事次第相違者是名勝分菩薩有五事菩薩似功德過一者於諸兇惡及犯戒者作非慈饒益二者現諂曲威儀三者說世俗諸外道經論得生智慧能自思惟四者行於有罪施等善根五者演說建立似功德法菩薩有五事菩薩眞實功德一者於諸兇惡及犯戒者起勝悲心二者具足成就眞實威儀三者於如來說得生智慧能自思惟四者行於無罪施等善根五者演說正教毀

相似法菩薩調伏衆生有十種名正調伏云何爲十離諸纏離煩惱分別惡戒菩薩有六事爲如來授無上菩提記一者種性未發心二者已發心三者現前四者不現前五者時量時定得無上菩提六者時無量時不定受記菩薩有三種決定一者種性名爲決定何以故堪能爲縁有障決定阿耨多羅三藐三菩提二者決定發無上菩提心不能乃至不退乃至無上菩提三者得力利益衆生如所欲如所作如是不虛彼最後決定故如來授決定記菩薩不作五種力故不得阿耨多羅三藐三菩提一者初發心二者哀愍衆生三者熾然四者精進五者於一切明處方便不猒菩薩有五事常所修集一者常不放逸二者孤獨辛苦貧乞無依爲作依怙三者供養

如來四者持戒有犯即覺五者所作所行所可憶念一切迴向無上菩提菩薩有十法於菩薩等法第一最勝一者菩薩種性勝餘種性二者初發心勝一切正願三者精進智慧勝餘波羅蜜四者輭語勝餘攝事五者如來勝餘衆生六者大悲勝餘無量七者第四禪勝於餘禪八者空三昧勝餘三昧九者滅盡正受勝餘正受十者清淨巧方便勝餘巧方便菩薩有四種正施設如是正施設是如來說非餘若天若人沙門婆羅門如是聞一者法施設二者諦施設三者方便施設四者乘施設法施設者十二部經修多羅等次第演說次第建立諦施設者有一種謂如實義諦復有二種世諦第一義諦復有三種相諦說諦作諦復有四種苦諦集諦滅諦道諦復有

五種因諦果諦智諦智境界諦無上諦復有六種實諦虛妄諦知諦斷諦證諦修諦復有七種味諦患諦離諦法諦解諦聖諦非聖諦復有八種行苦諦苦苦諦壞苦諦生諦滅諦穢汙諦清淨諦正方便諦復有九種無常諦苦諦空諦非我諦有愛諦無有愛諦斷方便諦有餘涅槃諦無餘涅槃諦復有十種自作苦諦貧窮苦諦四大增損苦諦愛戀苦諦汙辱苦諦業苦諦煩惱諦正思惟諦正見諦正見果諦四種方便名方便施設如前力種性品說乘施設者聲聞乘緣覺乘大乘一一乘七種施設四聖諦慧如是慧若依若緣伴業衆具如是慧若果此七種名聲聞乘施設如聲聞乘施設緣覺乘亦如是離言說境界一切法如離諸妄想平等慧如是慧若依若緣伴業衆具如是慧若果此七種名大乘施設過去未來現在一切菩薩正施設已作當作一切四種無餘無上菩薩有五種無量生一切巧方便行一者衆生界無量二者世界無量三者法界無量四者調伏界無量五者調伏方便無量六十一種衆生名衆生界如意地身分別則有無量十方無量世界無量名如娑婆世界名娑婆主善不善無記法分別則有無量調伏有一種謂一切衆生調伏復有二種具縛不具縛復有三種輭中上根復有四種刹利婆羅門毗舍首陀復有五種貪欲瞋恚愚癡憍慢覺觀復有六種在家出家未熟已熟未解脫已解脫復有七種惡人中人小智人大智人現在調伏未來調伏隨緣調伏若得緣如是如是迴向復有八種謂八

衆刹利乃至婆羅門復有九種一者如來調伏二者聲聞縁覺調伏三者菩薩調伏四者難調伏五者易調伏六者軟語調伏七者訶責調伏八者遠調伏九者近調伏復有十種一者地獄二者畜生三者餓鬼四者欲界人天五者中陰六者色七者無色八者想九者無想十者非想非非想是五十五種分別則爲無量衆生界調伏界有何差別衆生界者不分別一切衆生種性處調伏界者彼種性處如是彼彼處轉調伏方便無量如前成熟品說彼亦無量種分別如是次第說五種無量何以故是菩薩爲衆生修行是故說初無量衆生彼處可得是故說第二無量衆生於彼彼世界煩惱清淨法可得是故說第三無量觀彼彼衆生隨所堪能脫苦是故說第四無量乃至方便脫衆生苦是故說第五無量是故說五種無量生菩薩一切巧便行菩薩有四求於一切法如實知一者名求二者事求三者自性施設求四者差別施設求如前眞實品說菩薩有四事於一切法如實知隨名求如實知隨事求如實知隨自性施設求如實知隨差別施設求如實知如前眞實品說諸佛菩薩有五事爲衆生說法得大果福利一者爲衆生說法生離垢法眼二者爲衆生說法得諸漏盡三者爲衆生說法發無上菩提心四者爲衆生說法得第一菩薩忍五者爲衆生說法聞已受誦具足修習令法久住是名五種說法得大果福利云何名大乘有七種大故名爲大乘一者法大謂十二部經菩薩方廣藏最上最大二者心大謂發阿

耨多羅三藐三菩提心三者解大謂解菩薩方廣藏四者淨心大謂過解行地入淨心地五者衆具大謂福德衆具智慧衆具得無上菩提六者時大謂三阿僧祇劫得無上菩提七者得大謂得無上菩提身無與等者況復過上彼法大心大解大淨心大衆具大時大此六大謂因種得大謂果處菩薩有八法攝一切摩訶衍菩薩藏所說謂信菩薩藏顯示一切法眞實義顯示一切諸佛菩薩不可思議第一勝妙神力得聞慧思慧思惟依聞慧思慧思惟方便得淨心得淨心方便入修慧行入修慧行方便修慧果成如是修慧果成畢竟出離菩薩如是學得無上菩提菩薩如是學得無上菩提略說十種一者種性二者入三者未淨四者淨五者未熟六者熟七者未定八者定九者一生十者最後身種性者名未得淨心發心修學名爲入已入未入淨心地名爲未淨入淨心地名爲淨淨者未入畢竟地名爲未熟入畢竟地名爲熟熟者未入定地名爲未定已入定地名爲定又熟有二種一者一生次第得無上菩提二者最後身即此生得如是從種性乃至最後身得無上菩提此十種菩薩所學而學於上更無所學菩薩如所學而學於上更無菩薩菩薩如所學而學得一切功德名所謂菩薩摩訶薩勇猛無上佛子佛持大師大聖大商主大名稱大功德大自在如是十方無量世界無量菩薩無量因緣自想施設當知若有言我是菩薩不善學菩薩所學者當知是名字菩薩非實菩薩若言我是菩薩善學菩薩所學者

當知是實菩薩

菩薩地持經卷第六

音釋

嶮虛檢切與險同 懱莫結切輕易也 圮部鄙切傾覆也 揣徒官切揑聚也

麨尺沼切乾糧也 伺相吏切察也 胝張尼切 一念頃名爲

一刹那

菩薩地持經卷第七

北涼天竺三藏法師曇無讖譯

次法方便處菩薩相品第一

菩薩成就五種眞實相得入諸菩薩數一者哀愍二者愛語三者勇猛四者惠施五者說深法義此五法各五種分別一者自性二者境界三者果福利四者次第五者攝受哀愍自性有二種一者至心二者作行至心者安心樂心作行者菩薩至心於諸衆生隨其所能隨其力身口饒益愛語自性者先語安慰如前攝品說勇猛自性者於諸衆生志强有力而不怯弱惠施自性者勝妙施無煩惱施說深法義自性者四無礙智出生正方便智哀愍境界有五種一者受苦衆生二者惡行衆生三者放逸衆生四者邪趣衆生五者煩惱所使衆生從地獄乃至一切苦受相續是名受苦雖不受苦而多造作身口意惡行所謂十二惡律儀是名惡行雖不受苦而造諸惡行而樂著五欲歌舞戲笑是名放逸雖不受苦造諸惡行樂著五欲而依邪見求苦解脫是名邪趣捨離五欲於法出家不受諸苦乃至邪趣而具煩惱或有不具謂正方便眞實凡夫及諸學人是名煩惱所使菩薩於此境界哀愍心生無餘無上愛語境界有五種一者正實語二者正喜語三者正饒益語四者正如法語五者方便法說語廣說如前攝品說菩薩於此境界愛語心生無餘無上勇猛境界有五種如前菩薩分品說菩薩於此境界勇猛心生無餘無上惠施境界有五種一者不分別施二者歡喜施三者至心施四

者不染汙施五者無依施廣分別如前施品說菩薩於此境界惠施心生無餘無上說深法義境界有五種一者於如來所說修多羅甚深空相應緣起隨順二者於諸戒律善知犯不犯及與出犯三者於摩德勒伽藏不顛倒建立法相四者於諸祕密深法旨趣以想分別五者於一切法法義種種言辭種種分別菩薩於此境界說深法義心生無餘無上菩薩哀愍於諸衆生修習慈心利益親厚方便不猒多住哀愍離垢無罪現法樂住攝取衆生如世尊說慈心福利身常不被刀杖等害此中應廣說是名哀愍果菩薩愛語於現法中離口四過兩舌惡口妄言綺語以此愛語自攝攝他於未來世成就正語言輙信用是名愛語果菩薩勇猛於現法中離諸懈怠心常歡喜受持菩薩律儀戒不毁不犯以堪忍心攝受自他於未來世菩薩所作悉能修學學已堅固是名勇猛果菩薩惠施及說深法義果如前力品檀波羅蜜般若波羅蜜說是名惠施說深法義果次第者菩薩先修哀愍攝取衆生終不放捨以義饒益令諸衆生出不善法安立善法爲具足說教授攝受是故次說愛語度諸衆生衆生造惡種種煩惱堪能不息終不棄捨是故次說勇猛或有衆生以財攝受或有衆生以法攝受或俱攝受是故次說惠施說深法義菩薩有五種相攝六波羅蜜此六波羅蜜何相所攝哀愍相攝禪波羅蜜愛語相攝尸波羅蜜般若波羅蜜勇猛相攝羼提波羅蜜毗梨耶波羅蜜般若波羅蜜惠施相攝檀波羅蜜說深法義相攝

禪波羅蜜般若波羅蜜

次法方便處翼品第二

在家出家菩薩翼有四法菩薩修學疾得阿耨多羅三藐三菩提一者善修業二者巧便三者攝取衆生四者迴向云何善修業菩薩於六波羅蜜決定修專心修常修無罪修云何決定修檀波羅蜜是菩薩有財物見來求者若饒益不饒益有德有過要當施與於諸惠施無能傾動若人非人沙門婆羅門世間同法所不能壞云何專心修是菩薩有財物見來求者捨内外物一切施與無所悋惜云何常修是菩薩施無猒倦一切時平等隨得隨施云何無罪修如施品說離煩惱施是名菩薩善修檀波羅蜜如施如是戒忍精進禪定智慧亦如是隨其所應當知云何巧便略說有十種壞法衆生爲除惱害方便巧便中住者令入已入者令熟已熟者令解脫方便巧便世論巧便菩薩戒律若持若毀觀察巧便正願巧便聲聞乘巧便緣覺乘巧便大乘巧便如是一切巧便如前說隨所應彼彼菩薩地分別當知此十巧便爲五種事初四巧便爲利衆生世論巧便爲伏異論菩薩戒律若持若毀觀察巧便爲不起犯戒已犯者令如法悔不淨戒者令其清淨正願巧便菩薩於未來世一切所欲悉皆得之三乘巧便菩薩隨種性根解譬喻隨順說法具足說法如是十種巧便爲五種事此五種事一切所作皆悉具足爲現法後世利益云何菩薩攝取衆生是菩薩依四攝法布施愛語利益同事或有衆生以安饒益以樂饒益以安樂饒益

是名略說菩薩饒益廣說如前自他利品云何菩薩迴向菩薩三門修習善根謂善修業巧便攝取衆生彼一切過去未來現在清淨心迴向阿耨多羅三藐三菩提不以善根求餘果報若世尊說在家出家菩薩所學法當知一切皆是善修業巧便攝取迴向四法所攝是故菩薩善修業巧便攝取集聚迴向當知難得近菩提坐過去未來現在一切菩薩在家出家異學阿耨多羅三藐三菩提已學當學今學如是四法無餘無上如是四法在家出家菩薩成就然後出家於在家者大有差別出家菩薩解脫攝受父母妻子眷屬等過非在家也出家菩薩解脫攝受田種治生王家等苦亦非在家出家菩薩常修梵行一切菩提分法疾得神通若修善法疾得究竟出家菩薩凡所說法人所信受亦非在家是名在家出家之大差別

次法方便處淨心品第三

菩薩有七種愛念衆生若成就此愛念者名眞實心第一眞實心一者無畏二者巧便三者不猒四者不求五者不貪六者廣大七者平等菩薩未曾恐畏故於諸衆生起愛念心身口意業隨順行愛念安樂是名無畏菩薩未曾無巧便而行愛念所謂非法非律非眞諦行教授非處是名巧便菩薩愛念爲諸衆生一切所作而不疲猒是名不猒菩薩無請而愛念衆生是名無求菩薩以無貪心而行愛念不求恩報及未來愛果是名無貪愛念菩薩於諸衆生廣大愛念不限衆生於衆生所得饒益不饒益悉不棄捨寧自苦身不苦

衆生是名廣大又彼相成就愛念衆生是名平等愛念不限衆生界是名平等愛念菩薩成就如是七種愛念是名眞實心第一眞實心菩薩方便觀佛法僧者意解正向決定是名極淨心又彼極淨心略說有十五種一者無上心二者隨轉心三者波羅蜜心四者眞實義心五者神力心六者安心七者樂心八者解脱心九者堅固心十者不虛僞心十一者不淨心十二者淨心十三者快淨心十四者調伏心十五者俱生心菩薩於佛法僧寶極淨心是名無上心受菩薩戒於受持律儀極淨心是名隨轉心於行施忍精進禪定智慧極淨心是名波羅蜜心人法無我第一義眞實甚深極淨心是名眞實義心於諸佛菩薩不思議神通力俱生力極淨心是名神力心於諸衆生欲以善法饒益是名安心於諸衆生欲以攝取饒益是名樂心於諸衆生捨離貪心及與受報是名解脱心於無上菩提起一向心是名堅固心利衆生方便菩提方便不顛倒智俱生解脱是名不虛僞心一切解行地菩薩極淨心是名不淨心從淨心地乃至決定行地菩薩極淨心是名淨心究竟地菩薩極淨心是名快淨心彼不淨心是名調伏心思量計數是名降伏心淨心快淨心極淨心是名俱生心性自清淨於身安立故名俱生心是名十五極淨心是名十五眞實淨心隨一切地略說作十事謂無上心一切種供養三寶一切菩提衆具無上眞實隨轉心受菩薩戒律儀乃至捨命終不故犯若有所犯即能除滅波羅蜜心勤修善根住不放

逸眞實義心以不染汙心爲衆生故久住生死終不悕望涅槃解脫神力心顯示正教令起淨信及得修慧多住生死想非少聞思知足安心樂心解脫心一切種種利益衆生而不疲猒堅固心熾然精進廣大精進平等方便不緩方便不斷方便不虛僞心疾得神通生彼彼善根不以少心下心勝劣善根而生足想降伏心起俱生心俱生心疾得阿耨多羅三藐三菩提利益安樂諸天世人降伏心攝不淨心俱生心攝淨心快淨心若世尊說菩薩淨心施設顯示一切皆是十五淨心所攝是故過去未來現在菩薩得無上菩提巳得當得今得一切皆是十五淨心無餘無上如是十五淨心有大果福利依是得無上菩提

次法方便處住品第四

如是從種性起如所說菩薩學菩薩相現菩薩翼方便成就菩薩極悕望淨今當略說菩薩十二住此菩薩住攝一切菩薩行第十三是阿耨多羅三藐三菩提無上住云何菩薩十二住一者種性住二者解行住三者歡喜住四者增上戒住五者增上意住六者菩提分法相應增上慧住七者諦相應增上慧住八者緣起生滅相應增上慧住若菩薩眞實觀觀眞實若不觀眞實則衆苦增若觀眞實則衆苦滅菩薩於三門行智慧爲三增上慧住九者有行有開發不斷道向無相住十者無行無開發道向無相住十一者無礙住十二者最上究竟住如是十二住攝一切菩薩住一切菩薩行如來住者過一切菩薩住阿

惟三佛菩提住彼最後如來住建立品廣說菩薩十二住隨其建立今當說云何種性住謂菩薩種性住者菩薩功德菩薩所應善法成就及行性賢善故率意方便諸善法生不待思惟率然自得種性住爲一切佛法種子持一切佛法種子悉在身中離麤煩惱種性住菩薩終不復起煩惱上纏行五無間業及斷善根種性義如前種性品廣說是名種性住云何解行住謂菩薩從初發心不淨心及淨心菩薩所行是名解行住種性住菩薩於餘一切菩薩十一住及如來住爲因轉爲因攝受於餘菩薩非方便亦非得亦非淨彼何況如來住解行住菩薩於一切菩薩住及如來住是方便而非得亦非清淨唯得解行住及清淨向解行住淨已得歡喜住前方便及即彼淨向歡喜住淨已得增上戒住前方便及即彼淨向如是廣說乃至最上菩薩住當如是知最上菩薩住淨已次第得如來住前方便頓得及淨是爲菩薩住如來住差別云何歡喜住菩薩極淨心住是名歡喜住云何增上戒住菩薩因極淨心性戒具足住云何增上意住菩薩因增上戒淨得世俗禪三昧正受住云何菩提分法相應增上慧住菩薩依世俗禪三摩提淨覺了眞諦正念處等三十七菩提分法觀察住云何諦相應增上慧住菩薩因依菩提分觀察如實覺了眞諦住云何緣起生滅相應增上慧住菩薩以眞諦覺爲增上已以智觀察有因苦有因苦滅智住云何有行有開發無相住菩薩以三種增上慧爲增上已有行有開發不斷無間一切

法如離諸妄想修慧俱住云何無行無開發無相住即此無相住多修淳至不斷無間升進道隨順住云何無礙住菩薩即依彼快淨不動智慧三昧得智慧增廣爲人說法無上方便於法義辭分別觀住云何最上菩薩住菩薩住彼究竟菩薩道阿耨多羅三藐三菩提大法灌頂一生相續若最後身於此住次第得無上菩提作一切佛事住解行住菩薩於菩薩修少行斷行不決定修行所得有退轉歡喜住乃至三種增上慧住於菩薩修廣行不斷行決定行所得不退轉有行有開發無相住乃至最上菩薩住於菩薩修無量行不斷行決定行所得不退轉解行住菩薩無相修方便歡喜住乃至增上慧住菩薩行無相修第一無相住升進第二無相住菩薩無相修淨無礙住最上菩薩住菩薩無相修果解行住菩薩行解行時有何行何狀貌何相解行住菩薩行解行時以思惟力菩薩所作方便思惟慧修習不能性自眞實堅固不動不退不得菩薩不退轉修如修如是修果種種無礙神通解脱三昧正受悉皆不得亦未離五恐畏所謂不活畏惡名畏死畏惡道畏大衆畏思惟修習利益衆生不能性自哀愍或時起邪身口意業有時貪著五欲境界有時慳惜所有衆具由佛菩薩生於淨信不能自起眞實智慧所謂三寶功德眞實義諸佛菩薩神通力若因若果若得義若得方便若境界少聞少思智慧成就不能無量或時失念成就菩薩遲喜之道不能專心求大菩提熾然精進深樂淨信或於三處忘失正念所

謂於可喜不可喜色聲香味觸法或時顛倒受生彼身中間或受誦持法久作久說以此因緣忘失正念或時黠慧受持正法善解其義或時不爾或不善知隨宜調伏方便或復不知自生佛法方便率意說法教授教誡以率意故不如實知或時虛說不時不中如暗中射或中不中或時退捨大菩提心或時起菩提心而復退捨或時受菩薩戒而復還舍或時能作利益衆生成就而復猒倦是故利益方便退常樂自樂思惟然後欲樂衆生自知缺減而不能斷令無有餘更數缺減或時於菩薩法藏信受他語或時聞說深妙之法而生恐怖動摇疑問或時於一切衆生遠離大悲少能安樂利益衆生不能廣大不能如上所說學菩薩所學不能滿足菩薩相菩薩翼方便菩薩眞淨去阿耨多羅三藐三菩提遠不能淨心深樂涅槃捨離生死不動善根菩提分法悉不成就如是等行相名解行住菩薩行相解行住菩薩行下忍時如上所說行相增行中忍時中行上忍時下如是行上忍時斷此行相次第入歡喜住方便得歡喜住彼一切法悉無復有住解行住所說相違一切不染汙分法成就名淨心住解行住菩薩有輭中上方便展轉淨解脫非無罪清淨何以故彼解脫有種種上煩惱生故歡喜菩薩解脫上煩惱斷離煩惱清淨解脫生云何歡喜住菩薩行相是菩薩於解行住當入歡喜住是菩薩先善入無上菩提願善入菩提方便修習決定若復緣他而進捨不決定未習得六種善決定緣自力修慧菩薩願生一

者超餘一切淨願無等不共二者亦是世間亦出世間一切境界三者隨度諸衆生苦不共一切聲聞緣覺四者發一念願法性自然無量淨果不動轉五者不變異無盡願終無能令退轉變異六者勝進分究竟大菩提願是名菩薩決定願又彼菩薩發心當知四種初何等衆生發心緣何發心發心有何相發心有何福利此四種發心當知彼解行住菩薩一切種善修習善根略說正菩提行出生而發心是名略說衆生發心於未來世等速疾菩提衆具滿足一切菩薩所作滿足無上菩提一切佛法滿足所作佛事滿足是名略說緣發心正速疾一切種一切菩提衆具隨順菩薩於衆生一切種菩薩所作隨順無上菩提得自覺知隨順一切佛事隨順而發心

彼發心過一切億衆菩薩及凡夫地入菩薩超昇離生生如來家爲如來子決定向無上菩提決定紹如來種得如來不壞淨常多歡喜心不多瞋暴一切種菩薩所作一切種菩提具佛法佛事神力皆悉滿足淨心攀緣意解增進自見得法生歡喜心遵習善根到于出離遠離貪著無比無等攝養身心歡喜熾然善法成就近無上菩提我於大菩提悕望清淨我已遠離一切恐畏作如是念生歡喜心謂彼菩薩決定心生離五恐畏善根無我智我想不生云何當有我愛衆具愛是故離不活畏不於他人有所求欲常欲饒益一切衆生是故離惡名畏離於我見我想不生是故離死畏此身命終於未來世必與諸佛菩薩共會是故離惡道畏觀於世間無與等者

況復過上是故離大衆畏如是離五恐畏已亦得遠離聞深法畏憍慢貢高他不饒益恚恨貪喜皆悉遠離不染汙故無垢熾然精進故無凡悕望於現法中一切種菩薩精進方便修習上信前行於未來事生十大願十大願如前菩提分品說於此歡喜住生一者以清淨心常願供養一切諸佛二者受持守護諸佛正法三者勸請諸佛轉未曾有法四者順行菩薩正行五者爲成熟衆生器六者遊諸佛刹見諸如來親近聞法七者自淨佛土八者一切菩薩同一方便以大乘化九者利益衆生一切不空十者一切世界得阿耨多羅三藐三菩提作一切佛事如是大願及餘求親衆生界無有斷絕此諸大願生生常行終不忘失如是建立前願在前後願在後是名爲願菩薩如是大願作門已能生無量百千諸願如是未來諸願現法方便精進十住淨修法歡喜住淨修生一者一切佛法不壞信緣起方便二者觀純苦衆生是悲心三者我當度衆生苦陰是慈心四者欲度一切苦不顧自身不顧自身已捨内外物而行布施五者爲度衆生故勤求世間出世間法心不猒倦六者心不猒倦故知一切論七者知一切論故知輭中上衆生隨其所應八者隨所應已知時知量生慙愧心九者如是方便得勇健力十者得世財利供養如來如是十法淨歡喜住所謂信悲慈施不猒知論隨衆生慙愧勇健供養如來菩薩修此十法於餘九住增上戒住等觀察一切種道功德過惡求佛菩薩所有神通樂不壞道善攝行得依相

過一切住得大菩提爲大導師度生死曠野教令入行入行已得得已果福利成名爲依住此住者有二因緣見無量佛聞菩薩藏說則能解知十方無量世界名種種佛名麤淨信必俱見乃至得眞實見是名一因緣復作是願彼佛出世我當生彼隨願往生如是麤淨信見及願力故見諸如來一切種供養樂具饒益隨其所能隨其力供養法僧於如來所聽受正法聞已受持起法次法向以四攝事成熟衆生以一切善根迴向菩提以三種清淨故彼諸善根轉復清淨謂如來法僧供養攝受以四攝事成熟衆生一切善根迴向菩提無量億百千劫淨於身心譬如眞金如是如是著於火中工師鍊治轉增明淨菩薩善根轉增清淨亦復如是若更受生爲轉輪王王閻浮提隨意自在遠離慳貪亦化衆生離於慳垢以四攝事攝取衆生普令衆生得第一義若欲精進捨家財物於佛正法出家學道於一念頃能入百三昧能以天眼見百佛世界神通智力能動百世界身亦能過光明普遍能示他人能化一身爲百成熟衆生能住壽百劫能知過去百劫事能知陰界入各百法門化百菩薩以爲眷屬若以願力神力所作則有無量億百千劫不可數知是名略說歡喜住所謂決定四種發心正願方便精進出生修淨住法彼彼住淨修見佛善根受生神力廣說如修多羅十地歡喜地說修多羅說十地即此菩薩藏摩德勒伽說十住攝受衆生故說他自受行住故說住云何增上戒住菩薩行相是菩薩於歡喜住得十種

淨心一者一切種供養尊重福田先語問訊心二者同法菩薩親近樂住心三者勝一切煩惱煩惱魔業自在心四者見一切行過惡心五者見涅槃福利心六者常修菩提分法善根心七者隨順修菩提空閑靜處心八者不念世間貪愛貢高利養心九者離下劣乘專向大乘心十者一切種利益衆生心如是十種正心生名得淨心如是淨心增上滿足次第入增上戒住入增上戒住已性戒具足輭邪業迹所攝惡戒一切不行況復中上十業迹滿足性戒成就如是自性戒慧染汙不染汙業迹善趣惡趣道業行因處果處如實知報果依果及彼業如實知自斷十惡行十善業復以此法教授衆生毒業過患惡衆生界等無差別善業惡業第一義苦種種衆難得廣大哀愍於此增上戒住見佛善根清淨如前說譬如真金得迦私藥著於火中轉增明淨菩薩善根清淨亦復如是於此住入清淨心悕望成就受生作轉輪王王四天下以自在力令諸衆生離諸惡戒行善業迹神力十倍勝前是名略說增上戒住所謂淨心性戒具足離一切種惡戒垢一切業迹一切因果如實知分別四種業教授衆生得廣大哀愍觀衆生界業生苦種種衆難見佛善根清淨受生神力廣說如修多羅十地離垢地說離惡戒垢故名離垢彼離垢地即此增上戒住云何增上意住菩薩行相是諸菩薩先於增上戒住得十種淨悕望思惟具足已復有十種心悕望思惟增上滿足已過增上戒住入增上意住一者思惟我尸淨十種心悕望

二者思惟我於此十種淨悕望終不復退三者思惟我於一切漏有漏法心終不著猒離心住四者思惟我於彼對治修識住五者思惟我於彼對治法終不退轉六者思惟我於堅固對治終不爲一切魔所勝七者思惟我於諸佛法終不生懈倦八者思惟我於諸苦行終不畏難九者思惟我一向信解大乗不樂小乗十者思惟我常樂一切衆生一切種利益是爲入十種心悕望增上意住菩薩於一切行以患猒行種種對治觀佛智慧功德福利種種福利行而生愛樂淳厚心欲觀衆生果苦種種苦行顧念衆生心依於義於一切有爲行不爲放逸於大菩提熾然精進於諸衆生廣生大悲心云何令此衆生究竟脫苦即時觀察知住無礙解脫智者乃可得此是無礙智不離通達法界如實智慧是如實智慧不離禪定解脫三昧正受是諸禪定不離多聞決定智慧復作是念無礙解脫一切佛法以何爲本不離聞爲本作是念已轉加精進求法無猒爲聞正法故不惜身命無內外物而不布施無有尊重而不求法以愛念心聞一四句偈勝於愛念三千大千世界大珍寶聚若聞一偈如來所說正向佛道淨修菩薩行勝得一切轉輪聖王護世帝釋魔梵諸王若有人言我有此法如來所說正向佛道淨修菩薩行若能投大火坑受大苦者當爲汝說菩薩聞已歡喜樂受作是念若聞正法正向佛道淨修菩薩行正使三千大千世界大火熾然乃至梵天尚入其中況復小火經地獄苦尚求佛法況復小苦如是精進方

便思惟求法如法次法向隨順佛法不以文字音聲清淨作是念已依於聞法正緣法相離欲惡不善法得世俗四禪四無色四無量五神通捨諸禪三昧正受以願力故觀察欲界彼衆生能滿菩提分法者而生彼處離欲故欲縛斷捨諸禪正受故有縛如是解行住先如是法如解見所起縛斷邪貪恚癡畢竟不行見佛善根清淨如前說譬如眞金數被鍊治盡諸垢穢稱量不減離垢明淨菩薩善根轉增清淨亦復如是若更受生得帝釋身以離欲善法調伏衆生神力如前住千倍是中諸住百千萬倍是名略說增上意住所謂心思惟成就入一切行衆生界大菩提正分別眞實苦解脫方便正求大恭敬求法法次法向巧便出生諸禪三昧正受神通捨於諸禪以願力故隨所欲生見佛善根清淨受生神力廣說如修多羅十地明地說聞行法行法明照三昧明照修習是故此地故名明地內心清淨故名增上意住彼明地即此增上意住云何菩薩菩提分法相應增上慧住行相是菩薩先於增上意住得入十種法明求多聞爲增上滿足已過增上意住入初增上慧住彼入十種法明如修多羅說謂所可建立建立建立處第一義等若煩惱若清淨淨煩惱繫惱無上清淨淨是名略說法明義住此住者不懷悕望爲首如修多羅說十智成熟法成就生如來家逮得自法一切種觀爲增上已修念處等三十七菩提分法如修多羅說修集彼法故離身見等隨界入微細愛著畢竟不行如來不稱歎業一切不行所稱

歎者一切隨順如如真實心轉柔輭修種種行其心快淨知恩報恩等隨順功德種種淨法皆悉成就求淨上地業得大精進因彼精進淨心深心信解滿足因彼正法外道魔怨不能傾動見佛善根清淨如前說譬如真金爲莊嚴具餘金不及菩薩善根亦復如是勝餘下地菩薩功德如育多摩尼光明清淨餘珠不及一切風雨所不能滅如是菩薩下地菩薩聲聞緣覺智慧光明所不能及魔怨煩惱皆不能壞若更受生作焰摩天王以諸善法教化衆生破身見等神通力勝於前住百千萬倍此住億倍是名略說菩提分法增上慧住所謂入法明智成熟修菩提分法身見等一切著斷制業聽業若離若修因彼心轉柔和隨順功德皆悉成就求淨上地業得大精進因彼精進淨心深心信解清淨因彼正法魔怨不動見佛善根清淨受生神力此則略說廣說如修多羅十地焰地說彼地菩提分法彼地智焰種平等說法以智慧光照明世間是故彼地名爲焰彼焰地即此菩提分法相應增上慧住云何菩薩諦相應第二增上慧住行相是菩薩先於初增上慧住得十平等淨心增上滿足已入第二增上慧住十平等心如修多羅說謂無等覺覺無等超餘一切衆生界法如等是名略說心平等義住此住者更求智慧勝進智慧時於四聖諦有十種如實知如修多羅說若教他若自知若俱知若說修多羅毗尼摩德勒伽方便若說現在苦因生未來苦因滅彼滅不起彼滅方便勝進是名略說十種四聖諦當知如是真

諦善以智慧壞一切有爲行於衆生界大悲增長前際後際愚惑四諦起於邪趣菩薩正知解脱彼故攝功德智慧衆具具足攝持彼悕望度起正念正智精進爲首等種種真實功德增長無餘思惟成熟方便成熟衆生攝衆生故修習一切世俗書論如修多羅說如是工巧業一切出生悲念衆生漸次誘進安立菩提隨順世俗必定善方便破諸貧窮四大錯亂非人所惱令得休息無罪戲樂衆具饒益因此饒益引令樂法以住止衆具而爲饒益王賊所惱度令安隱處非處方便若聽若制吉非吉物應施不施令得所宜現法展轉無有違諍乃至後世亦無怨結諸顛倒者爲說正道是名攝受衆生世俗工巧及平等義見佛善根清淨如前說譬如成鍊真金瑩以硨磲光明清淨勝於餘金如是菩薩智慧方便勝餘菩薩聲聞緣覺譬如日月宫殿一切風輪不能令失如是菩薩智慧方便不爲一切世法所勝若更受生爲兜術天王以諸善法破壞一切外道邪法神通力勝於前住百億倍是名略說諦相應增上慧住所謂淨心平等成就入諦觀增長破壞諸行於諸衆生大悲增長功德智慧衆具成熟正願方便正念正智正說等功德增長無餘思惟一切種成熟方便成熟衆生世俗工巧出生善根清淨受生神力廣說如修多羅十地難勝地說於真諦決定智慧難勝是故彼地名爲難勝彼難勝地即此義名爲諦相應增上慧住云何菩薩緣起相應增上慧住行相是菩薩先於諦相應增上慧住得十平等法如修多

羅說彼增上滿足已入於此住一切法第一義自性無相平等無言說行照曜無相平等即彼無相故自無生平等因不起平等自因不起故畢竟寂滅平等離攝受虛僞平等無取無捨離行平等妄想爾焰自性如幻如化平等離妄想智境界自性有無無二平等是名略說十平等分別義住此住者於諸衆生大悲增長於大菩提殷勤欲樂知諸世間若生若滅一切種緣起正觀了知因緣起智入三解脫門知空無相無願依彼故離我我所若有若無想如是第一義善思惟衆生煩惱結縛因緣和合有爲性劣離我我所生諸過惡非離煩惱因緣和合我當斷彼煩惱因緣和合自護故不滅一切有爲護衆生故如是智悲隨行於此住名向無礙智般若波羅蜜住現在前一切世間所不能染如是住者若利第七地方便行究竟菩薩忍彼隨順忍所攝是向無礙智般若波羅蜜修集具足取菩提因緣不住世俗有爲示現寂滅而不住寂滅如是方便智慧隨順入空三昧門向百萬三昧門如空三昧無相無願三昧門亦如是如是向諸三昧已名爲不壞心一切種佛法轉增殊勝外道魔怨所不能壞餘如前說譬如眞金以瑠璃莊嚴勝於餘金如是菩薩善根清淨勝於一切譬如月光除衆生惱四方風輪不能障蔽菩薩智慧光明亦復如是爲諸衆生息煩惱火一切魔怨不能斷絕若更受生爲善化自在天王常以諸善法滅除衆生一切憍慢神力勝前億千倍是名略說緣起相應增上慧住所謂平等法成就入覺諸

緣起生解脫門離諸邪想方便攝受住向無礙智般若波羅蜜得向無量三昧得不壞心佛法殊勝善根清淨受生神力廣說如修多羅十地現前地說無礙智向是故彼地名爲現前即此義名爲緣起相應增上慧住云何菩薩有行有開發無相住行相是菩薩於緣起相應增上慧住次第十方便慧生一切衆生不共世俗及得一切世間不共道方便昇進增上滿足已入第七住彼諸方便慧如修多羅說謂出生世間善法攝受切德故於諸衆生安心樂心福德衆具菩提分法漸次增進故不共聲聞故不共緣覺故知衆生法界故知世界故知如來身口意故如是等方便慧生道次第方便昇進義故略說當知如是具足無量無數如來境界各別智彼起無開發無相想無想觀無量佛境界起處不斷無開轉修習一切威儀行住思惟於彼一切處終不離道於念念中具足十波羅蜜及一切菩提分法非如餘住第一歡喜住修習正願第二住離惡戒垢第三住願轉增長得法光明第四住入道第五住入世間所作第六住入甚深法門此第七住起一切佛法滿足菩提分菩薩方便行滿足攝受於此住智慧神通行清淨入第八住住第八住者一向清淨此第七住雜清淨住前行故得不染汙名不染汙行此第七住一切貪等煩惱斷故不名有煩惱不名離煩惱不行亦樂佛法如實心清淨故不名離煩惱此第七住成就無量清淨身口意業如佛所歎業如前說五住所得世間工業智自然滿足爲三千大千世界大

師唯除上地菩薩及如來餘無及者一切禪定菩提分法皆現前修而不受報菩薩於此住思惟方便入善擇三昧門生百萬三昧超過一切聲聞緣覺三昧境界遠離煩惱諸妄想行隨順甚深身口意業不捨方便勝進之道顧念衆生滿足菩提離一切相無量身口意業生淨修無生法忍於此住超過自覺境界餘六住佛法攀緣第六住菩薩能入寂滅今住此地念念寂滅得未曾有身口意業不思議雖行實際而不證實際如是方便智生爲增上已行共一切衆生行照明世間餘如修多羅說取要言之爲功德事親屬想攝受方便勝進住三解脫求下乘者方便調伏受五欲者令求勝欲轉諸邪見隨順他心於諸大會皆悉隨順餘如前說譬如成鍊眞金以摩尼珠寶莊嚴勝閻浮檀金菩薩善根清淨勝於一切聲聞緣覺及餘離垢菩薩譬如日光照閻浮提一切泥水皆悉乾消勝於餘光是菩薩智慧光明能令衆生煩惱乾消勝於一切聲聞緣覺及餘菩薩智慧光明若更受生作他化自在天王以智慧饒益聲聞緣覺一切神力勝前億百千倍是名略說有行有開發無相住所謂方便慧生道方便勝進入知如來境界所起處無間方便於念念中集菩提分染汙不染汙處方便行滿足攝受淨心業生故一切世間工巧業滿足得無量三昧不共一切聲聞緣覺念念寂滅行於一切共世間行善根清淨受生神力廣說如修多羅十地遠行地說方便行滿足是故彼地名爲遠行即此義名爲有行有開發無相住云

何菩薩無行無開發無相住行相是菩薩於初無相住次第得十種入一切法第一義智如修多羅說謂三世如所應本來不起不生無相故無餘因性故第一義離言說自性事言說行顯示自性相因性無有彼如是不生故於彼無知邪計著因於彼無所有事離言說初中後一切時煩惱等入正離妄想平等斷彼煩惱故十種智增上滿足滿足已入第八清淨住於彼不起法得快淨第一無生法忍彼云何謂四種求求一切法四種如實知知一切法以求知故離一切妄想計著一切法現法中一切煩惱無生隨順觀來世一切無餘無生觀如等前妄想計著因起法四種求四種如實知如前眞實品說從解行住起乃至有行有開發無相住未得快淨於此住乃得快淨是故名第一無生法忍得無生法忍已得甚深法離初無相住四種過患一者有行有開發二者上地勤求三者一切種利益衆生堪能勤求四者微細想行是故此住名爲快淨於甚深法門法流水中如來勸發出生無量門智慧神通諸業饒益以勸發故出生無量尊身變化智慧得十自在如修多羅說得自在故欲久近住隨意即能諸禪解脫隨意所欲資生衆具世工巧業悉得隨意一切住處一切受生隨意往生一切神力一切誓願隨意能得變一切物成於金寶隨意能成欲知法界名身句身味身於一切法建立巧便即能知之如是自在力果報福利如修多羅說於念念中常等見佛善根清淨受生神力金光明喻如修多羅說是名略說無

行無開發無相住所謂入第一義智成就入得不起法忍過患悉離得快淨住甚深法門諸佛勸發出生無量智慧神通諸業饒益無量尊身出生智慧出生得大勢力得大自在力福利果報善根清淨受生神力廣說如修多羅十地不動地說離有行有開發乘不動勝進道是故彼地名爲不動即此地名爲無行無開發無相住云何菩薩無礙住行相是菩薩於此甚深住不以爲足勤修隨順上地勝進知法之行一切種爲人廣說隨所應說悉如實知所可說法煩惱清淨誰惱誰淨悉如實知如是善說法名大法師得無量陀羅尼善諸音聲辯才無盡法陀羅尼如所持法攝受成就以菩薩無礙智出生言說坐於法座如應說法隨其法示喜成如修多羅說善根清淨受生神力勝進如修多羅說是名略說菩薩無礙住所謂樂深解脫說法行智不思議大法師善根清淨受生神力廣說如修多羅十地善慧地說安樂一切衆生淨修菩薩無礙廣說大法是故彼地名爲善慧即此義名爲無礙住云何最上菩薩住行相是菩薩於無礙住淨修一切種淨法王所應灌頂正受得離垢等無量三昧作所應作已一切智殊勝灌頂最後三昧現前得一切佛同坐身蓮華眷屬光明所照得一切種一切智灌頂已受調伏解脫方便知一切佛事得無量解脫總持神通彼增上故大念智慧生辯才建立大神通出生善根清淨受生神力勝進是名略說最上菩薩住廣說如修多羅十地法雲地說法雲地菩薩滿足菩薩道滿足菩

提衆具得菩薩勝慧與大法雲以正覺自覺而諸衆生煩惱垢穢悉令休息種種善根增長成熟是故彼地名爲法雲即此義名爲最上菩薩住如上說展轉上功德前地所無以輭根者不在數諸中上者上地所得具足建立彼一一住經億百千大劫或復無量然後具足彼一切住經三阿僧祇大劫然後得初阿僧祇大劫解行住過得歡喜住五行勝進第二阿僧祇大劫從歡喜住乃至有開發無相住過得無開發無相住彼即此決定謂淨心菩薩決定勝進第三阿僧祇大劫無開發無相住及無礙智住過得最上菩薩住有二阿僧祇劫若大劫晝夜月分數成時無量故名阿僧祇若彼諸大劫數成一劫數過數名阿僧祇前阿僧祇劫菩提非少劫阿僧祇得後三阿僧祇大劫不增若彼上上精進方便能成超衆多中劫或復超大劫無超阿僧祇者如是十二住菩薩三阿僧祇煩惱障分染汙及智障分染汙斷彼三住煩惱障分染汙斷歡喜住惡趣煩惱分增上中煩惱分一切不行無開發無相住無生法忍清淨相續煩惱分一切染汙斷不行一切煩惱最上菩薩住一切煩惱習使障斷入如來住智障分染汙有三種一者皮二者膚三者骨歡喜住皮障斷無開發無相住膚障斷如來住骨障斷一切障清淨於此三住智障斷餘住隨其次第眞實衆具如是十三住有十一種淨第一種性淨第二解行淨第三淨心淨第四戒淨第五意淨第六第七第八正智方便淨第九方便行滿足淨第十眞實智神通出生淨第

十一說正義無礙淨第十二隨順入一切種一切所知智淨第十三如來住習氣一切煩惱智障淨如前菩薩功德品說八法攝一切摩訶衍菩薩藏所說此十三住攝初第一住信心生解於菩薩藏得聞慧思慧第三住淨心及初修慧行第四住乃至第九有行有開發無相住修慧廣第十第十一第十二住淨修慧行所攝修慧果成如來住畢竟出離聲聞住所有法此等十二菩薩住次第當知一者如聲聞自種性住此亦當知如超昇離生方便住第一住亦如是如超昇離生信第三住亦如是如得不壞淨聖愛增上戒住上漏盡第四住亦如是如依增上戒增上意學出生住第五住亦如是如得真諦智增上慧學住第六第七第八住亦如是如善觀察住無相三昧方便第九住亦如是如究竟無相住第十住亦如是如禪定起解脫覺住第十一住亦如是如一切種阿羅漢住第十二住亦如是起解脫入住者起謂從定覺也五解脫入如離心說

菩薩地持經卷第七

音釋

怯乞業切懦也　摩德勒伽梵語也此云智母勒墨德切　瑩烏定切磨也

菩薩地持經卷第八

北涼天竺三藏法師曇無讖譯

畢竟方便處生品第一

菩薩生略說有五種一切住一切行菩薩以無罪安樂一切衆生一者息苦生二者隨類生三者勝生四者增上生五者最後生菩薩以願力自在力於饑饉世受大魚等身以肉救濟一切衆生於疾病世爲大醫王救治衆病於刀兵世爲大力主以善方便誠信之言等心救濟息於戰諍繫縛鞭打逼迫之處爲息惱故生於王家以法正化邪見衆生奉事天神造諸惡行以願力自在力生彼天處斷彼邪見及諸惡行如是無量生處皆悉往生是名息苦生菩薩以願力自在力於種種衆生天龍鬼神阿修羅等迭相惱亂及諸外道起諸邪見惡不善行悉生其中爲其導首引令入正彼所作者菩薩不爲彼不作者菩薩爲之又以善法廣爲宣說如是隨類受生乃至無量是名隨類生菩薩以性受生勝於世間壽色等報如自他利品說如是受生亦復無量是名勝生菩薩從淨心住乃至最上菩薩住在所受生如前住品說於閻浮提自在生乃至大自在未過究竟地一切受生處於中竒特是名增上生最上菩薩住受生調伏業菩提衆具增上滿足生剎利婆羅門家得阿耨多羅三藐三菩提作一切佛事是名最後生過去未來現在一切菩薩皆以此五種受生無餘無上菩薩因此五種受生疾得阿耨多羅三藐三菩提

畢竟方便處攝品第二

菩薩一切住一切行等攝衆生略說有六種一者頓攝二者增上攝三者取攝四者久攝五者不久攝六者後攝菩薩初發心於一切衆生作父母想隨力所能以一切種安樂饒益是名頓攝菩薩爲主於父母尊重種種方便勸修善法隨時供養知恩報恩妻子眷屬瞻視教授所犯堪忍疾病救療教修善法令其勝進奴婢作使等心斷理不生賤想菩薩爲王攝受人民如法正化不加非罰以財以法而爲饒益自守境界不侵他土隨其力能教諸衆生令修善法菩薩爲父於他衆生尚無偏黨況自眷屬而不平等言常柔軟眞實不虛一切殺縛逼迫苦切皆悉遠離是名增上攝有二因緣等攝徒衆一者捨於貪心以財饒益離於貧窮二者教修正義以法饒益拔惡邪見等心攝受不隨偏黨不爲法慳不作師捲不於彼所求於供養彼樂修者亦不遮止爲令增長福德衆具故未解義令起已解義令增疑者爲決悔者令覺隨時爲說甚深要義同其苦樂心無增減有犯罪者等心教誡有時訶責有時讚歎疾病救療爲除憂患於下念下精進下智慧不起輕想隨宜爲說繫念境界隨時教授堪忍不惱於等於勝修勝供養修習悲心不掉不動成就戒見威儀正命和顏平視先語問訊常修善業不爲放逸以如是法教於徒衆亦自修行菩薩不於一切時攝取徒衆亦非不取亦不趣爾取是名取攝輭成熟衆生久久乃淨是名久攝中成熟衆生不久得淨是名不久攝上成熟衆生於此生堪能清淨是名後攝是名六種

等攝衆生過去未來現在菩薩已攝當攝今攝皆此六種無餘無上菩薩如是等攝衆生有十二難一者能善觀察犯戒衆生若教若捨二者爲調衆生苦方便行自護煩惱三者財物至少而求者多四者唯有一身多求同事五者以清淨業生放逸人天而其內心初無放逸六者悲念衆生利益同事七者愚癡諂曲肢節殘毀若教若捨八者見生死過而不捨生死九者未得淨心命終之時不失正念十者未得淨心極所愛重衆生來求而以慧施十一者種種異心種種異解來有所求若作若捨十二者畢竟不放逸而不斷煩惱菩薩於諸衆生不觀輕重而爲方便或察於人而行於悲或勇猛方便爲造因緣或修正願或淨信心或專心思惟觀察不倦或時柔輭或時行捨或時精進或時巧方便菩薩如是正對治巧方便於十二難能自開解心不退沒

畢竟方便處地品第三

如上所說十二住次第爲七地六是菩薩地一是菩薩如來共地一者種性地二者解行地三者淨心地四者行迹地五者決定地六者決定行地七者畢竟地種性住名種性地解行住名解行地淨心住名淨心地增上戒住增上意住三種增上慧住有開發無相住名行迹地無開發無相住名決定地於三決定是初決定無礙智住名決定行地最上菩薩住如來住名畢竟地如來住地後建立品演說菩薩於解行地入歡喜地云何離惡趣報是菩薩於解行地依世俗淨禪集菩提具

於百一十苦衆生修悲愍心爲惡趣衆生久處惡道如已舍宅於此學無上菩提故堪忍能爲一切衆生作除苦因一切衆生三惡道業以清淨心願悉代受畢竟修行一切善業修習正願以世俗淨禪正願力故惡道煩惱染汙受身不久得斷菩薩轉惡道身諸惡道業一切不行是名菩薩離諸惡趣過解行地入淨心地前住品說淨歡喜住信等十法於此地淨對治所治及次第建立云何對治一者放逸不受菩薩戒違信菩提是故以信對治二者於諸衆生有殺害心違於大悲是故悲心對治三者於諸衆生有瞋恚心違於大慈是故慈心對治四者顧念命財違於慧施是故慧施對治五者於諸衆生多求衆具違於不倦是故不倦對治六者無方便智違於知論是故知論對治七者不善隨順違隨順他是故知世間對治八者於修善法放逸懈怠違於慚愧是故慚愧對治九者長夜生死受無間苦其心怯劣違於勇猛是故勇猛對治十者於佛疑惑違於供養是故供養對治如是十種對治所治略說有二種一者心淨二者方便淨前三種心淨餘者方便淨云何次第菩薩信於菩提於苦衆生而起悲心起悲心故欲度衆生而起慈心起慈心故而爲慧施爲慧施故修習正義無有猒倦無有猒倦故知諸經論知諸經論故善知世間隨順世間隨順世間故若煩惱起而生慚愧以慚愧故不隨煩惱得勇猛力得勇猛力故修正方便善法增長多得財利供養如來如是十法淨一切地

畢竟方便處行品第四

菩薩從解行住乃至最上菩薩住略說有四行一者波羅蜜行二者菩提分三者神力四者成熟衆生如前說六波羅蜜巧方便波羅蜜願波羅蜜力波羅蜜智波羅蜜是名波羅蜜行如前說十二巧方便是名巧方便波羅蜜如前說五種願是名願波羅蜜十力方便清淨是名力波羅蜜一切法部分智是名智波羅蜜知第一義諦故名般若波羅蜜知世諦故名智波羅蜜又無量智名巧方便波羅蜜求增進智故名願波羅蜜一切魔道不能壞故名力波羅蜜智開覺故名智波羅蜜如前說念處等三十七菩提分法四種求四種如實知是名菩提分法如前說六神通是名神力如前說二無量調伏界無量調伏方便無量是名成熟衆生如是四行攝一切菩薩行三阿僧祇劫長夜修行自性清淨勝餘世間聲聞緣覺攝大菩提果施等十法時度自性清淨度果度是故名波羅蜜諸波羅蜜次第建立有三種一者對治二者因起三者報果慳貪惡業瞋恚懈怠亂意愚癡如是六法障礙菩提六度對治隨其所應餘波羅蜜六波羅蜜所攝是名對治建立是菩薩始不顧財捨離出家既出家已受菩薩戒以護戒故修習忍辱不怖衆生忍力清淨不怖衆生故修習無間善法方便以修習精進無放逸故善一其心心已善一得如實智是名因起建立是菩薩現法修習惠施善法於未來世外得大財內得壽命色力安樂辯才五種果報戒等波羅蜜五種具足者生善趣中於諸衆

生壽等竒特是名初具足彼俱生善方便無有疲猒忍他侵犯不惱衆生是名第二具足彼俱生一切方便堅固堪能是名第三具足彼俱生少諸塵穢自心堪能知一切義得諸神通是名第四具足彼俱生智慧增廣是名第五具足是名報果建立彼四波羅蜜衆具自性眷屬無盡是增上戒學禪波羅蜜是名增上意學般若波羅蜜是名增上慧學此三學得菩薩上進學道此三學攝六波羅蜜無餘無上略說菩薩有四種行攝一切事一者先習菩提善根二者利益衆生三者增長善法四者成熟衆生如是四種行次第建立是名最上建立

畢竟方便處建立品第五

十三如來住名爲究竟地諸佛世尊有百四十不共法所謂三十二大人相八十種隨形好四一切種清淨如來十力四無所畏三念處三不護大悲不忘法斷除諸習一切種妙智云何三十二大人相一者足下安平二者足下千輻輪三者纖長指四者傭足跟五者手足網縵六者手足柔軟七者傭腨腸如伊尼延鹿王八者踝骨不現九者平立手摩膝十者馬藏如馬王十一者身圓滿如尼拘類樹十二者身毛上靡十三者一一毛右旋十四者身金色十五者圓光一尋十六者皮膚細軟塵垢不著十七者兩手兩足兩肩項七處滿十八者上身如師子十九者臂肘傭圓二十者缺骨滿二十一者身傭直二十二者四十齒二十三者齒齊密二十四者齒白淨二十五者頰車方如師子二十六者次第得

上味二十七者肉髻二十八者廣長舌二十九者梵音聲三十者目紺色三十一者眼上下瞬如牛王三十二者眉間白毫八十隨形好者手足二十爪指手足八處表裏平滿兩踝兩脞兩肩兩肘兩膝兩腕兩股兩髂藏相兩圓兩腨兩脇兩腋兩乳腰背心臍咽腹悉皆妙好是名咽已下六十種好上下牙齒兩脣兩齗兩頰兩鬢兩眼兩耳兩眉鼻兩孔頟兩角是名咽已上二十種好此相好淨心地菩薩始得後一切地漸勝清淨至菩提座乃得快淨餘四一切種清淨等不共法快淨滿足時得下者前菩薩地成就從淨心地起一切勝進菩薩一切相好生又種種菩提衆具有遠有近遠者未得相好近者已得造種種業得種種報世尊教化力故說何以故衆生

行種種惡業得種種惡報爲眞實對治故說種種相好業令得種種相好果報衆生聞已樂修善法離諸惡業如相好修多羅說菩薩持戒忍辱慧施故得足下安平相供養父母苦惱衆生爲作救護故得足下輪相不害衆生無劫盜想於所尊重先語問訊合掌恭敬以愛念財而爲供養破諸憍慢故得纖長指相即上得三相業得臃足跟相以四攝事攝取衆生故得手足網縵相爲所尊重塗身洗浴故得手足柔輭相修諸善法轉進無猒故得臃腨腸相自受正法廣爲人說爲法走使故得踝骨不現相次第修行三業清淨瞻病施藥離諸我慢修習知足故得平立手摩膝相見分離者以法和合修習慚愧施人衣服故得馬藏相淨修三昧亦教人修飲食知量

病者施藥攝受難業集聚難時四大增損能令隨順故得身圓滿相即此得牖腨腸相業得身毛上靡相自修善法智慧明達思惟諸法微細之義於所尊重樂修供養於同住者以善友攝教令入義故得一一毛右旋相以上妙衣食車轝瓔珞等嚴身之具施於一切不起瞋恚故得身金色圓光一尋二相即上得一一毛右旋相業得皮膚柔輭相廣施衆生供設大會故得七處滿相已起未起爲作導首離於我慢柔和其性爲除不善教以善法得上身如師子相即上得纖長指相業得臂肘牖圓缺骨滿身牖直三相遠離兩舌壞者和合故得四十齒齒齊密二相修欲界慈思惟法義故得齒白淨相隨衆生求歡喜施與故得頰車方相施勝法味壞諸味者爲淨其味故得次第得上味相受持五戒轉以授人常行悲心迴向大法故得肉髻廣長舌二相此肉髻相無見頂相即是一相常修實語愛語時語如法語方便說法故得梵音聲相普於衆生等行慈心猶如父母故得目紺色眼上下瞬二相見實德者稱揚讚美故得眉間白毫相三十二相無差别因皆是持戒何以故若犯戒者不得下賤人身況大人相如是廣說一一所得隨種種業各别建立復次在家出家菩薩具四種善修業得一切大人相決定修者得足下安平相專心修者得足下千輻輪牖腨腸手足網縵手足柔輭七處滿缺骨滿臂肘牖圓身牖直廣長舌九相常修者得纖長指牖足跟平立手摩膝身圓滿齒齊密五相無罪修者得餘諸相於諸衆生

無忿恚者得手足柔輭皮膚細輭二相次第修時修得傭腨腸相歡喜光明音聲善心行得圓光一尋身金色齒白淨眉間白毫四相聞譽不喜覆藏功德得馬藏相所修善根迴向菩提得毛上靡四十齒次第得上味肉髻四相勤修精進得師子上身方頰車二相安衆生心如視一子得齒齊密紺眼睫如牛王三相修善無猒獲得餘相是名四種善修業得三十二大人相種性地菩薩相好種子處解行地菩薩修集方便淨心地菩薩得餘地菩薩漸勝清淨如來畢竟地快淨無上此略說諸相爲輭中上衆生餘一切佛法皆是大人相此及餘百四十相於身妙好故說隨形好略說一切衆生福德積聚等一毛相一切毛相福德積聚等一隨形好一切隨形好福德積聚增至百倍乃得一相除白毫肉髻餘一切相功德增至千倍乃得白毫相白毫相功德增至百千倍乃得肉髻無見頂相白毫相功德增至億百千倍乃得如來法螺音相如來隨意發聲清淨梵音乃至十方無量世界如是如來無量功德積聚不可思議復次相好善業三種無量三阿僧祇劫修習名劫無量安樂一切衆生名心無量種種善業名行無量是無量福德衆具修習出如來相好四一切種清淨者一者身淨二者境界淨三者心淨四者智淨煩惱習身捨離無餘得最上身生滅自在是名身淨種種現化及所言說一切境界自在無礙是名境界淨煩惱悉離善根成熟是名心淨捨離一切無明穢汙一切所知無礙自在是名智淨

如來十力者一者處非處智力二者自業智力三者禪解脫三昧正受智力四者諸根利鈍智力五者種種解智力六者種種界智力七者一切至處道智力八者宿命智力九者生死智力十者漏盡智力此十力如十力修多羅廣說言語所說不乖於如是故名多陀阿伽駄淨不淨果依差別因是名是處淨不淨果差別因相違是名非處離增上慢智是名如實知如前無上菩提品說一切智無礙智清淨智是名離增上慢智堪能一切種利益衆生一切魔怨捨離得勝是名爲力修習攝受隨欲自在是名成就無上涅槃是名勝妙得八聖道離一切惱亂恐怖是名安隱自知所得名爲自知自所得法以哀愍心爲人廣說是名轉梵輪何以故如來於此種種惱亂清淨寂滅清淨眞實初轉令一切衆生皆得清淨是名梵輪得最上教攝無上大師說自所得破壞異道於諸異論不生怯弱一切諸論勝妙無上爲四衆說是名師子吼略說自安安彼彼我俱安開發顯示教授宣說又復略說得義得方便若天若人諸有所求悉於我得是名得方便如病得差除惱安隱復爲人治是名轉法輪能令一切虛妄邪師得諸對治諸病得差是名師子吼若所作業成就已滅是名過去若未作未滅而是當作是名未來若所作業非作已滅而是所作是名現在以行分別復有三種謂身口意業以受法分別復有四種有受法得現世樂他世苦報廣說如前自他利品現法後世若安不安隨其所應說法利益是名處方便若衆生數

以非衆生數爲境界而有所作是名衆生善根所作是名爲因愛與不愛禍福果成是名爲報略說一切時一切行一切處方便一切衆生一切境界一切因一切禍一切福如是一切如來悉知無餘無上四禪八解脫於禪解脫心得自在彼彼色像隨意悉成是名禪解脫三昧正受如說世尊三昧正受如其正受光照梵天妙音說法但聞其聲不見其形以是義故如來入共世間不共世間像類三昧能速成辦於禪解脫心得自在隨意悉成是故說禪解脫三昧正受復次於諸禪等有二種煩惱一者未方便修煩惱障礙令不得修二者已得自地煩惱諸纏所使違勝進道如來以種種世俗言教隨其色像隨其所應令得禪等修慧滿足離惱清淨若得未得若劣若勝悉如實知是故名諸禪解脫三昧正受如實知向成熟信等五根有輭中上是名諸根利鈍從他生信及自思惟爲方便起輭中上欲是名種種解種種種性建立謂三乘種性衆生貪欲等性乃至八萬四千行是名種種界知諸度門隨順對治貪欲觀不淨度廣說如聲聞地是名一切至處道人種種黨類各相違背起異見欲常共諍論如外道沙門婆羅門一切種向此世他世亦名至處道智力如時修多羅廣說知四方衆生俗數建立種種名字謂過去八種事六種同行如是種種悉能了知八種者如是名如是生如是種性如是食如是苦樂如是長壽如是久住如是壽限六種同行者俗數名字剎利等色父母飲食善惡壽命八種事六種同行他及

自身作如是説此是我名我爲利利婆羅門毗舍首陁是我父母我食如是食我作如是善惡若少年中年長年如是六種同行以宿命智皆如實知一切禪名爲天住依禪得眼故名天眼淨果滿足故名快淨人中無此故言過人雖欲界天有報天眼人中亦無衆生臨死名爲死時黒暗二種如是像類乗中陰生如夜黒暗黒羊毛光故名惡色白淨有二種如是像類乗中陰生如明月光波羅捺衣故名好色起於惡戒是名惡戒身口意惡行種種邪見惡行成就誹謗賢聖是名惡見誹謗計著邪見邪因邪果縁是造作一切邪業造邪業已受現世樂未來苦報邪現世因未來苦報是名受邪法因成就種種惡法生惡道中是名因彼名色分離是名身壞生分都盡是名命終非法惡行是名爲惡受極苦觸長夜無間是名惡趣墮極下處背大悲等是名爲墮增上可猒是名泥犁與上相違是名淨分乗善行生是名善趣所受自然是名爲天一切漏無餘斷一切使對治無漏心無漏智第一增上意增上慧有漏盡名爲心解脱慧解脱依見道修道心得解脱慧得解脱是名後有得六神通自如實知能爲他説故説自知作證我生已盡梵行已立如是廣説

如來十力有七種一者自性二者分別三者不共四者等五者造業六者次第七者差別自性者有説五根自性有説智慧自性智慧自性者説處非處智力不説處非處信等力如是處非處智力餘力亦如是分別者略説有三種一者時分別過去未來現在入一切

智二者種分別一切有爲法自相共相入一切種三者衆生分別一切衆生界入一切利益如是三種分別廣説則有無量不共者如來十力不與聲聞辟支佛共等者一切如來十力平等無輭中上造業者處非處智力眞實因果如實知伏因果諍論沙門婆羅門自業智力自所作業此業受果如實知伏施福諍論沙門婆羅門禪解脱三昧正受智力三種示現調伏教授伏對治相違諍論沙門婆羅門諸根利鈍智力於諸衆生輭中上根如實知如其所應如其方便而爲説法種種解智力於諸衆生輭中上解淨不淨解如實知教修淨解離不淨解種種界智力於諸衆生下中上界如實知如其心如其根如其使彼彼度門教授利益至處道智力如來爲諸衆生種種度門種種教授如聲聞地次第開發顯示教授宣説云何如來教授初業菩薩三昧衆具攝受住心如來爲無諂曲者教令修學作如是言善男子汝當獨處深樂寂靜思惟父母師長所制名字如此名字内外六入及兩中間一切悉無自性亦無但是名想施設如是思惟法不可得不於未來起當來想善男子於現在眼作眼名眼想眼施設當自觀察我眼尚不可得況復名想施設言是眼也如是名想施設一切悉無名想施設都無眞實彼眼自性亦無何以故非彼眼名眼想眼施設眼覺生但名字言説而生眼覺非彼眼性可聞可知於名於事而生眼覺是故思惟本來眼名眼想眼施設當來諸法悉不可得如眼如是耳鼻舌身乃至見聞覺知若求

若得若覺若觀如是一切法想乃至當來想如是壞我想方便道攝受乃至壞一切法想方便道攝受如是一切所知善觀察一切法想當來想一切虛僞無想無思無想於一切義無所攝受當得如來清淨智慧三昧種性彼諸菩薩得不淨觀行於慈心觀察緣起分別諸界入出息念逮得初禪乃至非想非非想處菩薩無量三昧正受思惟漸次乃至得阿耨多羅三藐三菩提是名菩薩至處道過去如來爲初業菩薩如是教授未來諸佛當如是教現在諸佛亦如是教聲聞乘如是思惟疾得神通無礙智一切至處道智力出一切苦道如實知離不出道出道饒益宿命智力觀察宿命於善於惡若猒心若淨心調伏說法伏常論沙門婆羅門生死智力說衆生死所往生處伏斷滅論沙門婆羅門漏盡智力伏疑惑解脫沙門婆羅門次第者如來得阿耨多羅三藐三菩提頓得十力後次第現在前阿惟三佛法部分因果故以處非處智力觀察因果部分欲界果差別故以自業智力觀察自業而爲說法令離惡業修行善業爲世俗道離欲故以禪解脫三昧正受智力教諸衆生復爲出世離欲故以禪解脫三昧正受智力先教衆生以世俗道離欲後得出世間道離欲欲令衆生得出世間離欲故以諸根利鈍智力觀察諸根知諸根已欲知悕望故以種種解智力觀其悕望觀悕望已以種種界智力觀察根使隨其方便境界度門而度脫之以一切至處道智力於境界度門方便心住攝受心住行清淨已離身見斷常

等見爲説中道離一切煩惱故入宿命智力及生死智力爲止所縛不斷煩惱起增上慢教令離故入漏盡智力又次第者阿惟三佛法得阿耨多羅三藐三菩提已先以處非處智力觀察縁起第一義法住依第一義法住智已以自業智力觀在家分種種業觀在家分種種業已以禪解脱三昧正受智力觀出家分云何令此出家分於苦解脱當爲説道起大悲心佛眼觀察以諸根利鈍智力觀察輭中上根而爲説法餘種種解智力等次第如前説又次第者阿惟三佛法以處非處智力觀察縁起法界以自業智力觀衆生界如此衆生作如是業受如是果觀法界衆生界已以禪解脱三昧正受智力爲苦衆生三種示現而教授之除根利鈍智力等以道度脱一切衆生令脱衆苦差别者知善不善業得愛不愛果是名處非處智力知善不善業得愛不愛果不作不受乃至禪解脱等此業非彼業是名自業智力知禪解脱等三種示現教授乃至知淨等俱生相應心是名禪解脱三昧正受智力知輭中上根是名諸根利鈍智力乃至知諸根方便生彼悕望亦名諸根利鈍智力知種種悕望是名種種解智力解有六種一者不出解謂悕望摩醯首羅那羅延梵世等解二者出解謂悕望三乘解三者遠淨解謂悕望輭中成熟解四者近淨解謂悕望上成熟解五者現法得涅槃解謂悕望聲聞乘得涅槃解六者將來得涅槃解謂悕望大乘得涅槃解乃至知解所起作種子喻亦名種種解智力界分别有四種如性種子

是名種種解智力知種種分別種子是名種種界智力乃至知涅槃法及順界道迹亦名種種界智力知一切種道迹種種煩惱種種清淨是名至處道智力乃至知宿命一切趣因亦名至處道智力知過去六種言說是名宿命智力乃至知過去衆生生死亦名宿命智力知未來生死是名生死智力乃至知未究竟自義衆生未來生死亦名生死智力知究竟自義現法得涅槃是名漏盡智力如是十種智力各各差別四無畏如修多羅說如來以此四事於大衆中自證而無所畏智障解脫一切法平等覺不共聲聞是第一無畏煩惱障解脫共聲聞是第二無畏出苦道是第三無畏障道法是第四無畏如來於此四義自如實知若有誹謗言不知者無有是處無有是處故得無所畏無怯弱不疑惑決定自知堪爲大師自安安彼前二處滿是自安道後二處滿是安彼道一切法平等覺爲向大乘諸菩薩故煩惱障解脫爲向聲聞緣覺乘故出苦道及障道法二俱爲故如來爲諸菩薩聲聞緣覺行出苦道說修多羅結集經藏者以說菩薩行立菩薩藏說聲聞緣覺行立聲聞藏三念處如修多羅說如來長夜作如是念我善法律爲大法主於受不受不起惱心略說三種衆一者正趣二者邪趣三者非正非邪於此三衆以正念心而無增減三不護如修多羅說略說一切所作覆藏悉斷是故如來顯示三不護阿羅漢猶有無記突吉羅或時忘誤唯有如來一切悉無一切眞實阿羅漢或時論議畏墮負處或時不悦或

時急性是故自護不令習氣不淨身口意業如是一切如來悉無大悲如前供養習近無量品說不忘法者謂如來所可作事常隨憶念一切作一切說一切巧方便一切時於此諸事常念不忘斷除諸習者謂如來動止視瞻言說行住離煩惱所起相似餘習諸阿羅漢動止視瞻言說行住有煩惱所起相似餘習如來永斷是故名爲斷除諸習一切種妙智者如來知三種法義饒益非義饒益非義非非義饒益知非義饒益非義非非義饒益一切法智是名一切種智知義饒益一切法智是名妙智一切種智及妙智總說名一切種妙智是名略說百四十不共法一切相好菩薩最後身得快淨菩提分法菩提樹下乃得滿足菩薩最後身修三十七菩提分法得衆相離障三昧金剛三昧所攝次第二心頓得十力乃至一切種妙智快淨無上一切所知無礙無障快淨離垢平等開覺過一切菩薩行行如來行得無上身究竟地菩薩智如來智有何差別究竟地菩薩智如羅縠中視如來智如去羅縠菩薩智如遠見色如來智如近見色菩薩智如微翳視如來智如淨眼見菩薩智如處胎視如來智如出生見菩薩智如夢中視如來智如覺時見是爲如來究竟地菩薩智慧差別諸佛如來於十方世界施作佛事利益衆生略說有九種云何爲九種一者欲令衆生信心清淨故受丈夫身起諸相好二者爲欲利益一切衆生斷一切疑故起如來十力三者以佛十力起一切義開發如來一切知見答一切問伏諸邪論建立

正論故起如來四無所畏四者如來智慧若住若不住隨彼調伏離諸煩惱故起三念處五者如前說如是作故起三不護六者常以佛眼晝夜觀察一切世間故起大悲心七者於一切衆生一切所作已作故起不妄法八者如來所行隨順於如無有餘故起斷除諸習九者非義饒益非義非非義饒益法一切遠離義饒益法分別顯示故起一切種妙智如來於此百四十不共法作九種佛事廣說則有無量是名如來住是名建立何以故依菩薩學所學建立一切利衆生事是故名爲建立自利利他非如聲聞緣覺故名不共一切佛法大悲不忘斷除諸習一切種妙智聲聞緣覺所不能得餘一切種亦不滿足故名不共於此顯示滿足菩薩學道及學道果一切菩薩學道及學道果一切種眞實說處是故名爲菩薩地名爲菩薩藏摩得勒伽名摩訶衍攝名不壞顯示名無障礙清淨智根本若有天人阿脩羅人非人沙門婆羅門於菩薩地起堅固信解聽受修習廣爲人說書寫經卷種種供養所得功德與世尊於菩薩藏爲初業菩薩開發顯示教授宣說所有功德等無有異何以故此菩薩地菩薩藏顯示菩薩法律令多衆生受持思惟建立法次法向漸增廣不起像法法滅盡相能令像法實義熾然能令正法永不滅盡是故於菩薩地起堅固信解聽受修習廣爲人說書寫供養所得功德無量無邊

菩薩地持經卷第八

音釋

輻 方六切輪轑也
膪 丑容切均直也
跟 古痕切足踵也
腨 市兗切腓腸也
踝 户瓦切足骨也
頰 古協切面旁也
瞬 舒閏切目動也
髀 部禮切股也
肘 陟柳切臂節也
腕 烏貫切手腕也
臀 徒孫切與臀同
腋 夷益切左右肘脅之間曰胲
齌 前西切與臍同
齗 牛斤切齒根肉也
頟 鄂格切顙也
睫 即涉切目旁毛也
得差 差楚懈切病除也
摩醯首羅 梵語也此云大自在醯許兮切
縠 胡谷切縠紗也
捲 逵員切氣勢也

佛說梵網經

姚秦三藏法師鳩摩羅什譯

清刻龍藏佛說法變相圖

梵網經序

沙門僧肇作

夫梵網經者蓋是萬法之玄宗衆經之要旨大聖開物之真模行者階道之正路是以如來權教雖復無量所言要趣莫不以此爲指南之説是以秦主識達圜中神凝紛表雖威綸四海而沾想虚玄雖風偃八荒而靜慮塵外故弘始三年淳風東扇於是詔天竺法師鳩摩羅什在長安草堂寺及義學沙門三千餘僧手執梵文口翻解釋五十餘部唯梵網經一百二十卷六十一品其中菩薩心地品第十專明菩薩行地是時道融道影三百人等即受菩薩戒人各誦此品以爲心首師徒義合敬寫一品八十一部流通於世欲使仰希菩提者追蹤以悟理故冀於後代同聞焉

佛說梵網經卷上

姚秦三藏法師鳩摩羅什譯

菩薩心地品之上

爾時釋迦牟尼佛在第四禪地中摩醯首羅天王宮與無量大梵天王不可說不可說菩薩衆說蓮華臺藏世界盧舍那佛所說心地法門品是時釋迦身放慧光所照從此天王宫乃至蓮華臺藏世界其中一切世界一切衆生各各相視歡喜快樂而未能知此光光何因何緣皆生疑念無量天人亦生疑念爾時衆中玄通華光王菩薩從大莊嚴華光明三昧起以佛神力放金剛白雲色光光照一切世界是中一切菩薩皆來集會與共同心異口問此光光爲何等相是時釋迦即擎接此世界大衆還至蓮華臺藏世界百萬億紫金剛光明宫中見盧舍那佛坐百萬億蓮華赫赫光明座上時釋迦及諸大衆一時禮敬盧舍那佛足下已釋迦佛言此世界中地及虛空一切衆生爲何因緣得成菩薩十地道當成佛果爲何等相如佛性本源品中廣問一切菩薩種子爾時盧舍那佛即大歡喜現虛空光體性本源成佛常住法身三昧示諸大衆是諸佛子諦聽善思修行我已百阿僧祇劫修行心地以之爲因初捨凡夫成等正覺號爲盧舍那住蓮華臺藏世界海其臺周徧有千葉一葉一世界爲千世界我化爲千釋迦據千世界後就一葉世界復有百億須彌山百億日月百億四天下百億南閻浮提百億菩薩釋迦坐百億菩提樹下各說汝所問菩提薩埵心地其餘九百九十九釋迦各

各現千百億釋迦亦復如是千葉上佛是吾化身千百億釋迦是千釋迦化身吾以爲本源名爲盧舍那佛爾時蓮華臺藏座上盧舍那佛廣答告千釋迦千百億釋迦所問心地法品諸佛當知堅信忍中十發趣心向果一捨心二戒心三忍心四進心五定心六慧心七願心八護心九喜心十頂心諸佛當知從是十發趣入堅法忍中十長養心向果一慈心二悲心三喜心四捨心五施心六好語心七益心八同心九定心十慧心諸佛當知從是十長養心入堅修忍中十金剛心向果一信心二念心三迴向心四達心五直心六不退心七大乘心八無相心九慧心十不壞心諸佛當知從是十金剛心入堅聖忍中十地向果一體性平等地二體性善慧地三體性光明地四體性爾炎地五體性慧照地六體性華光地七體性滿足地八體性佛吼地九體性華嚴地十體性入佛界地是四十法門品我先爲菩薩時修入佛果之根源如是一切衆生入發趣長養金剛十地證當成果無爲無相大滿常住十力十八不共行法身智身滿足爾時蓮華臺藏世界盧舍那佛赫赫大光明座上千華上佛千百億佛一切世界佛是座中有一菩薩名華光王大智明菩薩從坐而立白盧舍那佛言世尊佛上略開十發趣十長養十金剛十地名相其一一義中未可解了惟願説之惟願説之妙極金剛寶藏一切智門如來百觀品中已明

爾時盧舍那佛言千佛諦聽汝先言云何義者發趣中若佛子一切捨國土城邑田宅金

銀明珠男女已身有爲諸物一切捨無爲無相我人知見假會合成主者造作我見十二因緣無合無散無受者十二入十八界五陰一切一合相無我我所相假成諸法若内一切法外一切法不捨不受菩薩爾時名如假會觀現前故捨心入空三昧

若佛子戒非非戒無受者十善戒無師説法欺盜乃至邪見無集者慈良清直正實正見捨喜等是十戒體性制止八倒一切性離一道清淨

若佛子忍有無相慧體性一切空空忍一切處忍名無生行忍一切處得名如苦忍無量行一一名忍無受無打無刀杖瞋心皆如如無一一諦一相無無相有無有相非非心相緣無緣相立住動止我人縛解一切法如忍相不可得

若佛子若四威儀一切時行伏空假會法性登無生山而見一切有無如有如無大地青黄赤白一切入乃至三寶智性一切信進道空無生無作無慧起空入世諦法亦無二相續空心通達進分善根

若佛子寂滅無相無相無量行無量心三昧凡夫聖人無不入三昧體性相應一切以定力故我人作者受者一切縛見性是障因緣散風動心不寂而滅空空八倒無緣假靜慧觀一切假會念念寂滅一切三界果罪性皆由定滅而生一切善

若佛子空慧非無緣知體名心分別一切法假名主者與道通同取果行因入聖捨凡滅罪起福縛解盡是體性功用一切見常樂我

淨煩惱慧性不明故以慧爲首修不可說觀
慧入中道一諦其無明障慧非相非來非緣
非罪非八倒無生滅慧光明燄爲照樂虛方
便轉變神通以智體性所爲慧用故
若佛子願願大求一切求以果行因故願心
連願心連相續百劫得佛滅罪求求至心無
生空一願觀觀入定照無量見縛以求心故
解脫無量妙行以求心成菩提無量功德以
求爲本初發求心中間修道行滿願故佛果
便成觀一諦中道非陰非界非没生見見非
解慧是願體性一切行本源
若佛子護三寶護一切行功德使外道八倒
惡邪見不嬈正信滅我縛見縛無生照達二
諦觀心現前以護根本無相護護空無作無
相以心慧連慧連入無生空道智道皆明光
明光護觀入空假分分幻化幻化所起如無
如無法體集散不可護觀法亦爾
若佛子見他人得樂常生喜悅及一切物假
空照寂而不入有爲不無寂然大樂無合有
受而化有法而見云假法性平等一觀心心
行多聞一切佛行功德無相喜智心心生念
而靜照樂心緣一切法
若佛子是人最上智滅無我輪見疑身一切
瞋等如頂觀連觀連如頂法界中因果如如
一道最勝上如頂如人頂非非身見六十二
見五陰生滅神我主人動轉屈伸無受無行
可捉縛者是人爾時入内空值道心心衆生
不見緣不見非緣住頂三昧寂滅定發行趣
道性實我人常見八倒生緣不二法門不受
八難幻化果畢竟不受唯一衆生去來坐立

修行滅罪除十惡生十善入道正人正智正行菩薩達觀現前不受六道果必不退佛種性中生生入佛家不離正信上十天光品廣說盧舍那佛言千佛諦聽汝先問長養十心者若佛子常行慈心生樂因已於無我智中樂相應觀入法受想行識色等大法中無生無住無滅如幻如化如如無二故一切修行成法輪化被一切能生正信不由魔教亦能使一切衆生得慈樂果非實非善惡果解空體性三昧

若佛子以悲空空無相悲緣行道自滅一切苦於一切衆生無量苦中生智不殺生緣不殺法緣不著我緣故常行不殺不盜不婬而一切衆生不惱發菩提心者於空見一切法如實相種性行中生道智心於六親六怨親怨三品中與上樂智上怨緣中九品得樂果空現時自身他一切衆生平等一樂起大悲

若佛子悅喜無生心時種性體相道智空空喜心不著我所出沒三世因果無集一切有入空觀行成等喜一切衆生起空入道捨惡知識求善知識示我好道使諸衆生入佛法家法中常起歡喜入佛位中復是諸衆生入正信捨邪見背六道苦故喜

若佛子常生捨心無造無相空法中如虛空於善惡有見無見罪福二中平等一照非人非我所心而自他體性不可得爲大捨及自身肉手足男女國城如幻化水流燈燄一切捨而無生心常修其捨

若佛子能以施心被一切衆生身施口施意施財施法施教導一切衆生內身外身國城

男女田宅皆如如相乃至無念財物受者施者亦內亦外無合無散無心行化達理達施一切相現在行

若佛子入體性愛語三昧第一義諦法語義一切實語言皆順一語調和一切衆生心無瞋無諍一切法空智無緣常生愛心行順佛意亦順一切他人以聖法語教諸衆生常行如心發起善根

若佛子利益心時以實智體性廣行智道集一切明燄法門集觀行七財前人得利益故受身命而入利益三昧現一切身一切口一切意而震動大世界一切所爲所作他人入法種空種道種中得益得樂現形六道無量苦惱之事不以爲患但益人爲利

若佛子以道性智同空無生法中以無我智同生無二空同源境諸法如相常生常住常滅世法相續流轉無量而能現無量形身色心等業入諸六道一切事同空同無生我同無物而分身散形故入同法三昧

若佛子復從定心觀慧證空心心靜緣於我所法識界色界中而不動轉逆順出没故常入百三昧十禪支以一念智作是見一切我人若內若外衆生種子皆無合散集成起作而不可得

若佛子作慧見心觀諸邪見結患等縛無決定體性順忍空同故非陰非界非入非衆生非一我非因果非三世法慧性起光光一燄明明見虛無受其慧方便生長養心是心入起空空道發無生心上千海眼王品已説心百法明門

盧舍那佛言千佛諦聽汝先言金剛種子有十心若佛子信者一切行以信爲首衆德根本不起外道邪見心諸見名著結有造業必不受入空無爲法中三相無無無生無生無住住無滅滅無有一切法空世諦第一義諦智盡滅異空色空細心心空細心心心空故信信寂滅無體性和合亦無依然主者我人名用三界假我我無得集相故名無相信

若佛子作念六念常覺乃至常施第一義諦空無著無解生住滅相不動不到去來而於諸業受者一合相迴向入法界智慧慧相乘乘乘寂滅餤餤無常光光無無生生不起轉易空道變前轉後變轉化化化轉轉變同時同住餤餤一相生滅一時已變未變變變化亦得一受亦如是

若佛子深心者第一義空於實法空智照有實諦業道相續因緣中道名爲實諦假名諸法我人主者名爲世諦於此二有諦深深入空而無去來幻化受果而無受故深深心解脫

若佛子達照者忍順一切實性性無縛無解無礙法達義達辭達教化達三世因果衆生根行如如不合不散無實用無用無名用用用一切空空空照達空名爲通達一切法空空空如如相不可得

若佛子直者直照取緣神我入無生智無明神我空空中空空空理心在有在無而不壞道種子無漏中道一觀而教化一切十方衆生轉一切衆生皆薩婆若空直直性直行於空三界生者結縛而不受

若佛子不退心者不入一切凡夫地不起新

長養諸見亦復不起集因相似我人入三界業亦行空而不住退解脫於第一中道一合行故不行退本際無二故而不念退空生觀智如如相續乘乘心入不二常空生心一道一淨爲不退一道一照

若佛子獨大乘心者解解一空故一切行心名一乘乘一空智智乘行乘乘智心心任載任用任載任一切衆生度三界河結縛河生滅河行者坐乘任用載用智乘趣入佛海故一切衆生未得空智任用不名爲大乘但名乘得度苦海

若佛子無相心者妄想解脫照般若波羅蜜無二一切結業三世法如如一諦而行於無生空自知得成佛一切佛是我等師一切賢聖是我同學皆同無生空故名無相心

若佛子如如慧者無量法界無集無受生生生煩惱而不縛一切法門一切賢所行道一切聖所觀法所有亦如是一切佛教化方便法我皆集在心中外道一切論邪定功用幻化魔說佛說皆分別入二諦處非一非二非有陰界入是慧光明光明照性入一切法

若佛子不壞心者入聖地智近解脫位得道正門明菩提心伏忍順空八魔不壞衆聖摩頂諸佛勸發入摩頂三昧放身光光照十方佛土入佛威神出没自在動大千界與平等地心無二無別而非中觀知道以三昧力故光中見佛無量國土現爲說法爾時即得頂三昧證虛空平等地總持法門聖行滿足心心行空空空慧中道無相照故一切相滅得金剛三昧法門入一切行門入虛空平等地

如佛華經中廣說
盧舍那佛言千佛諦聽汝先問地者有何義
若佛子菩提薩埵入平等慧體性地眞實法
化一切行華光滿足四天果乘用任化無方
理化神通十力十號十八不共法住佛淨土
無量大願辯才無畏一切論一切行我皆得
入生出佛家坐佛性地一切障礙凡夫因果
畢竟不受大樂歡喜從一佛土入無量佛土
從一劫入無量劫不可說法爲可說法反照
見一切法逆順見一切法常入二諦而在第
一義中以一智知十地次第一一事示衆生
而常心心中道以一智知一切佛土殊品及
佛所說法而身心不變以一智知十二因緣
十惡種性而常住善道以一切智見有無二
相以一智知入十禪支行三十七道而現一
切色身六道以一智知十方色色分分了起
入受色報而心心無縛光光照一切是故無
生信忍空慧常現在前從一地二地乃至佛
界其中間一切法門一時而行故略出平等
地功德海藏行願如海一渧毛頭許事
若佛子菩提薩埵善慧體性地清淨明達一
切善根所謂慈悲喜捨慧一切功德本從觀
入大空慧方便道智中見諸衆生無非苦諦
皆有識心三惡道刀仗一切苦惱緣中生識
名爲苦諦三苦相者如者如身初覺從刀仗
身色陰二緣中生覺爲行苦緣次意地覺緣
身覺所緣得刀仗及身瘡腫等法故覺苦苦
緣重故苦苦次受行覺二心緣向身色陰壞
瘡中生苦覺故名爲壞苦緣是以三覺次第
生三心故爲苦苦苦一切有心衆生見是三

苦起無量苦惱因緣故我於是中入教化道三昧現一切色身於六道中十種辯才説諸法門謂苦識苦緣刀仗緣具苦識行身瘡腫發壞内外觸中或具不具具二緣中生識識作識受觸識名爲苦識行二緣故心心緣色心觸觸惱受煩毒時爲苦苦心緣識初在根覺緣名爲苦覺心作心受觸識覺觸未受煩毒時是名行苦逼迮生覺如斲石火於身心念念生滅身散壞轉變化識入壞緣緣集散心苦心惱受念後緣染著心心不捨是爲壞苦三界一切苦諦復觀無明集無量心作一切業相續相連集因集因名爲集諦正見解脱空空智道心心名以智道道諦盡有果報盡有因清淨一照體性妙智寂滅一諦慧品具足名根一切慧性起空入觀是初善根第二觀捨一切貪著行一切平等空捨無緣而觀諸法空際一相我觀一切十方地土皆吾昔身所用故土四大海水是吾故水一切劫火是吾昔身故所用火一切風輪是吾故所用氣我今入此地中法身滿足捨吾故身畢竟不受四大分段不淨故身是爲捨品具足第三次觀於所化一切衆生與人天樂十地樂離十惡畏樂得妙華三昧樂乃至佛樂如是觀者慈品具足菩薩爾時住是地中無癡無貪無瞋入平等一諦智一切行本遊佛一切世界現化無量法身如一切衆生天華品説若佛子菩提薩埵光明體性地以三昧解了智知三世一切佛法門十二法品名味句重誦記别直語偈不請説律戒譬喻佛界昔事方正未曾有談説是法體性名一切義别

是名味句中說一切有爲法分分受生初入識胎四大增長色心名六住於根中起實覺未別苦樂名觸識又覺苦樂識名三受連連覺著受無窮以欲我見戒取善惡有識初名生識終名死是十品現在苦因緣果觀是行相中道我久已離故無自體性入光明神通總持辯才心心行空而十方佛土中現劫化轉化百劫千劫國土中養神通禮敬佛前諮受法言復現六道身一音中說無量法品而衆生各自分分得聞心所欲之法苦空無常無我一諦之音國土不同身心別化是妙華光明地中略開一毛頭許如法品解觀法門千三昧品說

若佛子菩提薩埵體性地中爾眞餤俗不斷不常即生即住即滅一世一時一有種異異現異故因緣中道非一非二非善非惡非凡非佛故佛界凡界一一是名爲世諦其智道觀無一無二玄道定品所謂說佛心行初覺定因信覺思覺靜覺上覺念覺慧覺觀覺猗覺樂覺捨覺是品品方便道心心入定果是人住定中餤餤見法行空若起念定入生心定生愛順道法化生名法樂忍住忍證忍寂滅忍故諸佛於入光光華三昧中現無量佛以手摩頂一音說法百千起發而不出定住定味樂定著定貪定一劫千劫中住定見佛蓮華坐說百法門是人供養聽法一劫住定時諸佛光中摩頂發起定品出相進相去向相故不没不退不墮不住頂三昧法上樂忍永盡無餘即入一切佛土中修行無量功德品行行皆光明入善權方便教化一切衆生

能使得見佛體性常樂我淨是人生住是地中行化法門漸漸深妙空華觀智入體性中道一切法門品滿足猶如金剛上日月道品已明斯義

若佛子菩提薩埵慧照體性地法有十種力生品起一切功德行以一慧方便知善惡二業別行處力品善作惡作業智力品一切欲求願六道生生果欲力品六道性分別不同性力品一切善惡根一一不同根力品邪定正定不定是名定力品一切因果乘是因乘是果至果處乘因道是道力品五眼知一切法見一切受生故天眼力品百劫事一一知宿世力品於一切生煩惱滅一切受無明滅解脫力品是十力品智知自修因果亦知一切衆生因果分別而身心口別用以淨國土爲惡國土以惡國土爲妙樂土能轉善作惡轉惡作善色爲非色非色爲色以男爲女以女爲男以六道爲非六道非六道爲六道乃至地水火風非地水火風是人爾時以大方便力從一切衆生而見不可思議下地所不能知覺舉足下足事是人大明智漸漸進分分智光光無量無量不可說不可說法門現在前行

若佛子菩提薩埵體性華光地能於一切世界中十神通明智品以示一切衆生種種變化以天眼明智知三世國土中微塵等一切色分分成六道衆生身一一身微塵細色成大色分分知以天耳智知十方三世六道衆生苦樂音聲非非音非非聲一切法聲以天身智知一切色色非色非男非女形於一念

中遍十方三世國土劫量大小國土中微塵身以天他心智知三世衆生心中所行十方六道中一切衆生心心所念苦樂善惡等事以天人智知十方三世國土中一切衆生宿世苦樂受命一一知命續百劫以天解脱智知十方三世衆生解脱斷除一切煩惱若多若少從一地乃至十地滅滅皆盡以天定心智知十方三世國土中衆生心定不定非定非不定起定方法有所攝受三昧百三昧以天覺智知一切衆生已成佛未成佛乃至一切六道人心心亦知十方佛心中所説法以天念智知百劫千劫大小劫中一切衆生受命命久近以天願智知一切衆生賢聖十地三十心中一一行願若求苦樂若法非法一切求十願百千大願品具足是人住地中十

神通明中現無量身心口别用説地功德百千萬劫不可窮盡而爾所釋迦略開神通明品如觀十二因縁品中説

若佛子菩提薩埵滿足體性地入是法中十八聖人智品下地所不共所謂身無漏過口無語罪念無失念離八法一切法中捨常在三昧是入地六品具足復從是智生六足智三界結習畢竟不受故欲具足一切功德一切法門所求滿故進心足一切法事一切劫事一切衆生事以一心中一時知故念心足是二諦相六道衆生一切法故智慧足知十發趣人乃至一切佛無結無習故解脱足見一切衆生知他人自我第子無漏無諸煩惱習故以智知他身六通足是人入六滿足明智中便起智身隨六道衆生心行口辯説無

量法門品示一切衆生故隨一切衆生心行常入三昧而十方大地動虛空化華故能令衆生心行以大明具足見過去一切劫中佛出世亦是示一切衆生心以無著智見現在十方一切國土中一切佛一切衆生心心所行以神通道智見未來中一切劫一切佛出世一切衆生從是佛受道聽法故住是十八聖人中心心三昧觀三界微塵等色是我故身一切衆生是我父毋而令入是地中一切功德一切神光一切佛所行法乃至八地九地中一切法門品我皆已入故於一切佛國土中示現作佛成道轉法輪示入滅度轉化他方過去來今一切國土中

若佛子菩提薩埵佛吼體性地入法王位三昧其智如佛佛吼三昧故十品大明空門常現在前華光音入心三昧其空慧者謂內空慧門外空慧門有爲空慧門無爲空慧門性空慧門無始空慧門第一義空慧門空空慧門空空復空慧門空空復空空慧門如是十空門下地各所不知虛空平等地不可說不可說神通道智以一念智知一切法分分別異而入無量佛國土中一一佛前諮受法轉法度與一切衆生而以法藥施一切衆生爲大法師爲大導師破壞四魔法身具足化化入佛界是諸佛數是諸九地十地數中長養法身百千陀羅尼門百千三昧門百千金剛門百千神通門百千解脫門如是百千虛空平等門中而大自在一念一時行劫說非劫非劫說劫非道說道道說非道非六道衆生說六道衆生六道衆生說非六道衆生非佛

說佛佛說非佛而入出諸佛體性三昧中反照順照逆照前照後照因照果照空照有照第一中道義諦照是智唯八地所證下地所不及不動不到不出不入不生不滅是地法門品無量無量不可說不可說今以略開地中百千分一毛頭許事羅漢品中已明

若佛子菩提薩埵佛華嚴體性地以佛威儀如來三昧自在王王定出入無時於十方三千世界百億日月百億四天下一時成佛轉法輪乃至滅度一切佛事以一心中一時示現一切衆生一切色身八十種好三十二相自在樂虛空同無量大悲光明相好莊嚴非天非人非六道一切法外而常行六道現無量身無量口無量意說無量法門而能轉魔界入佛界佛界入魔界復轉一切見入佛見佛見入一切見佛性入衆生性衆生性入佛性其地光光光照慧慧照明燄明燄無畏無量十力十八不共法解脫涅槃無爲一道清淨而以一切衆生作父母兄弟爲其說法盡一切劫得道果又現一切國土爲一切衆生相視如父如母天魔外道相視如父如母住是地中從生死際起至金剛際以一念心中現如是事而能轉入無量衆生界如是無量略說如海一渧

若佛子菩提薩埵入佛界體性地其大慧空空復空空復空如虛空性平等智有如來性十功德品具足空同一相體性無爲神虛體一法同法性故名如來應順四諦二諦盡生死輪際法養法身無二是名應供遍覆一切世界中一切事正智聖解脫智知一切法有

無一切衆生根故是正遍知明明修行佛果時足故是明行足善逝三世佛法法同先佛法佛去時善善來時善善是名善善是人行是上德入世間中教化衆生使衆生解脫一切結縛故名世間解脫是人一切法上入佛威神儀形如佛大士行處爲世間解脫調順一切衆生名爲丈夫於天人中教化一切衆生諮受法言故是天人師妙本無二佛性玄覺常常大滿一切衆生禮拜故尊敬故是佛世尊一切世人諮受奉教故是佛地是地中一切聖人之所入處故名佛界地爾時坐寶蓮華上一切與授記歡喜法身手摩其頂同見同學菩薩異口同音讃歎無二又有百千億世界中一切佛一切菩薩一時雲集請轉不可說法輪虛空藏化導法門是地有不可說奇妙法門品奇妙三明三昧門陀羅尼門非下地凡夫心識所知唯佛佛無量身口心意可盡其源如光音天品中說十無畏與佛道同

佛說梵網經卷上

音釋

渧丁歷切與滴同　腫之隴切癰也　斵竹角切斫也

佛說梵網經卷下

姚秦三藏法師鳩摩羅什譯

菩薩心地品之下

爾時盧舍那佛爲此大衆略開百千恆河沙不可說法門中心地如毛頭許是過去一切佛已說未來佛當說現在佛今說三世菩薩已學當學今學我已百劫修行是心地號吾爲盧舍那汝諸佛子轉我所說與一切衆生開心地道時蓮華臺藏世界赫赫天光師子座上盧舍那佛放光光告千華上佛持我心地法門品而去復轉爲千百億釋迦一切衆生次第說我上心地法門品汝等受持讀誦一心而行爾時千華上佛千百億釋迦從蓮華藏世界赫赫師子座起各各辭退舉身放不可思議光光皆化無量佛一時以無量青黃赤白華供養盧舍那佛受持上所說心地法門品竟各各從此蓮華藏世界而沒沒已入體性虛空華光三昧還本源世界閻浮提菩提樹下從體性虛空華光三昧出出已方坐金剛千光王座及妙光堂說十世界法門海復從座起至帝釋宮說十住復從座起至燄天中說十行復從座起至第四天中說十迴向復從座起至化樂天說十禪定復從座起至他化天說十地復至一禪中說十金剛復至二禪中說十忍復至三禪中說十願復至四禪中摩醯首羅天王宮說我本源蓮華藏世界盧舍那佛所說心地法門品其餘千百億釋迦亦復如是無二無別如賢劫品中說爾時釋迦牟尼佛從初現蓮華藏世界東方來入天宮中說魔受化經已下生南閻

浮提迦夷羅國毋名摩耶父字白淨吾名悉達七歲出家三十成道號吾爲釋迦牟尼佛於寂滅道場坐金剛華光王座乃至摩醯首羅天王宮其中次第十住處所説時佛觀諸大梵天王網羅幢因爲説無量世界猶如網孔一一世界各各不同别異無量佛教門亦復如是吾今來此世界八千反爲此娑婆世界坐金剛華光王座乃至摩醯首羅天王宫爲是中一切大衆略開心地法門竟復從天王宫下至閻浮提菩提樹下爲此地上一切衆生凡夫癡暗之人説我本盧舍那佛心地中初發心中常所誦一戒光明金剛寶戒是一切佛本源一切菩薩本源佛性種子一切衆生皆有佛性一切意識色心是情是心皆入佛性戒中當當常有因故當當常住法身如是十波羅提木叉出於世界是法戒是三世一切衆生頂戴受持吾今當爲此大衆重説十無盡藏戒品是一切衆生戒本源自性清淨

我今盧舍那　方坐蓮華臺　周帀千華上
復現千釋迦　一華百億國　一國一釋迦
各坐菩提樹　一時成佛道　如是千百億
盧舍那本身　千百億釋迦　各接微塵衆
俱來至我所　聽我誦佛戒　甘露門即開
是時千百億　還至本道場　各坐菩提樹
誦我本師戒　十重四十八　戒如明日月
亦如瓔珞珠　微塵菩薩衆　由是成正覺
是盧舍那誦　我亦如是誦　汝新學菩薩
頂戴受持戒　受持是戒已　轉授諸衆生
諦聽我正誦　佛法中戒藏　波羅提木叉

大衆心諦信　汝是當成佛　我是已成佛
常作如是信　戒品已具足　一切有心者
皆應攝佛戒　衆生受佛戒　即入諸佛位
位同大覺已　眞是諸佛子　大衆皆恭敬
至心聽我誦
爾時釋迦牟尼佛初坐菩提樹下成無上覺
初結菩薩波羅提木叉孝順父母師僧三寶
孝順至道之法孝名爲戒亦名制止佛即口
放無量光明是時百萬億大衆諸菩薩十八
梵天六欲天子十六大國王合掌至心聽佛
誦一切諸佛大乘戒佛告諸菩薩言我今半
月半月自誦諸佛法戒汝等一切發心菩薩
亦誦乃至十發趣十長養十金剛十地諸菩
薩亦誦是故戒光從口出有緣非無因故光
光非青黄赤白黑非色非心非有非無非因
果法是諸佛之本源行菩薩道之根本是大
衆諸佛子之根本是故大衆諸佛子應受持
應讀誦應善學佛子諦聽若受佛戒者國王
王子百官宰相比丘比丘尼十八梵天六欲
天子庶民黄門婬男婬女奴婢八部鬼神金
剛神畜生乃至變化人但解法師語盡受得
戒皆名第一清淨者佛告諸佛子言有十重
波羅提木叉若受菩薩戒不誦此戒者非菩
薩非佛種子我亦如是誦一切菩薩已學一
切菩薩當學一切菩薩今學我已略說菩薩
波羅提木叉相貌應當學敬心奉持
佛言佛子若自殺教人殺方便殺讚歎殺見
作隨喜乃至呪殺殺因殺緣殺法殺業乃至
一切有命者不得故殺是菩薩應起常住慈
悲心孝順心方便救護一切衆生而反恣心

快意殺生者是菩薩波羅夷罪

若佛子自盜教人盜方便盜咒盜盜因盜緣盜法盜業乃至鬼神有主物劫賊物一切財物一針一草不得故盜而菩薩應生佛性孝順心慈悲心常助一切人生福生樂而反更盜人財物者是菩薩波羅夷罪

若佛子自婬教人婬乃至一切女人不得故婬婬因婬緣婬法婬業乃至畜生女諸天鬼神女及非道行婬而菩薩應生孝順心救度一切衆生淨法與人而反更起一切人婬不擇畜生乃至母女姊妹六親行婬無慈悲心者是菩薩波羅夷罪

若佛子自妄語教人妄語方便妄語妄語因妄語緣妄語法妄語業乃至不見言見見言不見身心妄語而菩薩常生正語亦生一切衆生正語正見而反更起一切衆生邪語邪見邪業者是菩薩波羅夷罪

若佛子自酤酒教人酤酒酤酒因酤酒緣酤酒法酤酒業一切酒不得酤是酒起罪因緣而菩薩應生一切衆生明達之慧而反更生一切衆生顛倒之心者是菩薩波羅夷罪

若佛子口自說出家在家菩薩比丘比丘尼罪過教人說罪過罪過因罪過緣罪過法罪過業而菩薩聞外道惡人及二乘惡人說佛法中非法非律常生慈心教化是惡人輩令生大乘善信而菩薩反更自說佛法中罪過者是菩薩波羅夷罪

若佛子口自讚毀他亦教人自讚毀他毀他因毀他緣毀他法毀他業而菩薩應代一切衆生受加毀辱惡事自向己好事與他人若

自揚己德隱他人好事令他人受毀者是菩薩波羅夷罪
若佛子自慳教人慳慳因慳縁慳法慳業而菩薩見一切貧窮人來乞者隨前人所須一切給與而菩薩以惡心瞋心乃至不施一錢一針一草有求法者不爲説一句一偈一微塵許法而反更罵辱者是菩薩波羅夷罪
若佛子自瞋教人瞋瞋因瞋縁瞋法瞋業而菩薩應生一切衆生中善根無諍之事常生慈悲心而反更於一切衆生中乃至於非衆生中以惡口罵辱加以手打及以刀仗意猶不息前人求悔善言懺謝猶瞋不解者是菩薩波羅夷罪
若佛子自謗三寶教人謗三寶謗因謗縁謗法謗業而菩薩見外道及以惡人一言謗佛音聲如三百鉾刺心况口自謗不生信心孝順心而反更助惡人邪見人謗者是菩薩波羅夷罪
善學諸仁者是菩薩十波羅提木叉應當學於中不應一一犯如微塵許何况具足犯十戒若有犯者不得現身發菩提心亦失國王位轉輪王位亦失比丘比丘尼位亦失十發趣十長養十金剛十地佛性常住妙果一切皆失墮三惡道中二劫三劫不聞父母三寶名字以是不應一一犯汝等一切諸菩薩今學當學已學如是十戒應當學敬心奉持八萬威儀品當廣明佛告諸菩薩言已説十波羅提木叉竟四十八輕今當説
若佛子欲受國王位時受轉輪王位時百官受位時應先受菩薩戒一切鬼神救護王身

百官之身諸佛歡喜既得戒已生孝順心恭敬心見上座和尚阿闍梨大德同學同見同行者應起承迎禮拜問訊而菩薩反生憍心慢心癡心瞋心不起承迎禮拜一一不如法供養以自賣身國城男女七寶百物而供給之若不爾者犯輕垢罪

若佛子故飲酒而生酒過失無量若自身手過酒器與人飲酒者五百世無手何況自飲不得教一切人飲及一切衆生飲酒況自飲酒一切酒不得飲若故自飲教人飲者犯輕垢罪

若佛子故食肉一切肉不得食夫食肉者斷大慈悲佛性種子一切衆生見而捨去是故一切菩薩不得食一切衆生肉食肉得無量罪若故食者犯輕垢罪

若佛子不得食五辛大蒜茖葱慈葱蘭葱興蕖是五種一切食中不得食若故食者犯輕垢罪

若佛子見一切衆生犯八戒五戒十戒毀禁七逆八難一切犯戒罪應教懺悔而菩薩不教懺悔同住同僧利養而共布薩同一衆住說戒而不舉其罪不教悔過者犯輕垢罪

若佛子見大乘法師大乘同學同見同行來入僧坊舍宅城邑若百里千里來者即起迎來送去禮拜供養日日三時供養日食三兩金百味飲食牀座供事法師一切所須盡給與之常請法師三時說法日日三時禮拜不生瞋心患惱之心爲法滅身請法不懈若不爾者犯輕垢罪

若佛子一切處有講法毗尼經律大宅舍中

講法處是新學菩薩應持經律卷至法師所聽受諮問若山林樹下僧地房中一切説法處悉至聽受若不至彼聽受者犯輕垢罪

若佛子心背大乘常住經律言非佛説而受持二乘聲聞外道惡見一切禁戒邪見經律者犯輕垢罪

若佛子見一切疾病人常應供養如佛無異八福田中看病福田第一福田若父母師僧弟子病諸根不具百種病苦惱皆供養令差而菩薩以瞋恨心不看乃至僧房中城邑曠野山林道路中見病不救濟者犯輕垢罪

若佛子不得畜一切刀仗弓箭鉾斧鬭戰之具及惡羅網殺生之器一切不得畜而菩薩乃至殺父母尚不加報況殺一切衆生不得畜殺衆生具若故畜者犯輕垢罪

如是十戒應當學敬心奉持下六度品中廣明

佛言佛子不得爲利養惡心故通國使命軍陣合會興師相伐殺無量衆生而菩薩尚不得入軍中往來況故作國賊若故作者犯輕垢罪

若佛子故販賣良人奴婢六畜市易棺材板木盛死之具尚不應自作況教人作若故自作教人作者犯輕垢罪

若佛子以惡心故無事謗他良人善人法師師僧國王貴人言犯七逆十重父母兄弟六親中應生孝順心慈悲心而反更加於逆害墮不如意處者犯輕垢罪

若佛子以惡心故放大火燒山林曠野四月乃至九月放火若燒他人家屋宅城邑僧房

田木及鬼神官物一切有主物不得故燒若故燒者犯輕垢罪

若佛子自佛弟子及外道惡人六親一切善知識應一一教授持大乘經律教解義理使發菩提心十發趣心十長養心十金剛心於三十心中一一解其次第法用而菩薩以惡心瞋心横教二乘聲聞經律外道邪見論等犯輕垢罪

若佛子應好心先學大乘威儀經律廣開解義味見後新學菩薩有從百里千里來求大乘經律應如法爲說一切苦行若燒身燒臂燒指若不燒身臂指供養諸佛非出家菩薩乃至餓虎狼師子一切餓鬼悉應捨身肉手足而供養之然後一一次第爲說正法使心開意解而菩薩爲利養故爲名聞故應答不答倒說經律文字無前無後謗三寶說者犯輕垢罪

若佛子自爲飲食錢財利養名譽故親近國王王子大臣百官恃作形勢乞索打拍牽挽横取錢財一切求利名爲惡求多求教他人求都無慈心無孝順心者犯輕垢罪

若佛子應學十二部經誦戒日日六時持菩薩戒解其義理佛性之性而菩薩不解一句一偈及戒律因緣詐言能解者即爲自欺誑亦欺誑他人一一不解一切法不知而爲他人作師授戒者犯輕垢罪

若佛子以惡心故見持戒比丘手捉香爐行菩薩行而鬬搆兩頭謗欺賢人無惡不造者犯輕垢罪

若佛子以慈心故行放生業應作是念一切

男子是我父一切女人是我母我生生無不從之受生故六道衆生皆是我父母而殺而食者即殺我父母亦殺我故身一切地水是我先身一切火風是我本體故常行放生業生生受生若見世人殺畜生時應方便救護解其苦難常教化講説菩薩戒救度衆生若父母兄弟死亡之日應請法師講菩薩戒經律福資亡者得見諸佛生人天上若不爾者犯輕垢罪

如是十戒應當學敬心奉持如滅罪品中廣明一一戒相

佛言佛子不得以瞋報瞋以打報打若殺父母兄弟六親不得加報若國主爲他人殺者亦不得加報殺生報生不順孝道尚不畜奴婢打拍罵辱日日起三業口罪無量況故作七逆之罪而出家菩薩無慈心報讎乃至六親中故作報者犯輕垢罪

若佛子初始出家未有所解而自恃聰明有智或恃高貴年宿或恃大姓高門大解大富饒財七寶以此憍慢而不諮受先學法師經律其法師者或小姓年少卑門貧窮下賤諸根不具而實有德一切經律盡解而新學菩薩不得觀法師種姓而不來諮受法師第一義諦者犯輕垢罪

若佛子佛滅度後欲以好心受菩薩戒時於佛菩薩形像前自誓受戒當七日佛前懺悔得見好相便得戒若不得好相時應二七三七乃至一年要得好相得好相已便得佛菩薩形像前受戒若不得好相雖佛像前受戒不得戒若現前先受菩薩戒法師前受戒時

不須要見好相何以故是法師師師相授故不須好相是以法師前受戒即得戒以生至重心故便得戒若千里内無能授戒師得佛菩薩形像前自誓受戒而要見好相若法師自倚解經律大乘學戒與國王太子百官以爲善友而新學菩薩來問若經義律義輕心惡心慢心不一一好答問者犯輕垢罪

若佛子有佛經律大乘法正見正性正法身而不能勤學修習而捨七寶反學邪見二乘外道俗典阿毗曇雜論一切書記是斷佛性障道因緣非行菩薩道若故作者犯輕垢罪

若佛子佛滅度後爲說法主爲僧坊主爲教化主坐禪主行來主應生慈心善和鬬諍善守三寶物莫無度用如自巳有而反亂衆鬬諍恣心用三寶物者犯輕垢罪

若佛子先在僧坊中住若見客菩薩比丘來入僧坊舍宅城邑若國王宅舍中乃至夏坐安居處及大會中先住僧應迎來送去飲食供養房舍卧具繩牀木牀事事給與若無物應賣自身及男女身應割自身肉賣供給所須悉以與之若有檀越來請衆僧客僧有利養分僧坊主應次第差客僧受請而先住僧獨受請而不差客僧者僧坊主得無量罪畜生無異非沙門非釋種姓犯輕垢罪

若佛子一切不得受別請利養入巳而此利養屬十方僧而別受請即取十方僧物入巳八福田中諸佛聖人一一師僧父母病人物自巳用故犯輕垢罪

若佛子有出家菩薩在家菩薩及一切檀越

請僧福田求願之時應入僧坊問知事人令欲請僧求願知事報言次第請者即得十方賢聖僧而世人別請五百羅漢菩薩僧不如僧次一凡夫僧若別請僧者是外道法七佛無別請法不順孝道若故別請僧者犯輕垢罪

若佛子以惡心故爲利養販賣男女色自手作食自磨自舂占相男女解夢吉凶是男是女呪術工巧調鷹方法和合百種毒藥千種毒藥蛇毒生金銀毒蠱毒都無慈愍心無孝順心若故作者犯輕垢罪

若佛子以惡心自身謗三寶詐現親附口便說空行在有中爲白衣通致男女交會婬色作諸縛著於六齋日年三長齋月作殺生劫盜破齋犯戒者犯輕垢罪

如是十戒應當學敬心奉持制戒品中廣解

佛言佛子佛滅度後於惡世中若見外道一切惡人劫賊賣佛菩薩父母形像及賣經律販賣比丘比丘尼亦賣發心菩薩道人或爲官使與一切人作奴婢者而菩薩見是事已應生慈悲心方便救護處處教化取物贖佛菩薩形像及比丘比丘尼一切經律若不贖者犯輕垢罪

若佛子不得畜刀杖弓箭販賣輕秤小斗因官形勢取人財物害心繫縛破壞成功長養猫狸豬狗若故養者犯輕垢罪

若佛子以惡心故觀一切男女等鬭軍陣兵將劫賊等鬭亦不得聽次貝鼓角琴瑟箏笛箜篌歌叫妓樂之聲不得摴蒱圍碁波羅塞戲彈碁六博拍毱擲石投壺牽道八道行城

爪鏡蓍草楊枝鉢盂髑髏而作卜筮不得作盜賊使命一一不得作若故作者犯輕垢罪

若佛子護持禁戒行住坐卧日夜六時讀誦是戒猶如金剛如帶持浮囊欲渡大海如草繫比丘常生大乘善信自知我是未成之佛諸佛是已成之佛發菩提心念念不去心若起一念二乘外道心者犯輕垢罪

若佛子常應發一切願孝順父母師僧願得好師同學善知識常教我大乘經律十發趣十長養十金剛十地使我開解如法修行堅持佛戒寧捨身命念念不去心若一切菩薩不發是願者犯輕垢罪

若佛子發十大願已持佛禁戒作是願言寧以此身投熾然猛火大坑刀山終不毀犯三世諸佛經律與一切女人作不淨行復作是願寧以熱鐵羅網千重周帀纏身終不以此破戒之身受於信心檀越一切衣服復作是願寧以此口吞熱鐵丸及大流猛火經百千劫終不以此破戒之口食信心檀越百味飲食復作是願寧以此身卧大猛火羅網熱鐵地上終不以此破戒之身受信心檀越百種牀座復作是願寧以此身受三百鉾刺身經一劫二劫終不以此破戒之身受信心檀越百味醫藥復作是願寧以此身投熱鐵鑊經百千劫終不以此破戒之身受信心檀越千種房舍屋宅園林田地復作是願寧以鐵鎚打碎此身從頭至足令如微塵終不以此破戒之身受信心檀越恭敬禮拜復作是願寧以百千熱鐵刀鉾挑其兩目終不以此破戒之心視他好色復作是願寧以百千鐵錐

劖刺耳根經一劫二劫終不以此破戒之心聽好音聲復作是願寧以百千刃刀割去其鼻終不以此破戒之心貪齅諸香復作是願寧以百千刃刀割斷其舌終不以破戒之心食人百味淨食復作是願寧以利斧斬斫其身終不以此破戒之心貪著好觸復作是願願一切衆生成佛菩薩若不發是願者犯輕垢罪

若佛子常應二時頭陀冬夏坐禪結夏安居常用楊枝澡豆三衣瓶鉢坐具錫杖香爐漉水囊手巾刀子火燧鑷子繩牀經律佛像菩薩形像而菩薩行頭陀時及遊方時行來百里千里此十八種物常隨其身頭陀者從正月十五日至三月十五日八月十五日至十月十五日是二時中十八種物常隨其身如鳥二翼若布薩日新學菩薩半月半月布薩誦十重四十八輕若誦戒時於諸佛菩薩形像前誦一人布薩即一人誦若二及三人至百千人亦一人誦誦者高座聽者下坐各各披九條七條五條袈裟結夏安居一一如法若頭陀時莫入難處若國難惡王土地高下草木深邃師子虎狼水火風劫賊道路毒蛇一切難處悉不得入若頭陀行道乃至夏坐安居是諸難處亦不得入若故入者犯輕垢罪

若佛子應如法次第坐先受戒者在前坐後受戒者在後坐不問老少比丘比丘尼貴人國王王子乃至黄門奴婢皆應先受戒者在前坐後受戒者次第而坐莫如外道癡人若老若少無前無後坐無次第兵奴之法我佛

法中先者先坐後者後坐而菩薩一一不如
法次第坐者犯輕垢罪
若佛子常應教化一切衆生建立僧房山林
園田立作佛塔冬夏安居坐禪處所一切行
道處皆應立之而菩薩應爲一切衆生講説
大乘經律若疾病國難賊難父母兄弟和尚
阿闍梨亡滅之日及三七日四五七日乃至
七七日亦應講大乘經律一切齋會求福行
來治生大火大水焚漂黒風所吹船舫江河
大海羅刹之難亦讀誦講説此經律乃至一
切罪報三惡八難七逆杻械枷鎖繫縛其身
多婬多瞋多愚癡多疾病皆應講此經律而
新學菩薩若不爾者犯輕垢罪
如是九戒應當學敬心奉持梵壇品當説
佛言佛子與人授戒時不得揀擇一切國王
王子大臣百官比丘比丘尼信男信女婬男
婬女十八梵天六欲天子無根二根黄門奴
婢一切鬼神盡得受戒應教身所著袈裟皆
使壞色與道相應皆染使青黄赤黒紫色一
切染衣乃至卧具盡以壞色身所著衣一切
染色若一切國土中國人所著衣服比丘皆
應與其俗服有異若欲受戒時應問言現身
不作七逆罪耶菩薩法師不得與七逆人現
身受戒七逆者出佛身血殺父殺母殺和尚
殺阿闍梨破羯磨轉法輪僧殺聖人若具七
逆即現身不得戒餘一切人盡得受戒出家
人法不向國王禮拜不向父母禮拜六親不
敬鬼神不禮但解法師語有百里千里來求
法者而菩薩法師以惡心瞋心而不即與授
一切衆生戒者犯輕垢罪

若佛子教化人起信心時菩薩與他人作教誡法師者見欲受戒人應教請二師和尚阿闍梨二師應問言汝有七遮罪不若現身有七遮罪者師不應與授戒若無七遮者得與授戒若有犯十重戒者教懺悔在佛菩薩形像前日夜六時誦十重四十八輕戒苦到禮三世千佛得見好相者若一七日二三七日乃至一年要見好相好相者佛來摩頂見光華種種異相便得滅罪若無好相雖懺無益是人現身亦不得戒而得增長受戒益若犯四十八輕戒者對首懺悔罪便得滅不同七遮而教誡師於是法中一一好解若不解大乘經律若輕若重是非之相不解第一義諦習種性長養性性種性不可壞性道種性正覺性其中多少觀行出入十禪支一切行法一一不得此法中意而菩薩爲利養爲名聞故惡求多求貪利弟子而詐現解一切經律爲供養故是自欺詐亦欺詐他人故與人授戒者犯輕垢罪

若佛子不得爲利養故於未受菩薩戒者前若外道惡人前說此千佛大戒邪見人前亦不得說除國王餘一切不得說是惡人輩不受佛戒名爲畜生生生不見三寶如木石無心名爲外道邪見人輩木頭無異而菩薩於是惡人前說七佛教戒者犯輕垢罪

若佛子信心出家受佛正戒故起心毀犯聖戒者不得受一切檀越供養亦不得國王地上行不得飲國王水五千大鬼常遮其前鬼言大賊入房舍城邑宅中鬼復常掃其脚跡一切世人皆罵言佛法中賊一切衆生眼不

欲見犯戒之人畜生無異木頭無異若故毀正戒者犯輕垢罪
若佛子常應一心受持讀誦大乘經律剥皮爲紙刺血爲墨以髓爲水析骨爲筆書寫佛戒木皮穀紙絹素竹帛亦應悉書持常以七寶無價香華一切雜寶爲箱囊盛經律卷若不如法供養者犯輕垢罪
若佛子常起大悲心若入一切城邑舍宅見一切衆生應唱言汝等衆生盡應受三歸十戒若見牛馬猪羊一切畜生應心念口言汝是畜生發菩提心而菩薩入一切處山林川野皆使一切衆生發菩提心是菩薩若不教化衆生者犯輕垢罪
若佛子常行教化起大悲心入檀越貴人家一切衆中不得立爲白衣說法應在白衣衆前高座上坐法師比丘不得地立爲四衆白衣說法若說法時法師高座香華供養四衆聽者下座如孝順父母敬順師教如事火婆羅門其說法者若不如法說犯輕垢罪
若佛子皆以信心受戒者若國王太子百官四部弟子自恃高貴破滅佛法戒律明作制法制我四部弟子不聽出家行道亦復不聽造立形像佛塔經律立統制衆安籍記僧菩薩比丘地立白衣高座廣行非法如兵奴事主而菩薩應受一切人供養而反爲官走使非法非律若國王百官好心受佛戒者莫作是破三寶之罪而故作破法者犯輕垢罪
若佛子不以好心出家而爲名聞利養於國王百官前說佛戒者横與比丘比丘尼菩薩戒弟子作繫縛事如獄囚法兵奴之法如師

子身中蟲自食師子肉非餘外蟲如是佛子自破佛法非外道天魔能破若受佛戒者應護佛戒如念一子如事父母不可毀破而菩薩聞外道惡人以惡言謗佛戒之聲如三百鉾刺心千刀萬杖打拍其身等無有異寧自入地獄經於百劫而不聞一惡言破佛戒之聲況自破佛戒教人破法因緣亦無孝順之心若故作者犯輕垢罪

如是九戒應當學敬心奉持

諸佛子是四十八輕戒汝等受持過去諸菩薩已誦未來諸菩薩當誦現在諸菩薩今誦

諸佛子聽十重四十八輕戒三世諸佛已誦當誦今誦我今亦如是誦汝等一切大衆若國王王子百官比丘比丘尼信男信女受持菩薩戒者應受持讀誦解説書寫佛性常住戒卷流通三世一切衆生化化不絶得見千佛佛佛授手世世不墮惡道八難常生人道天中我今在此樹下略開七佛法戒汝等大衆當一心學波羅提木叉歡喜奉行如無相天王品勸學中一一廣明三千學士時坐聽者聞佛自誦心心頂戴喜躍受持

爾時釋迦牟尼佛説上蓮華臺藏世界盧舍那佛心地法門品中十無盡戒法品竟千百億釋迦亦如是説從摩醯首羅天王宮至此道樹下住處説法品爲一切菩薩不可説大衆受持讀誦解説其義亦如是千百億世界蓮華藏世界微塵世界一切佛心藏地藏戒藏無量行願藏因果佛性常住藏如是一切佛説無量一切法藏竟千百億世界中一切衆生受持歡喜奉行若廣開心地相相如佛

華光王七行品中說
明人忍慧强　能持如是法　未成佛道間
安獲五種利　一者十方佛　愍念常守護
二者命終時　正見心歡喜　三者生生處
爲諸菩薩友　四者功德聚　戒度悉成就
五者今後世　性戒福慧滿　此是諸佛子
智者善思量　計我著相者　不能信是法
滅壽取證者　亦非下種處　欲長菩提苗
光明照世間　應當靜觀察　諸法眞實相
不生亦不滅　不常復不斷　不一亦不異
不來亦不去　如是一心中　方便勤莊嚴
菩薩所應作　應當次第學　於學於無學
勿生分別想　是名第一道　亦名摩訶衍
一切戲論惡　悉從是處滅　諸佛薩婆若
悉由是處出　是故諸佛子　宜發大勇猛
於諸佛淨戒　護持如明珠　過去諸菩薩
已於是中學　未來者當學　現在者今學
此是佛行處　聖主所稱歎　我已隨順說
福德無量聚　迴以施衆生　共向一切智
願聞是法者　疾得成佛道

佛說梵網經卷下

音釋

酤 攻乎切買酒也　鉾 迷浮切與矛同　箜篌 箜音空篌音侯箜篌樂器也　摴蒱 摴抽居切摴蒱博戲也　氍 渠竹切氍毬子也　蓍 升脂切蒿屬　髑髏 髑音獨髏音婁髑髏首骨也　劖 鋤咸切鐫也　燧 徐醉切取火木也　鍤 尺轄切鍤也　析 先的切與淅同

優婆塞戒經

北涼天竺三藏法師曇無讖譯

清刻龍藏佛說法變相圖

優婆塞戒經卷第一

北涼天竺三藏法師曇無讖譯

集會品第一

如是我聞一時佛在舍衛國祇陀林中阿那邠坻精舍與大比丘僧千二百五十人五百比丘尼千優婆塞五百乞兒爾時會中有長者子名曰善生白佛言世尊外道六師常演說法教衆生言若能晨朝敬禮六方則得增長命之與財何以故東方之土屬于帝釋有供養者釋提桓因則爲護助南方之土屬閻羅王有供養者彼閻羅王則爲護助西方之土屬婆婁那天有供養者彼婆婁那則爲護助北方之土屬拘毗羅天有供養者彼拘毗羅則爲護助下方之土屬于火天有供養者火則爲護上方之土屬于風天有供養者風

則爲護世尊佛法之中頗有如是六方不耶善男子我佛法中亦有六方所謂六波羅蜜東方即是檀波羅蜜何以故始初出者爲出智慧光因緣故彼東方者屬衆生心若有衆生能供養彼檀波羅蜜則爲增長壽命與財南方即是尸波羅蜜何以故尸波羅蜜名之爲右若人供養亦得增長壽命與財西方即是羼提波羅蜜何以故彼西方者名之爲後一切惡法棄於後故若有供養則得增長命之與財北方即是毗梨耶波羅蜜何以故北方名號勝諸惡法若人供養亦得增長命之與財下方即是禪波羅蜜何以故能正觀察三惡道故若人供養亦得增長命之與財上方即是般若波羅蜜何以故上者即是無上無生故若有供養則得增長命之與財善男子是六方者屬衆生心非如外道六師所說如是六方誰能供養唯有菩薩乃能供養世尊以何義故名爲菩薩佛言得菩提故名爲菩薩菩提性故名爲菩薩世尊若言得菩提已名爲菩薩者若未供養彼六方時云何得名爲菩薩耶若以性故名菩薩者誰有此性有此性者則能供養若無性者則不能供養是故如來不應說言彼六方者屬衆生心善男子非得菩提故名菩薩何以故得菩提者名之爲佛未得菩提乃名菩薩亦非性故名菩薩也善男子一切衆生無菩提性如諸衆生無人天性師子虎狼狗犬等性現在世中和合衆善業因緣故得人天身和合不善業因緣故得師子等畜生之身菩薩亦爾和合衆善業因緣故發菩提心故名菩薩若有說

言一切衆生有菩薩性者是義不然何以故若有性者則不應修善業因緣供養六方善男子若有性者則無初心及退轉心以無量善業因緣故發菩提心名菩薩性善男子有諸衆生受行外道不樂外典顛倒說故發菩提心或有衆生住寂靜處內善因緣發菩提心或有衆生觀生死過發菩提心或有衆生見惡聞惡發菩提心或有衆生深知自身貪欲瞋恚愚癡慳嫉爲呵責故發菩提心或有衆生見諸外道五通神仙發菩提心或有衆生欲知世間邊無邊故發菩提心或有衆生見聞如來不思議故發菩提心或有衆生生憐愍故發菩提心或有衆生愛衆生故發菩提心善男子菩提之心凡有三種謂下中上若言衆生定有性者云何說言有三種耶衆生下心能作中心中心作上上心作中中心作下衆生勤修無量善法故能增上不勤修故便退爲下若善修進則名不退若不修進名之爲退一切時中常爲一切無邊衆生修習善故名不退轉若不如是名退轉如是菩薩則有退心及恐怖心若一切時中爲一切衆生修習善法得不退轉是故我記是人決定不久當得阿耨多羅三藐三菩提善男子三種菩提無有定性若有定性已發聲聞緣覺心者則不能發菩提之心善男子譬如衆僧無有定性是三種性亦復如是若有說言定有性者是名外道何以故諸外道等無因果故如自在天非因非果善男子或有人說菩薩之性譬如石中定有金性以巧方便因緣故發得爲金用菩薩之性亦如是者是

梵志說何以故梵志等常言尼拘陀子有尼拘陀樹眼有火石是故梵志無因無果因即是果果即是因尼拘陀子具足而有尼拘陀樹當知即是梵志因果是義不然何以故因細果麤故若言眼中定有火者眼則被燒眼若被燒云何能見眼中有石石則遮眼眼若有遮復云何見善男子如梵志說有即是有無即永無無則不生有不應滅若言石中有金性者金不說性性不說金善男子因緣故則有和合緣和合故本無後有如梵志言無即永無是義云何金合水銀金則滅壞若言有不應滅是義云何若說衆生有菩薩性是名外道不名佛道善男子譬如和合石因緣故而有金用菩薩之性亦復如是衆生有思名爲欲心以如是欲善業因緣發菩提心是則名爲菩薩性也善男子譬如衆生先無菩提後乃方有性亦如是先無後有是故不可說言定有善男子求大智慧故名菩薩欲知一切法真實故大莊嚴故心堅固故多度衆生故不惜身命故是名菩薩修行大乘善男子菩薩有二種一者退轉二者不退已修三十二相業者名不退轉若未能修是名退轉復有二種一者出家二者在家出家菩薩奉持八重具足清淨是名不退在家菩薩奉持六重具足清淨亦名不退善男子外道斷欲所得福德勝於欲界一切衆生所有福德須陀洹人勝於一切外道異見斯陀含人勝於一切須陀洹果阿那含人勝於一切斯陀含果阿羅漢人勝於一切阿那含果辟支佛人勝於一切阿羅漢果在家之人發菩提心勝

於一切辟支佛果出家之人發菩提心此不為難在家之人發菩提心是乃名為不可思議何以故在家之人多惡因緣所纏繞故在家之人發菩提心時從四天王乃至阿迦尼吒諸天皆大驚喜作如是言我今已得人天之師

發菩提心品第二

善生言世尊衆生云何發菩提心善男子為二事故發菩提心一者增長壽命二者增長財物復有二事一者為不斷絶菩薩種性二者為斷衆生罪苦煩惱復有二事一者自觀無量世中受大苦惱不得利益二者雖有無量恒沙諸佛悉皆不能度脫我身我當自度復有二事一者作諸善業二者作已不失復有二事一者為勝一切人天果報二者為勝一切二乘果報復有二事一者為求菩提道受大苦惱二者為得無量大利益事復有二事一者過去未來恒沙諸佛皆如我身二者深觀菩提是可得法是故發心復有二事一者觀六住人雖有轉心猶勝一切聲聞緣覺二者勤心求索無上果故復有二事一者欲令一切衆生悉得解脫二者欲令衆生解脫勝於外道等所得果報復有二事一者不捨一切衆生二者捨離一切煩惱復有二事一者為斷衆生現在苦惱二者為遮衆生未來苦惱復有二事一者為斷智慧障礙二者為斷衆生身障善男子發菩提心有五事一者親近善友二者斷瞋恚心三者隨師教誨四者生憐愍心五者勤修精進復有五事一者不見他過二者雖見他過而心不悔三者得

善法已不生憍慢四者見他善業不生妬心五者觀諸衆生如一子想善男子有智之人發菩提心已即能破壞惡業等果如須彌山有智之人爲三事故發菩提心一者見惡世中五濁衆生二者見於如來有不可思議神通道力三者聞佛如來八種妙聲復有二事一者了了自知已身有菩提性二者知衆生苦如已受苦爲斷彼苦如已無異善男子若有人能發菩提心當知是人能禮六方增長命財不如外道之所宣說

悲品第三

善生言世尊彼六師等不說因果如來所說因有二種一者生因二者了因如佛初說發菩提心爲是生因是了因耶善男子我爲衆生或說一因或說二因或說三因或說四因或說五因或說六七至十二因言一因者即生因也言二因者生因了因言三因者煩惱業器言四因者所謂四大言五因者未來五支言六因者如契經中所說六因言七因者如法華說言八因者現在八支言九因者如大城經說言十因者如爲摩男優婆塞說十一因者如智印說十二因者如十二因緣善男子一切有漏法無量無邊因一切無漏法無量無邊因有智之人欲盡知故發菩提心是故如來名一切智善男子一切衆生發菩提心或有生因或有了因或有生因了因汝今當知夫生因者即是大悲因是悲故便能發心是故悲心爲生因也世尊云何而得修於悲心善男子智者深見一切衆生沉没生死苦惱大海爲欲拔濟是故生悲又見衆生

未有十力四無所畏大悲三念我當云何令彼具足是故生悲又見衆生雖多怨毒亦作親想是故生悲又見衆生迷於正路無有示導是故生悲又見衆生卧五欲泥而不能出猶故放逸是故生悲又見衆生常爲財物妻子纏縛不能捨離是故生悲又見衆生以色命故而生憍慢是故生悲又見衆生爲惡知識之所誑惑故生親想如六師等是故生悲又見衆生墮生有界受諸苦惱猶故樂著是故生悲又見衆生造身口意不善惡業多受苦果猶故樂著是故生悲又見衆生渴求五欲如渴飲鹹水是故生悲又見衆生雖欲求樂不造樂因雖不樂苦喜造苦因欲受天樂不具足戒是故生悲又見衆生於無我我所生我我所想是故生悲又見衆生無定有性流轉五有是故生悲又見衆生畏生老死而更造作生老死業是故生悲又見衆生受身心苦而更造業是故生悲又見衆生愛別離苦而不斷愛是故生悲又見衆生處無明闇不知熾然智慧燈明是故生悲又見衆生爲煩惱火之所燒然而不能求三昧定水是故生悲又見衆生爲五欲樂造無量惡是故生悲又見衆生知五欲苦求之不息譬如饑者食於毒飯是故生悲又見衆生處在惡世遭值虐王多受苦惱猶故放逸是故生悲又見衆生流轉八苦不知斷除如是苦因是故生悲又見衆生饑渴寒熱不得自在是故生悲又見衆生毀犯禁戒當受地獄餓鬼畜生是故生悲又見衆生色力壽命安隱辯才不得自在是故生悲又見衆生諸根不具是故生

悲又見衆生生於邊地不修善法是故生悲又見衆生處饑饉世是故生悲又見衆生值佛出世聞説甘露不能受持是故生悲又見衆生多有財寶不能捨施是故生悲又見衆生耕田種作商賈販賣一切皆苦是故生悲又見衆生父母兄弟妻子奴婢眷屬宗室不相愛念是故生悲善男子有智之人應觀非想非非想處所有定樂如地獄苦一切衆生等共有之是故生悲善男子未得道時作如是觀是名爲悲若得道已即名大悲何以故未得道時雖作是觀觀皆有邊衆生亦爾既得道已觀及衆生皆悉無邊是故得名爲大悲也未得道時悲心動轉是故名悲既得道已無有動轉故名大悲未得道時未能救濟諸衆生故故名爲悲既得道已能大救濟故名大悲未得道時不共慧行是故名悲既得道已與慧共行故名大悲善男子智者修悲雖未能斷衆生苦惱已有無量大利益事善男子六波羅蜜皆以悲心而作生因善男子菩薩有二種一者出家二者在家出家修悲是不爲難在家修悲是乃爲難何以故在家之人多有惡因緣故善男子在家之人若不修悲則不能得優婆塞戒若修悲已即便獲得善男子出家之人唯能具足五波羅蜜不能具足檀波羅蜜在家之人則能具足何以故一切時中一切施故是故在家應先修悲若修悲已當知是人能具戒忍進定智慧若修悲心難施能施難忍能忍難作能作以是義故一切善法悲爲根本善男子若人能修如是悲心當知是人能壞惡業如須彌山不

久當得阿耨多羅三藐三菩提是人所作少許善業所獲果報如須彌山

解脫品第四

善男子若善男子善女人有修悲者當知是人得一法體謂解脫分善生言世尊所言體者云何爲體善男子謂身口意是身口意從方便得方便有二一者耳聞二者思惟復有三種一者惠施二者持戒三者多聞善生言世尊如佛所說從三方便得解脫分是三方便有定數不不也善男子何以故有人雖於無量世中以無量財施無量人亦不能得解脫分法有人於一時中以一把麨施一乞兒能得如是解脫分法有人乃於無量佛所受持禁戒亦不能得解脫分法有人一日一夜受持八戒而能獲得解脫分法有人於無量世無量佛所受持讀誦十二部經亦不能得解脫分法有人唯讀一四句偈而能獲得解脫分法何以故一切衆生心不同故善男子若人不能一心觀察生死過咎涅槃安樂如是之人雖復惠施持戒多聞終不能得解脫分法若能厭患生死過咎深見涅槃功德安樂如是之人雖復少施少戒少聞即能獲得解脫分法善男子得是法者於三時中佛出世時緣覺出時若無是二阿迦尼吒天說解脫時是人聞已得解脫分善男子我於往昔初發心時都不見佛及辟支佛聞淨居天說解脫法我時聞已即便發心善男子如是之法非欲界天之所能得何以故以放逸故亦非色天之所能得何以故無三方便故亦非無色之所能得何以故無身口故是法體者

是身口意鬱單越人亦所不得何以故無三方便故是解脫分三人能得所謂聲聞緣覺菩薩衆生若遇善知識者轉聲聞解脫得緣覺解脫轉緣覺解脫得菩薩解脫菩薩所得解脫分法不可退轉不可失壞善生言世尊謗法之人復以何義能善分別如是等人有解脫分法如是等人無解脫分法善男子如是法者二人所得謂在家出家如是二人至心聽法聽已受持聞三惡苦心生怖畏身毛皆豎涕泣横流堅持齋戒乃至小罪不敢毀犯當知是人得解脫分法善男子諸外道等獲得非想非非想定壽無量劫若不能得解脫分法當觀是人爲地獄人若復有人阿鼻地獄經無量劫受大苦惱能得如是解脫分法當觀是人爲涅槃人善男子是故我於鬱頭藍弗生哀愍心於提婆達不生憐心善男子如舍利弗等六萬劫中求菩提道所以退者以其未得解脫分法雖爾猶勝緣覺根利善男子是法有三謂下中上下者聲聞中者緣覺上者諸佛善男子有人勤求優婆塞戒於無量世如聞而行亦不得戒有出家人求比丘戒比丘尼戒於無量世如聞而行亦不能得何以故不能獲得解脫分法故可名修戒不名持戒善男子若諸菩薩得解脫分法終不造業求生欲界色無色界常願生於益衆生處若自定知有生天業即迴此業求生人中業者所謂施戒修定善男子若聲聞人得解脫分法不過三身得具解脫辟支佛人亦復如是菩薩摩訶薩得解脫分法雖復經由無量身中常不退轉不退轉心出勝一切

聲聞緣覺善男子若得如是解脫分法雖復少施得無量果少戒少聞亦復如是是人假使處三惡道終不同彼三惡受苦若諸菩薩獲得如是解脫分法名調柔地何故名爲調柔地耶一切煩惱微弱故是名逆流善男子有四種人一者順生死流二者逆生死流三者不順不逆四者到於彼岸善男子如是法者於聲聞人名柔輭地於諸菩薩亦名柔輭復名喜地以何義故名爲喜地聞不退故名菩薩故以何義故名爲菩薩能常覺悟衆生心故如是菩薩雖知外典自不受持亦不教人如是菩薩不名人天非五道攝是名修行無障礙道善男子夫菩提者有四種子一者不貪財物二者不惜身命三者修行忍辱四者憐愍衆生善男子增長如是菩提種子復有五事一者於己身中不生輕想言我不能得阿耨多羅三藐三菩提二者自身受苦心不厭悔三者勤行精進不休不息四者救濟衆生無量苦惱五者常讚三寶微妙功德有智之人修菩提時常當修習如是五事增長熾然菩提種子復有六事所謂檀波羅蜜乃至般若波羅蜜是六種事因一事增謂不放逸菩薩放逸不能增長如是六事若不放逸則能增長善男子菩薩求於菩提之時有四事一者親近善友二者心堅難壞三者能行難行四者憐愍衆生復有四事一者見他得利心生歡喜二者常樂稱讚他人功德三者常樂修習六念處法四者勤說生死所有過咎善男子若有說言離是八法得菩提者無有是處善男子若有菩薩初發無上菩提心

時即得名爲無上福田如是菩薩出勝一切世間之事及諸衆生善男子雖有人言無量世界有無量佛然此佛道甚爲難得何以故世界無邊衆生亦爾衆生無邊佛亦如是假使佛道當易得者一佛世尊則應化度一切衆生若爾者世界衆生則爲有邊善男子佛出世時能度九萬九那由他人聲聞弟子度一那由他而諸衆生猶不可盡故名無邊是故我於聲聞經說無十方佛所以者何恐諸衆生輕佛道故諸佛聖道非世所攝是故如來說無虚妄如來世尊無有妬心以難得故說無十方諸佛世尊善男子無量衆生發菩提心不能究竟行菩薩道若人難言若有現在無量諸佛何故經中但說過去未來二世有無量佛不說現在無量佛耶善男子我一國說過去未來有恒沙佛現在世中唯一佛耳善男子眞實義者能得佛道無量衆生修行佛道多有退轉時有一人乃能得度如菴羅華及魚子等善男子菩薩有二種一者在家二者出家出家菩薩得解脱分法是不爲難在家得者是乃爲難何以故在家之人多惡因緣所纏繞故

三種菩提品第五

善生言世尊如佛所說菩薩有二種一者在家二者出家菩提三種一者聲聞菩提二者緣覺菩提三者諸佛菩提若得菩提名爲佛者何故聲聞辟支佛不名爲佛若覺法性名爲佛者聲聞緣覺亦覺法性以何緣故不名爲佛若一切智名爲佛者聲聞緣覺亦一切智復以何故不名爲佛言一切者即是四諦

佛言善男子菩提有三種一者從聞得二者從思惟得三者從修得聲聞之人從聞得故不名爲佛辟支佛人從思惟巳少分覺故名辟支佛如來無師不依聞思從修而得悟悟一切是故名佛善男子了知法性故名爲佛法性二種一者總相二者别相聲聞之人總相知故不名爲佛辟支佛人同知總相不從聞故名辟支佛不名爲佛如來世尊總相别相一切覺了不依聞思無師獨悟從修而得故名爲佛善男子如來世尊緣智具足聲聞緣覺雖知四諦緣智不具足以是義故不得名佛如來世尊緣智具足故得名佛善男子如恒河水三獸俱度兔馬香象兔不至底浮水而過馬或至底或不至底象則盡底恒河水者即是十二因緣河也聲聞度時猶如彼兔緣覺度時猶如彼馬如來度時如彼香象是故如來得名爲佛聲聞緣覺雖斷煩惱不斷習氣如來能拔一切煩惱習氣本原故名爲佛善男子疑有二種一煩惱疑二無記疑二乘之人斷煩惱疑不斷無記如來悉斷如是二疑是故名佛善男子聲聞之人猒於多聞緣覺之人猒於思惟佛於是二心無疲猒故名爲佛善男子譬如淨物置之淨器表裏俱淨聲聞緣覺智雖清淨而器不淨如來不爾智器俱淨是故名佛善男子淨有二種一者智淨二者行淨聲聞緣覺雖有淨智行不清淨如來世尊智行俱淨是故名佛善男子聲聞緣覺其行有邊如來世尊其行無邊是故名佛善男子如來世尊能於一念破壞二障一者智障二者解脫障是故名佛如來具

足智因智果是故名佛善男子如來出言無二無謬亦無虚妄智慧無礙樂説亦爾具足因智時智相智無有覆藏不須守護無能説過悉知一切衆生煩惱起結因緣滅結因緣世間八法所不能汙有大憐愍救拔苦惱具足十力四無所畏大悲三念身心二力悉皆滿足云何身力滿足善男子三十三天有一大城名曰善見其城縱廣滿十萬里宫室百萬諸天一千六十六萬六千六百六十有六夏三月時釋提桓因欲往波梨質多林中歡娱受樂由乾陀山有一香象名伊羅鉢那具足七頭帝釋發念象知即來善見城中所有諸天處其頭上旋行而往其林去城五十由延是象身力出勝一切香象身力正使和合如是香象一萬八千其力唯敵佛一節力是故身力出勝一切衆生之力世界無邊衆生亦爾如來心力亦復無邊是故如來獨得名佛非二乘人名爲佛也以是義故名無上師名大丈夫人中香象師子龍王調御示導名大船師名大醫師大牛之王人中牛王名淨蓮華無師獨覺爲諸衆生之眼目也是大施主是大沙門大婆羅門寂靜持戒勤行精進到於彼岸獲得解脱善男子聲聞緣覺雖有菩提都無是事是故名佛善男子菩薩有二種一者在家二者出家出家菩薩分別如是三種菩提是不爲難在家分別是乃爲難何以故在家之人多惡因緣所纏繞故

修三十二相業品第六

善生言世尊如佛所説菩薩身力何時成就佛言善男子初修三十二相業時善男子菩

薩修習如是業時得名菩薩兼得二定一者菩提定二者有定復得二定一者知宿命定二者生正法國定善男子菩薩從修三十二相業乃至得阿耨多羅三藐三菩提於其中間多聞無厭菩薩摩訶薩修一一相以百福德而爲圍繞修心五十具心五十是則名爲百種福德善男子一切世間所有福德不及如來一毛功德如來一切毛孔功德不如一好功德聚合八十種好功德不及一相功德一切相功德不如白毫相功德白毫功德復不得及無見頂相善男子菩薩常於無量劫中爲諸衆生作大利益至心勤作一切善業是故如來成就具足無量功德是三十二相即是大悲之果報也轉輪聖王雖有是相相不明了具足成就是相業體即身口意業修是業時非於天中北鬱單越唯在三方男子之身非女人身也菩薩摩訶薩修習是業已名爲滿三阿僧祇劫次第獲得阿耨多羅三藐三菩提善男子我於往昔寶頂佛所滿足第一阿僧祇劫然燈佛所滿足第二阿僧祇劫迦葉佛所滿足第三阿僧祇劫善男子我於往昔釋迦牟尼佛所始發阿耨多羅三藐三菩提心發是心已供養無量恒沙諸佛種諸善根修道持戒精進多聞善男子菩薩摩訶薩修是三十二相業已了了自知定得阿耨多羅三藐三菩提如觀掌中菴摩勒果其業雖定修時次第不必定也或有人言如來先得牛王眼相何以故爲菩薩時於無量世樂以善眼和視衆生是故先得牛王眼相次得餘相或有說言如來先得八梵音相餘次

第得何以故爲菩薩時於無量世恒以輭語實語教化衆生是故先得八梵音相或有説言如來先得無見頂相餘次第得何以故爲菩薩時於無量世供養師長諸佛菩薩頭頂禮拜破憍慢故是故先得無見頂相或有説言如來先得白毫光相餘次第得何以故爲菩薩時於無量世不誑一切諸衆生故是故先得眉間毫相善男子除佛世尊餘無能説如是相業善男子或復有人次第説言如來先得足下平相餘次第得何以故爲菩薩時於無量世布施持戒修習道時其心不動是故先得足下平相得是相已次第獲得足下輪相何以故爲菩薩時於無量世供養父母師長善友如法擁護一切衆生是故次得手足輪相得是相已次第獲得纖長指相何以故爲菩薩時至心受持第一第四優婆塞戒是故次得纖長指相足跟長相得是相已次第獲得身牗滿相何以故爲菩薩時善受師長父母善友所教勑故是故次得身牗滿相得是相已次得手足合縵網相何以故爲菩薩時以四攝法攝衆生故是故次得手足縵網相得是相已次第獲得手足柔輭勝餘身相何以故爲菩薩時於無量世以手摩洗師長父母身除去垢穢香油塗之是故次得手足輭相得是相已次得身毛上靡相何以故爲菩薩時於無量世常化衆生令修施戒一切善法是故次得毛上靡相得是相已次第獲得鹿王腨相何以故爲菩薩時至心聽法至心説法爲壞生死諸過咎故是故次得鹿王腨相得是相已次第獲得身方圓相如尼

拘陀樹王何以故爲菩薩時於無量世常施一切衆生病藥是故次得身方圓相得是相已次第獲得手過膝相何以故爲菩薩時終不欺誑一切賢聖父母師長善友知識是故次得手過膝相得是相已次得象王馬王藏相何以故爲菩薩時於無量世見怖畏者能爲救護心生慚愧不說他過善覆人罪是故次得象馬藏相得是相已次得輭身一一孔中一毛生相何以故爲菩薩時於無量世親近智者樂問樂論聞已樂修樂治道路除去棘刺是故次得皮膚柔輭一一孔中一毛生相得是相已次第獲得身金色相何以故爲菩薩時於無量世常施衆生房舍卧具飲食燈明是故次得金色身相得是相已次第獲得七處滿相何以故爲菩薩時於無量世可

瞋之處不生瞋心樂施衆生隨意所須是故次得七處滿相得是相已次第獲得缺骨滿相何以故爲菩薩時於無量世善能分别善不善相言無錯謬不說不義可受之法口常宣說不可受者不妄宣傳是故次得缺骨滿相得是相已次得二相一者上身二者頰車皆如師子何以故爲菩薩時於無量世自無兩舌教他不爲是故次得如是二相得是相已次得三相一四十齒二白淨相三齊密相何以故爲菩薩時於無量世以十善法淨化衆生衆生受已心生歡喜常樂稱揚他人功德是故次得如是三相得是相已次第獲得四牙白相何以故爲菩薩時於無量世修欲界慈樂思善法是故次得四牙白相得是相已次得味中最上味相何以故爲菩薩時於

無量世不待求已然後方施是故次得味上味相得是相已次得二相一者肉髻二廣長舌何以故爲菩薩時於無量世至心受持十善法教兼化衆生是故次得如是二相得是相已次梵音相何以故爲菩薩時於無量世自不惡口教他不爲是故次得梵音聲相得是相已次得牛王紺色目相何以故爲菩薩時於無量世等以慈善視怨親故是故次得牛王目相得是相已次得白毫相何以故爲菩薩時於無量世宣説正法實法不虛是故次得白毫光相得是相已次得無見頂相何以故爲菩薩時於無量世頭頂禮拜一切賢聖師長父母尊重讚歎恭敬供養是故獲得無見頂相善男子菩薩二種一者在家二者出家出家菩薩修如是業是不爲難在家菩薩修是業者是乃爲難何以故在家之人多惡因緣所纏繞故

優婆塞戒經卷第一

音釋

郩坻（郩彼貧切坻直尼切郩坻給孤長者也）羼提（梵語也此云忍辱羼初限切）不樂（樂魚教切好也）饑饉（饑居希切穀不熟也饉渠吝切菜不熟也）商賈（賈音古通物曰商居賣曰賈）麨（尺沼切乾粮也）豎（上主切豎立也）悎（音角與覺同）謬（靡幼切誤也）跟（古痕切足踵也）⿰月庸（丑容切圓直也）縵網（縵謨官切縵網謂佛手指間皮相連也）腨（乳兗切腓腸也）頰（吉協切輔頰也）車（車昌遮切牙車也）

優婆塞戒經卷第二

北涼天竺三藏法師曇無讖譯

發願品第七

善生言世尊是三十二相業誰能作耶佛言善男子智者能作世尊云何名智者善男子若能善發無上大願是名智者菩薩摩訶薩發菩提心已身口意等所作善業願爲衆生將來得果一切共之菩薩摩訶薩常親近佛聲聞緣覺善知識等供養恭敬諮問深法受持不失作是願言我今親近諸佛聲聞緣覺善友寧無量世受大苦惱不於菩提生退轉心衆生若以惡心打罵毀辱我身願我因是更增慈心不生惡念願我後生在在處處不受女身無根二根奴婢之身復願令我身有自在他爲給使不令他人有自在力而驅使我願令我身諸根具足遠離惡友不生惡國邊裔之處常生豪姓色力殊特財寶自在得好念心自在之心心得勇健凡有所說聞者樂受離諸障礙無有放逸離身口意一切惡業常爲衆生作大利益爲利衆生不貪身命不爲身命而造惡業利益衆生時莫求恩報常樂受持十二部經既受持已轉教他人能壞衆生惡見惡業一切世事所不能勝既得勝已復以轉教善治衆生身心重病見離壞者能令和合見怖畏者爲作救護護已爲說種種之法令彼聞已心得調伏見飢施身令得飽滿願彼不生貪惡之心當噉我時如食草木常樂供養師長父母善友宿德於怨親中其心等一常修六念及無我想十二因緣無三寶處樂在寂靜修習慈悲一切衆生若

見我身聞觸之者遠離煩惱菩薩雖知除菩提已不求餘果爲衆生故求以弘利善男子菩薩若能如是立願當知是人即是無上法財長者是求法王未得法王善男子菩薩摩訶薩具足三事則得名爲法財長者一者心不甘樂外道典籍二者心不貪著生死之樂三者常樂供養佛法僧寶復有三事一者爲人受苦心不生悔二者具足微妙無上智慧三者具善法時不生憍慢復有三事一者爲諸衆生受地獄苦如三禪樂二者見他得利不生妒心三者所作善業不爲生死復有三事一者見他受苦如已無異二者所修善事悉爲衆生三者善作方便令彼離苦復有三事一者觀生死樂如大毒蛇二者樂處生死爲利衆生三者觀無生法多諸功德復有三事一者捨身二者捨命三者捨財捨是三事悉爲衆生復有三事一者多聞無猒二者能忍諸惡三者教他修忍復有三事一者自省已過二者善覆他罪三者樂修慈心復有三事一者至心奉持禁戒二者四攝攝取衆生三者口言柔輭不麤復有三事一者能大法施二者能大財施三者以此二施勸衆生行復有三事一者常以大乘教化衆生二者常修轉進增上之行三者於諸衆生不生輕想復有三事一者雖具煩惱而能堪忍二者知煩惱過樂而不厭三者自具煩惱能壞他結復有三事一者見他得利歡喜如已二者自得安樂不樂獨受三者於下乘中不生足想復有三事一者聞諸菩薩苦行不怖二者見有求者終不言無三者終不生念我勝一切

善男子菩薩若能觀因觀果能觀因果能觀果因如是菩薩能斷因果能得因果菩薩若能斷得因果是名法果諸法之王法之自在

善男子菩薩有二種一者在家二者出家出家菩薩立如是願是不爲難在家菩薩立如是願是乃爲難何以故在家菩薩多惡因緣所纏繞故

名義菩薩品第八

善生言世尊如佛所説菩薩二種一者假名菩薩二者實義菩薩云何名爲假名菩薩善男子衆生若發菩提心已樂受外術及其典籍持諷誦讀即以此法轉化衆生爲自身命殺害他命不樂修悲於生死中常造諸業受生死樂無有信心於三寶所生疑網心護惜身命不能忍辱語言麤獷悔恨放逸於已身所生自輕想我不能得無上菩提於煩惱中生恐怖想亦不勤修壞結方便常生慳貪嫉妬瞋心親近惡友懈怠亂心樂處無明不信六度不樂修福不觀生死常樂受持他人惡語是名假名菩薩善男子復有衆生發菩提心欲得阿耨多羅三藐三菩提聞無量劫苦行修道然後乃得聞已生悔雖修行道心不眞實無有慚愧不生憐愍樂奉外道殺羊祀天雖有微信心不堅固爲五欲樂造種種惡倚色命財生大憍慢所作顛倒不能利益爲生死樂而行布施爲生天樂受持禁戒雖修禪定爲命增長是名假名菩薩實義菩薩者能聽深義樂近善友樂供養師長父母善友樂聽如來十二部經受持讀誦書寫思義爲法因緣不惜身命妻子財物其心堅固憐愍

一切口言柔軟先語實語無有惡語及兩舌語於自身所不生輕想舒手惠施無有禁固常樂修磨利智慧刀雖習外典為破邪見出勝邪見善知方便調伏衆生於大衆所不生恐怖常教衆生菩提易得能令聞者不生怖心勤修精進輕賤煩惱令彼煩惱不得自在心不放逸常修忍辱為涅槃果持戒精進願為衆生趨走給使令彼安隱歡娛受樂為他受苦心不生悔見退菩提心生憐愍能救一切種種苦惱能觀生死所有罪過能具無上六波羅蜜所作世事勝諸衆生信心堅固修習慈悲亦不悕求慈悲果報於怨親中其心無二施時平等捨身亦爾知無常想不惜身命以四攝法攝取衆生知世諦故隨衆生語為諸衆生受苦之時其心不動如須彌山雖見衆生多作諸惡有少善者心終不忘於三寶所不生疑心樂為供養若少財時先給貧窮後施福田先為貧苦後為富者樂讚人善為開涅槃所有技藝欲令人學見學勝已生歡喜心不念自利常念利他身口意業所作諸善終不自為恒為他人是名實義菩薩善男子菩薩有二種一者在家二者出家出家菩薩為義菩薩是不為難在家菩薩是乃為難何以故在家之人多惡因緣所纏繞故

義菩薩心堅固品第九

善生言世尊義菩薩者云何自知是義菩薩善男子菩薩摩訶薩修苦行時先自誠心善男子我念往昔行菩薩道時先從外道受苦行法至心奉行心無退轉無量世中以灰塗身唯食胡麻小荳粳米粟米床等日各一粒

荆棘惡刺椽木地石以爲卧具牛屎牛尿以爲病藥盛夏之月五熱炙身孟冬之節凍水襯體或受草食根食莖食葉食果食土食風食作如是等諸苦行時自身他身俱無利益雖爾猶故心無退轉出勝一切外道苦行善男子我於往昔爲四事故捨離身命一者爲破衆生諸煩惱故二者爲令衆生受安樂故三者爲自除壞貪著身故四者爲報父母生養恩故菩薩若能不惜身命即自定知是義菩薩善男子我於往昔爲正法故剜身爲燈三千六百我於爾時具足煩惱身實覺痛爲諸衆生得度脱故喻心令堅不生退轉爾時即得具足三事一者畢竟無有退轉二者得爲實義菩薩三者名爲不可思議是名菩薩不可思議又我往昔爲正法故於一劫中周身左右受千瘡苦爾時具足一切煩惱身實覺苦爲諸衆生得度脱故喻心令堅而不退轉是名菩薩不可思議又我往昔爲一鴿故棄捨是身爾時具足一切煩惱身實覺苦爲諸衆生得度脱故喻心令堅不生退轉是名菩薩不可思議善男子一切惡友諸煩惱業即是菩薩道莊嚴伴何以故一切凡夫無有智慧正念之心故以煩惱而爲怨敵菩薩智慧正念具足故以煩惱而爲道伴惡友及業亦復如是善男子捨離煩惱終不得受惡友之身是故菩薩雖現惡業實非身口意惡所作是誓願力以是願力受惡獸身爲欲調伏彼畜生故菩薩現受畜生身已善知人語法語實語不麤惡語不無義語心常憐愍修習慈悲無有放逸是名菩薩不可思議善男子

我於往昔受羆身時雖具煩惱煩惱於我無自在力何以故具正念故我於爾時憐愍衆生擁護正法修行法行受瞿陀身劫賓耆羅身兔身蛇身龍身象身金翅鳥身鴿身鹿身獼猴羖羊鷄雉孔雀鸚鵡蝦蟇我受如是鳥獸身時雖具煩惱煩惱於我無自在力何以故具正念故憐愍衆生擁護正法修行法行善男子於饑饉世我立大願以願力故受大魚身爲諸衆生離於饑渴食我身者修道念道無惡罪過疾疫世時復立大願以願力故身爲藥樹諸有病者見聞觸我及食皮膚血肉骨髓病悉除愈善男子菩薩摩訶薩受如是苦心不退轉是名義菩薩菩薩修行六波羅蜜時終不悕求六波羅蜜果但以利益衆生爲事菩薩深知生死過患所以樂處爲利衆生受寂樂故菩薩了知解脫安樂生死過患而能處之是名菩薩不可思議菩薩所行不求恩報受恩之處常思反報善男子一切衆生常求自利菩薩所行恒求利他是名菩薩不可思議菩薩摩訶薩具足煩惱於怨親所平等利益是名菩薩不可思議善男子若諸外道化衆生時或以惡語鞭打罵辱擯之令出然後調伏菩薩不爾化衆生時無麤惡語瞋語綺語唯有輭語眞實之語衆生聞已如青蓮遇月赤蓮遇日善男子菩薩施時財物雖少見多乞求不生厭心是名菩薩不可思議菩薩教化盲聾瘖瘂愚癡邊地惡衆生時心無疲猒是名菩薩不可思議善男子菩薩有四不可思議一者所愛重物能以施人二者具諸煩惱能忍惡事三者離壞之衆能

令和合四者臨終見惡說法轉之是名菩薩四不可思議復有三事不可思議一者訶責一切煩惱二者處煩惱中而不捨之三者雖具煩惱及煩惱業而不放逸是名菩薩三不可思議復有三事不可思議一者始欲施時心生歡樂二者施時為他不求果報三者施巳心樂不生悔恨是名菩薩三不可思議善男子菩薩摩訶薩作是行時自觀其心我是名菩薩耶義菩薩乎衆生若能作如是事當知是人即義菩薩也善男子菩薩有二種一者在家二者出家出家菩薩作如是事是不為難在家菩薩為如是事是乃為難何以故在家之人多惡因緣所纏繞故

自利他利品第十

善生言世尊云何菩提云何菩提道佛言善男子若離菩提無菩提道離菩提道則無菩提菩提之道即是菩提菩提即是菩提善根之道出勝一切聲聞緣覺所得道果是名菩提菩提之道善生言世尊聲聞緣覺所得道果即是菩提即是菩提道云何言勝善男子聲聞緣覺道不廣大非一切覺是故菩提菩提之道得名為勝猶如一切世間經書十二部經為最第一何以故所說不謬無顛倒故二乘之道比菩提道亦復如是善男子菩提道者即是學果云何名學行菩提道未能具足不退轉心是名為學巳得不退是名學果未得定有是名為學巳得定有第三劫中是名學果初阿僧祇劫猶故未能一切悉施一切時施一切衆生施第二阿僧祇劫雖一切施未能一切時施一切衆生施如是

二處是名爲學第三阿僧祇劫能一切施一切時施一切衆生施是名學果善男子菩薩修行施戒忍辱進定智時是名爲學到於彼岸是名學果善男子有是惠施非波羅蜜有波羅蜜不名爲施有亦惠施亦波羅蜜有非惠施非波羅蜜善男子是施非波羅蜜者聲聞緣覺一切凡夫外道異見菩薩初二阿僧祇劫所行施是波羅蜜非惠施者如尸波羅蜜乃至般若波羅蜜是亦是惠施亦波羅蜜者菩薩第三阿僧祇劫所行施是非施非波羅蜜者聲聞緣覺持戒修定忍慈悲是善男子非施非波羅蜜是名爲學亦施亦波羅蜜是名學果善男子夫菩提者即是盡智無生智也爲此二智勤心修習三十七品是名爲學得菩提已是名學果自調諸根次調衆生是名爲學自得解脫令衆生得是名學果修習十力四無所畏大悲三念是名爲學具足獲得十八不共法是名學果爲利自他造作諸業是名爲學能利他已是名學果習學世法是名爲學學出世法是名學果爲諸衆生不惜身財是名爲學爲諸衆生亦不恪惜身財壽命是名學果能化衆生作人天業是名爲學作無漏業是名學果能施衆生一切財物是名爲學能作法施是名學果能自破壞慳貪嫉妬是名爲學破他慳貪嫉妬之心是名學果受持五根修行憶念是名爲學教他修習成就具足是名學果善男子菩薩信根既自利已復利益他自利益者不名爲實利益他者乃名自利何以故菩薩摩訶薩爲利他故於身命財不生慳悋是名自利菩薩

定知若用聲聞縁覺菩提教化衆生衆生不受則以人天世樂教之是名利他利益他者即是自利菩薩不能自他兼利唯求自利是名下品何以故如是菩薩於法財中生貪著心是故不能自利益也行者若令他受苦惱自處安樂如是菩薩不能利他若自不修施戒多聞雖復教他是名利他不能自利若自具足信等五根然後轉教是名菩薩自利利他善男子利益有二一者現世二者後世菩薩若作現在利益是不名實若作後世則能兼利善男子樂有二種一者世樂二者出世樂福德亦爾菩薩若能自具如是二樂二福化衆生者是則名爲自利利他善男子菩薩摩訶薩具足一法則能兼利謂不放逸復有二法能自他利一者多聞二者思惟復有三法能自他利一者憐愍衆生二者勤行精進三者具足念心復有四法能自他利謂四威儀復有五法能自他利一者信根二者持戒三者多聞四者布施五者智慧復有六法能自他利所謂六念復有七法能自他利謂壞七慢善男子若沙門婆羅門長者男女或大衆中有諸過失菩薩見已先隨其意然後説法令得調伏如其不能先隨其意便爲説法是則名爲下品菩薩善男子菩薩二種一者樂近善友二者不樂樂近善友者能自他利不樂近者則不能得自他兼利善男子樂近善友復有二種一樂供養二不樂供養樂供養者能自他利不樂供養不能兼利樂供養者復有二種一者能聽法二不能聽至心聽者能自他利不至心聽則無兼利至心聽法

復有二種一者能問二不能問能問義者能自他利不能問者則不能得自利他利能問義者復有二種一至心持二不能持至心持者能自他利不至心者則不得名自利他利至心持者復有二種一者思惟二不思惟能思惟者能利自他不思惟者則不得名能自他利能思惟者復有二種一者解義二不解義能解義者能自他利不解義者則不得名能自他利解義之人復有二種一如法住二不如法住如法住者能自他利不如法住者則不得名自利他利如法住者復有二種一者具足八智二者不能具足何等八智一者法智二者義智三者時智四者知足智五者自他智六者衆智七者根智八者上下智是人具足如是八智凡有所說具十六事一者時說二至心說三次第說四和合說五隨義說六樂喜說七隨意說八不輕衆說九不訶衆說十如法說十一自他利說十二不散亂說十三合義說十四眞正說十五說已不生憍慢十六說已不求世報如是之人能從他聽從他聽時具十六事一者時聽二者樂聽三者至心聽四者恭敬聽五者不求過聽六者不爲論議聽七者不爲勝聽八者聽時不輕說者九者聽時不輕於法十者聽時終不自輕十一聽時遠離五苦十二聽時爲受持讀十三聽時爲除五欲十四聽時爲具信心十五聽時爲調衆生十六聽時爲斷聞根善男子具八智者能說能聽如是之人能自他利不具足者則不得名爲自他利善男子能說法者復有二種一者清淨二不清淨不清

淨者復有五事一者爲利故説二者爲報而説三者爲勝他説四者爲世報説五者疑説清淨説者復有五事一先施食然後爲説二爲增長三寶故説三斷自他煩惱故説四爲分別邪正故説五爲聽者得最勝故説善男子不淨説者名曰垢穢名爲賣法亦名汙辱亦名錯謬亦名失意清淨説者名曰清潔亦名正説亦名實語亦名法聚善男子若具足知十二部經聲論因論知因知喻知自他取是名正説聽者有四一者略聞多解二者隨分別解三者隨本意解四者於一一字一一句解如來説法正爲三人不爲第四何以故以非器故如是四人分爲二種一者熟二者生熟者現在調伏生者未來調伏善男子譬如樹林凡有四種一者易伐難出二者難伐易出三者易伐易出四者難伐難出在家之人亦有四種一者易調難出二者難調易出三者易調易出四者難調難出如是四人分爲三種一者訶責已調二者軟語而調三者訶責軟語使得調伏復有二種一者自能調伏不假他人二者自若不能請他令調復有二種一者施調二者呪調是調伏法復有二時一者喜時二者苦時爲是四人説正法時有二方便一者善世事二者爲其給使善男子菩薩若知是二方便則能兼利若不知者則不能得自利他利善男子菩薩摩訶薩爲利他故先學外典然後分別十二部經衆生若聞十二部經乃於外典生於猒賤復爲衆生説煩惱過煩惱解脱歎善友德訶惡友過讃施功德毀慳過失菩薩常寂讃寂功德常

修法行讚法行德若能如是是名兼利在家菩薩先自調伏若不調伏則不出家在家菩薩能多度人出家菩薩則不如是何以故若無在家則無三乘出家之人三乘出家修道持戒誦經坐禪皆由在家而爲莊嚴善男子有道有道莊嚴道者所謂法行道莊嚴者所謂在家出家菩薩爲在家者修行於道在家之人爲出家者而作法行在家之人多修二法一者受二者施出家之人亦修二法一者誦二者教善男子菩薩摩訶薩兼有四法受施誦教如是名爲自利利他菩薩若欲爲衆生説法界深義先當爲説世間之法然後乃説甚深法界何以故爲易化故菩薩摩訶薩應護一切衆生之心若不護者則不能調一切衆生菩薩亦應擁護自身若不護身亦不能得調伏衆生菩薩不爲貪身命財護身命財皆爲調伏諸衆生故菩薩摩訶薩先自除惡後教人除若不自除能教他除無有是處是故菩薩先應自施自持戒知足勤行精進然後化人菩薩若不自行法行則不能得教化衆生善男子衆生諸根凡有三種菩薩諸根亦復三種謂下中上下根菩薩能化下根不及中上中根菩薩能化中下不及上根上根菩薩能三種化善男子菩薩有二種一者在家二者出家出家菩薩自利利他是不爲難在家菩薩修是二利是乃爲難何以故在家菩薩多惡因緣所纏繞故

自他莊嚴品第十一

善生言世尊菩薩摩訶薩具足幾法能自他利善男子具足八法能自他利何等爲八一

者壽命長遠二者具上妙色三者身具大力四者具好種姓五者多財饒寶六者具男子身七者言語辯了八者無大衆畏善生言世尊何因緣故菩薩得壽命長乃至大衆不生怖畏佛言善男子菩薩摩訶薩無量世中慈心不殺以是因緣獲得長壽無量世中常施衣燈以是因緣獲得上色無量世中常壞憍慢以是因緣生上種姓無量世中常施飲食以是因緣身力具足無量世中常樂說法以是因緣多饒財寶無量世中訶責女身以是因緣得男子身無量世中至心持戒以是因緣言語辯了無量世中供養三寶以是因緣無大衆畏如是八事有三因緣一者物淨二者心淨三福田淨云何物淨非偷盜物非聖遮物非衆共物非三寶物非施一人迴與多人非施多人迴與一人不惱他得不誑他得不欺人得是名物淨云何心淨施時不為生死善果名稱勝他得色力財不斷家法眷屬多饒唯為莊嚴菩提故施為欲調伏衆生故施是名心淨云何福田淨受施之人遠離八邪名福田淨善男子以如是等三因緣故八法具足善男子菩薩所以求於長命欲為衆生讚不殺故菩薩所以求上色者為令衆生見歡喜故菩薩所以求上種姓為令衆生生恭敬故菩薩所以求具足力為欲持戒誦經坐禪故菩薩所以求多財實為欲調伏諸衆生故菩薩所以求男子身為欲成器盛善法故菩薩所以求語辯了為諸衆生受法語故菩薩所以求不畏大衆為欲分別眞實法故善男子是故菩薩具足八法能自他利能如

是行是名實行善男子菩薩摩訶薩有八法者具足受持十善之法樂以化人具足受持優婆塞戒樂以化人雖得妙色終不以是而生憍慢雖持淨戒多聞精進大力好姓多饒財寶終不以是而生憍慢不以幻惑欺誑衆生不生放逸修六和敬菩薩具足如是等法雖復在家不異出家如是菩薩終不爲他作惡因緣何以故慚愧堅故善男子在家之人設於一世受持如是優婆塞戒雖復後生無三寶處終不造作諸惡因緣所以者何二因緣故一者智慧二不放逸善男子於後惡處不作惡事有四因緣一者了知煩惱過故二者不隨諸煩惱故三者能忍諸惡苦故四者不生恐怖心故菩薩具足如是四法不爲諸苦一切煩惱之所傾動善男子不動菩薩有五因緣一者樂修善法二者分別善惡三者親近正法四者憐愍衆生五者常識宿命善男子菩薩具足如是八法若聞譏毀心能堪忍若聞讚歎反生慚愧修行道時歡喜自慶不生憍慢能調惡人見離壞衆能令和合揚人善事隱他過咎人所慚處終不宣說聞他秘事不向餘說不爲世事而作呪誓少恩加己思欲大報於己怨者恒生善心怨親等苦先救怨者見有罵者反生憐心見他偷時默然不動見來打者生於悲心視諸衆生猶如父母寧喪身命終不虛言何以故知果報故於諸煩惱應生怨想於善法中生親舊想若於外法生於貪心尋能觀察貪之過咎一切煩惱亦復如是雖復久與惡人同處終不於中生親善想雖與善人不同居止終不於彼

而生遠想雖復供養父母師長終不爲是而作惡事乏財之時見有求者不生惡想雖不親近凶惡之人而其内心常生憐愍惡來加已以善報之自受樂時不輕他人見他受苦不生歡喜身業清淨持四威儀即以是法用化衆生口業清淨誦讀如來十二部經即以是法用化衆生意業清淨修四無量亦以是法開化衆生假身受苦令他少樂甘樂爲之世間之事雖無利益爲衆生故而亦學之所學之事世中最勝雖得通達心無憍慢以已所知勤用化人欲令此事經世不絶於親厚中不令作惡樂以上八教化衆生説因説果無有錯謬愛別離時心不生惱觀無常故受樂受時心不耽荒觀苦無常善男子菩薩具足如上八法則能施作如是等事善男子菩薩二種一者在家二者出家出家菩薩修是八法是不爲難在家修習是乃爲難何以故在家菩薩多惡因緣所纏繞故

二莊嚴品第十二

善生言世尊云何菩薩自他莊嚴佛言善男子菩薩具足二法能自他莊嚴一者福德二者智慧世尊何因緣故得二莊嚴善男子菩薩修習六波羅蜜便得如是二種莊嚴施戒精進名福莊嚴忍定智慧名智莊嚴復有六法二莊嚴因所謂六念念佛法僧名智莊嚴念戒施天名福莊嚴善男子菩薩具足是二莊嚴能自他利爲諸衆生受三惡苦而其内心不生憂悔若能具足是二莊嚴則得微妙善巧方便了知世法及出世法善男子福德莊嚴即智莊嚴智慧莊嚴即福莊嚴何以故

夫智慧者能修善法具足十善獲得財富及大自在得是二故故能自利及利益他有智之人所學世法於學中勝以是因緣便得財富及大自在菩薩具足如是二法則能二世自他利益智者若能分別世法及出世法世間法者一切世論一切世定出世法者知陰入界菩薩知是二法因緣故能二世自他利益善男子菩薩雖知世間之樂虛妄非眞而亦能造世樂因緣何以故爲欲利益諸衆生故善男子是二莊嚴有二正因一者慈心二者悲心修是二因雖復流轉生死苦海心不生悔復次菩薩具足二法而能莊嚴無上菩提一者不樂生死二者深觀解脫是故亦能二世利益了知法相得大智慧能令自他財命增長善男子菩薩摩訶薩具是二法一切施時不生憂悔見衆惡事而能堪忍菩薩施時觀二種田一者福田二者貧窮田菩薩爲欲增福德故施於貧苦爲增無上妙智慧故施於福田爲報恩故施於福田生憐愍故給施貧窮捨煩惱故施於福田成功德故施於貧窮增長一切樂因緣故施於福田欲捨一切苦因緣故施於貧窮菩薩若施所親愛處爲報恩故若施怨讎爲除惡故菩薩摩訶薩見來求者生一子想是故任力多少施之是則名爲施波羅蜜菩薩施時離於慳心名尸波羅蜜能忍一切求者之言名忍波羅蜜所施之物手自授與名精進波羅蜜至心繫念觀於解脫名禪波羅蜜不擇一切怨親之相名般若波羅蜜善男子如諸衆生貪心殺時一念具足十二因緣菩薩施時亦復如是一

念具足如是六事是名功德智慧莊嚴復次善男子菩薩摩訶薩造作不共法之因緣名福莊嚴教化衆生悉令獲得三種菩提名智莊嚴復次善男子菩薩若能調伏衆生名智莊嚴同於衆生受諸苦惱名福莊嚴菩薩能令一切衆生離於惡見名智莊嚴能教衆生住信施戒多聞智慧名福莊嚴復次善男子菩薩摩訶薩具足五法則能莊嚴無上菩提何等爲五一者信心二者悲心三者勇健四者讀誦世論不生疲厭五者學諸世業亦不厭之善男子菩薩具足二種莊嚴則有七相何等爲七一者自知罪過二者不說他過三者樂瞻病人四者樂施貧人五者獲菩提心六者心不放逸七者一切時中常至心修六波羅蜜善男子復有七相何等爲七一者樂化怨讎二者化時不厭三者要令成熟能脫四者盡巳所知世語世事以化衆生心不貪著五者能忍一切惡事六者終不宜說他人所不喜事七者見破戒者及弊惡人心不瞋恚常生憐愍善男子菩薩摩訶薩知是七相則能自利及利益他善男子菩薩二種一者在家二者出家出家菩薩爲二莊嚴是不爲難在家修習是乃爲難何以故在家多有諸惡因緣所纏繞故

優婆塞戒經卷第二

音釋

裔 以制切邊陲也　獷 古猛切麤惡也　糜 美爲切與縻同穄之別名也　椽 重緣切屋椽也　炙 之石切燔也　襯 初覲切近身也　髓 息委切骨中脂也　擯 必刃切斥也

優婆塞戒經卷第三

北涼天竺三藏法師曇無讖譯

攝取品第十三

善生言世尊菩薩具足二莊嚴已云何得畜徒衆弟子善男子應以四攝而攝取之令離諸惡增諸善法至心教詔猶如一子不求恩報不爲名稱不爲利養不求自樂善男子菩薩若無如是等事畜弟子者名弊惡人假名菩薩非義菩薩名旃陁羅晃穢不淨破壞佛法不爲十方諸佛之所憐念善男子菩薩若能隨時教戒所言時者貪恚癡時起貪結時當爲種種說對治法令得除貪餘二亦爾次當教學十二部經禪定三昧分別深義調其身心令修六念不放逸法瞻養病苦不生厭心能忍惡口誹謗罵辱苦加身心亦當堪忍設其有苦能爲救解除其弊惡疑網之心善知利根中根鈍根教鈍根人令生信心中根之人能令純淑利根之人令得解脫若能如是勤教詔者名義菩薩是名善人分陀利華人中香象調御丈夫名大船師善男子寧受惡戒一日中斷無量命根終不養畜弊惡弟子不能調伏何以故是惡律儀殃齊自身畜惡弟子不能教誨乃令無量衆生作惡能謗無量善妙之法壞和合僧令多衆生作五無間是故劇於惡律儀罪善男子菩薩二種一者在家二者出家出家菩薩有二弟子一者出家二者在家在家菩薩有一弟子所謂在家出家菩薩教出家者十二部經隨所犯罪喻令懺悔教習八智何等爲八一者法智二者義智三者時智四者知足智五者自智六

者衆智七者根智八者分别智善男子菩薩摩訶薩若能如是教詔調伏出家弟子是師弟子二人俱得無量利益如是師徒能增三寶何以故如是弟子知八智已能勤供養師長和尚耆舊有德能受善語能勤讀誦兼爲法施心不放逸調伏衆生能瞻病苦給施貧乏善男子出家菩薩若有在家弟子亦當先教不放逸法不放逸者即是法行供養父母諸師和尚耆舊有德施於安樂至心受戒不妄毁犯受寄不抵見恚能忍惡口惡語及無義語終不爲之憐愍衆生於諸國王長者大臣恒生恭敬怖畏之心能自調伏妻子眷屬分别怨親不輕衆生除去憍慢不親惡友節食除貪少欲知足鬬諍之處身不往中乃至戲笑不説惡語是則名爲不放逸法出家菩薩若畜在家弟子先當教告不放逸法受苦樂時常當共俱設其窮乏有所須者六物之外有不應惜病時當爲求覓所須瞻病之時不應生猒若自無物應四出求求不能得貸三寶物差已依俗十倍償之如波斯匿國之正法若不能償復當教言汝今多負三寶之物不能得償應當勤修得須陀洹果至阿羅漢果若能至心發菩提心若教千人於佛法中生清淨信若壞一人慇重邪見出家菩薩能教在家如是等事是師弟子二人俱得無量利益善男子在家菩薩若畜在家弟子亦當先教不放逸法不放逸者供養父母師長和尚耆舊有德復當供給兄弟妻子親友眷屬欲行之人及遠至者所有僮僕作使之人先給飲食然後自用又復教令信向三寶苦

樂共俱終不偏獨隨時賞賜不令饑寒終不打罵鞭撻苦楚應當輭言敎喻教詔設有病苦應當瞻療隨所乏少當爲求索世間之事悉以教之婚姻求對不取卑下教以如來五部經典見離壞者能爲和合既和合已令增善心一切出家内外諸道隨意供養終不選擇何以故先以施攝後當調故以六和敬而教詔之若求財物商賈農作奉事於王者常當至心如法而作既得財已如法守護樂爲福德見他作時心生歡喜是則名爲不放逸法在家菩薩若能教誨如是事者是師弟子二人俱得無量利益善男子在家菩薩若得自在爲大國主擁護民庶猶如一子教離諸惡修行善法見作惡者撾打罵辱終不斷命財物六分稅取其一見瞋惡者教修忍辱及不放逸所言柔輭又能分别善惡之人見有罪者忍而不問隨有財物常行惠施任力讀誦五部經典善能守護身命財物能化衆生不令作惡見貧窮者生大憐愍自於國土常修知足惡人讒謗終不信受不以非法求覓財物如法護國遠七種惡一者不樂摴蒱圍碁六博二者不樂射獵三者不樂飲酒四者不樂欲心五者不樂惡口六者不樂兩舌七者不樂非法取財常樂供養出家之人能令國人常於王所生父母想信因信果見有勝已不生嫉妬見已勝他不生憍慢知恩報恩小恩大報能伏諸根淨於三業讚歎善人訶責惡人先意發言言則柔輭自無力勢如法屬他取他國時不舉四兵衆生恐怖能爲救解常以四攝而攝取之善能分别種種法相

不受法者輙言調之善男子菩薩有二種一者在家二者出家出家菩薩畜二弟子是不爲難在家之人畜一弟子是乃爲難何以故在家之人多惡因緣所纏繞故

受戒品第十四

善生言世尊在家菩薩云何得受優婆塞戒

善男子在家菩薩若欲受持優婆塞戒先當次第供養六方東方南方西方北方下方上方言東方者即是父母若有人能供養父母衣服飲食卧具湯藥房舍財寶恭敬禮拜讃歎尊重是人則能供養東方父母還以五事報之一者至心愛念二者終不欺誑三者捨財與之四者爲娉上族五者教以世事南方者即是師長若有人能供養師長衣服飲食卧具湯藥尊重讃歎恭敬禮拜早起晚卧受行善教是人則能供養南方是師復以五事報之一者速教不令失時二者盡教不令不盡三者勝己不生妬嫉四者持付嚴師善友五者臨終捨財與之西方者即是妻子若有人能供給妻子衣服飲食卧具湯藥瓔珞服飾嚴身之具是人則是供養西方妻子復以十四事報一者所作盡心營之二者常作終不懈慢三者所作必令終竟四者疾作不令失時五者常爲瞻視賓客六者淨其房舍卧具七者愛敬言則柔輭八者僮使輙言教詔九者善能守護財物十者晨起夜寐十一者能設淨食十二者能忍教誨十三者能覆惡事十四者能瞻病苦北方者即善知識若有人能供施善友任力與之恭敬輙言禮拜讃歎是人則能供養北方是善知識復以四事

而還報之一者教修善法二者令離惡法三
者有恐怖時能爲救解四者放逸之時能令
除捨下方者即是奴婢若人能供給奴婢衣
服飲食病瘦醫藥不罵不打是人則能供養
下方奴婢復以十事報之一者不作罪過二
者不待教作三者作必令竟四者疾作五者
主雖貧窮終不捨離六者早起七者守物八
者少恩多報九者至心敬念十者善覆惡事
上方者即是沙門婆羅門等若有供養沙門
婆羅門衣服飲食房舍卧具病瘦醫藥怖時
能救饉世施食聞惡能遮禮拜恭敬尊重讃
歎是人則能供養上方是出家人以五事報
一者教令生信二者教生智慧三者教令行
施四者教令持戒五者教令多聞若有供養
是六方者是人則得增長財命能得受持優
婆塞戒善男子若人欲受優婆塞戒增長財
命先當諮啓所生父母父母若聽次報妻子
奴婢僮使此輩若聽次白國主國主聽已誰
有出家發菩提心者便往其所頭面作禮輭
言問訊作如是言大德我是丈夫具男子身
欲受菩薩優婆塞戒唯願大德憐愍故聽是
時比丘應作是言汝父母妻子奴婢國主聽
不若言聽者復應問言汝不負佛法僧物及
他物耶若言不負復應問言汝今身中無内
外身心病耶若言無者復應問言汝不於比
丘比丘尼所作非法耶若言不作復應問言
汝不作五逆罪耶若言不作復應問言汝不
作盜法人耶若言不作復應問言汝非二根
壞八戒齋父母師病不棄去耶不殺發菩提
心人盜現前僧物兩舌惡口於母姊妹作非

法耶不於大衆作妄語耶若言無者復應語言善男子優婆塞戒極爲甚難何以故是戒能爲沙彌戒大比丘戒及菩薩戒乃至阿耨多羅三藐三菩提而作根本至心受持優婆塞戒則能獲得如是等戒無量利益若有毀破如是戒者則於無量無邊世中處三惡道受大苦惱汝今欲得無量利益能至心受不若言能者復應語言優婆塞戒極爲甚難若歸佛已寧捨身命終不依於自在天等若歸法已寧捨身命終不依於外道典籍若歸僧已寧捨身命終不依於外道邪衆汝能如是至心歸依於三寶不若言能者復應語言善男子優婆塞戒極爲甚難若人歸依於三寶者是人則爲施諸衆生無怖畏已若人能施無怖畏者是人則得優婆塞戒乃至阿耨多羅三藐三菩提汝能如是施諸衆生無怖畏不若言能者復應語言人有五事現在不能增長財命何等爲五一者樂殺二者盜三者邪婬四者妄語五者飲酒一切衆生因殺生故現在獲得惡色惡力惡名短命財物耗減眷屬分離賢聖訶責人不信用他人作罪橫羅其殃是名現在惡業之果捨此身已當墮地獄多受苦惱饑渴長命惡色惡力惡名等事是名後世惡業之果若得人身復受惡色短命貧窮是一惡人因緣力故令外一切五穀果蓏悉皆減少是人殃流及一天下善男子若人樂偷是人亦得惡色惡力惡名短命財物耗減眷屬分離他人失物於已生疑雖親附人人不見信常爲賢聖之所訶責是名現在惡業之果捨此身已墮於地獄受

得惡色惡力惡名饑渴苦惱壽命長遠是名後世惡業之果若得人身貧於財物雖得隨失不爲父母兄弟妻子之所愛念身常受苦心懷愁惱是一惡人因緣力故一切人民凡所食噉不得色力是人惡果殃流萬姓

善男子若復有人樂於妄語是人現得惡口惡色所言雖實人不信受衆皆憎惡不喜見之是名現世惡業之報捨此身已入於地獄受大苦楚饑渴熱惱是名後世惡業之報若得人身口不具足所說雖實人不信受見者不樂雖說正法人不樂聞是一惡人因緣力故一切外物資産減少

善男子若復有人樂飲酒者是人現世喜失財物身心多病常樂鬬諍惡名遠聞喪失智慧心無慚愧得惡色力常爲一切之所訶責人不樂見不能修善是名飲酒現在惡報捨此身已處在地獄受饑渴等無量苦惱是名後世惡業之果若得人身心常狂亂不能繫念思惟善法是一惡人因緣力故一切外物資産臰爛

善男子若復有人樂爲邪婬是人不能護自他身一切衆生見皆生疑所作之事妄語在先於一切時常受苦惱心常散亂不能修善喜失財物所有妻子心不戀慕壽命短促是名邪婬現在惡果捨此身已處在地獄受惡色力饑渴長命無量苦惱是名後世惡業果報若得人身惡色惡口人不喜見不能守護妻妾男女是一惡人因緣力故一切外物不得自在善男子是五惡法汝今眞實能遠離不若言能者復應語言善男子受優婆塞戒

有四事法所不應作何等爲四爲貪因緣不應虛妄爲瞋恚癡恐怖因緣不應虛妄是四不應法汝能離不

若言能者復應語言善男子受優婆塞戒有五處所所不應遊屠兒婬女酒肆國王旃陀羅舍如是五處汝能離不

若言能者復應語言善男子受優婆塞戒有五事所不應作一者不賣生命二者不賣刀劒三者不賣毒藥四者不沽酒五者不壓油如是五事汝能離不

若言能者復應語言善男子受優婆塞戒復有三事所不應爲一者不作羅網二者不作藍染三者不作釀皮如是三事汝能離不

若言能者復應語言善男子受優婆塞戒復有二事所不應爲一者摴蒱圍碁六博二者種種歌舞妓樂如是二事汝能離不

若言能者復應語言善男子受優婆塞戒有四種人不應親近一者碁博二者飲酒三者欺誑四者酤酒如是四人汝能離不

若言能者復應語言善男子受優婆塞戒有法放逸所不應作何等放逸寒時熱時饑時渴時多食飽時清旦暮時懅時作時初欲作時失時得時怖時喜時賊難穀貴時病苦少壯年衰老時富時貧時爲命財時如是時中不修善法汝能離不

若言能者復應語言善男子受優婆塞戒先學世事既學通達如法求財若得財物應作四分一分應供父母已身妻子眷屬二分應作如法販轉留餘一分藏積俟用如是四事汝能作不

若言能者復應語言善男子財物不應寄付四處一者老人二者遠處三者惡人四者大力如是四處不應寄付汝能離不

若言能者復應語言善男子受優婆塞戒有四惡人常應離之一者樂說他過二者樂說邪見三者口輭心惡四者少作多說是四惡人汝能離不

若言能者應令是人滿六月日親近承事出家智者智者復應至心觀其身四威儀若知是人能如教作過六月已和合衆僧滿二十人作白羯磨大德僧聽是某甲今於僧中乞受優婆塞戒滿六月中淨四威儀至心受持淨莊嚴地是人丈夫具男子身若僧聽者僧皆默然不聽者說僧若聽者智者復應作如是言善男子諦聽諦聽僧已和合聽汝受持優婆塞戒是戒即是一切善法根本若有成就如是戒者當得須陀洹果乃至阿那含果若破是戒命終當墮三惡道中善男子優婆塞戒不可思議何以故受是戒已雖受五欲而能不障須陀洹果至阿那含果是故名爲不可思議汝能憐愍諸衆生故受是戒不若言能受爾時智者次應爲說三歸依法第二第三亦如是說受三歸已名優婆塞爾時智者復應語言善男子諦聽諦聽如來正覺說優婆塞或有一分或有半分或有無分或有多分或有滿分若優婆塞受三歸已不受五戒是名優婆塞若受三歸受持一戒是名一分受三歸已受持二戒是名少分若受三歸持二戒已若破一戒是名無分若受三歸受持四戒是名多分若受三歸受持五戒是名

滿分汝今欲作一分優婆塞作滿分耶若隨意説爾時智者當隨意授

既授戒已復作是言優婆塞者有六重法善男子優婆塞戒雖爲天女乃至蟻子悉不應殺若受戒已若口教殺若身自殺是人即失優婆塞戒是人尚不能得煖法況須陀洹至阿那含是名破戒優婆塞臭優婆塞旃陀羅優婆塞垢優婆塞結優婆塞是名初重優婆塞戒雖爲身命不得偷盜乃至一錢若破是戒是人即失優婆塞戒是人尚不能得煖法況須陀洹至阿那含是名破戒優婆塞臭旃陀羅垢結優婆塞是名二重優婆塞戒雖爲身命不得虚説我得不淨觀至阿那含若破是戒是人即失優婆塞戒是人尚不能得煖法況須陀洹至阿那含是名破戒優婆塞臭旃陀羅垢結優婆塞是名三重優婆塞戒雖爲身命不得邪婬若破是戒是人即失優婆塞戒是人尚不能得煖法況須陀洹至阿那含是名破戒優婆塞臭旃陀羅垢結優婆塞是名四重優婆塞戒雖爲身命不得宣説比丘比丘尼優婆塞優婆夷所有過罪若破是戒是人即失優婆塞戒是人尚不能得煖法況須陀洹至阿那含是名破戒優婆塞臭旃陀羅垢結優婆塞是名五重優婆塞戒雖爲身命不得酤酒若破是戒是人即失優婆塞戒是人尚不能得煖法況須陀洹至阿那含是名破戒優婆塞臭旃陀羅垢結優婆塞是名六重善男子若受如是優婆塞戒能至心持不令毀犯則能獲得如是戒果善男子優婆塞戒名爲瓔珞名爲莊嚴其香微妙熏無

不遍遮不善法爲善法律即是無上妙寶之
藏上族種姓大寂靜處是甘露味生善法地
直發是心尚得如是無量利益況復一心受
持不毀

善男子如佛説言若優婆塞受持戒已不能
供養父母師長是優婆塞得失意罪不起墮
落不淨有作

若優婆塞受持戒已耽樂飲酒是優婆塞得
失意罪不起墮落不淨有作

若優婆塞受持戒已惡心不能瞻視病苦是
優婆塞得失意罪不起墮落不淨有作

若優婆塞受持戒已見有乞者不能多少隨
宜分與空遣還者是優婆塞得失意罪不
起墮落不淨有作

若優婆塞受持戒已若見比丘比丘尼長老
先宿優婆塞優婆夷等不起承迎禮拜問訊
是優婆塞得失意罪不起墮落不淨有作

若優婆塞受持戒已若見比丘比丘尼優婆
塞優婆夷毁所受戒心生憍慢言我勝彼彼
不如我是優婆塞得失意罪不起墮落不淨
有作

若優婆塞受持戒已一月之中不能六日受
持八戒供養三寶是優婆塞得失意罪不起
墮落不淨有作

若優婆塞受持戒已四十里中有講法處不
能往聽是優婆塞得失意罪不起墮落不淨
有作

若優婆塞受持戒已受招提僧卧具牀坐是
優婆塞得失意罪不起墮落不淨有作

若優婆塞受持戒已疑水有蟲故便飲之是

優婆塞得失意罪不起墮落不淨有作
若優婆塞受持戒已險難之處無伴獨行是優婆塞得失意罪不起墮落不淨有作
若優婆塞受持戒已獨宿尼寺是優婆塞得失意罪不起墮落不淨有作
若優婆塞受持戒已爲於財命打罵奴婢僮僕外人是優婆塞得失意罪不起墮落不淨有作
若優婆塞受持戒已若以残食施於比丘比丘尼優婆塞優婆夷是優婆塞得失意罪不起墮落不淨有作
若優婆塞受持戒已若畜猫狸是優婆塞得失意罪不起墮落不淨有作
若優婆塞受持戒已畜養象馬牛羊駝驢一切畜獸不作淨施求受戒者是優婆塞得失意罪不起墮落不淨有作
若優婆塞受持戒已若不儲畜僧伽梨衣鉢錫杖是優婆塞得失意罪不起墮落不淨有作
若優婆塞受持戒已若爲身命須田作者不求淨水及陸種處是優婆塞得失意罪不起墮落不淨有作
若優婆塞受持戒已爲於身命若作市易斗秤賣物一説價已不得前却捨賤趣貴斗秤量物任前平用如其不平應語令平若不如是是優婆塞得失意罪不起墮落不淨有作
若優婆塞受持戒已若於非處非時行欲是優婆塞得失意罪不起墮落不淨有作
若優婆塞受持戒已商估販賣不輸官税盜棄去者是優婆塞得失意罪不起墮落不淨

有作
若優婆塞受持戒已若犯國制是優婆塞得失意罪不起墮落不淨有作
若優婆塞受持戒已若得新穀果蓏菜茹不先奉獻供養三寶先自受者是優婆塞得失意罪不起墮落不淨有作
若優婆塞受持戒已僧若不聽說法讃歎輒自作者是優婆塞得失意罪不起墮落不淨有作
若優婆塞受持戒已道路若在比丘沙彌前行是優婆塞得失意罪不起墮落不淨有作
若優婆塞受持戒已僧中付食若偏爲師選擇美好過分與者是優婆塞得失意罪不起墮落不淨有作
若優婆塞受持戒已若養蠶者是優婆塞得失意罪不起墮落不淨有作
若優婆塞受持戒已行路之時遇見病者不住瞻視爲作方便付囑所在而捨去者是優婆塞得失意罪不起墮落不淨有作
善男子若優婆塞至心能受持如是戒是人名爲優婆塞中分陀利華優婆塞中微妙上香優婆塞中清淨蓮華優婆塞中眞實珍寶優婆塞中丈夫之人善男子如佛所說菩薩二種一者在家二者出家出家菩薩名爲比丘在家菩薩名優婆塞出家菩薩持出家戒是不爲難在家菩薩持在家戒是乃爲難何以故在家之人多惡因緣所纏繞故

淨戒品第十五

善生言世尊若人受持如是戒已云何當令是戒淨耶佛言善男子有三法能淨是戒一

者信佛法僧二者深信因果三者解心復有四法一者淨心二者悲心三者無貪心四者未有恩處先以恩加復有五法一者先於怨所以善益之二者見怖懅者能爲救護三者求者未索先開心與四者凡所施處平等無二五者普慈一切不依因緣復有四法一者終不自輕言我不能得菩提果二者趣菩提時其心堅固三者精進勤修一切善法四者造作大事心不疲悔復有四法一者自學善法學已教人二者自離惡法教人令離三者善能分別善惡之法四者於一切法不取不著復有四法一者知有爲法無我我所二者知一切業悉有果報三者知有爲法皆是無常四者知從苦生樂從樂生苦復有三法一者於諸衆生心無取著二者施衆生樂其心平等三者如說而行復有三法一者能施衆生樂因二者所行不求恩報三者自知定當得成阿耨多羅三藐三菩提復有三法一者爲諸衆生受大苦惱二者次第受之三者中間不息雖受是苦心終不悔復有三法一者未除愛心能捨所愛施與他人二者未除瞋恚有惡來加而能忍之三者未除癡心而能分別善惡之法復有三法一者知善方便能教衆生遠離惡法二者知善方便能教衆生令修善法三者化衆生時心無疲悔復有三法一者爲令衆生離身苦時自於身命心不悋惜二者爲令衆生離心苦時自於身命心不悋惜三者教化衆生修善法時自於身命心不悋惜復有三法一者自捨巳事先營他事二者營他事時不擇時節三者終不顧慮

辛苦憂惱復有三法一者心無妬嫉二者見他受樂心生歡喜三者善心相續間無斷絶復有三法一者見他少善心初不忘二者毫末之惠輒思多報三者於無量世受無量苦其心堅固無退轉想復有三法一者深知生死多諸過咎猶故不捨一切作業二者見諸衆生無歸依者爲作歸依三者見惡衆生心生憐愍不責其過復有三法一者親近善友二者聞法無猒三者至心諮受善知識教復有九法遠離三法三時不悔平等惠施三種衆生復有四法所謂慈悲喜捨善男子菩薩若以上法淨心要在二時一佛出時二緣覺出時善男子衆生善法有三種生一從聞生二從思生三從修生聞思二種在二時中從修生者不必爾也善男子菩薩二種一者在家二者出家出家菩薩如是淨戒是不爲難在家淨戒是乃爲難何以故在家之人多惡因縁所纏繞故

息惡品第十六

善生言世尊菩薩已受優婆塞戒若有内外諸惡不淨因縁云何得離善男子菩薩若有内外諸惡不淨因縁是人應當修念佛心若有至心修念佛者是人則得離内外惡不淨因縁增長悲慧世尊當云何修善男子當觀如來有七勝事一者身勝二者如法住勝三者智勝四者具足勝五者行處勝六者不可思議勝七者解脱勝云何身勝如來身爲三十二相八十種好之所嚴飾一一節力敵萬八千伊羅鉢那香象之力衆生樂見無有猒足是名身勝云何如法住勝如來既自得利

益巳復能憐愍救濟利益無量衆生是名如
法住勝云何智勝如來所有四無礙智非諸
聲聞縁覺所及是名智勝云何具足勝如來
具足行命戒見是名具足勝云何行處勝如
來世尊修三三昧九次第等非諸聲聞縁覺
所及是名行處勝云何不可思議勝如來所
有六種神通亦非聲聞縁覺所及如十力四
無所畏大悲三念處是名不可思議勝云何
解脱勝如來具足二種解脱除智慧障及煩
惱障永斷一切煩惱習氣智縁二事俱得自
在是名解脱勝是故舍利弗於契經中讃歎
如來具七勝法如來從觀不淨乃至阿耨多
羅三藐三菩提從莊嚴地至解脱地勝於聲
聞辟支佛等是故如來名無上尊如來世尊
修空三昧滅定三昧四禪慈悲觀十二縁皆
悉爲利諸衆生故如來正覺發言無二故名
如來如往先佛從莊嚴地出得阿耨多羅三
藐三菩提故名如來具足獲得微妙正法名
阿羅訶能受一切人天供養名阿羅訶覺了
二諦世諦眞諦名三藐三佛陀修持淨戒具
足三明名明行足更不復生諸有之中故名
善逝知二世界衆生世界國土世界名世間
解知善方便調伏衆生名調御丈夫能令衆
生不生怖畏方便教化離苦受樂是名天人
師知一切法及一切行故名爲佛能破四魔
名婆伽婆復觀如來行戒定慧爲益衆生又
於無量無數世中怨親等利無有差別悉斷
一切無量煩惱一一皆知一一衆生爲一煩
惱無量世中受大苦惱如來世尊爲衆生故
難施能施難忍能忍佛有二淨一莊嚴淨二

果報淨如來以是二淨因緣力故從初十十至後十十無有人天能說其過如來具足八萬音聲衆生聞之不生猒離以是因緣如來出勝一切聲聞辟支佛等善男子若人受持優婆塞戒欲淨戒者當作如是修念佛心若修念佛是人則離内外諸惡不淨因緣增長悲慧貪瞋癡斷具足成就一切善法善男子菩薩二種一者在家二者出家出家菩薩修念佛心是不爲難在家修習是乃爲難何以故在家之人多惡因緣所纏繞故

供養三寶品第十七

善生言世尊菩薩已受優婆塞戒復當云何供養三寶善男子世間福田凡有三種一報恩田二功德田三貧窮田報恩田者所謂父母師長和尚功德田者從得煖法乃至得阿耨多羅三藐三菩提貧窮田者一切窮苦困厄之人如來世尊是二種田一報恩田一功德田法亦如是是二種田衆僧三種一者報恩田二功德田三貧窮田以是因緣菩薩已受優婆塞戒應當至心勤供養三寶善男子如來即是一切法藏是故智者應當至心勤心供養生身滅身形像塔廟若於空野無塔像處常當繫念尊重讚歎若自力作若勸人作見人作時心生歡喜如其自有功德力者要當廣教衆多之人而共作之既供養已於已身中莫生輕想於三寶所亦應如是凡所供養不使人作不爲勝他作時不悔心不愁惱合掌讚歎恭敬尊重若以一錢至無量寶若以一綖至無量綖若以一華至無量華若以一香至無量香若以一偈讚至無量偈若

以一禮至無量禮若遶一帀至無量帀若一時中乃至無量時若自獨作若共人作善男子若能如是至心供養佛法僧者若我現在及涅槃後等無差別見塔廟時應以金銀銅鐵繩鎖旛蓋妓樂香油燈明而供養之若見鳥獸践踏毀壞要當塗治掃除令淨暴風水火人所壞處亦當自治若自無力當勸人治或以金銀銅鐵土木若有塵土灑掃除拂若有垢汙以香水洗若作寶塔及作寶像當以種種旛蓋香華奉上若無眞寶力不能辦次以土木而造成之成訖亦當旛蓋香華種種妓樂而供養之若是塔中草木不淨鳥獸死屍及其糞穢萎華臭爛悉當除去蛇鼠孔穴當塞治之銅像木像石像泥像金銀瑠璃玻瓈等像常當洗治任力香塗隨力造作種種

瓔珞乃至猶如轉輪聖王塔精舍內當以香塗若白土泥作塔像已當以瑠璃玻瓈眞珠綾綃綵錦鈴磬繩鎖而供養之畫佛像時綵中不雜膠乳雞子應以種種華貫散華妙拂明鏡末香塗香散香燒香種種妓樂歌舞供養如晝夜亦如是如是夜晝亦如是不如外道燒酥大麥而供養也終不以酥塗塔像身亦不乳洗不應造作半身佛像若佛形像身不具足當密覆藏勸人令治治已具足然後顯示見毀壞像應當至心供養恭敬如完無別如是供養要身自作若自無力當爲他使亦勸他人令佐助之若人能以四天下寶供養如來有人直以種種功德尊重讚歎至心恭敬是二福德等無差別所謂如來身心具足身有微妙三十二相八十種好具足大力

心有十力四無所畏大悲三念五智三昧三種法門十一種空觀十二緣智無量禪定具足七智已能度到六波羅蜜岸若人能以如是等法讚歎佛者是人則名眞供養佛云何名爲供養於法善男子若能供養十二部經名供養法云何供養十二部經若能至心信樂受持誦讀解說如說而行既自行已復勸人行是名供養十二部經若能書寫十二部經既書寫已種種供養如供養佛唯除洗浴若有供養受持讀誦如是經者是則名爲供養法也供養法時如供養佛又復有法謂菩薩一根辟支佛人三根三諦若信是者名供養法若有供養發菩提心受持戒者出家之人向須陀洹至阿羅漢果名供養僧若有人能如是供養佛法僧寶當知是人終不遠離十方如來常與諸佛行住坐卧善男子若有人能如說多少供養如是三福田者當知是人於無量世多受利益善男子菩薩二種一者在家二者出家出家菩薩供養三寶是不爲難在家供養是乃爲難何以故在家之人多惡因緣所纏繞故

優婆塞戒經卷第三

音釋

臰（尺救切與臭同）撻（他達切打也）撾（張瓜切擊也）讒謗（讒鋤咸切譖毀也謗補曠切訕也）摴蒱（摴抽居切蒱蓬逋切摴蒱博戲也）酤（果墓切賣酒也）懅（其據切慚也）蓏（郎果切果蓏木生曰果蔓生曰蓏）綖（私箭切與線同）

優婆塞戒經卷第四

北涼天竺三藏法師曇無讖譯

六波羅蜜品第十八

善生言世尊如佛先説供養六方六方即是六波羅蜜是人則能增長財命如是之人有何等相佛言善男子若能不惜一切財物常於他人作利益事念於布施樂行布施隨有隨施不問多少當行布施時於身財物不生輕想淨施不擇持戒毀戒讚歎布施見行施者歡喜不妬見有求者心則悅樂起迎禮拜施牀命坐前人諮問若不諮問輒爲讚歎布施之果見恐怖者能爲救護處饑饉世樂施飲食雖作是施不爲果報不求恩報施不誑衆生能讚三寶所有功德不以斗稱雜餘異賤欺誑於人不樂酒博貪欲之心常修慚愧羞恥之德雖復巨富心不放逸多行惠施不生憍慢善男子有是相者當知是人則能供養施波羅蜜

善男子若有人能淨身口意常修輭心不作罪過設誤作者常生愧悔信是罪業得惡果報所修善事心生歡喜於小罪中生極重想設其作已恐怖憂悔終不打罵瞋惱衆生先意語言輒柔輭見衆生已生愛念心知恩報恩心不慳悋不誑衆生如法求財樂作福德所作功德常以化人見窮苦者身代受之常修慈心憐愍一切見作惡者能爲遮護見作善者讚德説果復以身力往營佐之身不自由令他自在常修遠離瞋恚之心或時暫起覺生愧悔實語輭語遠離兩舌及無義語善男子有是相者當知是人則能供養戒波

羅蜜

善男子若有人能淨身口意業衆生設以大惡事加乃至不生一念瞋心終不惡報若來悔謝即時受之見衆生時心常歡喜見作惡者生憐愍心讚歎忍果訶責瞋恚說瞋果報多有苦毒修施忍時先及怨家正觀五陰衆緣和合若和合成何故生瞋深觀瞋恚乃是未來無量惡道受苦因緣若覺生瞋則生慚愧恐怖悔心見他忍勝不生妬嫉善男子有是相者當知是人則能供養忍波羅蜜

善男子若有人能不作懈怠不受不貪坐臥等樂如作大事功德時力及營小事心亦如是凡所作業要令畢竟作時不觀饑渴寒熱時與非時不輕自身大事未訖不生悔心作既終訖自慶能辦讚歎精進所得果報如法得財用皆以理見邪進者爲說惡果善教衆生令修精進所作未竟不中休息修善法時不隨他語善男子有是相者當知是人則能供養進波羅蜜

善男子若有人能淨身口意樂處空閑若窟若山樹林空舍不樂憒鬧貪著臥具不樂聽說世間之事不樂貪欲瞋恚愚癡先語輭語常樂出家教化衆生所有煩惱輕微輭薄離惡覺觀見怨修慈樂說定報心若逸亂生怖愧悔見邪定者爲說罪過善化衆生置正定中善男子有是相者當知是人則能供養禪波羅蜜

善男子若有人能淨身口意悉學一切世間之事於貪瞋癡心不貪樂不狂不亂憐愍衆生善能供養父母師長和尚長老耆舊有德

修不放逸先語輭語不誑衆生能分別説邪道正道及善惡報常樂寂静出家修道能以世事用教衆生見學勝己不生妬心自勝他人不生憍慢受苦不憂受樂不喜善男子有是相者當知是人則能供養般若波羅蜜善男子一一方中各有四事施方四者一者調伏衆生二者離對三者自利四者利他若人於財不生慳惜亦不分別怨親之相時與非時是人則能調伏衆生於財不惜故能行施是故得離慳悋之惡是名離對欲施施時施已歡喜不生悔心是故未來受人天樂至無上樂是名自利能令他人離於饑渴苦切之惱故名利他戒方四者一莊嚴菩提二者離對三者自利四者利他莊嚴菩提者優婆塞戒至菩薩戒能爲阿耨多羅三藐三菩提初地根基是名莊嚴既受戒已復得遠離惡戒無戒是名離對受持戒已得人天樂至無上樂是名自利既受戒已施諸衆生無怨無畏咸令一切離苦獲安是名利他忍方四者一莊嚴菩提二者離對三者自利四者利他莊嚴菩提者若人能忍内外惡事是因緣故獲得初地乃至阿耨多羅三藐三菩提是名莊嚴既修忍已能離瞋惡是名離對忍因緣故得人天樂至無上樂是名自利忍因緣故人生喜心善心調心是名利他進方四者一莊嚴菩提二者離對三者自利四者利他莊嚴菩提者因精進故得修善法故得初地乃至阿耨多羅三藐三菩提是名莊嚴修善法時離惡懈怠是名離對因是善法得人天樂至無上樂是名自利教衆生修善令離惡法是

名利他禪方四者一莊嚴菩提二者離對三者自利四者利他因修如是禪定力故獲得初地乃至阿耨多羅三藐三菩提是名莊嚴因是禪定修無量善離惡覺觀是名離對修舍摩他因緣力故常樂寂靜得人天樂至無上樂是名自利斷諸衆生貪欲瞋恚狂癡之心是名利他智方四者一莊嚴菩提二者離對三者自利四者利他莊嚴菩提者因修智慧獲得初地乃至阿耨多羅三藐三菩提是名莊嚴修智慧故遠離無明令諸煩惱不得自在是名離對除煩惱障及智慧障是名自利教化衆生令得調伏是名利他

善男子或有說言離戒無忍離智無定是故說有四波羅蜜若能忍惡不還報者即名爲戒若修禪定心不放逸即是智慧是故戒即是忍慧即是定離慧無定離定無慧是故慧即是定定即是慧離戒無進離進無戒是故戒即精進精進即戒離施無進離進無施是故施即精進精進即施故知無有六波羅蜜者是義不然何以故智慧是因持施是果精進是因持戒是果三昧是因忍辱是果然因與果不得爲一是故應有六波羅蜜若有說言戒即是忍忍即是戒是義不然何以故戒從他得忍不如是有不受戒而能忍惡爲衆修善忍無數苦無量世中代諸衆生受大苦惱心不悔退是故離戒應有忍辱善男子三昧即是舍摩他智慧即是毗婆舍那舍摩他名緣一不亂毗婆舍那名能分別是故我於十二部經說定慧具當知定有六波羅蜜如來所以最初先說檀波羅蜜爲調衆生施時

離貪是故次說尸波羅蜜施時能忍捨離之心是故次說忍波羅蜜施時心樂不觀時節是故次說進波羅蜜施時心一無有亂想是故次說定波羅蜜施時不爲受生死樂是故次說智波羅蜜

善男子云何名爲波羅蜜耶施時不求內外果報不觀福田及非福田施一切財心不悋惜不擇時節是故名爲施波羅蜜乃至小罪雖爲身命尚不毀犯是故名爲戒波羅蜜乃至惡人來割其身忍而不瞋是故名爲忍波羅蜜三月之中一偈讚佛不休不息是故名爲進波羅蜜具足獲得金剛三昧是故名爲禪波羅蜜善男子得阿耨多羅三藐三菩提時具足成就六波羅蜜是故名爲智波羅蜜

善男子菩薩有二一者在家二者出家出家能淨六波羅蜜是不爲難在家能淨是乃爲難何以故在家之人多惡因緣所纏繞故

雜品第十九

善生言世尊菩薩已修六波羅蜜能爲衆生作何等事善男子如是菩薩能拔沉沒苦海衆生善男子若有於財法食生慳當知是人於無量世得癡貧報是故菩薩修行布施波羅蜜時要作自利及利益他善男子若人樂施一切怨讎悉生親想不自在者皆得自在信施因果信戒因果是人則得成就施果善男子若人說言施即是意所以者何意是施根故是義不然何以故施即五陰所以者何由身口意具足施故布施若爲自利他利及自他利則具五陰如是布施即能莊嚴菩提之道遠離煩惱多財巨富名施正果壽命色

力安樂辯才名施餘果施果二種有勝財故獲得勝果有田勝故獲得勝果施主勝故獲得勝果向須陀洹至後身菩薩乃至成佛是名勝田施如是田故得勝果若有施物具足妙好色香味觸是名財勝以是物施故得勝果若有施主信心淳濃施戒聞慧則得勝果善男子有智之人施有五種一者至心施二者自手施三者信心施四者時節施五者如法求物施善男子至心施者得何等果若至心施者是人則得多饒財寶金銀瑠璃硨磲碼碯眞珠珊瑚象馬牛羊田宅奴婢多饒眷屬至心施者得如是果自手施者得何等果自手施者所得果報如上所說得已能用自手施者得如是報信心施者得何等果信心施者所得果報如上所說常爲父母兄弟宗親一切衆生之所愛念信心施者加如是報時節施者得何等果時節施者所得果報如上所說所須之物隨時而得時節施者兼如是果如法財施得何等果如法財施所得果報如上所說得是財已王賊水火所不能侵若好色施以是因緣是人獲得微妙上色若以香施是人因是名稱遠聞若以味施是人因是衆樂見聞旣見聞已生愛重心若好觸施是人因是得上妙觸受者受已則能獲得壽命色力安樂辯才

善男子若人說言施於塔像不得壽命色力安辯無受者故是義不然何以故有信心故施主信心而行布施是故應得如是五報善男子譬如比丘修習慈心如是慈心實無受者而亦獲得無量果報施塔像等亦應如是

得五果報善男子如人種穀終不生瓜施於塔像亦復如是以福田故得種種果是故我說田得果報物得果報施主得報

善男子施有二種一者法施二者財施法施則得財法二報財施唯還得財寶報菩薩修行如是二施爲二事故一令衆生遠離苦惱二令衆生心得調伏善男子復有三種施一以法施二無畏施三財物施以法施者教他受戒出家修道白四羯磨爲壞邪見說於正法能分別說實非實等宣說四倒及不放逸是名法施若有衆生怖畏王者師子虎狼水火盜賊菩薩見已能爲救濟名無畏施自於財寶破慳不恪若好若醜若多若少牛羊象馬房舍臥具樹林泉井奴婢僕使水牛駝驢車乘輦轝瓶瓮釜鑊繩牀坐具銅鐵瓦器衣服瓔珞燈明香華扇蓋帽履机杖繩索犁鎒斧鑿草木水石如是等物稱求者意隨所須與是名財施若起僧坊及起別房如上施與出家之人唯除象馬

善男子施有四累一慳貪心二不修施二輕小物四求世報如是四累二法能壞一修無我二修無常善男子若欲樂施當破五事一者瞋心二者慳心三者妬心四者貪惜身命五者不信因果破是五事常樂布施樂施之人獲得五事一者終不遠離一切聖人二者一切衆生樂見樂聞三者入大衆時不生怖畏四者得好名稱五者莊嚴菩提

善男子菩薩之人名一切施云何名爲一切施耶善男子菩薩摩訶薩如法求物持以布施名一切施恒以淨心施於受者名一切施

少物能施名一切施所愛之物破慳能捨名一切施施不求報名一切施施時不觀田以非田名一切施怨親等施名一切施菩薩施財凡有二種一者衆生二非衆生於是二中乃至自身都不悋惜名一切施菩薩布施由憐愍心名一切施欲施施時施已不悔名一切施或時設以不淨物施爲令前人生喜心故酒毒刀杖枷鎖等物若得自在若不自在終不以施不施病人不淨食藥不劫他物乃至一錢持以布施菩薩施時雖得自在終不罵打令諸僕使生瞋苦惱如法財施不求現在後世果報施已常觀煩惱罪過深觀涅槃功德微妙除菩提已更無所求施貧窮時起悲愍心施福田時生喜敬心施親友時不生放逸心若見乞者則知所須隨相給與不令發言何以故不待求施得無量果

善男子施主有三謂下中上不信業果深著慳悋恐財有盡見來求者生瞋礙想是名爲下雖信業果於財生慳恐有空竭見來求者生於捨心是名爲中深信業果於財物所不生慳悋觀諸財物是無常相見來求者有與則喜無與則惱以身質物而用與之是名爲上復有下者見來求者顰面不看惡罵毀辱復有中者雖復施與輕賤不敬復有上者未求便施敬心而與復有下者爲現報施復有中者爲後報施復有上者憐愍故施復有下者爲報恩施復有中者爲業故施復有上者爲法藏施復有下者畏勝故施復有中者等已故施復有上者不擇怨親復有下者有財言無復有中者多財言少復有上者少索多

與施者無財亦復三種最下之人見來求者惡心瞋責中品之人見來求者直言無物上品之人見來求者心生愁惱復有下者常為賢聖之所訶責復有中者常為賢聖之所憐愍復有上者賢聖見已心生歡喜

善男子智人行施為自他利知財寶物是無常故為令衆生生喜心故為憐愍故為壞慳故為不求索後果報故為欲莊嚴菩提道故是故菩薩一切施已不生悔心不慮財盡不輕財物不輕自身不觀時節不觀求者常念乞者如饑思食親近善友諮受正教見來求者心生歡喜如失火家得出財物歡喜讚歎說財多過施已生喜如寄善人復語乞者汝今眞是我功德因我今遠離慳貪之心皆由於汝來乞因緣即於求者生親愛心既施與已復教乞者如法守護勤修供養佛法僧寶菩薩如是樂行施已則得遠離一切放逸雖以身分施於乞者終不生於一念惡心因是更增慈悲喜捨不輕受者亦不自高自慶有財稱求者意增長信心不疑業果善男子若能觀財是無常想觀諸衆生作一子想是人乃能施於乞者善男子是人不為慳結所動如須彌山風不能動如是之人能為衆生而作歸依是人能具檀波羅蜜

善男子有智之人為四事故樂行惠施一者因施能破煩惱二者因施發種種願三者因施得受安樂四者因施多饒財寶善男子無貪之心名之為施云何無貪施即是業物即是作為業為作具足布施名為無貪因於布施破煩惱者既行惠施破慳貪悋瞋恚愚癡

云何因施發種種願因是施已能發種種善惡等願因善惡願得善惡果何以故誓願力故云何因施得受安樂因是施故受人天樂至無上樂云何因施多饒財寶因是施故所求金銀乃至畜生如意即得

善男子若人樂施是人即壞五弊惡法一者邪見二者無信三者放逸四者慳貪五者瞋癡離是惡已心生歡喜因歡喜故乃至獲得眞正解脫是人現在得四果報一者一切樂見乃至怨家二者善名流布遍於四方三者入大衆時心無怖畏四者一切善人樂來親附善男子修行施已其心無悔是人若以客煩惱故墮於地獄雖處惡處不饑不渴以是因緣離二種苦一鐵丸苦二鐵漿苦若畜生身所須易得無所匱乏若餓鬼身不受饑渴常得飽滿若得人身壽命色力安樂辯才及信戒施多聞智慧勝於一切雖處惡世不爲惡事惡法生時終不隨受於怖畏處不生恐怖若受天身十事殊勝

善男子有智之人爲二事故能行布施一者調伏自心二者壞怨瞋心如來因是名無上尊善男子智者施已不求受者愛念之心不求名稱免於怖畏不求善人來見親附亦不求望人天果報觀於二事一者以不堅財易於堅財二者終不隨順慳悋之心何以故如是財物我若終沒不隨我去是故應當自手施與我今不應隨失生惱應當隨施生於歡喜善男子施者先當自試其心以外物施其心調已次施內物因是二施獲得二法一者永離諸有二者得正解脫善男子如人遠行

身荷重擔疲苦勞極捨之則樂行施之人見來求者捨財與之心生喜樂亦復如是善男子智者常作如是思惟欲令此物隨逐我身至彼後世者無先於施復當深觀貧窮之苦豪貴快樂是故繫心常樂行施善男子若人有財見有求者言無言匱當知是人已說來世貧窮薄德如是之人名爲放逸

善男子無財之人自說無財是義不然何以故一切水草人無不有雖是國主不必能施雖是貧窮非不能施何以故貧窮之人亦有食分食已洗器棄蕩滌汁施應食者亦得福德若以塵麨施於蟻子亦得無量福德果報天下極貧誰當無此塵許麨耶誰有一日食三揣麨命不全者是故諸人應以食半施於乞者善男子極貧之人誰有赤裸無衣服者若有衣服豈無一綖施人繫瘡一指許財作燈炷耶善男子天下之人誰有貧窮當無身者如其有身見他作福身應往助歡喜無猒亦名施主亦得福德或時有分或有與等或有勝者以是因緣我受波斯匿王食時亦呪願王及貧窮人所得福德等無差別善男子如人買香塗香末香散香燒香如是四香有人觸者買者量者等聞無異而是諸香不失毫釐修施之德亦復如是若多若少若麤若細若隨喜心身往佐助若遙見聞心生歡喜其心等故所得果報無有差別善男子若無財物見他施已心不喜信疑於福田是名貧窮若多財寶自在無礙有良福田內無信心不能奉施亦名貧窮是故智者隨有多少任力施與除布施已無有能得人天之樂至無

上樂是故我於契經中說智者自觀餘一摶食自食則生施他則死猶應與之況復多耶善男子智者當觀財是無常是無常故於無量世失壞耗減不得利益雖是無常而能施作無量利益云何慳惜不布施耶智者復觀世間若有持戒多聞持戒多聞因緣力故乃至獲得阿羅漢果雖得是果不能遮斷饑渴等苦若阿羅漢難得房舍衣服飲食臥具病藥皆由先世不施因緣破戒之人若樂行施是人雖墮餓鬼畜生常得飽滿無所乏少善男子除布施已不得二果一者自在二者解脫若持戒人雖得生天不修施故不得上食微妙瓔珞若人欲求世間之樂及無上樂應當樂施智者當觀生死無邊受樂亦爾是故應爲斷生死施不求受樂復作是觀雖復當有四天下地受無量樂猶不知足是故我應爲無上樂而行布施不爲人天何以故無常故有邊故

善男子若有說言施主受者及受樂者皆是五陰如是五陰即是無常捨施五陰誰於彼受雖無受者善果不滅是故無有施者受者應反問言有施受不若言施即是施受即我者復應語言我亦如是施即是施我即五陰若言施陰此處無常誰於彼受諦聽諦聽當爲汝說種子常耶是無常乎若言常者云何子滅而生於芽若見是過復言無常復當語言若無常者子時與糞水土等功云何而令芽得增長若言子雖無常以功業故而得芽果應言五陰亦復如是若言子中先以有芽人功水糞爲作了因是義不然何以故了因

所了物無增減多則多住少則少住而今水糞芽則增長是故本無今有若言了因二種一多二少多則見大少則見小猶如然燈多見大明少見小是義不然何以故猶如一種多與水糞不能一時一日增長人等過人若言了因雖有二種要待時節物少了少物多了多是故我言了因不壞是義不然何以故汝法時常是故不應作如是說善男子子異芽異雖作得異相似不斷五陰亦爾善男子如子業增芽芽業增莖莖業增葉葉業增華華業增果一道五陰增五道陰亦復如是若言如是異作異受是義汝有非我所說何以故如汝法中作者是我受者是身而復不說異作異受受不殺戒即是我也以是因緣身得妙色是故汝法受者無因作者無果有如是過若言我作身受我亦如是此作彼受復應問言汝身我異身受飲食被服瓔珞妙食因緣得妙色力惡食因緣得弊色力是好惡色若屬因緣我何所得若言我得憂愁歡喜云何不是異作異受譬如有人爲力服酥是人久服身得大力上妙好色有人羸瘦見之心喜是人即得大色力不若言不得我亦如是身所作事我云何得何以故不相似故我法不爾陰作陰受相似不斷善男子若言五陰無常此不至彼而得受報是義不然何以故我法或有即作即受或有異作異受無作無受即作即受者陰作陰受異作異受者人作天受無作無受者作業因緣和合而有本無自性何有作受汝意若謂異作異受云何復言相續不斷是義不然何以故譬如置

毒乳中至醍醐時故能殺人乳時異故醍醐亦異雖復有異次第而生相似不斷故能害人五陰亦爾雖復有異次第而生相似不斷是故可言異作異受即作即受無作無受者若離五陰無我我所一切衆生顛倒覆心或說色即是我乃至識即是我或有說言色即是我其餘四陰即是我所乃至識亦如是若有說言離五陰已別有我者無有是處何以故我佛法中色非我也所以者何無常無作不自在故是故四陰不名我所乃至識亦如是衆緣和合異法出生故名爲作實無異作衆緣和合異法出生名爲受者實無異受是故名爲無作無受若汝意謂異作異受何故此人作業不彼人受俱有五陰是義不然何以故異有二種一者身異二者名異一者佛

得二者天得佛得天得身名各異是因緣故身口應異身口異故造業亦異造業異故壽命色力安辯亦異是故不得佛得作業天得受果雖俱五陰色名是一受想行異何以故佛得受樂天得受苦佛得生貪天得生瞋是故不得名爲相似色名雖一其實有異或有佛得白色天得黑色若以名同爲一義者一人生時應一切生一人死時應一切死汝若不欲然此義者是故不得異作異受汝意若謂汝亦異作異受我亦如是異作異受若異作異受應同我過何故不見自過而責我者是義不然何以故我異二種一次第生亦次第滅二次第生不次第滅是生異故滅亦復異是故我言異作異受此作此受不同汝過譬如有人欲燒聚落於乾草中放一粒火是

火次第生因緣故能燒百里至二百里村主求得即便問之汝弊惡人何因緣故燒是大村彼人答言實非我燒何以故我所放火尋已滅盡所燒之處一把草耳我今當還償汝二把其餘之物我不應償是時村主復作是言癡人因汝小火次第生大遂燒百里至二百里事由於汝云何不償雖知是火異作異燒相續不斷故彼得罪善惡五陰亦復如是受報時陰雖言不作以其次第相續而生是故受報譬如有人與他共賭執炬遠行至百里外若不至者我當輸汝如其到者汝當輸我執炬之人至百里已即從索物他言汝炬發跡已滅云何於此從我索物執炬者言彼火雖滅次第相續生來至此如是二人說俱得理何以故如是義者亦即亦異是故二人俱無過失若有說言五陰亦爾即作即受異作異受俱無過失譬如此彼二岸中流總名恒河夏時二岸相去甚遠秋時二岸相去則近無常定相或大或小雖復增減人皆謂河或有說言此不是河智人亦說有異不異五陰亦爾智人亦說即作即受異作異受汝意若謂二岸是土中流是水河神是河是義不然何以故若神是河何故復言河清河濁有此彼岸中流深淺到於大海可度不度譬如有樹則有神居若無樹者神何所居河之與神亦應如是是故此彼二岸中流次第不斷總名爲河是故可言即之與異五陰亦爾譬如有人罵辱貴勝因惡口故脚被鎖械是脚實無惡口之罪而被鎖械是故不得決定說言異作異受即作即受唯有智者可得說言

即作即受異作異受譬如器油炷火人功衆緣和合乃名燈明汝意若謂燈明增減是義不然何以故滅故不增來故無滅以次第生故言燈增減汝意若謂燈是無常油即是常油多明多油少明少者是義不然何以故油無常故有盡有燒如其常者應二念住若二念住誰能燒盡是故智人亦復說言燈明即異五陰亦爾明即六入油即是業油業因緣故令五陰有增有減有彼有此如有人說阿坻耶語是阿坻耶久已過去不在今日世人相傳次第不滅故得稱爲阿坻耶語智者亦說是阿坻耶語非阿坻耶語雖復是非俱不失理五陰亦爾亦可說言即作即受異作異受有人巨富繼嗣中斷身復喪沒財當入官有人言曰如是財物應當屬我官人語言是財云何異作異屬是人復言我是亡者第七世孫次第不斷云何是財不屬我耶官人即言如是如是如汝所說智者說言五陰亦爾即作即受異作異受汝意若謂五陰作業成已便過是身猶在業無所依業若無依便是無業捨是身已云何得報是義不然何以故一切過業待體待時譬如橘子因橘而生從酢而甜人爲橘故種殖是子是子根莖葉華生果皆悉不酢時到果熟酢味則發如是酢味非本無今有亦非無緣乃是過去本果因緣身口意業亦復如是若言是業住何處者是業住於過去世中待時待器得受果報如人服藥經於時節藥雖消滅時到則發好力好色身口意業亦復如是雖復過滅時到則受譬如小兒初所學事雖念念滅無有住處

然至百年亦不亡失是過去業亦復如是雖無住處時到自受是故言非陰作陰受亦復不得非陰受也若能了了通達是事是人則能獲無上果

優婆塞戒經卷第四

音釋

憒閙（憒古對切心亂也閙奴教切不靜也）瓫（蒲奔切盎也）鎒（奴豆切除草器也）顊（匹米切傾頭也）匱（求位切乏也）摶（徒官切與團同手捉聚也）酢（倉故切酸也）

優婆塞戒經卷第五

北涼天竺三藏法師曇無讖譯

雜品之餘

善男子若復有人於身命財慳悋不施是名爲慳護惜慳人不施之心不生憐愍留待福田求覓福田既得求過觀財難得爲之受苦或說無果無施無受護惜妻子眷屬等心積財求名見多生喜觀財是常是名慳垢是垢能汙諸衆生心以是因緣於他物中尚不能施況出自物智人行施不爲報恩不爲求事不爲護惜慳貪之人不爲生天人中受樂不爲善名流布於外不爲畏怖三惡道苦不爲他求不爲勝他不爲失財不以多有不爲不用不爲家法不爲親近智人行施爲憐愍故爲欲令他得安樂故爲令他人生施心故爲諸聖人本行道故爲欲破壞諸煩惱故爲入涅槃斷於有故善男子菩薩布施遠離四惡一者破戒二者疑網三者邪見四者慳悋復離五法一者施時不選有德無德二者施時不說善惡三者施時不擇種姓四者施時不輕求者五者施時不惡口罵復有三事施已不得勝妙果報一者先多發心後則少與二者選擇惡物持以施人三者既行施已心生悔恨善男子復有八事施已不得成就上果一者施已見受者過二者施時心不平施三者施已求受者作四者施已喜自讚歎五者說無後乃與之六者施已惡口罵詈七者施已求還二倍八者施已生於疑心如是施主則不能得親近諸佛賢聖之人若以具足色香味觸施於彼者是名淨施若能如法得財

施者是名淨施觀財無常不可久保而行布施是名淨施爲破煩惱故行布施是名淨施爲淨自心因緣故施是名淨施若觀誰施誰是受者施何等物何緣故施是施因緣得何等果如是布施即十二入受者施主因緣果報皆十二入能如是觀行於施者是名淨施若行施時於福田所生歡喜心如諸福田所求功德我亦如是求之不息施於妻子眷屬僕使生憐愍心施於貧窮爲壞苦惱施時不求世間果報破憍慢施柔軟心施離諸有施爲求無上解脫故施深觀生死多過罪施不觀福田非福田施若能如是行布施者報逐是人如犢隨母若求果施市易無異如爲身命耕田種作隨其種子獲其果實施主施已亦復如是隨其所施獲其福報如受施者受已得命色力安辯施主亦得如是五報若施畜生得百倍報施破戒者得千倍報施持戒者得十萬報施外道離欲得百萬報施向道者得千億報施須陀洹得無量報向斯陀含亦無量報乃至成佛亦無量報善男子我爲分別諸福田故作如是說得百倍報至無量報若能至心至大憐愍施於畜生專心恭敬施於諸佛其福正等無有差別言百倍者如以壽命色力安辯施於彼者施主後得壽命色力安樂辯才各各百倍乃至無量亦復如是是故我於契經中說我施舍利弗舍利弗亦施於我然我得多非舍利弗得福多也或有人說受者作惡罪及施主是義不然何以故施主施時爲破彼苦非爲作罪是故施主應得善果受者作惡罪自鍾之不及施主施

主若以淨妙物施後得好色人所樂見善名流布所求如意生上種姓是不名惡云何說言施主得罪施主施已歡喜不亂親近善人財富自在生上族家得人天樂至無上樂能離一切煩惱結縛施主乃得如是妙果云何說言得惡果報施主若能自手施已生上姓家遇善知識多饒財寶眷屬成就能用能施一切衆生喜樂見之見已恭敬尊重讚歎施主受報得如是事云何說言得惡果報施主若以淨物施已以是因緣多饒財寶生上種姓眷屬無量身無病苦心無憂怖所有財物王賊水火所不能侵設失財物不生愁惱無量世中身心安樂云何說言受惡果報若未施時生於信心施時歡喜施已安樂求時守時用時不苦若以衣施得上妙色若以食施得無上力若以燈施得淨妙眼若以乘施身受安樂若以舍施所須無乏施主乃得如是善報云何說言得惡果耶復次施主若施佛已用與不用果報已定施人及僧有二種福一從用生二從受生何以故施主施時自破慳恪受者用時破他慳恪是故說言從用生福又復從用人能轉用僧能增長施已不求世之果報以不能起煩惱因施是故能得無上淨果名曰涅槃若有人能日日立要先施他食然後自食若違此要誓輸佛物犯則生惱如其不違即是微妙智慧因緣如是施者諸施中最是人亦得名上施主若能隨順求者意施是人於後無量世中所求如意若有淨心財物福田悉清淨者是人則得無量果報若給妻子奴婢衣食恒以憐愍歡喜心與

未來則得無量福德復觀田倉多有鼠雀犯暴穀米恒生憐愍復作是念如是鼠雀因我得活念已歡喜無觸惱想當知是人得福無量若爲自身造作衣服瓔珞環釧嚴身之具種種器物作已歡喜自未服用持以施人是人未來得如意樹若有說言離於布施得善果者無有是處離財得施離受有施不離慳惜成布施者亦無是處若不求施若乏時施少求多施求惡施好教他索施自往行施當知是人未來之世多獲寶藏非寶之物悉變成寶爲戲笑施非福田施不信因果施如是布施不名爲施若人偏爲良福田施不樂常施是人未來得果報時不樂惠施若人施已生於悔心若劫他物持以布施是人未來雖得財物常耗不集若惱眷屬得物以施是人未來雖得大報身常病苦若先不能供養父母惱其妻子奴婢困苦而布施者是名惡人是假名施不名義施如是施者名無憐愍不知恩報是人未來雖得財寶常失不集不能出用身多病苦若人如法以財布施是人未來得無量福有財能用若有不以如法財施是人未來雖得果報恒賴他得他若喪沒尋便貧窮有智之人深觀人天轉輪王樂雖復微妙皆是無常是故施時不爲人天善男子施有二種一者財施二者法施財施爲下法施爲上云何法施若有比丘比丘尼優婆塞優婆夷能教他人具信戒施多聞智慧若以紙墨令人書寫若自書寫如來正典然後施人令得讀誦是名法施如是施者未來無量得好上色何以故衆生聞法斷除瞋心以是

因緣施主未來無量世中得成上色衆生聞法慈心不殺以是因緣施主未來無量世中得壽命長衆生聞法不盜他財以是因緣施主未來無量世中多饒財寶衆生聞已開心樂施以是因緣施主未來無量世中身得大力衆生聞法斷諸放逸以是因緣施主未來無量世中身得安樂衆生聞法斷除癡心以是因緣施主未來無量世中得無礙辯衆生聞法生信無疑以是因緣施主未來無量世中信心明了戒施聞慧亦復如是是故法施勝於財施或有說言子修善法父作不善因子修善令父不墮三惡道者是義不然何以故身口意業各別異故若父喪已墮餓鬼中子爲追福當知即得若生天中都不思念人中之物何以故天上成就勝妙寶故若入地獄身受苦惱不暇思念是故不得畜生人中亦復如是若謂餓鬼何緣獨得以其本有愛貪慳恪故墮餓鬼中既爲餓鬼常悔本過思念欲得是故得之若所爲者生餘道中其餘眷屬墮餓鬼者皆悉得之是故智者應爲餓鬼勤作福德若以衣食房舍卧具資生所須施於沙門婆羅門等貧窮乞士爲其呪願令其得福以是施願因緣力故墮餓鬼者得大勢力隨施隨得何以故生處爾故諸餓鬼等所食不同或有食膿或有食糞或食血汗嘔吐涕唾得是施已一切變成上妙色味雖以不淨蕩滌汁等施應食者然有遮護既不得食如是施主亦得福德何以故以施主心慈憐愍故若有祠祀誰是受者隨其祀處而爲受者若近樹林則樹神受舍河泉井山林堆

阜亦復如是是人祀已亦得福德何以故令彼受者生喜心故是祀福德能護身財若說殺生祀祠得福是義不然何以故不見世人種伊蘭子生栴檀樹斷衆生命而得福德若欲祀者應用香華乳酪酥藥爲亡追福則有三時春時二月夏時五月秋時九月若人以屋舍卧具湯藥園林池井牛羊象馬種種資生布施於他施已命終是人福德隨所施物住用久近福德常生是福追人如影隨形或有說言終已便失是義不然何以故物壞不用二時中失非命盡失若出家人效在家人歲節之日喜飲食者隨世法故非眞實也亦信世法出世法故若能隨家所有好惡常樂施者名一切施若以身分及以妻子所重之物施於人者是則名爲不思議施若有惡人毁戒怨家不知恩義不信因果强乞索者大勢力人健罵詈者得已瞋恚詐現好相大富貴者施如是等十一種人名不思議施善男子一切布施有三根本施於貧窮以憐愍故施於怨家不求報故施福德人心喜敬故善男子若人多財無量歲中供養三寶雖得無量福德果報不如勸人共和合作若人輕於少物惡物羞不肯施是人增長來世貧苦若人共施財物福田施心俱等是二得果無有差别有財心俱等福田勝者得果報勝有田心俱下財物勝者得果則勝有田財俱下施心勝者得果亦勝有田財俱勝施心下者得報不如善男子智者施時不爲果報何以故定知此因必得果故若人無慈不知恩義不貪聖人所有功德惜財身命貪著心重如是

之人不能布施智者深觀一切衆生求財物時不惜身命既得財物能捨施人當知是人能捨身命若人慳悋不能捨財當知是人亦惜身命若捨身命求得財物以布施者當知是人是大施主若人得財貪惜不施當知即是未來世中貧窮種子是故我於契經中說四天下中閻浮提人有三事勝一者勇健二者念心三者行淨不見果報能預作因不惜身命求得財已能壞慳悋捨以用施既捨施已心不生悔復能分別福田非福田是名勇健善男子施已生悔因於三事一者於財貪愛二者諂承邪見三者見受者過復有三事一者畏他訶責二者畏財盡受苦三者見他施已多諸衰惱善男子智人三時不生悔心復有三事一者明信因果二者親近善友三者不貪著財信因果者復有二事一者從他聞法二者內自思惟親近善友復有二事一者深信二者智慧不貪著財復有二事一觀無常二不自在善男子施主若能如是觀察如是行施當知是人能具足行檀波羅蜜是故我先說有布施非波羅蜜有波羅蜜非是布施有亦布施亦波羅蜜有非布施非波羅蜜善男子智有三種一者能捨外物二者捨內外物三者施內外物已兼化衆生云何教化見貧窮者先當語言汝能歸依於三寶不受齋戒不若言能者先受三歸及以齋戒後則施物若言不能復應語言若不能者汝能隨我說一切法無常無我涅槃寂滅不若言能者後當教之教已便施若言我今能說二事唯不能說諸法無我復應語言汝若不能

說諸法無我能說諸法是無性不若言能者教已便施若能如是先教後施名大施主善男子若能如是教化衆生及諸怨親無所選擇名大施主善男子智者若有財寶物時應當如是修行布施如其無財復當轉教餘有財者令作是施若餘施主先知此法不須教者應以身力往佐助之若窮無物應誦醫方種種呪術求賤湯藥須者施之至心瞻病將養療治勸有財者和合諸藥若丸若散若種種湯既了醫方遍行看病案方診視知病所在隨其病處而爲療治療治病時善知方便雖處不淨不生厭心病增知增損時知損復能善知如是食藥能增病苦如是食藥能除病苦病者若求增病食藥應當方便隨宜喻語不得言無若言無者或增苦劇若知定死亦不言死但當教令歸依三寶念佛法僧勤修供養爲說病苦皆是往世不善因緣獲是苦報今當懺悔病者聞已或生瞋恚惡口罵詈默不報之亦不捨棄雖復瞻養慎無責恩瘥已猶看恐後勞復若見平復如本健時心應生喜不求恩報如其死已當爲殯葬說法慰喻知識眷屬無以增病食藥施人若病瘥已喜心施物便可受之受已轉施餘窮乏者若能如是瞻養治病當知是人是大施主眞求無上菩提之道善男子有智之人求菩提時設多財寶亦當讀誦如是醫方作瞻病舍具病所須飲食湯藥以供給之道路凹迮平治令寬除去刺石糞穢不淨險處所須若板若梯若椽若索悉皆施之曠路作井種果樹林修治泉潰無樹木處爲畜豎柱負擔息處

爲作塼基造立客舍具諸所須瓶瓫燈燭牀臥敷具臭穢流處爲作橋隥津濟渡頭施橋船筏不能渡者自往渡之老小羸瘦無筋力者自手携將而令得過路次作塔種華果樹見怖畏者輒爲救藏以物善語誘喻捕者若見行者次至險處輒前扶接令得過險若見失土破喪之人隨宜給與善言慰喻遠行疲極當爲洗浴按摩手足施以牀座若無牀座以草爲敷熱時以扇衣裳作蔭寒時施火衣服溫煖若自爲之若教人爲販賣市易教令依平無貪小利共相中欺見行路者示道非道道者所謂多饒水草無有賊盜宣說非道多諸患難見人韡履衣裳鉢盂朽故壞者即爲縫補浣染熏治有患鼠蛇蜂蝨毒蟲能爲除遣施人如意摘爪耳鉤縫治浣濯招提僧物謂坐臥具廁上安置淨水澡豆淨灰土等若自造作衣服鉢器先奉上佛并令父母師長和尚先一受用然後自服若上佛者以華香贖凡所食噉要先施於沙門梵志然後自食見遠至者輭言問訊施以淨水洗浴身體與油塗足香華楊枝澡豆灰土香油香水蜜毗鉢羅舍勒小衣作塗油者洗已復以種種香華丸藥散藥飲食漿水隨所須施復施剃刀漉水囊等針縷衣納紙筆墨等若不能常隨齋日施若見盲者自前捉手施杖示道若見有苦亡失財物父母喪歿當以財給善語說法慰喻勸諫善說煩惱福德二果善男子若能修習如是施者名淨施主善男子菩薩二種一者在家二者出家出家菩薩爲淨施主是不爲難在家菩薩爲淨施主是乃爲難

何以故在家之人多惡因緣所纏繞故

淨三歸品第二十

善生言世尊如佛先說有來乞者當先教令受三歸依然後施者何因緣故受三歸依云何名爲三歸依耶善男子爲破諸苦斷除煩惱受於無上寂滅之樂以是因緣受三歸依如汝所問云何三歸依者善男子謂佛法僧佛者能說壞煩惱因得正解脫法者即是壞煩惱因眞實解脫僧者稟受破煩惱因得正解脫或有說言若如是者即是一歸是義不然何以故如來出世及不出世正法常有無分別者如來出已則有分別是故應當別歸依佛如來出世及不出世正法常有無有受者佛弟子衆能稟受故是故應當別歸依僧正道解脫是名爲法無師獨覺是名爲佛能如法受是名爲僧若無三歸云何說有四不壞信得三歸者或有具足或不具足云何具足所謂歸佛法僧不具足者所謂如來歸依於法善男子得三歸者無不具足如比丘比丘尼優婆塞優婆夷戒善男子如佛緣覺聲聞各異是故三寶不得不異云何爲異發心時異莊嚴時異得道時異性分各異是故爲異何因緣故說佛即法能解是法故名爲佛受分別說故名爲僧若有說言佛入僧數是義不然何以故佛若入僧中則無三寶及三歸依四不壞信善男子菩薩法異佛法亦異菩薩二種一者後身二者修道歸依後身名歸依法歸依修道名歸依僧觀有爲法多諸罪過獨處修行得甘露味故名爲佛一切無漏無爲法界故名爲法受持禁戒讀誦解說

十二部經故名爲僧若有問言如來滅巳歸依佛者是何歸依善男子如是歸依名爲歸依過去諸佛無學之法如我先教提謂長者汝當歸依未來世僧歸依過去佛亦復如是福田果報有多少故差别爲三若佛在世及涅槃後供養果報無有差别受歸依者亦復如是如佛在世爲諸弟子立諸要制佛雖過去有犯之者亦獲罪報歸過去佛亦復如是猶如如來臨涅槃時一切人天爲涅槃故多設供養爾時如來未入涅槃猶故在世亦受未來世供養事歸過去佛亦復如是譬如有人父母在遠是人或時瞋罵得罪或時恭敬讚歎得福歸過去佛亦復如是是故我説我若在世及涅槃後所設供養施者受福等無差别善男子若男若女若能三説三歸依者名優婆塞名優婆夷一切諸佛雖歸依法法由佛説故得顯現是故先應歸依於佛淨身口意至心念佛念巳即離怖畏苦惱是故應當先歸依佛智者深觀如來智慧解脱最勝能説解脱及解脱因能説無上寂靜之處能竭生死苦惱大海威儀詳序三業寂靜是故應當先歸依佛智者深觀生死之法是大苦聚無上正道能永斷之生死之法渴愛饑饉無上甘露味能充足生死之法怖畏險難無上正法能除斷之生死錯謬邪僻不正無常見常無我見我無樂見樂不淨見淨無上正法悉能除斷以是因緣應歸依法智者應觀外道徒衆無慚無愧非如法住雖爲道行不知正路雖求解脱不得正要雖得世俗微善之法慳恪護惜不能轉説非善行性作善行

想佛僧寂靜心多憐愍少欲知足如法而住修於正道得正解脫得已復能轉爲人說是故應當次歸依僧若能禮拜如是三寶來迎去送尊重讚歎如法而住信之不疑是則名爲供養三寶若有人能歸三寶已雖不受戒斷一切惡修一切善雖復在家如法而住是亦得名爲優婆塞若有說言先不歸依佛法僧寶當知是人不得戒者是義不然何以故如我先說善來比丘是竟未得歸依三寶而其戒律悉得具足或有說言若不具受則不得戒八戒齋法亦復如是是義不然何以故若不具受不得戒者有求優婆夷云何得戒實是得戒但不具足八戒齋法若不具受雖不名齋可得名善善男子若能潔淨身口意業受優婆塞戒是名五陰云何五陰不受邪見不說邪見信受正見說於正見修行正法是名五陰受三歸已造作癡業受外道法自在天語以是因緣失於三歸若人質直心無慳貪常修慚愧少欲知足是人不久得寂靜身若有造作種種雜業爲受樂故修於善事如市易法其心不能憐愍衆生如是之人不得三歸若人爲護舍宅身命祀祠諸神是人不名失歸依法若人至心信其能救一切怖畏禮拜外道是人則失三歸依法若聞諸天有曾見佛功德勝已禮拜供養是人不失歸依之法或時禮拜自在天王應如禮拜世間諸王長者貴人耆舊有德如是之人亦復不失歸依之法雖復禮拜所說邪見法愼無受之供養天時當起慈心爲護身命財物國土人民恐怖所說邪見何故不受智者應觀外

道所說云一切物悉是自在天之所作若是自在之所作者我今何故修是善業或說投淵赴火自餓捨命即得離苦此即苦因云何說言得遠離苦一切衆生作善惡業以是業緣自受果報復有說言一切萬物時節星宿自在天作如是邪說我云何受現在造業亦受過去所作業果智者了了知是業果云何說言時節星宿自在作耶若以時節星宿因緣受苦樂者天下多有同時同宿云何復有一人受苦一人受樂一人是男一人是女天阿脩羅有同時生同宿生者或有天勝阿脩羅負阿脩羅勝諸天不如復有諸王同時同宿俱共治政一人失國一則保土諸外道等亦復說言若有惡年惡星現時當教衆生令修善法以禳却之若是年宿何得修善而得除滅以是因緣智者云何受於外道邪錯之說善男子一切衆生隨於業行若修正見受於安樂修邪見者受大苦惱因修善業得大自在得自在已衆生親近復爲宣說善業因緣善業因緣故得自在一切衆生皆由修善業因緣故得受安樂非年宿也善男子阿闍世王提婆達多皆由造惡業因緣故墮於地獄非因年宿得是報也鬱頭藍弗邪見因緣未來當墮大地獄中善男子一切善法欲爲根本是欲因緣得三菩提及解脫果入出家法破本惡業及諸有業能受持戒親近諸佛能一切捨施於乞者能作定性壞惡果報滅大惡罪得決定聚離於三障善能修習壞煩惱道是欲因緣能受三歸因三歸已即能受戒既受戒已行見修道過於聲聞若有畏於

師子虎狼惡獸等類歸依於佛尚得解脫況發善心求出世者不得解脫阿那邠坻教告家內在胎之子悉受歸依是胎中子實不成就何以故是法要當口自宣說雖不成就亦能護之善男子諸外道說一切世間皆是自在天之所作亦復說言未來之世過百劫已當有幻出所言幻者即是佛也若自在天能作佛者是佛云何能破歸依自在天義若自在天不能作佛云何說言一切皆是自在天作外道復說大梵天主大自在天毗紐天主悉皆是一復說生處各各別異自在天者名自在天名常名主名有名曰律陀名曰尸婆如是一一名各有異事亦求解脫亦即解脫是義不然何以故若自在天能生衆生造作諸有作善惡業及業果報作貪瞋癡繫縛衆生復言衆生得解脫時悉入身中是故解脫是無常法是義不然何以故若無常者云何得名爲解脫也如婆羅門子還得壽命是故不得名自在天是三種天亦不得一何以故阿周那人毗紐大天爲作解脫以是義故亦不得一若言解脫是無常者當知即幻非佛名幻若能了了正見真我是名解脫復有說言見微塵者是名解脫復有說言見性異我異是名解脫是義不然何以故若能修道見四真諦是人乃得見性見我若人能受三歸依者是人乃能真見四諦是三歸依乃是一切無量善法乃至阿耨多羅三藐三菩提之根本也菩薩二種一者在家二者出家出家菩薩淨三歸依是不爲難在家菩薩修淨是乃爲難何以故在家之人多惡因緣所纏繞

故

八戒齋品第二十一

善生言世尊若有人能受三歸齋戒是人當得何等果報善男子若人能受三歸依者當知是人所得福報不可窮盡善男子迦陵伽國有七寶藏名賓伽羅其國人民大小男女於七日中七月七年常以車乘象馬駝驢擔負持去猶不能盡若有至心受三歸齋是人所得功德果報出勝彼藏所有寶物善男子毗提訶國有七寶藏名半陸迦其國人民男女大小於七日中七月七年常以車乘象馬駝驢擔負持去猶不能盡若有至心受三歸齋是人所得功德果報出勝彼藏所有寶物善男子波羅奈國有七寶藏名曰儴佉其國人民男女大小於七日中七月七年常以車乘象馬駝驢擔負持去亦不能盡若有至心受三歸齋是人所得功德果報出勝彼藏所有寶物善男子乾陀羅國有七寶藏名伊羅鉢多其國人民男女大小於七日中七月七年常以車乘象馬駝驢擔負持去亦不能盡若有至心受三歸齋是人所得功德果報勝出彼藏所有寶物善男子若有從他三受三歸三受八戒是名得具一日一夜優婆塞齋明相出時是時則失是故不得佛像邊受要當從人根本清淨受已清淨莊嚴清淨覺觀清淨念心清淨求報清淨是名三歸清淨齋法善男子若能如是清淨歸依受八戒者除五逆罪餘一切罪悉皆消滅如是戒者不得一時二人並受何以故若一時中二人共受何因緣故一人毀犯一人堅持是戒力故後

世生時不能造惡受已作罪復不永失若先遣信欲刑戮人信遲未至其人尋後發心受齋當受齋時信至即殺雖後一時以戒力故不得殺罪若諸貴人常勑作惡若欲受齋先當勑語遮先諸惡乃得成就若先不遮輒便受齋者不名得齋欲受齋者先當宣令所屬國境我欲受齋凡是齋日悉斷諸惡罰戮之事若能如是清淨受持八戒齋者是人則得無量果報至無上樂彌勒出時百年受齋不如我世一日一夜何以故我時衆生具五濁故是故我爲鹿子母說善女若婆羅樹能受八齋是亦得受人天之樂至無上樂善男子是八戒齋即是莊嚴無上菩提之瓔珞也如是齋者既是易作而能獲得無量功德若有易作而不作者是名放逸善男子菩薩二種一者在家二者出家出家菩薩能教衆生淨八戒齋是不爲難在家之人教他清淨是乃爲難何以故在家之人多惡因緣所纏繞故

優婆塞戒經卷第五

音釋

診章忍切候脈曰診　劇奇逆切艱也　凹於交切不平也　迮側革切迫也　隥都鄧切登陟之道也　韄許戈切有靿履也靿於教切　縷力主切線也　儴佉梵語也此云貝謂珂貝也儴汝陽切佉丘伽切

優婆塞戒經卷第六

北涼天竺三藏法師曇無讖譯

五戒品第二十二

善生言世尊何等之人得三歸依何等之人不得三歸善男子若人信因信果信諦信有得道如是之人則得三歸若人至心信不可敗親近三寶受善友教如是之人則得三歸優婆塞戒亦復如是若能觀是優婆塞戒多有無量功德果報能壞無量弊惡之法衆生無邊受苦亦爾難得人身雖得人身難具諸根雖具諸根難得信心雖得信心難遇善友雖遇善友難得自在雖得自在諸法無常我今若造惡業因是惡業獲得二世身心惡報以是因緣身口意惡即是我怨設三惡業不得惡報現在之惡亦不應作是三惡業現在能生弊惡色等死時生悔以是因緣我受三歸及八齋法遠離一切惡不善業智者當觀戒有二種一者世戒二者第一義戒若不依於三寶受戒是名世戒是戒不堅如彩色無膠是故我先歸依三寶然後受戒若終身受若一日一夜所謂優婆塞戒八戒齋法夫世戒者不能破壞先諸惡業受三歸戒則能壞之雖作大罪亦不失戒何以故戒力勢故如有二人同共作罪一者受戒二不受戒已受戒者犯則罪重不受戒者犯則罪輕何以故毀佛語故罪有二種一者性重二者遮重是二種罪復有輕重或有人能重罪作輕輕罪作重如鴦掘魔受於世戒伊羅鉢龍受於義戒鴦掘魔羅破於性重不得重罪伊羅鉢龍壞於遮制而得重罪是故有人重罪作輕輕

罪作重是故不應以戒同故得果亦同世戒亦有不殺不盜義戒亦有不殺不盜至不飲酒亦復如是如是世戒根本不淨受已不淨莊嚴不淨覺觀不淨念心不淨果報不淨故不得名第一義戒唯名世戒是故我當受於義戒善男子後世衆生身長八丈壽命滿足八萬四千歲是時受戒復有於今惡世受戒是二所得果報正等何以故三善根平等故或有說言可得斷命處乃得戒者是義不然何以故夫禁戒者悉於一切可殺不可殺中得一切可殺不可殺者無量無邊戒之果報亦復如是無量無邊

善男子一切施中施無怖畏最爲第一是故我說五大施者即是五戒如是五戒能令衆生離五怖畏是五種施易可修行自在無礙不失財物然得無量無邊福德離是五施不能獲得須陀洹果乃至得阿耨多羅三藐三菩提

善男子若受戒已當知是人爲諸人天恭敬守護得大名稱雖遭惡對心無愁惱衆生親附樂來依止阿那邠坻長者之子雖爲八千金錢受戒亦得無量功德果報善男子爲財受戒尚得利益況有至心爲於解脫而當不得善男子有五善法圍繞是戒常得增長如恒河流何等爲五一者慈二者悲三者喜四者忍五者信若人能破殷重邪見心無疑網則具正念莊嚴清淨根本清淨離惡覺觀善男子若人能遠五惡事者是名受戒遠離一切身口意惡若有說言離五戒已度生死者無有是處若善男子若人欲度生死大海應

當至心受持五戒是五戒中四於後世成無作戒唯愛難斷故不得成以是因緣婬欲纏綿應當至心慎無放逸

若有說言更有無量極重之法過去諸佛何緣不制而制於酒善男子因於飲酒慚愧心壞於三惡道不生怖畏以是因緣則不能受其餘四戒是故過去諸佛如來制不聽飲若有說言如來已說酒多過失何故不在五戒初說是義不然何以故如是酒戒名爲遮重不名性重如來先制性重之戒後制遮重善男子如來先說白黒月中各有三齋隨外道故諸外道輩常以此日供養諸天是故如來說有三齋善男子如因悵窻悵勤不墮三齋之法亦復如是衆生若有發心受持終不墮於三惡道中

善男子有人若欲施時供養三寶時若坐禪時若修善時若讀經時供養父母時當先立制我若不作要自尅罰是人福德日夜增長如恒河流

如是五戒有五種果一者無作果二者報果三者餘果四者作果五者解脱果若有具足受持五戒當知是人得是五果

若優婆塞常能出至寺廟僧坊到已親近諸比丘等既親近已諮問法味既問法已當至心聽聽已受持憶念不忘能分別義分別義已轉化衆生是名優婆塞自利利他若優婆塞不能習學如是所說輕慢比丘爲求過失而往聽法無信敬心奉事外道見其功德深信日月五星諸宿是優婆塞不名堅固如法住也若優婆塞雖不自作五惡之業教人作

者是優婆塞非如法住若優婆塞先取他物許爲了事是優婆塞非如法住若優婆塞典知關津稅賣估物是優婆塞非如法住若優婆塞計價治病治已賣物是優婆塞非如法住若優婆塞違官私制非如法住若優婆塞自不作惡不教他作心不念惡名如法住若優婆塞因客煩惱所起之罪作已不生慚愧悔心非如法住若優婆塞爲身命故作諸惡事非如法住若優婆塞雖得人身行於非法不名爲人若得信心能作福德善修正念觀一切法皆是無常無我我所於一切法心無取著見一切法不得自在生滅苦空無有寂靜人身難得雖得人身難具諸根雖具諸根難得正見雖具正見難得信心雖得信心難遇善友雖遇善友難聞正法雖聞正法難得受持能如是觀是名人身

若人能觀欲界無常乃至非想非非想處皆悉無常以是因緣不求三惡乃至非想非非想處如是觀已見三不堅以不堅身易於堅身禮拜供養來迎去送自手施與親執福事是名以不堅身易於堅身以不堅財易於堅財能自食用亦以布施供給病瘦行路之人供養沙門婆羅門等貧窮下賤是名以不堅財易於堅財以不堅命易於堅命修於六念慈悲喜捨證四眞諦善能觀察生老病死明信善惡業之果報定知恩愛當有別離一切衆生不得自在未得聖道生死力大一切世樂常與苦俱雖復受之心不染著猶如寒月求火自煖雖復爲之終不作惡修忍二施以潤衆生深觀苦樂其性平等凡所發言言則

柔軟善化衆生令如法住遠離惡友心無放逸飲酒博弈射獵之事悉不爲之是名以不堅命易於堅命

善男子若得人身多饒財物兼得自在先應供養父母師長和尚耆舊持法之人供給遠至初行之人疾病所須言則柔軟多有慚愧不偏信敬有德一人見有賢聖持戒多聞能以舍宅飲食卧具衣服病藥而供養之深信僧中多有功德修習向道得須陀洹果乃至能修向阿羅漢得阿羅漢果修金剛三昧電光三昧觀如是已平等奉施如是施已得無量福是故我於鹿子經中告鹿子母曰雖復請佛及五百阿羅漢猶故不得名請僧福若能僧中施一像似極惡比丘猶得無量福德果報何以故如是比丘雖是惡人無戒多聞不修善法亦能演說三種菩提有因有果亦不誹謗佛法僧寶執持如來無上勝旛正見無謬若供養僧即是供養佛僧二寶若觀佛法功德微妙即是具足供養三寶若人施時不求果報即是供養無上菩提具足成就檀波羅蜜修菩提道能得未來無量功德亦能自利及利益他能修慈悲爲破他苦自捨已樂未得菩提心無憂悔雖聞菩提久遠難得而其內心初無退轉爲諸衆生無量世中受大苦惱亦不疲猒樂如法行不求世樂樂處寂靜出家修道未得出家雖在家居如解脫人不作衆惡得三種戒戒戒定戒無漏戒善男子菩薩二種一者在家二者出家出家菩薩如法修行是不爲難在家菩薩如法修行是乃爲難何以故在家之人多惡因緣所纏

繞故

尸波羅蜜品第二十三

善生言世尊云何菩薩趣向菩提其心堅固善男子菩薩堅固具足四法一者受大苦時終不捨離如法之行二者得大自在常修忍辱三者身處貧窮常樂施與四者盛壯之年常樂出家若有菩薩具足四法趣向菩提其心堅固菩薩具足如是四法復作是念是菩提道初根本地名之爲戒如是戒者亦名初地亦名導地亦名平地亦名等地亦名慈地亦名悲地亦名佛跡亦名一切功德根本亦名福田以是因緣智者應當受持不毀復次智者又作是念戒有二果一諸天樂二菩提樂智者應當求菩提樂不求天樂若受戒已所不應作而故作之所不應思而故思惟懈怠懶惰樂於睡眠念惡覺觀邪命惡願是名汙戒若受戒已心生悔恨求人天樂多諸放逸不生憐愍是名汙戒若畏貧窮若爲恐怖若爲失財若畏作役若爲身命若爲利養若爲愛心而受禁戒既受戒已心生疑惑是名汙戒善男子若人不樂久處生死深見過罪觀人天樂阿鼻獄苦平等無差憐愍衆生具足正念爲欲利益無量衆生使得成道爲具無上菩提道故爲如法行故受持是戒心不放逸能觀過去未來現在身口意業知輕知重凡所作事先當繫心修不放逸作已作時亦復如是修不放逸若先不知作已得罪若失念心亦得犯罪若客煩惱時暫起者亦得犯罪若小放逸亦得犯罪是人常觀犯輕如重觀已生悔及慚愧心怖畏愁惱心不樂之

至心懺悔既懺悔已心生歡喜愼護受持更不敢犯是名淨戒

善男子有智之人既受戒已當觀三事不作惡行一者自爲二者爲世三者爲法云何自爲我自證知此是惡事知作惡業得如是果知作善業得如是果所作惡業無有虛妄決定還得諸惡之果所作善業亦無虛妄決定還得諸善之果若是二業無虛妄者我今云何而自欺誑以是因緣我受戒已不應毀犯當至心持是名自爲云何爲世有智者觀見世間之人有得清淨天耳天眼及他心智我若作惡是人必當見聞知我若見聞知我當云何不生慚愧而作惡耶復觀諸天具足無量福德神足天耳天眼具他心智遙能見聞雖近於人人不能見若我作惡如是等天當見聞知若是天等了了見我我當云何不生慚愧故作罪耶是名爲世云何爲法有智之人觀如來法清淨無染得現在利能令寂靜度於彼岸能作解脫不選時節我爲是法故受持戒我若不能先受小制云何能得受大制耶破小制已增五有苦若至心持增無上樂我受身來所以未得證解脫者實由不從過去無量諸佛如來受禁戒故我今受戒未來定當值遇恒河沙等諸佛世尊深觀是已生大憐愍至心受戒受已堅持爲阿耨多羅三藐三菩提利益無量諸衆生故

善男子若在家若出家若三歸若八齋若五戒若具足若不具足若一日一夜若一時一念若盡形壽至心受持當知是人得大福德

善男子若受戒已修三善業多聞布施修定

修善供養三寶是則名爲莊嚴菩提若受戒已能讀如來十二部經是名無上大法之藏勤加精進欲得具足尸波羅蜜如是戒者今世受已後雖不受成無作戒

善男子有戒非波羅蜜有波羅蜜非戒有戒有波羅蜜有非戒非波羅蜜是戒非波羅蜜者所謂聲聞辟支佛戒是波羅蜜非是戒者所謂檀波羅蜜是戒是波羅蜜者如昔菩薩受瞿陀身時爲諸蟲獸及諸蟻子之所唼食身不傾動不生惡心亦如仙人爲衆生故十二年中青雀處頂不起不動非戒非波羅蜜者如世俗施

善男子菩薩摩訶薩住尸波羅蜜時所受衆苦誰能說之有人若受小小戒已少欲知足不能憐愍諸苦衆生當知是人不能具足尸波羅蜜若能修忍三昧智慧勤行精進樂於多聞當知是人則能增長尸波羅蜜莊嚴菩提證菩提果如是戒者無量衆善故無量果報故無量戒禁故以是因緣莊嚴菩提

善男子菩薩摩訶薩既受戒已口不說惡耳不樂聞不樂說世亦不樂聞終不放心在惡覺觀不親惡友是故得名寂靜淨戒菩薩若見破戒惡人不生惡心爲設種種善巧方便而調伏之若不調伏當生憐愍不爲身命破戒捨戒食已先修慚愧之心不放逸心爲治身命如療惡瘡若入村落如刀刺林攝護諸根修習正念觀察可作及不可作不生放逸若人作福亦因於我若人作罪亦因於我是故我得大供養時不應生喜得衰苦時不應生瞋得少供養應作是念我今信戒施聞智

慧如法住少故得如是微少供養是故我今不應生於愁苦之念我爲二事受他信施一者爲增他福二者爲增自善是故若得少物惡物不應生惱久住遲得輕罵已得爾時復當深自責其身是我宿罪非衆生過是故我今不應生惱若受戒已爲他作罪亦應說言如是所作實非是道何以故十二部經不說諸惡爲善提道是故我今獲得雜報若能如是深觀察者當知是人則能具足尸波羅蜜善男子若有人能攝護諸根身四威儀不作諸惡能堪衆苦不作邪命當知是人則能具足尸波羅蜜若於輕重戒中等生怖畏雖遭惡時不犯小戒不令煩惱穢汙其心修習忍辱當知是人則能具足尸波羅蜜若離惡友令諸衆生遠惡邪見知恩報恩當知是人則能具足尸波羅蜜若爲善事不惜身命罷散自事營成他事見罵詈者不生惡心當知是人則能具足尸波羅蜜若見如來所開之處如本持之護衆生命不惜財命乃至命終不犯小戒雖得微妙七珍之物心不生貪不爲報恩以善加人爲憐愍故受持禁戒既受持已善發大願願諸衆生悉得淨戒當知是人則能具足尸波羅蜜善男子菩薩二種一者在家二者出家出家菩薩具足尸波羅蜜是不爲難在家具足是乃爲難何以故在家之人多惡因緣所纏繞故

業品第二十四

善生言世尊諸佛如來未出世時菩薩摩訶薩以何爲戒善男子佛未出世是時無有三歸依戒唯有智人求菩提道修十善法是十

善法除佛無能分別說者過去佛說流轉至今無有漏失智者受行善男子衆生不能受持修習十善法者皆由過去不能親近諮承佛故善男子一切衆生皆有雜心雜心因緣有雜煩惱雜煩惱故造作雜業雜業因緣受於雜有雜有因緣受於雜身善男子一切衆生得雜身已見於雜色見雜色已生惡思惟是惡思惟名爲無明無明因緣生於求心名之爲愛因愛所作名之爲業是業因緣獲得果報有智之人能破析之由內煩惱外有因緣則能繫縛修十善已則能解之是故如來初得阿耨多羅三藐三菩提時分別演說十善之法因十善故世間則有善行惡行善友惡友乃至解脫是故衆生應當至心分別體解十善之道若有風雲爲持大水阿修羅宮大地大山餓鬼畜生地獄四天王處乃至他化自在天處悉因衆生十善道故轉輪聖王所有四輪金銀銅鐵七衆受戒求三菩提亦由十善業因緣故是十善業道因緣故一切衆生內外之物色之與命皆有增減是故智者應當具足修十善道若諸衆生少壯老時春秋冬夏所起煩惱各各別異小中大劫所起煩惱亦復如是各各別異衆生初修十善業時得無量命色香味具因貪瞋癡一切皆失是十惡業道因緣故時節年歲星辰日月四大變異若人能觀如是事者當知是人能得解脫衆生皆由苦因緣故則生信心既得信心能觀善惡如是觀已修十善法意行十處故名十道

身三道者謂殺盜婬口四道者惡口妄語兩

舌無義語心三道者瞋姤邪見是十惡業悉是一切衆罪根本若諸衆生異界異有異生異色異命異名以是因緣應名無量不但有十如是十事三名爲業不名爲道身口七事亦業亦道是故名十是十業道自作他作自他共作從是而得善惡二果亦是衆生善惡因緣是故智者尚不應念況身故作若人令業煩惱諸結得自在者當知即是行十惡道若有能壞煩惱諸結不令自在是人即是行十善道若人始設方便若先不思惟當時卒作是人不得業所攝罪是故智者應當勤修十善業道證四眞諦亦復如是作期爲惡若失期者亦不得罪是故智者應修十善因是十善衆生修已增長壽命及內外物煩惱因緣故十惡業增煩惱因緣故十善業增

善男子是十業道一一事中各有三事一者根本二者方便三者成已根本者若有他想有衆生想若以疑心斷其命根若動身作相或口說殺是名根本求刀磨利買毒作索是名方便殺已手觸稱量捉持若自食噉若與人食得物用度任意施與歡喜受樂無有慚愧心不悔恨自讚其身生大憍慢是名成已歡喜是他財有亦作他想若自往取若遣人取若以疑心移置異處是名根本若壞垣墻諮問計數置梯緣墻入舍求覓乃至手觸是名方便若得物已負擔藏避任意施與賣用勿遺歡喜受樂無有慚愧心不悔恨自讚其身生大憍慢是名成已若是婦女繫屬他人起於他想若以疑心作非梵行是名根本若遣使往若自相見若與信物若以手觸若輭

細語是名方便若事已竟遺以瓔珞共坐飲食歡喜受樂無有慚愧心不悔恨自讚其身生大憍慢是名成已若於大衆捨離本相若於三時若二時中虛妄說之是名根本若於先時次第莊嚴搆言語端或受他語起往彼說是名方便若事成已受取財物任意施與歡喜受樂無有慚愧不生悔恨自讚其身生大憍慢是名成已是妄語中雜有兩舌能壞和合是名根本若說他過及餘惡事言和合者必有不可若離壞者則有好事是名方便和合既離受他財物任意施與歡喜受樂無有慚愧不生悔恨自讚其身生大憍慢是名成已若變容色惡口罵詈是名根本若問他罪莊嚴辭章起去到彼欲說是惡是名方便若罵詈已還受他物任意施與歡喜受樂無有慚愧不生悔恨自讚其身生大憍慢是名成已若說欲事非時之言是名根本若歌若頌無義章句隨人所喜造作百端是名方便若教他已還受財物任意施與歡喜受樂無有慚愧不生悔恨自讚其身生大憍慢是名成已於他財物生貪欲得是名根本發煩惱心是名方便作已得財任意施與歡喜受樂復向餘說無有慚愧不生悔恨自讚其身生大憍慢是名成已若打罵人是名根本若捉杖石問其過罪是名方便打已生喜受取財物任意施與歡喜受樂無有慚愧不生悔恨自讚其身生大憍慢是名成已若誹謗業因果眞諦賢聖之人是名根本若讀誦書寫信受邪書讚歎稱譽是名方便受已向他分別演說增其邪見受取財物任意施與歡喜受

樂無有慚愧不生悔恨自讚其身生大憍慢是名成已或復有人於十業道一時作二妄語兩舌或一時三所謂妄語兩舌惡口又復有三所謂邪見惡口妄語如是說者即是無義是名爲四瞋之與貪不得一時其餘八事可得一時云何一時六處遣使自作二事一者婬他妻婦二者謂無業果先作期要一時得業是十惡業或得作色無無作色或有作色及無作色若無方便及成已者則得作色無無作色若有莊嚴及成已者則得作色及無作色是十業道有輕有重若殺父母及辟支佛偷三寶物於所生母及羅漢尼作非梵行妄語壞僧是名爲重

善男子是十業道各有三種一從貪生二從瞋生三從癡生若爲貪利故害命者是名從貪若殺怨家者是名從瞋殺父母者是名從癡劫盜他財亦復三種自爲已身妻子眷屬貪他財物而往劫奪是名從貪盜怨家物是名從瞋劫奪下姓是名從癡邪婬亦三若爲自樂行非梵行是名從貪婬怨眷屬是名從瞋於所生母作非梵行是名從癡妄語三種若爲財利自受快樂是名從貪爲壞怨故是名從瞋若畏他死是名從癡兩舌三種爲財利故是名從貪爲壞怨故是名從瞋破壞和合邪見之衆是名從癡惡口三種爲財利故罵詈婦兒是名從貪故向怨家說所惡事是名從瞋說他往昔先人過罪是名從癡無義語亦三種若爲歡樂歌叫諠譁是名從貪爲勝他故歌叫諠譁是名從瞋爲增邪見歌叫諠譁是名從癡從貪生者是名爲垢從瞋生

者是名爲恚從癡生者是名我見
修十善已一一事中得三解脫是十惡業決定當得地獄果報或有餓鬼或有畜生餘果則得人中短命貧窮乏財婦不貞廉有所言說人不信受無有親厚常被誹謗耳初不聞善好之言能令外物四大衰微無有真實惡風暴雨爛臭敗壞土地不平無有七寶多有石沙荊棘惡刺時節轉變無有常定果蓏少實味不具足若欲破壞如是等事應當至心修行十善是十善法三天下具或有戒攝或非戒攝比鬱單越唯有四事地獄有五餓鬼畜生天中具十非戒所攝欲界六天無有方便唯有根本成已二事夫業道者一念中得如其殺者可殺俱死是則不得根本業果若作莊嚴事竟不成唯得方便不得根本作莊嚴已便得殺者得根本罪如其殺已不追成已無無作罪若殺者一念中死可殺者次後念死殺者不得根本業罪若遣使殺使得作罪口勑之者得作無作罪若惡口勑亦得作罪及無作罪若其殺已心善無記亦得作罪及無作罪
若有說言過去已滅未來未生現在無住云何名殺一念不殺微塵不壞若一不殺多亦不能云何言殺是義不然何以故雖復現在一念不殺能遮未來使不起故故得名殺以是義故不可以見一處無殺舉一切處悉便無殺有人刺手則便命終或有截足而命全者頭則不爾刺截俱死若有作已得大罪者是名業道三業自得七業自他若無作者亦無無作或有說言身業三事有作無作口不

如是是義不然何以故若口無作無無作者口勑殺已不應得罪是故口業亦應有作及以無作心則不爾何以故賢聖之人不得罪故何因緣故名作無作是業墮於三惡道故生於人中壽命短故所有六人常受苦故餘果相似根本正果或有相似或不相似受果報時在活地獄黑繩地獄餓鬼畜生人中三處受於餘果若於一人作殺莊嚴作莊嚴已有二人死當知唯於本所爲人得作無作若有說言色是無記命亦無記如是無記云何殺已而得殺罪是義不然何以故如是身命是善惡心器若壞是器遮於未來善惡心故是故得罪若王勑殺侍臣稱善是王與臣罪無差別獵亦如是若有垂終其命餘殘有一念在若下刀殺是得殺罪若命已盡而下刀者不得殺罪若先作意規欲撾打然下手時彼便命終不得殺罪若作毒藥與懷妊者若破歌羅邏是人則得作無作罪若自刑者不得殺罪何以故不起他想故無瞋恚心故非他自因緣故或有說言若心在善不善無記悉得殺罪猶如火毒雖復善心不善無記觸食之者悉皆死者是義不然何以故世間有人捉火不燒食毒不死非惡心殺亦復如是不得殺罪如諸醫等或有說言婆藪仙人說呪殺人殺羊祀天不得殺罪是義不然何以故斷他命故癡因緣故若見人死心生歡喜當知是人得成已罪見他殺已心生歡喜出財賞之亦復如是若使他殺受使之人到已更以種種苦毒而殺戮之口勑之者唯得作罪受使之人兼得二罪作以無作若發惡心

奪取他物是人亦得作無作罪若數時取若寄時取因市易取亦得偷罪若自不取不貪不用教他令取是人亦得作無作罪若欲偷金取時得銀出外識已還置本處是人不得盜罪若欲偷金得已即念無常之想心生悔恨欲還本主而復畏之設餘方便還所偷物雖離本處不得偷罪奴僕財產先悉生意與主同共後生貪想輒取主物取已生疑而便藏避復思是物同共無異雖離本處不得偷罪若人行路爲賊所劫既至村落村主問言汝失何物我當償之若說過所失取他物者是得偷罪若有發心施他二衣受者取一云不須二輒還留者是得偷罪若人發心欲以房舍臥具醫藥資生所須施一比丘未與之間更聞他方有大德來輒迴施之是得偷罪若取命過比丘財物誰邊得罪若羯磨已從羯磨僧得若未羯磨從十方僧得若臨終時隨所與處因之得罪若偷佛物從守塔人主邊得罪若暴水漂財物穀米果蓏衣服資生之物取不得罪若於非時非處非女處女他婦若屬自身是名邪婬唯三天下有邪婬罪鬱單越無若畜生若破壞若屬僧若繫獄若亡逃若師婦若出家人近如是人名爲邪婬出家之人無所繫屬從誰得罪從其親屬王所得罪惡時亂時虐王出時怖畏之時若令婦妾出家剃髮還近之者是得婬罪若到三道是得婬罪若自若他在於道邊塔邊祠邊大會之處作非梵行得邪婬罪若爲父母兄弟國王之所守護或先與他期或先許他或先受財或先受請木泥畫像及以死屍如是

人邊作非梵行得邪婬罪若屬自身而作他想屬他之人而作自想亦名邪婬如是邪婬亦有輕重從重煩惱則得重罪從輕煩惱則得輕罪若有疑心若無疑心若見若聞若覺若知若問不問異本說者是名妄語若言不本見聞覺知亦是妄語不名具足若破相說無覆藏相是非妄語若異音說前人不解亦是妄語不名具足若顛倒語若發大聲不了了語若有所說前人不解亦是妄語不名具足兩舌惡口若壞前人不壞前人作已得罪無義語亦復如是如是七事亦道亦業其餘三事是業非道何以故自不行故妨於自他得大罪故

或有說言一切微塵次第而住亦念念滅滅已無住若無住者尚無有作況有無作是義不然何以故世間之法有因有果無因無果如面水鏡則有像現離面無像作亦如是從身有作從是作法則出無作如面水鏡則有像現譬如有人發惡心故則惡色現發善心故則善色現作以無作亦復如是若因善業得善妙色若因惡業得麤惡色作以無作亦復如是若以念念常滅無有作無作者如先所說燈河等喻雖念念滅以二諦故說作無作微塵雖復次第不住亦復不破世諦法也正以微塵次第得名父母羅漢其有殺者得無量罪父母羅漢及以他人陰界入等等無差別所以得罪以是福田報恩田故如說二字不得一時然此二字終不和合義不可說雖念念滅亦名妄語不破世諦猶如射箭雖念念滅因於身業微塵力故到不到處作以

無作亦復如是如儛獨樂雖念念滅因於身業微塵力故而能動轉作以無作亦復如是如旋火輪雖念念滅因於身業微塵力故火得圓帀初發心異方便心異作時心異說時心異衆緣和合故得名爲作以作因緣生於無作如威儀異其心亦異不可得壞故名無作從此作法得無作已心雖在善不善無記所作諸業無有漏失故名無作若身作善口作不善當知是人獲得雜果若身善業有作無作口不善業唯有有作無有無作當知是人唯得善果不得惡果是故經中說七種業有作無作如人重病要須衆藥和合治之若少一種則不能治何以故其病重故一切衆生亦復如是具諸惡故要須衆戒然後治之若少一戒則不能治

優婆塞戒經卷第六

音釋

唼（子答切唼喋聚食也）析（先擊切分析也）諠譁（諠許袁切譁胡瓜切）妊（汝鴆切孕也）歌羅邏（梵語也此云凝滑邏郎佐切）藪（蘇后切）

優婆塞戒經卷第七

北涼天竺三藏法師曇無讖譯

業品第二十四之餘

善男子衆生作罪凡有二種一者惡戒二者無戒惡戒之人雖殺一羊及不殺時常得殺罪何以故先發誓故無戒之人雖殺千口殺時得罪不殺不得何以故不發誓故是故一切善不善法心爲根本因根本故說諸比丘犯有二種一者身犯二者口犯無心犯也如是戒者時不具足枝不具足則不得戒譬如鑽火有燧有力有乾糞草然後得火若少一事則不得火戒法亦爾如是戒者若得若捨若持若毀皆隨於心如來了了知諸法性是故制之若復有人因於善業思惟力故不造諸惡名如法戒若從他得名爲受戒若離受戒有功德者一切惡獸師子虎狼應得功德然實不得以是因緣受善戒者得無量福受惡戒者得無量罪是故經中說惡律儀一者畜羊二者畜鷄三者畜猪四者釣魚五者網魚六者殺牛七者獄卒八畜獵狗九作張弶十作獵師十一呪龍十二殺人十三作賊十四兩舌十五以苦鞭韃枷鎖押額鐵釘燒炙加人國王大臣受寄抵諱不知恩者惡性惡心大惡村主典稅物者毀戒比丘心無慚愧如是之人皆無戒也雖復不名不善業道而得大罪何以故盡壽作故如是等事若不立誓不從人受則不成就如是惡戒四時中捨一者得二根時二者捨壽命時三者受善戒時四者斷欲結時或有說言如善戒具足惡戒亦爾是義不然何以故惡戒易得故一因

緣得故所謂立誓善戒不爾有五方便所謂五根是故難得以難得故要須具足若有說言優婆塞戒無無義語兩舌惡口是故優婆塞戒八戒齋法沙彌比丘不具足得是義不然何以故我今受持淨口業故若有說言我受五戒淨身口意心若不淨當知是人不得具戒譬如有人受惡戒已雖不殺生是人常有惡戒成就毀禁比丘亦復如是何以故受持戒已一一戒邊多業多果故衆生無量戒亦無量物無量故戒亦無量是善惡戒俱有三種謂下中上若不受惡戒雖多作罪不名惡戒若有難言何緣五戒盡形壽受八戒齋法一日一夜當言如來善知法相通達無礙作如是說

善男子世間福田凡有二種一功德田二報恩田壞此二田名五逆罪是五逆罪有三因緣一者有極惡心二者不識福德三者不見正果若人異想殺阿羅漢不得逆罪父母亦爾若無慚愧不觀恩報心無恭敬但作方便不作根本雖非逆罪亦得大報善教授故生憐愛故能堪忍故能作作故受大苦故是故父母名報恩田若復有人殺父母已雖復修善是善無報是故我說人所蔭處乃至少時愼勿毀折枝條華果善男子我涅槃後有諸弟子當作是說若以異想異名殺父母不得逆罪即曇無德或復說言雖以異想殺於父母故得逆罪即彌沙塞或復有說異想異名殺於父母俱得逆罪即薩婆多何以故世間眞實是可信故父母眞實想亦不轉惡心殺之即得逆罪實是父母無父母想不發惡心

父母雖死不得逆罪何以故具足四事乃得逆罪一者實是父母作父母想二者惡心三者捨心四者作衆生想具是四事逆罪成就若不具者則不成就若爲憐愍故若爲恭敬故若爲受法故若爲怖畏故若爲名稱故授與死具雖不手殺亦得逆罪若爲他使令殺父母啼哭憂愁而爲之者如是罪想初中後輕欲殺父母誤殺他人不得逆罪欲殺他人誤殺父母亦復如是欲殺母時誤殺相似殺已藏刀復中母身不得逆罪母有異見兒有異殺得殺罪不得逆罪是五逆罪殺父則輕殺母則重殺阿羅漢重於殺母出佛身血重殺羅漢破僧復重出佛身血有物重意輕有物輕意重有物重意重有物輕意輕物重意輕者如無惡心殺於父母物輕意重者如以惡心殺於畜生物重意重者以極惡心殺所生母物輕意輕者如以輕心殺於畜生如是惡業有方便重根本成已輕有方便根本輕成已重有方便根本重成已輕有根本輕方便成已重物是一種以心力故得輕重果善男子有人以食欲施於我未與我間轉施餓狗我亦稱讚如是人者是大施主若是福田若非福田心不選擇而施與者是人獲得無量福德何以故心善淨故

是業四種一者現報二者生報三者後報四者無報業有四種一者時定果報不定二者報定時不必定三者時定果報亦定四者時果二俱不定時定者所謂現在次生後世若時不定果報不定是業可轉若果報定應後受者是業可轉現在受之何以故善心智慧

因緣力故惡果定者亦可轉輕何因緣故名果報定常作無悔故専心作故樂喜作故立誓願故作已歡喜故是故是業得果報定除是之外悉名不定衆生行業有輕有重有遠有近隨其因緣先後受之如修身修戒修心修慧定知善惡當有果報是人能轉重業爲輕輕者不受若遭福田遇善知識修道修善是人能轉後世重罪現世輕受若人具有欲界諸業得阿那含果能轉後業現在受之阿羅漢果亦復如是

善男子智者若能修身修戒修心修慧是人能壞極惡之業如阿伽陀呪及除毒寶破壞惡毒若作小罪初方便輕後成已重是人不修身戒心慧令輕作重衆生若作一種二種乃至種種有作不具足有作具足先念後作名作具足先不生念直造作者名作不具足復有作已不具足者謂作業已果報不定復有作已亦具足者謂作業已定當得報復有作已不具足者果報雖定時節不定復有作已亦具足者時報俱定復有作已不具足者持戒正見復有作已亦具足者毀戒邪見復有作已不具足者信因信果復有作已亦具足者不信因果復有作已不具足者作惡之時有善圍繞復有作已亦具足者作惡之時惡來圍繞復有作已不具足者雖作衆惡人中受報復有作已亦具足者人中作惡地獄受報復有作已不具足者有正念心復有作已亦具足者無有念心復有作已不具足者三時生悔復有作已亦具足者三時不悔如惡善亦如是因是作已亦具足故作小得大

作大得小一意摸身身既成就有無量意摸身初意即是善也身既成就得二種果雜善不善如人天亦如是地獄衆生惡意摸身身既成已一向不善餓鬼畜生亦惡意摸身身既成已雜善不善善惡中陰以善惡摸身身既成已俱得雜報善以不善歌羅羅時乃至老時亦得雜報善以不善是故經說有四種業黒業黒報白業白報雜業雜報不黒不白是業無報黒業黒報所謂地獄白業白報所謂色天雜業雜報所謂欲天人中畜生餓鬼不白不黒無報所謂無漏善男子若人不解如是業緣無量世中流轉生死何以故不解如是業因緣者雖生非想非非想處壽八萬劫福盡還墮三惡道故善男子一切摸盡無勝於意意盡煩惱煩惱盡業業則盡身貪因緣故色聲妙好威儀庠序瞋因緣故色聲麤惡威儀卒暴如瞋癡亦如是無量世界一百三十六地獄處無量畜生無量餓鬼皆因業作人天亦爾無量衆生獲得解脫亦因於業善男子是十善道有三事一者能遮煩惱二者能作善心三者能增長戒如除毒藥見有三種一者阿伽陀藥二者神呪三者真實若人善修不放逸行具足正念分別善惡當知是人決定能修十善業道若多放逸無有慚愧及以信心當知是人決定能作十不善業道是十業道復有三事一者方便二者根本三者成已若有人能勤於禮拜供養父母師長和尚有德之人先意問訊言則柔輭是名方便若作已竟能修念心歡喜不悔是名成已作時專著是名根本

善男子是十業道復有三種謂上中下或方便上根本中成已下或方便中根本下成已上或方便下根本上成已中是十業道三法圍繞所謂無貪恚癡有貪恚癡是十業道有共戒行不共戒行捨戒有六一者斷善根時二者得二根時三者捨壽命時四者受惡戒時五者捨戒時六者捨欲界身時或復說言佛法滅時便失戒者是義不然何以故受已不失未受不得斷身口意惡故名戒戒根本四禪四未到禪是名定戒根本四禪初禪未到名無漏戒捨身後世更不作惡名無作戒守攝諸根修正念心見聞覺知色聲香味觸不生放逸名攝根戒何因緣故得名爲戒戒者名制能制一切不善之法故得名制又復戒者名曰迮隘雖有惡法性不能容故名迮隘又復戒者名曰清涼遮煩惱熱不令得入是故名涼又復戒者名上能上天上至無上道是故名上又復戒者名學學調伏心智慧諸根是故名學

善男子或時有人具足一戒所謂波羅提木叉戒或具二戒加定共戒或具三戒加無漏戒或具四戒加攝根戒或具五戒加無作戒善男子波羅提木叉戒現在作得定共戒者三世中得

善男子若復有人欲受戒時至心能觀生死罪過解脫功德信心歡喜是人兼得作無作戒如是戒者隨命長短命長長得命短短得是無作戒三因緣捨一者少莊嚴故二者心放逸故三者作不堅故不捨因緣亦有三事一者有本願故二者作業堅故三者至心不

放逸故善男子除十善業及十惡業善戒惡戒巳更有業戒所不攝者謂善惡法如是善惡有作無作有人具足作及無作若現在作善未捨之頃具作無作第二念中成就過去作無作作巳過去唯有無作無有作也若人得戒雖作不善是人現世成就二法惡法有作善法無作是作無作二因緣捨一者所施物盡二者心捨善作二世成就過去現在無作三世定戒二因緣捨一者退時二者斷善根時復有三時一者捨身時二者退時三者生上時無漏戒有三時捨一者退時二者轉鈍作利時三者得上果時心善業一時失謂上生時身口意善斷善根時一時俱失善男子若得具足戒定戒無漏戒攝根戒是人了了解十業道

善男子因十業道衆生壽命有增有減減者壽命十年增者至無量年北鬱單越定壽千年此壽百年東西二方二百五十此壽無量彼亦無量四天王壽人數九百萬歲壽命不定如三天下三十三天壽千八百萬歲命亦不定焰摩天壽三千六百萬歲命亦不定兜率天壽七千二百萬歲除後身菩薩餘一切命皆亦不定化樂天壽萬四千四百萬歲命亦不定他化自在天壽二萬八千八百萬歲命亦不定他化自在天上一年即熱地獄一日一夜如是三十日爲一月十二月爲一歲彼獄壽命二萬八千八百萬歲命亦不定化樂天上一年即大聲地獄一日一夜如是三十日爲一月十二月爲一歲彼獄壽命萬四千四百萬歲命亦不定兜率天一年即是小

聲地獄一日一夜如是三十日爲一月十二月爲一歲彼地獄壽命七千二百萬歲命亦不定焰摩天一年即衆合地獄一日一夜如是三十日爲一月十二月爲一歲彼獄壽命三千六百萬歲命亦不定三十三天一年即是黒繩地獄一日一夜如是三十日爲一月十二月爲一歲彼地獄壽命千八百萬歲命亦不定四天王上一年即是活地獄中一日一夜如是三十日爲一月十二月爲一歲彼獄壽命九百萬歲命亦不定阿鼻地獄壽命一劫大熱地獄壽命半劫唯此二處壽命決定人中五十年是餓鬼中一日一夜如是三十日爲一月十二月爲一歲彼鬼壽命萬五千歲命亦不定畜生道中除難陀婆難陀其餘一切命亦不定阿鼻地獄一年即是非想非非想處一日一夜如是三十日爲一月十二月爲一歲彼天壽命八萬大劫無所有處六萬劫識處四萬劫空處二萬劫若有發起輕微煩惱愛著空定當知是人生四無色從十年增至八萬歲從八萬減還至十年如是增減滿十八反名一中劫穀貴三災疾病三災刀兵一災名一小劫水火二災各五段過有一風災五風災過名一大劫閻浮提中刀兵起時東西二方人甦生瞋此病起時彼小頭痛力少微弱此穀貴時彼則念食如是惡事鬱單越無因不殺故壽命增長偷因緣故壽命減少有二種劫一者水劫二者火劫水劫起時地獄衆生若報盡者悉得出離若未盡者移至他方大地獄中若此世間八大地獄空無衆生是名衆生脫於地獄四大海中

所有衆生業若盡者悉皆得脱若未盡者悉轉生於他方海中若是海中無一衆生是名得脱閻浮提地直下過於五百由延有閻羅王城周帀縱廣七萬五千由延如是城中餓鬼衆生業已盡者悉得出離業未盡者轉生他方閻羅王所若是城中乃至無有一衆生者是名得脱爾時有人内因緣故獲得初禪得已即起大聲唱言初禪寂靜初禪寂靜諸人聞已即各思惟一切皆共獲得初禪即捨人身生初禪地時初禪中復有一人内因緣故修得二禪得已即起大聲唱言二禪寂靜一禪寂靜衆生聞已各自思惟復獲二禪捨初禪身生二禪處當爾之時從阿鼻獄上至初禪乃至無有一衆生在

善男子四天下外有由乾陀山中有七日衆生福德因緣力故唯一日現賴之成熟百穀草木火劫起時七日都現燒然一切百穀草木山河大地須彌山王乃至初禪二禪衆生見是火災心生怖畏彼中復有先生諸天語後來天汝等莫怖我往曾見如是火災齊彼而止不來至此如諸衆生增十年壽至八萬歲減八萬壽還至十年經爾所時如是火災熱猶未息是時便從中間禪處降注大雨復經壽命一增一減衆生業行因緣力故爲持此水其下復出七重風雲是時雨止水上生膜猶如乳肥四天下中須彌山王漸漸生現水中自然具有一切種種種子是時二禪復有一人短命福盡業力故墮生于世間壽無量歲光明自照獨處經久心生愁苦而自念言我既獨處若我有福願更有人來生此間

與我爲伴發是念已是時二禪有諸衆生薄福命盡業因緣故便來生此是人見已心生歡喜即自念言如是人者我所化生即是我作我於彼人有自在力彼人亦念我從彼生彼化作我彼於我身有自在力以是因緣一切衆生生我見想

善男子陰界入等衆生世界國土世界皆是十業因緣而有善男子菩薩二種一者在家二者出家出家菩薩能觀如是十業道者是不爲難在家觀者是乃爲難何以故在家之人多惡因緣所纏繞故

羼提波羅蜜品第二十五

善生言世尊佛先已說檀波羅蜜尸波羅蜜菩薩云何而得修習忍波羅蜜佛言善男子忍有二種一者世忍二者出世忍能忍飢渴寒熱苦樂是名世忍能忍信戒施聞智慧正見無謬忍佛法僧罵詈撾打惡口惡事貪瞋癡等悉能忍之能忍難忍難作能作名出世忍善男子菩薩若值他人打罵輕賤毀呰惡口罵詈是時內心無加報想菩薩雖作如是忍事不爲現在但爲後利有善報之惡則不及善男子有是忍辱非波羅蜜有波羅蜜非是忍辱有是忍辱是波羅蜜有非忍辱非波羅蜜是忍辱非是波羅蜜者所謂世忍聲聞緣覺所行忍辱是波羅蜜非忍辱者所謂禪波羅蜜亦是忍辱亦波羅蜜者所謂若被割截頭目手足乃至不生一念瞋心檀波羅蜜尸波羅蜜般若波羅蜜非忍非波羅蜜者所謂聲聞緣覺持戒布施善男子若欲修忍是人應當先破憍慢瞋心癡心不觀我及我所

相種姓常相若人能作如是等觀當知是人能修忍辱具足修已心得歡喜有智之人若遇惡罵當作是念是罵詈字不一時生初字出時後字未生後字生已初字復滅若不一時云何是罵直是風聲我云何瞋我今此身五陰和合四陰不現則不可罵色陰十分和合而有如是和合念念不停若不停住誰當受罵然彼罵者即是風氣風亦二種有內有外我於外風都不生瞋云何於內而生瞋耶世間罵者亦有二種一者實二者虛若說實者實何所瞋若說虛者虛自得罵無豫我事我何緣瞋若我瞋者我自作惡何以故因瞋恚故生三惡道若我於彼三惡道中受苦惱者則爲自作自受苦報是故說言一切善惡皆因我身

善男子生忍因緣有五事一者惡來不報二者觀無常想三者修於慈悲四者心不放逸五者斷除瞋恚善男子若人能成如是五事當知是人能修忍辱若人輭言淨身口業和顏悅色先意問訊能觀一切苦樂因緣當知是人能修忍辱若能修空三昧觀諸衆生悉是無常受苦等想被罵辱時能觀罵者如狂如癡稚小無智當知是人能修忍辱智人當觀勝我者罵我不應瞋何以故我若瞋者或奪我命若不如者瞋亦不應報何以故非疇匹故我若報者辱我身口譬如有人授毒與他人無責者如其自服人則嗤笑我亦如是若瞋彼者當於未來受大苦惱一切聖人悉當責我以是因緣我身若被截所分離不應生瞋應當深觀往業因緣當修慈悲憐愍一

切如是小事不能忍者我當云何能調衆生忍辱即是菩提正因阿耨多羅三藐三菩提即是忍果我若不種如是種子云何獲得如是正果善男子若有智人樂修忍辱是人常得顔色和悦好樂怡戲人見歡喜觀之無厭於受化者心不貪著智人見怨以惡來加當發善願願彼怨者未來之世爲我父母兄弟親戚莫於我所生憎惡想復當觀察若人形殘顔色醜惡諸根不具乏於財物當知皆從瞋因緣得我今云何不修忍辱以是因緣智者應當深修忍德

善男子菩薩摩訶薩修忍辱時常樂觀察生死罪過樂修法行勤於精進讀誦書寫如來正典供養師長有德之人能瞻病苦修於慈悲憐愍一切見苦惱者能令遠離常樂出家乃至盡壽持戒精進攝持六根不令得起煩惱因緣寧捨身命終不毀戒若他有事樂爲營理常有慚愧樂讚忍德爲調衆生堪忍衆苦於怨尚能忍於惡事況復親所能忍二瞋一衆生瞋二非衆生瞋捨已樂具令衆得樂不念多惡不忘少善遠離兩舌别後默然不説彼短説煩惱過令衆得離他所不喜不爲説之淨身口意了諸罪業若客煩惱因緣作罪作已慚愧心生悔恨善男子菩薩二種一者在家二者出家出家菩薩修淨忍辱是不爲難在家修忍是乃爲難何以故在家之人多惡因緣所纒繞故

毗梨耶波羅蜜品第二十六

善生言世尊菩薩摩訶薩能修六波羅蜜誰爲正因善男子若善男子善女人已生惡法

爲欲壞之未生惡法爲遮不起未生善法爲
令速生已生善法爲令增廣修勤精進是名
精進如是精進即是修行六波羅蜜之正因
也是勤精進能脱一切諸煩惱界善男子若
能受於三惡道苦當知是人眞實能修毗梨
耶波羅蜜平等修習不急不緩精進二種一
正二邪菩薩遠離邪精進已修正精進修信
施戒聞慧慈悲名正精進至心常作三時無
悔於善法所不生知足所學世法及出世法
一切皆名正精進也菩薩雖復不惜身命然
爲護法應當愛惜身四威儀常修如法修善
法時心無懈息失身命時不捨如法若能到
於六事彼岸悉是精進之因縁也若自讀誦
書寫思惟十二部經名自爲法勤行精進若
能以是轉化衆生令調伏者名爲他法勤行
精進若爲菩提修菩提道布施持戒多聞智
慧修學世法供養父母師長有德修舍摩他
毗婆舍那讀誦書寫十二部經復能遠離貪
恚癡等名爲菩提勤行精進如是悉名爲正
精進是名六波羅蜜之正因也善男子懈怠
之人不能一時一切布施不能持戒勤行精
進攝心念定忍於惡事分别善惡是故我言
六波羅蜜因於精進
善男子有勤精進非波羅蜜有波羅蜜非勤
精進有亦精進亦波羅蜜有非精進非波羅
蜜精進非波羅蜜者如邪精進善事精進聲
聞縁覺所有精進有波羅蜜非精進者所謂
般若波羅蜜有亦精進亦波羅蜜者所謂布
施持戒忍辱精進禪等五波羅蜜有非精進
非波羅蜜者一切凡夫聲聞縁覺布施持戒

忍辱禪定智慧及餘善法善男子菩薩有二種一者在家二者出家出家菩薩修勤精進是不爲難在家修進是乃爲難何以故在家之人多惡因緣所纒繞故

禪波羅蜜品第二十七

善生言世尊菩薩摩訶薩修禪波羅蜜云何禪定善男子禪定即戒慈悲喜捨遠離諸結修習善法是名禪定善男子若離禪定尚不能得一切世事況出世事是故應當至心修習菩薩欲得禪波羅蜜先當親近眞善知識修習三昧方便之道所謂戒戒攝諸根戒斷於邪命如法而住隨順師教於善法所不生知足修行善時心無休息常樂寂靜遠離五蓋心樂思惟觀生死過常修善法至心不廢具足正念斷諸放逸省於言語亦損眠食心淨身淨不親惡友不與惡交不樂世事知時知法了知自身觀心數法若有喜相愁相瞋相輭相堅相知已能除猶如金師善知冷熱不令失所樂甘露味離處世法身心不動猶如須彌不爲四風之所傾動正念堅固亦見知覺有爲多過若人樂修如是三昧不休不息當知是人能具足得譬如鑚火以不息故火則易得善男子若離三昧欲得世法出世菩提無有是處善男子一切三昧即是一切善法根本以是因緣應當攝心如人執鏡則見一切善惡之事是故三昧名菩提道之莊嚴也受身心樂名爲三昧不增不減名等三昧從初骨觀乃至得阿耨多羅三藐三菩提皆名三昧是三昧有四種一者從欲二者從精進三者從心四者從慧是四緣故得無量

福增一切善復有三種一者從聞二者從思三者從修從是三法漸漸而生復有三時所謂生時住時增時善男子欲界之中有三昧子是子因緣得三菩提是三昧者有退住增若在四禪性則堅固從初乃至非想非非想處上地勝下次第如是根本禪中則有喜樂非中間禪六通亦爾在於根本不在餘處是三昧名菩提莊嚴因是三昧能得學道及無學道四無量心三解脫門自利利他無量神足知他心智能調衆生無量智慧五智三昧轉鈍爲利斷於一切生老病死能得成就一切種智見諸法性如羅縠視

善男子智者應當作如是觀一切煩惱是我大怨何以故因是煩惱能破自他以是因緣我當修習慈悲之心爲欲利益諸衆生故爲得無量純善法故若有說言離於慈悲得善法者無有是處如是慈悲能斷不善能令衆生離苦受樂能壞欲界是慈若能緣於欲界名欲界慈善男子衆生若能修習慈心是人當得無量功德修慈心時若能先於怨中施安是名修慈善男子一切衆生凡有三聚一者怨二者親三者中如是三聚名爲慈緣修慈之人先從親起欲令受樂此親既成次及怨家善男子起慈心時有因戒起有因施起若能觀怨作子想者是名得慈善男子慈唯能緣不能救苦悲則不爾亦緣亦救善男子若能觀怨一毫之善不見其惡當知是人名爲習慈若彼怨家設遇病苦能往問訊瞻療所患給其所須當知是人能善修慈善男子若能修忍當知即是修慈因緣如是慈心即

是一切安樂因緣若能修慈當知是人能破一切憍慢因緣能行施戒忍辱精進禪定智慧如法修行若人修定當知是人修梵福德得梵身故名梵福德若人能觀生死過罪涅槃功德是人足下所履糞土應當頂戴是人難忍能忍難施能施難作能作是人能修四禪四空及八解脫復作是念一切衆生身口意惡未來若受苦惱報者悉令我受若我所有善果報者悉令衆生因我受之如是慈悲緣廣故廣緣少故少慈悲三種謂下中上復有三種一者緣親二者緣怨三者緣中復有三種一者緣貪二者緣衆生三者緣非衆生如是緣者悉名三昧悲喜捨心亦復如是善男子有禪非波羅蜜有波羅蜜非禪有亦是禪亦波羅蜜有非禪非波羅蜜是禪非波羅蜜者謂世俗禪聲聞緣覺所有禪定是波羅蜜非禪定者所謂施戒忍辱精進亦是禪亦波羅蜜者謂金剛三昧非禪非波羅蜜者謂一切衆生聲聞緣覺從聞思惟所生善法善男子菩薩有二種一者在家二者出家出家菩薩修於淨禪是不爲難在家修淨是乃爲難何以故在家之人多惡因緣所纏繞故

般若波羅蜜品第二十八

善生言世尊菩薩云何修淨般若波羅蜜善男子若有菩薩持戒精進多聞正念修於忍辱憐愍衆生心多慚愧遠離嫉妬眞實了知諸善方便爲衆受苦不生悔退樂行惠施能調衆生善知所犯輕重之罪勤勸衆生施作福業知字知義心無憍慢親近善友能自利益及利益他恭敬三寶諸師和尚長老有德

於身菩提不生輕想能觀菩提深妙功德知善惡相知世出世一切聲論知因知果知初方便及以根本當知是人能得智慧如是智慧有三種一從聞生二從思生三從修生從字得義名從聞生思惟得義名從思生從修得義名從修生能讀如來十二部經能除疑網能讀一切世論世事能善分別邪正之道是名智慧能善分別十二部經陰入界等因果字義毗婆舍那舍摩他相上中下相善惡無記及四顛倒見道修道能善分別如是等事是名智慧善男子有智之人求於十力四無所畏大悲三念處常親近佛及佛弟子世無佛法樂在外道出家修學雖處邪道樂求正要常修慈悲喜捨之心及五通道得五通已觀不淨想及無常想能說有爲多諸過罪

爲正語故教諸衆生令學聲論能令衆生離身心病樂以世事教於他人所作事業無能勝者所謂呪方種種醫藥能善求財得已能護用以道理如法惠施雖知一切不生憍慢得大功德不生知足能教衆生信施持戒多聞智慧知善不善無記方便善知學行因緣次第知菩提道及道莊嚴知諸衆生上中下根知外聲論心不存著知衆生時隨宜調伏知衆生世及國土世知從具足六波羅蜜善男子有是智慧非波羅蜜有波羅蜜非是智慧有是智慧是波羅蜜有非智慧非波羅蜜是智慧非波羅蜜者所謂一切世間智慧聲聞緣覺所得智慧是波羅蜜非智慧者無有是義是智慧是波羅蜜者所謂一切六波羅蜜非智慧非波羅蜜者所謂一切聲聞緣覺

施戒精進善男子若人有能勤修如是六波羅蜜是人名爲供養六方能增財命善男子菩薩二種一者在家二者出家出家菩薩修淨智慧是不爲難在家修淨是乃爲難何以故在家之人多惡因緣所纏繞故說是法時善生長者子等千優婆塞發阿耨多羅三藐三菩提心旣發心已即從坐起禮佛而退辭還所止

優婆塞戒經卷第七

音釋

鑽借官切穿也　燧徐醉切取火木也　弶其亮切施罟於道曰弶　韃他達切與撻同　摸慕各切　隘烏懈切俠也　膜慕各切脂膜也　疇直由切與儔同　縠胡谷切縐紗也

寂調音所問經

劉宋沙門釋法海第四譯

清刻龍藏佛說法變相圖

寂調音所問經一名如來所說清淨調伏經

劉宋沙門釋法海第四譯

如是我聞一時婆伽婆遊王舍城耆闍崛山與大比丘僧八百人俱菩薩摩訶薩萬二千人及欲界色界淨居諸天子等爾時世尊與無量百千之衆恭敬圍遶而爲說法爾時衆中有一天子名寂調音承佛威神從座而起偏袒右肩右膝著地合掌向佛而白佛言世尊文殊師利法王子今在何所此諸大衆爲聞法故渴仰欲得見彼賢士爾時世尊告寂調音東方去此過萬佛土有世界名曰寶住佛號寶相如來應供正遍知今現在文殊師利法王子爲彼諸菩薩摩訶薩如應說法時寂調音天子白佛言世尊願現微相令彼賢士而來會此所以者何世尊唯除如來一切

聲聞辟支佛無能說法如彼文殊師利法王子者何以故以世尊文殊師利法王子說法力故魔不得便令諸魔宫隱蔽不現悉能降伏羣邪異學增上慢者離於慢心未發菩提心者令其發心已發心者得不退轉可攝受者即便攝受未任攝受方便調伏令佛正法得久住世爾時世尊受寂調音天子請已於大丈夫白毫相中放一光明此勝光明遍照三千大千世界徹照萬佛刹已遍照寶住世界彼諸菩薩摩訶薩見此光已白寶相佛言是何瑞相令此世界大光普照彼佛報言善男子等西方去此過萬佛土有世界名曰娑婆彼有如來名釋迦牟尼應供正遍知今現在說法是彼如來所放白毫相光此光徹過萬佛刹已來照此世界彼諸菩薩白其佛言

釋迦牟尼如來以何緣故放此光明彼佛告大衆言善男子等釋迦如來與無量百千億菩薩釋梵護世比丘比丘尼優婆塞優婆夷衆爲聽法故渴仰欲見文殊師利聞其說法是故彼佛放此光明爾時寶相如來應正遍知告文殊師利法王子言善男子汝詣娑婆世界彼釋迦牟尼如來及諸大衆遥欲見汝聞所說法時文殊師利白彼佛言唯然世尊已見光明時文殊師利法王子即與萬菩薩俱頂禮彼佛右遶三帀已猶如力士屈伸臂頃與萬菩薩於彼世界忽然不現至娑婆世界住於空中爲供佛故即雨第一淨華其華香氣普遍大衆積至于膝是時大衆怪未曾有而白佛言世尊是誰神力雨此妙華佛告大衆此是文殊師利法王子與萬菩薩從寶

佳世界來至娑婆爲供佛故於上空中雨此妙華寂調音天子白佛言世尊願樂欲見文殊師利及彼菩薩摩訶薩衆世尊彼善丈夫是無救者救作是語已即時文殊師利法王子與萬菩薩從上空中忽然而下頂禮佛足遶七帀已文殊師利即坐已力所化蓮華師子座上及萬菩薩亦頂禮佛足右遶七帀於世尊前合掌向佛而作是言世尊寶相如來應正遍知敬問世尊少病少惱氣力康耶時彼菩薩作是語已各坐已力所化座上是時寂調音天子白佛言世尊今此大衆渴仰欲聞文殊師利法王子所說妙法惟願世尊聽我少問佛告天子有所疑者恣聽汝問時寂調音天子以恭敬心向文殊師利作是問言寶相如來世界以何說法仁者樂彼文殊師利言天子彼所說法不爲生貪欲故不爲盡貪欲故不爲生瞋恚故不爲盡瞋恚故不爲生愚癡故不爲盡愚癡故不爲生煩惱故不爲盡煩惱故所以者何夫法無生則無有盡天子言文殊師利彼土衆生無貪欲等諸結使生與滅耶文殊師利言如是天子言若如是者彼佛說法爲何所斷文殊師利言法本無生爲何所盡所以者何彼佛世界衆生無知無斷無修無證彼界衆生貴第一義諦不貴方便諦天子言文殊師利何者第一義諦何者方便諦文殊師利言天子義者不以生故得稱不以壞故得稱無處所相無非處相非一相非無相無影響相不可相非不可相不可盡非不可盡非墮落非不墮落是名第一義諦天子義者無心無心相續非跡非不

跡非此岸非彼岸非中流是名第一義諦無名稱無文字處是名第一義所以者何世尊說一切音聲悉皆虛妄天子言文殊師利世尊所說亦虛妄耶文殊師利言世尊不說實不說虛妄所以者何世尊往離二邊離心意言說於有爲無爲法中不說實不說虛是故無二天子於汝意云何如來所化化人若有所說爲實爲虛天子言二俱無也所以者何如來所化化人無身無成就文殊師利言如是天子如來說一切法同於化性不說實不說虛是故無二天子言文殊師利如來云何說第一義諦文殊師利言天子第一義諦不可言說何以故不可言說何以故不可喻不可說不可名是名第一義諦說此第一義諦時五百比丘遠塵離垢於諸法中得法眼淨二百天子得無生法忍寂調音天子復問文殊師利第一義者難可究盡文殊師利言如是天子第一義諦不正精進者難可究盡天子言云何菩薩正精進耶文殊師利言若菩薩不爲知不爲斷不爲修不爲證而精進者是名正精進所以者何若謂此應知此應斷此應修此應證者此則有相此則取著此則戲論此則有作若如是行不名正精進天子言若如是者復云何名正精進耶文殊師利言如如等法界等即與無間等如如等法界等即與見等凡夫法等學法無學法聲聞法緣覺法菩薩法佛法等即諸行等涅槃等垢等淨等如是平等精進者名正精進天子言文殊師利何等如與垢淨等文殊師利言空無相無願如所以者何涅槃空故天子如瓦

器中空寶器中空無二無别如是天子垢空淨空俱同一空無二無别天子言文殊師利菩薩於諸聖諦應精進不文殊師利言天子若菩薩不於諸諦起精進者云何當爲聲聞說法所以者何菩薩修諦必有所爲聲聞修諦則無所爲菩薩修諦有善方便聲聞修諦無善方便菩薩修諦有所觀察聲聞修諦無所觀察菩薩修諦爲一切衆生而不證實際菩薩修諦方便堅固而不捨生死及涅槃門菩薩修諦爲一切佛法故天子喻如有人離大賨主獨度曠野心懷驚怖劣乃得過天子聲聞之人亦復如是畏懼生死心懷驚怖於此世界無有還心亦復無有爲衆生心觀生死曠遠於諸佛法無有方便獨一無二而修諸諦天子如彼賨主多諸財寶資產豐實度曠野已廣利衆生如是天子菩薩之人如大賨主具足大慈大悲成就法利具於寂滅善御巧便調伏資產乘六度船執四攝弓箭成就方便爲於佛法而修諸諦天子喻如狗皮以須漫瞻蔔婆師迦而用熏之雖變爲香一切人天所不愛樂聲聞修諦亦復如是願不滿足中般涅槃不能出生多聞定慧解脫知見之香亦不能斷伏煩惱習結不爲人天之所愛樂天子喻如天迦尸迦衣以多竭流阿竭流栴檀婆師迦等百千種淨香常以熏之一切人天之所愛樂菩薩亦復如是於百千億那由他阿僧祇劫以修諦法而自熏修於其中間不般涅槃諸願滿足廣能出生無上淨香多聞定慧解脫知見功德之香斷伏煩惱習結一切人天阿修羅等之所愛樂寂調

音天子復謂文殊師利法王子言文殊師利彼寶相如來世界諸聲聞衆功德云何仁能與其俱共樂彼文殊師利言彼聲聞衆非堅信非不隨他信非堅法非異法界非八人而度八邪非須陀洹而離一切惡道畏非斯陀含爲化衆生亦有去來非阿那含去至過去一切法中非阿羅漢應受三千世界利養實非聲聞而能解了諸佛所説不離欲染然復不爲欲火所熱於取著處離諸希望不離瞋恚不爲恚惱所惱於一切衆生不起恚礙不離愚癡不爲愚癡所蔽於一切法離諸闇冥不離煩惱勤爲衆生斷諸煩惱未昇決定而不受生化度衆生而無我相無所受取而畢報施恩無恩無念而修諸念處無生無滅而修諸正勤離於身心而起諸神足爲滿足一切衆生神通故而修諸通爲增長一切衆生根故而修諸根爲摧滅一切煩惱故而修諸力爲覺了平等智故而修諸覺爲度一切邪徑故而修諸道爲得道故而證無爲爲入實際故而修於道爲入法界故而起知見爲盡無明故而起於明爲離二邊故而修解脱能以肉眼悉見諸佛及世界世界衆生以天眼見一切衆生生死以慧眼預知一切衆生心行以法眼見諸法平等觀三世一切衆生平等以佛眼照明佛法以天耳解一切佛所説以一心知一切衆生心行以憶念智念過去劫際以神足過無邊佛刹諸漏已盡而於無生心得解脱雖復可見而不成就色身雖有文字而無言説心不思議言辭無礙顔色端嚴善可樂見具諸相好功德莊嚴威德難視

名聞高遠體具稱譽世法不染不爲衆惱所惱不爲惡言所汙遊戲諸通多聞應辯智見勇鋭滅闇冥黑熾然智慧説法無礙深入總持諸佛顧念非聲聞辟支佛所見念如大海定如須彌堪任如地神足變現如因陁羅心得自在喻如梵王無等等與空等遍一切處入一切處天子彼寶相如來世界諸聲聞衆德皆如是復更成就無量功德説此法時五百比丘五百比丘尼五百優婆塞五百優婆夷五千天子等未昇決定者各作是言我等願欲樂作彼土寶相如來諸聲聞衆文殊師利言善男子等不可以聲聞心得生彼土是故汝等宜應發阿耨多羅三藐三菩提心乃可得生時諸大衆爲生彼故發阿耨多羅三藐三菩提心願生彼土世尊即説當得徃生

寂調音天子復謂文殊師利法王子言文殊師利彼土以何法調伏聲聞調伏菩薩文殊師利言天子以三乘性調伏聲聞以攝無量生死等安慰一切衆生故受身調伏菩薩以毀呰功德資産調伏聲聞以不猒廣積功德資産利益衆生調伏菩薩以不願斷一切衆生煩惱調伏聲聞以樂斷一切衆生煩惱調伏菩薩以捨一切衆生不爲成就一切佛法調伏聲聞以大悲心念一切衆生爲成就諸佛之法調伏菩薩以少分行調伏聲聞以遍一切世間行調伏菩薩以捨衆魔調伏聲聞以怖一切世界衆魔摧伏異論調伏菩薩以成就已心調伏聲聞以成就無上菩提心調伏菩薩以照明已照調伏聲聞以照明一切世界衆生身及佛法調伏菩薩以次第方便

調伏聲聞以一刹那心方便調伏菩薩以斷三寳種調伏聲聞以長養三寳種調伏菩薩以治破瓦石器調伏聲聞以治破金銀器調伏菩薩以不成就十力四無所畏佛十八不共法調伏聲聞以成就十力四無所畏佛十八不共法調伏菩薩以不成就六波羅蜜方便四攝調伏聲聞以成就六波羅蜜方便四攝調伏菩薩以獨處林藪樂於遠離調伏聲聞以樂園林臺觀樂於法樂調伏菩薩以斷煩惱習調伏聲聞以不斷煩惱習調伏菩薩以有量有思議有等有數調伏聲聞以無量不思議無等無數調伏菩薩是名調伏爾時世尊歎文殊師利法王子言善哉善哉汝善說此菩薩調伏汝今聽我說喻更明此義文殊師利喻如一人終身歎說牛跡中水復有一人歎大海水文殊師利於汝意云何如此二水可相比不文殊師利白佛言世尊牛跡甚少其歎亦少大海無量歎亦無量佛言如是文殊師利喻如牛跡水少其歎亦少聲聞調伏亦復如是喻如大海水既無量歎亦無量菩薩調伏亦復如是說是法時萬二千天子發阿耨多羅三藐三菩提心而作是言世尊我等亦欲學菩薩調伏當以調伏無量衆生寂調音天子復謂文殊師利法王子言文殊師利仁者學何調伏爲學聲聞調伏緣覺調伏菩薩調伏耶文殊師利言天子於汝意云何頗有大海不受衆流者不天子言無也文殊師利言如是天子諸菩薩調伏喻如大海於諸調伏勤作方便修聲聞調伏緣覺調伏菩薩調伏天子言文殊師利調伏句者是

何義耶文殊師利言若知煩惱斷煩惱者謂是調伏天子言文殊師利云何調伏煩惱云何知煩惱文殊師利言若妄想分別憶想不善順思惟計有彼我斷俱行見纏顛倒無明等如是爲煩惱縛著若不妄想不分別不憶想善順思惟不計彼我俱行見纏顛倒離無明等是名滅煩惱無憶想及究竟調伏天子是名究竟調伏菩薩若復以智如是知煩惱微小虛誑不堅牢空無主無我無所屬無所從來去無所至無方處非內非外非兩中間非積聚物無色無形無相無貌無處所如是煩惱究竟滅天子喻如有人能識毒蛇種性所生則能滅毒如是天子若知煩惱種性所生能滅煩惱天子言文殊師利云何爲煩惱種性所生文殊師利言天子從妄想生煩惱若無妄想則無煩惱無煩惱故則無禪窟無禪窟故則無所住無所住故則無惱害無惱害故則究竟調伏天子言文殊師利爲有煩惱故調伏爲無煩惱故調伏文殊師利言天子喻如有人夢爲毒蛇所螫此人爲苦所逼即於夢中而服解藥以服藥故毒氣得除天子於汝意云何此人實爲蛇所螫不耶天子言不也文殊師利言彼毒實爲除不耶天子言文殊師利如實不被螫除亦如是文殊師利言天子一切賢聖調伏亦復如是天子汝作是言爲有煩惱故調伏無故調伏者天子如我與無我有煩惱無煩惱亦如是如我無無我亦無如是有煩惱無煩惱亦爾以我即無我故有煩惱無煩惱此處餘處無有煩惱可調伏所以者何一切法寂靜不可愛故一

切法寂靜不可取故一切法究竟寂靜不可生故一切法無盡以不生故一切法無生無成就故一切法無成就無作者故一切法無我作者以無我故一切法無我以無主故一切法無主與虛空等故一切法無來無所依故一切法無去無禪窟故一切法無住無所安立故一切法無安立生即滅故一切法無爲以無漏故一切法無受究竟調伏故寂調音天子復謂文殊師利法王子言諸法以何爲最文殊師利言生死所習不善順爲最趣涅槃界善順爲最於障礙中不精進爲最於正覺中精進爲最於諸蓋中疑網爲最種種相中得解脫觀爲最諸煩惱中妄想爲最無煩惱中不妄想爲最於諸覺中多事爲最於滅心中禪定爲最於諸見中增上慢爲最於空法中無增上慢爲最諸不善法中惡知識爲最諸善法中善知識爲最一切苦法中邪見爲最一切樂法中正見爲最於貧窮中慳貪爲最於大富中布施爲最於惡趣中破戒爲最於勝趣中持戒爲最於垢心中瞋恚爲最於淨心中忍辱爲最於退善法中懈怠爲最於修善法中精進爲最於散亂中諸覺爲最於一心中禪定爲最無智慧中愚癡爲最於三十七助道法中般若爲最於慈心中無礙爲最於悲心中專念不諂爲最於喜心中樂法樂爲最於捨心中離愛憎爲最於念處中不忘宿善根爲最於正勤中正方便爲最於如意足中身心輕爲最於諸根中信首爲最於諸力中摧伏煩惱爲最於諸覺中悟平等爲最於八聖道中度一切邪道爲最於佛

法中菩提心爲最於攝法中財法爲最導化衆生中說法爲最於方便中處非處智爲最於般若波羅蜜中知一切衆生心行相續到彼岸爲最於六波羅蜜中大乘爲最於求空中慧明爲最於法忍出離中不由他爲最寂調音天子復謂文殊師利法王子言文殊師利法界以何爲最文殊師利言天子法界以平等爲最天子言文殊師利法界以何爲界文殊師利言法界以一切衆生界爲界天子言文殊師利法界頗有分齊不文殊師利言天子於汝意云何空界頗有分齊不天子言無也文殊師利言天子如空界無分齊法界亦如是無有分齊天子言文殊師利法界若爾仁者云何知法界耶文殊師利言法界即無法界法界不知法界天子言文殊師利若如是者仁知何法乃辯如是文殊師利言天子於汝意云何呼聲響爲知何法而有應聲天子言呼聲響無所知但以因緣合故便有聲出文殊師利言如是天子以緣衆生爲境界故諸菩薩便有應辯天子言仁者爲住何處而說法耶文殊師利言天子如如來所作化人所住說法我所說法亦復如是天子言文殊師利如來所化無所住故而有所說文殊師利言我亦如是無所住故而有所說天子言文殊師利若一切處無所住者仁住何處當得阿耨多羅三藐三菩提文殊師利言我住無間當得阿耨多羅三藐三菩提天子言彼無間復何所住文殊師利言天子無間者無根本無所住天子言文殊師利成就無間業者如來不說趣無間獄耶文殊師利言

天子有無間業者如來說趣無間獄如是天子菩薩住五無間速得阿耨多羅三藐三菩提何等爲五若菩薩專念發阿耨多羅三藐三菩提心時於其中間不墮聲聞辟支佛地復次若發捨一切所有心時於其中間不與慳垢心俱復次我應當救一切衆生於其中間不生下劣心復次知一切法無生已於生法中得忍於其中間不與諸見俱復次所應知應見應證處應正覺了如是一切悉以一心一刹那勤方便慧正覺了至得一切智於其中間終不懈廢天子是名五無間菩薩住是無間速得阿耨多羅三藐三菩提天子言文殊師利頗有凡夫愚人住無間罪趣無間獄菩薩即住是無間可證阿耨多羅三藐三菩提不耶文殊師利言有天子言以何方便

文殊師利言天子一切法以諸入空空故空無相無願無生無起無作無爲順緣起故則是菩提天子言文殊師利此法不可見誰當信耶文殊師利言若不信順如來者云何當信聲聞耶天子言若如是者云何當得解脫耶文殊師利言若不行我者若不受一切煩惱者若復受持如是經典者若以大悲授一切衆生法手者曰彼等有何相貌曰彼等當有相貌陰界入相貌曰彼等當有何行曰當有空無相無願行曰彼等當何所趣曰彼等當趣一切智當趣一切衆生心行曰文殊師利退轉菩薩云何曰天子若退轉菩薩得阿耨多羅三藐三菩提者無有是處曰於何退轉曰於一切煩惱及聲聞辟支佛地曰云何不退曰若與平等等曰文殊師利平等句者

有何義曰此是不異之說曰文殊師利若如是者云何知一切法差別曰天子不知平等者於平等中生差別行差別故趣於差別若知平等者則不行差別以不行差別故即趣平等謂趣無差別天子言文殊師利頗有有煩惱菩薩有菩提不曰有曰以何方便文殊師利言若菩薩無煩惱如聲聞者則無受生天子菩薩為斷一切衆生煩惱故起大悲發菩提心名有菩提文殊師利頗有菩薩有慳有菩提不耶曰有天子言以何方便文殊師利言若菩薩不捨菩提心而化度衆生攝受諸法是菩薩有慳成就檀波羅蜜天子言文殊師利頗有菩薩捨戒成就尸波羅蜜不曰有天子言以何方便文殊師利言若菩薩以化度衆生故為於衆生是菩薩無戒成就尸波羅蜜天子言文殊師利頗有菩薩捨忍成就羼提波羅蜜不曰有天子言以何方便文殊師利言若菩薩捨一切異道忍修佛法忍是菩薩捨忍成就羼提波羅蜜天子言文殊師利頗有菩薩捨於精進成就毗黎耶波羅蜜不曰有天子言以何方便文殊師利言若菩薩捨聲聞辟支佛精進趣等正覺菩提是菩薩捨精進成就毗棃耶波羅蜜天子言文殊師利頗有菩薩妄念成就禪波羅蜜不曰有天子言以何方便文殊師利言若菩薩乃至夢中不生聲聞辟支佛念常定不捨等正覺心是菩薩妄念成就禪波羅蜜天子言文殊師利頗有菩薩無智慧成就般若波羅蜜不曰有天子言以何方便文殊師利言若菩薩一切世間蠱道起尸諸惡呪術於中無慧

惟爲成就攝一切智是菩薩無慧成就般若波羅蜜爾時世尊歎文殊師利法王子言善哉善哉文殊師利善説菩薩摩訶薩所應行所不應行又文殊師利吾當爲汝説喻重明此義文殊師利譬如有人饑渴羸瘦彼人寧忍饑渴終不食於雜毒之食何以故食可畏故如是文殊師利菩薩寧慳嫉破戒惡名懶惰妄念無慧終不希求聲聞辟支佛地所以者何以可畏故天子白佛言世尊諸菩薩不畏煩惱耶佛告天子應畏煩惱畏聲聞辟支佛地復過於彼又天子我今問汝隨汝意答天子於汝云何樂生之人當畏何處爲畏斬首斬肢節耶天子白佛言世尊畏於斬首所以者何斬肢節能修福業生於勝處其斬首者無有壽命不能修福佛告天子如是菩薩寧毁禁戒終不捨於一切智心寧有煩惱終不昇於聲聞決定天子白佛言希有世尊菩薩所行世所難信所以者何聲聞之人持戒精進乃是菩薩破戒懶惰佛告天子如汝所言如貧人食是轉輪王毒如是天子聲聞之人持戒精進即是菩薩破戒懶惰天子喻如有人庸作自活其人尚自不能資衆眷屬令得快樂況復餘人如是天子聲聞精進爲自斷結以此精進不能令閻浮提人得樂況餘一切天子如大賈主多饒財寶常樂賑給精進不息則能利益一切衆生如是天子菩薩專心精進成就悲愍則能利益一切衆生爲無量衆生而作樂因能授世間出世間之樂爾時長老摩訶迦葉白佛言世尊聲聞之人證無爲法菩薩之人到於有爲到有爲者云

何輕蔑到無爲者佛告迦葉吾當爲汝說喻以明此義迦葉喻四大海滿中生酥有人析於一毛以爲百分以一分毛取酥一滴迦葉於汝意云何一分毛滴能輕滿四海生酥不迦葉白佛言世尊不能輕也佛告迦葉於汝意云何此二酥中何者爲多何者價貴迦葉復白佛言世尊一大海生酥億百千分之一尚多尚勝況復四海迦葉如百分毛一所舉酥滴當知聲聞無爲智亦爾迦葉如四大海生酥當知菩薩有爲善根百千阿僧祇劫迴向一切智亦復如是迦葉喻如蟻子取一粒穀比秋月穀成熟之時一切大地所有諸穀迦葉於意云何如此二穀何者多勝迦葉白佛言世尊秋月熟時無量衆生各得受用此爲多勝如是迦葉如蟻子所取一粒之穀當知聲聞解脫果亦復如是迦葉猶如秋月一切大地苗稼成熟當知菩薩具六波羅蜜四攝善根此成熟已則能利益無量衆生亦復如是迦葉喻如百千馱水精器來入城邑復有一無價瑠璃寶珠於大海中載船舫上安隱得至閻浮提界到已則能除人貧乏窮患迦葉於汝意云何諸水精器頗能輕此無價瑠璃寶不迦葉白佛言不敢輕也迦葉如水精馱入城邑者當知聲聞無爲亦復如是如無價瑠璃大寶當知菩薩紹三寶種使不斷絕生一切智寶心亦復如是爾時長老摩訶迦葉白佛言希有世尊如來善說一薩婆若心寶菩薩則勝一切聲聞辟支佛爾時寶相如來剎土諸來菩薩聞說此法已咸懷希有白佛言世尊此諸所說皆是戲論有種種垢

淨起諸異説彼寶相如來刹土唯説菩薩不退轉法無煩惱纒希有難及釋迦如來應正遍知乃能堪忍如是煩惱於無分別一味法中説上中下顯示三乘差别之異爾時諸菩薩以諸天華供養如來已謂文殊師利法王子言文殊師利我等欲還寶住世界文殊師利言善男子等宜知是時諸菩薩言仁者不俱去耶文殊師利言善男子刹土平等佛法及衆生平等處我欲樂是當趣是處諸菩薩曰文殊師利以何方便文殊師利言一切刹土平等無盡故諸佛等正覺不可思議一切法空衆生自性無我諸善男子我觀平等性如是故作是説言一切刹土平等一切佛法衆生平等故我趣是處於是文殊師利即入三昧變此世界如寶住世界一切大衆咸悉得見無增無減亦見世尊釋迦牟尼色貌形體如寶相如來諸聲聞衆皆如彼菩薩形色相貌時彼菩薩見是相已皆謂已到寶住世界咸謂釋迦牟尼佛即是寶相如來而白佛言世尊誰將我等還此世界佛告諸菩薩善男子等汝等去時誰將汝去諸菩薩言文殊師利法王子佛告諸菩薩亦彼將還時文殊師利從三昧出謂諸菩薩言善男子各念三昧時諸菩薩各各念已所得三昧現在前已而作是念希有希有我等今者猶在於此乃謂已到寶住世界時諸菩薩怪未曾有而白佛言甚奇世尊文殊師利法王子乃能有是不可思議神通定力世尊願諸衆生得神通力如文殊師利佛告諸菩薩言善男子等喻如金銀玻瓈金剛栴檀等寶器及瓦器等是

諸器等皆受空界空界遍在諸器以空界平等故如是善男子等善法如際及空此等諸法即一無差入第一義空故而彼衆生以作種種行故受種種生示現千種我分化成若干千色所受地獄畜生餓鬼人天色聲聞辟支佛菩薩佛色此等諸色雖皆可見平等色如色空等一無差無有別異善男子等以是義故當如是知文殊師利法王子言一切剎土等無別異故一切佛等一切法等一切衆生等無差別時諸菩薩受世尊如法教法深生猒離心得喜悅頂禮佛足右遶三帀離世尊已即於娑婆世界不現還至寶住世界爾時世尊告慧命阿難言阿難此勝經典汝當受持讀誦廣令通利所以者何若能以此經典廣爲人說若能故聽受者則得無量福聚阿難白佛言唯然世尊我已受持當何名此經云何奉持佛告阿難此經當名寂調音所問如是受持又名如來所說清淨調伏受持佛說經竟寂調音天子文殊師利法王子長老摩訶迦葉慧命阿難及諸時會大衆天龍夜叉乾闥婆阿脩羅護世等聞佛所說歡喜奉行

寂調音所問經

音釋

窟（苦骨切）　螫（施隻切蟲行毒也）　賑（章刃切濟也）　析（先擊切與析同）

大乘三聚懺悔經

隋天竺三藏闍那崛多及笈多等譯

清刻龍藏佛説法變相圖

大乘三聚懺悔經

隋天竺三藏闍那崛多及笈多等譯

如是我聞一時婆伽婆在毗舍棃大光明林
與大比丘衆千餘人俱復有無量諸菩薩等
爾時世尊與於無量百千諸衆前後圍遶而
爲説法爾時長老舍利弗在彼會坐承佛威
神從座而起偏袒右肩右膝著地合掌向佛
而作是言我於今者欲有所問願佛聽許爲
我解釋爾時佛告舍利弗言汝舍利弗恣汝
所問我當解釋令汝心喜爾時長老舍利弗
蒙佛聽許解釋所問歡喜踊躍不能自勝以
歡喜意而白佛言大德世尊若善男子善女
人等云何欲住於聲聞乘辟支佛乘及住大
乘是衆生等有諸業障云何懺悔云何發露
謂煩惱障諸衆生障法障轉後世障云何懺

悔云何發露爾時佛告舍利弗言善哉善哉汝舍利弗汝今欲爲多所安樂利益天人能問如來於如是事汝舍利弗汝今應當諦聽諦聽善思念之當爲汝說時舍利弗而白佛言善哉世尊唯願解說爾時佛告舍利弗言汝舍利弗若善男子善女人等若欲發心住於聲聞辟支佛乘若住大乘是衆生等應於晝夜各在三時從座而起偏袒右肩右膝著地合十指掌應作是言所有現在十方世界諸佛世尊常住在世若坐經行是諸世尊常憶念我當證知我爲我作眼爲我作智爲我作勝爲作最極我在彼前懺悔發露若我無始流轉往來若我此生若於餘生所有業障若自作若教他作見作隨喜及煩惱障諸衆生障法障轉後世障若自初作若教他初作若見初作隨喜若自正作若教他正作若見正作隨喜若自作竟若教他作竟若見他作竟隨喜若復未識佛時未識法時未識僧時未知善時未知不善時若復隨順於欲瞋癡貪亂心等而起諸惡若復爲於睡眠所覆若復掉戲若復疑惑若復諂曲若復無慚無愧若復我慢貢高自大若起怨嫌若醉放逸若起惡心出佛身血若謗正法破和合僧殺阿羅漢或殺父母如是等業若自初作正作作已若教他作見作隨喜身業三種口業有四意三業行於衆生所起諸惡意或復逼觸毀辱呵駡三乘衆生說其過惡嫌恨誹謗或作邪婬或作邪見若初始作若正作時若復作已自作教他見作隨喜或隨所說違背戒聚或盜塔物起於邪見若始發意或復作時及

作已竟如是等惡自作教他見作隨喜或於父母而起違背或障人出家或復欲受具戒之時爲作衣服留礙或入禪定時或正念時而作障礙或於利養名聞善根而爲障礙如是等事初作作時及已作竟自作教人見作隨喜如是一切所作衆惡今於一切佛世尊前發露懺悔爲證明我與我作眼與我作智與我作勝與我作極今於一切佛世尊前至心懺悔發露不敢覆藏於未來世更不敢作而今一切諸佛世尊已知見我攝受證明若我所有無始生死諸煩惱中流轉往來所作惡業自作教他見作隨喜如是等業應受惡報若復現受若當來受如是諸業諸佛世尊當證知我如對目前與我作勝與我作極於諸佛前至心懺悔不敢覆藏於未來世更不敢作所有過去有諸如來正遍知者如彼往昔行菩薩行時懺悔業障及煩惱障諸衆生障法障轉後來世障如是懺悔我今亦復如是懺悔不敢覆藏於未來世更不敢作所有未來世諸佛如來正遍知者如彼當行菩薩行時懺悔業障煩惱障諸衆生障法障轉後世障懺悔已復懺悔我今亦復如是懺悔諸障發露懺悔不敢覆藏懺悔已後更不敢作所有現在十方世界一切世界有諸如來正遍知者現住在世如彼往昔行菩薩行時懺悔業障煩惱障諸衆生障法障轉後來世障懺悔已復懺悔我今亦復如是懺悔業障煩惱障諸衆生障轉後來世障懺悔發露不敢覆藏於未來世更不敢作如是過去未來現在諸佛如來正遍知者若已現知若有當知

我今爲於業障所覆應墮地獄畜生餓鬼若閻羅王世界違背遠離佛法僧處墮於逼迫苦惱之處如是等障今於一切佛世尊前發露懺悔願佛世尊當證知我爲最勝者爲最極者我於彼前皆悉志心發露懺悔不敢覆藏於未來世更不敢作我今於此志心懺悔我及衆生願智清淨諸法業障當淨一切助菩提法願皆滿足如是三發於如是願如過去諸佛如來正遍知者彼等世尊於往昔行如是懺悔如是懺已得一切法無障清淨若未來世諸佛如來正遍知者彼諸世尊亦當如是懺悔所有現在十方世界一切世界諸佛業障已得一切法無障清淨如來正遍知者現住在世彼佛世尊往昔修行亦皆如是懺悔業障得一切法無障清淨舍利弗以是之故若善男子及善女人若欲發住於聲聞乘辟支佛乘若住大乘欲淨業障應當如是懺悔發露不應覆藏於未來世不應復作舍利弗若有善男子善女人欲離地獄畜生餓鬼貧賤生者亦當如是懺悔發露不應覆藏於未來世不應復作舍利弗若善男子善女人欲生刹利大姓婆羅門大姓居士大家受富樂果若復欲生四天王處三十三天夜摩天兜率天化樂天他化自在天梵身天梵輔天梵侍天大梵天淨居天少淨天無量淨天遍淨天大身天小身天無量身天廣果天無想天光音天無惱天善見天阿迦尼吒天無邊空處天無邊識處天無所有處天非想非非想處天若欲生彼同受果報應當如是懺悔業障如是發露不應覆藏後不更作是故

舍利弗欲得須陀洹果斯陀含果阿那含果阿羅漢果辟支佛道亦當如是懺悔發露淨於業障後不更作舍利弗若有善男子善女人欲當成就無上菩提一切種智智不可稱智一切三界最勝妙智亦應如是懺悔發露後不更作應如是知如來所說一切諸法從因緣有或有生滅過去已滅未來未至現在無體無有業障無業障處現作諸行亦無業障所以者何如來常說一切諸法空無我所無有衆生無有命者無福伽羅無有人者無摩那婆本性空寂以是義故一切諸法無有業障舍利弗若善男子善女人等若當能入如是等際所謂實際無我之際無有家際無漏際者是則能淨一切法障而得寂靜於是舍利弗白佛言世尊是住大乘發菩薩心諸善男子善女人等云何當應隨喜一切衆生善根佛告舍利弗是住菩薩乘善男子善女人等應晝三時及夜三時從座而起偏袒右肩右膝著地合十指掌應作是言一切世界所有衆生衆生所攝彼等所有諸福德聚若初作若正作若作已若自作若教他作見作隨喜若於佛邊若於法邊若於僧邊若福伽羅邊若行布施福事持戒福事若等行福事彼等我今皆悉隨喜最勝隨喜最大最妙最極最淨無等無等等無上無上上諸佛許可我今應當如是隨喜所有過去諸佛如來正遍知者從初發心乃至入於無餘涅槃於其中間所有福聚彼等我今皆悉隨喜所有未來十方世界諸世界中當有如來應供正遍知從初發心所有修行六波羅蜜和合福

衆彼等一切我今皆悉如是隨喜乃至如於諸佛許可隨喜隨喜若復現在一切十方諸世界中有諸如來應供正遍知從初發心乃至得阿耨多羅三藐三菩提已乃至入於無餘涅槃於其中間所有福聚我今皆悉如是隨喜最勝隨喜乃至如佛許可隨喜如是隨喜舍利弗於意云何如是隨喜和合福聚得幾功德有大利益舍利弗若此三千大千世界所有衆生衆生所攝彼等一切成阿羅漢若有善男子善女人供養彼等恭敬奉事給施衣服飲食湯藥牀敷等事乃至命終彼所得福寧爲多不舍利弗言甚多世尊佛言舍利弗且置三千大千世界諸衆生等衆生所攝若復東方如恒河沙諸世界中所有衆生衆生所攝者彼等皆得成阿羅漢若有善男子善女人乃至盡命供養供給乃至湯藥是等諸事舍利弗於汝意云何彼所得福寧爲多不舍利弗言甚多世尊佛告舍利弗如是南方西方北方四維上下恒河沙等諸世界中所有衆生衆生所攝皆成羅漢若有善男子善女人等盡形供養奉事供給乃至衣服湯藥等事彼所得福寧爲多不舍利弗言甚多世尊不可思議能得邊際佛告舍利弗若住大乘發菩薩心諸善男子善女人等能有正信無諸諂曲發阿耨多羅三藐三菩提心復能如是隨喜隨喜舍利弗比前福德於此福聚百分不及一千分百千分億分百億分乃至筭數譬喻所不及一舍利弗諸菩薩等如是隨喜能具足故能速成就阿耨多羅三藐三菩提舍利弗若有善男子善女人住於

大乘復能如是隨喜隨喜當得如是無量無邊大福德聚舍利弗若有婦人猒惡女身欲求男身當成就阿耨多羅三藐三菩提亦應如是隨喜隨喜爾時舍利弗復白佛言唯願世尊爲我廣說勸請和合所得福聚利益安樂諸天世人亦爲現在及未來世諸菩薩等攝受廣大諸善根故爾時佛告舍利弗言善哉善哉舍利弗汝今欲爲多所利益安樂天人能問如來如是之義舍利弗汝今諦聽善思念之當爲汝說舍利弗言善哉世尊我今欲聞願爲解說佛告舍利弗若有善男子善女人等住大乘者應於晝夜各在三時從座而起偏袒右肩右膝著地合十指掌應作是言諸佛世尊當憶念我所有十方一切世界所有諸佛如來應供正遍知證菩提已欲轉法輪我今悉皆勸請彼等諸佛世尊皆悉願轉無上法輪爲欲憐愍安樂利益諸天人故如是三說亦復如是我今勸請諸佛世尊唯願爲轉無上法輪唯願彼等諸佛世尊施於法施願佛世尊普設法會願諸世尊注大法雨願諸世尊然大法炬願諸世尊擊大法鼓願佛世尊作法音樂願諸世尊吹大法螺願諸世尊建立法幢願佛世尊以法充足一切衆生令諸衆生以法自恣多所利益安樂世間憐愍一切諸天人故又舍利弗若善男子善女人等欲當成就阿耨多羅三藐三菩提者應晝三時及夜三時偏袒右肩右膝著地合十指掌而作是念所有十方一切世界所有一切諸佛世尊現住在世若住若行應當憶念應當禮敬應作是念所有現在十方世

界諸佛世尊欲捨壽命入涅槃者我皆勸請諸佛世尊莫入涅槃久住於世不思議劫不可説無有量不可稱劫爲多利益安樂世間諸天人故堪忍久住無令身心而有疲倦如是三請諸佛世尊久住於世於無量劫利益安樂一切世間諸天人故堪忍久住勿令身心而有疲倦如是勸請彼所善根應當迴向阿耨多羅三藐三菩提舍利弗汝今當觀勸請迴向得幾許福舍利弗於汝意云何若此三千大千世界滿中七寶持用布施諸佛如來其所得福寧爲多不舍利弗言甚多世尊非所思量之所能知佛告舍利弗且置三千大千世界滿中七寶如是東方南西北方四維上下諸世界中滿中七寶持用布施諸佛如來其所得福寧爲多不舍利弗言甚多世

尊非可思量能得邊際舍利弗汝今當觀若善男子善女人等正信無諂能發無上菩提之心能作如是勸請諸佛轉於法輪舍利弗如此福聚比前福聚百分不及一千分百千分不及一乃至筭數譬喻所不能及舍利弗若善男子善女人等發菩提心能作如是勸請迴向和合善根能具足者當速成就無上菩提舍利弗我於往昔行菩薩行時亦常如是勸請諸佛轉於法輪及久住世我以如是勸請諸佛轉法輪故因彼善根因緣之力是故今者帝釋天王諸梵王等恭敬合掌而勸請我轉於法輪而作是言唯願世尊多所憐愍安樂饒益一切世間諸天人故轉於法輪舍利弗我於往昔行菩薩行時勸請諸佛久住於世轉法輪故今得十力四無所畏四無

礙辯大慈大悲十八不共法我涅槃後正法當住於五百歲像法亦復住五百歲爾時舍利弗復白佛言大德世尊是住大乘諸善男子善女人等於阿耨多羅三藐三菩提善根云何迴向爾時佛告舍利弗言汝舍利弗是住大乘若善男子善女人等應晝三時及夜三時從座而起偏袒右肩右膝著地合十指掌應作是言我於無始生死流轉已來至於今日所有福聚自作教他見作隨喜或於三寶福伽羅所修諸福德若修布施若行持戒諸福德事若復等行諸福德事若復思念作福德事乃至於今懺悔隨喜勸請等事一切和合皆悉迴向施與一切諸衆生等如於過去諸佛如來應供正遍知者徃昔所行菩薩行時以諸善根皆悉迴向於一切智我今亦復如是迴向以諸善根皆悉迴向無上菩提所有未來諸如來等正遍知者如彼當行菩薩行時以諸善根當以迴向於一切智我今亦復如是迴向以此善根皆悉迴向無上菩提所有現在十方世界諸佛如來正遍知者現住在世自在行者如彼徃昔行菩薩行時以諸善根皆悉迴向無上菩提我今亦復如是以諸善根皆悉迴向無上菩提如彼世尊釋迦牟尼如來應供正遍知坐於道場菩提樹下以不思議不可稱量廣大無垢如是智印住佛三昧一念和合相應智慧降魔波旬軍力退已於夜後分明相出時應所知見皆悉正覺得正覺已於波羅柰鹿野苑中轉於無上四諦法輪若有沙門若婆羅門若天魔梵及餘世間所不能測然法炬擊法鼓吹法

螺建法幢雨法雨以法充潤一切衆生多所憐愍利益安樂諸天人故亦如彼等阿閦如來阿彌陀佛師子佛百焰佛放焰佛熾盛光佛無邊光佛蒙恩光佛燈王佛最上佛蓮華上佛開敷佛寶月佛寶焰佛無礙光佛彌留幢佛寶相佛大焰聚佛寶幢佛因陀羅幢佛寶軸佛栴檀香佛決定焰波頭摩蓮華熾盛身佛無量名稱功德光明佛如彼彌留孤知如來應供正遍知如是等諸佛如來應供正遍知證於無上佛菩提已轉於無上最大法輪我亦如是願當轉於無上法輪願以法施一切衆生充足自恣爲欲利益安樂世間諸天世人作利益故舍利弗若有得聞如此所說第一之道聞已信受隨教行者彼則當得無量福聚舍利弗若善男子善女人等聞於如是三聚法本受持讀誦能解其義爲他廣說彼則當得多福德聚不可思議不可稱量舍利弗汝今當觀如是無量神通福聚舍利弗於汝意云何於此三千大千世界所有衆生衆生所攝皆令彼等悉得人身得人身已成辟支佛若善男子善女人等盡形供養飲食衣服牀卧湯藥種種諸事彼涅槃後起舍利塔高十由旬縱廣正等滿七由旬妙色莊嚴端正可喜金銀瑠璃玻瓈真珠碼碯琥珀衆寶所成又復供養彼諸塔廟以天音樂散妙華鬘燒香塗香繒旛幢蓋而以供養彼所得福寧爲多不舍利弗言甚多世尊不可思議之所能及佛告舍利弗且置三千大千世界諸衆生等衆生所攝又復東方如恒河沙等諸世界中所有衆生衆生所攝南西北方

四維上下如是世界所有衆生衆生所攝皆令彼等悉得人身得人身已證辟支佛若善男子善女人等乃至盡命供養奉事衣服飲食湯藥牀卧種種諸事供養供給彼所得福寧爲多不舍利弗言甚多世尊非可思量之所能及佛告舍利弗若善男子善女人等能具正信無有諂曲發於無上菩提之心復能依此迴向迴向舍利弗比前福德於此福聚百分不及一千分百千分乃至筭數譬喻所不能及爾時衆中有十千人從座而起偏袒右肩右膝著地合掌向佛而白佛言大德世尊我等亦欲當成無上諸佛菩提所以者何大德世尊我等以聞如是等法修多羅故深起愛樂大德世尊我等志樂無上菩提時天帝釋與諸眷屬六萬八千天衆圍遶即以諸天曼陀羅華栴檀抹香閻浮金粟優鉢羅華波頭摩華倶牟頭華分陀利華供養於佛及此所說三聚法本而散其上再三散已而白佛言希有世尊乃至如此三聚法本多所利益爲諸菩薩摩訶薩等當淨一切諸法業障當令值遇一切善法具足成就佛告帝釋如是如是憍尸迦我今說此三聚法本爲諸菩薩摩訶薩等多作利益於一切法無障清淨得成就故當得值遇一切善法悉成就故憍尸迦我念往昔阿僧祇劫復過是數不可思量彼時有佛出興於世名大焰聚如來應供正遍知明行足善逝世間解無上士調御丈夫天人師佛世尊憍尸迦彼大焰聚如來壽命六萬八千億歲初會百千諸聲聞衆第二會有九十九億諸聲聞衆第三會有九十八

億諸聲聞衆憍尸迦彼大焰聚如來爲諸天人大作利益時彼衆中有一女人名曰尊親於彼會坐從彼大焰聚如來聞於如此三聚法本信受讀誦廣爲人説如説修行發於無上菩提之心彼聞此法即轉女身成丈夫身常得生於天人之中往來流轉當得受於八萬四千轉輪王身今現住彼在於東方去此佛刹過億百千諸佛刹土現成阿耨多羅三藐三菩提名寶焰聚如來應供正遍知憍尸迦若有衆生臨命終時聞彼寶焰聚如來名號能憶念者彼當不復更受女身所以者何彼寶焰聚如來往昔行菩薩行時發如是願若有女人臨命終時聞我名字能憶念者彼當不復更受女身憍尸迦此三聚法本能有如是多作利益爲諸菩薩摩訶薩等具足當

淨一切諸法諸障礙業當得值遇一切善法成就具足佛説此經時帝釋天王及長老舍利弗及諸天龍乾闥婆阿修羅人非人等聞佛所説歡喜奉行

大乘三聚懺悔經

佛說文殊悔過經

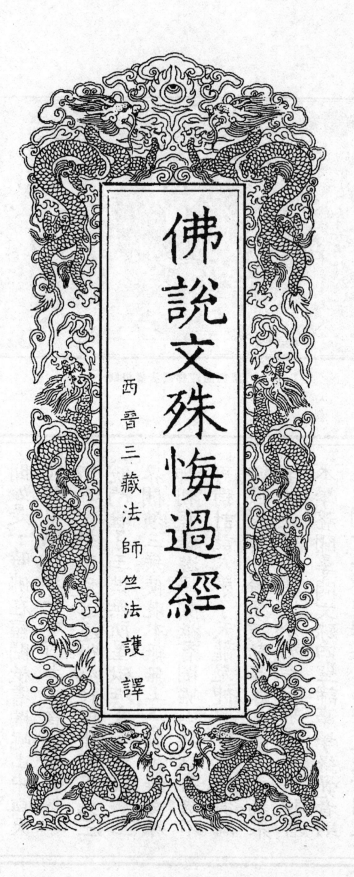

西晉三藏法師竺法護譯

清刻龍藏佛說法變相圖

佛說文殊悔過經

西晋三藏法師竺法護譯

聞如是一時佛在羅閱祇耆闍崛山中與大比丘衆俱比丘千二百五十菩薩無央數一切大聖神通已達逮得總持攬十方慧立三脫門曉了三世無所罣礙班宣三寶救濟三界開演三乘使曉本無無上正眞爾時文殊師利菩薩遊羅閱祇耆闍崛山與諸菩薩不可稱計諸大弟子天龍鬼神揵沓惒阿須倫迦樓羅眞陁羅摩睺勒等眷屬圍遶而爲衆生廣說經法開演分別志三乘學其來聽者本學聲聞尋問文殊四聖諦事學緣覺者則已自問十二緣起深奥之事學大乘者則從已行諮問啓受六度無極四等四忍善權方便無極大道或問神通四無放逸四等心行

諸分別辯菩薩之道三十七品不退轉地超入寂滅或問上界悔過之處十地十忍十分別事十瑞十持十印十三昧定或有問於不壞諸法入于一義無從生忍文殊師利各隨所問而發遣之可悅其心令無餘疑爾時會中有諸新學發意菩薩而來聽受不能將護罪福之緣陰蓋所覆而為虛妄狐疑所蔽習在顛倒無勇猛志依倚形色抱怯弱心不能諮啓文殊師利淨除因緣一切罪蓋修學大乘至無上道時彼會中有一菩薩名曰如來齊光照曜見諸新學菩薩心念志懷猶豫不能自決則前白問文殊師利無罪之事悔過之義無失勸助諮請無過不違誘進文殊師利即答如來齊光照燿菩薩是族姓子菩薩大士欲除罪業奉行平等入於過去當來現在佛法五體投地尋復起立右膝著地口自說言一切衆生從於左路著於右道其在邪見悉當立之於賢聖法欲化一切衆生之類皆至無上正真平等之道以是之故右膝著地當宣此言猶若如來至真等正覺詣於道場坐尊樹時蠲除一切衆惡之法諸善普備吾亦如之觀首遍體以手摩之重以右手而指于地吾當降魔并及官屬若得佛道令一切人衆生之類消伏魔事及外怨敵坐佛樹下指地要誓成佛聖慧如本世尊右手指地降十八億諸魔官屬以是之故所以右掌而按著地以當左手按著於地又跽左膝口說此言假使有人住愚癡法所受顛倒而不順義懭悷難化不成好器慳貪垢穢而處危害皆毀同學今者識道改往修來而皆諦受於

四恩行是以左手及與左膝著地矣假使頭腦著於地時口演此言使一切人棄除貢高自大之心孝順父母奉敬尊長若干種養當以逮得無能見頂佛之髻相越度一切世間諸法身過三界慧踰虛空令吾自歸以是五體投地禮德使諸衆生至成大道世俗之人生長五蓋以此功德自然棄除五蓋之蔽具足五根究竟五力絶滅五欲逮得五通遠離五陰成就五眼其在五趣衆生之類獲致殊特五法之行禁戒差特三昧智慧修於解脫度知見事以是五體投地之德陰蓋以消住根力者常念如來未曾捨懷復說此言諸佛世尊惟垂恩慈而見愍念於是一切十方世界所有菩薩上至諸佛慧無罣礙其行不二奉於平等將護法相以法身體清淨之言無有解說鮮潔之心而無有心一切諸法慧無陰蔽無來無去於一切智悉愍普見等入如來證明要義過去當來今現在法識知罪福因緣之報諸佛世尊乃爲聖眼其慧成就悉能證明爲人重任備精進已吾從本際至於生死於眞諦際而自迷惑不能敏達無所識知處在非法興於法想違犯正律以爲律想非是衆祐爲衆祐想興發不善以爲善想心隨顚倒不了無常苦空非身自貪見身諸惡罪業所爲非法不順典約佛所禁限自犯此罪若教他人方當所作罪蓋塵勞不聽聞法憎惡菩薩聖衆之業不奉道教見諸魔事遠波羅蜜諸度無極若人布施抑令不爲壞人德本使不成就吾今皆從十方諸佛世尊光曜悔過自首不敢覆蔽令除其殃改往修來

從今已後不敢復犯勿復令我有衆罪蓋墮於地獄餓鬼畜生鬼神貧窮若在人中莫令乏匱設在天上勿為貧夭博達衆經莫貧於道財業豐饒莫使厄匱用七法財以給少智眼耳鼻口身意陰蓋斯侵親屬心懷因緣若生邊地家室鬪諍而相別離臭惡瑕穢而不可忍莫與如此眷屬共會常使應行正士俱會而與相見今從十方諸佛悔過改往修來不敢藏匿文殊師利言當復自責我前世時行不清淨毀身口意婬怒愚癡興心為害放訑諛諂多求無猒積累惡業誹謗輕調毀佛法衆不孝父母懱於尊長衆祐凡人曀其功勲不能自覺輕智慢聖自歎其身求他長短既身自犯又勸他人其順行者教令越法不知佛時不知法時不知僧時不知善惡時深沒貪婬瞋恚所沮愚癡所蔽不能精進嫉妬不實凶暴難化多所志慕計佳吾我處人壽命興五趣念乞求合集懷諂諛想積累無限非法之行自計有身念是我所無常為常想苦為樂想無身為身想不淨為淨想墮四顛倒種於惡業醉於形色迷於財業惑於傲貴荒於國位亂於眷屬所作過罪見覩諸佛聞所說法不肯諮受不供聖衆離於德本捨度無極而忘道心違失三寶若復棄捐無盡正業無量功德及不可盡聖慧辯才所欲自恣從惡知識遠於善友從十方佛自首悔過改往修來不敢藏匿文殊師利復曰當自悔言我前世時志於下劣所遊土地而興誓願毀呰大乘遏斷正教勸從邪徑誹謗正法佛所班宣深妙之典若干種教抑制法輪使不通

流若自身犯設教他人勸助非法破壞塔寺敗亂聖衆散縣聚落毀大國土若危城邑謀圖帝主害於種姓内外親屬若復傷殘他人身體令生瘡瘢絶其命根閉於牢獄若教人殺其心迷荒常懷狐疑教人猶豫說他罪殃使不順戒處於邪見從異道教及其政行自懷怨心亂他人意令必瞋恚所作過罪若身自犯及教他人皆從十方自首悔過佛世光明惟蒙見濟改往修來不敢藏匿文殊師利曰當復悔過言我身前計有吾我言是我所見顛倒住於貪婬心者無本而想有心不能明了心如幻化也其本自然不能分別諸佛之法發於無上正眞道意而欲覩見道之處所一切諸法悉無所有而反言有其身口心所作善惡皆從十方諸世光曜自首悔過改往修來不敢藏匿吾往本時所行布施持戒忍辱精進一心智慧不解三昧住顛倒見若布施者望想求報心念所取護於禁戒想我他人修於忍辱心倚著身奉於精進住於衆想興發禪定念應不應而想有人樂于放逸貪求智慧志慕歸道謂有處所皆從十方世光悔過改往修來不敢藏匿吾往古時不能曉了正眞之義供養於佛而反倚求色相莊嚴八十種好雖奉事佛不能入於法界無所壞法亦不曉了無所住法而住諸法想法若干設聞經法若講說者思惟所趣而不分別無爲之法計於聖衆而有數想供養聖衆亦起希望皆從十方世光悔過改往修來不敢藏匿吾往古時希望諸法求空處所遊於閑居限節知足少欲爲德不能識知一切法空

心無所著爾乃可謂靜處宴坐住於法界不能解達法界無受及衆生界亦無所受及依吾我立僻沉沒不能行道而計有人不修四恩當救衆生亦不能濟亦不曉了佛道自然相亦自然於三十七道品之法見有五趣而倚求望不知寂然沙門之義出家所修奉受具戒依比丘行如是及餘所造德本因其德本獲致安隱有爲之福與無爲安超絶逈遠不與道合皆從十方世光悔過改往修來不敢藏匿如過去佛諸天中天本爲菩薩奉行道時皆悔諸罪罣礙陰蓋吾亦若茲當來現在諸佛世尊本所修改我今悔過亦當如是向尊自首歸命於佛爲上爲長最勝殊特無上之德爲無等倫諸佛聖慧巍巍無量悉知一切世界所有衆塵諸數而得自在普能曉了衆生心念吾等之身從無央數阿僧祇劫所行迷惑而自放逸悔一切罪陰蓋之患如爲已身所悔殃釁及爲地獄餓鬼畜生在於五趣一切衆生罪所蔽者今吾皆以五體禮虔而爲悔過曉了微妙除諸限礙已能遊入觀一切法譬如虛空所可悔者無罪無報亦無塵染已入諸法無罪蓋者乃爲名曰悔一切過是族姓子菩薩大士往古結縛一切所行衆念妄想財業因緣所受依倚而住處所皆當悔過若使於中如此色像所受思想行不平等當令明了一切無本假使一切無所行者乃能得入於斯本際無想之際無形相際無有二際無陰蓋際無所得際無身之際離欲之際無所習際無所行際無罣礙際無所歸際無所由際是則名曰菩薩大士自首

悔過無有罪害得至佛慧滅除一切休息殃
疊罣礙之蓋文殊師利曰悔此一切衆罪過
已尋發無上正真道意請爲一切衆生之類
除諸殃疊使無罪蓋令存世間成佛正真莫
爲聲聞緣覺之乘開化衆生諸未度者吾當
度之諸未脱者吾當脱之諸未滅度者當滅
度之爲一切人救濟之宅擁護自歸導示道
徑將順燈明光明之曜爲衆將帥賈人大導
以是如來十種之力尋發意頃令得莊嚴四
無所畏三十有二大人之相八十種好如來
音響八部之聲明識如來善權方便入衆生
心佛之弘廣無上大慧在於法界禁戒清淨
無有缺漏而雨諸法金剛章句不捨一切羣
生之類則不退轉究竟得至於一切智諸通
之慧興正真心於諸佛法而無所著以諸德
本勸助諸佛過去當來今現在佛本行學道
從初發意至於無上正真之道成最正覺於
此中間所顯德本如佛所教一切諸法則無
根源亦無所住所施捨者而無所施本性清
淨禁戒鮮潔乃無所犯衆生盡索而無所起
乃曰爲忍靜默無作乃爲精進其心自然而
無所生乃爲一心度無所度不越駛水棄諸
邪見乃爲智慧入於深遠十二緣起而無所
入乃可堪任名爲玄妙明達行空乃爲慈心
作無所作乃曰爲哀不行諸法乃曰爲喜若
越四瀆而無有二乃曰爲護無受不受亦無
所攝乃爲四恩無有根本亦無所住乃爲德
本名曰五根意無所念亦無所遊乃爲五力
覺了真諦一切本末爲七覺意不合於二無
合無散乃曰道矣獲致定然憺怕之行乃曰

爲寂以慧解度不違柔順乃曰爲觀以慧爲黨乃曰神通咎皆以此勸助歸趣不退轉輪等御至佛所以如來具足莊嚴成就其身則以此義演文字説隨諸衆生言語音響爲分别解所可班宣靡不周徧無能抑制所以如來於十種力常得自在以慧莊嚴而得成就示現一切諸佛變化無上無極最尊無比爲無等倫我皆勸助如是法行其有過去當來現在諸佛世尊本清淨身而解自然悉不可得所言清淨其心清淨亦不可得無所發遣供養諸佛於一切法無所將護乃爲護法無德無衆爲供養僧皆已備悉威儀禮節亦以成就一切諸行其行如是并及餘事而曉去來現在諸佛道慧平等等行佛法不誤墮於一切衆魔不與諸法而俱同塵不著聲聞辟

支佛地斷絶諸非奉度無極逮得總持修菩薩行遠近於道悉能報答衆生所言悉隨衆人之所欲啓各令得所常住平等所行由已莊嚴一切諸佛國土辯才光曜歸于清淨斷諸惡趣三昧自在悉隨一切衆生所爲得諸總持靡不照明辯才聖達皆當從已則以所發一切智心悉用勸助諸佛道慧其諸過去當來現在逮得佛道無有衆漏戒定慧解度知見事周旋諸力無能退轉縁無所畏諸佛之法無所罣礙其無極慈行無等倫其大哀者不戴仰人等如虚空無能察頂無二功德報應之想清淨蠲除迷惑之心而自莊嚴其身口意諸天釋梵普來勸助敷演道教而轉法輪棄去無智不達神識化諸衆生建立佛慧吾悉勸助使至於佛無上大道其有去來

今現在佛臨滅度時善權方便威神建立流布舍利令入供養攝取一切衆生志性從始至終乃能至于正法滅盡我皆勸助所可勸助志於佛慧無上大道去來現在諸佛世尊現於滅度合會聲聞過諸罣礙導御篤信解法界味導御法念度於八邪所謂八等住於無爲種性之地其種性衆而反其流至須陀洹二反周旋爲斯陀含歿此生彼不復迴還爲阿那含無爲無起無所復進爲阿羅漢分別曉了深妙緣起十二之因爲辟支佛目悉通見慧靡不達者爲諸菩薩初發意者心等如地普入衆行所行眞諦窮盡生死諸法之源具足佛法爲不退轉於一切生而無所生乃能逮入一生補處講説宣揚無所有慧而奮大光諸所德本悉無根本亦無所住吾悉勸助如是像法志於佛慧無上大道其有去來及今現在三世之中衆生之類淨諸佛眼所可布施不計吾我無所貪愛所作功德禁戒無盡不可限量所修道義其行無行所有功德悉以勸助諸佛之慧無上大道而不差別等無所損清淨離穢猶如虛空入於殊妙智慧衆聖則爲最上導御衆義精進行法自然如空眞實無比亦如無爲更無有侶以是勸助取要言之如去來今諸佛世尊本爲菩薩行求道時所行無量智度無極善權方便無所罣礙眞實之行善修清淨行清淨已證取佛慧所可勸助衆德之本方當勸助吾當學此所尊修法而効勸助志於佛慧無上大道使諸衆生如十方界滿中諸塵身所行事一切見佛悉令發心不可計會解於大道自

在所行吾悉勸助斯衆德本了此德本不可
捉持一切諸法猶如虚空若能勸助此德本
已則無有本已離諸本不可護持無所志念
寂然無主達無主已便入諸法已入諸法便
勸德本如爲已身所可勸助亦復勸助一切
菩薩開化衆生俱復如是等無差特是族姓
子菩薩大士勸助佛慧順而無失乃至大道
復次族姓子菩薩大士所住如此深妙大義
然後口宣斯之言教其有十方不可稱計諸
佛世尊在其世界逮得無上正眞之道成最
正覺曉了經典過於四魔逮成無獲憺怕之
法皆離文字應聖二事如所逮法而復觀察
善權方便示現受法開化所應可度衆生不
失大哀稽首請問樂於静寂觀彼佛樹爲諸
天龍神揵沓惒所見咨嗟解了音響言語文

辭爲一切説若立此行則能降伏魔及官屬
化諸怨敵令無刺棘所曰刺棘三毒之謂具
足所願輒如所念滅除曚冥則成世間無極
弘曜聖慧之明入於無量分别聰達道靡不
通其智慧輪莫能過毁行權方便暢識一切
衆生根本爲説經法莫能抑制而皆斷絶一
切處所閉結之行照見羣黎所欲諮受五體
投地稽首諸佛尊敬歸命爲勝爲殊爲最第
一爲無等倫無有過上不有譬喻無可爲侣
佛之智慧如是難及觀無二際我如此禮乃
爲禮佛無所從生亦無所至爲忍辱禮首悔
殃釁以稽首佛悔過自歸殃罪消索雲除日
出假使無量十方一切所有世界滿中衆塵
如此之數衆生之類口所宣説發心之頃思
念諸想不可計會勸助諸佛令轉法輪此諸

世尊轉無上輪至無二輪無有形相無成就輪不可得輪裂壞一切魔羅網輪久遠巳來覺無從生逮致大道而悟起輪開化衆生嚴淨十方諸佛土輪於一切智多所摧伏力無能勝入此道輪曉了於空無相願輪無所行輪亦無所生無有起輪悉無所有如眞諦輪所可成就無所成輪有可降伏無所度輪深奥微妙解於十二縁起之輪破壞衆魔却外敵輪消除迷惑危害怨賊擿不可逮無極法鼓亦復吹於無言法螺則亦豎立法慧之幢而智聖慧解脱大明而炳然熾無極錠燎尋則雨於無量甘露法滴之水可悦衆生及賢聖智無上大道以正七覺而飽滿之滅盡一切衆生之類生老病死愁憂啼哭惱不可意結綱之礙窈冥晻蔽樹之根栽故曰然於智慧之明無極大燈則隨衆生本所爲業罪福果報各爲現說是諸世尊在於無數不可計會十方世界而作佛事善示法律不斷言教諦分別慧亦復授於諸菩薩別堅住聖衆開化衆生求於玄妙寂然無爲啓受經典而無猒足諸佛大聖欲滅度者我悉勸助令不滅度專志一心所行安隱順住法界而常永存無央數姟不可稱計阿僧祇劫教化衆生住六波羅蜜所度無餘一人不度終不捨去普令入於諸總持門皆見一切諸佛三昧因行之始若種正義立於大定勸志大乘遣至一切諸佛世界而爲顯示諸佛世尊從無所生輒逮成道現有所生實無所生其無所滅亦復如是乃有所滅自然寂靜悉無所著是爲族姓子菩薩大士勸助佛慧而無罪豐文殊

師利言已能如是悔所犯過當發無上正真道意常以慈心向於衆生不懷怨結已無怨結請召三界勸助一切衆德之本稽首諸佛歸命悔過勸助轉法輪示現無量所建立德則當興發薩雲若智諸通敏慧十方世界無所係屬奇珍異寶華鬘雜香擣香澤香燈火衣服幢蓋繒綵妓樂不鼓自鳴宮殿浴池河海泉源日月光明無君主者亦無敢名吾目自見而心取此持以貢上諸世光曜佛天中天以此衆養奇寶異珍奉事諸佛三界所有天上世間七寶樹木自然瑰奇華香天樂牀卧復上諸佛供養已訖曉了諸佛解一同等諸佛無二無有形容三十二相八十種好而現相好善權方便示無量色有所演説音聲遠聞化無數身不可計像於諸世界而無所處不住法界以懷誠信因緣解脱所可供養奉侍之德以貢諸佛是諸世尊於諸法界而不動搖不得諸度無極處所入無罣礙所至無際察於衆生五陰之體猶如曠野而無有主悉無所有不曉了此唐爲憂患化衆生類志薩雲若諸通之慧普入衆行取如來身所入行者悉捨有無顯現衆生人之境界使無憍慢轉佛法輪無有放逸皆棄調戲抑制衆魔人民志性不可限量斷除諸根爲現無量一切衆生處諸羅網而以道力廣示其義平等之事無陰蓋本亦不動搖悉皆興發宣示普門具足逮成薩雲若慧淨修諸佛功勳之德莊嚴其身供養舍利以此燈香衆華雜馨諸所供具衆養之德以貢諸佛世之光曜如諸菩薩過去佛時若干供養心無所著以貢

諸佛吾亦如之建立勸助惟諸大聖垂以大慈見愍納受文殊師利曰復次族姓子菩薩大士所住若茲當說此言吾所悔過則虛不實所可勸助亦無所生所可請問亦無所有計此可悔虛無實也設我所勸無所生者所可請問無所有已道亦如是虛無所有其無所生無所有者等定亦如則無所生無有度者無著無念已無所著則能信脫無著勸助所首悔過功德之品計於道心一切衆生於無罪福而得自在本所勸助皆以德本供養一切諸如來衆稽首歸命貢上燈香華蓋瓔珞若干種物所供養者取此功德皆爲一味清淨之行所清淨者本性清淨鮮潔顯曜等一切智以爲大施無極之業仁和無穢等行於道所願合集當令歸趣如來之道則用勸助無上正眞爲最正覺一切諸法無所勸助假使以眼不勸助色了色自然不以眼著因緣報應計如其識所從起者不出於眼亦無有色適起壞滅消散盡索亦無住處耳聲鼻香舌味身受心法所勸亦然意無有法諸所功德亦復如是勸助於道道無德本有從德本而興因緣因其所行而起心矣所發道心亦無所住適起尋壞消散滅盡彼以其心而造德本所可用心勸助行者發心展轉而不相見猶如燈光若晝日光無所從來無所從去適起上炎因緣合成忽不知處菩薩道心亦復如是智慧之明興顯德本亦無所住其如是像以法生者是爲名曰菩薩勸助入於寂然受決得忍逮致聖光智慧之曜假使菩薩遊於是法心不樂行衆穢之元諸佛世尊

以爲證明乃當勸助志於德本猶如諸佛智度無極善權方便所因聖慧令衆菩薩行於政德所説勸助吾亦如之而不動搖精進若此其道普至靡所不周承志性力所入無量亦皆棄除所應不應衆想之念設已得入衆性行者思念一切如來至眞悉在目前思惟虚空一切所有等如虚無已能可意入於無量思法界行一切具足神通之慧昇自在堂乃得申叙而顯其心普悉棄捐世之垢穢裂壞羅網入於自試皆見十方佛天中天諸菩薩衆無有遺脱而不覩者念於去來現在諸佛悉爲一等則以德本勸助聖慧吾今勸助如無二界一切普至今此德本亦復如是悉令周遍於諸羣生而得申叙皆使得入一切諸乘諸菩薩門所生之地悉逮具足靡不覩念令其眼根皆見衆生究竟備悉無量佛事盡入耳根所可聽聞一切天人蜎飛蠕動音響言聲分别文字所暢決慧處處别異教誨具足衆生所作諸業罪福所歸從其所行而見果實觀察三世去來今事曉了衆生善分别行解知所言而皆識練一切德本無本無住亦無所行乃爲具足諸度無極普見衆生而等導御常以依倚無我本際一切世人悉欲樂往與共相見在於世間無所罣礙亦無坑壍得第一度思惟逮入斷一切法皆得通入於諸法界亦無所壞其所遊居微妙眞際其有衆生在諸苦惱令入佛土觀諸刹土悉是人界逮得明眼普見十方悉承一切諸佛聖德索察羣黎心性所趣開導制御罪蓋所爲如所執持悉爲示現成就自在所奉道業

順無從生不乏四等四恩六度以濟窮厄令至弘廣殊特之慧衆生志性各異不同而使具足所欲志願令無顛倒得可其心使懷悅豫勢力奇特而無有侶心巳得開逮成正覺目見衆生性行所趣各教化之示現究竟使菩薩行永存不斷令諸衆生一切備悉六度無極住於正道使無有餘過去當來及今現在諸佛世尊皆誨衆生與得是處無上大道供養奉事志性和雅具足佳詣使得通入無所行法經道之論一切剎土衆生徑路有身形者皆開化之清徹悅豫令不墮落目見諸佛奉養歸命以是德本覩一切色如見佛形而皆等觀十方剎土則能嚴淨諸佛國土等察一切諸天人民蚑行喘息人物之類諛諂虛僞猶如幻化普悉了斯解無所有等視三世一發心頃靡所不入一切諸法雖各別異等無若干入於道力令一切法至一平等治無相好等解善權察衆生心從其志性委靡而隨應病與藥等授無上正眞道慧超度世俗諸所爲作清淨鮮潔歸于平等洗除衆生塵勞結恨穢濁志操使徹清明歸此平等便得歸於一切諸佛悉一法身逮成莊嚴志習於此柔順之法導修其行精進勢力慇懃不懈欲有所度以此德本使十方人一發意頃普達衆生解告人民諸菩薩行皆令合集言語辭意以一發言出無數教示現衆生善權方便一心念頃各令見聞平等道門變化感動靡不蒙濟轉於法輪舌能覆面上至梵天音聞遐方如來身者顯現道門歡悅衆生以一普安演於無量若干光明佛道巍巍無有

斷絕一時顯揚口宣十方五趣之處示佛變化悉令遊居具足德行爲諸衆生而訓誨現於斯德本修於無量總持之門入於光明巍巍之慧令一切具靡不成就人民所行衆德本者志性各異使入總持光明之慧其有諸天一切人民憂愁苦惱爲除衆患悉入總持光明之曜一切諸論文字本際入於總持光明之曜一切諸行諸想所應悉入總持光明之曜使致普門諸根轉輪使入總持光明之門一切莊嚴清淨衆飾使入總持光明之門一切徑路衆好威神以悅衆人悉入總持光明之門無所罣礙總持諸法歸趣若干無數威曜悉使具足皆令一切諸佛之法悉逮得入總持光明以是德本由此因緣悉爲諸佛所見攝護視於諸佛如見父母則以攝取佛之國土修治嚴淨爲諸善友所見攝取恭敬奉事諸佛世尊以若干種愛樂欣悅心無變異而不可動攝取衆生成就教誨愛護一切諸惡趣則以聖威斷煩惱根攝取諸世顯發行執懷善教一切典所開化者無導御攝取諸法欲以執持諷誦之故用斯德本因此緣執住於一事普見衆事住於衆事悉見一事則以一事入一切事以一切事入於一事則以一義告誨開化一切諸義以一切義興發一義以無因緣入於諸緣化於諸緣令入無緣以無事法入于衆生性行各異從其相行而教誨之以無有想入於諸想諸未進者悉令入道入諸有想而誘進之使入無想以是德本因此事故由斯瑞應住於一人含氣之類心性之行普見一切衆生意歸住於一切

衆生志性則覩一人心意所趣究竟具足廣大其意所誨無限以一人心勸化宣示一切衆生意志所念以一切心興發一心則以諸佛威神感動教化如應開解一切衆生之行誘一人心勸入一切衆生意行以一切心勸入一心化衆生界勸進暢示佛身光明心存住於無人之際於無人際則不動搖所建立處不捨衆生逮度無極而不懈倦以是德本修此事故住一佛土普見一切諸佛國界住一切土覩於一土於一切土入無盡土於無盡土入於一土無盡本際莊嚴校飾還淨國土訓誨所入斷婬怒癡靡所不散住於一土教化諸土在於諸土誘進一土一切衆生所念思想勸至方面發起人民令一剎土入一切土以一國土入於一切無量佛土等見三界衆生所與不可動故以無極哀開化人民而無處所亦無所住若懷狐疑悉濟猶豫度衆生類以是德本以過去事入於過去又以過去入於當來又以過去入於現在其當來事入於當來入當來事入於過去當來事者入於現在又現在事入於現在又現在事入於過去一切過去當來現在入平等相令其現在入於現在其現在者入於過去其去來今普入平等以是德本因緣之報逮得諸佛現在目前三昧要慧致成佛德聖衆如來二昧正定逮致光明華如來所化莊嚴三昧皆莊嚴淨所現三昧示一切色所現身三昧皆入諸音言辭三昧又首楞嚴現若干種般泥洹事獲致不斷佛教三昧而當成就專一嚴淨三昧究竟善住三昧定意金剛道場三昧

如金剛三昧慧明三昧以是之比見於一切衆生之心所行若干志操不同過去當來今現在事無所不達乃爲如來三昧道場各各別異令致于彼神通之慧所願具足以是德本吾及衆生悉使成就進退自由究竟清淨被蒙闓化以是德本一切衆生目之根源使如佛眼一切世間衆生所在諸可聞者逮與佛耳其聽無極使衆生鼻得如佛鼻通徹無際悉無所著令諸衆生舌根德殊逮得世尊廣長之舌其所教誨如佛之言處在一切世間之法所作身事所可興發皆成佛身處在一切法界之中亦無所處化於衆生一切所行作佛慧業從其人民志性所願應病與藥而開化之一切諸香則能變爲佛之德馨熏爲道事一切諸味則能化成成習義味一切

細滑柔和内性入人義業一切諸法皆以訓導使成道法開化衆生是爲一切諸所入者吾當令成諸佛所入通達大慧人民陰蓋諸所情哀吾當與法消化諸哀爲作佛事當使諸界悉爲佛界所有諸根令無有根使之根者爲立道根以是德本因此緣故得至建立無所住慧聖道所處所可建立普令人民皆悉曉之化一切色悉成佛形由是之故各各使人曉了其慧變諸音響悉成佛聲皆爲人民宣布道教如是之比使諸衆生消除盡索塵勞欲門乃爲菩薩入諸菩薩療治其行道法之門是爲清淨一切人民志性事矣可悅衆生智慧之宅入無勝地勢力之土菩薩道行下於應時而不違失身行口言意所修業無所罣礙不有危害無所藏匿班宣諸佛之

言教也行不虛妄逮得神通所知具足以是德本當令我身及諸衆生悉得成就至於清淨爲人講說是爲菩薩大士所行勸助佛慧眞諦無失文殊師利說是五體悔過品時五百菩薩皆悉逮得無所從生法忍皆以除棄狐疑猶豫虛僞閉結倒見之惑如來齊光照曜菩薩逮得一切諸佛無所破壞三昧之定於是世尊則以道耳遙聞文殊師利之所講說尋以讚曰善哉善哉仁快說此除諸菩薩罣礙罪蓋勸助入道若有菩薩儻聞說此勸助教者即能奉持諷誦講說如是不久皆當滅盡一切罪蓋令無罣礙如燈及燭入於冥室衆闇消索猶如日出照于天下靡不蒙明如盲得目聾者得聽瘂者得言跛者能行蹇者得通五陰自消六衰則滅昇於法堂入于道室超慧臺閣處大聖殿何謂法堂佛言神通已暢無所罣礙逮三達智何謂道室佛言得三昧定見十方佛如人照鏡無有遠近周遍悉見何謂慧臺佛言智度無極解一切空心無所著大慈大哀何謂大殿佛言善權方便進退知時不在有爲不處無爲與法身合無合無散現形三界化爲佛身相好威容班宣道教或爲菩薩聲聞緣覺高士大聖凡夫愚行因時開化度脫十方莫不得濟至于大道佛說如是如來齊光照曜菩薩賢者阿難諸天龍神阿須倫世間人民莫不歡喜作禮而退

佛說文殊悔過經

音釋

揵沓惒梵語也此云香陰揵巨焉切沓達合切惒音和蠲古玄切潔也跪渠委切膝隱地曰跪儱悷儱力董切悷郎計切儱悷多惡不調也訑徒案切弛縱意懱莫結切輕易也沮在呂切壞也遏烏割切止也瘢薄官切瘡痕也殃舋殃於良切禍也舋許覲切隙也駛疎士切疾也蛸隳緣切小飛也蠕而兖切蟲動也壍七豔切坑也蚑詰利切蟲行貌

菩薩瓔珞本業經

姚秦涼州沙門竺佛念初譯

清刻龍藏佛說法變相圖

菩薩瓔珞本業經卷上

姚秦涼州沙門竺佛念初譯

集衆品第一

如是我聞一時佛重遊於洴沙王國道場樹下成正覺處復座如故昔始得佛光影甚明今復放四十二光光光皆有百萬阿僧祇功德光爲瓔珞嚴好佛身彌滿法界湛若虛空凝神寂照樂常住性窮化體神大用無方法王法主於一切衆生而作父母自然百千寶蓮華師子之座古昔諸佛所坐皆爾道德威儀相好如一身口意淨福行普具光明所徹金剛寶藏出化無極照人剎土去來現在無復障礙化及一切度法與人三世悉等圓明獨達一切佛等爾時大會菩薩盡一生補處神通妙達周徧十方法身無極導利衆生開

佛法藏示現佛性妙果寂滅無爲要教都入人根以宿命智訓化以漸心入無際解内外要始終無極等諸佛土無所分別以大悲口讚揚佛名不可勝極六道之事靡不貫達所化之處至皆歎言佛念吾等建立大志乃悉現我諸佛世界所有好惡殊勝之土佛所遊居闡隆道化光明神足教誨我等開示我意佛本業瓔珞十住十行十迴向十地無垢地妙覺地爲我說要斷我瑕疵及諸疑網悉爲我現佛土佛身佛神力佛定無量變化四等無畏無罪三業十八不共一切功德無上道法衆事敷教流入十方一切國土東去無極有香林刹佛名入精進菩薩字敬首南去無極有樂林刹佛名不捨樂菩薩字覺首西去無極有華林刹佛名習精進菩薩字寶首北去無極有道林刹佛名行精進菩薩字慧首東北無極有青蓮刹佛名悲精進菩薩字德首東南無極有金林刹佛名盡精進菩薩字目首西南無極有寶林刹佛名上精進菩薩字明首西北無極有金剛刹佛名一乘度菩薩字法首下方無極有水精刹佛名大精進菩薩字智首上方無極有欲林刹佛名至精進菩薩字賢首如是一切法光流入靡不周徧爾時釋迦牟尼佛歎十方諸菩薩等皆彼國第一各與無數上人俱來入此大會頂禮佛足坐千寶蓮華座時彼土衆中第一菩薩名曰敬首以佛聖力歎言快集此會觀其所止佛國清淨至於法服如來德式修行妙善四十二賢聖之因演說經法得佛變通隨刹清濁度人無極分流道化靡不周徧於是他

方佛國亦説瓔珞本業無二無別所聞道法與今釋迦所説無異是時敬首菩薩入十方剎諸佛神力大師子吼發問一切佛一切菩薩無量大寶藏海金剛瓔珞法門爾時釋迦牟尼佛初至樹下觀察十方法界衆生根緣現故放大光明悉照佛界上至四空一時來下入法會中六天十八天四天皆悉集會無量國土其一國者須彌山日月圍繞照四天下東弗于逮南閻浮提西拘耶尼北鬱單越大海鐵垣圍繞國界上有二十八天如此者爲一小國周徧十方合有百億國土是時佛光悉現其中及四天王天忉利天焰摩天兜率天化樂天他化自在天梵天梵衆天梵輔天大梵天水行天水微天水無量天水音天淨居天無想天徧淨天淨光明天守妙天微妙天極妙天福界天果勝天大淨天空住天識住天無所有住天非想非無想住天如是諸天皆有天池水蓮華中生故名水天四非色衆生皆以化生下至五輪際是爲一佛剎名爲大忍法界釋迦文佛分身百億悉徧其中爲彼國説賢聖本業瓔珞之行時諸大衆天人視彼小國佛及菩薩若近相見皆來集此金剛寂滅道場樹會

賢聖名字品第二

爾時他方敬首菩薩承佛威神復以大衆皆是龍王師子王二十八天王衆皆大根大行受佛神力故發小問問佛大師本修何行成佛聖道身口意淨金剛不壞一切衆生不得其邊內性明照常住不滅過一切菩薩之上出生端正色相無比圓極自然無爲清淨二

種常身度人無量現六道中常爲釋梵所敬除暗昧如燭火明天地如日月度天人如船師暨過三界爲妙覺尊欲成斯道當如何行一切賢聖名字何等爾時釋迦牟尼佛以金剛口告敬首菩薩言佛子諦聽諦聽善思念之如法修行我先天上人中廣開一切菩薩無量行願是法亦是十方三世諸佛快說決定了義瓔珞佛所行道今當爲此大衆十四億那由他一切人根開瓔珞本業汝心可念志願高遠極大悲化慈及十方一切衆生佛言佛子欲成斯道當先正三業習三寶教信向因果然即所問悉可得入一切佛教爲菩薩者得佛不久汝諦受學四十二賢聖名門決定了義十方三世一切諸佛皆共同說一而不二佛子所謂流伽度秦言發心住流諦伽度秦言治地住流羅伽秦言修行住流摩阿秦言生貴住安婆沙秦言方便具足住毗跋致秦言正心住阿毗跋致秦言不退住必叉伽秦言童眞住必阿羅秦言法王子住流山迦秦言灌頂住度伽阿秦言歡喜行度安爾秦言饒益行度只羅秦言無瞋恨行度和差秦言無盡行度利他秦言離癡亂行度生婆諦秦言善現行度沙必秦言無著行度阿訶秦言尊重行度佛阿秦言善法行度叉一婆秦言眞實行羅羅諦流沙秦言救護一切衆生迴向羅曇沙秦言不壞迴向必白伽秦言等一切佛迴向法必陀秦言至一切處迴向佛度阿秦言無邊功德藏迴向羅叉必秦言隨順平等善根迴向師羅叉伽秦言隨順等觀一切衆生迴向波訶諦秦言如相迴向

波羅提弗陀秦言無縛解脫迴向達摩邊伽秦言法界無量迴向鳩摩羅伽秦言逆流歡喜地須阿伽一波秦言道流離垢地須那迦秦言流照明地須陀洹秦言觀明焰地斯陀含秦言度障難勝地阿那含秦言薄流現前地阿羅漢秦言過三有遠行地阿尼羅漢秦言變化生不動地阿那訶秦言慧光妙善地阿訶羅弗秦言明行足法雲地摩訶一和沙秦言無相無垢地婆伽婆佛陀秦言妙覺者無上地佛子是故名門攝一切功德行佛及菩薩無不入此名門一切神通一切因果一切境界亦入此名門佛子是名門十方諸佛所說道同不增不減決定師子吼說當以誓自誓受持讀誦解釋義味願一切衆生同入我法同我等佛應如是修學爾時佛告敬首菩薩佛子吾今略說名門中一賢名門所謂初發心住未上住前有十順名字菩薩常行十心所謂信心念心精進心定心慧心戒心迴向心護法心捨心願心佛子修行是心若經一劫二劫三劫乃得入初住位中住是位中增修百法明門所謂十信心心心有十故修行百法明門常發無量有行無行大願得入習種性中廣行一切願

發住賢人　發廣大願　今生至佛　一切願入
在我願中　無不成就　自致得佛　以願爲本
我今行施　當願衆生　捨貪欲意　入空道位
法戒常行　當願衆生　攝行不破　得正解脫
六忍常奉　當願衆生　得無諍心　寂法忍住
大精進力　當願衆生　常行不住　入自覺果
住禪定心　當願衆生　具六神通　無爲自安

修正法智　當願衆生　入慧海流　紹菩薩位
行無相願　當願衆生　一切願滿　流入佛海
大慧方便　當願衆生　法河無礙　到二諦際
大力神通　當願衆生　變化在我　得無所畏
邊際智滿　當願衆生　金剛智成　登道場果
入無垢地　當願衆生　坐佛道樹　教化一切
我今已覺　當願衆生　解相續假　滅計斷心
覺照法化　當願衆生　解法緣成　滅計常心
我得滿體　當願衆生　解相待假　滅計我心
無緣大悲　當願衆生　解相生假　滅見盜心
第一滅度　當願衆生　解實法緣　滅戒盜心
得十力果　當願衆生　解二諦照　滅邪見心
以金剛力　當願衆生　解十二緣　滅疑見心
獨照無方　當願衆生　識法無常　滅貪慳心
五眼三達　當願衆生　修三明覺　滅癡暗心
無礙和合　當願衆生　紹三寶解　滅瞋諍心
得大明慧　當願衆生　入一切空　滅無明藏
三十二相　當願衆生　相相嚴好　滅依報果
得應身用　當願衆生　乘大法船　入佛法海
我因果願　悉已具足　一切願行　攝在其中
二十四願　攝無量行　信願始門　終大慧本
今於諸佛　前受大願　願今已滿　修進餘行
其中功德　行百千劫　我願乃捨　入無盡界
一切菩薩　若入是願　無不得入　薩婆若海

佛子住是住中發大願已過外一切凡夫行十信者今復修行無量功德所謂十波羅蜜三空無相無願無作空觀成就即除我人主者衆生漸捨諸見常樂我淨三界繫縛無明漸破伏斷一切業習故厚集一切善法八萬四千般若波羅蜜一切諸法門攝我心中念

念不去心佛子有十不可悔戒應受應持一不殺人乃至二十八天諸佛菩薩二不盜乃至草葉三不婬乃至非人四不妄語乃至非人五不酤酒六不說在家出家菩薩罪過七不自讚毀他八不慳九不瞋乃至非人十不謗三寶藏若破十戒不可悔過入波羅夷十劫中一日受罪八萬四千滅八萬四千生故不可破是故佛子失發心住法乃至覺地一切皆失是故此戒是一切佛一切菩薩行之根本若一切佛一切菩薩不由此十戒法門得賢聖果者無有是處是初住相習種性中第一人如是下九人法行漸漸增廣乃至九住十行十迴向十地無垢地亦漸增廣不可思議行佛子吾今略說如海一滴

賢聖學觀品第三

爾時敬首菩薩白佛言世尊云何菩薩學觀名字義相及心所行法復當云何佛言佛子汝之所問同十方佛土中一切佛皆坐道場時能問者皆名敬首所問無異諦聽諦聽思念正觀如法修行佛子一切諸佛皆說六明炎三三昧門我亦如是說六種性者是一切菩薩功德瓔珞莊嚴菩薩二種法身菩薩所著百萬阿僧祇功德行爲瓔珞若一切菩薩不入瓔珞功德法門得入正位者無有是處佛子六種性者所謂習種性性種性道種性聖種性等覺性妙覺性復名六堅信堅法堅修堅德堅頂堅覺堅復名六忍信忍法忍修忍正忍無垢忍一切智忍復名六慧聞慧思慧修慧無相慧照寂慧寂照慧復名六定習相定性定道慧定道種慧定大慧定正觀慧

定復名六觀住觀行觀向觀地觀無相觀一切種智觀佛子一切佛及菩薩無不入此六種明觀決定了義實相法門佛子汝先言云何名字者所謂銅寶瓔珞菩薩字者所謂習種性中有十人其名發心住菩薩治地菩薩修行菩薩生貴菩薩方便具足菩薩正心菩薩不退菩薩童眞菩薩法王子菩薩灌頂菩薩佛子銀寶瓔珞菩薩字者所謂性種性中有十人其名歡喜菩薩饒益菩薩無瞋恨菩薩無盡菩薩離癡亂菩薩善現菩薩無著菩薩尊重菩薩善法菩薩眞實菩薩佛子金寶瓔珞菩薩字者所謂道種性中有十人其名救護一切衆生離衆生相菩薩不壞菩薩等一切佛菩薩至一切處菩薩無盡功德藏菩薩隨順平等善根菩薩隨順等觀一切衆生菩薩眞如相菩薩無縛解脫菩薩法界無量菩薩佛子瑠璃寶瓔珞菩薩字者所謂聖種性中有十人其名歡喜菩薩離垢菩薩明慧菩薩焰光菩薩難勝菩薩現前菩薩遠行菩薩不動菩薩善慧菩薩法雲菩薩佛子如是百萬阿僧祇功德瓔珞莊嚴菩薩二種法身是四十人名爲學行入法流水中以自灌注佛子摩尼寶瓔珞菩薩字者所謂等覺性中有一人其名金剛慧幢菩薩住頂寂定以大願力住壽百劫修千三昧已入金剛三昧同一切法性二諦一諦一合相復住壽千劫學佛威儀象王視觀師子遊步修佛無量不可思議神通化導之法是故一切佛法皆現在前入佛行處坐佛道場超度三魔復住壽萬劫化現成佛入大寂定等覺諸佛二諦界外

非有非無無色無心因果二習無有遺餘現同古佛但有應名現諸色心教化衆生現同古昔諸佛常行中道大樂無爲而生滅爲異而實非佛現佛神通常住本境佛子水精寶瓔珞內外清徹妙覺常住湛然明淨名一切智地常處中道一切法上越過四魔非有非無一切相盡頓解大覺窮化體神二身常住爲化有緣是故佛子吾今略說賢聖名字汝等受持現行化人

佛子汝先言云何心所行法者所謂十心一發心住二治地心住三修行心住四生貴心住五方便具足心住六正心住七不退心住八童眞心住九法王子心住十灌頂心住復次即十觀心所觀法者一厚集一切善根所謂四弘誓未度苦諦令度苦諦未解集諦令解集諦未安道諦令安道諦未得涅槃令得涅槃佛子二修習無量善行所謂四念處觀身受心法若四皆空四倒則無不壞假名一切法故皆如幻化者五陰色受想行識六大識空四大一切法無自相無他相如虛空故佛子三善集佛道法所謂觀十一切入地水火風青黃赤白空處識處皆如實相故佛子四一切佛前受法而行所謂八勝處內實五陰中廣相略相二勝處外假衆生法中廣相略相二勝處四大法廣略四勝處如是觀一切法空無相故佛子五修諸清白法所謂八大人覺少欲知足寂靜精進正念正定正慧不諍論順一切法故佛子六爲諸佛所護所謂八解脫觀聞慧得內假外假二相不可得故一解脫思慧得內五法外一切法不可得

故二解脫修慧六觀具足色界五陰空三解脫四空五陰及滅定觀皆不可得故五解脫如相故佛子七廣正法所謂修六和敬身口意業同戒同見同行入此法和畢竟空故住不退位故佛子八信喜大法所謂三空一切因故無作一切果故無相因空果空空復空故空空如是法如虛空故佛子九心住四等法所謂化衆生教四諦法三界非樂爲苦無明習因受生無窮三空道品無爲寂滅四諦不二一合相故佛子十好求佛功德所謂六念佛法僧戒捨天得一切佛功德念念入如幻三昧常所習現前修故佛子吾先忉利天說十觀名初十住凡夫行若一切菩薩無不入此門迴向薩婆若海

佛子十行心者一歡喜心行二饒益心行三無瞋恨心行四無盡心行五離癡亂心行六善現心行七無著心行八尊重心行九善法心行十眞實心行復次即十觀心所觀法者一爲自得一切種智故所謂四正勤善法未生方便令生善法已生方便令增廣惡法未生方便令不生惡法已生方便令斷菩薩爾時爲求佛果故佛子二爲得自身有大力故所謂四如意足念者守境精進馳求定名檢攝慧能照境得法無生自在法故佛子三願無畏具足故所謂五根信根念根精進根定根慧根皆無相故佛子四求具足三寶故所謂五分法身戒除形非定無心亂慧悟想虛解脫無累無累知見一切衆生無縛爲知見解脫故諸法虛空無二故佛子五爲化一切衆生故所謂八正道從師生慧名正知見得

法生思名正思惟策勵不惓名正精進出家受道得三道分名正語正業正命入法性空名正定正慧於無生不二觀一合相故佛子六爲得大慈悲故所謂七覺分念覺分擇法覺分精進覺分喜覺分除覺分定覺分捨覺分是名觀門入一相故佛子七爲得四無礙故所謂五善根止觀煗觀頂觀忍觀三界空第一觀能生十地無相大明慧故聖人胎不變故第一空平等故佛子八入一切佛國中行行故所謂四化法法辯義辯辭辯樂說辯是四名慧性照一切法無生入第一義諦中行故佛子九爲於一念中照一切法故所謂三世十二因緣過去二無明諸行現在識名色六入觸受愛取有未來生老死皆假會合成性實不可得故佛子十爲自在轉大法輪故所謂菩薩三寶菩薩爾時於中道第一義智爲覺寶一切法無生動與則用爲法寶常行六道與六道衆生和合故爲僧寶轉一切衆生流入佛海故佛子吾於焰摩天爲諸天說凡夫十行今於此衆略說法要汝等受持一切諸佛亦同是說

佛子十迴向心者一救護一切衆生離衆生相迴向心二不壞迴向心三等一切佛迴向心四至一切處迴向心五無盡功德藏迴向心六隨順平等善根迴向心七隨順等觀一切衆生迴向心八如相迴向心九無縛解脫迴向心十法界無量迴向心復次即十觀心所觀法者一諦二諦正直所謂學習第一義諦觀一切法相如不可得故以慈悲喜捨教授六天人剃髮被三寶衣出家菩薩共一切

僧佛法不二故第一清淨故佛子二深第一義智所謂五神通是慧性差別用故天名神心是以天身通天眼見三世中一切法見微細色等天耳得聞十方聲等天他心智知一切人心故天宿命智知三世六道命分故以無生智見一切法故佛子三淳至所謂於無生慧中四不壞淨於佛法僧戒中信不可壞故佛子四量同佛力所謂三相諸法本無假名生已有還無假名滅不空有法假名住是故通達一切空而不二名世諦相空空一諦相故佛子五善計量衆生力所謂五陰色者異空色集成大色分故色相空刹那刹那成心故心相空受想行識無集無散一相無相故佛子六佛教化力所謂十二入內六根外六塵爲識所入處故名爲入其慧觀者不在內不在中間不在外一切法無自無他故佛子七趣向無礙智所謂十八界六根六識六境一合相一切法亦一合相故佛子八隨順自然智所謂因果善惡名因苦樂名果所由爲因所起爲果由起相待通爲因果故因果二空無生無滅皆一合相故佛子九能受佛法僧故所謂二諦空因緣集故謂之有非曰有是有因緣散故謂之無非曰有是無故有無無般若解脫無二相故佛子十以自在慧化一切衆生所謂中道第一義諦般若處中而觀達一切法而不二其觀慧轉轉入聖地故名相似第一義諦觀而非眞中道第一義諦觀其正觀者初地上有三觀心入一切地三觀者從假名入空二諦觀從空入假名平等觀是二觀方便道因是二空觀得入中道

第一義諦觀雙照二諦心心寂滅進入初地法流水中名摩訶薩聖種性無相法中行於中道而不二故佛子是三十心入一乘信一乘因法非近行可得廣行大心三阿僧祇劫行伏道忍方始滿足佛子若退若進者十住以前一切凡夫法中發三菩提心有恒河沙衆生學行佛法信想心中行者是退分善根諸善男子若一劫二劫乃至十劫修行十信得入十住是人爾時從初一住至第六住中若修第六般若波羅蜜正觀現前復值諸佛菩薩善知識所護故出到第七住常住不退自此七住以前名爲退分佛子若不退者入第六般若修行於空無我人主者畢竟無生必入定位佛子若不值善知識者若一劫二劫乃至十劫退菩提心如我初會衆中有八萬人退如淨目天子法才王舍利弗等欲入第七住其中值惡因緣故退入凡夫不善惡中不名習種性人退入外道若一劫若十劫乃至千劫作大邪見及五逆無惡不造名爲退相佛子吾先兜率天中廣開此凡夫十迴向法今在此樹下略說法要汝諸人等善自受行

佛子十地心者一四無量心二十善心三明光心四焰慧心五大勝心六現前心七無生心八不思議心九慧光心十受位心復次即十觀心所觀法者一歡喜地住中道第一義諦慧所謂二十歡喜心十無盡願現百法身入十方佛土作五神通入如幻三昧現作佛化無量功德不受三界凡夫時果常入一乘位一心四諦集苦滅道二種法身變易受生

三觀現前常修其心入百法明門所謂十信一信有十爲百法明門十三故煩惱畢竟不受心心寂滅法流水中自然流入薩婆若海故佛子二金剛海藏法寶所謂自行十善教人行十善讚歎行十善者讚歎十善法現千佛土教化一切衆生無相違觀皆成就故佛子三入如幻三昧所謂十二門禪初覺觀喜樂一心五支爲因第六默然心爲定體喜樂猗一心四支爲因第五默然心爲定體樂護念智一心五支爲因第六默然心爲定體不苦不樂護念一心四支爲因因名方便第五默然心爲定體禪名支林定名檢攝經劫不散故名爲定四空定同五支體用相似故方便道同支者想護止觀一心五支爲因第六默然心爲定體從定生四無量心名四無量

定聖人現同凡夫法故以自在力復過是法入無量定百千佛土教化一切衆生故佛子四徧行法寶藏所謂三十七品四念處四正勤四如意足五根五力七覺分八正道是菩薩大行現億法身教化一切衆生故佛子五入法界智觀所謂十六諦有諦無諦中道第一義諦苦諦集諦滅諦道諦相諦差别諦示成諦說諦事諦生起諦盡無生諦入道諦如來智諦五明論一切法盡在一念心中一時行現無量身入一切佛土受佛法化故佛子六達有法緣起智所謂十十二因緣十種照一我見十二緣二心爲十二緣三無明十二緣四相緣由十二緣五助成十二緣六三業十二緣七三世十二緣八三苦十二緣九性空十二緣十緣生十二緣逆順觀故現無量

身入一切佛土教化一切衆生故佛子七盡果報無障無礙智所謂以三空智觀三界二習色心果報滅無遺餘一切行功德功用造作已竟一切變通所爲所作不一不二無不滿足修行開發一切功德行功用開發乃至上地一切功德行已修竟開發功用亦悉具足一切行根本以十度爲本施戒忍進定慧方便願力智十度行法功用已竟無爲無作法流水中心心寂滅自然流入薩婆若海故佛子八不思議無功用觀所謂無相大慧方便大用無有色習無明亦盡百萬劫事無量佛土事以一念心一時行現如佛形現一切衆生形以一念心中一時行已無功用故佛子九入法際智觀所謂四十辯才一切功德行皆成就心習已滅無明亦除一切佛藏一切變通藏以一心中一時行無量三千大千世界中作佛形作衆生形教化一切衆生故佛子十無礙智觀所謂無量法雲雨澍及一切衆生二習無明今已盡滅受大職位神變無量不可具說現同如佛無相用故佛子如是一切賢人同入此門修行成覺佛子吾先他化自在天說十地導化天人今故略開汝等受行

佛子第四十一地心者名入法界心復次即心所行法者所謂勇伏定入法光三昧入此定中修行十法一學佛不思議變通二集菩薩眷屬三重修先所行法門四巡一切佛國問訊一切佛五與無明父母別六入重玄門七現同如佛現一切形相八二種法身具足九無有二習十登中道第一義諦山頂是故

無垢菩薩從發心住來至此一地經無量劫修四十心無量功德法門復從喜地修行二種法身無量功德經百千劫法藏始滿入相盡三昧成就一切智位常行佛行故佛子吾先於第三禪中集八禪衆說一生補處菩薩入佛華三昧百萬億偈今以略說一偈之義開衆生心汝等受持

佛子第四十二地名寂滅心妙覺地常住一相第一無極湛若虛空一切種智照達無生有諦始終唯佛窮盡衆生根本有始有終佛亦照盡乃至一切煩惱一切衆生果報佛一念心稱量盡原一切佛國一切佛定因果一切菩薩神變亦一念一照智住不可思議二諦界外獨在無二佛子吾先在此樹下說法界海時有八萬無垢菩薩現身得佛故今爲此大衆略開佛果行處汝應頂受爾時敬首菩薩白佛言世尊從初地至後一地有果報神變二種法身一法性身二應化法身爲何色相爲何心相佛言佛子出世間果報者從初地至佛地各有二種法身於第一義諦法流水中從實性生智故實智爲法身法名自體集藏爲身一切衆生善根感此實智法身故法身能現應無量法身所謂一切世界國土身一切衆生身一切佛身一切菩薩身皆悉能現不可思議身國土亦然佛子土名一切賢聖所居之處是故一切衆生賢聖各自居果報之土若凡夫衆生住五陰中爲正報之土山林大地共有名依報之土初地聖人亦有二土一實智土前智住後智爲土變化淨穢經劫數量應現之土乃至無垢地土亦

復如是一切衆生乃至無垢地盡非淨土住果報故唯佛居中道第一法性之土是故我昔在普光堂上廣爲一切衆生説淨土之門佛子初地一念無相法身智成就百萬阿僧祇功德法雙照二諦心心寂滅法流水中不可以凡夫心識思量二種法身何況二地乃至覺地但就應化道中可以初地有百身千身萬身乃至無量身有縛有解其法身處心心寂滅法流水中上不見一切佛法一切果報下不見無明諸見可斷衆生可化但以世諦應化法中見佛可求諸見可斷衆生可化佛子亦可得言修三賢法入聖人位但法流水中心心寂滅自然流入妙覺大海佛子乃至三賢十地之名亦無名無相但以應化故古佛道法有十地之名佛子汝應受持一切

佛法等無有異佛子世間果報者所謂十住銅寶瓔珞銅輪王一百福子爲眷屬生一佛土受佛教行化二天下銀寶瓔珞銀輪王五百福子爲眷屬生二佛土受佛教行化三天下金寶瓔珞金輪王千福子爲眷屬入十方佛土教化一切衆生處四天下歡喜地百寶瓔珞七寶相輪四天王一萬子爲眷屬現百法身入百佛土化十方天下千寶瓔珞八寶相輪忉利天王二萬子爲眷屬萬寶瓔珞九寶相輪焰摩天王眷屬亦然不可稱數億寶瓔珞十寶相輪兜率天王眷屬亦然不可稱數天光寶瓔珞十一寶相輪化樂天王眷屬亦然摩尼寶光瓔珞十二寶相輪他化自在天王眷屬亦然千色龍寶光慧瓔珞十三寶相輪梵天王眷屬亦然梵師子寶光瓔珞大

應寶相輪光音天王眷屬亦然不可思議寶光瓔珞白雲寶相輪淨天王眷屬亦然百萬神通寶光瓔珞無畏珠寶相輪淨居天王眷屬亦然千萬天色寶光瓔珞覺德寶光相輪三界王一切菩薩爲眷屬無量功德藏寶光瓔珞千福相輪法界王一生補處菩薩爲眷屬佛子是上瓔珞相輪一切佛及菩薩動止俱遊常隨其身亦化一切衆生故有如是果報之名數法佛子三賢菩薩伏三界煩惱麤業道麤相續果亦不起麤是見一道喜忍伏三惡道業道離忍伏人中業道明忍伏六天業道焰忍伏諸見業道勝忍伏疑見業道現忍伏因業道無生忍伏果業道不動忍伏色因業道光忍伏心因業道寂滅忍伏色心二習業道無垢忍伏習果業道習前已除而果不敗亡是故佛子三賢名爲伏斷喜忍以上亦伏亦斷一切煩惱覺忍現時於法界中一切無明頓斷無餘佛子無明者名不了一切法迷法界而起三界業果是故我言從無明藏起十三煩惱所謂邪見我見常見斷見戒盜見果盜見疑見七見見一切處求故說見從見復起六著心貪愛瞋癡欲慢於法界中一切時起佛子一切煩惱以十三爲本無明與十三作本是以就法界中別爲三界報佛子見著二業迷法界中一切色欲心色欲心所起報故分爲欲界報佛子見著二業迷法界中一切色心色心所起報故分爲色界報佛子見著二業迷法界中一切定心定心所起報故分爲無色界報是故於一法界中有三界報一切有爲法若凡若聖若見著若因

果法不出法界唯佛一人在法界外然後爲
復來入法界藏中爲無明衆生示一切善惡
道果報差别無量佛子前三賢伏三界無明
而用麤業何以故當受生時善爲縁子愛爲
潤業故受未來果故名息用而不斷愛用又
十一人亦伏法界中三界業果故初地乃至
七地三界業果俱伏未盡無餘八地乃盡故
從此以上示現作佛王宫受生出家得道轉
法輪滅度示現一切佛界故無子愛三界之
報唯有無明習在以大願力故變化生是以
我昔天中説生不生義業生變生佛子聖位
中有二種業一慧業無生無相智心心縁法
性而生無照是名慧業二功德業實智出有
諦中有爲無漏集百萬阿僧祇功德是名功
德業從初聖以上而現受生以變易故畢故
不造新以願力故住壽百千萬劫變化生一

菩薩瓔珞本業經卷上

菩薩瓔珞本業經卷下

姚秦涼州沙門竺佛念初譯

釋義品第四

爾時佛告敬首菩薩汝先言云何義相者所謂十住十行十迴向十地無垢地妙覺地義相今當說佛子是金剛海藏瓔珞中釋賢聖相義義出體體者菩薩體義名功德如是二法一切菩薩爲體爲義故名體義佛子發心住者是人從始具縛凡夫未識三寶聖人未識好惡因之以果一切不識不解不知佛子從不識始凡夫地值佛菩薩於教法中起一念信便發菩提心是人爾時住前名信想菩薩亦名假名菩薩亦名名字菩薩其人畧行十心所謂信心念心進心定心慧心戒心迴向心護法心捨心願心復有十心所謂十善法五戒八戒十戒六波羅蜜戒是人復行十善若一劫二劫三劫修十信受六天果報上善有三品上品鐵輪王化一天下中品粟散王下品人中王具足一切煩惱集無量善業亦退亦出若值善知識學佛法若一劫二劫方入住位若不爾者常沒不出住退分善根如上說佛子發心住者是上進分善根人若一劫二劫一恒二恒三恒佛所行十信心信三寶常住八萬四千般若波羅蜜一切行一切法門皆習受行常起信心不作邪見十重五逆八倒不生難處常值佛法廣多聞慧多求方便始入空界住空性位故名爲住空理智心習古佛法一切功德不自造心生一切功德故不名爲地但得名住佛子治地住者常修空心淨八萬四千法門清淨鮮白故名

治地住佛子長養一切行故名修行住佛子生在佛家種性清淨故名生貴住佛子多習無量善根故名方便具足住佛子成就第六般若故名正心住佛子入無生畢竟空界心心常行空無相無願故名不退住佛子從發心住不生倒不起邪魔不破菩提心故名童眞住佛子從佛王教中生解當紹佛位故名法王子住佛子從上九觀空得無生心最上故名灌頂住是故佛子從灌頂心進入五陰法性空位亦行八萬四千般若波羅蜜故名中十行佛子就中始入法空不爲外道邪論所倒入正位故名歡喜行佛子得常住法化一切衆生皆得法利衆生故名饒益行佛子於實得法忍心無我無我所故名無瞋恨行佛子常住功德現化衆生故名無盡行佛子

命終之時無明鬼不亂不濁不失正念故名離癡亂行佛子生生常在佛國中生故名善現行佛子於我無我乃至一切法空故名無著行佛子三世佛法中常敬順故名尊重行佛子説法授人動成物則故名善法行佛子二諦非如非相非非相故名眞實行是故佛子從眞實心入衆生空無我空二空平等無別一觀相一合相學習百千萬億般若波羅蜜空觀故迴易前後心心觀唯明明寂滅長養上地明觀法故迴曰向果復以無量心不捨不受故十迴向法如是佛子常以無相心中常行六道而入果報不受而受諸受迴易轉化故名救護一切衆生離衆生相迴向佛子觀一切法但有受但有用但有名念念不住故名不壞迴向佛子三世諸佛法一切時

行故名等一切佛迴向佛子以大願力入一切佛國中供養一切佛故名至一切處迴向佛子以常住三寶授與前人故名無盡功德藏迴向佛子習行相善無漏善而不二故名隨順平等善根迴向佛子以觀善惡父毋無二一相一合相故名隨順等觀一切衆生迴向佛子常照有無二諦一切法一合相故名如相迴向佛子以諸法無二般若無生二諦平等過去一合相現在一合相未來一合相故名無縛解脱迴向佛子覺一切法第一義諦中道無相一切法皆一照相故名法界無量迴向佛子是三十心義釋無量無邊非一切凡夫所能思量十方諸佛一切菩薩之所遊路佛子汝先言云何名地佛言地名持持一切百萬阿僧祇功德亦名生成一切因果故名地佛子捨凡夫行生在佛家紹菩薩位入聖衆中四魔不倒有無二邊平等雙照大信始滿習學無生中道第一義諦觀上至三地三地乃至第十一地明觀法門心心寂滅法流水中一相無相二身無方通同佛土故名歡喜地佛子以正無相善入衆生界現千佛世界六通變化空同無爲故名離垢地佛子光慧信忍修習古佛道所謂十二部經修多羅祇夜毗伽羅那伽陀憂那陀尼陀那阿波陀那伊帝目多伽闍陀伽毗佛略阿浮陀達摩憂波提舍以此法度衆生光光變通故名明地佛子大順無生起忍觀一切法二諦相上觀佛功德下觀六道衆生大慈觀說法授樂大悲觀救三苦衆生大喜觀喜前人受樂大捨觀一切衆生皆入平等入七觀法故

名焰地佛子順忍修道三界無明疑見一切無不皆空八辨功德入五明論所謂四辨因果内道外道辨五論者内外方道因果鬼師無不通達故名難勝地佛子上順諸法觀過去一切法一合相現在一切法一合相未來一切法一合相法界因緣寂滅無二故名現前地佛子無生忍諸法觀非有煩惱非無煩惱一生一滅一果三界最後一身一入一出集無量功德常向上地念念寂滅故名遠行地佛子是故菩薩無生觀捨三界報變易果用入中忍無相慧出有入無化現無常自見已身當果諸佛摩頂說法身心別行不可思議故名不動地佛子復入上觀光光佛化無生忍道現一切佛身故名妙慧地佛子菩薩爾時入中道第一義諦大寂忍下品中行行

佛行處坐千寶相蓮華受佛記位學佛化功二習伏斷大信成就同眞際等法界二諦一相具一切功德入衆生根無量瓔珞功德一時等現一切形相故名法雲地佛子菩薩爾時住大寂門中品忍觀功行滿足登大山臺入百千三昧集佛儀用唯有累果無常生滅心心無爲行過十地解與佛同坐佛坐處其智見二常無常一切法境當知如佛名爲學佛下地一切菩薩於此菩薩不能別知於佛名菩薩於下菩薩名佛所以者何是菩薩以大變力住壽百千萬劫現作佛化初生得道轉法輪入無餘滅度說入法輪似佛非佛一切佛等故威儀進止一切法同住是百千三昧中如是佛行故入金剛三昧一相無相寂滅無爲故名無垢地佛子妙觀上忍大寂無

相唯以一切衆生緣生善法亦自持一切功德故名佛藏而寂照一切法自佛以下一切菩薩照寂是故佛子吾昔第四禪中爲八億梵天王説寂照如來無色無心而寂照一切法佛子吾今略説義句爲此大衆開善法行

佛母品第五

爾時敬首菩薩白佛言世尊佛及菩薩二初照智從何而生寂照照寂之義復云何二諦法性爲一爲二爲有爲無第一義諦復當云何佛言佛子所謂有諦無諦中道第一義諦是一切諸佛菩薩智母乃至一切法亦是諸佛菩薩智母所以者何諸佛菩薩從法生故佛子二諦者世諦有故不空無諦空故不有二諦常爾故不一聖照空故不二有佛無佛法界不變故不空第一無二故不有無佛有佛法界二相故不一諸法常清淨故不二諸佛還爲凡夫故不空無無故不有空實故不一本際不生故不二不壞假名諸法相故不空諸法即非諸法故不有法非法故不二非非法故不一佛子二諦義者不一亦不二不常亦不斷不來亦不去不生亦不滅而二相即是聖智無二無二故是諸佛菩薩智母佛子十方無極刹土諸佛皆亦如是説吾今爲此大衆略説明月瓔珞經中二諦要義爾時敬首菩薩白佛言世尊諸佛菩薩大方便平等慧照諸法界爲頓等覺爲漸漸覺云何無明藏與心爲一爲異劫量久近復當云何佛言佛子汝於過去七佛法中一一已問非爲不知直爲此大衆十四億人於此法中便欲得決了故問佛子吾今爲是十四億大衆以

金剛口說決定了義佛子我昔會有一億八千無垢大士即坐達法性原頓覺無二一切法一合相從法會出各各坐十方界說菩薩瓔珞大藏時坐大衆見一億八千世尊名頓覺如來各坐百寶師子吼座時無量大衆亦坐一處聽等覺如來說瓔珞法藏是故無漸覺世尊唯有頓覺如來三世諸佛所說無異今我亦然佛子汝先言無明心一者是事不然若解與無明諸見一相者應無縛解凡佛非二所以者何煩惱同一體相故何以故而共一心生滅一時不別不異故佛子若縛解一相者四大可爲一六味應不異而大異味異故縛解亦如是佛子一切菩薩爲凡夫時具足一切結縛而斷時麤分先去細分後除若一心煩惱一者不應明闇有二佛子復以近況遠凡夫善心中尚無不善何況無相心中而有無明佛子而言善惡一心者是洴沙王國中外道安陀師偈明闇一相善惡一心佛子我法正義而可得言善惡同一行者有縛有解有凡有佛相續百劫同一行者而不得善惡同一心古佛常說無相智火滅無明闇而善惡二別而言同一果者亦無是處一切善受佛果無明受有爲生滅之果是故善果從善因生是故惡果從惡因生故名善不受生滅之果唯受常佛之果佛子若凡夫聖人一切善皆名無漏不受漏果而言受漏果者佛化衆生行善背惡故緣因而發有漏果報非爲無漏因者無明業受果故是名三受三苦苦苦行苦壞苦苦受樂受捨受二受善緣因果苦受惡因果一切皆苦以無明爲本

佛子汝先言一切菩薩行道劫數久近者譬如一里二里乃至十里石方廣亦然以天衣重三銖人中日月歲數三年一拂此石乃盡名一小劫若一里二里乃至四十里亦名小劫又八十里石方廣亦然以梵天衣重三銖即梵天中百寶光明珠爲日月歲數三年一拂此石乃盡名一中劫又八百里石方廣亦然以淨居天衣重三銖即淨居天千寶光明鏡爲日月歲數三年一拂此石乃盡故名一大阿僧祇劫佛子劫數者所謂一里二里乃至十里石盡名一里劫二里劫五十里石盡名五十里劫百里石盡名百里劫千里石盡名爲千里劫萬里石盡名爲萬里劫佛子一切賢聖入是數量修一切法門時節久近得佛果其數百劫乃得等覺若一切衆生入是數者得佛不久若不入者不名菩薩佛子法門者所謂十信心是一切行本是故十信心中一信心有十品信心爲百法明門復從是百法明心中一心有百心故爲千法明門復從是千法明心中一心有千心爲萬法明門如是增進至無量明轉轉勝進上上法故爲明明法門百萬阿僧祇功德一切行盡入此明門

因果品第六

爾時敬首菩薩白佛言世尊賢聖正法已說具足因果二相復當云何佛言佛子三世諸佛所行之因所謂十般若波羅蜜是百萬阿僧祇功德本佛及菩薩亦攝在中是故十法爲金剛智慧海藏出一切光明功德之行佛子十般若波羅蜜者從行施有三緣一財二

法三施衆生無畏戒有三緣一自性戒二受善法戒三利益衆生戒忍有三緣一忍苦行二忍外惡三第一義諦忍精進有三緣一起大誓之心二方便進趣三勤化衆生禪有三緣一定亂想不起二定生一切功德三定利衆生慧有三緣一照有諦二無諦三中道第一義諦願有三緣一自行願二神通願三外化願方便有三緣一進趣向果二巧會有無三一切法不捨不受通力有三緣一報通二修定通三變化通無垢慧有三緣一無相智二一切種智三變化智佛子從十智生一切功德行七財信施慚愧戒聞慧資用成佛故說財四攝利益輭語施法同事法辨義辨辭辨樂說辨於此四辨法中無障無礙故名無礙從無礙智生智故名依了義經不依不了義經依法不依人依義不依語依智不依識從智生十力四無所畏六通三明百萬億阿僧祇功德次第生智能緣八世諦一切法四諦二諦十二因緣八諦者諸法緣成假法無我有法相待一切相虛相續名一空不可得同生集起即法非緣實實集有名生成法法假造法受名起用名聚法是故八有爲法一切法本智所照處復從是智能除五蓋貪瞋睡掉疑四食觸識思段食四生卵生胎生濕生化生十惡五逆八倒三障八難十三煩惱六道三界六十二見四流四縛四取九惱七識住四結一切所除皆名不善佛子是十智境所除一切功德皆名佛因汝應受行佛子汝先言果者是五賢菩薩修諸道法證一大果爲法性體其體者非有非無非大非小非

色非心非相非三世非天非人非名字非常樂我淨非六道非六識入非數量法過一切法相非福田非鬼非神非動靜非生滅非第一非五色非六大非土田非法界非三界非縛解非明闇非得法寂然無爲一切法外言語道斷心行處滅其處難量就有諦中修劫量行而有果報佛子有二法身一果極法身二應化法身其應化法身如影隨形以果身常故應身亦常佛子古昔諸佛二身道同佛子一切菩薩二身俱是無常身佛子一切凡夫亦有二身一報身二方便身報身不共有方便身共一切衆生有佛子一切菩薩一切衆生皆有二身一切諸如來常作如是說故名決定了義佛子佛義功德身者諸佛道同果法不異所謂十號一如來二應供三正徧知四明行足五善逝六世間解七無上士八調御丈夫九天人師十佛陁具向十德故爲一切衆生之所供養復次十八不共法所謂身無失口無失念無失無異想無不定心無不知已捨心念無減欲無減精進無減智慧無減解脱無減解脱知見無減身業隨智慧行口業隨智慧行意業隨智慧行智慧知過去未來現在無礙無障復有十力是處非處力業力定力根力欲力性力果力天眼力宿命力結盡力慈悲喜捨我是一切智人我漏已盡無漏出煩惱道煩惱障道天身天眼天耳漏盡宿命他心五眼五分法身無罪三業佛寶法僧滅諦解脱靈智一乘金剛寶藏法身藏自性清淨妙藏三達三無爲三明一諦一道獨法大樂無爲佛子一切聖果無量功

德藏中不可說不可說果是果一道佛子果體圓滿無德不備理無不周居中道第一義諦清淨國土無極無名無相非一切法可得非有體非無體其一照相一合相一體相一覺相淨明無二佛子是果獨法圓明常住一果體相有無量義義有無量德德有無量名義果者所謂滅諦常樂我淨十八不共一切功德皆名義果故名果果佛子義德名是三皆教化故有如是三句之義若賢人若一切衆生有解是三句者是人已爲三世諸佛受佛職位佛子其果不可說不可知而就名相法中說名相法是故一果名體義名果果是義果者出圓果故故名果果佛子吾今說此因果百千萬劫說不可盡汝諸大衆善自受持

大衆受學品第七

爾時敬首菩薩敬禮於諸佛奉承大衆教略問於要義七會之所說信順三寶藏爲法法不絕不爲世名利願令法久住白佛言世尊佛上已說若因若果若賢若聖一切功德藏今此大衆有十四億那由他人誰能不起此座受學修道從始至終一一具行次第入菩薩位者時釋迦牟尼佛頂髻放一切佛光一切菩薩光復集十方各百億佛土其中佛及菩薩一切皆集已即於是衆中告文殊師利菩薩普賢菩薩法慧菩薩功德林菩薩金剛幢菩薩金剛藏菩薩善財童子菩薩言汝見是大衆中敬首菩薩能問三觀法界諸佛自性清淨道一切菩薩所修明觀法門汝等七菩薩各領百萬大衆應受觀學如是法門佛

子我今便重説如是明觀法門所謂六入次第道諦聽善思修諸慧戒勑於衆受用伏行佛子若一切衆生初入三寶海以信爲本住在佛家以戒爲本佛子始行菩薩若信男若信女中諸根不具黄門婬男婬女奴婢變化人受得戒皆有心向故初發心出家欲紹菩薩位者當先受正法戒戒者是一切行功德藏根本正向佛道果一切行本是戒能除一切大惡所謂七見六著正法明鏡佛子吾今爲諸菩薩結一切戒根本所謂三受門攝善法戒所謂八萬四千法門攝衆生戒所謂慈悲喜捨化及一切衆生皆得安樂攝律儀戒所謂十波羅夷佛子受戒有三種受一者諸佛菩薩現在前受得眞實上品戒二者諸佛菩薩滅度後千里内有先受戒菩薩者請爲法師教授我戒我先禮足應如是語請大尊者爲師授與我戒其弟子得正法戒是中品戒三佛滅度後千里内無法師之時應在諸佛菩薩形像前胡跪合掌自誓受戒應如是言我某甲白十方佛及大地菩薩等我學一切菩薩戒法是下品戒第二第三亦如是説佛子是三攝受三種受戒過去佛已説未來佛當説現在佛今説過去諸菩薩已學未來諸菩薩當學現在諸菩薩今學是諸佛正法戒若一切佛一切菩薩不入此正法戒門得無上道果虛空平等地者無有是處佛告諸佛子今正説正戒善男子善女人當受戒時先禮過去世盡過去際一切佛禮未來世盡未來際一切佛禮現在世盡現在際一切佛如是三禮已法僧亦然佛子復教受四不壞

信依止四依法從今時盡未來際身歸依佛歸依法歸依賢聖僧歸依正法戒如是三說已佛子次當教悔過三世罪若過去身口意十惡罪願畢竟不起盡未來際若現在身口意十惡罪願畢竟不起盡未來際若未來身口意十惡罪願畢竟不起盡未來際如是悔過已三業清淨如淨琉璃內外明照即與授十無盡戒汝等善聽佛告佛子從今身至佛身盡未來際於其中間不得故殺生若有犯非菩薩行失四十二賢聖法不得犯能持不其受者答言能佛子從今身至佛身盡未來際於其中間不得故盜若有犯非菩薩行失四十二賢聖法不得犯能持不其受者答言能佛子從今身至佛身盡未來際於其中間不得故婬若有犯非菩薩行失四十二賢聖法不得犯能持不其受者答言能佛子從今身至佛身盡未來際於其中間不得故妄語若有犯非菩薩行失四十二賢聖法不得犯能持不其受者答言能佛子從今身至佛身盡未來際於其中間不得故酤酒若有犯非菩薩行失四十二賢聖法不得犯能持不其受者答言能佛子從今身至佛身盡未來際於其中間不得故說在家出家菩薩罪過若有犯非菩薩行失四十二賢聖法不得犯能持不其受者答言能佛子從今身至佛身盡未來際於其中間不得故慳若有犯非菩薩行失四十二賢聖法不得犯能持不其受者答言能佛子從今身至佛身盡未來際於其中間不得故瞋若有犯非菩薩行失四十二賢聖法不得犯能持不其受者答言能佛子

從今身至佛身盡未來際於其中間不得故自讚毀他若有犯非菩薩行失四十二賢聖法不得犯能持不其受者答言能佛子從今身至佛身盡未來際於其中間不得故謗三寶藏若有犯非菩薩行失四十二賢聖法不得犯能持不其受者答言能佛子受十無盡戒已其受者過度四魔越三界苦從生至生不失此戒常隨行人乃至成佛佛子若過去未來現在一切衆生不受是菩薩戒者不名有情識者畜生無異不名爲人常離三寶海非菩薩非男非女非鬼非人名爲畜生名爲邪見名爲外道不近人情故知菩薩戒有受法而無捨法有犯不失盡未來際若有人欲來受者菩薩法師先爲解説讀誦使其人心開意解生樂著心然後爲受又復法師能於一切國土中教化一人出家受菩薩戒者是法師其福勝造八萬四千塔況復二人三人乃至百千福果不可稱量其師者夫婦六親得互爲師授其受戒者入諸佛界菩薩數中超過三劫生死之苦是故應受有而犯者勝無不犯有犯名菩薩無犯名外道以是故有受一分戒名一分菩薩乃至二分三分四分十分名具足受戒是故菩薩十重有八萬四千威儀戒十重有犯無悔得使重受戒八萬四千威儀戒盡名輕有犯得使悔過對首悔滅一切菩薩凡聖戒盡心爲體是故心亦盡戒亦盡心無盡故戒亦無盡六道衆生受得戒但解語得戒不失佛子三世劫中一切諸佛常作是説我今在此樹下爲十四億人説住前信想菩薩初受戒法佛子是信想菩薩

於十千劫行十戒法當入十住心佛子當先爲諸大衆受菩薩戒然後爲說瓔珞經同見同行爾時衆中有百億人即從座起受持佛戒其名梵陀首王共無數天子修十戒滿足入初住位佛子復從是住修行百法觀門所謂十信十進十發趣十乘十金剛十隨喜十戒十願十護十迴向以是百法觀達三界空假名皆空一切法無我無受無因皆無定性即滅十三縛所謂七見六著如實相入初行位佛子復從是行觀修千法明門所謂十信乃至十迴向轉轉入法法無我法集法起法道法滅皆無人受法法如虛空如幻如乾城如陽燄一切法無相百千生滅皆不可得入初迴向位佛子復從是迴向明明轉照照智學相似平等觀觀名無得無得假得喻如然燈有炷非初燄者非初燄有時中有燒非離初燄者非初燄無時中有燒後亦如之直以有爲諸法二諦皆迭遷假號故燒故知始燄非今今燋非始今燋非始故於今方有始燄非今故於今無燒無燒於今今燒假燒得平等觀亦復如是非初心有中有得亦非初心無中有得後心亦然是故始心非今心今起非始起今起非始起故於今方有始心非今心故於今無得無得於今今得假得中道第一義諦心念念寂滅入萬法明門從十信乃至十迴向自然流入平等道無得一相眞實觀一照相入初地道佛子復從是地正觀一照智中入百萬阿僧祇功德法門於一相觀中一時行乃至第十地心心寂滅自然流入無垢地佛子復從是地以一照智了一切業

因業果法界無不一觀以智知一切衆生識始起一想住於緣順第一義諦起名善背第一義諦起名惑以此二爲住地故名生得善生得惑因此二善惑爲本起後一切善惑從一切法緣生善惑名作以得善作以得惑而心非善惑從二得名故善惑二心起欲界惑名欲界住地起色界惑名色界住地起心惑故名無色界住地以此四住地起一切煩惱故爲始起四住地其四住地前更無法起故故名無始無明住地金剛智知此始起一想有終而不知其始前有法無法云何而得知生得一住地作得三住地三住地唯佛知始知終是無垢菩薩一切智齊知自地常住第一義諦中自然流入妙覺海地佛子住是妙覺地中唯現化可名有無量義有無量名其出一體所謂妙果常住清淨至若虛空不可思議不可說不可名數不可名入界分可得

佛子我說菩薩次第六入法門無量功德如是六入法門一切菩薩無不入者我今此座有十四億人不離本座入此六入法門佛子我本初得道時在此樹間說十世界海法門有九十億人亦入此六十明門復至普光法堂說十佛國土有百萬億人入此六入明門復至帝釋堂說十住有五百萬人入此六入明門復至燄寶堂說十行有千萬人入此六入明門復至第四天法光堂說十迴向有十恒河沙人入此六入明門復至第六摩尼堂說十地有百萬恒河沙人入此六入明門復至祇洹林說入法界品有十二恒河沙人入此六入明門今復至此第八會座爲十方無

極大衆敬首菩薩一切衆說六入明門一切大衆受持若一若二無別

集散品第八

爾時佛告敬首菩薩及此會十四億那由他人大衆汝聞上四十二賢聖因果明觀法門一切大衆皆應發三菩提心如是三告佛子應受應持應發心時諸大衆中有百千天子聞是法門發初住心捨凡夫法修行伏忍得入初住明觀法門復有十千信男信女入清淨行法門復有八萬大梵天王得入初地明觀法門復有八部阿須輪王各捨本形入十信心修十善行復有八萬第十地人現成正覺佛子爾時十方無極佛剎一切大衆聞佛說瓔珞中六入法門所謂十住十行十迴向十地無垢地妙覺地各各發無量菩提心還歸本國復有無色界色界各各還修神通歸本所住處轉宣菩薩瓔珞法門化授天人復有六欲天人還歸本天廣爲諸天人復說本行無量時諸大衆各各受持讀誦解其義味還歸本土說菩薩之大行諸佛之本業受持已竟爾時佛告文殊師利慧海金剛藏道華等八千菩薩皆爲十方諸佛國中第一弟子汝應爲十方無明衆生受持讀誦解其義味爲過去未來現在一切衆生開空慧道入法明門爾時有五十萬大菩薩皆一生補處從座而起受持佛語經劫不滅復有萬梵天王亦即從座起受持佛語復有無量天女從座而起受持佛語爾時他方無極剎菩薩此國菩薩以變化神通入如幻三昧踊在虛空歡喜無量得聞受持瓔珞功德經心心受行成

佛不捨衆賢聖門時佛復現百萬變化神通無量光明無量清淨身重囑此金剛藏海瓔珞經汝諸大衆受持受此經法是經是過去無量百千佛心中所行法汝等受持供養是時一切大衆一時從座放千光明照三千大千世界歡喜受持菩薩不可思議瓔珞經頂受供養禮佛而退復有六欲天子十千國王聞佛法座離散一時號泣涕出流慟聲滿三千無不悲泣從座而去復有八十億大菩薩皆以四無量心有無一等無爲無相受持佛語各入無盡法化三昧歡喜而退復有十千始行賢者入九觀定四禪四空定滅盡定七淨十戒心入定見道度疑正道行知見行斷知見得入法故禮佛而退爾時坐中有八千菩薩各從座起一金剛華菩薩白佛言世尊未來世中說經菩薩法輪下其聽法者受化奉行法用復當云何佛言佛子快發斯問佛子先當爲聽法者與受菩薩正法戒然後爲說菩薩之本行六入法門佛子次第爲受四歸法歸佛歸法歸僧歸戒得四不壞信心故然後爲受十戒不殺不盜不婬不妄語不酤酒不說在家出家菩薩罪過不慳不瞋不自讚毀他不謗三寶是十波羅夷不可悔法佛子受十無盡戒已復爲聽者教供養法師常以天上無量華香百千燈明百千天衣瓔珞百千妓樂百味飲食屋宅經書一切所須之物皆悉給與弘通法師當如敬佛如事父母如事火婆羅門法如事帝釋師僧日日三時禮敬爲法捨身沒命乃是佛子如是求法之人乃可爲說菩薩之大行百千萬佛轉授瓔

珞法門時十四億大衆歎言未來世中無法無三寶無賢人時劫從惡世起故其說法者其聽法者甚難甚難復從座起各各悲泣號聲大慟地轉海波三千倒覆二十八宿日月不現是時大衆還攝神力儼然而敬受持讀誦解說義句千劫不滅無窮無盡各各歡喜奉行作禮而去

菩薩瓔珞本業經卷下

音釋

洴（毗名切）銖（慵朱切十黍重曰銖）酤（攻乎切買酒也）迭（徒結切更也）

佛說受十善戒經

後漢失譯人名開元錄拾遺單本

清刻龍藏佛說法變相圖

佛說受十善戒經

後漢失譯人名開元錄拾遺單本

十惡業品第一

如是我聞一時佛在舍衛國祇陀林須達長者美稱夫人精舍中與大比丘衆一千二百五十人俱爾時世尊以慈梵音告舍利弗今爲汝等說除十惡不善業報諦聽諦聽一心憶持愼莫忘失十惡業者一殺生業二偷盜業三婬欲業四妄語業五兩舌業六惡口業七綺語業八貪欲業九瞋恚業十愚癡業舍利弗汝今應當普教衆生清淨身業清淨口業清淨意業五體投地歸依和尚誠心懺悔此三惡業如是三說既懺悔已身業清淨口業清淨意業清淨次第應當自稱其名歸依於佛歸依於法歸依於僧如是三說歸依佛

竟歸依法竟歸依僧竟如是三說復應問言善男子善女人汝能持不答言能持復應問言汝今身心無過患耶身過患者出佛身血殺阿羅漢破和合僧誹謗斷善逆佛正法不若言不者復當問言汝心中念欲作五逆謗正法不汝曾偷盜佛物法物賢聖僧物現在僧物招提僧物不於母姊妹比丘尼邊作不淨不若言不者復當更敎汝今如是身心清淨大德憶念我今欲受十善業戒十不善業我已懺悔惟願大德慈愍我故聽我受持爾時應敎優婆塞某甲優婆夷某甲汝今應當一心數息繫念在前過去七佛現在釋迦牟尼尊佛及彌勒等未來諸佛敎念佛已應作是言七佛僧聽釋迦牟尼諸佛僧聽須陀洹斯陀含阿那含阿羅漢賢聖僧聽某甲優婆塞某甲優婆夷身口意淨堪爲法器今欲乞受十善心戒及八戒法如是三白然後敎言我歸依佛歸依於法歸依於僧如是三說弟子某甲歸依佛竟歸依法竟歸依僧竟如是三說某甲憶念堅持汝身持身如佛持身如法持身如僧身三業者一不殺生二不偷盜三不婬欲如是身三汝當受持一日十日乃至終身若言能持復當問言汝今欲作少分善不多分善不滿分善不若言能者復當白言事實如是當隨師敎弟子某甲歸依於佛歸依於法歸依於僧如是三說歸依佛竟歸依法竟歸依僧竟如是三說某甲憶念堅持汝口持口如佛持口如法持口如僧口四業者一不妄語二不兩舌三不惡口四不綺語如是口四汝當受持一日十日乃至終身若

言能持復當問言汝今欲作少分善不多分善不滿分善不若言能者復當白言事實如是當隨師教弟子某甲歸依於佛歸依於法歸依於僧如是三説歸依佛竟歸依法竟歸依僧竟如是三説某甲憶念堅持汝心持心如佛持心如法持心如僧意三業者一者貪欲二者瞋恚三者愚癡如是意三汝當受持一日十日乃至終身若言能持復當問言汝今欲作少分善不多分善不滿分善不若言能者復當白言事實如是當隨師教若受十善不持八戒終不得成就若毁八戒十善俱滅弟子某甲從今清旦至明清旦大德憶念大德當爲我作和尚八戒法者應當至心堅持八戒歸依於佛持心如佛歸依於法持心如法歸依於僧持心如僧如是三説歸依佛竟歸依法竟歸依僧竟如是三説大德憶念從今清旦至明清旦欲受八戒惟願大德慈愍聽許復當告言汝能受持八戒齋不若言能者汝當持心心如諸佛及阿羅漢若言能者復當告言汝從前齋至于今齋於其中間若身口意犯捨隨法不如此之罪乃至根本最大重罪今於三世諸佛阿羅漢前和尚僧前至誠發露五體投地懺悔諸罪是名行布薩法既布薩已名清淨住堪爲法器次當受持如來八戒汝能持不如是三問八戒齋者是過去現在諸佛如來爲在家人制出家法一者不殺二者不盜三者不婬四者不妄語五者不飲酒六者不坐高廣大牀七者不作倡妓樂往觀聽故不著香熏衣八者不過中食應如是受持

不殺亦不盜　不婬不妄語　遠酒避華香
高牀過中食　聖人皆遠離　如是等八法
盡壽不得犯　汝等應受持
持此受齋功德不墮地獄不墮餓鬼不墮畜
生不墮阿修羅常生人中正見出家得涅槃
道若生天上恒生梵天值佛出世請轉法輪
得阿耨多羅三藐三菩提爾時世尊爲讚歎
此法而作頌曰
若能行十善　隨順正法教　生生常見佛
身意悉開解　永離諸苦縛　疾成無上道
若人持八戒　隨律順毗尼　如諸佛正法
受持不毀犯　當知身與意　俱時得解脫
此名涅槃路　諸佛之所行
說是偈已告舍利弗汝好受持十善八戒愼
莫忘失破滅法種普爲一切天人演說舍利
弗白佛言如是如是當謹受持時舍利弗及
會聽者聞佛所說歡喜奉行
十施報品第二
佛告舍利弗　汝今應當知　一切受生者
無不愛身命　是故應行施　普慈等衆生
視衆如眼目　是名不殺戒　過去來今佛
一切智所說　恕已可爲譬　勿殺勿行杖
若見殺生者　如刀刺其心
普視衆生已無異　持是不殺生天上
常值諸佛菩薩衆　所以受持不戒殺
爲施一切無畏故　命終生於忉利天
象爲玉女相娛樂　梵天摩尼瑠璃殿
色如白銀黃金華　常坐七寶妙座上
金几寶器七寶華　無量天女作妓樂
捧足舉宮遊虛空　頭戴寶冠坐正殿

捨除貪婬入正受　值遇諸佛說四諦
慢解疾得須陀洹　或有踊躍發大心
未來當成菩提道　亦生兜率燄摩陀
首陀會天阿祇多　梵輔富樓光道淨
上至阿迦尼吒天　往反遊戲諸天園
與大慈悲菩薩俱　坐卧進止同甘饍
晝夜六時常聽法　彌勒天王常爲說
不退轉行大法輪　未來必當見彌勒
降魔成佛轉法輪　於彼佛法得出家
復見賢劫千如來　毗樓至佛爲授記
得耨多羅三菩提　是名不殺最勝果
亦名慈悲梵行本　一切諸佛之所說
一切諸佛之所行
一切愛眼目　愛子亦復爾　愛壽命無極
是故不殺生　名爲梵行最　不殺無殺想
亦不噉於肉　見殺者如賊　必知墮地獄
噉肉者多病　斷命自莊嚴　當行大慈心
奉持不殺戒　必成菩提道

告舍利弗汝今當知殺生之業當知極重我昔與汝遊巴連弗邑彼大城中有長者女曰提婆跋提生一男兒端正無雙如紅蓮華天女無比母甚憐念抱至我所而白我言世尊我兒可愛如天童子我愛此兒過於我身百千萬倍我時告言善女當知一切凡夫自愛壽命命海吞流終無猒足汝今云何自言愛子以何爲證時女白言世尊我愛此子設使火起焚燒我身終不放捨爾時世尊爲化彼女以神通力作四夜叉各擎火山從四面至火在遠時女自以身及隨身服障蔽此子火漸漸近舉手覆面以兒遮火佛告善女汝言

愛子云何持子障火自救時彼女人白言世尊唯願救我唯願救我不惜此子佛攝神力母子清涼即發無上正眞道心佛告女人汝愛自身及愛汝子云何自殺及敎他殺當知殺生受大惡報必定當墮極劇苦處阿鼻地獄繫屬法律閻羅王所何等名爲極重法律彼閻羅王晝夜六時說殺生報有十惡業一者殺生之業恒生刀山焰熾地獄刀輪割截節節支解作八萬四千段一日一夜六十億生六十億死時閻羅王呵責罪人汝樂殺生今受此苦是事樂不汝今復當百千萬劫償他人債終不可盡二者殺生之業必定當生劒林地獄獄有八萬四千劒樹各高八萬四千由旬一一樹生八萬四千劒枝一一枝生八萬四千劒華一一華生八萬四千劒果此殺生人尋劒樹上心徧一切諸劒樹頭其餘支節徧于劒林一一節徧八萬四千劒枝削骨徹髓劒華劒果無不周徧身體碎壞如葶藶子一日一夜八萬四千生八萬四千死殺生之業其事如是時閻羅王呵責罪人汝樂殺生今受此苦是事樂不汝今復當百千萬劫償他人債終不可盡三者殺生之業生鑊湯地獄百千萬沸肉盡出骨置銅柱上自然還活百千棘刺化爲鐵刀自割肉食還落湯中一日一夜八萬四千生八萬四千死時閻羅王呵責罪人汝樂殺生今受此苦是事樂不汝今復當百千萬劫償他人債終不可盡四者殺生之業生鐵牀地獄有一鐵牀縱廣正等五十由旬四方鐵鋸俱來射心大鐵輞車轢其頂上擗足而出一日一夜八萬四千

生八萬四千死殺生之業其事如是時閻羅王呵責罪人汝樂殺生今受此苦是事樂不汝今復當百千萬劫償他人債終不可盡五者殺生之業生鐵山地獄四方鐵山狀如鐵窟窟中火出從四面來有五夜叉斫罪人身分爲四段擲置火中四山便合碎散如塵火鳥撮起鐵觜諸鳥及以鐵蛇從支節入破骨出髓一日一夜八萬四千生八萬四千死殺生之業其事如是時閻羅王呵責罪人汝樂殺生今受此苦是事樂不汝今復當百千萬劫償他人債終不可盡六者殺生之業生鐵網地獄有大鐵山高百千由旬滿中鑊湯鑊網在上一一網間鐵觜諸蟲無量無邊從頂上入貫骨徹髓擗足而出一日一夜八萬四千生八萬四千死殺生之業其事如是時閻羅王呵責罪人汝樂殺生今受此苦是事樂不汝今復當百千萬劫償他人債終不可盡七者殺生之業生赤蓮華地獄有一蓮華八萬四千葉一一華葉狀如刀山高五百由旬百億劒林同時火然罪人坐中華一葉開一葉開時火山劒林燒肉破骨苦痛百端此相合時百千刀山同時切巳一日一夜八萬四千生八萬四千死殺生之業其事如是時閻羅王呵責罪人汝樂殺生今受此苦是事樂不汝今復當百千萬劫償他人債終不可盡八者殺生之業生五死五活地獄之中有五大山五百億刀輪在山頂上有大水輪在刀輪上罪人在中身如華敷臥寒氷上五山刀輪從五方來唱言活活分爲五段五死五活碎身如塵一日一夜八萬四千生八萬四千

死殺生之業其事如是時閻羅王呵責罪人汝樂殺生今受此苦是事樂不汝今復當百千萬劫償他人債終不可盡九者殺生之業生毒蛇林地獄之中有無量恒河沙熱鐵毒蛇一一蛇長數千由旬口中吐毒如熱鐵丸從罪人頂入徧身中一一支節有無量蚖吐毒吐火焚燒罪人一日一夜八萬四千生八萬四千死殺生之業其事如是時閻羅王呵責罪人汝樂殺生今受此苦是事樂不汝今復當百千萬劫償他人債終不能盡十者殺生之業生鐵械枷鎖地獄之中十二由旬鐵山爲械六十由旬銅柱火網鐵八十由旬鐵狗口中吐火爲杻虛空鐵箭自落射心杻械枷鎖化生銅丸從眼而入徧體支節從足而出一日一夜八萬四千生八萬四千死殺生之業其事如是時閻羅王呵責罪人汝樂殺生今受此苦是事樂不汝今復當百千萬劫償他人債終不可盡爾時世尊告舍利弗殺生之業在地獄中雖復受苦此名華報方生人中多病短命復生諸衆生中受種種苦無量無邊不可稱計

云何名不盜戒不盜戒者普施一切衆生財物外命是故諸佛説不盜戒名爲甘露清涼安隱護持是戒名生天路名得道處名涅槃衣名解脫命是故諸佛讚歎不盜斷餓鬼因偷盜果報有十種惡一者盜報必定當墮肉山地獄肉山罪人頂如大山有百千頭於一一頭頰生肉塠百千鐵狗從鐵山出嘊喍嘷吠爭取食之有諸鐵釘從狗口出入罪人頂從足跟出剥取其皮敷百千由旬鐵刺之上

身皮俱苦經八萬四千歲心如刀割苦痛難處是名第一偷盜果報是時閻羅王呵責罪人汝樂偷盜今受此苦是事樂不汝今復當百千萬劫償他人債終不可盡第二盜報生餓鬼中身極長大五十由旬行如五百車聲節間火然如十火車飢噉鐵丸渴飲融銅髮如鐵刺自纏身體百千萬歲受無量苦耳不曾聞水穀之聲是名第二偷盜果報時閻羅王呵責罪人汝樂偷盜今受此苦是事樂不汝今復當百千萬劫償他人債終不可盡第三盜報生於寒氷地獄之中百千萬歲八方氷山以爲衣服如蓮華敷自噉其肉火箭入心是爲第三偷盜果報時閻羅王呵責罪人汝樂偷盜今受此苦是事樂不汝今復當百千萬劫償他人債終不可盡第四盜報生羅刹中女如天女面貌端正男有千眼以鐵羈頭狗牙上出耳端生火女作姿時舉體火然飲血噉肉噉火噉炭食吐百千萬歲受羅刹身極大苦惱是爲第四偷盜果報時閻羅王呵責罪人汝樂偷盜今受此苦是事樂不汝今復當百千萬劫償他人債終不可盡第五盜報生鐵鹿地獄受鐵鹿形有百千頭有百千尾百千蹄甲百千重皮五百億鐵虎百千億鐵師子剥取其皮一一皮間生無量鐵刺猶如刀劒削骨徹髓苦痛無量百千萬歲受苦無極是名第五偷盜果報時閻羅王呵責罪人汝樂偷盜今受此苦是事樂不汝今復當百千萬劫償他人債終不可盡第六盜報生在人中裸形黒瘦眼目角睞口氣臭穢常處牢獄執除糞穢爲王家使雖生人中狀如

牛馬父不愛子子不孝父母不愛子子不孝
毋百千萬歲苦痛無量是名第六偷盜果報
時閻羅王呵責罪人汝樂偷盜今受此苦是
事樂不汝今復當百千萬劫償他人債終不
可盡第七盜報生刀劒華大地獄中刀林無
量無邊有諸罪人身如鐵甕縱廣正等百千
由旬獄卒驅蹴如風吹華生劒華端百千劒
華分剥其皮作無數段削骨徹髓從空而落
生刀華上刀華諸刺分剥其皮作無量段擗
破其骨爲無數段徹髓刺心求死不得四方
鐵山化生無量鐵蒺棃刺如大弩箭同時射
心無量億歲受如此苦是爲第七偷盜果報
時閻羅王呵責罪人汝樂偷盜今受此苦是
事樂不汝今復當百千萬劫償他人債終不
可盡第八盜報生於火山大地獄中受大獸
形有百千頭於其背上擔負五百火形獼猴
手執火刀以剥其皮擲火山上心生火狼齧
骨徹髓身如火聚四方逃走經火山中終不
得脱受苦萬端求死不得百千萬歲受如是
苦時閻羅王呵責罪人汝樂偷盜今受此苦
是事樂不汝今復當百千萬劫償他人債終
不可盡第九盜報生於穿鼻大地獄中穿鼻
獄者有十二鐵鉤鉤其眼耳及鼻口舌打棒
折齒剥其面皮化爲肉段内置口中成大火
箭射心至足求死不得百千萬歲受苦如是
時閻羅王呵責罪人汝樂偷盜今受此苦是
事樂不汝今復當百千萬劫償他人債終不
可盡第十盜報生屠剥獄卧鐵机上獄卒以
刀剥皮刺心終不肯死百千萬歲受苦如是
時閻羅王呵責罪人汝樂偷盜今受此苦是

事樂不汝今復當百千萬劫償他人債終不可盡

云何名不婬戒不婬戒者有五功德利過去現在未來諸佛之所讚歎不婬者住佛威儀身香如佛何等爲五一者不動眼識不視婬色設見色時如見糞蟲如刀入心如火燒眼心不起愛無常所切眼大橫動何愛之有二者不聞婬聲設聞婬聲不動耳識悅可耳根愚癡音聲動毒蛇林爲愛種子此名賊風從耳根出妄見所起如夜叉吟何愛之有此是幻響愚夫愛之鼓動諸根是路人聲從癡愛河順五欲流深知是賊不動耳識三者鼻根齅香當知是香從八風起癡風鼓動愛風吹來華等諸香從妄想生顛倒橫有從鼻識起橫言是香或稱美味鼻識驚動草木衆華皆稱是香如來攝身不齅香臭體解非眞不讚香觸四者不動舌識不說世利不讚婬事口欲不說婬欲觸樂不住狂惑黐膠屋宅亦不樂說可愛樂事增長無明五賊癡愛是故諸佛不動舌識五者意寂不動不起婬心不念婬事不想如樂不動婬根婬識不轉如解脫心住寂滅處處常樂城安隱無爲隨學佛心住眞如際一向入於十八大空九種涅槃佛及菩薩得五功德身形清淨常坐蓮華身淨無垢心亦憺怕是故諸佛說不婬戒最勝清淨無上功德具足五利讚歎稱美爲解脫因不可窮盡婬爲極重無索繫縛譬如老象溺五欲泥普爲一切諸罪根本婬欲之罪吾今當說

汝等一心聽　婬濁惡萬行　沒溺諸禪定

障蔽解脱道　善男子女等　欲求解脱道
遠離三界獄　大坑五欲河　湯火寒氷山
解脱生死畏　持心如諸佛　當持不婬戒
欲求長壽天　壽命無量劫　梵天轉輪王
富有七財寶　持心如諸佛　當持不婬戒
欲得見諸佛　聞法證道果　具足六神通
遊諸十方國　持心如諸佛　當持不婬戒
婬有十過患何等爲十一者貪婬之人雖生
天上爲天帝釋受五欲樂心如偷食狗常醉
不醒没於五欲駛流河中二者貪婬之人雖
爲人王威力自在作恩愛奴被人所使多得
財寶如火受薪不知猒足亡身喪國死墮惡
道三者貪婬之人恒繫屬他六賊驅策無常
大象蹋其背上心如猿猴不知衆難欲火焚
燒不識父母兄弟姊妹猶如豬狗更相荷擔
無復慚愧四者貪婬之人常飲不淨女人膿
血於無量劫常處胞胎生藏熟藏子藏諸蟲
以爲衣服唼唻女根用爲飲食五者貪婬之
人心如利刀眼如火車割截燒滅功德行藏
六者貪婬之人到刹利衆然結使火起貪欲
薪意欲剥奪猶如羅刹到婆羅門衆不生慚
愧猶若幻人但作妖祥説不淨事到沙門衆
不知歸依動諸情根如膠著草欲染諸使圍
繞意根六情火起燒善種子破滅先世梵行
白業舉手動足猶如利刀眼如猛火口如羅
刹徧體毛孔婬火所使七者貪婬之人造八
種業殺生作殺生具刀劒杖等和合男女作
大妄語飲酒歌頌作婬境界或復偷盜一切
寶器莊嚴蟲聚爲心王所使眼根惡狗偷瞰
臭穢八者貪婬之人爲婬所使心如大火亦

如鐵聚直當陷墜破滅梵行必墮地獄九者貪婬之人身壞命終如擲貝珠頃必定當墮赤銅地獄赤銅地獄縱廣正等七千由旬如銅華林下有鐵牀牀上復有百千由旬熱銅八楞柱柱端有鏡鏡中自然有諸女像或作男形婬人愛念動諸情根同時火起銅華化爲大熱鐵釘銅柱變成沸銅鑊湯鐵牀火然女化爲狗男化爲刀驅蹴罪人受無量苦噉熱鐵丸吞飲洋銅求死不得經無量歲壽命一劫十者貪婬之人不得見佛如重雲障破梵行故必定當墮阿鼻地獄身滿獄中壽命一劫左右宛轉復經一劫時閻羅王呵責罪人汝樂婬欲今受此苦是事樂不汝今復當百千萬劫償他人債終不可盡地獄命終生鳩鴿中受龍蛇身汙梵行故百生千生不見於佛不聞於法終不得道爾時世尊以偈頌曰

婬欲不斷絶　相續生衆生　無明爲根本
老死刀所切　横受毒蛇林　血盛囊不淨
如糞蟲樂屎　貪婬者亦然　九孔流欲火
恩愛如毒刺　顛倒妄見起　幻惑故生愛
一切女色滑　如樹生狂華　顛倒風所吹
萎華爲蟲聚　女人如畫瓶　滴滴膿血流
瓶滿復淋漏　不淨盈于外　眼見不淨汁
如偷狗貪婬　當自滅諸愛　一心觀不淨
服飲於甘露　住大涅槃城

佛告舍利弗若有持心持身不造婬欲持眼不視婬色持耳不聽婬聲持鼻不齅婬香持舌不觸婬舌如此名爲具足智慧行八正路不婬淨身心喻如蓮華不著塵垢成須陀洹

道斯陀含道阿那含道阿羅漢道辟支佛道無上大道皆從不婬清淨故得口四業者妄語兩舌惡口綺語讚歎邪見語

若能不妄語　說不妄語戒　持口如佛口
常說誠實語　是人生天上　口香熏諸天
若生於世間　謂諸香莊嚴　猶如香山水
流入涅槃河　若能不兩舌　心亦無二種
舌如諸佛舌　蓮華葉覆面　五種雜色光
從於舌相出　常說大人法　至誠不兩舌
若能不惡口　是名大丈夫　人中端正者
一切皆樂見　如栴檀雜華　若能不綺語
口常出妙香　猶如優鉢羅　生處得值佛
口業如實淨　若不讚邪見　不說邪見業
生處常出家　正命常具足　如佛住涅槃
皆從實語得

佛告舍利弗口四過者有十大惡業何等爲十一者妄語人誹謗人不聞言聞不得道果言得道果不見言見如此惡人雖不得病猶如癩狗爾時世尊而說偈言

一切天人中　猶火燒鐵丸　燒破一切人
比賊不爲勝　何等爲大賊　唯有一種人
寧使節節火　骨化爲融銅　吞噉於刀山
鑊湯刀鋸解　破身如火聚　此苦不爲惡
妄語大毒害　燒壞天人福　遊行阿鼻獄
刀輪爲脚足　鐵毒蛇爲舌　口火燒大千
眼如迸鐵丸　雨大鑊湯雨　燒滅善根華
畢定墮惡道　無量億千劫　求出無由脫
如是大惡人　舉身是火山　燒壞一切善

惡口者口雖含香臭如死屍恒樂說他諸不善事口所吐說如刺如刀如劒如戟如屎如

屎如蟲如膿天人中香無過善語三界中臭無過惡口二者惡口之人口有所吐如雨鐵丸燒壞他家此人未來墮大地獄熱鐵燒身飲熱鐵汁設生世間作病癩狗及病癩人無量刧中常食膿血心所念者純是不善與惡相應三者兩舌其兩舌人猶如水火不作言作他人作善實言淨語枉横言非他所不作横爲他作一切世人常不樂見必定當墮大惡道中銅鋸解舌數百千段四者綺語綺語者反上作下反下作上調戲無節巧言利辭說無益語說不利語說無義語讚歎五欲語心不明了語黒暗語如刺如林鉤羂衆生此人惡報命終當墮刺林地獄百千鐵刺鉤其舌出作百千段五者讚歎邪見邪見之人口如盛火燒諸善根無父無母無佛無法無比丘僧無阿羅漢無辟支佛無師無友無善知識心如疾風吹崩一切諸善根樹此是大賊說無因果口如大水漫流三界婬欲無度調弄同類造五無間斷絶般若犯四重禁至無間罪皆從邪見顛倒惡心邪風吹動惡不善口阿鼻獄火鐵刺舌生如此妄語惡口兩舌綺語讚歎邪見此大惡人雖在世間四大所成五陰嚴飾當知地大即是鐵山刀林劒樹百千鐵刺無數鐵蟲鐵觜諸鳥鐵輞蒺車轢絶其身當知水大即是融銅無數鑊湯是熱丸沸屎鐵河以流節間當知火大節節自然猶如銅柱衆火同時從六根起燒壞身心墮大地獄當知風大猶如雹雨無數刀林百千劒樹動於支節從溪谷生當知五陰即是五賊十八羅刹繫屬獄種閻羅王民識爲熱鐵

狀如融銅滿阿鼻獄自高強健多力惡口罵詈誹謗毀呰人者今安所在佛告舍利弗惡口妄語兩舌綺語讚邪見者此人不爲一人作賊普爲一切諸天世人作大劫賊譬如群賊威力自在燒破一城殺害一切及四天下一切人民此人所得罪報爲多少耶舍利弗白佛言世尊此人所得罪如須彌山不可稱量佛告舍利弗此人雖復獲大罪報不如妄語惡口兩舌綺語讚歎邪見須臾所造獲大重報身壞命終墮大地獄經無量劫受苦無窮百千諸佛不能得救諸佛觀此謗法罪人與十方界地獄俱生地獄俱滅是故智者當攝身口佛告舍利弗若有受持此十善戒破十惡業上生天上爲梵天王下生世界作轉輪王十善教化永與地獄三惡道別譬如流水至涅槃海若有毀犯十善戒者墮大地獄經無量世受諸苦惱舍利弗汝好受持十善戒羯磨法破十不善業時舍利弗及諸大衆聞佛所說歡喜奉行

佛說受十善戒經

音釋

轢郎狄切陵轢也　擗匹歷切擘開也　撮子括切挽也　觜即委切喙也　械下戒切桎梏也　搥都回切與堆同　嘊喍嘊五佳切喍仕佳切嘊喍犬鬪貌　嘷胡高切咆嘷也　羈居宜切絡首也　裸郎果切赤體也　睞洛代切目童子不正也　甕烏貢切瞿也　蹴子六切逐也　嚙倪結切噬也　黐膠黐丑知切膠居肴切　憺怕憺徒濫切怕白各切憺怕安靜也　駃奭士切疾也　唼作答切齧也　嗽色角切翕也　迸比諍切涌也　呰將此切口毀也

佛說淨業障經

失譯師名開元附秦録

清刻龍藏佛說法變相圖

佛說淨業障經

失譯師名開元附秦錄

如是我聞一時佛住毗舍離菴羅樹園與大比丘衆五百人俱菩薩摩訶薩三萬二千其名曰壞魔菩薩神通遊戲光燄菩薩蓮華身菩薩放光王菩薩常調身菩薩滿衆願菩薩寶莊嚴堅意菩薩雜華眼菩薩淨音聲王菩薩光照明菩薩妙眞金菩薩降伏一切諸根境界菩薩大雷音菩薩如意光積菩薩文殊師利法王子如是等三萬二千菩薩而爲上首爾時有一比丘名無垢光入毗舍離城次第乞食以不知故入婬女家時無垢光入其家已是時婬女於無垢光起染汙心作是思惟我今必當與此比丘共行欲法若不從我我將殞命作是念已即便閉門語比丘言願

與尊者共行欲事若不從我我當必死時無垢光語婬女言且止大姊我今不應犯如此事所以者何佛所制戒我應奉行寧捨身命不毀此戒爾時婬女復更思惟我今當以呪術藥草令此比丘共爲欲事語比丘言我今不能令汝退轉毀犯禁戒但當受我所施之食而入舍内便呪其食投比丘鉢呪術力故令此比丘便失正念起於欲心展轉增盛爾時婬女見此比丘顔色變異即前牽手共爲欲事是時比丘與彼婬女共相愛樂行婬欲已持所乞食還詣精舍到精舍已生大憂悔舉體煩熱咄哉何爲破大戒身我今不應受他信施我今則是破戒之人當墮地獄時無垢光向諸比丘同梵行者語如是言我今破戒非是沙門必趣地獄時諸比丘問無垢光何因緣而破此戒耶時無垢光具説上事時諸同學語無垢光仁者當知此有菩薩摩訶薩名文殊師利得無生法忍善能除滅破戒之罪亦令衆生離諸蓋纏我今與汝共詣文殊師利菩薩摩訶薩所除汝憂悔時無垢光猶故未食與諸比丘詣文殊師利法王子所到已問訊供養恭敬即以上事具白文殊師利文殊師利語無垢光汝今且食食已當共詣如來所問如此事如佛所説當共受持比丘食已與文殊師利共詣佛所到已頂禮佛足却坐一面爾時無垢光比丘心懷恐懼不敢問佛於是文殊師利即從坐起整衣服偏袒右肩右膝著地合掌向佛即以上事具白世尊爾時世尊告無垢光汝實爾不答言實爾佛告比丘汝本有心欲犯婬不答言不也

佛告比丘汝本無心云何而犯比丘答言我於後時乃生欲心如是比丘心犯欲耶答言如是佛告比丘我常不言心垢故衆生垢心淨故衆生淨耶答言如是佛告比丘於意云何汝曾夢中受欲之時心覺知不答言覺知佛告比丘汝向犯欲豈非由心而覺知耶答言如是若如是者比丘寤夢犯欲有何差別比丘答言寤夢犯欲無差別也佛言於意云何我先不言一切諸法皆如夢耶答言如是佛言於意云何如夢諸法是眞實耶答言不也佛告比丘於意云何寤夢二心俱眞實耶不也世尊佛告比丘若非眞實是有法不不也世尊佛告比丘於意云何無所有法爲有生不不也世尊佛告比丘若法無生有滅有縛有解脫耶不也世尊佛告比丘於意云何無生之法尚無所有而當有墮三惡道耶佛告比丘一切諸法本性清淨然諸凡夫愚小無智於無有法不知如故妄生分別以分別故墮三惡道復告比丘諸法無實而現種種所應作事爲著貪欲瞋恚愚癡凡夫等故分別諸法不知如故非是眞實復告比丘諸法虛誑如野馬故諸法如夢本性自在逮清淨故諸法究竟如水中月泡沫等故諸法寂靜無生老病死諸過患故諸法無取非是色法不可見故諸法無聚如虛空故諸法無性過諸性故諸法甚深過虛空故諸法廣大無處所故法無所作究竟寂故法無所依境界空故法無根本畢竟空故法離蓋纏煩惱結使不可得故法離熾然性不生故法無障礙本性淨故諸法無報猶如影故諸法如幻猶不

實故法無所依妄分別故諸法流轉而諸衆生著諸邊故諸法不起諸緣各各性相違故法無染愛無所屬故法無穢汙一切結使不可得故諸法無垢淨過空故法無微相相寂靜故諸法調柔性不生故諸法如如初中後際無差別故諸法解脫不相屬故諸法無閡如瓦礫故諸法非色同虛空故諸法平等無積聚故法不可持猶如虛空不可執故諸法無得智者推求不可得故法無擾動三世淨故法無扼縛破闇冥故法無刺棘離諸纏故諸法安隱如涅槃故法無怖畏過諸畏故法無彼岸無此岸故諸法無量過算數故諸法無相其相空故諸法無作斷諸願故諸法無行行虛誑故法無戲論滅覺觀故法無窟宅離住處故法無有濁常清淨故法同涅槃生不可得空無有故比丘當知諸法如是不可宣說是故我昔坐於道場得無所得無有一法有出有没有縛有解亦無有法有障有纏有憂有悔所以者何諸法清淨無雜穢故爾時無垢光聞說是法心懷踊躍悲喜交集雨淚叉手合掌一心觀佛即說偈言

快哉世尊大功德　諸天世人所歸仰
善覺一切妙勝行　稽首能斷諸苦行
無所依者爲作依　無有導者爲奬導
安住實道常清淨　稽首世尊大威德
爲世闇冥作燈明　諸無目者爲作目
深著虛妄能度脫　稽首勇猛大精進
已離染汙無瞋恚　於諸縛著得解脫
等於怨親能解縛　稽首眞實功德聚
乾竭渴愛及愚癡　破壞諸有除衆苦

生死輪轉久已斷　稽首大力無上乘
於諸分別無所著　解脫妙智難思議
三界最勝離諸垢　稽首清淨無垢人
我今悉求如是道　當脫無依衆生苦
願令我得如是乘　終不小乘盡諸漏
億那由他無量劫　常受衆苦不捨道
如月盛滿顯衆星　我觀如來亦如是
譬如有人入大海　其意下劣求水精
雖遇無量珍寶聚　捨之而取下賤者
如人聞佛無量力　而不生念我當得
大乘廣博所作事　放捨菩提證聲聞
譬如有人見大王　與諸群臣相圍繞
不求王位悕臣佐　當知是意非黠慧
如人聞佛大功德　妙勝智慧所作事
而於小乘生喜樂　是則下劣懈怠心
衆生不應貪小乘　以如闇夜螢火明
當悕日光普大照　能破一切諸黑闇
佛有無量大名聞　聲徹人天諸惡趣
佛光微妙爲最上　能照世間諸闇冥
譬如師子處野干　其心好樂野干衆
放捨師子所應作　而更隨逐野干法
如有大人在聲聞　其猶師子在野干
貪樂小法以爲足　當知是輩行貧道
若人欲求大乘道　當應常發如是心
利益世間斷衆苦　不應同彼諸聲聞

爾時衆會聞無垢光所說偈已四萬二千天子發阿耨多羅三藐三菩提心即散摩訶曼陀羅華拘茂陀等供養世尊文殊師利讚無垢光作如是言善哉善哉無垢能報佛恩於菩提道多所饒益爾時世尊即時微笑諸佛

常法若微笑時有五色光從口而出所謂青黃赤白紅玻瓈色徧照無量無邊世界上至梵世蔽於日月所有光明還至佛所繞佛三帀從頂上没爾時阿難即從坐起整衣服偏袒右肩右膝著地合掌向佛而白佛言世尊有何因緣而現微笑諸佛世尊不以無緣而現微笑佛告阿難此無垢光比丘有大深慧發阿耨多羅三藐三菩提心我今當授阿耨多羅三藐三菩提記佛告阿難此無垢光比丘於未來世彌勒佛所逮無生忍亦當供養見賢劫千佛過是之後復經十劫供養二十億諸佛已得成爲佛號名功德蓮華最勝妙行師子雷音如來復告阿難功德蓮華最勝妙行師子雷音如來應正徧知彼佛世界名無量音七寶所成無有緣覺聲聞弟子純諸菩薩彼佛世界常轉平等不退法輪阿難此無垢光逮當得阿耨多羅三藐三菩提所以者何所乘妙勝淨佛土故爾時世尊復告阿難譬如日光所至之處破衆闇冥如是阿難若有衆生得聞此經當知是處有大照明能令衆生於一切法得無障礙爾時阿難前白佛言世尊云何衆生於一切法得無障礙佛言且止阿難何用問此如是事爲如來若説障與無障諸天世人皆當驚疑爾時文殊師利法王子白佛言世尊願説障礙不障礙法諸菩薩聞能於後時五濁惡世於諸世法不生染著佛告文殊師利夫障礙者貪欲是障礙瞋恚是障礙愚癡是障礙布施是障礙持戒是障礙忍辱是障礙精進是障礙禪定是障礙智慧是障礙佛想是障礙法想是障礙

僧想是障礙空想是障礙無相想是障礙無作想是障礙無行想是障礙不生想是障礙文殊師利取要言之若於諸法有縛有解當知如是皆是障礙爾時文殊師利法王子白佛言世尊云何布施持戒忍辱精進禪定智慧是障礙法佛告文殊師利法王子一切諸法性無障礙而諸凡夫愚小無智自生分別於布施持戒忍辱精進禪定智慧而作障礙所以者何文殊師利凡愚之人行布施時於慳衆生不生恭敬以不恭敬便生瞋心以瞋心故墮大地獄身自持戒見犯戒者而生輕慢説其過惡令他聞之生不恭敬以不恭敬故墮於惡趣自修忍辱以忍辱故而生高心我是忍辱餘人麤惡以是忍故而生放逸當知即是衆生之本自行精進於懈怠者生如是念如此愚人不應食他信施供養乃至不應受一飲水常於已身而起貢高卑下他人當知是輩愚小無智自行禪定見亂想者發如是念我常修定其餘比丘多諸亂心説於邪論如此之人去道尚遠何能得佛作是念時隨所起念一念一刧還受生死甫當更修菩提之道自恃多聞於無名法以不真智妄生分別見有所得起大憍慢我説是輩更大愚癡無智之人諸覺所覆非是大人雖復志求大乘之道作如是言我當於世爲最爲勝而於聲聞小乘之人不生恭敬輕慢惡賤説其過罪以其惡心説麤語故而墮惡趣爾時文殊師利法王子白佛言世尊菩薩不應於佛法中妄宣人惡佛言如是如是文殊師利於意云何菩薩豈不於諸衆生常起慈心憐

慇愛念不以惡眼而視之耶文殊師利言如是世尊復次文殊師利於意云何菩薩豈當於一衆生不以聲聞緣覺大乘而度脫耶不也世尊菩薩未曾捨一衆生而不度脫常於一切起平等心佛告文殊師利譬如良醫等療衆病國王大臣長者居士及諸貧民常作是念云何能令衆生免苦得離諸病文殊師利菩薩亦爾常於衆生起大悲心發平等意云何當令一切衆生受行佛法使不斷絶又如良醫所有醫王經書呪術不斷絶時心生歡喜踊躍無量文殊師利菩薩亦爾諸佛種性不斷絶時心生歡喜亦復如是文殊師利一切衆生不盡如醫能治衆病設有能者是亦難得文殊師利菩薩亦爾不盡如佛起菩薩心而自莊嚴設有能者是亦難得又如良醫於諸醫方經書祕術不應懈怠以修醫法文殊師利菩薩亦爾不應懈怠如羸病人發菩提心文殊師利自然無師是爲難得不從他知是亦難得妙勝之心是亦難得修行佛法是以難得爾時文殊師利法王子白佛言世尊云何菩薩於一切法心無障礙速得清淨佛告文殊師利法王子言若有菩薩觀於貪欲於一切法瞋恚愚癡於一切法是則名爲淨諸業障復次文殊師利若有菩薩於諸五欲不生愛樂亦不放捨觀欲實性即是佛法是則名爲淨諸業障復次文殊師利若有菩薩而於五蓋以求菩提如是觀時不得五蓋及與菩提是則名爲淨諸業障復次文殊師利若有菩薩觀九惱法即是慈心思惟觀察九惱法時不得他人及與己身名最上慈

以於諸法無所得故菩薩忍亦復如是是則名爲淨諸業障復次文殊師利若有菩薩觀於犯即是不犯觀非毗尼即是毗尼觀於繫縛即是解脱觀於生死即涅槃界是則名爲淨諸業障復次文殊師利若有菩薩觀貪欲界即涅槃界瞋恚愚癡亦復如是是則名爲淨諸業障復次文殊師利若有菩薩觀一切法即是佛法是則名爲淨諸業障復次文殊師利若有菩薩觀一切法無有體相亦無根本是則名爲淨諸業障復次文殊師利若有菩薩觀慳及施不作二想持戒毀戒不作二想瞋恚忍辱不作二想懈怠精進不作二想亂心禪定不作二想愚癡智慧不作二想是則名爲淨諸業障復次文殊師利若有菩薩觀諸煩惱即是佛法是則名爲淨諸業障爾

時文殊師利法王子白佛言世尊云何菩薩觀諸煩惱即是佛法佛告文殊師利於意云何汝頗見法能還與法作繫縛不答言不也世尊文殊師利於意云何頗見有法能爲諸法作解脱不不也世尊文殊師利云何菩薩得無生忍文殊師利言一切煩惱即無生忍所以者何一切煩惱同虛空性以是義故我觀諸法無智無斷無證無修而諸凡夫障礙所蔽無有佛法見有斷結修佛法故爾時世尊讚文殊師利法王子言善哉善哉文殊師利善能解説無盡之法文殊師利過去久遠無量無邊不可思議阿僧祇劫爾時有佛號曰無垢光如來應供正徧知明行足善逝世間解無上士調御丈夫天人師佛世尊出現於世文殊師利曰無垢光如來壽九十劫國

名衆香彼佛世界多諸衆生好樂小法少能修習無上大乘彼佛世尊般涅槃後法住千歲分布舍利如我滅後等無差别時有比丘名曰勇施慚愧樂學善修戒身多聞智慧顔貌端正成就第一清淨妙色爾時勇施著衣持鉢入難勝城次行乞食到長者舍其家有女容貌端正未適夫主時長者女見勇施已生愛染心作如是念我若不得勇施比丘以爲夫者當自殞命初不向人説如此念欲心内結遂以成病爾時勇施乞食得已還詣精舍而於後時女父命終爾時其母而問女言汝何因緣而致斯病女時嘿然遂不飲食爾時女母容遣餘女先來親善同苦樂者而往問言以何因緣而致斯病時女答言我於先時見一比丘顔貌端正便生欲心以致斯病若得從意我病則愈若不得者便當殞命是時餘女聞此事已還向其母具説上事其母聞已作是思惟今我此女病患如是若使不得勇施比丘當作何計復作是念我今當請勇施比丘數至我家當使此女從受經法爾時勇施而於異時入城乞食復至其家見長者女身體羸瘦而問之言此女何因何緣而有此病時母答言而我此女好聽經法我常固遮不遂其意以致斯病爾時勇施語其母言莫遮此女使不聽法母還報言尊者若能教授此女經法我當聽之爾時勇施即便許可其母語言從今已往常至我家答言可爾時長者女聞是語已心大歡喜我今當作種種方便令此比丘於我生著時長者女語勇施言惟願尊者哀愍我故常至我舍爾時勇

施嘿然許可即受其食還詣精舍爾時其母語其女言從今已往好自莊嚴以好栴檀種種雜香以塗其身更著新好上妙衣服如是莊嚴可得從意其後勇施數到其家轉相親厚數相見故便失正念而生欲心即與彼女共行婬法心遂躭著往來頻數時彼女夫見此比丘往來頻數心生疑惡即設方便欲斷其命勇施比丘聞是事已即作是念當以毒藥持與彼女令斷夫命爾時勇施即以毒藥持與彼女而語之言若必念我可持此藥以殺汝夫時長者女即以毒藥和著食中勑其婢使持此飯食以飯我夫夫食飯已即便命終爾時勇施聞彼命終心生大悔作是思惟今我所作是大重惡何名比丘受行婬法又斷人命我今如是當何所歸生大憂惱我若命終當墮惡道誰能免我如是之苦以是事故從一精舍至一精舍惶怖馳走衣服落地作如是言咄哉怪哉我今即是地獄衆生時有精舍名曰醯無中有菩薩名曰鼻揉多羅勇施比丘即入其房舉身投地時彼菩薩問勇施言何爲以身自投於地答言大德我今即是地獄衆生又復問言誰乃令汝爲地獄人勇施答言我作大罪犯於婬戒又斷人命時彼菩薩語勇施言比丘莫怖我今力能施汝無畏爾時勇施聞彼菩薩施無畏聲心生歡喜踊躍無量爾時鼻揉多羅菩薩即時從地接起勇施牽其右手將至異處坐林樹中時鼻揉多羅菩薩湧身虛空高一多羅樹語勇施言今汝於我生深信不勇施即時叉手合掌而答之言我見仁者如遇大師亦如世

尊爾時鼻揉多羅菩薩即時入於諸佛境界大乘妙門如來寶印三昧入三昧已即於身上出無量佛身皆金色三十二相徧林樹間爾時諸佛即時同聲說是偈言

諸法同鏡像　亦如水中月　凡夫愚惑心
分別癡恚愛　法無作無處　如虛空清淨
亦無有覺知　虛誑不牢固　於內求恚愛
未嘗有得者　凡夫生染愛　實無有染著
如於眠夢中　染著於諸色　亦如刀割物
而刀無所知　凡夫亦如是　愚惑妄分別
於愛生染著　於著增諍訟　世間猶如夢
空無不牢固　如焰空中雲　癡愛寂無相
諸法如草木　心不在內外　愛非壽命人
自性無所有　凡夫見諸法　計從因緣生
無作不可取　性離常寂靜　諸法猶如幻
凡夫生取著　幻性無堅固　貪瞋癡亦然
諸法常無相　寂靜無根本　無邊不可取
欲性亦如是　衆生如鏡像　計著於我所
離如妄分別　無堅固可取　諸法如影響
欲恚無處所　如幻夢水月　實無染恚者
境界不眞實　空無不可取　分別法無主
根本常寂靜　譬如幻化人　無有貪恚癡
幻夢等諸法　其邊不可得　如月現於水
而不在水中　凡夫染癡恚　癡愛恚無性
貪瞋恚愚癡　諸緣常空無　無衆生壽命
虛無常寂靜　無眼亦無耳　鼻舌亦復然
凡夫癡無智　虛妄生牢固　如虛空無邊
無盡無去來　諸法亦如是　如手摸虛空
種種分別法　實無分別者　凡愚計諸陰
而實無有生　我觀一切法　性根無所有

無生亦無滅　未曾有聚散　諸法性解脫
寂靜無處所　無能希取者　解此名爲智

爾時林中萬二千天子詣鼻捺多羅菩薩來聽法者聞說是偈即時皆得無生法忍勇施比丘見諸化佛神通變現於諸法中思惟選擇離諸蓋纏得無生忍文殊師利汝莫生疑爾時鼻捺多羅菩薩豈異人乎今彌勒菩薩是也勇施比丘豈異人乎寶月如來是也爾時文殊師利白佛言世尊勇施比丘已成佛耶佛告文殊師利今已成佛在於西方去此佛土恒河沙數諸佛世界有國名常光寶月如來於彼成佛文殊師利汝觀是法能令衆生離諸業障受行婬法斷人命根能令現身得無生忍所以者何能觀三界如影響故猶如幻師觀於幻人無有障礙文殊師利諸凡夫人於無有法妄生分別墮諸惡趣受於無量百千萬苦爾時文殊師利白佛言世尊若有菩薩得聞是經受持讀誦書寫供養尊重讚歎而於現世得何等利佛告文殊師利於意云何如日光明照閻浮提於是衆生有幾何文殊師利白佛言世尊如日光明照閻浮提於諸衆生而作利益無量無邊不可思議文殊師利當知是經亦復如是能令菩薩破諸結縛能生無量智慧光明亦於諸法得無障礙速疾能生無礙智辯若說法時不爲衆生魔及外道之所破壞斷其樂說文殊師利譬如大火焚燒草木無有遺餘當知是經燒一切結亦復如是文殊師利如雪山王諸餘黑山不能障翳若有菩薩得聞是經亦復如是諸餘外道不能如法而毀壞者文殊師利

如轉輪王諸小國王無敢拒逆若有菩薩得聞是經亦復如是一切雜論嚴飾章句如是之人不能抑制文殊師利譬如比丘善能持律能除他人破戒疑悔當知此經亦復如是能令衆生離諸憂悔文殊師利如日天子所至之處能破衆冥若有菩薩得聞是經亦復如是能破一切無明黑闇能生一切智慧光耀所以者何以因是經善修慧故爾時惡魔來至佛所白佛言世尊如來大悲憐愍一切常施安樂唯願世尊莫說此經所以者何若說此經諸魔宮殿皆悉震動諸憂惱箭入我身中以此經典行閻浮提故世尊我今當令如是經典無有受持讀誦書寫供養之者當使此經似如邪道令諸衆生起於邪見讀誦方廣大乘比丘心生疑悔誹謗此經爾時釋提桓因以佛神力即於佛前頭面禮足以天曼陀羅華而散佛上白佛言世尊惡魔波旬設諸方便欲爲此經而作留難世尊我當受持讀誦書寫供養恭敬如來滅後我與阿難當令此經行閻浮提普令周徧我與四王諸鬼神等常當擁護說是經者若有受持讀誦書寫供養恭敬是經典者於諸擁護我爲宗主爾時世尊告阿難言汝當受持讀誦書寫供養恭敬如是經典亦爲他人流布顯現所以者何阿難此經則是諸法之鏡阿難言如世尊教我當受持當何名斯經云何奉行佛告阿難此經名爲淨諸業障亦復名爲入於諸法無障礙慧說是經時六十比丘不受諸法漏盡意解八十菩薩得無生法忍爾時尊者阿難文殊師利法王子及諸天世人乾闥

婆阿修羅等聞佛所説皆大歡喜信受奉行

佛説淨業障經

音釋

殞羽敏切歿也 逮徒耐切及也 礫郎狄切小石也 療力照切治也

嘿密北切不語也 揉如又切

佛藏經

姚秦三藏法師鳩摩羅什譯

清刻龍藏佛說法變相圖

佛藏經卷第一

姚秦三藏法師鳩摩羅什譯

諸法實相品第一

如是我聞一時佛住王舍城耆闍崛山中與大比丘僧俱皆是衆所知識及無邊大菩薩摩訶薩衆無量無數爾時舍利弗從三昧起行詣佛所偏袒右肩頭面作禮白佛言希有世尊如來所說一切諸法無生無滅無相無爲令人信解佛告舍利弗汝見何利歎言希有如來所說一切諸法無生無滅無相無爲令人信解舍利弗白佛言世尊我在靜處每作是念世尊乃於無名相法以名相說無語言法以語言說思惟是事生希有心佛告舍利弗如是如是是事希有第一希有謂是諸佛阿耨多羅三藐三菩提舍利弗如巧畫師

畫於虛空現種種色相於意云何是畫師者爲希有不希有世尊舍利弗如來所得阿耨多羅三藐三菩提說一切法無生無滅無相無爲令人信解倍爲希有所以者何無名相法無念無得亦無有修不可思議非心所依無有戲論非是戲論所可依止無覺無觀無有所攝不在於心非得所得無此無彼無有分別無動無靜本來自空不可念不可出一切世間所不能信如是無名相法以名相說如是舍利弗一切諸法無生無滅無相無爲令人信解倍爲希有舍利弗譬如有人嚼咽須彌能令消盡飛行虛空不以爲患於意云何爲希有不希有世尊舍利弗諸佛所說一切諸法無生無滅無相無爲令人信解倍爲希有舍利弗譬如火城縱廣深淺各一由旬四門出燄人負乾草於中而過猛風吹燄燒博其身是人能令火不燒草及不燒身於中得出如本不異於意云何爲希有不希有世尊舍利弗如來所說一切諸法無生無滅無相無爲令人信解倍爲希有舍利弗譬如有人以石爲栰從海此岸渡至彼岸於意云何爲希有不希有世尊舍利弗如來所說一切諸法無生無滅無相無爲令人信解倍爲希有舍利弗譬如有人負四天下及諸須彌山河草木以蚊脚爲梯隥至於梵天於意云何爲希有不希有世尊舍利弗如來所說一切諸法無生無滅無相無爲令人信解倍爲希有舍利弗譬如藕絲懸須彌山在於虛空於意云何爲希有不希有世尊舍利弗如來所說一切諸法無生無滅無相無爲令人信解

倍爲希有舍利弗譬如劫盡大火燒時人以一唾能滅此火又以一吹還成世界及諸天宮於意云何爲希有不希有世尊舍利弗如來所說一切諸法無生無滅無相無爲令人信解倍爲希有舍利弗恒河廣大爲無量不如是世尊舍利弗四天下中普雨大雨滴如恒河有人以手承此雨滴無所遺落於意云何爲希有不希有世尊舍利弗如來所說一切諸法無生無滅無相無爲令人信解倍爲希有舍利弗須彌山王爲高大不高大世尊舍利弗四天下中普雨大石皆如須彌有人以手承接此石無有遺落如芥子者於意云何爲希有不希有世尊舍利弗如來所說一切諸法無生無滅無相無爲令人信解倍爲希有舍利弗譬如有人以一切衆生置左手中右手接舉三千世界山河草木皆能令是一切衆生同心喜樂其意不異於意云何爲希有不希有世尊舍利弗如來所說一切諸法無生無滅無相無爲令人信解倍爲希有舍利弗如來所說諸法無性空無所有一切世間所難信解何以故舍利弗是法無相離諸相無念離諸念無取無捨無戲論無惱熱非此岸非彼岸非陸地非癡非明以無量智乃可得解非以思量所能得知無行無相無有惱熱無念過諸念無心過諸心無向無背無縛無解無安無安法無癡無癡法無有疑網無名無言無說無不說無盡無不盡無行無行相無道無道果無離過諸離無思惟無親踈不取不捨無得不可得除諸諦除貪恚癡非實非虛妄非常非無常非明非不明非

闇非照不在心無有性性本空能降伏魔降伏煩惱降伏五陰降伏十二入降伏十八界降伏說有五陰者降伏說有十二入者降伏說有十八界相者降伏說有衆生者說有人者說有壽者說有命者說有有者說有無者降伏一切諸邪行者舍利弗我此聖法皆能降伏一切貪著乃至說有法者不信樂諸法如實相者逆佛法者所以者何舍利弗若有衆生說我者說人者說衆生者說斷滅者說常者說有者說無者說法者說假名者說邊者皆違逆佛與佛共諍舍利弗乃至於法少計得者皆與佛諍與佛諍者皆入邪道非我弟子若非我弟子即與涅槃共諍與佛共諍與法共諍與僧共諍舍利弗如是見人我則不聽出家受戒舍利弗如是見人我則不聽受一飲水以自供養舍利弗若人除捨如是不善貪著事者於我法中出家求道不念涅槃不以涅槃爲念不貪涅槃於畢竟空法不驚不畏是人尚爲斷諸法故勤行精進何況如是不善貪著謂著我著衆生著人著法是人爲斷諸貪著故但勤修習無相三昧於無相三昧亦不取相是人通達一切諸相皆是一相所謂無相舍利弗是則名爲於聖法中柔順法忍得是柔順法忍乃名是我弟子能消供養不空受身所以者何舍利弗我是眞實相法不可入不可取不可捨不可貪不可說斷言說道無歡無喜斷貪喜心非衆緣合離衆因緣無道斷道至於無道斷諸語言論議音聲無形無色無取無著無用無實無妄無闇無明無壞無諍無合無散無動無念無

有分別不可得亦非垢非淨非名非相非心數法非心所解我此法中無男無女無天無龍無夜叉無乾闥婆無鳩槃荼無毗舍闍無斷無常無我無衆生無人無來無去無出無入無戒無犯無淨無垢無有三昧無定無定根無禪無禪根無知無見無貪無諍無道無道果無慧無慧根無明無非明無解脱無非解脱無果無得果無力無非力無所畏無無所畏無念無念根無坐無行無有威儀無此無彼無憶想分別無菩提無菩提分無智無非智無地無水無火無風無罪無福無法無非法無苦無樂拔諸一切戲論根本一切永離令而無相舍利弗舉要言之我法悉破一切諸念一切諸見一切諸結諸增上慢不念一切諸所憶念除斷一切種種語言我是法中無常無無常無苦無樂無垢無淨無斷無常無我無衆生無人無壽者無命者無生無滅何以故舍利弗如來於法都無所得有所滅故名爲涅槃亦不見有得涅槃者舍利弗佛亦不念涅槃不以涅槃爲念亦不貪著涅槃是故當知是爲第一奇特希有所謂如來說一切法無生無滅無相無爲令人信解倍爲希有

念佛品第二

爾時舍利弗白佛言世尊於此法中云何爲惡知識云何爲善知識佛告舍利弗若有比丘教餘比丘比丘汝當念佛念法念僧念戒念施念天比丘汝當觀身取是身相所謂不淨當觀一切諸有爲法皆悉無常觀一切法空無有我比丘汝當以所緣相繫心緣中專

念空相當樂善法當取不善法相取不善法相已爲令斷故觀念修習謂爲斷貪欲觀不淨相爲斷瞋恚觀慈心相爲斷愚癡觀因緣法常念淨戒深取空相勤行精進爲得四禪專心求道觀不善法皆是衰惱觀於善法最是安隱一心修道分別諦觀善不善法諦取相已一心思惟觀涅槃安隱寂滅唯愛涅槃畢竟清淨如是教者名爲邪教謂是正教而是邪教舍利弗如是教者名惡知識是人名爲誹謗於我助於外道亦爲他人說邪道法舍利弗如是惡人我乃不聽受一飲水以自供養我說教者不說受者舍利弗於我法中多有如是增上慢教舍利弗若受教者受戒五歲不能悉捨如是所教於是教中勤心精進自有得無所有比丘不往請問我說此人雖有五歲猶名邪見雜外道法順行魔事舍利弗若有比丘受是教已聞空無所得法即自覺知我先受者皆是邪見於空無所得法無疑無悔深入通達不依一切我見人見舍利弗我說此人名爲清淨梵行舍利弗若有比丘成就如是無所得忍雖現未得無餘涅槃我記是人彌勒佛時當在初會時彌勒佛歡喜三唱是人能於釋迦牟尼佛法中成就無所得忍舍利弗若在家出家成就此忍我說是人必得涅槃舍利弗若有人受如是教已聞空無所得法即時驚畏是人可愍無有救者無有依者直趣地獄何以故舍利弗於佛教中驚疑畏者是人則爲具足惡道所以者何我常自說有所得者是惡道分何以故舍利弗佛所得法無有差別是與非是若可

差別是有所得舍利弗人寧成就五逆重罪不成就我見衆生見人見壽見命見陰入界見貪著持戒著持戒見貪著三昧著三昧見依於佛相得於法相於僧斷事成就身見何以故於佛法中成就身見不在僧數舍利弗佛弟子衆心無分別舍利弗佛弟子衆無不善者無破戒者無破見者無破威儀者舍利弗何等爲惡不善佛告舍利弗於佛法中不在僧數名惡不善謂心心數法與諸緣合無眞實事但作分別以分別故計有所得是人乃至所有說言心心相續乃至善不善法於聖法中名惡不善何以故舍利弗所有樂處中必有苦如來法者滅是苦樂舍利弗如來所得是中無欲亦無非欲無樂無苦無思無想無修乃至亦無空相何以故舍利弗若計空相即是我相衆生相者是常相者是斷相者何以故舍利弗隨所有想則生諸相是皆隨邪舍利弗空名無念是名爲空空念亦空是名爲空舍利弗空中無善無惡乃至亦無空相是故名空舍利弗諸有爲法可知可解空非可知亦非可解非可思量是故名空舍利弗空相非念得何以故空無相故是故名空舍利弗何故說行空行佛告舍利弗不念一切諸相乃至空相亦復不念是名空行舍利弗相名乃至心有所念即名爲想無所念者乃名無想離諸想故名爲無想隨所取想皆是邪見何以故舍利弗於聖法中計得寂滅皆墮邪見何況言說何況說者如是空法以何可說舍利弗諸佛何故說諸語言皆名爲邪佛告舍利弗不能通達一切法者是則

皆爲言說所覆是故如來知諸語言皆爲是邪乃至少有語言不得其實舍利弗諸佛阿耨多羅三藐三菩提皆是無相無念何以故如來於法不得體性亦不得念舍利弗言如來何故說有念處佛告舍利弗經說若人得四念處是人能得諸法體性能得自身得我得人無有是處示法別相空故說四念處四念處性無性無處無念無說無有貪著念性尚無何況念處是故如來說名念處舍利弗諸法若有決定體性如析毛髮百分一者是則諸佛不出於世亦終不說諸法性空舍利弗諸法實空無性一相所謂無相如來悉見如來以是說有念處舍利弗念處名爲無處念無非處無念無念業無相無分別無意無意業無思無思業無法無法想皆無合散是故賢聖名爲無分別者是名念處如來以是說有念處隨順念無所有故名爲念處隨順念佛名爲念處舍利弗云何名爲念佛佛告舍利弗見無所有名爲念佛舍利弗諸佛無量不可思議不可稱量以是義故見無所有名爲念佛實名無分別諸佛無分別以是故言念無分別即是念佛復次見諸法實相名爲見佛何等名爲諸法實相所謂諸法畢竟空無所有以是畢竟空無所有法念佛復次如是法中乃至小念尚不可得是名念佛舍利弗是名念佛法斷語言道過出諸念不可得念是名念佛舍利弗一切諸念皆寂滅相隨順是法此則名爲修習念佛不可以色念佛何以故念色取相貪味爲識無形無色無緣無性是名念佛是故當知無有分別無取

無捨是眞念佛
念法品第三
爾時舍利弗白佛言世尊云何爲人亦說是法爲惡知識世尊云何爲人亦說是法爲善知識佛告舍利弗若有比丘教他比丘比丘汝今當知念佛事空念所緣處是不應念汝所念空念亦復空是無性空能斷色相能斷取相是人爾時不得無相何況於念是人爾時都無所有寂滅無性不集諸相滅一切法是則名爲修習念佛念佛名爲破善不善一切覺觀無覺無觀寂然無相名爲念佛何以故不應以覺觀憶念諸佛無覺無觀名爲清淨念佛於此念中乃至無有微細心心念業況身口業又念佛者離諸相諸相不在心無分別無名字無障礙無欲無得不起覺觀何以故舍利弗隨所念起一切諸相皆是邪見舍利弗隨無所有無覺無觀無生無滅通達是者名爲念佛如是念中無貪無著無逆無順無名無相舍利弗無想無語乃名念佛是中乃無微細小念何況麤身口意業無身口意業處無取無攝無諍無訟無念無分別空寂無性滅諸覺觀是名念佛舍利弗若人成就如是念者欲轉四天下地隨意能轉亦能降伏百千億魔況蔽無明從虚誑緣起無決定相是法如是無相無戲論無生無滅不可說不可分別無闇無明魔若魔民所不能測但以世俗言說有所教化而作是言汝念佛時莫取小相莫生戲論莫有分別何以故是法皆空無有體性不可念一相所謂無相是名眞實念佛所謂無生無滅無相何以故如

來不名爲色不名爲相不名爲念不名分別不逆不順不取不捨非定非慧非明非無明如來不可說不可思議無相汝今莫樂取相莫樂戲論佛於諸法無執無著不見有法可執可著是人於佛猶尚不得何況於念舍利弗如是教者名善知識第一義中無有決定是善知識非惡知識復次舍利弗若有比丘教餘比丘比丘汝當分別觀察諸法亦復莫念法相是比丘如是修習心無繫著則能通達諸法一相所謂無相是人猶尚不生法相況我人相舍利弗於意云何念法相者是人能滅一切法不不也世尊舍利弗如樹無根能有枝葉華實不不也世尊如是舍利弗若人不得諸法根本是人能生諸法相不不也世尊舍利弗若人不得不念法相是人能滅一切法不不也世尊是人不得於法不得法相不得於滅亦不分別無生無滅是人爾時不生不滅不名得涅槃者亦復不名先得涅槃舍利弗如是教者名善知識第一義中無善知識無惡知識舍利弗若人成就如是相者世間希有得不顛倒眞實見故名爲正見復次舍利弗正見者名爲正作正行正道正解無有顛倒如實而見是故如來說爲正見舍利弗若有衆生無有顛倒如實觀者則有正見若生我相人相衆生相者當知是人皆是邪行舍利弗佛及弟子不說有我不說有人不說衆生不說壽不說命不說斷常是故佛及弟子名爲正見何以故正觀不顛倒故舍利弗一切凡夫於此事中無能入者何以故一切凡夫都無正見但有隨順正見得柔

順忍不能如實舍利弗是名正見邪見差别如實見故名爲正見見世樂因增長財利是世間正見是皆欺誑不免生死舍利弗佛説世間正見是説懈怠下劣之法賢聖不作是念此是正見此是邪見所以者何一切諸見皆從虚妄縁起舍利弗若作是念此是正見是人即是邪見舍利弗於聖法中拔斷一切諸見根本悉斷一切諸言語道如虚空中手無觸礙諸沙門法皆應如是

念僧品第四

舍利弗白佛言世尊何等爲聖衆佛告舍利弗若有人能信解通達一切諸法無生無滅無起無相成就是忍尚不得我況得須陀洹斯陀含阿那含阿羅漢況復得法況得男女何況得道況得如是等事是名聖衆是亦不得復次舍利弗衆生少能信解無生無滅無相法者若能信解無生無滅無相法者心無顛倒共相知解以法和合不受後有知諸世間但從虚妄縁起是人則更不住是身以是因縁説名聖衆是人於是語言亦復不得謂諸名相但集無相無戲論事是名僧寶應受供養得無顛倒眞實義故是人以是方便念僧是事亦空舍利弗如是教者名善知識舍利弗斷一切語言道名爲聖衆何以故於聖法中所因語言説眞實義如是語言亦不可得是故當知斷諸語言名爲聖衆舍利弗或有人言於此法中無有言説無有定者何名爲僧舍利弗我於此法中有如是答衆僧名爲示如實事此事決定亦不可得俱同一學一忍一味是事亦以世俗語故説非第一義

第一義中無有定實名爲僧法常不壞者聖人若說言有是法是即爲汙所以者何若人作是分別是男是女是天是龍是夜叉是乾闥婆是鳩槃荼是法是非法作是分別已得種種事得種種事故作是言是坐是卧是行是住聖人得諸法實相故亦不分別是男是女是天是龍乃至是法是非法不分別故不得種種法不得種種法者能作是說是坐是卧是行是住不不也世尊舍利弗若人言是男是女是天是龍乃至是法是非法是人所說非虛妄耶虛妄世尊舍利弗若不入是虛妄者名爲聖衆不顛倒故名爲聖衆舍利弗所有不善所有可知所有可得如是一切諸不善法皆以名相爲本此賢聖法中斷諸名相又不念名相不得名相云何當言是聖是衆斷諸名相名爲聖衆若有法處可破可斷賢聖法中無名無相無有語言斷諸語言無有合散若言無僧則破聖衆是亦不得所謂名相虛妄想故著種種邪見因是邪見更受後身貪著諸見則五陰生舍利弗五陰皆是虛妄貪著是名惡道是名邪道賢聖衆者無有此事但知虛妄緣故起於三界知是事故名爲聖衆舍利弗凡所有見於聖衆中皆不可得謂我見衆生見壽命見人見男見女見天見地獄見畜生見餓鬼見陰入界見貝聲見鼓聲見地聲見水火風聲見持戒聲見毀戒聲見正道聲見邪道聲見垢聲淨聲禪定三昧八聖道聲須陀洹果斯陀含果阿那含果阿羅漢果聲見解脫聲見得果聲見佛聲見法聲見僧聲見滅聲見涅槃聲見舍利弗

是名虛妄音聲等見賢聖衆者於第一義不得是見通達種種音聲一相所謂無相無違無諍成就不顚倒法忍故名爲聖衆舍利弗是不顚倒法忍即是無相無相故無取無捨無逆無順無生無滅是中自然歸滅無修無壞無起無得不分別此彼故心常捨離所以者何於是忍中無此岸無彼岸無分別無非分別通達無相成就是忍名爲聖衆破和合故名爲聖衆舍利弗我餘經說若人見法是爲見我如來非法亦非非法何以故謂達愚人及諸外道皆以色身見佛舍利弗如來不應以色身見亦復不應以音聲見舍利弗若人以色身見佛是去佛遠所以者何佛不名色不名爲見名爲見佛舍利弗若人能見諸法無相無名無觸無憶無念無生無滅無有戲論不念一切法不念涅槃不以涅槃爲念不貪涅槃信解諸法皆是一相所謂無相舍利弗是名眞見佛謂一切法無求無戲論無生於此事中亦不念不分別是名見佛若有諸人於此法中無憶想分於無取無捨無貪無違無相無相業不貪言說知法假名皆無所有斷語言道無有差別亦無戲論是名無生無相行者於世界中名爲聖衆舍利弗見何法故名爲見佛所謂無相無分別無戲論不受一切法者若以空門若寂滅門若離門不念見不得見是事亦不得所謂名字是處亦不得所謂涅槃何以故舍利弗我尚不念涅槃云何當說汝等當念涅槃當得涅槃舍利弗若人得涅槃者是人不隨如來出家隨六師出家舍利弗當知是人爲是法賊入我

法中當知是人汙辱我法當知是人爲是大賊如大城邑中有大賊所以者何如是癡人尚不得涅槃何況我人舍利弗如是癡人我以手遮非我弟子不入衆數我非彼師舍利弗若知諸法無生無滅無念無相得是法忍者尚不得涅槃何況我人舍利弗佛亦說言如是人者名爲見法能見是事名爲見佛舍利弗云何名爲如來佛告舍利弗一切法如不異不壞是名如來若人於是法中無有疑悔是名聖衆舍利弗過去世中有一癡人不識獼猴入一大林見獼猴群叢聚一處是人曾聞有忉利天便謂爲是忉利諸天即出樹林還本聚落多人衆中作如是言汝等曾見忉利天不衆人答言未曾見也即時語言我已得見汝欲見不皆言欲見即將大衆詣彼林中示獼猴群汝等觀此忉利諸天衆人皆言非忉利天此是獼猴樂住林中汝癡倒故不識獼猴又亦不識忉利諸天舍利弗是人空將大衆詣彼林中如是舍利弗於未來世當有比丘至白衣家作如是言汝欲見佛聖衆聽佛法不中有白衣信佛法者皆言欲見聽受佛法舍利弗中有白衣貪樂語言入於塔寺有諸比丘好於言說能通諸經依止語言樂於文飾是諸沙門隨順爲說謂是眞道但充衆數如牧牛人俱樂讀經不入眞際但悅人意貴於名利善巧世事不淨說法但能巧語行世間道無有威德破涅槃因捨聖默然不樂禪定晝夜常好談論諍訟臥厚被褥尚無一念隨順禪定何況能得成沙門果是人睡眠常與俗心相應初夜後夜不修順忍

樂於下法是人亦多得供養衣服飲食何以故是人常爲惡魔所攝樂淺近語於第一義不能勤學不能誦持第一深經聞則驚畏捨於淳濃而取糟粕有諸凡夫見得利養生貪著心作是念言我等亦當習是言論舍利弗是人捨於無上法寶墮在邪見是沙門旃陀羅有諸白衣往詣其所如此惡人而爲說法以利養故稱讚於佛及法與僧但求活命爲財奴僕貪重衣食讚已所樂若行布施得生天上於佛法中施爲下法讚以爲最而作是言大施因緣得生天上不知語言不解義趣但知初入淺近下法貪著我人捨第一義舍利弗如是說法或時有人生信出家與諸惡人而共和合不能勤求第一深義有所得者說有我人壽者命者憶想分別無所有法於阿毗曇修妬路中自爲議論或說斷常或說有作或說無作舍利弗我法爾時多外道法令諸衆生正見心壞如是舍利弗我清淨法以是因緣漸漸滅盡舍利弗我久在生死受諸苦惱所成菩提是諸惡人爾時毀壞舍利弗若有比丘不能捨是有所得見我見人見不解如來隨宜所說而言決定有我人法如是之人我則不聽受一飲水或時是人得聞空法信心清淨而不驚疑即便還應導引衆人入實相義便應出家受具足戒何以故舍利弗若人不捨如是見者是名外道舍利弗我以此世俗因緣假說有我非第一義若有人言我亦復以世俗因緣而說有我是人若能通達無生無滅無相之法與我所說不相違者是我弟子舍利弗若有人言如來何故

隨世因緣於無我法而說有我如來不應爲世間故作不實語又諸經中多說有我佛所說者不應虛也舍利弗應答是人佛說諸法皆空寂無主無性但是虛妄非第一義如來不以第一義故說有我人聖人言說無所貪著無智慧人無與佛等亦無過者舍利弗如來智慧不可思議以是智慧知衆生心寧當有人與佛等者佛爲天龍大法之王不應難言佛說有人一切世間常共我諍我常不與世間共諍舍利弗說有我者甚可哀愍此中無法亦無有我多有衆生不解如來隨宜所說違逆法實多墮惡趣舍利弗我知邪見而不爲邪見知邪見者即是正見舍利弗邪見終不變作正見見不知見舍利弗諸佛如來阿耨多羅三藐三菩提一切世間所難得信我於諸天一切世間是最可信非不可信舍利弗我所說法爲至彼岸是中亦無至彼岸者我所說法爲盡諸行是中亦無盡諸行者我所說法爲寂滅故是中亦無有寂滅者我所說法爲滅度故是中亦無有滅度者我所說法爲解脫故是中亦無有解脫者我所說法爲諸智故是中亦無有諸智者我所說法爲淨垢故是中亦無有淨垢者舍利弗如來爲天說法亦無有天爲人說法亦無有人爲衆生說法亦無有衆生舍利弗如來說明及與解脫是中無明及與解脫我說念佛佛不可念我說空行空不可行亦不可念舍利弗是名如來所說經法章句是中無有說者諸惡人等得此章句爲他人說亦復以我爲師無有如來聖衆功德而自爲僧數舍利弗譬

如獮猴群不似忉利天如是衆惡人不似我聖衆舍利弗是諸惡人但以音聲語言自謂沙門似如癡人見獮猴群謂忉利天舍利弗中有出家人喜樂問難得值善師爲說名色寂滅語言道斷無起無失通達無相得聞如是無生無滅無相之法不驚不畏者當知是人已曾供養無量諸佛能知我法可名聖衆

佛藏經卷第一

音釋

嚼咽 嚼疾雀切咀嚼也咽伊甸切吞也 隥 丁鄧切登陟之道也 唾 他卧切口液也 析 先的切分也 糟粕 糟則刀切粕匹各切糟粕酒滓也

佛藏經卷第二

姚秦三藏法師鳩摩羅什譯

淨戒品第五

佛告舍利弗破戒比丘有十憂惱箭難可堪忍比丘成就十憂惱箭則於佛法不得滋味憎說法者不樂親近何等爲十舍利弗破戒比丘見僧和合不生喜心何以故和合布薩必驅我出是惡比丘自知有過常懷憂惱於持戒者瞋恨不喜舍利弗是名破戒比丘初憂惱箭必墮惡道復次舍利弗破戒比丘衆所憎惡不欲親近如惡牛利角人所捨遠是惡比丘自知有過常懷疑憂惱舍利弗是名破戒比丘二憂惱箭必墮惡道復次舍利弗破戒比丘遥見比丘衆自知不同惡心捨離懷愧恥故不能入衆舍利弗是名破戒比丘三憂惱箭必墮惡道復次舍利弗破戒比丘毒惡心盛不可化喻猶尚無有外道戒法況於淨戒以其破戒因緣人不親近舍利弗是名破戒比丘四憂惱箭必墮惡道復次舍利弗破戒比丘以他財物自養其身我說此人爲重擔者所以者何行者得者應受供養破戒比丘非是行者非是得者是故舍利弗破戒比丘當於百千萬億劫數割截身肉以償施主若生畜生身常負重所以者何如析一髮爲千億分破戒比丘尚不能消一分供養況能消他衣服飲食卧具醫藥舍利弗破戒比丘著聖法服猶尚不應入寺一步何況得受一飲之水乃至牀榻何以故舍利弗如是惡人於天人中是爲大賊一切世間皆應遠離舍利弗是敗壞人即是怨家如來悉聽一

切世間皆至我所破戒之人如來手遮非我弟子何況一日住我法中舍利弗譬如死人死蛇死狗最爲臭穢清淨諸天欲遊戲時不應得見若見則遠如是舍利弗破戒比丘如彼三尸臭穢不淨智者遠離不與同事布薩自恣舍利弗破戒比丘於我法中爲是不吉持戒比丘見此破戒即時遠離何以故若破戒比丘手所觸物及所受物於持戒者則爲毒惡舍利弗正使三尸臭穢滿地我能於中行四威儀不能與此破戒比丘須臾共住何以故舍利弗是爲沙門中卑陋下賤爲沙門中朽壞弊惡爲沙門中粃糠爲沙門中垢爲沙門中濁爲沙門中汙爲沙門中曲爲沙門中麤爲沙門中失聖道者如是等人於我法中出家求道而得重罪舍利弗如是之人於我法中爲是逆賊爲是法賊爲是欺誑詐僞之人但求活命貪重衣食是則名爲世樂奴僕舍利弗譬如黄門非男非女破戒比丘亦復如是不名在家不名出家命終之後直入地獄舍利弗譬如蝙蝠欲捕鳥時則入穴爲鼠欲捕鼠時則飛空爲鳥而實無有鼠鳥之用其身臭穢但樂闇冥舍利弗破戒比丘亦復如是既不入於布薩自恣亦復不入王者使役不名白衣不名出家如燒尸殘木不復中用如是比丘無有戒品定品慧品解脫品解脫知見品但有具足破淨戒品不能出大微妙音聲戒聲定聲慧聲解脫聲解脫知見聲但出毀戒弊惡音聲與諸同惡俱出惡聲但論衣服飲食牀卧受取布施樹木華果爲貴人使及論國土吉凶安危戲笑衆事諸不

善語常於日夜比丘如是身業不淨口業不淨意業不淨當墮地獄舍利弗是破戒比丘樂於闇冥如彼蝙蝠聞說正經以爲憂惱所以者何如實說故世間之人不喜實說但樂順意如是比丘於說法者心不清淨重更爲罪增益地獄舍利弗是名破戒比丘五憂惱箭必墮地獄復次舍利弗破戒比丘無有羞恥諸根散亂成就不淨身口意業不淨威儀所著衣服皆不如法好喜妄語不能護口心常馳騁染於垢穢舍利弗如新瓦器盛以屎尿臭爛膿血後去不淨著栴檀香復去栴檀如是瓦器有何等氣世尊是新瓦器先盛屎尿臭氣堅著唯有臭氣無栴檀香舍利弗人以清淨信等諸根出家學道遇惡知識而隨其教舍利弗何等爲惡知識惡知識者常好調戲輕躁無羞言語散亂不攝諸根心不專一癡如白羊親近如是惡知識者失須陀洹果斯陀含果阿那含果阿羅漢果乃至失於生天之樂況涅槃道但能修集破法罪業與破戒法者而共從事是人成就不淨身業不淨口業不淨意業不淨持戒身死之後入於惡趣云何惡趣惡趣名爲地獄畜生餓鬼阿修羅道復有惡道如阿由勤蟲婆伽羅目呿蟲浮彌修遮迦蟲修脂目迦蟲是人多生此諸蟲中舍利弗是人隨惡知識若生人中父母生離死亡喪失親里衰惱國土破壞生八難中捨八樂處多欲怒癡常好調戲輕躁無羞言語散亂不能攝心癡如白羊爲貪欲瞋恚愚癡所壞聾瘂盲瞎手脚攣躄值惡知識生無佛處若值佛世目不喜見不喜聞法不

與佛衆而共和合起是惡業惡人共生樂下劣法於正見中生邪見想於邪見中生正見想是名下欲下忍下慧舍利弗下慧之人終不能爲猒離滅道涅槃生心舍利弗遇惡知識而得如是諸衰惱患有是相貌是人聞是諸深經法驚疑怖畏如墮深坑則墮大罪深坑塹中何以故舍利弗如經中說破戒比丘有大重罪何因緣故名爲破戒破所受戒難可教語行無常准多所違逆常行貪著多雜糅行貪瞋癡行樂諸雜語名爲破戒復有樂多事務樂多諷誦樂多睡眠所言不順無有次第說不清淨貪著我人壽者命者是故名爲弊惡比丘不知節量不知沙門法不知婆羅門法樂行醫術販賣求利樂爲國使汙染諸家樂與白衣給使作務以諸樹葉華果奉上好爲白衣說外道法心常捨離出世間法未滿二十受具足戒受戒事中有諸不具形體缺少不應於法受生米穀錢帛金銀不順教誨拒逆師命不自知身不知他人不能分別貴賤差品好喜妄語貪著惑取行事散亂心不專一面有瞋相慳貪不信不識恩義多懷貪欲睡眠調戲疑悔瞋恨覆藏罪惡好自專執嫉妬諂曲無有慙愧自大放逸憍慢我慢大慢邪慢好行欺誑讚美其身多作方便開利養門陵踐白衣爲現親厚因勢得財以誇衆人毀破戒品定慧解脫品解脫知見品於佛法衆心不定信不信業報貴於現利謂無後世多諸疑悔志性淺弱常好驚怖舍利弗是名弊惡比丘如是癡人於我法中便是屎尿臭穢不淨是人成就身口意惡命不清

淨故命終之後墮在惡道入大地獄如是比丘諸佛如來及弟子衆常所遠離餘好道者求滅度者亦皆不近舍利弗譬如栴檀置不淨器同於不淨不復任用如是舍利弗若在家出家親近是人習効所行亦破戒品不久同惡顏色毀悴破失威儀命終之後生地獄中舍利弗如是惡人諸佛如來及弟子衆幷餘求道好滅度者皆所遠離舍利弗譬如栴檀置不淨器不復任用如是舍利弗若在家出家雖以塗身猶雜不淨舍利弗此惡比丘亦復如是雖坐衆中著聖法服然是比丘惡相猶現梵行比丘見此不淨遠而不近而見他遠離心則瞋恨以是因緣死入地獄舍利弗是名破戒比丘六憂惱箭必墮地獄

復次舍利弗破戒比丘聞佛所說如是等經心不清淨歡喜信樂自知有過便疑此經爲我等說不爲餘人何以故如我等比丘有此事故舍利弗如是上妙無比之法破戒比丘乃生瞋恨於說法者心多不信得聞如是佛所說經違逆不受而作是語此非佛說教語餘人何以故破戒比丘不樂修道修道比丘不逆佛語此皆破戒愚癡惡法謂心不信違逆佛語如是比丘自知有過但生瞋恨憍慢很戾惡邪慢心謗佛法僧舍利弗隨此比丘聞是諸經違逆不信心不通達無上菩提教語諸人非佛所說舍利弗佛說是人則爲謗法以謗法故爲非沙門非釋種子應當滅擯是等比丘若干百千萬億諸佛三輪示現不能令悟使得道果何以故舍利弗如是惡人於此法中自作障道無復生分無有信心但

好衣食貪樂世利我說此人必墮地獄舍利弗我今明了告汝若人違逆如是法寶於好生處永無有分但生惡處常盲無目舍利弗是諸比丘憍慢熾盛不能定說破滅正法其餘衆人不能自活爲利養故隨破我法舍利弗如是法寶爾時壞滅何以故如是法寶一切諸佛皆共恭敬諸辟支佛阿羅漢等亦皆恭敬破戒比丘增上慢者不定說法諸比丘等爾時皆共輕慢我法而共遠離多懷慳貪專求生業貴於財利嫉妬所縛常好諍訟互生怨隙不相敬順無有威儀志性輕躁猶如獼猴轉易威儀行諸惡業違沙門法遠離賢聖舍利弗如是惡人覆藏瑕疵多欲多求以財自活惡魔知心爲作方便令其乖異各共散壞一味僧寶分爲五部既有五部則生諍訟互相是非論說過失舍利弗如今比丘互相教化互相恭敬同心共行隨順佛語爾時比丘不相教化不相恭敬見作惡者畏而捨去不能以法互相教誨或時雖有多聞深智猶懷憍慢輕賤餘人各以所是自立其論不喜相見況能受教舍利弗如來在世三寶一味我滅度後分爲五部舍利弗惡魔於今猶尚隱身佐助調達破我法僧如來大智現在世故弊魔不能成其大惡當來之世惡魔變身作沙門形入於僧中種種邪說令多衆生入於邪見爲說邪法謂彌樓陀羅迦婆闘事五分事念念滅事一切有事有我事有所得事爾時惡魔說如是等邪貪著事如是事者非諸佛及佛弟子所說爾時惡人爲魔所迷各執所見我是彼非舍利弗如來預見未來

世中有如是等破法事故說是深經悉斷惡魔諸所執著舍利弗當爾之時閻浮提內多是增上慢人作小善順便謂得道命終之後當墮惡趣何以故是人長夜自謂得道亦復稱說他人得道冒受聖人所供養事是人於諸天人世間為大惡賊如是癡人聞說第一實義驚疑怖畏如墮深坑舍利弗有諸比丘樂此事者相與共集破壞諸佛無上菩提爾時增上慢人偏執者多惡魔又復迷惑在家出家者心令執非法說正法者少於援助則便散壞不復得立舍利弗爾時世間年少比丘多有利根所以者何諸出家者有餘煩惱還生人中即復出家是諸比丘喜樂問難推求佛法第一實義舍利弗爾時增上慢者魔所迷惑但求活命實是凡夫自稱羅漢謂諸

年少比丘等言善身口意此是佛法第一實義善護淨戒讀誦經法勤修多聞是名順忍因緣所謂淨心信佛又有第一實義汝當繫心緣中專念涅槃滅三種苦則能猒離五陰十二入十八界汝等當於靜處觀此陰界入法悉皆無常自觀其身種種不淨汝等能如是觀當得須陀洹果又能於是五陰等法深觀無常苦空無我無有堅牢則得斯陀含轉復深觀得阿那含得阿羅漢是為第一實義是中年少比丘復問於佛法中阿羅漢果便是第一義耶我等亦知是事得阿羅漢是第一義令此五陰為憶念者生為不憶念者生答言是五陰者憶念者生不憶念者不生復問憶念與五陰為異不答言如五陰憶念亦爾復問若如五陰憶念亦爾者誰是念五陰

者答言若無念五陰者則無涅槃實有念五陰者是故有修八直聖道入涅槃者舍利弗未來世中多有比丘成就此忍舍利弗爾時會中多諸天衆欲聞佛法第一實義聞是增上慢者所說心生疑悔如墮深坑咸作是言咄哉釋迦牟尼佛法今將速滅舍利弗中有成就善根比丘謂是比丘癡人空老增上慢者有五陰相十二入十八界相者不受此語不喜不悅從座而去舍利弗爾時諸天心大歡喜四方唱言釋迦牟尼佛猶有好弟子在是諸人等善根不少不喜聞是不淨所說謂我見人見諸天聞此皆大歡喜稱揚讚歎是利根者喜樂難問必皆成就無生法忍如是人等合集一處共爲徒侶人衆既少勢力亦弱舍利弗爾時我諸貞子於父種族尚無愛語況得供養住止塔寺舍利弗汝且觀之爾時如來便爲輕微我滅度後我諸子等成就善寂無所得忍時亦輕賤我以是故於無數劫摧諸怨敵化諸一切天王人王令心清淨所以爾者令我諸子得安父位舍利弗如來今以一切世間天人爲證如來如法得阿耨多羅三藐三菩提轉無上法輪沙門婆羅門若天魔梵所不能轉舍利弗如是現事如來滅後我此阿耨多羅三藐三菩提我諸弟子等欲廣流布是諸惡人不能證明亦復不能施與無畏舍利弗譬如蜜瓶置四衢道而作是言若人能食一毛頭者常不老死爾時諸天世人各以刀仗衛護是瓶時衛護者各作是言若或有人食一毛頭者我等當殺舍利弗中有一人竊作是念是瓶中蜜食一毛頭

則不老死我今何爲惜死不噉若得噉已則便不畏諸衛護者亦可常得無老病死如是定心不惜壽命直詣瓶所諸衛護者各持刀仗競欲殺之舍利弗是人若能刀仗未及食一滴者則免衰患無復老死如是舍利弗多有惡人魔及魔民欲滅我法如來滅後若有人能隨順空法通達無礙則於諸法心無所得成就上忍爾時雖爲惡人所輕沮壞其道是人若能不惜身命勤行精進通達諸法無生無作則得度脫生老病死舍利弗蜜瓶是佛第一義法諸天世人衛護瓶者則是惡人樂行魔事自失大利亦遮他人行實相者失於大利舍利弗增上慢者皆是魔黨助成魔事咸共譏訶無生無滅法又舍利弗不淨說者我見人見衆生見五陰十二入十八界見未得謂得心計得道計得涅槃咸亦譏訶如是正法何以故是人貪著空故亦是魔衆魔所迷惑以我正法而作魔事舍利弗若在家出家聞是無我無人無衆生畢竟空法驚疑畏者當知是人受魔教化是像比丘爲是盜法惡威儀者舍利弗是人則是我見衆生見有見無見常見斷見皆是魔民非佛弟子何以故我經中說一切世間皆空無我無我所無人無衆生無常無定無不壞法如是惡人亦復皆共讀誦是經爲他人說而心貪著我見人見如是癡人名爲造作苦因名爲反覆兩端名爲鬪亂破僧名爲汙染道法名爲沙門中濁名爲醜陋穢惡名爲但有言說名爲假僞沙門名爲沙門中貧名爲擔重擔者名爲欺誑諸佛名爲得逆罪者舍利弗是人名

爲大惡逆賊名爲惡知識名爲破戒名爲邪見名爲外道名爲無實行名爲惡伴名爲殺鬼名爲癩瘡名爲臭穢名爲燒熱名爲諂曲名爲墮在黒闇名爲入稠榛林名爲墮生死流名爲互出惡者名爲地獄名爲畜生名爲餓鬼名爲阿修羅名爲不入道者名爲欺誑人者名爲自讚已者名爲行占相者名爲大聲唤呼名爲因利求利名爲汙染他家名爲常調戲者名爲散亂心者名爲貪所害者名爲瞋所害者名爲癡所害者名爲好面欺者名爲衰惱處者名爲無解脱者名爲憂惱縛者名爲非沙門形像沙門沙門旃陀羅沙門臭穢沙門糠糟名爲難滿名爲難養名爲壞威儀者名爲無羞恥者名爲截斷頭者名爲身體壞者名爲袈裟繫頸名爲自入闇冥者名爲多貪欲者名爲多瞋恚者名爲多愚癡者名爲五蓋纏覆名爲沒者名爲虚者空者名爲癡者舍利弗云何名空違失諸佛讚善人相故名爲空違失一切沙門功德沙門事法故名爲空云何名爲虚在聖法外故名爲虚遠離空無相無願法故名爲虚舍利弗如是惡人能令魔喜貪著堅執虚妄法故同於凡夫備修是具有罪惡人相不似得法忍者沙門事法沙門功德百千萬分尚無一分舍利弗是故名爲空者虚者但深貪著世間利樂非是沙門自稱沙門不應供養而受供養名爲常賊立幢相賊名爲自在殺害人賊是人所食一口皆不清淨唯有向道得道果者能消供養是人無此是故名爲不淨食者舍利弗是故名爲空者虚者於意云何若人殺

生偷盜邪婬妄語兩舌惡口綺語貪嫉瞋恚邪見是人爲是常殺生不常奪命不不也世尊在家殺生不常奪命殺生時少不殺時多舍利弗於意云何若人偷盜偷盜時少不盜時多世尊不盜時多舍利弗於意云何若人邪婬邪婬時多不邪婬時多世尊不邪婬時多妄語惡口兩舌綺語貪嫉瞋恚時多不瞋恚時多世尊不瞋恚時多舍利弗是十不善道中何者罪重世尊十不善中邪見罪重何以故世尊邪見者垢常著心心不清淨舍利弗我今語汝若人一日殺百千萬億衆生一日偷盜百千萬億種金銀寶物邪婬者晝夜不息妄語者常欺誑人口業不淨無一實語兩舌者常破和合亦助破者惡口者口常惡逆乃至不說柔輭一語綺語者無有根本人聞此事以餘無量語言忤亂貪嫉者於他物中生非法心瞋恚者無有因緣橫起瞋恚懷恨滿心邪見者樂行非道舍利弗於意云何若人成就如是不善法者罪爲多不甚多世尊舍利弗我今語汝若人百歲成就如是十不善罪破戒比丘一日一夜受他供養罪多於彼何以故是殺生者多人所知多人所識人所惡賤人皆知是殺奪命者罪人穢濁是淤汙者不善無德人所離者又舍利弗殺生之人多奪他命或生猒心自知不是當得罪報人皆知惡無戒穢濁於此人所不望功德乃至析毛百分之一況謂福田而供養之又舍利弗是殺生之人其家妻子人皆悉知不共恭敬尚不令坐何況供養殺生之人以財自活養育妻子或時供養沙門婆羅門以此

業報得遇賢聖比丘比丘尼爲說道法教離殺生捨其殺業於佛法中而得出家無有障礙得出家已近善知識得沙門果是人現世輕受罪報不障聖道得免三塗舍利弗於我法中有諸比丘非是沙門自言沙門非是梵行自言梵行斷諸善根障入涅槃迷惑失道破道因緣破諸善法行外道事入於惡道多諸怨賊空生受命猶如死人形色毀悴失正威儀於我法中名爲汙染名爲法賊名爲逆人名爲魔使猶如行廁亦如死狗如像沙門同沙門服無沙門事舍利弗譬如野干在師子群亦如黃門在於轉輪聖王衆中亦如獼猴在於諸天亦復如驢在象王衆亦如盲人在天眼衆亦如蝙蝠在金翅鳥衆舍利弗破戒比丘在我衆中百千萬億諸天大衆見此比丘在衆而坐皆大憂惱而作是言如是惡人何用布薩是魔黨類欲鬪無上佛道向白衣說復有信樂佛法諸龍鬼神等高聲大喚是惡比丘何故於此隱藏其身似如惡馬在調善馬中如是癡人自謂無有見知我惡自藏於此欺誑天人爲是一切天人中賊衆共見已皆更大喚舍利弗如是罪惡比丘爲是諸天所知惡賊白衣無異而受供養迎逆禮拜合掌恭敬弊人愚癡猶如死屍所著衣服皆是偷得鉢中所食皆是盜取無人與者乃至少水亦是盜得舍利弗破戒比丘所至之方若至東南西北方皆是偷地而行何以故是人所有威儀行法皆是偷盜假竊所作行立坐卧來去視瞻屈伸俯仰著衣持鉢今但略說身口意業有所施作皆是偷賊若有剃

是人髮爲剃賊髮舉要言之破戒比丘有所施作皆是賊作舍利弗弊惡比丘乃至大小便利澡手皆是賊法何以故舍利弗閻浮提内皆是國王及諸大臣人民所有及眷屬非人是惡比丘於中爲賊舍利弗若王大臣於惡賊所不望功德不言等我不言勝我破戒比丘著聖法服於是人所望得功德是故聽使止住國土若知其惡乃至唾地亦復不聽是故舍利弗弊惡比丘動身所作皆是賊作名爲常賊大賊立幢相賊打害一切世間人者何以故無惡不作故是故舍利弗是惡比丘於諸一切天人世間爲是大賊舍利弗若人是一切天人世間大賊是人能消一飲食水不不也世尊舍利弗於意云何是人非是大惡人耶如是世尊舍利弗破戒比丘於諸一切天人世間有大惡罪以是義故我說此偈

寧噉燒石　呑飲洋銅　不以無戒　食人信施

舍利弗是破戒比丘無色無德無復志願身心熱毒喜見惡夢不樂獨處或時獨處或時獨行身則戰懼見淨戒者僻藏避迴心怯自媿不喜欲見受供養時驚疑怖畏心常馳騁多所想念深貪財利愛樂美食如是比丘命終之後必入地獄舍利弗是名破戒比丘七憂惱箭必墮地獄復次舍利弗破戒比丘樂在衆鬧散亂多語性好嫉妬與破戒者以爲親友常樂論說破戒惡事以爲喜樂不知羞恥違逆深經心疑不信或時聞說如是等經疑逆諍競不樂聽受東西顧望心不專一以手掩口仰視虛空從座而去謗佛法教懷瞋

恨心罵說法者以如是等過惡因緣命終之後深入地獄舍利弗是名破戒比丘八憂惱箭必墮地獄復次舍利弗破戒比丘但樂尊重和尚阿闍黎讚其功德以求名利稱持戒者因以自活執事便附隨宜善巧無有羞恥猶如黒烏爲僧因緣多求衣服飲食滋口身力肥盛不知慙愧言無次第手脚麤燥顔色毀悴樂視婦人不附男子如是惡人衆所輕賤天龍鬼神所不稱讚乃至諸佛亦不歎說心性急促常好瞋恚衆僧斷事俠爲勢力舍利弗如是破戒比丘多於衆中求有威勢未問而答常求他過見淨戒者謂是欺誑勤求道者不同其法喜樂別異諍者助喜舍利弗是名破戒比丘九憂惱箭必墮地獄復次舍利弗破戒比丘好樂他事任持其理有鬬諍處以爲喜樂衣服嚴身學他威儀求好卧具利養安身樂人稱讚護惜檀越及悋住處恐好比丘來見我過憎持戒者親附破戒常讚布施不讚持戒忍辱精進禪定智慧不讚寂滅遠離獨處常好譏論持戒者過亦不稱讚行頭陀者或指說其事或惡口横加或憶想妄說依恃種姓數問親族以少因緣爲貪說法常以曲心而懷驚疑衆所憎惡久而益賤於持戒者常好譏說苦切實語者不欲親近意不喜聞如是等經好持讚誦如是經者聞說是經心歡喜者亦不喜見又不喜聞讚持戒法說是等經不來聽受設來聽受不久即還多與白衣而作知識常樂論說持戒比丘以得自在輕行暴惡舍利弗是爲破戒比丘十憂惱箭必墮惡道舍利弗我滅度後如是

等人滿閻浮提專行求利以自生活

佛藏經卷第二

音釋

榻託盍切狹牀也　粃糠粃卑履切不成粟也糠丘剛切　蝙蝠蝙布田切蝠甫服切　呿丘迦切　攣閭員切手拘攣也　躃必益切足不能行也　蹔七豔切坑也　糅如又切雜也　很胡懇切很戾不聽從也　隙乞逆切嫌恨也　疵才支切黑黰疾也　忤五故切逆也

佛藏經卷第三

姚秦三藏法師鳩摩羅什譯

淨法品第六

佛告舍利弗昔迦葉佛預記我言釋迦牟尼佛多受供養故法當疾滅舍利弗我法實以多供養故後當疾滅舍利弗譬如貧人得大寶藏心則大樂如是舍利弗未來世中多有比丘親近白衣受其供養漸相狎習而與執事心便歡喜以爲悅樂猶如貧人得大寶藏如是癡人貴於世利世樂奴僕若見比丘多人供養心便謂之得阿羅漢見少從知識便謂惡人如是比丘爲利養故捨無上正覺隨所樂者即成其事舍利弗如來於今爲是癡人說如是等經何以故破戒比丘聞說是經則生悔心當還持戒不作大賊受他供養舍利弗若有比丘得聞是經心不清淨不喜不樂是則名爲弊惡比丘何以故舍利弗淨戒比丘無法不樂若說布施若說持戒若說忍辱若說精進若說禪定若說智慧若說如是猒畏經法心皆喜樂舍利弗有三種人聞說是經心則憂悔何等爲三一者破戒比丘二者增上慢人三者不淨說法復有三種人聞如是經心則憂惱何等爲三一者人見二者命見三者我見舍利弗我今明了告汝如好善知識以慈愍心爲人求利求樂求安隱汝等一心聽受我語常求善利心勿放逸舍利弗不淨說法者有五過失何等爲五一者自言盡知佛法二者說佛經時出諸經中相違過失三者於諸法中心疑不信四者自以所知非他經法五者以利養故爲人說法舍利

弗如是說者我說此人當墮地獄不至涅槃復次舍利弗說法比丘處在大衆信樂法者爲敷高座捨佛正法而說外道嚴飾文辭我久勤苦求是法寳而此惡人捨置不說但以經中相違語義互相是非不順正法於聖法中高心自大隨意而說爲求利養舍利弗若比丘說法雜外道義有善比丘勤求道者應從座去何以故舍利弗有信白衣敷置高座不應演說外道諸義若不去者非善比丘亦復不名隨佛教者舍利弗說法甚難如是說者我說此人名爲外道尼揵弟子非佛弟子是說法者命終之後當生尼揵子道何等是尼揵子道邪見是尼揵子道何等爲邪見謂是地獄畜生餓鬼何以故舍利弗身未證法而在高座身自不知而教人者法墮地獄舍

利弗如是因緣如來悉知我諸弟子以種種門種種因縁種種諸見滅我正法舍利弗若有衆生聞如是經第一義空無所有法心歡喜者當知是人真我弟子舍利弗過去世有五百盲人行於道路到一大城飢渴乏極令一盲人在外守物餘者入城乞索飲食未久之間有一誑人至守物者所語言咄人何以獨住答言我有多伴入城乞食誑人語言汝爲知不彼間大施衣食瓔珞華香雜物隨意可得汝若須者將汝詣彼答言可爾誑人將盲小離本處盡奪其物諸盲乞食得已而還誑人復語諸盲人言汝等得值大會施不答言不值誑人語言汝等所得物可置於此我將汝等詣大施會諸盲盡共留物一處隨誑人去誑人盡將五百盲人臨大深坑而語之

言此地平好有大施會汝等各可迴面東行受大施物即便一時墮墜坑而死舍利弗當來比丘好讀外經當說法時莊校文辭令衆歡樂惡魔爾時助惑衆人障礙善法若有貪著音聲語言巧飾文辭若復有人好讀外道經者魔皆迷惑令心安隱若有比丘修佛法者令生疑惑咸使衆人不復供養或有比丘若二若三已讀佛經便使令求外道經法先自看者讚言善好是諸人等爲魔所惑覆障慧眼深貪利養看諸外書猶如群盲爲誑所欺皆使令墮墜深坑而死舍利弗諸生盲人即是比丘捨佛無上道求外道經書誑人是惡魔深坑是邪道舍利弗如群盲人捨所得物欲詣大施而墮深坑我諸弟子亦復如是捨麤衣食而逐大施求好供養以世利故失大智慧而墮深坑阿鼻地獄復次舍利弗不淨說法者不知如來隨宜意趣自不善解而爲他說是人現世得五過失餘人不知唯得天眼比丘及諸天所知何等爲五一說法時心懷怖畏恐人難我二內懷憂怖而外爲他說三是凡夫無有真智四所說不淨但有言辭五言無次第處處抄撮是故在衆心懷恐怖如是凡夫無有智慧心無決定但以憍慢微小因緣求於名聞疑悔在心而爲他說是人長夜自受貪欲瞋恚愚癡毒箭何以故舍利弗是人不能定知諸法而爲他說心不喜樂或若違失舍利弗我知不淨說法有此過咎不得正道是事一切比丘不知諸天不知唯我乃知復有不淨說法比丘不解如來隨宜所說而爲他人說諸經中無我無人無衆生無

壽命而是人自以論辭說言有我有人有衆生有壽命即爲謗佛謗法謗僧謗三寶罪諸天世人所不能知唯佛乃知舍利弗是人亦名不淨說法我知其過諸神通者及諸天衆皆不能知唯佛乃知舍利弗我今爲汝譬喻解說若人不知佛道義相而爲他人不淨說法此人成就幾不善事舍利弗於意云何閻浮提衆生寧爲多不甚多世尊舍利弗若有惡人盡奪其命是人得罪寧爲多不甚多世尊如是癡人不知佛道而爲他人不淨說法罪多於此何以故是人不淨說法破無上佛道亦謗過去未來今佛何以故舍利弗若有過去諸佛說一切法皆畢竟空無我無人無衆生無壽者無命者舍利弗未來諸佛說一切法亦畢竟空無我無人無衆生無壽者無命者舍利弗今現在十方恒沙世界諸佛說一切法亦畢竟空無我無人無衆生無壽者無命者舍利弗是名諸佛無上之法謂一切法無有體性無所得空本性寂滅無生無滅無有性相自相皆空如來但爲斷諸憶想分別故說而諸佛菩提無有分別舍利弗何等爲分別謂分別者我見人見衆生見壽見命見斷見常見凡夫成就是諸分別若人無有如是分別能悉了知一切法空無我無人無衆生無壽者無命者如是念時心得歡喜聞第一義空不驚不畏是人則知五陰虛妄無有眞實知十二入十八界虛妄無有眞實是人亦不分別涅槃不念涅槃不言我能念涅槃以法得寂滅而不分別是法所寂滅處亦不分別亦復不得舍利弗是名順忍是人於

是順忍第一義中亦不得自相舍利弗何等是順忍相所謂無相是順忍相舍利弗於意云何若人於此順忍尚不得相是人若得我相人相衆生相壽相命相者無有是處若人成就如是智慧應受供養是名佛子是名入不住定舍利弗是名佛法第一義門謂無憶想分別無此無彼而是癡人在大衆中說於邪見自以憶想分別教人此是佛法此是聖道如是癡人則爲誹謗過去未來現在諸佛如是癡人名惡知識不名善知識舍利弗怨雖奪命但失一身如是癡人不淨說法千萬億劫爲諸衆生作大衰惱是人癡冥覆佛菩提本心貪著還復熾盛相續不斷以貪著故往來五道無善逕路生死不絕是故舍利弗不淨說法者得罪極多亦爲衆生作惡知識亦謗過去未來今佛舍利弗置此閻浮提衆生若人悉奪三千大千世界衆生命不淨說法罪多於此何以故是人皆破諸佛阿耨多羅三藐三菩提爲助魔事亦使衆生於百千萬世受諸衰惱但能作縛不能令解當知是人於諸衆生爲惡知識爲是妄語於大衆中謗毀諸佛以是因緣墮大地獄教多衆生以邪見事是故名爲惡邪見者舍利弗我見人見衆生見者多墮邪見斷滅見者多疾得道何以故是易捨故是故當知是人寧自以利刀割舌不應衆中不淨說法

往古品第七

佛告舍利弗過去久遠無量無邊不可思議阿僧祇劫爾時有佛號大莊嚴如來應供正徧知明行足善逝世間解無上士調御丈夫

天人師佛世尊其佛壽命六十八百萬億歲有六十八百萬億大弟子衆其佛滅後舍利流布如我滅後無有異也正法住世亦五百歲如我滅後無有異也其佛滅後大弟子衆於中一日有百比丘入涅槃者二百三百四百五百入涅槃者一日之中或有十萬億比丘入涅槃者如是展轉其佛所有多知多識大神通衆三月之中皆入涅槃舍利弗大莊嚴佛正法流布多諸天人所共供養舍利弗大莊嚴佛及大弟子滅度之後漸多有人知沙門法安隱快樂出家學道而不能知佛所演說甚深諸經無等空義多爲惡魔之所迷惑時說法者心不決定說不清淨說有我人衆生壽命不說一切諸法空寂其佛滅度百歲之後諸弟子衆分爲五部一名普事二名苦岸三名一切有四名將去五名跋難陀舍利弗此普事比丘苦岸比丘一切有比丘將去比丘跋難陀比丘是五比丘爲大衆師其普事者知佛所說眞實空義無所得法餘四比丘皆墮邪道多說有我多說有人舍利弗普事比丘爲四部所輕無有勢力多人惡賤四惡比丘多教人衆以邪見道於佛法中不相恭敬相違逆故以滅佛法舍利弗若有人知普事比丘所說空法信受不逆我知此人曾於先世供養五千佛有六十八億那由他人已入涅槃何以故舍利弗是人於過去世諸佛所種諸善根修集無所得空法應入涅槃舍利弗是苦岸比丘一切有比丘將去比丘跋難陀比丘皆計有所得說有我人衆生壽命徒衆熾盛是四惡人多令在家出家住

於邪見捨第一義無所有畢竟空法貪樂外道尼揵子論舍利弗是四惡人所有在家出家弟子常相隨逐乃至法盡舍利弗是中有人知非法事受以爲法勤心行之猶尚不得順忍況得須陀洹果是人猶尚不作消供養事何況能生順忍舍利弗爾時在家出家弟子多墮惡道不至善道是諸惡人滅佛正法亦與多人大衰惱事又是惡人命終之後當墮阿鼻地獄仰卧九百萬億歲伏卧九百萬億歲左脇卧九百萬億歲右脇卧九百萬億歲於熱鐵上燒然燋爛是中退死更生衆地獄大衆地獄活地獄黒繩地獄皆如上歲數受諸苦惱於黒繩地獄死還生阿鼻大地獄中舍利弗以是因緣若在家出家親近此人及善知識并諸檀越凡有六百四萬億人與此四師俱生俱死在大地獄受諸燒煑如是舍利弗是人所有善知識家諸檀越家弟子諸師隨順行者凡在其數皆生地獄舍利弗汝等不能知其多少唯有如來乃能知之與此惡人隨大地獄俱生俱死凡有六十四百萬億人如是展轉一劫受苦大劫將燒故在地獄何以故舍利弗破諸如來阿耨多羅三藐三菩提其罪甚重不爲輕也大劫若燒是四惡人及六百四萬億人從此阿鼻大地獄中轉生他方在大地獄何以故舍利弗重罪具足其報不少在於他方無數百千萬億那由他歲受大苦惱世界還生是四罪人及六百四萬億那由他人并及餘人罪未畢竟於彼命終還生此間大地獄中舍利弗是四罪人及六百四萬億衆生久久雖免地獄苦惱

得生人中於五百世從生而盲然後得值一切明佛如來應供正徧知明行足善逝世間解無上士調御丈夫天人師佛世尊舍利弗一切明佛聲聞弟子一億那由他爾時人民身長三百九十六肘時佛身一倍常光圓照十萬億由旬舍利弗是人於一切明佛法中出家十萬億歲勤行精進如救頭然不得順忍況得道果何以故舍利弗起破阿耨多羅三藐三菩提罪業因緣法應當爾命終之後還生阿鼻大地獄中以先起重不善業緣舍利弗是諸人等如是展轉乃至我今於其中間得值九十九億佛於諸佛所不得順忍何以故佛說深經是人不信破壞違逆謗毀賢聖持戒比丘出其過惡起破法業因緣法當應爾舍利弗汝且觀之誹謗聖人不信聖語受是無量無邊苦惱不得解脫舍利弗有諸衆生起破法罪業違逆不信者其數無量於九十九億佛所阿僧祇劫乃至無一人入涅槃者舍利弗誰能破諸佛教不信違逆但凡夫愚癡及增上慢諸惡比丘并諸不淨說法比丘何以故舍利弗是三種人不名行者不名得者是人不信如來法故毀謗違逆舍利弗汝謂何者是苦岸比丘不淨說法者即調達癡人是汝謂何者是一切有比丘不淨說法者即拘迦離比丘是舍利弗汝謂何者是將去比丘不淨說法者即迦毗羅比丘是汝謂何者是跋難陀比丘不淨說法者即裸形沙門婆利摩陀是舍利弗汝謂爾時清淨如實說諸佛菩提利益無量衆生者即是富樓那彌多羅尼子所說清淨諸隨學者得值五

千佛有六十八億那由他人皆已滅度舍利弗若人實語何者爲是最上法師決了法義清淨説法當説富樓那彌多羅尼子是舍利弗富樓那定心決了所説無難無有所疑而生論議舍利弗若人實語何者是一切因緣法師當説富樓那是舍利弗富樓那世世所生常爲衆生而作佛事於九十億諸佛法中常作法師清淨説法皆於諸佛所盡其形壽常修梵行清淨説法舍利弗富樓那亦於七佛法中而作法師亦於我法中作大法師成阿羅漢心得解脱若人實説何人世世供養諸佛種諸善根當説富樓那是舍利弗富樓那於九十億諸佛法中勤心求學決定議論有深智慧是故如來於諸法師説爲第一舍利弗若我一日一夜稱説富樓那功德不盡若過一日一夜亦復不盡何以故富樓那法施無俗因緣不貪利養富樓那法師得四無礙智唯除如來諸世界中言辭義理無能勝者舍利弗我今告汝若人欲得阿耨多羅三藐三菩提爲人説法則得無量無邊福德亦能利益無量衆生舍利弗若人破壞違逆不言是法者則起無量重罪因緣何以故舍利弗惡有惡報善有善報我以此故今以是經囑累於汝當爲四衆廣説分明舍利弗若聞是經心信歡喜即得無量無邊福德若聞不信心不喜樂即得無量無邊重罪舍利弗當知是人名爲破戒比丘若增上慢不淨説法者舍利弗若人違逆如是經者世世所生常盲無目舍利弗我今明了告汝我今所説非如陶師愛護坏器我今分明廣爲四衆説第

一義畢竟空法堅固者在不堅固者破何以故舍利弗佛得阿耨多羅三藐三菩提不爲邪見惡人說法不爲我見人見衆生見壽命見者說法何以故是諸貪著皆名邪見舍利弗如是我見人見不得順忍況得道果舍利弗若我見人見衆生見壽命見斷見常見者能得順忍能得道果無有是處是故舍利弗若人成就如是見者於我法中我則不聽受諸供養是非行者亦非得者但於我法求自活命舍利弗我說外道欲入佛法應試四月何以故諸外道人多有我見人見衆生見壽命見斷見常見舍利弗我諸弟子無有我見人見衆生見壽命見斷見常見我諸弟子但說空無相無願無所得忍說識無所住舍利弗若有成就如是忍者我聽是人出家受戒得受供養衣服飲食臥具醫藥若人無是忍者應先試之先教令住諸法無我舍利弗若於此忍心不歡喜聞說第一義空驚疑譏呵聞說我見心則歡喜當知是人爲魔所使若先外道舍利弗智者於此不應生憂但於此人應生悲心何以故舍利弗若人成就如是惡者所獲惡報說不可盡當於此人生利益心教以諸法無我諸法空寂諸法無作無有受者是人若愛佛法得聞是事心喜樂者其餘空行比丘無所得者皆應示教利喜安慰其心爲說諸法無所有空若聞驚畏應於衆中語其和尚阿闍黎如經中說行空行者有能了知諸法別相我與爲師不與我見人見顛倒邪見貪著持戒者爲師如來聽許具正見者而共布薩不聽破戒邪見之人破威儀

者而共布薩長老弟子聞說空寂無所有法心不信樂志在外道佛不聽與外道布薩是人若當不捨是見不應聽使得入僧事亦不受其欲如是作已猶故不捨當知是人不得在道便是永棄應語其和尚阿闍黎不應復畜舍利弗若僧如是則供養我亦爲善破外道邪見是名清淨說戒布薩舍利弗我今明了告汝若人受是我見人見衆生見有無見是人不名供養於我不名隨我出家受戒是名隨逐六師出家以六師爲師舍利弗若人於是清淨實法不能得忍而受供養是人所得則爲邪受舍利弗是人雖於我法中出家護持淨戒而於第一義空無所得法心不信解驚怖疑悔當知是人但貴持戒多聞禪定舍利弗是人不名供養恭敬尊重於我何以故舍利弗無始世來無有衆生不得四禪若但知得四禪謂爲沙門利者是人何名供養於我是故舍利弗我今明了告汝當來世人於我法中種種貪著種種邪見毀壞我法舍利弗若人但貴持戒多聞禪定當知是人不能淨行沙門諸法我則不說此人名爲沙門婆羅門舍利弗若人於一切法無我如實知見無我一切法本來無所有空能如實知無所有空是則不以持戒爲上多聞爲上禪定爲上何以故舍利弗諸法實相無生無起於中無法可爲上者舍利弗是諸法如實中無持戒者無破戒者何況貪著而以爲上舍利弗是名諸佛阿耨多羅三藐三菩提謂一切法無相自相空無我無人若有是忍是名行者是名得者是人名爲以信出家應受供養

清淨布薩是人則爲人中之天舍利弗諸佛阿耨多羅三藐三菩提唯是一義所謂離也何等爲離離諸欲諸見欲者即是無明見者即是憶念何以故一切諸法憶念爲本所有念相即爲是見見即是邪舍利弗善法中見我亦說之名爲邪見何以故舍利弗離欲寂滅中無法無非法無善無惡是事皆空遠離諸結一切憶念是故名離舍利弗無上道中諸欲永息何等諸欲謂邪不善念若我若我所作相事相是名阿耨多羅三藐三菩提中諸欲永息

淨見品第八

佛告舍利弗我念過世求阿耨多羅三藐三菩提值三十億佛皆號釋迦牟尼我時皆作轉輪聖王盡形供養及諸弟子衣服飲食卧具醫藥爲求阿耨多羅三藐三菩提而是諸佛不記我言汝於來世當得作佛何以故以我有所得故舍利弗我念過世得值八千佛皆號定光我時皆作轉輪聖王盡形供養及諸弟子衣服飲食卧具醫藥爲求阿耨多羅三藐三菩提而是諸佛皆不記我汝於來世當得作佛何以故以我有所得故舍利弗我念過世值六萬佛皆號光明我時皆作轉輪聖王盡形供養及諸弟子衣服飲食卧具醫藥爲求阿耨多羅三藐三菩提而是諸佛亦不記我汝於來世當得作佛何以故以我有所得故舍利弗我念過世值三億佛皆號弗沙我時皆作轉輪聖王四事供養皆不記我有所得故舍利弗我念過世得值萬八千佛皆號山王劫名上八我皆於此萬八千佛所

剃髮法衣修習阿耨多羅三藐三菩提皆不記我以有所得故舍利弗我念過世得值五百佛皆號華上我時皆作轉輪聖王悉以一切供養諸佛及諸弟子皆不記我以有所得故舍利弗我念過世得值五百佛皆號威德我悉供養皆不記我以有所得故舍利弗我念過世得值三千佛皆號憍陳如我時皆作轉輪聖王悉以一切供具供養諸佛皆不記我以有所得故舍利弗我念過世值九千佛皆號迦葉我以四事供養諸佛及弟子衆皆不記我以有所得故舍利弗我念過去於萬劫中無有佛出爾時初五百劫有九萬辟支佛我盡形壽悉皆供養衣服飲食卧具醫藥尊重讚歎次五百劫復以四事供養八萬四千億諸辟支佛尊重讚歎舍利弗過是千劫已無復辟支佛我時閻浮提死生梵世中作大梵王如是展轉五百劫中常生梵世作大梵王不生閻浮提過是五百劫已下生閻浮提治化閻浮提命終生四天王天於中命終生忉利天作釋提桓因如是展轉滿五百劫生閻浮提滿五百劫生於梵世作大梵王舍利弗我於九千劫中但生閻浮提九千劫中但生天上劫盡燒時生光音天世界成已還生梵世九千劫中都不生人中舍利弗是九千劫無有諸佛辟支佛多諸衆生墮在惡道舍利弗是萬劫過已有佛出世號普守如來應供正徧知明行足善逝世間解無上士調御丈夫天人師佛世尊我於爾時梵世命終生閻浮提作轉輪聖王號曰共天人壽九萬歲我盡形壽以一切樂具供養彼佛及九十

億比丘於九萬歲爲求阿耨多羅三藐三菩提是普守佛亦不記我汝於來世當得作佛何以故我於爾時不能通達諸法實相貪著計我有所得見舍利弗於是劫中有百佛出名號各異我時皆作轉輪聖王盡形供養及諸弟子爲求阿耨多羅三藐三菩提而是諸佛亦不記我汝於來世當得作佛以有所得故舍利弗我念過世第七百阿僧祇劫中得值千佛皆號閻浮檀我盡形壽四事供養亦不記我以有所得故舍利弗我念過世亦於第七百阿僧祇劫中得值六百二十萬諸佛皆號見一切義我時皆作轉輪聖王以一切樂具盡形供養及諸弟子亦不記我以有所得故舍利弗我念過世亦於第七百阿僧祇劫中得值八十四佛皆號帝相我時皆作轉輪聖王以一切樂具盡形供養及諸弟子亦不記我以有所得故舍利弗我念過世亦於第七百阿僧祇劫中得值十五佛皆號日明我時皆作轉輪聖王以一切樂具盡形供養及諸弟子亦不記我以有所得故舍利弗我念過世亦於第七百阿僧祇劫中得值六十二佛皆號善寂我時皆作轉輪聖王以一切樂具盡形供養亦不記我以有所得故如是展轉乃至見錠光佛乃得無生忍即記我言汝於來世過阿僧祇劫當得作佛號釋迦牟尼如來應供正徧知明行足善逝世間解無上士調御丈夫天人師佛世尊舍利弗我念過世有十二億轉輪聖王皆字頂生又舍利弗我念過世有三十億轉輪聖王皆名摩訶删摩陀那舍利弗我念過世曾見四十億轉

輪聖王皆字摩訶提婆舍利弗我念過世有一億轉輪聖王皆字億㬎舍利弗我念過世有一萬轉輪聖王皆字稱尾舍利弗我念過世有一萬轉輪聖王皆字照明舍利弗我念過世有二萬轉輪聖王名字各異舍利弗我念過世有十六億轉輪聖王名字各異是諸王等我於餘處爲阿難說舍利弗於意云何汝謂是諸王者豈異人乎即我身是舍利弗我念過去時世有佛號曰善明彌勒菩薩時作轉輪聖王字曰照明初發阿耨多羅三藐三菩提心於時衆生壽八萬四千歲其善明佛三會說法初會九十六億人一時得道第二大會九十四億人一時得道第三大會九十二億人一時得道時王見佛三會說法度人無量心大歡喜即於萬歲一切供養佛及弟子發心求阿耨多羅三藐三菩提於未來世衆生易度我當成佛壽命限量比丘僧數圍繞如是舍利弗我知是事過此無量舍利弗彌勒發心四十劫已我乃發心無勝佛所初種善根我於千歲一切樂具供養是佛五百張氎而以奉上是佛滅後起七寶塔高一由旬縱廣半由旬皆以金銀瑠璃玻瓈硨磲碼碯赤眞珠所成心常發願衆生苦惱無救度者遭値惡法多墮惡趣我於爾時當成佛道舍利弗汝且觀之阿耨多羅三藐三菩提甚難修習舍利弗我修習阿耨多羅三藐三菩提無央數世受諸苦惱我若說者汝聞愁悶我諸所受勤苦憂惱皆爲求阿耨多羅三藐三菩提舍利弗汝觀薩和檀菩薩求善法菩薩常悲菩薩不放逸菩薩常精進菩薩供

養若干諸佛受諸苦惱猶尚難得阿耨多羅三藐三菩提何況是諸癡人乃無一念爲求涅槃舍利弗如是行者猶尚甚難況不行者是故舍利弗我今明了告汝以下法者不得上法用上法者乃得上法何等下法謂身惡業口惡業意惡業下法名爲不能勤心修習善法下法名爲懈怠懶惰破所受戒舍利弗是名下中下者又下中下者於我法中出家生有所得見我見人見衆生見何以故舍利弗如來於此了了見知有所得者乃無順忍況得道果舍利弗若有所得者百千萬億諸佛以三輪示現是人若當不捨是見尚不消人一口飲食況得道果舍利弗我見人見得涅槃者一切凡夫皆應滅度何以故我見人見皆是邪見諸凡夫人多貪著我我所見人見衆生見是故一切凡夫應得涅槃舍利弗若人作念有我有人是人若當不捨是見得入涅槃一切凡夫應得聖道何以故一切凡夫皆是我見人見是故我見人見入涅槃者一切凡夫皆入聖道於聖道中則無所少舍利弗若人作念有我見者則有涅槃是人即是聖道不須餘念何以故一切凡夫我見人見無所少故如是癡人有是過失謂諸凡夫皆入聖道聖道無繫是人修時應當殺生受諸五欲起五逆罪是故癡人於聖道中有五逆罪何以故一切凡夫皆說有我有衆生故若人作如是言成就五逆罪者不入涅槃說我人者得入涅槃即是妄語亦是謗佛於我法中又不能得清淨出家舍利弗我今明了告汝有所得者無有涅槃有所得者若有涅

槃是則諸佛不出於世一切凡夫皆入涅槃何以故一切凡夫皆有我見人見皆有所得皆是邪見舍利弗汝且觀我幾時成就有所得見非賢聖行諸佛不與我授記言汝於來世當得作佛舍利弗我如是行猶不得記況是癡人但以持戒多聞禪定等生我見人見衆生見舍利弗我說此人不名行者不名得者何以故舍利弗長夜貪著如是邪見不得滅度故如是癡人不作是念我等何不試行修習無我人法我等或得斷衆苦聚舍利弗譬如從生盲人走避惡狗墮深大坑舍利弗我謂癡人如是修習我見人見有所得見以是諸見欲望清淨是人隨所貪著即以是事欲得涅槃我說是人當墮惡道舍利弗譬如盲人於深大坑生安隱心如是癡人於我人見有所得見生安隱心是人長夜隨所著者爲之欺誑還著是事於我法中而受供養如是癡人長夜衰惱墮惡道中舍利弗譬如大灌頂王自於所治國中威勢自在是人應奪是人應驅若諸民衆不順王意說王過惡沮壞人心不能護城謀欲反叛王知是人爲是大賊於大衆中打惡聲鼓苦治其罪驅擯令出以其不能盡忠護城得是苦惱舍利弗佛亦如是於無量劫修習阿耨多羅三藐三菩提爲大法王於法國土有大威力諸弟子中有知法味乃至失命不毀我教諸天世人無能壞者所受教中自不惡逆亦不教他我於衆中有大威力自在立教爲護法城不使惡賊毀壞得入竊受如來所說密法向諸怨賊邪見者說舍利弗如來現在善護法城四大

弟子智慧深遠令我法城不懼破壞若與法城作障礙者爲是大賊毀壞法城盜我密法向外道說是人常來至於我所我與共語示其教法不說密要是人爲求所示教法出家受戒我知此人後應得道聽使出家四月中試何以故爲護法城故又使未來世賊不更起故如是如來善護法城使不得便所謂令受佛教捨本惡邪諸比丘衆皆應歡喜聽使出家得受戒已天人世間不能轉動舍利弗何等是可試者謂外道人及樂外道法者舍利弗何等是樂外道法所謂有所得者我見人見者衆生見者貪著邪者於自相空法中心生疑者受行種種邪虛妄法不能入於第一義空行諸邪道其人名爲樂外道法舍利弗不可試以種種色衣若白衣人若著袈裟有如是不善有所得見皆名外道於我法中出家受戒是人應試何以故有所得者於我法中即是邪見是名大賊一切世間天人中賊是名一切世間怨家諸佛大賊舍利弗是邪見人我則不聽出家受戒舍利弗一切法無我若人於中不能生忍一切法空無我無人無衆生無壽命不能信解於我法中所受供養名爲不淨是人則是不供養佛不供養法不供養僧強入我法形是沙門心是外道爲盜法人舍利弗於未來世當有比丘不修身不修戒不修心不修慧是人輕笑如來所說如來所行如來常於第一義空恭敬供養常樂是行是諸比丘輕笑如來所行真際畢竟空法舍利弗爾時若有苦行比丘亦共輕笑令我弟子有行空者我讚其善安慰其心

爾時是人輕笑行空但求不牢堅事以有我及有諸法如是等事令衆心喜若說一切諸法空者亦輕是人何以故舍利弗法應爾也衆生善根欲斷本相則現真實妙法在於世間無有受者譬如癡人以栴檀香同於猥木舍利弗迦葉佛說未來世中釋迦牟尼佛諸弟子衆以利養故爲諸白衣說第一義空爾時多有在家出家愚癡不受違逆不信而反誹謗失於大利以是因緣當墮惡道舍利弗爾時多有相違諍論我論人論衆生論壽者論命者論善法欲少但樂利養實是愚癡自謂有智互相違逆常共諍訟樂有斷事生怨嫉心是人捨沙門法但求利養多樂事務所營非一常樂伺求他人長短自隱其過稱說功德如今比丘覆藏功德自出過惡當爾之時咸共不能護持重戒無所曉故破於義利而言諸法空自相空何所能作如那羅戲人種種變現無所知者見之大笑何以故不解戲法其術隱故生希有心驚怪大笑如是舍利弗爾時真實比丘說空寂法求活命者咸共嗤笑何以故是人不知佛法義故聞說空法驚疑怖畏舍利弗汝觀此人於安隱處生衰惱心於衰惱處生安隱心是人顛倒逆行善法順行惡法舍利弗如是癡人多懷慳貪瞋恚愚癡具行三不善根舍利弗我爲利益持戒比丘故說二百五十戒經如是癡人乃以世間小因緣故向在家者說乃至書寫以示白衣舍利弗如是癡人說言諸法空自相空何所能作何以故如是癡人尚不能除慳貪煩惱何況能斷無明舍利弗爾時持律比

丘不能善學諸說法者亦不善學讃修多羅者亦不善學舍利弗云何名爲持律比丘不能善學如來經中說有三學善戒學善心學善慧學是人於三學中不能善學但以多聞因緣輕慢他人是人則爲障礙善法如是癡人猶尚不能如法答問況於畢竟空無所有中能發精進舍利弗爾時破戒比丘樂爲白衣執事宣通使命療治病法以自生活舍利弗汝今觀此惡人於我法中出家受戒得受供養而反以我爲怨舍利弗爾時四天王釋提桓因大梵天王乃至百千萬億諸天見我法中如是毀壞皆大憂愁啼泣涕零舍利弗是實不應依止於我而爲白衣營執事務何以故釋迦牟尼佛弟子乃至諸天龍神猶尚不應爲作給使諸天龍神於我弟子與作給

使如是癡人所親近白衣若能修習通達諸法第一義空無有是處舍利弗爾時破戒比丘乃至爲得大杯酒故與諸白衣演說佛法於意云何多貪恚癡多樂讀經貪外經利行不清淨是人能得信解無所有畢竟空法能得具足沙門果不不也世尊舍利弗若有比丘趣得衣服飲食卧具醫藥持戒清淨不樂憒閙散亂語言不貪外義晝夜精勤如救頭然一心勤行八直聖道是人於空無所得法尚難通達況是癡人無有深欲無有信解舍利弗汝觀是人不知如來無上義故破我正法自爲己身及爲他人作大衰惱如是大賊世閒怨家此經中說應當遠離是人於佛尚不知恩自念我等所爲出家於此法中不應行處則不應行是故舍利弗如來欲使未來

世中止此惡故說如是經若有比丘破所受戒毀破威儀及破正見得聞是經怖畏反戒何以故破戒之人不應於彈指頃住聖人相在袈裟中若聞是經心歡喜者是人名爲供養諸佛守護佛道何以故舍利弗是名佛道眞際善男子善女人欲得沙門法者爲聽是經應過百千萬億由旬何以故諸佛如來乆乃出世雖出於世時乃說之

佛藏經卷第三

音釋

坏鋪杯切未燒陶器也　錠徒徑切燈也　[illegible]音顯舊諿媽切　憒閙憒古對切心亂也閙女教切不靜也

佛藏經卷第四

姚秦三藏法師鳩摩羅什譯

了戒品第九

佛告舍利弗有三種人聞說是經心不喜樂何等爲三一者破戒比丘二者增上慢人三者不淨說法及貪著我者是人遠離於此隨順實相深經具足充滿生盲部黨是故舍利弗我以是經重囑累汝所以者何是經於如來滅後能令清淨持戒比丘心生喜樂如是深經清淨戒者常所攝持毀破戒者常所遠離所以者何癡人聞說眞實正語則以爲苦舍利弗破戒比丘所成相貌如來於此已具廣說舍利弗破戒比丘法應不樂持戒律儀愚癡之人不喜智慧慳人不欲聞說布施增上慢人者不欲聞此無憍慢法若聞驚畏如墮深坑好世利者貪著美味聞呵呰食心則憂惱若人好讀外道經書者則於其中生堅實想貪著語者樂說散亂樂說嚴飾辭巧美說者於佛第一義則無淨心又於此法不敬不信舍利弗譬如不男之人無男子用至男子中生不男想而作是念是諸人等如我無異如是好看外道書者常樂嚴飾巧美文辭於佛第一義心不恭敬舍利弗其中有人說清淨經於此人所亦不恭敬輕慢清淨持戒比丘何以故舍利弗外道經書無眞實語法應憍慢貢高自大何以故是事不爲猒離不爲寂滅不爲得道不爲涅槃是人毀壞信等根故於一切處不信有功德如不男人於諸人中皆謂如已舍利弗如生盲人不見諸色所謂黒色白色不見黒白色者不見好色不

見醜色不見青黃赤白紅紫縹色不見長短麤細深淺等色不見日月星宿不見日月星宿者如是盲人便作是念無黑白色無見黑白色者無好無醜色無青黃紫縹長短麤細深淺日月星宿色無見日月星宿者餘人皆亦如我盲人心倒於一切處皆爲黑闇舍利弗破戒比丘增上慢人隨外道論比丘亦復如是於深佛法心不信樂不能通達聞諸法空無所有不信不樂不能通達舍利弗如是諸人畏於汝等入邪際中不得正法以是正法名爲眞實沙門汝所得法是人不信猶如盲人謂無黑白等色舍利弗是人如是入於邪際求外道論樂衆閙語增長煩惱惡性惡法是人不能信諸法空何況通達舍利弗於意云何野干作師子爲能已吼今吼當吼作師子行今行當行已行不不也世尊何以故野干色力音聲不及師子野干但能作野干聲若欲作聲但有野干聲出非師子聲如是舍利弗破戒比丘增上慢比丘自以此事爲上不淨說法者受尼犍子論若執一事堅持不捨貪貴世利樂讀經書不能通曉諸法實相若能信受無相法者無有是處舍利弗若有比丘耆年有德比丘中龍有深智慧是人能信無所有自相空法無我無人法何以故是人不樂衆閙雜語不樂讀經睡眠多事不爲白衣營執事務不爲使命持送文書不行醫術不讀醫方不爲販賣不樂論說世間語言但樂欲說出世間語是人能信一切法空於一切法不起不壞是人則能證眞實際則能如實正師子吼非野干吼舍利弗若有比

丘著外經義是人爲捨微妙佛法誦持外道語言爲大衆說但作野干吼舍利弗如是惡人名爲朽壞沙門何以故是外道義非佛法故舍利弗著外道法比丘不應自稱是佛弟子何以故沙門釋子不說尼揵子語於大衆中但說佛語舍利弗若人著不淨語欲作師子吼但作野干鳴是人不能解佛法第一義舍利弗我今明了告汝若人具足持戒禪定智慧不慳不貪不染恚癡不懷諂曲有猒惡心言必眞實常樂獨處不樂睡眠樂空無相無願無生無滅行生離欲心求解佛法第一義不好世語樂出世語盡持諸戒一切惡事及惡知識悉皆遠離住如是法則能解空無所有法何以故舍利弗是行名爲大人所行非是貪樂利養所行非是愚癡常人所行非是敗壞沙門所行非是糠糟沙門所行非是假名沙門所行舍利弗諸法實相畢竟空寂即是佛道好世財利貪說不淨法者所不能及舍利弗是地名爲大智者地非是貪樂外道者地非是說我見人見者地舍利弗若實有我有人者說我人者應有實相如實應問若有我者爲是何色青黃赤白爲在身中爲在身外爲徧在身如油在麻舍利弗麻中有油可出可示若我在內說有我者應說應示如從麻中出油示油第一義中求我不可得是故當知若說有我人者是人猶尚無沙門戒況沙門地舍利弗當知如是邪貪著者所謂著我著衆生著壽命者則爲隨頂是人如是邪貪著故尚不能除貪利養心況細煩惱舍利弗通達空者若爲貪欲瞋恚愚癡利養

所覆無有是處亦不墮頂舍利弗計我心者謂有壽命壽命因緣故則爲利養所牽障礙於道舍利弗我見者人見者雖於我法出家爲道如是癡人於清淨法中則非出家何以故尼揵子出家皆計我心有所得故舍利弗有所得者從無始世常有此見若得出家猶有不絶是名因外道出家不名因聖法出家何以故弊人不能信樂大法於清淨大法無有眞實相舍利弗如是破法重罪因緣餘殃未盡不能信解諸法實相起大苦業或謗八直聖道或於淨戒比丘而生惡心妄出其過或言破戒破見破命破威儀或不見他過妄生是非或以濁恚嫉心說他惡名或不能知佛經義理謂非佛法如是惡人成就破法惡業於佛第一義中心不通達不入不善如是重罪餘報因緣雖勤精進猶尚不能取所緣相何況繫心能得道果又深依止我見人見如是見者乃至諸佛猶亦不能拔其根本何況聲聞舍利弗若人有如是貪著不善邪見謂我見人見衆生見壽者見命者見又於第一義空驚疑畏者當知是人先世成就破法罪緣舍利弗若人如是貪著惡邪不善謂貪我貪人貪壽命者是人雖百千億諸佛以三輪示現不能令悟使得道果舍利弗寧以利刀割舌不應不見他事妄說其過破戒破見破命破威儀舍利弗於未來世當有比丘善護二百五十戒是人懈慢心生而作是念我是持戒餘人不爾輕於他人心無恭敬我是多聞彼非多聞舍利弗爾時多有比丘但貴持戒多行阿蘭若行善護戒品亦隨所說行

勤心讀經求通佛法如是人等生多聞慢阿練若慢而好瞋恚心常垢濁深懷慳貪瞋恚毒心頑鈍無知以小因縁而起大事是人瞋恚覆心互相出過謂破戒破見破命破威儀舍利弗如是僧中有好比丘心無偏黨處在中間而亦謂之在彼惡中互相譏論諍訟不息不得安隱坐禪讀經在家出家皆亦擾動如是舍利弗爾時多有比丘一歲二歲三歲乃至九歲輕慢上座無有恭敬是人出家受戒多不如法習効和尚阿闍黎亦無恭敬舍利弗爾時年少比丘及先出家無有依止共相輕慢十歲比丘所畜徒衆其諸徒衆皆無恭敬威儀法則亦不如法舍利弗時諸惡人具足貪欲瞋恚愚癡互相輕慢無有恭敬相違逆故我法則滅舍利弗時諸癡人多起破法罪業起此罪已當墮地獄舍利弗我今明了告汝求自利已善比丘當爾之時不應入衆乃至一宿唯除阿羅漢煩惱已斷及病比丘於中有縁何以故舍利弗當爾時人貪欲瞋恚愚癡毒盛不活怖畏常所逼切求利善人當應自處山林空靜乃至畢命如野獸死舍利弗我今明了告汝我此真法不久住世何以故衆生福德善根已盡濁世在近求自利已善比丘應生如是猒心我當云何見法破亂見此沙門惡世難時我當勤心精進早得道果舍利弗我法無諸難事不乏衣食卧具醫藥汝等但當勤行佛道莫貴世間財利供養舍利弗汝今善聽我當語汝若有一心行道比丘千億天神皆共同心以諸樂具欲共供養舍利弗諸人供養坐禪比丘不及天

神是故舍利弗汝勿憂念不得自供養佛眞教化當隨順行莫以第一義空出入過惡何以故舍利弗大險難者所謂得空或有比丘因以我法出家受戒於此法中勤行精進雖諸天神諸人不念但能一心勤行道者終亦不念衣食所須所以者何如來福藏無量難盡舍利弗如來滅後白毫相中百千億分其中一分供養舍利及諸弟子舍利弗設使一切世間人皆共出家隨順法行於白毫相百千億分不盡其一舍利弗如來如是無量福德若諸比丘所得飲食及所須物趣得皆足舍利弗是諸比丘應如是念不應於所須物行諸邪命惡法舍利弗若納衣比丘於糞掃中拾取弊故應生是心以此障寒及修聖道我今以此弊故縫作僧伽黎著勤行精進若以凡夫乃至一夜不應著此是比丘淨洗縫著若此比丘於此納衣生貪著意即應捨之我不聽著何況餘衣何以故舍利弗是比丘於此衣中生非比丘法是比丘不復應著何況餘物舍利弗時是比丘寧以赤熱鐵鍱自纏其身不應著此納衣何以故於此衣中染愛心故舍利弗納衣比丘應作是念著此納衣以遮寒熱以助修道我今不復更著餘衣當得須陁洹果斯陁含果阿那含果阿羅漢果舍利弗如是納衣比丘專求道者我則聽著舍利弗乞食比丘應諸法中無所分別常攝其心不令散亂而入聚落以諸禪定而自莊嚴乞食得已心無染汙持所得食從聚落出在淨水邊可修道處置食一面洗脚而坐以食著前應生猒離想不淨想屎尿想臭爛

想變吐想塗瘡想猒惡想子肉想臭果想沉重想又於身中應生死想青想脹想爛壞想舍利弗比丘應生如是想以無貪著心然後乃食但以支身除飢渴病令得修道應作是念我食此食破先苦惱不生後苦心得快樂調適無患身體輕便行步安隱又念食此食已我應當得須陀洹果斯陀含果阿那含果阿羅漢果無生法忍舍利弗比丘如是食者我聽乞食舍利弗若乞食比丘於所得食生貪味心以爲甘美而作是念我食此食當得好色氣力充盛不作是念我食此食勤行聖道如是比丘我乃不聽受一飲水何况飲食舍利弗若於食中不見過惡不見出道而便食者寧自以手割股肉噉何以故我聽行者得者受他供養不聽餘人舍利弗云何名爲行者若有比丘決定發心我於今世斷諸結使當入無餘涅槃修習聖道如救頭然又當除斷不善惡法是名行者又能一心信解空無相無願爲得須陀洹果斯陀含果阿那含果阿羅漢果斷諸煩惱名爲行者求諸善法常行諮問名爲行者又能發心度脱一切名爲行者勤心修習諸助道法於諸法中如說而行及有一心求佛道者舍利弗於佛法中是名行者何謂得者謂得須陀洹脱三惡道名爲得者斯陀含阿那含阿羅漢斷諸煩惱求道已息所作已辦善學三學是名得者我聽是人得受供養是人若受供養是名善受供養舍利弗清淨持戒者開化檀越者及修多聞讀誦經者謂讀修多羅祇夜授記經伽陀優陀那尼陀那如是諸經本生經方廣經

未曾有經阿波陀那論議經是人久能清淨持戒無有瑕疵不垢不濁自在不著智者所讃能自具足隨順禪定常樂坐禪如是比丘我亦聽受供養舍利弗身證法者無有疑悔我聽是人高座說法雖是凡夫清淨持戒心不貪著外道經義一心勤求沙門上果不貪利養善巧定說多聞廣喻猶如大海乃至失命猶不妄語不樂諍訟自利利他唯說清淨第一實義所說如是亦如是行舍利弗如是說者我聽說法如來所說能使諸法不相違逆謂說戒定慧解脫解脫知見舍利弗求利比丘爲佛出家而破戒品何用說法何以故舍利弗我經中說若人自不善寂自不能護能令他人善寂自護無有是處如人自没汙泥欲出他人無有是處若人能自善寂能自護能出汙泥欲出他人則有是處是故舍利弗我今明了告汝誹謗如來其罪不輕實語比丘應聽說法非妄語者持戒比丘則能法施舍利弗高座說法決定斷疑最是上事若持戒不淨著外道義我則不聽及妄語者貴世樂者求利養者樂諍訟者我則不聽我聽淨持戒者質直心者通達諸法實相者高座說法舍利弗破戒比丘寧當捨戒不著聖人相袈裟覆藏罪垢穢作衆惡受人信施舍利弗云何以小因緣而於久遠受地獄身

囑累品第十

爾時阿難白佛言世尊當爾世時諸比丘等於善法中云何精進佛告阿難且置莫問所以者何佛無量智所說經典爾時比丘尚不能信況能勤行阿難如來於有爲法中所有

智慧一切辟支佛阿羅漢等不能得解知阿難如來所知法若爲汝說汝則迷悶何況是人當能信之如來於今說如是經爾時癡人猶尚不信何況能行所說罪報阿難法應爾自身是惡謂餘亦惡如今第一懈怠比丘爾時第一精進比丘所不能及若所持戒威儀智慧不得相比如來若說此人所行一切過惡轉身所受是人不信更起重罪汝等若聞亦得憂怖不能量其所受罪惡阿難如來深法受者難有於意云何好牀茵蓐豚子樂不不也世尊阿難我阿耨多羅三藐三菩提此法深妙智者所樂是人不能信解通達得出家已自稱沙門不能堪受如實教化於此法中不能修心不得滋味振手而去墮在惡道猶如豚子捨好牀蓐何以故阿難是我阿耨多羅三藐三菩提甚深清淨非難化者所能信解難降伏者無智慧者難滿者難養者破戒者難與語者住邪法者行邪行者貴財利者以衣食爲上者破威儀者破戒德者墮頂者弊惡者懈怠者小欲者小精進者無羞者耐羞者忽忽營事業者沙門中旃陀羅沙門中白衣沙門中敗壞沙門中行邪道者非沙門自言是沙門者魔所吞者與外道義合者不如說行者樂衆閙者樂散亂語者具有魔事者魔衰惱者煩惱熾盛者我見者人見者衆生見者顛倒者於我此法若能信解通達無有是處何以故阿難我阿耨多羅三藐三菩提清淨快樂與此惡人不相稱可阿難譬如百千億三千大千世界中間曠遠此弊惡人遠沙門法猶尚如是況除煩惱得涅槃阿

難如此事者説不可盡當來沙門弊惡鄙賤深懷慳貪深懷瞋恚深懷不信三毒熾盛心行麤獷難可制御阿難譬如良田善熟以火自燒甘膳美食而自著毒舍宅所有以火自焚爲應爾不不也世尊阿難如是未來世癡人因以我法得受供養而不信解如來功德又不能信如是等經不能堪忍如實説過自知瘡疣而逆我語如是癡人依佛自活而逆是法阿難爾時閻浮提内如是癡人充滿其中阿難且置何用求此愚癡惡人徒生徒老所行惡事爾時阿難白佛言世尊當何名此經云何奉持佛告阿難此經名爲佛藏亦名發起精進亦名降伏破戒亦名選擇諸法當奉持之阿難若人誦持是經所得功德無量無邊所以者何破戒比丘尚不能信讀誦教人况於是中得歡喜心何以故阿難譬如惡賊於王大臣不敢自現盜他物者不自言賊如是阿難破戒比丘成就非沙門法尚不自言是惡況能向餘人説自言罪人阿難如是經者破戒比丘隨得聞時能自降伏則有慙愧持戒比丘得自增長説是經時無數諸天於諸法中得法眼淨惡魔及諸眷屬皆大憂惱如墮十六種火坑大啼哭言瞿曇沙門知我覺我我常長夜願佛滅後破持戒者助破戒者欲令諸惡比丘不知佛法但知讀誦我欲於佛法中破安隱心語言此非佛法無有義趣瞿曇於今在諸天人大衆之中守護是法遮我所願魔説此已心懷憂惱忽然不現爾時世尊欲明了此事而説偈言

我所説諸法　隨順第一義　有爲不堅牢

如夢之所見　我今說此法　呵責未來事
隨順第一義　防制諸惡人　爾時惡世中
比丘心擾動　諍訟生是非　不能得涅槃
沙門及白衣　所說無有異　爾時我此法
與俗法無別　爲諸在家說　汝知我希有
我得於佛法　初道第一果　更有比丘言
我說不異是　此人與我同　我眞見法者
見法不見者　爲致白衣故　各於自法中
而生其議論　有言一切有　有言一切空
不住於正道　性惡毀我法　汝勿近是人
可來親附我　爲汝說眞法　如我疾得道
如是諸音聲　流布於遠近　同心相黨助
破我所教法　譬如諸惡賊　同惡共爲侶
返逆破國土　城邑及聚落　爾時諸比丘
難可得開化　鈍根深貪著　小智依我人
不解於如來　隨宜所說法　說有漏增上
自言是得道　在於大會中　多有諸比丘
皆言有智慧　求智無一人　若是大會中
或有一比丘　如實有智慧　皆呵言無智
諸天神等見　法王道散壞　咸皆懷憂惱
相對而啼泣　中有諸樹神　從樹而墮地
咸言釋師子　妙法今悉壞　佛寶法僧寶
在世猶未久　如何以今日　悉皆當散壞
我等不復聞　如來所說法　癡愚無所知
上道今將滅　爾時諸地神　皆出大音聲
如來大法炬　於今當滅盡　諸天諸神等
後莫有所悔　而言不見聞　佛道今已滅
如來無量劫　自利亦利人　忍受諸苦惱
發願得成佛　釋師子大聖　度諸衆生者
清淨微妙法　今將欲滅盡　癡惡諸賊等

於今當得力　無有慈愍心　互相謗毀惱
魔使及魔民　鈍根難開化　諂曲懈怠心
瞋恚壞佛法　但以空林中　坐禪滿三月
自言是羅漢　無禪況得道　不得言得道
死言入涅槃　衆人信起塔　而自入地獄
如是癡空者　互共相輕恚　我於無量劫
所得今盡壞　爾時虛空神　共見釋師子
妙法毀壞信　發聲皆啼泣　四天王聞此
皆共懷憂惱　時與諸天神　僉皆共來下
阿羅迦槃城　夜叉神衆來　僉皆大啼哭
出可畏音聲　有諸七寶城　嚴飾極微妙
失色皆如土　諸天不樂住　悲號大啼哭
處處皆來集　各共懷憂惱　相見不能言
宛轉卧在地　發如是音聲　共行閻浮提
見是大怖畏　佛子自鬪諍　破壞而分散
皆從天上來　共詣我生處　天神諸寶城
七日無光色　各共坐啼哭　滿七日不起
如何大精進　勇猛世間尊　我等見住此
今當不復見　咸共詣祇洹　相對而啼哭
佛此說四諦　我等此中聞　世間將盲冥
互相輕恚慢　但起諸惡業　還墮於惡道
諸天妙宮殿　可惜今將空　我等諸天神
無復救度者　爾時閻浮提　毀壞無威色
經行處樹下　山窟無善人　一切諸世間
悉皆大擾動　諸天及大神　音聲可怖畏
爾時忉利天　舉手大悲哭　各於宮殿中
發聲而呼喚　諸天宮殿中　皆稱說我言
永離大聖王　爲我說法者　忉利天六月
不食修陀食　不聽妓樂音　憂愁如喪子
諸阿修羅衆　聞有如此事　皆共相命集

欲攻忉利天　時諸閻浮王　皆共相征罰
諸天阿修羅　亦皆共戰鬪　爾時諸比丘
及諸比丘尼　多墮惡道中　少有得免者
破戒諸白衣　隨順諸比丘　以是因緣故
皆趣於惡道　諸惡優婆夷　隨順惡師故
亦復入惡道　世間皆擾動　有入城聚落
有至山林中　東西懷憂惱　以損其壽命
爾時多惡賊　多有諸險道　種五穀不生
若生蟲所食　爾時世人民　饑饉多餓死
死墮餓鬼中　久受諸苦惱　時人施佛物
塔及四方僧　輙皆共分食　我後僧如是
阿難汝等當　勉力勤精進　莫見後末世
如是衆惡事　一切諸凡夫　愚癡無有智
起諸凡夫業　疾墮惡道中　汝等勤讀誦
是名智慧因　若爲智慧護　疾得至勝處
我學世正見　汝亦如我學　斷世障礙事
疾得至勝處　勤行八聖道　當疾得涅槃
思量求自利　我所說如是　是劫過去後
六十劫無佛　尚無佛音聲　況有得道者
時世諸人民　饑餓所逼切　無有孝慈心
食毋食兒肉　時諸家生子　常護恐他食
誰聞是惡事　復起生死業　諸苦癡爲本
五欲貪爲本　若不樂五欲　當斷諸貪著
受福果報時　深生貪著心　貪著因緣故
起惡墮惡道　無漏法空寂　世間無牢固
若知如是者　汝等應疾行　無心生心想
而自大驚畏　我爲作不作　是事爲云何
如是諸凡夫　思惟而籌量　我當云何作
如是常啼哭　無陰生陰想　無我生我想
聞自相空法　如是亦迷悶　不知佛如實

所說諸陰義　聞則以爲定　畏處無畏想
我說去來今　諸陰皆空寂　三世悉平等
猶若如虛空　所有過去佛　亦說自相空
未來世諸佛　亦說自相空　我今出於世
亦說一切法　自性自相空　三世無有異
當來人不知　佛所說實義　貪著我衆生
當墮三惡道　當來世如是　大惡甚可畏
汝等勤精進　莫見是惡世

佛說此經已長老舍利弗及諸比丘衆一切世間天人大衆聞佛所說皆大歡喜信受佛語

佛藏經卷第四

音釋

縹普沼切帛青白色也　鍱音葉　股果五切髀幹也　噉徒濫切食也　豚徒孫切　獷古猛切惡也

菩薩戒本經

北涼天竺三藏法師曇無讖第二譯

菩薩戒羯磨文

唐三藏法師玄奘奉詔譯

清刻龍藏佛說法變相圖

菩薩戒本經出地持戒品中羯磨文附

慈氏菩薩說

北涼天竺三藏法師曇無讖第二譯

歸命盧舍那　十方金剛佛　亦禮前論主
當覺慈氏尊　今說三聚戒　菩薩咸共聽
戒如大明燈　能消長夜闇　戒如眞寶鏡
照法盡無遺　戒如摩尼珠　雨物濟貧窮
離世速成佛　唯此法爲最　是故諸菩薩
應當勤護持

諸大士此四波羅夷法是菩薩摩得勒伽和合說

若菩薩爲貪利故自歎已德毀呰他人是名第一波羅夷處法

若菩薩自有財物性慳惜故貧苦衆生無所依怙來求索者不起悲心給施所求有欲聞

法悋惜不説是名第二波羅夷處法
若菩薩瞋恚出麤惡言意猶不息復以手打或加杖石殘害恐怖瞋恨增上犯者求悔不受其懺結恨不捨是名第三波羅夷處法
若菩薩謗菩薩藏説相似法熾然建立於相似法若心自解或從他受是名第四波羅夷處法
諸大士已説四波羅夷法若菩薩起增上煩惱犯一一法失菩薩戒應當更受今問諸大士是中清淨不（三説）
諸大士是中清淨默然故是事如是持
諸大士此菩薩衆多突吉羅法是菩薩摩得勒伽和合説
若菩薩住律儀戒於一日一夜中若佛在世若佛塔廟若法若經卷若菩薩修多羅藏若菩薩摩得勒伽藏若比丘僧若十方世界大菩薩衆若不少多供養乃至一禮乃至不以一偈讃歎三寶功德乃至不能一念淨心者是名爲犯衆多犯若不恭敬若懶惰若懈怠犯是犯染汙起若忘誤犯非染汙起不犯者入淨心地菩薩如得不壞淨比丘常法供養佛法僧寶
若菩薩多欲不知足貪著財物是名爲犯衆多犯是犯染汙起不犯者爲斷彼故起欲方便攝受對治性利煩惱更數數起
若菩薩見上座有德應敬同法者憍慢瞋恨不起恭敬不讓其座問訊請法悉不酬答是名爲犯衆多犯是犯染汙起若懶惰懈怠若無記心若忘誤犯非染汙起不犯者若重病若亂心若眠作覺想問訊請法悉不答者是

名不犯若上座說法及決定論時若自說法若聽法若自決定論時若說法衆中若決定論衆中不禮不犯若護說者心若以方便令彼調伏捨離不善修習善法若護僧制若護多人意

若菩薩檀越來請若至自舍若至寺內若至餘家若施衣食種種衆具菩薩以瞋慢心不受不往是名爲犯衆多犯是犯染汙起不犯者若病若無力若狂若遠處若道路恐怖難若知不受令彼調伏捨惡住善若先受請若修善法不欲暫廢爲欲得聞未曾有法饒益之義及決定論若知請者爲欺惱故若護多人嫌恨心故若護僧制

若菩薩有檀越以金銀真珠摩尼琉璃種種寶物奉施菩薩菩薩以瞋慢心違逆不受是名爲犯衆多犯是犯染汙起捨衆生故若懶惰懈怠犯非染汙起不犯者若狂若知受已必生貪著若知受已施主生悔若知受已施主生惑若知受已施主貧惱若知是物是三寶許若知是物是劫盜得若知受已多得苦惱所謂殺縛謫罰奪財訶責

若菩薩衆生往至其所欲得聞法若菩薩瞋恨慳嫉不爲說法者是名爲犯衆多犯是犯染汙起若懶惰懈怠犯非染汙起不犯者若外道求短若重病若狂若知不說令彼調伏若所修法未善通利若知前人不能敬順威儀不整若彼鈍根聞深妙法生怖畏心若知聞已增長邪見若知聞已毀呰退沒若彼聞已向惡人說

若菩薩於凶惡犯戒衆生以瞋恨心若自捨

若遮他令捨不教化者是名爲犯衆多犯是犯染汚起若懶惰懈怠若忘遮他犯非染汚起何以故菩薩於惡人所起慈悲心深於善人不犯者若狂若知不説令彼調伏如前説若護他心若護僧制

若菩薩於如來波羅提木叉中毗尼建立遮罪護衆生故令不信者信信者增廣同聲聞學何以故聲聞者乃至自度乃至不離護他令不信者信信者增廣學戒何況菩薩第一義度又復遮罪住少利少作少方便世尊爲聲聞建立者菩薩不同學此戒何以故聲聞自度捨他應住少利少作少方便非菩薩自度度他應住少利少作少方便菩薩爲衆生故從非親里婆羅門居士所求百千衣及自恣與當觀施主堪與不堪隨施應受如衣鉢亦如是如衣鉢如是自乞縷令非親里織師織爲衆生故應畜積憍奢耶卧具坐具乃至百千乃至金銀百千亦應受之如是等住少利少作少方便聲聞遮罪菩薩不共學住菩薩律儀戒爲諸衆生若嫌恨心住少利少作少方便者是名爲犯衆多犯是犯染汚起若懶惰懈怠住少利少作少方便犯非染汚起

若菩薩身口諂曲若現相若毀呰若因利求利住邪命法無慚愧心不能捨離是名爲犯衆多犯是犯染汚起不犯者若斷彼故起欲方便煩惱增上更數數起

若菩薩掉動心不樂靜高聲嬉戲令他喜樂作是因緣是名爲犯衆多犯是犯染汚起若忘誤犯非染汚起不犯者爲斷彼故起欲方便如前説又不犯者他起嫌恨欲令止故若

他愁憂欲令息故若他性好戲爲攝彼故欲斷彼故爲將護故若他疑菩薩嫌恨違背和顏戲笑現心淨故

若菩薩作如是見如是說言菩薩不應樂涅槃應背涅槃不應怖畏煩惱不應一向猒離何以故菩薩應於三阿僧祇劫久受生死求大菩提作如是說者是名爲犯衆多犯是犯染汙起何以故聲聞深樂涅槃畏猒煩惱百千萬倍不及菩薩深樂涅槃畏猒煩惱謂諸聲聞但爲自利菩薩不爾普爲衆生彼習不染汙心勝阿羅漢成就有漏離諸煩惱

若菩薩不護不信之言不護譏毀亦不除滅若實有過惡不除滅者是名爲犯衆多犯是犯染汙起實無過惡而不除滅非染汙起不犯者若外道誹謗及餘惡人若出家乞食修善因緣生他譏毀若前人若瞋若狂而生譏毀若菩薩觀衆生應以苦切之言方便利益恐其憂惱而不爲者是名爲犯衆多犯是犯非染汙起不犯者觀彼現在少所利益多起憂惱

若菩薩罵者報罵瞋者報瞋打者報打毀者報毀是名爲犯衆多犯是犯染汙起

若菩薩侵犯他人或雖不犯令他疑者即應懺謝嫌恨輕慢不如法懺謝是名爲犯衆多犯是犯染汙起若懶惰懈怠犯非染汙起不犯者若以方便令彼調伏若彼欲令作不淨業然後受者不謝無罪若知彼人性好鬬訟若悔謝者增其瞋恚若知彼和忍無嫌恨心恐彼慙恥不謝無罪

若菩薩他人來犯如法悔謝以嫌恨心欲惱

彼故不受其懺是名爲犯衆多犯是犯染汙起若不嫌恨性不受懺是犯非染汙起不犯者若以方便令彼調伏如前說若彼不如法悔其心不平不受其懺無罪

若菩薩於他起嫌恨心執持不捨是名爲犯衆多犯是犯染汙起不犯者爲斷彼故起欲方便如前說

若菩薩爲貪奉事畜養眷屬者是名爲犯衆多犯是犯染汙起不犯者無貪心畜

若菩薩嬾惰懈怠躭樂睡眠若非時不知量是名爲犯衆多犯是犯染汙起不犯者若病若無力若遠行疲極若爲斷彼故起欲方便如前說

若菩薩以染汙心論說世事經時者是名爲犯衆多犯是犯染汙起若忘誤經時犯非染汙起不犯者見他聚話護彼意故須臾暫聽若暫答他問未曾聞事

若菩薩欲求定心嫌恨憍慢不受師教是名爲犯衆多犯是犯染汙起若嬾惰懈怠犯非染汙起不犯者若病若無力若知彼人作顛倒說若自多聞有力若先已受法

若菩薩起五蓋心不開覺者是名爲犯衆多犯是犯染汙起不犯者爲斷彼故起欲方便如前說

若菩薩見味禪以爲功德者是名爲犯衆多犯是犯染汙起不犯者爲斷彼故起欲方便如前說

若菩薩如是見如是說言菩薩不應聽聲聞經法不應受不應學菩薩何用聲聞法爲是名爲犯衆多犯是犯染汙起何以故菩薩尚

聽外道異論況復佛語不犯者專學菩薩藏
未能周及
若菩薩於菩薩藏不作方便棄捨不學一向
修習聲聞經法是名爲犯衆多犯是犯非染
汙處
若菩薩於佛所說棄捨不學反習外道邪論
世俗經典是名爲犯衆多犯是犯染汙起不
犯者若上聰明能速受學若久學不忘若思
惟知義若於佛法具足觀察得不動智若於
日日常以二分受學佛經一分外典是名不
犯如是菩薩善於世典外道邪論受樂不捨
不作毒想是名爲犯衆多犯是犯染汙起
若菩薩聞菩薩法藏甚深義眞實義諸佛菩
薩無量神力誹謗不受言非利益非如來說
是亦不能安樂衆生是名爲犯衆多犯是犯
染汙起或自心不正思惟故謗或隨順他故
謗是菩薩聞第一甚深義不生解心是菩薩
應起信心不諂曲心作是學我本不是盲無
慧目如來慧眼如是隨順說如來有餘說云
何起謗是菩薩自處無知處如是如來現知
見法正觀正向不犯非不解謗
若菩薩以貪恚心自歎己德毀呰他人是名
爲犯衆多犯是犯染汙起不犯者若輕毀外
道稱揚佛法若以方便令彼調伏如前說又
不犯者令不信者信信者增廣
若菩薩聞說法處若決定論處以憍慢心瞋
恨心不往聽者是名爲犯衆多犯是犯染汙
起若懶惰懈怠犯非染汙起不犯者若不解
若病若無力若彼顚倒說法若護說者心若
數數聞已受持已知義若多聞若聞持若如

說行若修禪定不欲暫廢若鈍根難悟難受難持不往者皆不犯

若菩薩輕說法者不生恭敬嗤笑毀呰但著文字不依實義是名爲犯衆多犯是犯染汙起

若菩薩住律儀戒見衆生所作以瞋恨心不與同事所謂思量諸事若行路若如法興利若田業若牧牛若和諍若吉會若福業不與同者是名爲犯衆多犯是犯染汙起若懶惰懈怠犯非染汙起不犯者若病若無力若彼自能辦若彼自有多伴若彼所作事非法非義若以方便令彼調伏如前說若先許他若彼有怨若自修善業不欲暫廢若性闇鈍若護多人意若護僧制不與同者皆不犯

若菩薩見羸病人以瞋恨心不往瞻視是名爲犯衆多犯是犯染汙起若懶惰懈怠犯非染汙起不犯者若自病若無力若教有力隨順病者若知彼人自有眷屬若彼有力自能經理若病數數發若長病若修勝業不欲暫廢若闇鈍難悟難受難持難緣中住若先看他病如病窮苦亦爾

若菩薩見衆生造今世後世惡業以嫌恨心不爲正說是名爲犯衆多犯是染汙起不犯者若自無智若無力若使有力者說若彼自有力若彼自有善知識若以方便令彼調伏如前說若爲正說於我憎恨若出惡言若顛倒受若無愛敬若復彼人性弊儱戾

若菩薩受他恩惠以嫌恨心不以答謝若等若增酬報彼者名爲犯衆多犯是犯染汙起若懶惰懈怠犯非染汙起不犯者若作方便

而無力若以方便令彼調伏如前說若欲報
恩而彼不受
若菩薩見諸衆生有親屬難財物難以嫌恨
心不爲開解除其憂惱是名爲犯衆多犯是
犯染汙起若懶惰懈怠犯非染汙起不犯者
如前不同事中說
若菩薩有求飲食衣服以瞋恨心不能給施
是名爲犯衆多犯是犯染汙起若懶惰懈怠
犯非染汙起不犯者若自無若求非法物若
不益彼物若以方便令彼調伏如前說若彼
犯王法護王意故若護僧制
若菩薩攝受徒衆以瞋恨心不如法教授不
能隨時從婆羅門居士所求衣食卧具醫藥
房舍隨時供給是名爲犯衆多犯是犯染汙
起若懶惰懈怠放逸犯非染汙起不犯者若
以方便令彼調伏如前說若護僧制若病若
無力若使有力者說若彼有力多知識大德
自求衆具若曾受教自已知法若外道竊法
不能調伏
若菩薩以嫌恨心不隨他者是名爲犯衆多
犯是犯染汙起若懶惰懈怠犯非染汙起不
犯者若彼欲爲不如法事若病若無力若護
僧制若彼雖如法能令多人起非法事若伏
外道故若以方便令彼調伏
若菩薩知他衆生有實功德以嫌恨心不向
人說亦不讃歎有讃歎者不唱善哉是名爲
犯衆多犯是犯染汙起若懶惰懈怠放逸犯
非染汙起不犯者知彼少欲護彼意故若病
若無力若以方便令彼調伏若護僧制若令
彼人起煩惱起溢喜起慢起非義除此諸患

故若實功德似非功德若實善說似非善說若爲摧伏外道邪見若待說竟

若菩薩見有衆生應呵責者應折伏者應罰黜者以染汙心不呵責若呵責不折伏若折伏不罰黜是名爲犯衆多犯是犯染汙起若懶惰懈怠放逸犯非染汙起不犯者彼不可治不可與語難可教誨多起嫌恨若觀時若恐因彼起鬬諍相違若相言訟若僧諍若壞僧若彼不諂曲有慚愧心漸自改悔

若菩薩成就種種神力應恐怖者而恐怖之應引接者而引接之欲令衆生消信施故不以神力恐怖引接者是名爲犯衆多犯是犯非染汙起不犯者若彼衆生更起染著外道謗聖成就邪見一切不犯若彼發狂若增苦受諸大士已說衆多突吉羅法若菩薩犯一一法應作突吉羅懺若不懺者障菩薩戒今問諸大士是中清淨不（三說）

諸大士是中清淨默然故是事如是持

諸大士我已說菩薩四波羅夷法衆多突吉羅法此是彌勒世尊摩得勒伽和合說律儀戒攝善法戒攝衆生戒此諸戒法能起菩薩行能成菩薩道諸大士欲發心求阿耨多羅三藐三菩提者當善護持若護持者不起像法法滅盡想能令像法實義熾然能令正法永不滅盡心得止住自成佛法教化衆生常無勞倦善業畢竟速成佛道

菩薩戒本經

菩薩戒羯磨文

彌勒菩薩說

唐三藏法師玄奘奉詔譯

受戒羯磨第一

若諸菩薩欲學菩薩三聚淨戒或是在家或是出家先於無上正等菩提發弘願已當審訪求同法菩薩已發大願有智有力於語表義能授能開於如是等功德具足勝菩薩所先禮雙足偏袒右肩膝輪據地合掌恭敬如是請言

大德憶念我如是名於大德所乞受一切菩薩淨戒唯願須臾不辭勞倦哀愍聽授（第二第三亦如是說）既作如是無倒請已偏袒右肩恭敬禮拜供養十方三世諸佛世尊已入大地得大智慧得大神通諸菩薩衆現前專念彼諸功德生殷淨心

若諸菩薩欲授菩薩菩薩戒時先應為說菩薩法藏摩怛理迦菩薩學處及犯處相令其聽受以慧觀察自所意樂堪能思擇受菩薩戒非唯他勸非為勝他當知是名堅固菩薩堪受菩薩淨戒律儀以受戒法如應正授其受戒菩薩復於彼有智有力勝菩薩所謙下恭敬膝輪據地對佛像前合掌請言唯願大德哀愍授我菩薩淨戒如是請已專念一境長養淨心我今不久當得無盡無量無上大功德藏即隨思惟如是事義默然而住爾時有智有力菩薩於彼能行正行菩薩以無亂心若坐若立而作是言汝如是名善男子聽汝是菩薩不彼應答言是發菩提願未應答言已發自此已後應作是言汝如是名善男

子聽汝等今者欲於我所受諸菩薩一切學處受諸菩薩一切淨戒謂律儀戒攝善法戒饒益有情戒如是學處如是淨戒過去一切菩薩已具未來一切菩薩當具普於十方現在一切菩薩今具於是學處於是淨戒過去一切菩薩已學未來一切菩薩當學現在一切菩薩今學汝能受不答言能受能授菩薩第二第三亦如是說能受菩薩第二第三亦如是答如是受已能受菩薩不起于座能授菩薩對佛像前普於十方現住諸佛及諸菩薩恭敬供養頂禮雙足作是白言

仰啓十方無邊無際諸世界中諸佛菩薩今於此中現有某名菩薩於我某菩薩所乃至三說受菩薩戒我爲作證唯願十方無邊無際諸世界中諸佛菩薩第一眞聖於現不現一切時處一切有情皆現覺者於此某名受戒菩薩亦爲作證第二第三亦如是說如是受戒羯磨畢竟從此無間普於十方無邊無際諸世界中現住諸佛已入大地諸菩薩前法爾相現由此表示如是菩薩已受菩薩所受淨戒爾時十方諸佛菩薩覩是菩薩法爾之相生起憶念由憶念故正智見轉由正智見如實覺知某世界中某名菩薩某菩薩所正受菩薩所受淨戒一切於此受戒菩薩如子如弟生親善意眷念憐愍由佛菩薩眷念憐愍令是菩薩希求善法倍復增長無有退減如是名爲受菩薩戒啓白請證

若諸菩薩住戒律儀有其四種他勝處法何等爲四若諸菩薩爲欲貪求利養恭敬自讚毀他是名第一他勝處法若諸菩薩現有資

財性慳財故有苦有貧無依無怙正求財者來現在前不起哀憐而修惠捨正求法者來現在前性慳法故雖現有法而不捨施是名第二他勝處法若諸菩薩長養如是種類忿纏由是因緣不唯發起麤言便息由忿蔽故加以手足塊石刀杖捶打傷害損惱有情內懷猛利忿恨意樂有所違犯他來諫謝不受不忍不捨怨結是第三他勝處法若諸菩薩謗菩薩藏愛樂宣說開示建立像似正法於像似法或自信解或隨他轉是名第四他勝處法如是名爲菩薩四種他勝處法菩薩於四他勝處法隨犯一種況犯一切不復堪能於現法中增長攝受菩薩廣大菩提資糧不復堪能於現法中意樂清淨是即名爲相似菩薩非真菩薩菩薩若用輭中品纏毀犯四種他勝處法不捨菩薩淨戒律儀上品纏犯即名爲捨若諸菩薩毀犯四種他勝處法數數現行都無慚愧深生愛樂見是功德當知說名上品纏犯非諸菩薩暫一現行他勝處法便捨菩薩淨戒律儀如諸苾芻犯他勝法即便棄捨別解脫戒

若諸菩薩由此毀犯棄捨菩薩淨戒律儀於現法中堪任更受非不堪任如苾芻住別解脫戒犯他勝法於現法中不任更受如是菩薩所受淨戒於餘一切所受淨戒最勝無上無量無邊大功德藏之所隨逐第一最上善心意樂之所發起普能除滅於一切有情一切種惡行一切別解脫律儀於此菩薩律儀戒百分不及一千分不及一數分計分筭分喻分乃至鄔波尼殺曇分亦不及一攝受一

切大功德故如是已作受菩薩戒羯磨等事授受菩薩俱起供養普於十方無邊無際諸世界中諸佛菩薩頂禮雙足恭敬而退

又諸菩薩不從一切諸聰慧者求受菩薩所受淨戒無淨信者不應從受謂於如是所受淨戒初無信解不能趣入不善思惟有慳貪者慳貪蔽者有大欲者無喜足者不應從受毀淨戒者於諸學處無恭敬者於戒律儀有慢緩者不應從受有忿恨者多不忍者於他違犯不堪耐者不應從受有懶惰者有懈怠者多分躭著日夜睡眠樂倚樂臥樂好合徒侶樂嬉談者不應從受心散亂者下至不能犂牛乳頃善心一緣住修習者不應從受有闇昧者愚癡類者極劣心者誹謗菩薩素怛纜藏及摩怛迦者不應從受

又諸菩薩於受菩薩戒律儀法雖已具足受持究竟而於謗毀菩薩藏者無信有情終不率爾宣示開悟所以者何為其聞已不能信解大無知障之所覆蔽便生誹謗由誹謗故如住菩薩淨戒律儀成就無量大功德藏彼誹謗者亦為無量大罪業藏之所隨逐乃至一切惡言惡見及惡思惟未永棄捨終不免離若諸菩薩欲受菩薩淨戒律儀若不會遇具足功德補特伽羅爾時應對如來像前自受菩薩淨戒律儀應如是受偏袒右肩右膝著地作如是言我如是名仰啓十方一切如來已入大地諸菩薩衆我今欲於十方世界佛菩薩所誓受一切菩薩學處誓受一切菩薩淨戒謂律儀戒攝善法戒饒益有情戒如是學處如是淨戒過去一切菩薩已具未來

一切菩薩當具普於十方現在一切菩薩今具於是學處於是淨戒過去一切菩薩已學未來一切菩薩當學普於十方現在一切菩薩今學第二第三亦如是說說已應起所餘一切如前應知

懺罪羯磨第二

若諸菩薩從他正受戒律儀已由善清淨求學意樂菩提意樂饒益一切有情意樂生起最極尊重恭敬從初專精不應違犯設有違犯即應如法疾疾悔除令得還淨如是菩薩一切違犯當知皆是惡作所攝應向有力於語表義能覺能授小乘大乘補特伽羅發露悔滅

若諸菩薩以上品纏違犯如上他勝處法失戒律儀應當更受若中品纏違犯如是他勝處法應對於三補特伽羅或過是數應如發露除惡作法先當稱述所犯事名應作是說長老專志或言大德我如是名違越菩薩毗柰耶法如前稱事犯惡作罪餘如苾芻發露悔滅惡作罪法應如是說若下品纏違犯如上他勝處法及餘違犯應對於一補特伽羅發露悔法當知如前若無隨順補特伽羅可對發露悔除所犯爾時菩薩以淨意樂起自誓心我當決定防護當來終不重犯如是於犯還出還淨

得捨差別第三

略由二緣捨諸菩薩淨戒律儀一者棄捨無上正等菩提大願二者現行上品纏犯他勝處法

若諸菩薩雖復轉身徧十方界在在生處不

捨菩薩淨戒律儀由是菩薩不捨無上菩提
大願亦不現行上品纏犯他勝處法
若諸菩薩轉受餘生忘失本念值遇善友為
欲覺悟菩薩戒念雖數重受而非新受亦不
新得

菩薩戒羯磨文

音釋

謫（陟革切責罰也）挈（候切取擊也）

菩薩戒本

唐三藏法師玄奘奉詔譯

清刻龍藏佛說法變相圖

菩薩戒本 出瑜伽論本地分中菩薩地

彌勒菩薩說

唐三藏法師玄奘奉詔譯

若諸菩薩已受菩薩所受淨戒應自數數專諦思惟此是菩薩正所應作此非菩薩正所應作既思惟已然後爲成正所作業當勤修學又應專勵聽聞菩薩素怛纜藏及以菩薩摩怛理迦隨其所聞當勤修學

若諸菩薩住戒律儀有其四種他勝處法何等爲四若諸菩薩爲欲貪求利養恭敬自讚毀他是名第一他勝處法若諸菩薩現有資財性慳財故有苦有貧無依無怙正求財者來現在前不起哀憐而修惠捨正求法者來現在前性慳法故雖現有法而不給施是名第二他勝處法若諸菩薩長養如是種類忿

纏由是因縁不唯發起麤言便息由忿蔽故加以手捉塊石刀杖捶打傷害損惱有情內懷猛利忿恨意樂有所違犯他來諫謝不受不忍不捨怨結是名第三他勝處法若諸菩薩謗菩薩藏愛樂宣說開示建立像似正法於像似法或自信解或隨他轉是名第四他勝處法如是名爲菩薩四種他勝處法菩薩於四他勝處法隨犯一種況犯一切不復堪能於現法中增長攝受菩薩廣大菩提資糧不復堪能於現法中意樂清淨是即名爲相似菩薩非眞菩薩菩薩若用輭中品纏毀犯四種他勝處法不捨菩薩淨戒律儀上品纏犯即名爲捨若諸菩薩毀犯四種他勝處法數數現行都無慚愧深生愛樂見是功德當知說名上品纏犯非諸菩薩暫一現行他勝處法便捨菩薩淨戒律儀如諸苾芻犯他勝法即便棄捨別解脫戒若諸菩薩由此毀犯棄捨菩薩淨戒律儀於現法中堪任更受非不堪任如苾芻住別解脫戒犯他勝法於現法中不任更受如是菩薩安住菩薩淨戒律儀於有違犯及無違犯是染非染輭中上品應當了知

若諸菩薩安住菩薩淨戒律儀於日日中若於如來或爲如來造制多所若於正法或爲正法造經卷所謂諸菩薩素怛纜藏摩怛理迦若於僧伽謂十方界已入大地諸菩薩衆若不以其或少或多諸供養具而爲供養下至以身一拜禮敬下至以語一四句頌讚佛法僧眞實功德下至以心一清淨信隨念三寶眞實功德空度日夜是名有犯有所違越

若不恭敬懶惰懈怠而違犯者是染違犯若誤失念而違犯者非染違犯無違犯者謂心狂亂若已證入淨意樂地常無違犯由得清淨意樂菩薩譬如已得證淨苾芻恒時法爾於佛法僧以勝供具承事供養

若諸菩薩安住菩薩淨戒律儀有其大欲而無喜足於諸利養及以恭敬生著不捨是名有犯有所違越是染違犯無違犯者謂爲斷彼生起樂欲發勤精進攝彼對治雖勤遮遏而爲猛利性惑所蔽數起現行

若諸菩薩安住菩薩淨戒律儀見諸耆長有德可敬同法者來憍慢所制懷嫌恨心懷恚惱心不起承迎不推勝座若有他來語言談論慶慰請問憍慢所制懷嫌恨心懷恚惱心不稱正理發言酬對是名有犯有所違越是染違犯非憍慢制無嫌恨心無恚惱心但由懶惰懈怠忘念無記之心是名有犯有所違越非染違犯無違犯者謂遭重病或心狂亂或自睡眠他生覺想而來親附語言談論慶慰請問或自爲他宣說諸法論義決擇或復與餘談論慶慰或他說法論義決擇屬耳而聽或有違犯說正法者爲欲將護說法者心或欲方便調彼伏彼出不善處安立善處或護僧制或爲將護多有情心而不酬對皆無違犯

若諸菩薩安住菩薩淨戒律儀他來延請或往居家或往餘寺奉施飲食及衣服等諸資生具憍慢所制懷嫌恨心懷恚惱心不至其所不受所請是名有犯有所違越是染違犯若由懶惰懈怠忘念無記之心不至其所不

受所請是名有犯有所違越非染違犯無違犯者或有疾病或無氣力或心狂亂或處懸遠或道有怖或欲方便調彼伏彼出不善處安立善處或餘先請或爲無間修諸善法欲護善品令無暫廢或爲引攝未曾有義或爲所聞法義無退如爲所聞法義無退論義決擇當知亦爾或復知彼懷損惱心詐來延請或爲護他多嫌恨心或護僧制不至其所不受所請皆無違犯

若諸菩薩安住菩薩淨戒律儀他持種種生色可染末尼眞珠琉璃等寶及持種種衆多上妙財利供具殷勤奉施由嫌恨心或恚惱心違拒不受是名有犯有所違越是染違犯捨有情故若由嬾惰懈怠忘念無記之心違拒不受是名有犯有所違越非染違犯無違犯者或心狂亂或觀受已心生染著或觀後時彼定追悔或復知彼於施迷亂或知施主隨捨隨受由是因緣定當貧匱或知此物是僧伽物窣堵波物或知此物劫盜他得或知此物由是因緣多生過患或殺或縛或罰或黜或嫌或責違拒不受皆無違犯

若諸菩薩安住菩薩淨戒律儀他來求法懷嫌恨心懷恚惱心嫉妬變異不施其法是名有犯有所違越是染違犯若由懶惰懈怠忘念無記之心不施其法是名有犯有所違越非染違犯無違犯者謂諸外道伺求過短或有重病或心狂亂或欲方便調彼伏彼出不善處安立善處或於是法未善通利或復見彼不生恭敬無有羞愧以惡威儀而來聽受或復知彼是鈍根性於廣法教得法究竟深

生怖畏當生邪見增長邪執衰損惱懷或復知彼法至其手轉布非人而不施與皆無違犯

若諸菩薩安住菩薩淨戒律儀於諸暴惡犯戒有情懷嫌恨心懷恚惱心由彼暴惡犯戒爲緣方便棄捨不作饒益是名有犯有所違越是染違犯若由懶惰懈怠棄捨由忘念故不作饒益是名有犯有所違越非染違犯何以故非諸菩薩於淨持戒身語意業寂靜現行諸有情所起憐愍心欲作饒益如於暴惡犯戒有情於諸苦因而現轉者無違犯者謂心狂亂或欲方便調彼伏彼廣說如前或爲將護多有情心或護僧制方便棄捨不作饒益皆無違犯

若諸菩薩安住菩薩淨戒律儀如薄伽梵於別解脫毗奈耶中將護他故建立遮罪制諸聲聞令不造作諸有情類未淨信者令生淨信已淨信者令倍增長於中菩薩與諸聲聞應等修學無有差別何以故謂諸聲聞自利爲勝尚不棄捨將護他行爲令有情未信者信信者增長學所學處何況菩薩利他爲勝

若諸菩薩安住菩薩淨戒律儀如薄伽梵於別解脫毗奈耶中爲令聲聞少事少業少希望住建立遮罪制諸聲聞令不造作於中菩薩與諸聲聞不應等學何以故以諸聲聞自利爲勝不顧利他於利他中少事少業少希望住可名爲妙非諸菩薩利他爲勝不顧自利於利他中少事少業少希望住得名爲妙如是菩薩爲利他故從非親里長者居士婆羅門等及恣施家應求百千種種衣服觀彼

有情有力無力隨其所施如應而受如說求衣求鉢亦爾如求衣鉢如是自求種種絲縷令非親里爲織作衣爲利他故應畜種種憍奢耶衣諸座卧具事各至百生色何染百千拘胝復過是數亦應取積如是等中少事少業少希望住制止遮罪菩薩不與聲聞共學安住淨戒律儀菩薩於利他中懷嫌恨心懷恚惱心少事少業少希望住是名有犯有所違越是染違犯若由嬾惰懈怠忘念無記之心少事少業少希望住是名有犯有所違越非染違犯

若諸菩薩安住菩薩淨戒律儀善權方便爲利他故於諸性罪少分現行由是因緣於菩薩戒無所違犯生多功德謂如是菩薩見劫盜賊爲貪財故欲殺多生或復欲害大德聲聞獨覺菩薩或復欲造多無間業見是事已發心思惟我若斷彼惡衆生命墮那落迦如其不斷無間業成當受大業我寧殺彼墮那落迦終不令其受無間苦如是菩薩意樂思惟於彼衆生或以善心或無記心知此事已爲當來故深生慚愧以憐愍心而斷彼命由是因緣於菩薩戒無所違犯生多功德

又如菩薩見有增上增上宰官上品暴惡於諸有情無有慈愍專行逼惱菩薩見已起憐愍心發生利益安樂意樂隨力所能若廢若黜增上等位由是因緣於菩薩戒無所違犯生多功德

又如菩薩見劫盜賊奪他財物若僧伽物窣堵波物取多物已執爲已有縱情受用菩薩見已起憐愍心於彼有情發生利益安樂意

樂隨力所能逼而奪取勿令受用如是財故當受長夜無義無利由此因緣所奪財寶若僧伽物還復僧伽窣堵波物還窣堵波若有情物還復有情又見衆生或園林主取僧伽物窣堵波物言是巳有縱情受用菩薩見巳思擇彼惡起憐愍心勿令因此邪受用業當受長夜無義無利隨所力能廢其所主菩薩如是雖不與取而無違犯生多功德

又如菩薩處在居家見有女色現無繫屬習婬欲法繼心菩薩求非梵行菩薩見巳作意思惟勿令心恚多生非福若隨其欲便得自在方便安處令種善根亦當令其捨不善業住慈愍心行非梵行雖習如是穢染之法而無所犯多生功德出家菩薩爲護聲聞聖所教誡令不壞滅一切不應行非梵行

又如菩薩爲多有情解脫命難囹圄縛難刖手足難劓鼻刵耳剜眼等難雖諸菩薩爲自命難亦不正知說於妄語然爲救脫彼有情故知而思擇故說妄語以要言之菩薩唯觀有情義利非無義利自無染心唯爲饒益諸有情故覆想正知而說異語說是語時於菩薩戒無所違犯生多功德

又如菩薩見諸有情爲惡友朋之所攝受親愛不捨菩薩見巳起憐愍心發生利益安樂意樂隨能隨力說離間語令離惡友捨相親愛勿令有情由近惡友當受長夜無義無利菩薩如是以饒益心說離間語乖離他愛無所違犯生多功德

又如菩薩見諸有情爲行越路非理而行出麤惡語猛利訶擯方便令其出不善處安立

善處菩薩如是以饒益心於諸有情出麤惡語無所違犯生多功德

又如菩薩見諸有情信樂倡妓吟詠歌諷或有信樂王賊飲食淫蕩街衢無義之論菩薩於中皆悉善巧於彼有情起憐愍心發生利益安樂意樂現前爲作綺語相應種種倡妓吟詠歌諷王賊飲食淫衢等論令彼有情歡喜引攝自在隨屬方便獎導出不善處安立善處菩薩如是現行綺語無所違犯生多功德

若諸菩薩安住菩薩淨戒律儀生起詭詐虛談現相方便研求假利求利味邪命法無有羞恥堅持不捨是名有犯有所違越是染違犯無違犯者若爲除遣生起樂欲發勤精進煩惱熾盛蔽抑其心時時現起

若諸菩薩安住菩薩淨戒律儀爲掉所動心不寂靜不樂寂靜高聲嬉戲諠譁紛聒輕躁騰躍望他歡笑如此諸緣是名有犯有所違越是染違犯若忘念起非染違犯無違犯者若爲除遣生起欲樂廣說如前若欲方便解他所生嫌恨令息若欲遣他所生愁惱若他性好如上諸事方便攝受敬順將護隨彼而轉若他有情猜阻菩薩內懷嫌恨惡謀憎背外現歡顏表內清淨如是一切皆無違犯

若諸菩薩安住菩薩淨戒律儀起如是見立如是論菩薩不應欣樂涅槃應於涅槃而生猒背於諸煩惱及隨煩惱不應怖畏而求斷滅不應一向心生猒離以諸菩薩三無數劫流轉生死求大菩提若作此說是名有犯有所違越是染違犯何以故如諸聲聞於其涅

槃欣樂親近於諸煩惱及隨煩惱深心猒離如是菩薩於大涅槃欣樂親近於諸煩惱及隨煩惱深心猒離其倍過彼百千俱胝以諸聲聞唯爲一身證得義利勤修正行菩薩普爲一切有情證得義利勤修正行是故菩薩當勤修習無雜染心於有漏事隨順而行成就勝出諸阿羅漢無雜染法

若諸菩薩安住菩薩淨戒律儀於自能發不信重言所謂惡聲惡稱惡譽不護不雪其事若實而不避護是名有犯有所違越是染違犯若事不實而不清雪是名有犯有所違越非染違犯無違犯者若他外道若他憎嫉若自出家因行乞行因修善行謗聲流布若忿弊者若心倒者謗聲流布皆無違犯

若諸菩薩安住菩薩淨戒律儀見諸有情應以種種辛楚加行猛利加行而得義利護其憂惱而不現行是名有犯有所違越非染違犯無違犯者觀由此緣於現法中少得義利多生憂惱

若諸菩薩安住菩薩淨戒律儀他罵報罵他瞋報瞋他打報打他弄報弄是名有犯有所違越是染違犯

若諸菩薩安住菩薩淨戒律儀於他有情有所侵犯或自不爲彼疑侵犯由嫌嫉心由慢所執不如理謝而生輕捨是名有犯有所違越是染違犯若由懶惰懈怠放逸不謝輕捨是名有犯有所違越非染違犯無違犯者若欲方便調彼伏彼出不善處安立善處若是外道若彼希望要因現行非法有罪方受悔謝若彼有情性好闘諍因悔謝時倍增憤怒

若復知彼爲性堪忍體無嫌恨若必了他因謝侵犯深生羞恥而不悔謝皆無違犯

若諸菩薩安住菩薩淨戒律儀他有侵犯彼還如法平等悔謝懷嫌恨心欲損惱彼不受其謝是名有犯有所違越是染違犯雖復於彼無嫌恨心不欲損惱然由禀性不能堪忍故不受謝亦名有犯有所違越是染違犯無違犯者若欲方便調彼伏彼廣說一切如前應知若不如法不平等謝不受彼謝亦無違犯

若諸菩薩安住菩薩淨戒律儀於他懷忿相續堅持生已不捨是名有犯有所違越是染違犯無違犯者爲斷彼故生起樂欲廣說如前

若諸菩薩安住菩薩淨戒律儀貪著供事增上力故以愛染心管御徒衆是名有犯有所違越是染違犯無違犯者不貪供侍無愛染心管御徒衆

若諸菩薩安住菩薩淨戒律儀懶惰懈怠耽睡眠樂臥樂倚樂非時非量是名有犯有所違越是染違犯無違犯者若遭疾病若無氣力行路疲弊若爲斷彼生起樂欲廣說一切如前應知

若諸菩薩安住菩薩淨戒律儀懷愛染心談說世事虛棄時日是名有犯有所違越是染違犯若由忘念虛棄時日是名有犯有所違越非染違犯無違犯者見他談說護彼意故安住正念須臾而聽若事希奇或暫問他或答他問無所違犯

若諸菩薩安住菩薩淨戒律儀爲令心住欲

定其心心懷嫌恨憍慢所持不詣師所求請教授是名有犯有所違越是染違犯懶惰懈怠而不請者非染違犯無違犯者若遇疾病若無氣力若知其師顛倒教授若自多聞自有智力能令心定若先已得所應教授而不請者無所違犯

若諸菩薩安住菩薩淨戒律儀起貪欲蓋忍受不捨是名有犯有所違越是染違犯無違犯者若爲斷彼生起樂欲發勤精進煩惱猛利蔽抑心故時時現行如貪欲蓋如是瞋恚惛沉睡眠掉舉惡作及與疑蓋當知亦爾

若諸菩薩安住菩薩淨戒律儀貪味靜慮於味靜慮見爲功德是名有犯有所違越是染違犯無違犯者若爲斷彼生起樂欲廣說如前

若諸菩薩安住菩薩淨戒律儀起如是見立如是論菩薩不應聽聲聞乘相應法教不應受持不應修學菩薩何用於聲聞乘相應法教聽聞受持精勤修學是名有犯有所違越是染違犯何以故菩薩尚於外道書論精勤研究況於佛語無違犯者爲令一向集小法者捨彼欲故作如是說

若諸菩薩安住菩薩淨戒律儀於菩薩藏未精研究於菩薩藏一切棄捨於聲聞藏一向修學是名有犯有所違越非染違犯

若諸菩薩安住菩薩淨戒律儀現有佛教於佛教中未精研究於異道論及諸外論精勤修學是名有犯有所違越是染違犯無違犯者若上聰敏若能速受若經久時能不忘失若於其義能思能達若於佛教如理觀察成

就俱行無動覺者於日日中常以二分修學佛語一分學外則無違犯

若諸菩薩安住菩薩淨戒律儀越菩薩法於異道論及諸外論研求善巧深心寶翫愛樂躭味非如辛藥而習近之是名有犯有所違越是染違犯

若諸菩薩安住菩薩淨戒律儀聞菩薩藏於甚深處最勝甚深眞實法義諸佛菩薩難思神力不生信解憎背毀謗不能引義不能引法非如來說不能利益安樂有情是名有犯有所違越是染違犯如是毀謗或由自内非理作意或隨順他而作是說

若諸菩薩安住菩薩淨戒律儀若聞甚深最甚深處心不信解菩薩爾時應強信受應無諂曲應如是學我爲非善盲無慧目於如來眼隨所宣說於諸如來密意語言而生誹謗菩薩如是自處無知仰推如來於諸佛法無不現知等隨觀見如是正行無所違犯雖無信解然不誹謗

若諸菩薩安住菩薩淨戒律儀於他人所有染愛心有瞋恚心自讃毀他是名有犯有所違越是染違犯無違犯者若爲摧伏諸惡外道若爲住持如來聖教若爲方便調彼伏彼廣說如前或欲令其未淨信者發生淨信已淨信者倍復增長

若諸菩薩安住菩薩淨戒律儀聞說正法論義決擇憍慢所制懷嫌恨心懷恚惱心而不往聽是名有犯有所違越是染違犯若爲懶惰懈怠所蔽而不往聽非染違犯無違犯者若不覺知若有疾病若無氣力若知倒說若

爲護彼說法者心若正了知彼所說義是數所聞所持所了若已多聞具足聞持其聞積集若欲無間於境住心若勤引發菩薩勝定若自了知上品愚鈍其慧鈍濁於所聞法難受難持難於所緣攝心令定不往聽者皆無違犯

若諸菩薩安住菩薩淨戒律儀於說法師故思輕毀不深恭敬嗤笑調弄但依於文不依於義是名有犯有所違越是染違犯

若諸菩薩安住菩薩淨戒律儀於諸有情所應作事懷嫌恨心懷恚惱心不爲助伴謂於能辦所應作事或於道路若往若來或於正說事業加行或於掌護所有財寶或於和好乖離諍訟或於吉會或於福業不爲助伴是名有犯有所違越是染違犯若爲懶惰懈怠所蔽不爲助伴非染違犯無違犯者若有疹疾若無氣力若了知彼自能成辦若知求者自有依怙若知所作能引非義能引非法若欲方便調彼伏彼廣說如前若先許餘爲作助伴若轉請他有力者助若於善品正勤修習不欲暫廢若性愚鈍於所聞法難受難持如前廣說若爲將護多有情意若護僧制不爲助伴皆無違犯

若諸菩薩安住菩薩淨戒律儀見諸有情遭重疾病懷嫌恨心懷恚惱心不往供事是名有犯有所違越是染違犯若爲懶惰懈怠所蔽不往供事非染違犯無違犯者若自有病若無氣力若轉請他有力隨順令往供事若知病者有依有怙若知病者自有勢力能自供事若了知彼長病所觸堪自支持若爲勤

修廣大無上殊勝善品若欲護持所修善品令無間鈌若自了知上品愚鈍其慧鈍濁於所聞法難受難持難於所緣攝心令定若先許餘爲作供事如於病者於有苦者爲作助伴欲除其苦當知亦爾

若諸菩薩安住菩薩淨戒律儀見諸有情爲求現法後法事故廣行非理懷嫌恨心懷恚惱心不爲宣說如實正理是名有犯有所違越是染違犯若由懶惰懈怠所蔽不爲宣說非染違犯無違犯者若自無知若無氣力若轉請他有力者說若即彼人自有智力若彼有餘善友攝受若欲方便調彼伏彼廣說如前若知爲說如實正理起嫌恨心若發惡言若顛倒受若無愛敬若復知彼性弊龍戾不爲宣說皆無違犯

若諸菩薩安住菩薩淨戒律儀於先有恩諸有情所不知恩惠不了恩惠懷嫌恨心不欲現前如應酬報是名有犯有所違越是染違犯若爲懶惰懈怠所蔽不現酬報非染違犯無違犯者勤加功用無力無能不獲酬報若欲方便調彼伏彼廣說如前若欲報恩而彼不受皆無違犯

若諸菩薩安住菩薩淨戒律儀見諸有情隨在喪失財寶眷屬祿位難處多生愁惱懷嫌恨心不往開解是名有犯有所違越是染違犯若爲懶惰懈怠所蔽不往開解非染違犯無違犯者應知如前於他事業不爲助伴

若諸菩薩安住菩薩淨戒律儀有飲食等資生衆具見有求者正來希求飯食等事懷嫌恨心懷恚惱心而不給施是名有犯有所違

越是染違犯若由懶惰懈怠放逸不能施與非染違犯無違犯者若現無有可施財物若彼希求不如法物所不宜物若欲方便調彼伏彼廣說如前若來求者王所不宜將護王意若護僧制而不惠施皆無違犯

若諸菩薩安住菩薩淨戒律儀攝受徒衆懷嫌恨心而不隨時無倒教授無倒教誡知衆匱乏而不為彼從諸淨信長者居士婆羅門等如法追求衣服飲食諸坐卧具病緣醫藥資身什物隨時供給是名有犯有所違越是染違犯若由懶惰懈怠放逸不往教授不往教誡不為追求如法衆具非染違犯無違犯者若欲方便調彼伏彼廣說如前若護僧制若有疹疾若無氣力不任加行若轉請餘有勢力者若知徒衆世所共知有大福德各自有力求衣服等資身衆具若隨所應教授教誡皆已無倒教授教誡若知衆內有本外道為竊法故來入衆中無所堪能不可調伏皆無違犯

若諸菩薩安住菩薩淨戒律儀懷嫌恨心於他有情不隨心轉是名有犯有所違越是染違犯若由懶惰懈怠放逸不隨其轉非染違犯無違犯者若彼所愛非彼所宜若有疾病若無氣力不任加行若護僧制若彼所愛雖彼所宜而於衆多非宜非愛若為降伏諸惡外道若欲方便調彼伏彼廣說如前不隨心轉皆無違犯

若諸菩薩安住菩薩淨戒律儀懷嫌恨心他實有德不欲顯揚他實有譽不欲稱美他實妙說不讚善哉是名有犯有所違越是染違

犯若由懶惰懈怠放逸不顯揚等非染違犯無違犯者若知其人性好少欲將護彼意若有疾病若無氣力若欲方便調彼伏彼廣說如前若護僧制若知由此顯揚等緣起彼雜染憍舉無義為遮此過若知彼德雖似功德而非實德若知彼譽雖似善譽而非實譽若知彼說雖似妙說而實非妙若為降伏諸惡外道若為待他言論究竟不顯揚等皆無違犯

若諸菩薩安住菩薩淨戒律儀見諸有情應可訶責應可治罰應可驅擯懷染汙心而不訶責或雖訶責而不治罰如法教誡或雖治罰如法教誡而不驅擯是名有犯有所違越是染違犯若由懶惰懈怠放逸而不訶責乃至驅擯非染違犯無違犯者若了知彼不可療治不可與語喜出麤言多生嫌恨故應棄捨若觀待時若觀因此鬭訟諍競若觀因此令僧諠雜令僧破壞知彼有情不懷諂曲成就增上猛利慚愧疾疾還淨而不訶責乃至驅擯皆無違犯

若諸菩薩安住菩薩淨戒律儀具足成就種種神通變現威力於諸有情應恐怖者能恐怖之應引攝者能引攝之避信施故不現神通恐怖引攝是名有犯有所違越非染違犯無違犯者若知此中諸有情類多著僻執是惡外道誹謗賢聖成就邪見不現神通恐怖引攝無有違犯又一切處無違犯者謂若彼心增上狂亂若重苦受之所逼切若未曾受淨戒律儀當知一切皆無違犯

若諸菩薩從他正受戒律儀已由善清淨求

學意樂菩提意樂饒益一切有情意樂生起最極尊重恭敬從初專精不應違犯設有違犯即應如法疾疾悔除令得還淨如是菩薩一切違犯當知皆是惡作所攝應向有力於語表義能覺能受小乘大乘補特伽羅發露悔滅

若諸菩薩以上品纏違犯如上他勝處法失戒律儀應當更受若中品纏違犯如上他勝處法應對於三補特伽羅或過是數應如發露除惡作法先當稱述所犯事名應作是說長老專志或言大德我如是名違越菩薩毗柰耶法如所稱事犯惡作罪餘如苾芻發露悔滅惡作罪法應如是說若下品纏違犯如上他勝處法及餘違犯應對於一補特伽羅發露悔法當知如前若無隨順補特伽羅可對發露悔除所犯爾時菩薩以淨意樂起自誓心我當決定防護當來終不重犯如是於犯還出還淨復次如是所犯諸事菩薩學處佛於彼彼素怛纜中隨機散說謂依律儀戒攝善法戒饒益有情戒今於此菩薩藏摩怛理迦綜集而說菩薩於中應起尊重住極恭敬專精修學

菩薩戒本

菩薩戒本序

沙門靜邁製

夫瀛溟沖廓總川逝而朝宗法性惟玄統品物而都會是知無說顯道崇毗耶之息言絶聽兩華宗摩竭之掩室自非德本宏邈孰能究其弘致者哉有三藏法師是稱玄奘弱齡軼俗凝神氣於白雲壯志遊真晰智耀於玄妙漱其源者隨迎而不知溯其流者游泳而不測大龜胳滅之歲捐鵧隸而整華田須陀問道之年鏡戒珠而嬉行地爰以炎隋季祀三聚創膺深惟蹄旨悟有餘説悼靈章之紊譯愴神理之紕傳故能出玉門而遐征戾金河而殉妙爰有大正法藏實號戒賢道格四依稱流五印凡厥藏海取質若人故以所旌式標洪譽遂於摩揭陀國欽承函丈見所未見聞所未聞雖薩陀之遇曇無蔑以加也因請受菩薩律儀一稔三祈肇允殷望法師以菩薩淨戒諒一乘之彝倫授受宏規信十地之洪範特所吟味匪替喉衿以大唐貞觀二十有三年皇上御天下之始月魄日於大慈恩寺奉詔譯周羯磨戒本爰開兩軸蓋菩薩正地之流漸也邁以不敏猥厠譯僚親稟洪規證斯傳焰動衷形説式讚大猷聊紀譯辰以備攸忘其證義證文正字筆受義業沙門明琰等二十許人各司其務同資教旨

音釋

素怛纜（梵語也此云契經纜盧瞰切）忿（方問切怒也）窣堵波（梵語也此云方墳窣蘇骨切）囹圄（囹盧經切圄魚呂切囹圄獄名）刖（魚厥切斷足也）劓（魚器切刑鼻也）刵（仍吏切斷耳也）剜（烏官切刻也）聒（古活切讙語也）躁（則到切不安靜也）猜（倉才切疑也）憤（房問切懣也）研（倪堅切窮究也）嗤（人之切笑也）疹（五刃切病也）儱戾（儱力董切戾郎計切儱戾多惡不調也）軼（弋質切超軼也）晣（之列切明也）涮（所眷切）觿（許規切角錐也）韘（失涉切射決也）紊（文運切亂也）紕（篇夷切紕繆也）殉（辭閏切求也）稔（忍甚切斗也）澌（斯義切水索盡也）

佛說法律三昧經

吳月氏優婆塞支謙譯

佛說十善業道經

唐于闐三藏法師實叉難陀譯

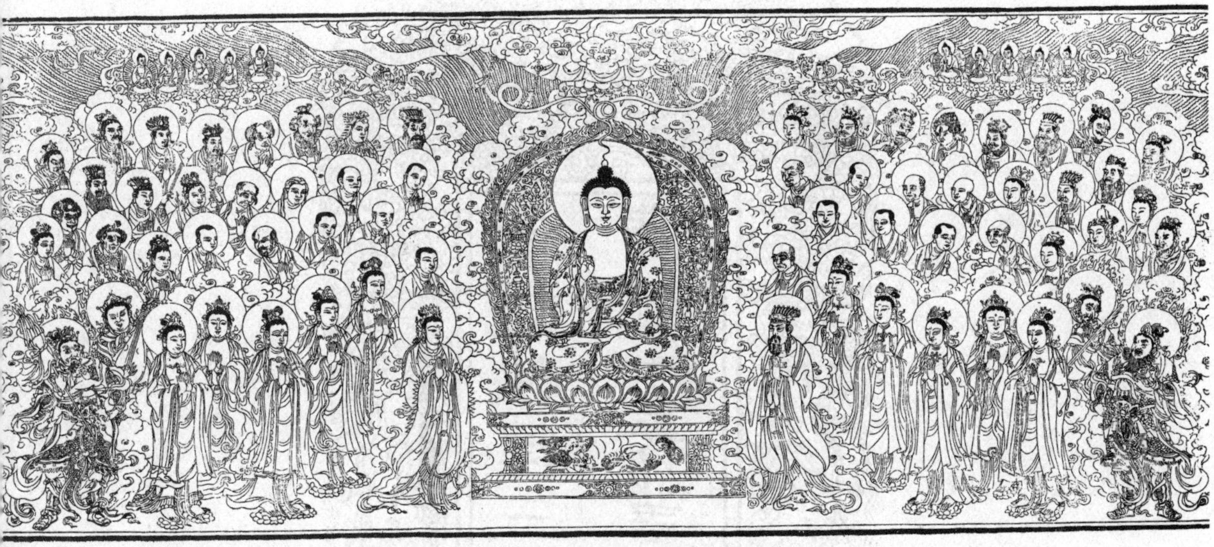

清刻龍藏佛説法變相圖

二經同卷
佛説法律三昧經
佛説十善業道經

佛説法律三昧經

吳月氏優婆塞支謙譯

聞如是一時佛遊於摩竭提國與大比丘衆俱及諸菩薩四部弟子天人龍神一切大會佛言有法律三昧菩薩學者當以和順調其情性深入微妙不得輕慢所以者何未深入者不識三學功德厚薄或以放恣失其本意當知是輩有十二事自墮大罪終不可悔何謂十二有人學道不得明師見聞未廣亦自貢高欲求名字謗菩薩法以爲不要妄造譁

說言我師說既已自墮復墮他人此如獮猴毒羹之喻但欲害彼不知還自殺是一自燒有人學菩薩法藏得聞深經未曾問師不知義趣自用隨意及以輕慢成就菩薩是二自燒有人學深經中道更墮弟子學者毀笑大道以爲迂遠是三自燒有人學不深入但欲依道全保其命不解道理專行謗訕深經大法是四自燒有人雖學無有至意但欲容身虛飾自可得經好語與非其人令倒見者謂意謂訛以爲不然聚趿僞骸造謗長短欲望其譽是爲五自燒有人頑闇嫉妬賢能常懷毒心向講法者不惟道德但貪利養是六自燒有始入學從明師得決不念恩德反有人工言我自知既不自解亦不肯復從師問經此無反復罪不輕矣是七自燒若已發菩薩

意欲學佛經道隨師不久禮節未閑聲聞師說有權方便未達其趣妄飾虛辭非法解之復以微意瞻師所行自用爲是遂失權慧入魔網是八自燒學有畔棄何謂畔棄謂從明師得解權慧見深入者不數請問中道懈怠更懷毒心念師所短已墮非法不自覺知違道失智謂之畔棄是九自燒有人以曉微妙權慧而更不敬發經罪爲枝掖說於屏處言師無所知我已從學其說皆非自今不當復與從事令無知者信用其言斯飮自毒復飮人毒是十自燒有人學道從明師得深經有信菩薩至心行者欲從求學斷絕不與呼爲不賢但有聲聞未曾見經信戒未立此人索經爲反與之便以俗語比方解之轉相教誑令眞道薄淡自取大罪復誤他人是十一自

燒有人雖學無有至信不識眞僞不畏于罪曲媚豪强不解道者隨毀佛法誹比丘僧此輩既自墮八難復增成人罪是十二自燒犯此罪者不可悔除從三惡道出則有所望如是十二輩難可度脱佛告阿難吾故説是法律三昧汝爲人説當令了諦護其意行莫住小福如毫氂者而犯大罪如須彌也忘其本意長失三寶却就惡道無窮竟者但坐貪愛須臾之間而致劇痛斯難言也佛説是時莫不感愧覺者悉入第六道地衆會皆起同聲讚言佛爲吾等及後學者開現大明令得慧眼俱前稽首額以頂受佛言且聽乃徃久遠時有菩薩名有道志與十四萬人俱從違羅提佛發菩薩意其輩中有一人最高才名賢行時有道志事以爲師追隨累劫不失其意賢行精進後成作佛字世頭胞而有道志遂從受決餘人悉退墮弟子行于今在五道尚未得出阿難問言其時輩人從見佛後復得深經不佛言皆得但不力學不問中慧不敬承師輕人法者阿難復問已發大意何以墮落佛言用四事故一者學本不知善權方便輕慢師友無有一心其意數轉二者學不精進無有道力但貪名譽望人敬待三者學所事師不念勤苦當得成就虚飾貢高無有至心四者學好外道習邪見人反持異術比佛深經言道同等時十四萬人皆用是意故後世轉退去大道遠獨有道志志大心强追事賢行至其得道果從受決當佛説是時天人百一十萬皆發菩薩意賢者阿難言如是所説學當恭敬反以自恣失大道本可不愼哉

自今新學欲入法者寧能別善惡不失善師友至竟者耶佛言有但少耳多隨本意不可化者阿難又問凡人相說惡寧有自知者不佛言天下愚人但見人惡不自知惡但自見善不見人善稱已智者皆非智也自處明者其迷甚矣言知經亦以惑也云大法而不事師不可信矣若無慧行言知諸經斯非賢也佛智廣大不可測度見聞少少自以爲足用自貢高豈智者哉天下可愛唯有至學深入之士近善師者乃爲明智愚者安知世有明智人乃別有賢愚耳夫愚癡者但見人貢高不自知貢高其自見過者可與說善事自見善者不可與語議何則皆自是能解難者可與論道不者但增其憍慢自可者不可爲說忍辱之事會不能受解道意謙虛者可與共講深經之要不者皆縛知微妙深入者可與共說無端緒事不者猶疑言知菩薩法發言有貪著言我所入淨不自知行濁適始欲學便言已了能覺魔事不知皆在魔羅網中如蠶作繭還自纏裹欲悉學知分別內外深淺意者當問久學成就菩薩近善師者可了了學覺魔事耳佛言學不可不諦行不可不護忘其本意墮非法者皆坐自用隨邪心故諸不可行不當行也輕犯大過墮惡道者皆以專愚不承法令爲魔所中致罪不細賢者舍利弗白佛言新發意者實宜自護坐小可意而失大者斯不少矣昔我前世有是意故失大得小雖欲悔之無復及也佛言本心不解皆有是耳舍利弗問何謂人本五陰本六入本十二緣起及九十六種道本所入何謂四

諦本弟子本名佛本如來知之云何曾聞佛言不解本無故墮小道願爲新學分别説之佛言善哉所問甚快多所開發欲聞者聽於時會中皆曰受教佛言人本者無從出無所受無作者無有主無色無識不生不滅如是知本失是離本五陰本者無所著住處隨所著即爲陰成敗如幻一切無强知如是者計無所有六入本者猶如空野以所更樂謂之爲入其入虚空無積聚處知本淨者計無所入十二縁起本無端緒來無所從去無所去癡不可見所縁無際至於老死如夢非眞如不眞起法是知本也九十六種道本所入皆從貪欲六十二見捨内取外何謂捨内取外身爲化種虚而非眞求有萬端貪不能捨欲保安存久而要壞生死不絶四諦本者亦無根莖苦習盡道皆由觀解見空淨者爲知諦本弟子本者初觀世有不解本無猒生死苦攝意觀法斷却五陰守空行淨想滅漏盡便得解脱是爲羅漢本所入若佛本者學作功德不曉成時聞知有佛欲得尊號無有大悲不曉善權呼身爲有特想視佛樂淨守道不親善友雖積功德如江河沙猶無益於不入權慧不修剎土及相好半行不具以覺因縁便得成佛是爲名佛本所入如來本者從發意來見身皆空諸法清淨曉衆生本慧德所入及生死法陰入種持一切本無曉諸功德成時所入如本立而有智不起不滅無往無來不在泥洹不離本無如虚空等不可動移是如來所入舍利弗言佛意實妙非衆羅漢若佛所知我輩初學皆從縛著而求解脱志

微學淺承佛得度心根已滅雖聞大道無有學意譬如野夫聞天子事暫快其耳終不能效雖人久處三惡道者出學大道可成作佛如我羅漢無復心矣爲菩薩者誠快無量已發大意深入廣博但當精進諦護行耳有菩薩名勇聲白佛言大道甚妙非是世間才明所知唯深入者乃達其微恐後三學新發意菩薩及爲弟子若佛行者朦冥未開不別深淺見聞少小自以爲明諍經取勝更以相惑唯佛加哀爲決大疑其諸學者皆俱行禪得道各異何用别之弟子若佛菩薩大乘及諸外學五通仙人禪意云何佛言善哉善哉大士欲護一切乃以此問雖俱行禪意趣不同弟子學者聞有四禪要約直心可疾得道不及知餘深妙大法畏苦猒身一心思惟取欲自度不念衆生但守行滅何如爲滅所施福德持戒精進欲望泥洹不知佛大慈泥洹所出入言泥洹一到通四禪得三活生死斷已度世是爲羅漢所入禪若佛學者從發意來不事善友言世間有其行常著何如爲著所作功德望欲得佛信禪道妙不用餘行亦不知佛禪意所向如來禪者無意無想無見無得不孰曉了那中繫意守淨無爲不曉權慧法意以成得禪見空因緣解便得道明過羅漢而不及佛無十種力四無所畏及十八不共法是爲若佛所入禪菩薩禪者從發意來不離明師學廣智深曉了禪本何謂曉了本心無道亦無本無著無縛無解無行無出無入無合無散現大智慧善權之行不斷德本及大悲意修相好嚴佛國具十力四無所畏

及十八不共法一切見一切知無所不學故號曰佛佛用世間多貪亂意故於樹下閉目而坐爲現禪法欲令解者以道縛意亦隨所樂各得其所是爲如來本所入禪外諸小道五通禪者學貴無爲不解至要避世安已持想守一冥目縱體内觀歷藏存神道氣養性求昇惡消福盛思致五通壽命久長名曰仙人行極於此不知泥洹其後福盡生死不絶是爲外道五通禪定佛言如弟子若佛雖得泥洹爲不知本所以者何其學本謂世有道無故壞五陰而取滅度唯如來爲知泥洹本所以者何知俗與道諸法本空如本無住不起不滅是爲泥洹佛意如是故曰如來弟子若佛名爲滅度盡菩薩當解深妙大法明諦受學雖離明師心當清淨不可放逸於是勇聲叉手言得值佛者爲難者也大聖大慈所度無極令蒙佛恩無所復疑其欲學者當受佛教莫爲不賢之行使魔得其便如佛所言終無有異天人魔官屬莫能壞是清淨行者言已即前稽首佛足是時天及人有二百一十萬皆願樂立於無所從生法忍賢者阿難白佛言此法律爲何等義佛言是爲剖決道意釋人根本慧德所入分別弟子若佛菩薩學意所行知諦知不諦大要名曰法律三昧佛言阿難其有信解是經法者皆於十方佛所聞善權已佛説經訖諸來會者皆歡喜各前爲佛作禮而去

佛説法律三昧經

佛說十善業道經

唐于闐三藏法師實叉難陀譯

如是我聞一時佛在娑竭羅龍宮與八千大比丘衆三萬二千菩薩摩訶薩俱爾時世尊告龍王言一切衆生心想異故造業亦異由是故有諸趣輪轉龍王汝見此會及大海中形色種類各别不耶如是一切靡不由心造善不善身業語業意業所致而心無色不可見取但是虛妄諸法集起畢竟無主無我我所雖各隨業所現不同而實於中無有作者故一切法皆不思議自性如幻智者知已應修善業以是所生蘊處界等皆悉端正見者無猒龍王汝觀佛身從百千億福德所生諸相莊嚴光明顯曜蔽諸大衆設無量億自在梵王悉不復現其有瞻仰如來身者豈不目眩汝又觀此諸大菩薩妙色嚴淨一切皆由修習善業福德而生又諸天龍八部衆等大威勢者亦因善業福德所生今大海中所有衆生形色麤鄙或大或小皆由自心種種想念作身語意諸不善業是故隨業各自受報汝今常應如是修學亦令衆生了達因果修習善業汝當於此正見不動勿復墮在斷常見中於諸福田歡喜敬養是故汝等亦得人天尊敬供養龍王當知菩薩有一法能斷一切諸惡道苦何等爲一謂於晝夜常念思惟觀察善法令諸善法念念增長不容毫分不善間雜是即能令諸惡永斷善法圓滿常得親近諸佛菩薩及餘聖衆言善法者謂人天身聲聞菩提獨覺菩提無上菩提皆依此法以爲根本不得成就故名善法此法即是十

善業道何等爲十謂能永離殺生偷盜邪行妄語兩舌惡口綺語貪欲瞋恚邪見龍王若離殺生即得成就十離惱法何等爲十一於諸衆生普施無畏二常於衆生起大慈心三永斷一切瞋恚習氣四身常無病五壽命長遠六恒爲非人之所守護七常無惡夢寢覺快樂八滅除怨結衆怨自解九無惡道怖十命終生天是爲十若能迴向阿耨多羅三藐三菩提者後成佛時得佛隨心自在壽命復次龍王若離偷盜即得十種可保信法何等爲十一資財盈積王賊水火及非愛子不能散滅二多人愛念三人不欺負四十方讚美五不憂損害六善名流布七處衆無畏八財命色力安樂辯才具足無缺九常懷施意十命終生天是爲十若能迴向阿耨多羅三藐三菩提者後成佛時得證清淨大菩提智復次龍王若離邪行即得四種智所讚法何等爲四一諸根調順二永離諠掉三世所稱歎四妻莫能侵是爲四若能迴向阿耨多羅三藐三菩提者後成佛時得佛丈夫隱密藏相復次龍王若離妄語即得八種天所讚法何等爲八一口常清淨優鉢華香二爲諸世間之所信伏三發言成證人天敬愛四常以愛語安慰衆生五得勝意樂三業清淨六言無誤失心常歡喜七發言尊重人天奉行八智慧殊勝無能制伏是爲八若能迴向阿耨多羅三藐三菩提者後成佛時即得如來真實語復次龍王若離兩舌即得五種不可壞法何等爲五一得不壞身無能害故二得不壞眷屬無能破故三得不壞信順本業故四得

不壞法行所修堅固故五得不壞善知識不誑惑故是爲五若能迴向阿耨多羅三藐三菩提者後成佛時得正眷屬諸魔外道不能沮壞復次龍王若離惡口即得成就八種淨業何等爲八一言不乖度二言皆利益三言必契理四言詞美妙五言可承領六言則信用七言無可譏八言盡愛樂是爲八若能迴向阿耨多羅三藐三菩提者後成佛時具足如來梵音聲相復次龍王若離綺語即得成就三種決定何等爲三一定爲智人所愛二定能以智如實答問三定於人天威德最勝無有虛妄是爲三若能迴向阿耨多羅三藐三菩提者後成佛時得如來諸所授記皆不唐捐復次龍王若離貪欲即得成就五種自在何等爲五一三業自在諸根具足故二財物自在一切怨賊不奪故三福德自在隨心所欲物皆備故四王位自在珍奇妙物皆奉獻故五所獲之物過本所求百倍殊勝由於昔時不慳嫉故是爲五若能迴向阿耨多羅三藐三菩提者後成佛時三界特尊皆共敬養復次龍王若離瞋恚即得八種喜悅心法何等爲八一無損惱心二無瞋恚心三無諍訟心四柔和質直心五得聖者慈心六常作利益安衆生心七身相端嚴衆共尊敬八以和忍故速生梵世是爲八若能迴向阿耨多羅三藐三菩提者後成佛時得佛無礙心觀者無猒復次龍王若離邪見即得成就十功德法何等爲十一得眞善意樂眞善等侶二深信因果寧殞身命終不作惡三惟歸依佛非餘天等四直心正見永離一切吉凶疑網

五常生人天不更惡道六無量福慧轉轉增勝七永離邪道行於聖道八不起身見捨諸惡業九住無礙見十不墮諸難是爲十若能迴向阿耨多羅三藐三菩提者後成佛時速證一切佛法成就自在神通爾時世尊復告龍王言若有菩薩依此善業於修道時能離殺害而行施故常富財寶無能侵奪長壽無夭不爲一切怨賊損害離不與取而行施故常富財寶無能侵奪最勝無比悉能備集諸佛法藏離非梵行而行施故常富財寶無能侵奪其家貞順母及妻子無有能以欲心視者離虛誑語而行施故常富財寶無能侵奪離衆毀謗攝持正法如其誓願所作必果離離間語而行施故常富財寶無能侵奪眷屬和睦同一志樂恒無乖諍離麤惡語而行施故常富財寶無能侵奪一切衆會歡喜歸依言皆信受無違拒者離無義語而行施故常富財寶無能侵奪言不虛設人皆敬受能善方便斷諸疑惑離貪求心而行施故常富財寶無能侵奪一切所有悉以惠捨信解堅固具大威力離忿怒心而行施故常富財寶無能侵奪速自成就無礙心智諸根嚴好見皆敬愛離邪倒心而行施故常富財寶無能侵奪恒生正見敬信之家見佛聞法供養衆僧常不忘失大菩提心是爲大士修菩薩道時行十善業以施莊嚴所獲大利如是龍王舉要言之行十善道以戒莊嚴故能生一切佛法義利滿足大願忍辱莊嚴故得佛圓音具衆相好精進莊嚴故能破魔怨入佛法藏定莊嚴故能生念慧慚愧輕安慧莊嚴故能斷

一切分別妄見慈莊嚴故於諸衆生不起惱害悲莊嚴故愍諸衆生常不猒捨喜莊嚴故見修善者心無嫌嫉捨莊嚴故於順違境無愛恚心四攝莊嚴故常勤攝化一切衆生念處莊嚴故善能修習四念處觀正勤莊嚴故悉能斷除一切不善法成一切善法神足莊嚴故恒令身心輕安快樂五根莊嚴故深信堅固精勤匪懈常無迷妄寂然調順斷諸煩惱力莊嚴故衆怨盡滅無能壞者覺支莊嚴故常善覺悟一切諸法正道莊嚴故得正智慧常現在前正莊嚴故悉能滌除一切結使觀莊嚴故能如實知諸法自性方便莊嚴故速得成滿爲無爲樂龍王當知此十善業乃至能令十力無畏十八不共一切佛法皆得圓滿是故汝等應勤修學龍王譬如一切城邑聚落皆依大地而得安住一切藥草卉木叢林亦皆依地而得生長此十善道亦復如是一切人天依之而立一切聲聞獨覺菩提諸菩薩行一切佛法咸共依此十善大地而得成就佛說此經已娑竭羅龍王及諸大衆一切世間天人阿修羅等皆大歡喜信受奉行

佛說十善業道經

音釋

譁胡瓜切讙也　訕所晏切謗毀也　讇丑琰切與諂同佞言也　評訛評補履切訛蒲氏切評訛非毀也　踧子六切踧踖行而謹敬也　劇奇逆切甚也　蠶昨含切　繭古典切蠶衣也　眩黃絹切目無常主也　諠掉諠許元切諠鬧也掉徒弔切搖動也　沮在呂切止遏也　殞羽敏切歿也　滌徒歷切蕩滌也

清淨毗尼方廣經

姚秦三藏法師鳩摩羅什第三譯

清刻龍藏佛說法變相圖

清淨毗尼方廣經

姚秦三藏法師鳩摩羅什第三譯

如是我聞一時佛住王舍城耆闍崛山與大比丘僧八千人俱菩薩摩訶薩萬二千人及欲色界天淨居天子爾時世尊與諸無量百千大衆恭敬圍遶而演說法時有天子名寂調伏音來在會坐是時寂調伏音天子從座而起偏袒右肩右膝著地合掌向佛白世尊言是文殊師利爲住何處令此大衆渴仰欲見是善丈夫從其聞法如是問已佛告彼寂調伏音天子東方過此十千佛土彼有佛國名曰寶主是中有佛號曰寶相如來應正遍覺現在說法文殊師利住在彼土爲諸菩薩摩訶薩而轉說法時彼天子白世尊言惟願現相令文殊師利來詣此土何以故世尊若

從一切聲聞緣覺有所聞法不如從文殊師利所聞法也唯除如來其餘說法無有勝者文殊師利若演說法一切魔宮皆悉闇蔽一切衆魔悉能摧伏去增上慢住滅上慢若有未發菩提心者發菩提心已發心者住不退轉可攝者攝可捨者捨順如來欲令正法久住爾時世尊知寂調伏音天子心已放白毫藏光普遍照此佛世界已東方過於十千佛土普遍照彼寶主世界時寶主世界菩薩摩訶薩見此光已白寶相佛言世尊是何光相有此光明遍照此界如是問已寶相佛告諸菩薩言善男子西方去此十千佛土有國名娑婆其中有佛號釋迦牟尼如來應供正遍覺現在說法彼如來放毫藏一光是光通徹十千佛土來照此界是諸菩薩白佛言世尊以何緣故彼釋迦牟尼如來應正遍覺放毫藏一光時佛報言彼釋迦牟尼如來國有無量千億菩薩皆悉集會及釋梵護世一切四衆欲見文殊師利童子從其聞法以是緣故請彼釋迦牟尼如來放毫藏一光時寶相佛告文殊師利汝今可往娑婆世界釋迦如來應正遍覺喜欲見汝及諸大衆欲見聞法文殊師利白彼世尊我今亦知如是光瑞時文殊師利法王之子與十千菩薩俱頭面敬禮寶相佛足譬如壯士屈伸臂頃與十千菩薩沒寶主界到娑婆界住虛空中而不現形雨種種華以供如來普及大衆積至於膝雜色妙好色香適意一切大衆見雨此華白世尊言是何光相大雨此華佛告諸善男子是文殊師利法王之子與十千菩薩俱來到此娑

婆世界住虛空中而不現形雨華供我時諸大衆俱共同聲白世尊言我等欲見文殊師利法王之子及諸菩薩摩訶薩覩其形容時文殊師利及十千菩薩從空而下頂禮佛足右遶已畢各以神力化作座已却坐一面時寂調伏音天子白世尊言願聞文殊師利法王之子建立言論衆所欲聞佛告天子汝今自問文殊師利法王子隨汝所疑是時寂調伏音天子問文殊師利彼寶相佛土云何說法汝樂於彼文殊師利報言天子不生貪欲不滅貪欲不生瞋恚不滅瞋恚不生愚癡不滅愚癡不生煩惱不滅煩惱何以故無生之法終無有滅天子問言云何文殊師利彼土衆生不生貪瞋愚癡煩惱又不滅耶文殊答言不也天子天子問言彼佛說法爲何所斷答言爲不生不滅而演說法何以故彼佛刹土不知斷不修證彼諸衆生重第一義非重世諦義天子問言文殊師利云何名爲第一義諦文殊師利言天子彼不住生又不住滅無有處相非無處相非一相非無相非相非虛空色相非可相非不可相非盡可盡無盡無有能盡如是說名第一義諦天子義者非心非心相續非言說句無此無彼亦無中間如是說名第一義諦天子又復義者而不可得無文字行是名第一義何以故佛說一切所有音聲皆是虛妄天子言文殊師利如來所說可虛妄耶天子如來所說無實無虛妄何以故如來無二相無住心無言說非有爲法非無爲法非說實非說虛無二相天子於意云何如來化人若有所說爲實爲虛妄答

言非實非虛妄何以故如來化人無有實故文殊師利言如是如是天子一切諸法無成就者如來所說無實無虛妄故名無二天子言文殊師利云何如來說第一義諦文殊師利言天子無有能說第一義諦者何以故是無言說無能說者說是法時五百比丘不受諸法漏盡心得解脫二百天子逮得於法忍

爾時寂調伏音天子問文殊師利第一義諦甚爲難解文殊師利言如是如是天子第一義諦實爲難解不正修行者實爲難得天子問言文殊師利云何菩薩名不正修行文殊師利言若不說言知是斷是修是證是何以故若有相者是貪是著是戲論若有說言是應知應斷應修應證是不名爲正修行也天子問言文殊師利云何菩薩正修行也天子如如等法界等五逆等如法界等諸見亦等如凡夫法等學法亦等無學法等如聲聞法等緣覺法等菩薩法等佛法亦等如生死法等涅槃法等煩惱亦等諍訟亦等天子問言文殊師利云何諍訟等煩惱亦等文殊師利言空故等無相故等無願故等何以故空無分異故天子如寶器空泥器空其中空界等無有異無有種種以無二故如是天子如煩惱空及諍訟空無有別異等無有二天子言文殊師利菩薩頗修於聖諦不文殊師利言天子若其菩薩不修聖諦云何能爲聲聞說法又復天子菩薩修聖諦有觀聲聞修聖諦不觀菩薩修聖諦有閑聲聞無閑菩薩修聖諦有緣聲聞無緣菩薩修聖諦而正觀之不證實際菩薩修聖諦有善方便不背生死向

於涅槃菩薩修聖諦觀一切佛法天子譬如有人捨大伴主獨一無侶欲過曠路心甚驚怖不敢復還如是天子聲聞亦爾怖畏生死不還世間捨一切衆生不還生死不觀佛法無善方便獨一無二修行聖諦天子如大伴主多諸眷屬多諸財産資粮豐饒大獲生利欲過曠路天子菩薩如是爲大伴主多諸眷屬成大法利多法資粮具足六波羅蜜成四攝法普悉觀緣一切衆生觀生死迴流正觀佛法從於佛土至於佛土具善方便修於聖諦天子如踈薄物若以瞻婆須曼婆師華所熏之香香氣速出如是天子聲聞修諦速疾如是不滿所願中入涅槃彼亦不出於佛戒聞定慧解脱解脱知見功德之香又亦不能斷煩惱習天子如迦尸衣若以天寶沉水香熏經百千年清淨美香人天敬重如是天子菩薩百千萬億劫中常修聖諦不中入涅槃欲滿本願出佛戒聞定慧解脱解脱知見功德之香能斷結習爲諸人天阿修羅乾闥婆等之所敬重寂調伏音天子又問文殊師利彼寶相如來應正遍覺是佛國土諸聲聞衆爲何如也汝樂於彼文殊師利言天子彼土聲聞不住於信不教他信不護法界非八人出過八邪非須陀洹出過惡道非斯陀含往來教化一切衆生非阿那含一切諸法無來去故非阿羅漢受於一切三千界供亦非聲聞能持一切佛所說法不斷於欲不爲欲熱不斷於瞋不爲瞋熱不斷於癡不爲癡熱於一切法離諸闇障不斷煩惱勤行精進斷於一切衆生煩惱永無有生過一切生隨心欲

生無有我人衆生之相而教化衆生無取無與一切衆生清淨福田無思無念而修正念不生不滅而修正斷遠離身心而出生神足知於一切衆生諸根到於彼岸而修行根摧一切結而修於力遍知一切而修於覺得於無爲不證於道到於實際而住於定至於法界而修於慧盡於無明而生於明無有二行而證解脫肉眼悉見一切衆生一切佛國一切諸佛天眼悉見一切衆生死此生彼慧眼觀見一切衆生生死無來無去法眼見於諸法平等佛眼明見一切佛界天耳悉聞一切佛法能受能持一心能知一切衆生所有心行悉知宿命過去際劫百千萬億神通能過無量佛刹煩惱悉盡不證解脫雖復可見然非色身雖有言說無有文字雖有思念而心無動形色尊妙衆相莊嚴功德瓔珞威德難當名聞高遠淨戒塗香世法不汙煩惱不染無麤獷惡言遊戲神通多聞增廣辯才震吼善知變化調伏闇冥大慧明照所說無滯總持究竟常爲諸佛之所護念聲聞所念常恒專念菩提之道其念如海定如須彌忍如大地勇健降魔猶如帝釋無能輕者寂靜如梵無有等等猶如虛空遍入一切天子彼寶相佛土聲聞如是所有功德復過於此說是法時於此會中五百比丘五百比丘尼五百優婆塞五百優婆夷五千天子向聲聞智說如是言世尊我等願爲彼寶相如來作聲聞衆文殊師利言善男子非聲聞心能生彼土汝等可發無上道心得生彼土諸生彼者皆是發阿耨多羅三藐三菩提心爾時是等即發無

上正真道心如來悉記當生彼土爾時寂調伏音天子問文殊師利云何名爲菩薩毗尼云何名爲聲聞毗尼文殊師利言天子怖畏三界毗尼是聲聞毗尼受無量生死欲化一切諸衆生等生於三界毗尼是菩薩毗尼輕毀功德莊嚴毗尼是聲聞毗尼自集功德莊嚴毗尼是菩薩毗尼自斷一切諸煩惱結是聲聞毗尼欲斷一切衆生煩惱是菩薩毗尼不念成熟一切衆生一切佛法是聲聞毗尼念欲成熟一切衆生一切佛法是菩薩毗尼非爲一切諸天所識是聲聞毗尼一切三千大千世界諸天識知是菩薩毗尼一切魔捨是聲聞毗尼一切三千大千世界諸魔嗥哭一切衆魔生於怨憎生摧伏相是菩薩毗尼唯獨照明是聲聞毗尼普欲照明一切世間欲照明成就一切佛法是菩薩毗尼自觀之心是聲聞毗尼觀一切佛法是菩薩毗尼漸次毗尼是聲聞毗尼一念悉知是菩薩毗尼斷三寶種是聲聞毗尼持三寶種是菩薩毗尼如破瓦礫不可修補是聲聞毗尼如金銀器破還可修治是菩薩毗尼無善方便是聲聞毗尼成就方便是菩薩毗尼無有十力四無所畏是聲聞毗尼成就十力四無所畏是菩薩毗尼少水果樹是聲聞毗尼園林堂閣法樂可樂是菩薩毗尼無六波羅蜜無四攝法是聲聞毗尼有六波羅蜜具四攝法是菩薩毗尼不斷一切習是聲聞毗尼滅一切習是菩薩毗尼又復天子略說有限所攝有少法功德有少戒聞定慧解脫解脫知見是聲聞毗尼無量無量所攝無量功德無量戒聞

定慧解脫解脫知見是菩薩毗尼爾時世尊讚文殊師利善哉善哉文殊師利汝快說此菩薩毗尼文殊師利聽吾少說成滿汝義文殊師利譬如二人一讚大海二歎牛跡文殊師利於意云何是人能讚是牛跡中幾所功德文殊師利白言世尊大海無量牛跡甚少當何所讚佛言如是知聲聞毗尼猶如牛跡小無功德無可讚歎聲聞乘人亦復如是文殊師利於意云何彼第二人能讚大海功德不也文殊師利言世尊而是大海有無量功德無量可歎佛言當知菩薩毗尼亦復如是譬如大海無量功德無量可歎當知大乘亦復如是說是法時萬二千天子發阿耨多羅三藐三菩提心而說是言世尊我等亦當修學如此菩薩毗尼調伏無量一切衆生時寂調伏音天子問文殊師利汝今修學何等毗尼聲聞毗尼緣覺毗尼菩薩毗尼文殊師利言天子於意云何頗有大海不納衆水天子答言文殊師利無有大海不納衆水文殊師利言如是天子菩薩毗尼猶如大海所有毗尼無不納受所謂聲聞毗尼緣覺毗尼菩薩毗尼一切毗尼天子言文殊師利所言毗尼毗尼者爲何等義文殊師利言天子毗尼毗尼者調伏煩惱爲知煩惱故名毗尼天子言文殊師利云何當修調伏煩惱云何知煩惱文殊師利言若自妄想若他妄想自他妄想不正憶念自想他想顛倒不實諸見所縛無明爲首如是則能發生煩惱若不自妄想不他妄想不自他妄想專正憶念不自想他想斷於顛倒不住諸見除去無明不行二行如

是則便不起煩惱煩惱不起是畢竟毗尼天子是名畢竟毗尼若以聖智知於煩惱虛妄詐僞是無所有無主無我無所繫屬無來處去處無方非無方非內非外非中可得無聚無積無形無色如是名爲知於煩惱天子如人知於毒蛇種性能寂彼毒如是若知結使種性能寂煩惱天子問言云何名爲煩惱種性文殊師利言妄想是煩惱種若不妄想則便不起若其不起則非煩惱若無煩惱則無窟宅若無窟宅則無所燒亦不所住若無所住名畢竟毗尼如是名爲知煩惱種性天子問言云何文殊師利是調伏煩惱爲實爲不實文殊師利言天子如人夢爲毒蛇所螫以苦痛故服於毒藥蛇毒消除苦痛便差天子於意云何如彼人者爲蛇所螫爲實不實天子答言文殊師利此是不實無有實故當除何毒文殊師利言毒蛇不實除亦不實應如是知諸聖毗尼亦復如是天子汝作是言云何是調伏煩惱爲實爲不實天子若我無我煩惱無煩惱若我無實者煩惱亦無實是中若我無我煩惱無煩惱都不可得若如是者當何調伏何以故天子一切法寂以無生故一切法寂不可取故一切法寂無形相故一切法盡無所有故一切法無盡以無生故一切法無生無所有故一切法無滅無有堅實故一切法無作無作者故一切法無作無有我故一切法無我以無主故一切法無主如虛空故一切法無來以無體故一切法無去以無際故一切法無住無住處故一切法無住無生滅故一切法無爲以無漏故天子一

切法無與畢竟調伏故爾時寂調伏音天子復問文殊師利一切諸法以何爲門文殊師利言不正修門增生死故正修行門獲涅槃故正修行門得自在故不正修門不得自在故疑惑門闇障礙故達解脱門無闇障故妄想門增煩惱故無妄想門得解脱故無識門無結使故覺門多事務故寂門一切寂靜故見門增憍慢故空門滅憍慢故惡知識門生諸惡法故善知識門生諸善法故邪見門生諸苦本故正見門生諸善本故慳惜門貧窮故布施門大財封故毀戒門諸惡道故持戒門諸善處故諍訟門障諸法故忍辱門增勝法故懈怠門令心垢故精進門心無垢故覺觀門多亂鬧故禪定門心一處故無智慧門如癡羊故智慧門三十七助道分故慈門不障知故悲門質直無虛僞故喜門集法寶故捨門離愛憎故正念門不失本善根故正斷門修正行故神足門身心輕故根門信爲首故力門摧伏一切諸煩惱故覺門順覺諸法故八聖道門出過一切諸非道故復次天子菩提心門一切佛法故攝一切法門於一切法得自在故攝衆生門演說法故善方便門處非處故慧度門到於一切衆生心行之彼岸故六波羅蜜門大乘故六神通門慧光明故法施忍門不隨他智故天子又問文殊師利何等爲法界門文殊師利言天子普遍門是法界門天子言何界是法界文殊師利言一切衆生界是法界天子言文殊師利法界有邊際不答言天子於意云何虛空有邊際不不也文殊師利言天子猶如虛空無有邊

際法界亦爾無有邊際天子言文殊師利汝知法界耶答言天子法界不知法界天子言文殊師利汝知何法有如是辯答言天子於意云何響知何法而出音響天子言響無所知而出音聲以因緣故而有音聲如是天子菩薩緣衆生故而有所説天子言汝住何處能有所説答言天子猶如如來化人所住而有所説我住亦爾天子言如來化人無有住處答言天子如來化人無所住而有所説一切諸法亦無所住而有所説天子言文殊師利若一切法無住汝住何處成無上道文殊師利言天子我住無間成無上道天子言無間爲住何處答言無間住無根本天子言文殊師利住無間者必墮地獄答言天子如是如是如來所説造五無間必墮地獄天子我今亦住於五無間天子菩薩住五無間成無上道何等爲五菩薩摩訶薩從初發心求無上道中間不墮聲聞緣覺地是初無間我應救濟一切衆生中間無懈是二無間捨一切物中間無慳是三無間知諸法無生中間不與諸見共住是四無間若知若見若斷平等正覺以一念相應慧而覺知之中間不起必成正覺是五無間若菩薩住是五無間成阿耨多羅三藐三菩提天子言文殊師利頗有凡夫住五無間墮於地獄菩薩亦住此五無間成於無上正眞道耶答言有天子言以何因緣故答言天子一切法空解於空故名得菩提一切諸法無相無願非有爲無生無起因緣生覺是因緣故名覺菩提天子言文殊師利誰信此法答言天子若佛如來尚不生

信況復聲聞天子又問誰解是法答言不行我相者又問誰信是法答言不住此彼岸者天子言若不住此彼誰想是法答言於一切法無憶想者又問誰持答言不持一切結使者持天子又問此經當至何等人手答言至與一切衆生法者之手又問彼何形色答言天子彼有法色非陰界入色又問彼有何行答言彼有空行無相行無願行又問彼趣何處答言天子彼當趣於一切至處到於一切衆生心行至無所至天子問言文殊師利菩薩退不答言天子若菩薩退阿耨多羅三藐三菩提無有是處天子言誰爲退者答言一切諸煩惱退一切聲聞縁覺地退又問誰是不退答言三昧等者是無有退失天子言文殊師利何等爲三昧答言無二無別異天子言文殊師利若一切法無有別異誰爲別異答言天子不知一切法平等者分別爲二彼行二行墮於二行若知平等不行別異若知平等彼趣平等天子又問文殊師利頗有菩薩具於煩惱成菩提耶答言有天子又問是誰答言天子若菩薩斷結使是聲聞若菩薩知一切衆生煩惱結使大悲增盛發於無上正眞道心是有菩提天子問言頗有慳悋成檀波羅蜜耶答言有問言是誰答言天子若菩薩不捨菩提之心攝護衆生如是慳悋是檀波羅蜜天子又問頗有毀戒名尸波羅蜜耶答言有問言是誰答言天子若菩薩多益一切衆生不自觀戒如是毀戒名尸波羅蜜文殊師利頗有菩薩捨於堪忍名忍波羅蜜耶答言有問言是誰答曰天子若菩薩捨外

道禁戒堅住佛戒是名羼提波羅蜜文殊師利頗有懈怠成精進波羅蜜耶答言有問言是誰答言天子若菩薩於聲聞緣覺地生於懈怠勤加修習無上正道是名毗棃耶波羅蜜文殊師利頗有不定心名禪波羅蜜耶答言有問言是誰答言天子菩薩夢中不生聲聞緣覺地心是菩薩不定心是名禪波羅蜜文殊師利頗有無慧名菩薩般若波羅蜜耶答言有問言是誰答言天子謂無慧者而是菩薩不作一切世間蠱道諸惡呪術厭鎮顛狂若於一切衆生法慧是菩薩成就具一切智是名般若波羅蜜于時世尊讚文殊師利善哉善哉文殊師利善說菩薩應作不應作汝如是說文殊師利聽吾少說文殊師利如人飢羸寧忍飢苦終不服於雜毒之食菩薩如是寧慳貪毀戒瞋諍懈怠亂心妄念愚無智慧不住聲聞緣覺地中正念施戒忍進禪慧何以故菩薩於中應生怖畏天子問佛菩薩不怖畏結使耶佛言應怖天子但菩薩於聲聞地中倍應生怖天子於意云何如人護命爲畏斬頭不畏斬手足天子白佛彼畏斬頭不畏斬手足何以故世尊人斬手足能修福業以是因緣得生天上世尊若人斬頭失於壽命不修德行佛言如是天子菩薩寧當毀犯禁戒終不捨於一切智心寧爲菩薩具諸煩惱終不作於漏盡羅漢天子歎曰希有世尊是菩薩所行勝餘世間世尊諸聲聞持戒勤加精進即是菩薩毀禁懈怠佛言如是如是如汝所說天子如貧人食是轉輪王毒如是天子聲聞勤進斷諸煩惱尚不安樂閻

浮衆生況復一切諸衆生也天子如大賨主多財封邑大捨勤進多所利安多所養育菩薩如是行大慈悲於一切衆生興起大悲修行精進養育無量一切衆生令得世間出世間樂是時長老大迦葉白世尊言諸聲聞人證無爲法菩薩惟得有爲之法云何有爲菩薩勝無爲聲聞佛言迦葉我今爲喻諸有智者因是得解迦葉譬如有人破析一毛以爲百分是人復以此一分毛㸃滿四大海中之酥迦葉於意云何是人毛分取四海酥能作是念我所取多非海中者迦葉白言不也世尊佛言迦葉汝意云何於此二分何者爲勝何者爲大何者爲多何者大價迦葉白言假使令取千億由旬餘者猶勝猶大猶多有於大價況以毛分唯取一滴佛言迦葉如毛百分以一分毛取一㸃酥聲聞所有無爲智慧亦復如是佛智所知迦葉如滿四大海中之酥菩薩有爲善根功德亦復如是用以迴向無爲智故迦葉譬如蟻子含持一粒猶如秋月成熟穀滿大地迦葉於意云何何者爲勝世尊秋月成熟穀滿大地有無量穀救濟養育無量衆生以爲資粮世尊蟻持一粒無所利安迦葉蟻持一粒如諸聲聞解脱之果亦復如是如秋穀成熟滿於大地當知菩薩六波羅蜜四攝之法善根功德亦復如是成熟養活無量衆生安置世樂出世間樂及涅槃樂迦葉如有百千水精珠擔而來入城若一無價瑠璃寶珠置之船上若其安隱達閻浮提救護一切貧窮困苦迦葉於意云何是百千擔水精入城是無價寶一瑠璃珠可爲比

不不也世尊迦葉是百千擔諸水精珠來入城者喻於聲聞無爲功德亦復如是如一無價寶瑠璃珠船上安隱至閻浮提多所安樂菩薩如是不斷三寶種發於一切智寶之心多所安樂時大迦葉白世尊言未曾有也如來善說諸菩薩等發於一切智寶之心出過一切聲聞緣覺爾時寶主世界諸菩薩與文殊師利來者聞說是已白世尊言一切言說皆是戲論是差別說呵責結使說世尊實相佛土無有是說純明菩薩不退轉說無差別說世尊難有釋迦牟尼如來應正遍覺能忍是苦得一切法無有差別無上中下一味法性安置三乘是諸菩薩即以天華散供佛上語文殊師利我等可還寶主世界文殊師利言汝等可去宜知是時諸菩薩言汝不去耶文殊師利言善男子一切世界皆悉平等一切佛等一切法等一切衆生等我住於彼何所爲作諸菩薩言以何事故一切世界等一切佛等一切法等一切衆生等文殊師利言諸善男子一切剎土如虛空故等諸佛法界不思議故等一切諸法虛僞故等一切衆生無我故等以是義故我如是說一切世界等乃至一切諸衆生等時文殊師利現神通力以神通力故令娑婆世界如寶主界等無差別令世尊釋迦牟尼如寶相如來等無差別彼諸菩薩各作是念我等已到寶主世界於釋迦牟尼佛生寶相佛想即白佛言誰使我等來至此土佛言誰將汝去諸菩薩言文殊師利童子將我等去佛言彼將汝來爾時文殊師利語諸菩薩善男子汝等各各入定觀

之誰將汝來誰將汝去時諸菩薩各入定觀各作念言我等不動娑婆世界去我等自謂至寶主界世尊未曾有也文殊師利神通力三昧之力使我等謂到寶主界猶故不動是娑婆界世尊願令一切衆生悉得如是神力如文殊師利爾時佛告寶主世界諸來菩薩善男子等如金器銀器玻瓈器瑠璃器水精器鐵器金剛器栴檀器寶器瓦器木器其中空界器雖種種其空無異如是一法性一如一實際然諸衆生種種形相各取生處彼自體變百千億種形色別異諸地獄色畜生色餓鬼色天色人色聲聞色緣覺色菩薩色佛色以平等故色等如如等故色等空等故色等善男子文殊師利以是事故說一切世界等乃至一切衆生等是故說言我今不住是時世尊以如是法示教利喜諸菩薩已頭面禮足遶佛三帀出衆不遠沒娑婆界住寶主界是時佛告阿難汝受此經持讀誦說於大衆中爲人廣說大德阿難白世尊言我已受持世尊何名斯經云何受持佛告阿難此經名寂調伏音天子所問亦名清淨毗尼亦名一切佛法佛說是經已大德阿難寂調伏音天子文殊師利等一切菩薩大迦葉等一切聲聞聞佛所說皆大歡喜

清淨毗尼方廣經

音釋

礫（郎擊切）小石也　蠱（公土切）惑也

菩薩五法懺悔經

失譯師名開元附梁録

菩薩藏經

梁扶南國沙門僧伽婆羅譯

清刻龍藏佛說法變相圖

二經同卷

菩薩五法懺悔經

菩薩藏經

菩薩五法懺悔經

失譯師名開元附梁錄

十方三世佛五眼照世間三大無不知明見罪福相弟子某甲等從無數劫來不遇善知識造作一切罪破戒犯四重六重及八重謗法斷善根具足一闡提幸遇諸如來經法賢聖衆能除衆罪者弟子頭面禮願諸惡雲消令發無上慧懺悔竟五體作禮

十方諸佛始登道場觀樹經行未轉法輪無明老死長夜可悲願設法藥救諸疾苦法雨

流布枯槁衆生得道明了十方現在佛已度有緣者衆生多懈怠方便現泥洹弟子誠心禮請佛令久住一切諸菩薩已發無上意願勤加精進於無佛世界現成等正覺普度諸羣生慈哀無過佛是故至心請請佛已竟頭面作禮

歷世懷嫉妬我慢及恚癡見人得利如箭射心聞人得樂如釘入眼坐此諸罪障墮落三惡道常不遇諸佛今日一心悟發大隨喜心十方三世佛及德弟子衆其數無有量從初發一念乃至坐道場四等大布施清淨持禁戒定慧及解脱無量諸知見弟子悉隨喜慧心朗然明愚癡闇障滅一念發隨喜功德滿十方智慧如諸佛隨喜已竟五體作禮

往返生死中從生故至死從貴故還賤惟未得泥洹法身常清淨般若妙解脱今當求此利所可有福業一切皆和合迴以施衆生共成無上道廣大如虚空無相如眞智究竟盡法界金剛空慧常現在前無行神通有感必應迴向已竟頭面作禮

誠心發大願行道誓願慧心如猛風定力如金剛於此迴向後念念轉慈悲捨離愛著想歡喜度一切捨去身命時佛放光明滅除一切難障化生兜率天面覲慈氏尊衆相盡具足六根普聰徹聞佛説妙法即悟無生忍皆住不退地乘大神通力周遊十方國供養一切佛無量妙音聲讚歎佛功德二十五有中無時不現身如日照世界光明朗十方一切幽闇處皆爲作燈明雖得佛道轉法輪現泥洹衆生不盡成佛不捨普賢文殊願發願已

竟洗心作禮

菩薩五法懺悔經

菩薩藏經

梁扶南國沙門僧伽婆羅譯

如是我聞一時佛住舍衛國祇樹給孤獨園與大比丘衆一千二百五十人及七萬二千菩薩是時長老舍利弗承佛神力即從座起偏袒右肩右膝著地合掌禮佛白佛言世尊云何善男子善女人懺悔滅罪速得三藐三菩提佛告舍利弗言人欲學三藐三菩提或聲聞乘人或緣覺乘人或大乘人或餘衆生應誦十方十世界十佛名號然十千燈若酥若油香及摩香亦隨燈數種種華種種果種種葉作大供養行大布施盛十頻伽水盛十坩水沐浴清淨以香薰身著新淨衣更洗手足兩手各持十枚蓮華應當菜食給使僕人皆令淨潔於十方面各施佛座懺悔之人於十方面隨便設座即於坐處禮十方佛口自發露懺悔從來所作行業亦悔無始生死以來所造衆惡改往修來誓不復作佛告舍利弗東方名阿輸訶世界此謂無憂於彼有佛名月勝吉南方難陀世界此謂歡喜於彼有佛名栴檀吉西方跋陀羅世界此謂賢於彼有佛名無邊光明北方饒盃眼世界於彼有佛名幢吉東南方月光世界於彼有佛名無憂吉西南方有幢世界於彼有佛名寶刹西北方有鳴世界於彼有佛名華德東北方安隱世界於彼有佛名三勇猛上方有月世界於彼有佛名大功德吉下方大名世界於彼有佛名光明吉一日一夜六時行道禮拜偏袒右肩右膝著地合掌向佛而説此言我禮一切諸佛如來彼現在十方諸佛已得阿耨多羅三藐三

菩提現轉法輪現光明法輪現取法輪現雨法雨現擊法鼓現吹法螺現建法幢現然法炬現以法施充足衆生隨一切衆生所樂皆悉爲説法能多利益安隱衆生爲慈悲世間爲饒益諸天人衆我今頂禮彼諸如來彼諸如來彼佛尊重應當供養諸佛是大智慧是世間眼能爲世間作證王領世間現知現見我以身口意敬禮彼佛我從無始生死以來所造惡業爲一切衆生障礙或起貪或起瞋或起癡不識佛法僧不識善不善法或以惡身口意出佛身血或誹謗正法或破和合僧或殺眞人羅漢或殺父母或起備十不善道或已作今作當作或見他作讚歎隨喜或以身三口四意三業行造作衆惡惡口罵詈誹謗他人或斗秤欺誑於人或生六道惱亂父母或取塔寺物或用僧物或用四方僧物或破佛所教戒或不隨和尚阿闍黎語或瞋或罵或誹謗聲聞緣覺大乘或因慳嫉造諸惡業或惡罵如來或法説非法或非法説法如是一切諸惡我今於十方諸佛發露懺悔彼諸如來現見現知現證我於佛前一心發露不敢覆藏發露已後誓不敢作是諸罪業應入地獄餓鬼畜生阿修羅道或經八難願此諸罪現前消滅未來不生我今日在諸佛前發露懺悔不敢覆藏發露之後誓不敢作如過去諸菩薩爲修行菩提如彼所懺悔我今亦復如是懺業障礙發露之後不敢復作如未來諸菩薩摩訶薩當懺悔我亦如是懺悔發露發露之後誓不更作如現在十方菩薩摩訶薩爲修行菩提今現懺悔我亦如是懺

悔發露誓不更作如過去未來現在三世諸菩薩摩訶薩爲修行菩提已懺悔當懺悔現懺悔我亦如是懺悔誓不敢作舍利弗若善男子善女人當如是懺悔是故舍利弗若善男子善女人欲得於一切諸法清淨無有障礙應當如是懺悔諸惡業障旣發露已誓不更作若樂生剎利富貴種姓多饒財寶種種具足形貌端正欲得大乘者當如是懺悔若欲得四天王處當如是懺悔若欲得三十三天焰摩天兜率陀天化樂天他化自在天應如是懺悔若欲得梵身天梵富樓天大梵天少光無量光光曜少淨無量淨徧淨受福無罣礙天果實天無想天不煩不熱善見善現色究竟當如是懺悔若樂生無色界空處識處不用處非想非非想處當如是懺悔若欲得須陀洹斯陀含阿那含阿羅漢果當如是懺悔若欲得聲聞三明六通神力自在聰明利智若欲得緣覺菩提當如是懺悔若欲得一切智清淨智不可思議智無等等智正遍智如是當懺悔舍利弗何以故一切諸法由因緣生如來所說有法從緣生有法從緣滅以因緣展轉於彼法過去彼已滅已轉彼業無障礙彼諸法未生亦無障礙舍利弗何以故一切諸法如來所說皆悉空寂無衆生無壽命無人不生不滅舍利弗一切諸法自身所造自身者亦是有舍利弗若善男子善女人欲入此法慧所謂無眞實衆生此謂說滅一切業障爾時舍利弗白佛言世尊善男子善女人欲得阿耨多羅三藐三菩提欲得聲聞乘緣覺乘大乘或有餘人修功德云何當

生隨喜善根爾時佛告舍利弗善男子善女人若欲隨喜晝夜六時偏袒右肩右膝著地恭敬合掌如是當說此言若有衆生於十方已作功德事若布施若持戒若修行我於彼一切隨喜以第一隨喜勝隨喜最上隨喜無上隨喜無等隨喜無等等隨喜我悉如是隨喜若有衆生於十方當作功德若布施若持戒若修行我於彼一切隨喜以第一隨喜勝隨喜最上隨喜無上隨喜無等隨喜無等等隨喜我悉如是隨喜若有衆生於十方今現作功德若布施若持戒若修行我於彼一切隨喜以第一隨喜勝隨喜最上隨喜無上隨喜無等隨喜無等等隨喜我悉如是隨喜若彼諸菩薩初發菩提心功德若彼菩薩已於百劫修行功德聚若彼菩薩已得無生法忍功德聚若彼菩薩已得不退地功德聚若菩薩從一地次第至十地功德我於彼一切隨喜以第一隨喜勝隨喜乃至無等等隨喜若菩薩先已修行六波羅蜜相應功德善根我悉隨喜以第一隨喜乃至無等等隨喜若未來菩薩當修行六波羅蜜相應功德善根我悉隨喜以第一隨喜乃至無等等隨喜若現在諸菩薩令修行六波羅蜜相應功德我悉隨喜以第一隨喜乃至無等等隨喜以過去如來應供正遍知已得阿耨多羅三藐三菩提已轉法輪爲饒益衆生爲安隱衆生爲慈悲衆生爲以義饒益衆生及諸天人聲聞緣覺菩薩所造功德我悉隨喜未來如來當得阿耨多羅三藐三菩提當轉法輪爲饒益衆生爲安隱衆生爲慈悲衆生爲以義饒益衆

生及諸天人聲聞緣覺菩薩所造功德我悉隨喜現在十方諸佛現得阿耨三菩提現轉法輪現然法炬現擊法鼓現吹法螺現建法幢現以法施充足衆生饒益衆生安隱衆生慈悲世間以義饒益一切人天若彼聲聞緣覺大乘所造功德我悉隨喜以第一隨喜乃至無等等隨喜舍利弗此謂隨喜功德聚以此隨喜功德聚若善男子善女人行此功德此功德果報不可數不可量舍利弗若三千大千世界所有衆生乃至恒河沙等世界衆生悉皆漏盡成阿羅漢若有善男子善女人以四事盡壽供養若善男子善女人如是隨喜功德勝此功德無量無邊是故舍利弗若善男子善女人樂得阿耨多羅三藐三菩提當隨喜若女人欲得男子身當隨喜爾時舍利弗白佛言世尊已說隨喜爲現在未來菩薩光明云何勸請佛告舍利弗若善男子善女人欲得阿耨多羅三藐三菩提若聲聞乘若緣覺乘若大乘若餘衆生晝夜六時偏袒右肩右膝著地恭敬合掌說如是言我禮一切諸佛世尊今現在十方諸佛已得阿耨多羅三藐三菩提現轉法輪我已禮彼佛我今勸請轉於法輪願諸佛世尊轉法輪願然法燈願開法眼願然法炬願興法雲願吹法螺願擊法鼓願建法幢爲饒益衆生安隱衆生爲慈悲世間以義饒益一切天人舍利弗晝夜六時偏袒右肩右膝著地恭敬合掌說如是言我禮一切諸佛世尊若十方諸佛欲入涅槃我當勸請彼佛願久住世爲饒益衆生安隱衆生慈悲世間以義饒益一切天人我

爲阿耨多羅三藐三菩提行此勸請舍利弗此謂勸請聚此勸請聚善男子善女人所得功德不可數量舍利弗若善男子善女人三千大千世界布滿七寶布施如來若善男子善女人前勸請功德勝此功德無量無邊舍利弗若恒河沙等世界布滿七寶布施諸佛若善男子善女人前勸請功德勝此功德無量無邊如是勸請阿耨多羅三藐三菩提如是我勸請舍利弗此謂勸請聚以此勸請聚若善男子善女人現勸請彼功德不可思量何以故舍利弗我先修行菩提行我已如是勸請諸佛爲轉法輪以此功德我得阿耨多羅三藐三菩提帝釋諸天娑婆世界主梵天王等亦勸請我轉於法輪爲多所饒益安隱世間乃至以義饒益一切天人舍利弗我先勸請諸如來爲法久住我以此功德善根故得十力四無畏十八不共法得四無礙辯得大慈大悲我已入泥洹我法當久住爾時舍利弗白佛言世尊云何善男子善女人欲得阿耨多羅三藐三菩提若聲聞乘若緣覺乘若大乘若餘衆生當行迴向善根爲一切智爾時佛告舍利弗若善男子善女人欲得阿耨多羅三藐三菩提若聲聞乘若緣覺乘若大乘若餘衆生晝夜六時偏袒右肩右膝著地恭敬合掌作如是言我於無始生死所作功德善根或於佛或於法或於僧或一人乃至施與畜生一摶食或懺悔或勸請或隨喜或歸依三寶受戒功德一切和合迴施與一切衆生如諸佛世尊現智無著智迴施與一切衆生我亦如是迴施一切衆生如手捉寶

珠施與一切如雲降雨潤益無盡無減爲衆生富貴無減爲功德無減法無減智慧無減樂說無減爲阿耨多羅三藐三菩提爲得一切智我以此功德施與衆生一切和合迴向阿耨多羅三藐三菩提以此善根願令一切衆生亦得阿耨多羅三藐三菩提得一切智如先諸菩薩爲菩提修行善根修行迴向爲一切智我亦如是迴向爲一切智以此善根我當得阿耨多羅三藐三菩提得一切智如未來諸菩薩當修行迴向善根爲一切智我亦如是以迴向善根爲一切智如現在諸菩薩修善根爲一切智我亦如是迴向善根爲一切智以此善根願一切衆生得阿耨多羅三藐三菩提得一切智如先釋迦牟尼佛坐菩提樹下住不可思議無垢定降伏惡魔所

有諸法可知可見可覺於夜後分明星出時以一念相應慧行滅苦道得證醍醐我亦如是一切衆生學阿耨多羅三藐三菩提如無量光明如來勝光明如來清淨光明如來功德光明如來師子如來百光如來高明如來網光如來珠光如來火光如來光王如來莊嚴如來寶幢如來法幢如來身勝如來等應供正遍知如餘諸佛世尊已得阿耨多羅三藐三菩提已轉法輪爲饒益多衆生爲安隱諸衆生爲慈悲世間乃至以義饒益一切天人我亦如是爲一切衆生得阿耨多羅三藐三菩提當轉法輪爲饒益多衆生爲安隱衆生爲慈悲世間乃至以義饒益一切天人舍利弗此謂迴向功德聚此功德聚勝前布施功德聚百分千萬億分乃至筭數譬喻所不

能及舍利弗若善男子善女人受持此經爲他廣說所得功德無數無量舍利弗若有人能令三千大千世界雜類衆生於一念頃俱得人身已復能令得緣覺菩提常以四事供養施與一一緣覺七寶如須彌山如是日日乃至入涅槃入涅槃已起七寶塔華香旛盖種種供養舍利弗於汝意云何是善男子善女人所得功德寧爲多不舍利弗言甚多世尊甚多善逝舍利弗若善男子善女人受持此經所得功德復多於彼願此功德爲阿耨多羅三藐三菩提此功德比前功德百分千萬億分乃至筭數譬喻所不能及何以故舍利弗善男子善女人信此經勸請十方諸佛爲轉法輪如我所說法施勝於財施爾時四衆一萬人俱從座起皆偏袒右肩右膝著地合掌向佛而說此言世尊我等當受持此經爲人廣說當信何以故世尊我等欲得阿耨多羅三藐三菩提我當成就如是善根如是善法是時帝釋天王散以天華供養世尊及此經法而說此言世尊此經有大功德爲增長諸菩薩善根爲滅業障是時佛告帝釋如是如是憍尸迦何以故天王我念過去阿僧祇劫是時有大光聚如來應供正遍知出現於世天王大光聚如來應供正遍知壽六十八億歲初始說法有百千萬億弟子彼一切皆阿羅漢盡諸有漏第二說法有九十九千億弟子亦皆漏盡得阿羅漢第三說法有九十八億百千弟子諸漏已盡得阿羅漢天王彼大光明聚如來應供正遍知爲一切世間諸天梵王沙門婆羅門故住經六十八億歲

是時帝釋天王及四衆從光明聚如來受持此經爲多利益一切世間爲成阿耨多羅三藐三菩提復有一天女名竭伽陀受持此經發阿耨多羅三藐三菩提心猒離女人得丈夫身常生人天之中不經惡趣八萬四千世作轉輪王憍尸迦於汝意云何至此彼竭伽陀女人豈異人乎即我身是我昔於億百千世界值無數佛同名光明聚如來於彼佛所悉聞此經若善男子善女人聞此如來名必定得大般涅槃若有女人聞此光明聚如來名者當轉女身壽命終時無有疑亂不更受女身憍尸迦此經大功德恩能攝受諸菩薩摩訶薩善根能滅諸業障礙是時帝釋白佛言世尊當何名此經云何受持是時佛告帝釋憍尸迦此經名滅業障礙汝當受持亦名菩薩藏汝當受持亦名斷一切疑如是受持佛說經已帝釋天王及長老舍利弗比丘衆及諸菩薩天人阿修羅揵闥婆一切世間聞佛所說歡喜奉行

菩薩藏經

音釋

一闡提（梵語也此云信不具闡昌善切）釘（當經切）坩（苦甘切坩甒也）甒（音武）

三曼陀颰陀羅菩薩經

西晉清信士聶道眞譯

菩薩受齋經

舍利弗悔過經

後漢安息國沙門安世高譯

清刻龍藏佛說法變相圖

三經合卷

三曼陀颰陀羅菩薩經

西晉清信士聶道真譯

序品第一

聞如是一時佛在摩竭提國清淨法處自然金剛座光影甚明無所不遍照與衆摩訶薩等無央數菩薩共會坐三曼陀颰陀羅菩薩文殊師利菩薩最第一文殊師利菩薩問三曼陀颰陀羅菩薩言若有人求菩薩道者善男子善女人欲得無蓋清淨者當施行何等法自致得之乎三曼陀颰陀羅報文殊師利

菩薩若有善男子善女人欲求菩薩道者當整衣服晝夜各三稽首十方諸佛作禮悔過悔諸所作惡諸所當忍者忍之諸所當禮者禮之諸所當願樂者願樂之諸所當勸請者勸請之如是一切諸罪蓋諸垢蓋諸法蓋悉除也一切功德悉得具足般若波羅蜜兜沙陀比羅經一切三昧一切諸陀隣尼一切漚惒拘捨羅是爲諸經中尊将如是者爲已得禮一切諸佛其意至心也

悔過品第二

三曼陀颰陀羅菩薩言一切人身所行口所犯心所念惡一切諸佛刹其中塵等起意念一切諸惡其皆爲其悔過其從本所作爲有惡於諸佛諸菩薩諸迦羅蜜父母阿羅漢辟支佛恒沙竭護恒沙竭寺神恒沙竭法中諸所犯過惡須阿摩提阿彌陀佛刹土一切諸佛一切諸佛刹一切諸佛法若有狐疑起意不信者其爲其悔一切罪過其有於一切諸佛諸菩薩諸迦羅蜜諸父母諸阿羅漢諸辟支佛一切諸人所可誹謗者若恣隨欲恣隨癡恣隨自用若有頑很不與人語若爲貪婬所牽爲慳嫉所牽爲貪餮所牽爲諛諂所牽七百五十諸欲所牽其心亂時不能自專爲一切所蓋爲一切所畏所起意有過失今其皆爲悔一切罪過其從阿僧祇劫起惡意於佛若鬪亂比丘僧若害阿羅漢若害父母若見正法言非法若見非法言是法若訮笑一切人所思念常與非法之事若他犯過若欲犯若已犯其多沙竭所教誡若犯之今世若前世不知佛法比丘僧時諸所犯過惡今其

皆爲悔一切罪過其諸所作邪嫉之意若有佛斷止人不得令見若有明經說法者斷止人不得令聞若有迦羅蜜斷止人不得令住會若有人施與鉢震越飯食牀卧具病瘦醫藥所作功德呵止人不得令與作無央數不正展轉相教起罪令其皆爲悔一切罪過其諸所作罪見人犯者於邊勸助用是故爲罪所牽生於末世若生於貧家若離迦羅蜜若有佛不能得見若有菩薩迦羅蜜不能得與共會而不能得聞經法以諸所作惡故不能及值是聖賢身令其皆爲悔一切罪過其諸所作罪不能及逮聞法或聞法其心不能受法若已受而復忘失不能堅持法不能諦持法而怯劣無膽其形色不能致得端正所生常少財寶不能得陀憐尼行不能得三昧行不能得般若波羅蜜行不能得無念慧行不能得漚惒拘舍羅所入慧不能得兜沙陀比羅無所罣礙所入慧其一切諸所作罪不能及逮是也令其皆爲悔一切罪過其諸所作罪不能得一切法行所入慧功德不能得一切人意所行慧功德不能得一切人因坻根所入慧功德不能得一切人慧律所入功德不能得一切法慧所入功德不能得一切人泥洹慧功德其一切諸所作罪不能及逮是也令其皆爲悔一切罪過其諸所作罪不能得洞視徹聽不能得神足飛行不能得自知宿命不能得知去來之事不能得梵天音聲不能得身口意功德不能得清淨高行而不能得具足於功德其一切諸所作罪不能及逮是也令其皆爲悔一切罪過若他人起惡

意向其若有衆兵若其起惡心向他人若有衆兵若致一切諸蓋所畏其合會於諸佛前諸眼諦慧遍諦所言即受諦其於是諦前自歸悔復悔自改舉自發覺自悔責不敢覆藏從今已往不敢復犯

願樂品第三

三曼陀颰陀羅菩薩言善男子善女人求菩薩道者當作是願樂令其自歸曉一切於諸佛曉菩薩迦羅蜜及父母諸阿羅漢辟支佛及一切人至心求哀不可曉者令皆曉之如諸佛所知如是者所可自歸爲已自歸也復次令其禮一切諸佛一切諸菩薩諸迦羅蜜父母及阿羅漢辟支佛皆爲作禮最中最上無上明中明無有雙亦無比如諸佛所知如是者所當作禮爲已作禮也復次令其願禮諸佛功德一切諸菩薩諸迦羅蜜功德諸阿羅漢諸辟支佛功德及十方一切人所作功德如諸佛所知如是者所當禮諸功德爲悉禮也是則菩薩慧若善男子善女人有是功德者願樂助其歡喜若有逮佛慧者所當願樂其所願樂也其未作功德者令作功德其皆歡樂其有尊復尊所作功德其亦願樂持其所作願樂功德令十方一切皆悉得也

請勸品第四

三曼陀颰陀羅菩薩言善男子善女人求菩薩道者當作是請勸其至心請勸一切諸佛今現在佛阿耨多羅三耶三菩及至阿惟三佛其以成悉等知未轉法輪者其請勸諸佛轉於法輪令諸佛所轉法輪者以用請勸故所說經法令一切人各得其所悉令安隱及

諸天龍鬼神乾陀羅阿須倫迦留羅甄陀羅摩休勤人非人其在泥犁薜荔禽獸諸勤苦中者皆令得解脫其無所曉者皆令捨癡意悉得正意入於佛道復次其諸佛所欲般泥洹者其請勸且莫般泥洹用一切人故且自住無央數劫以法身住爲無所住所說經法令一切人各得其所皆令勇猛具足三曼陀颰陀羅菩薩法行令一切人悉以是爲本各得安隱及諸天龍鬼神乾陀羅阿須倫迦留羅甄陀羅摩休勤人非人泥犁薜荔禽獸諸勤苦者早得解脫其無所曉者令捨癡意悉得正意入於佛道其作邪者皆捨邪道入於正道悉住於本無法

法行品第五

三曼陀颰陀羅菩薩言善男子善女人求菩薩道者當作施與其所可悔功德所可忍所可禮所可願樂所可請勸諸功德若欲作若方作若已作諸所作功德皆一切合會成就爲一福味如諸佛法如佛所知是功德便有所生致諸佛相能得自恣法諸所施與已受施與而有施與是施與爲正施與無所著斷其持是法施與功德令一切人皆逮得與法皆令起意如薩芸若施與等者令其施與合如三曼陀颰陀羅菩薩所行持是功德令一切與其莫在泥犁中薜荔禽獸勤苦八惡道中生皆令生有佛處有菩薩處皆令生須呵摩提阿彌陀佛剎其持是功德因其好心具足遍發阿耨多羅三耶三菩心其持是法施與之功德爲一切人作舍作護受其自歸爲作度於冥中作明明中最明於持中作持持

中尊持一切人未度者我當度之未脫者我當脫未般泥洹者我當令般泥洹造作一切人皆令發阿耨多羅三耶三菩心某持是法施與之功德令一切人與某身等諸所生處所可起意常供養諸佛供養諸菩薩持前所作供養諸佛菩薩令一切人與某身不離菩薩法不離迦羅蜜文殊師利及惟摩竭與三曼陀颰陀羅菩薩等是諸菩薩所行皆是具足陀鄰尼清淨三昧一心不動搖皆以成就般若波羅蜜所行悉以曉了漚惒拘捨羅所入一切於諸法無有差特令一切人與其逮得是諸菩薩慧行而具足某持是法施與功德在其泥犂薜荔禽獸拘繫縛束中人皆得解脫其無眼者得眼聾者得聽其在勤苦中者皆得安隱若在是佛剎及彼方佛剎下至阿鼻泥犂上至無極其中間蠕動之類有足無足者若未來若輭生若從生若色無色若思想無思想及一切人非人轉相倚著以時能持佛眼見知悉覺令一切皆得人形入於佛道聞法悉曉了受皆得阿耨多羅三耶三菩提心某持是法施與功德令一切人與某持是功德悉逮諸佛等行諸菩薩等行諸迦羅蜜行令一切人皆至供養起願得諸佛剎能令清淨於三世法曉了能悉等譬如金剛無所不穿令一切人與某皆令得佛智慧而具足諸所感動能悉等於諸深慧皆逮得於諸法而無疑持是功德令其具足願如三曼陀颰陀羅菩薩法行十種力地皆悉逮以是爲證持是功德願令一切人及某皆令得福

譬福品第六

文殊師利菩薩問三曼陀颰陀羅菩薩言若有善男子善女人欲求菩薩道者晝夜各三悔過勸樂法行如上説其福者云何三曼陀颰陀羅菩薩報文殊師利菩薩言若有善男子善女人奉行菩薩道者持七寶滿閻浮提地内供養恒沙竭阿羅呵三耶三佛不如是善男子善女人晝夜各三勸樂法行所當悔者悔之所當忍者忍之所當禮者禮之所當願樂者願樂之所當請勸者請勸之所當施與者施與之晝夜奉行如上教其福出於供養恒沙竭滿閻浮提七寶百倍千倍萬倍億倍巨億萬倍終不可比不可計亦不可譬説是法時無央數諸天於虛空中住持天華香及妓樂供養散佛及諸菩薩上文殊師利菩薩三曼陀颰陀羅菩薩説是經已諸天龍鬼神阿須倫人非人聞經大歡喜前爲佛作禮而去

三曼陀颰陀羅菩薩經

菩薩受齋經

西晉清信士聶道眞譯

菩薩受齋法言其自歸佛自歸法自歸比丘僧其身所行惡口所言惡意所念惡今已除棄某若干日若于夜受菩薩齋自歸菩薩如前六萬菩薩皆持是齋我是菩薩如先行菩薩文殊師利洹那鴆樓阿無陀曇無迦彌勒阿惟樓尸利沙門陀樓檀那羅首楞及他宿命菩薩所持齋我是菩薩持菩薩齋若我分檀布施當得檀波羅蜜如我受別當得惟逮波羅蜜一心坐禪當得禪波羅蜜如我說經當得般若波羅蜜是爲漚惒拘舍羅從是得摩訶般若波羅蜜如念泥犁中人薜荔中人畜生中人令得解脫出生爲人從是分檀布施當到須摩提拘樓檀阿彌陀佛前受得三昧禪是爲菩薩受齋法佛告須菩提菩薩有十念當護之何等十念當念過去佛是菩薩法當念當來佛是菩薩法當念一切十方現在佛是菩薩法當念尸波羅蜜持戒是菩薩法當念禪波羅蜜是菩薩法當念漚惒拘舍羅是菩薩法當念般若波羅蜜是菩薩法當念禪三昧六萬菩薩在阿彌陀佛所是菩薩法當念過去當來今見和尚阿闍黎是菩薩法是爲十念若有發意求菩薩道者禪日當思惟是爲十事不念爲汙行菩薩齋日有十戒第一菩薩齋日不得著脂粉華香第二菩薩齋日不得歌舞捶鼓妓樂莊飾第三菩薩齋日不得卧高床上第四菩薩齋日過中以後不得復食第五菩薩齋日不得持錢刀金銀珍寶第六菩薩齋日不乘車牛馬第七菩

薩齋日不得捶兒子奴婢畜生第八菩薩皆持是齋從分檀布施得福我是菩薩如我念泥犁中人薜荔中人畜生中人令得解脫出生爲人從是分檀布施當至須訶摩持拘樓檀阿彌陀佛前受得三昧禪是爲菩薩解齋法菩薩齋日夫卧時於佛前叉手言今日一切十方共有持齋戒者某助安無量今日其有持戒者某助安無量今日其有忍辱者念天下人民者某助安無量今日其有精進者某助安無量今日其有智慧説經者某助安無量持是代勸助歡喜福施與歸流十方一切人非人薩和薩所在勤苦厄難之處皆令得福解脫憂苦出生爲人安隱富樂無極是菩薩齋日不得見掃除第九菩薩齋日不得飲食盡器中第十菩薩齋日不得與女人相形笑共坐席女人亦爾是爲十戒不得犯不得教人犯亦不得勸勉人犯菩薩解齋法言南無佛南無法南無比丘僧其若干日若干夜持菩薩齋從分檀布施當得檀波羅蜜如我持戒當得尸波羅蜜如我念十方天下人令得安隱當得羼提波羅蜜如我受别當得惟逮波羅蜜如我坐禪當得禪波羅蜜是爲漚和拘舍羅如摩訶般若波羅蜜如諸菩薩六萬菩薩法齋日夜一分禪一分讀經一分卧是爲菩薩齋日法正月十四日受十七日解四月八日受十五日解七月一日受十六日解九月十四日受十六日解右齋日數歸命西方阿彌陀三耶三佛檀廬樓亘摩訶那鉢菩薩三毒消除往生尊刹

清淨尊神國　安隱在西方　願得自歸命

奉事無上王　照見我心情　自歸諸大護
神通聖智達
百劫不動傾

菩薩受齋經

舍利弗悔過經

後漢安息國沙門安世高譯

佛在羅閱祇耆闍崛山中時與千二百五十比丘菩薩千人共坐第一弟子舍利弗起前長跪叉手問佛言若有善男子善女人意欲求佛道若前世爲惡當用何悔之乎佛言善哉善哉舍利弗憂念諸天人民好乃如是佛言若有善男子善女人欲求阿羅漢道者欲求辟支佛道者欲求佛道者欲知去來之事者常以平旦日中日入人定夜半雞鳴時澡漱正衣服叉手拜十方自在所向當悔過言某等宿命從無數劫已來所犯過惡至今世所犯婬泆所犯瞋怒所犯愚癡不知佛時不知法時不知比丘僧時不知善惡時若身有犯過若口犯過若心犯過若意犯過若意欲害佛嫉惡經道若鬬比丘僧若殺阿羅漢若自殺父母若犯身三口四意三自殺生教人殺生見人殺生代其喜身自行盜教人行盜見人行盜代其喜身自欺人教人欺人見人欺人代其喜身自兩舌教人兩舌見人兩舌代其喜身自罵詈教人罵詈見人罵詈代其喜身自妄言教人妄言見人妄言代其喜身自嫉妬教人嫉妬見人嫉妬代其喜身自貪餮教人貪餮見人貪餮代其喜身自不信教人不信見人不信代其喜身不信作善得善作惡得惡見人作惡代其喜身自盜佛寺中神物若比丘僧財物教人行盜見人行盜代其喜身自輕稱小斗短尺欺人以重稱大斗長尺侵人見人侵人代其喜身自故賊教人故賊見人故賊代其喜身自惡逆教人惡逆

見人惡逆代其喜身諸所更以來生五處者在泥犂中時在禽獸中時在薜荔中時在人中時身在此五道中生時所犯過惡不孝父母不孝於師不敬於善友不敬於善沙門道人不敬長老輕易父母輕易於師父輕易求阿羅漢道者輕易求辟支佛道者若誹謗嫉妬之見佛道言非見惡道言是見正言不正見不正言正其等諸所作過惡願從十方諸佛求哀悔過令其等今世不犯此過殃令其等後世亦不被此過殃所以從十方諸佛求哀者何佛能洞視徹聽不敢於佛前欺其等有過惡不敢覆藏從今已後皆不敢復犯佛語舍利弗若有善男子善女人意不欲入泥犂禽獸薜荔中者諸所作過皆當悔之不當覆藏受戒以後不當復作惡不欲生邊地無佛處無經處無比丘僧處無義理處善惡處者皆當悔過不當覆藏意不欲愚癡聾盲瘖瘂不欲生屠生漁獵獄吏更生貧家皆當悔過不當覆藏女人欲求男子者皆當悔過欲得須陀洹道不復入泥犂薜荔中者皆當悔過欲得斯陀含道上天作人欲得阿那含道上二十四天欲得阿羅漢泥洹去者欲於世間得阿羅漢道者欲得辟支佛道者欲得知去來之事者皆當悔過不當覆藏佛語舍利弗若有善男子善女人各當日三稽首爲十方現在諸佛作禮十方諸佛皆以中正迴教天下人日月所照人民使作善佛以經道雨於天下譬如天雨百穀草木皆茂好佛以經道雨於天下故生侯王四天王上至三十三天上豪貴富樂佛生須陀洹斯陀含阿那含

阿羅漢者願十方諸佛聽其等所言天下人民蜎飛蠕動之類所作好惡若布施者若持道勤力不毀經戒者若慈心念人民者若作善無量者若施於菩薩及諸比丘僧者若施凡夫及貧窮者下至禽獸慈哀者其等勸其作善助其歡喜諸過去佛所可過度人民得泥洹者其等皆助其歡喜諸當來佛教人作善遠離五惡生死之道至令得阿羅漢辟支佛道者其等皆助其等勸樂使作善令如佛令十方現在諸佛所當過度者教人布施不犯經戒慈哀人民蜎飛蠕動之類者皆令脫於泥犂禽獸薜荔愚癡貧窮至令得須陀洹斯陀含阿那含阿羅漢辟支佛泥洹道其等皆勸樂使作善助其歡喜諸過去菩薩未成佛者奉行六波羅蜜所作善行檀波羅蜜布施行尸波羅蜜不犯道禁行羼提波羅蜜忍辱行惟逮波羅蜜精進行襌波羅蜜一心行般若波羅蜜智慧成六波羅蜜諸過去若菩薩奉行六波羅蜜其等勸樂助其歡喜諸當來菩薩奉行六波羅蜜者其等勸樂助其歡喜令現在菩薩奉行六波羅蜜者其等勸樂助其歡喜其等諸所得福皆布施天下十方人民父母蜎飛蠕動之類兩足之類四足之類多足之類皆令得佛福德辟支人持四大城金銀寶物持用布施百倍千倍萬倍億倍佛語舍利弗若有善男子善女人晝夜各當三過稽首爲十方佛拜言願聽其等所言十方諸佛已得佛不說經令其等勸勉使爲諸天人民蜎飛蠕動之類說經使脫於泥犂禽獸薜荔愚癡貧窮至令得泥洹道諸十方欲

般泥洹者其等願從求哀且莫般泥洹當令諸天人民蜎飛蠕動之類得其福皆令得脱於泥犁薜荔佛語舍利弗其等宿命爲菩薩時其等當勸樂諸佛説經且莫般泥洹用是故其等爲佛第一四天王第二天王釋來下叉手作禮求哀守我使諸天人民説經無數諸天曉我且莫般泥洹佛語舍利弗言如是人民種各得其類作善自得其福作惡自得其殃舍利弗白佛言若有善男子善女人欲求佛道者當何以願爲得之佛言若有善男子善女人當晝夜各三稽首爲十方佛拜言願十方諸佛聽其等宿命從無數劫以來所作得福若布施若持經道若持善意爲佛作善爲經作善爲比丘僧作善爲凡人作善若爲禽獸作善作惡自得其殃作善自得其福

爲惡自悔持經戒不毁若受戒不與女人通若勸樂諸佛菩薩萬民作善若勸勉諸佛且莫般泥洹其等取諸學道以來所得福德皆集聚合會以持好心施與天下十方人民父母蜎飛蠕動之類皆令得其福有餘少分所令其得之令其等作佛道行佛經諸未度者其當度之諸未脱者其等當脱之諸未得泥洹者其等當令得泥洹佛語舍利弗言使天下男子女人皆爲得阿羅漢辟支佛若有人供養天下阿羅漢辟支佛千歲其福寧爲多不舍利弗言但供養一阿羅漢辟支佛一日其福無量何况舉天下阿羅漢辟支佛乎佛言其供養天下阿羅漢辟支佛千不如持悔過經晝夜各三過讀一日其供養阿羅漢辟支佛千不如持悔過經晝夜各三過讀一日

其得福勝供養天下阿羅漢辟支佛百倍千倍萬倍億倍

舍利弗悔過經

音釋

颰蒲撥切 聶尼輒切 漚惒拘捨羅梵語也此云方便惒戶戈切 很下懇切很戾也 饕他結切貪食也 諛諂諛容朱切面從也諂丑琰切倿言也 膽都感切肝之府也 薜荔梵語具云薜荔多此云餓鬼薜蒲計切荔郎計切 蠕而兖切蟲動也 輭而兖切與軟同 盦安盇切 澡漱澡子皓切洗滌也漱蘇奏切蕩口也 瘖瘂瘖於金切瘂烏下切瘖瘂病不能言 蜎縈緣切小飛也 羼提梵語也此云忍羼初限切

佛阿毗曇經

陳三藏法師眞諦譯

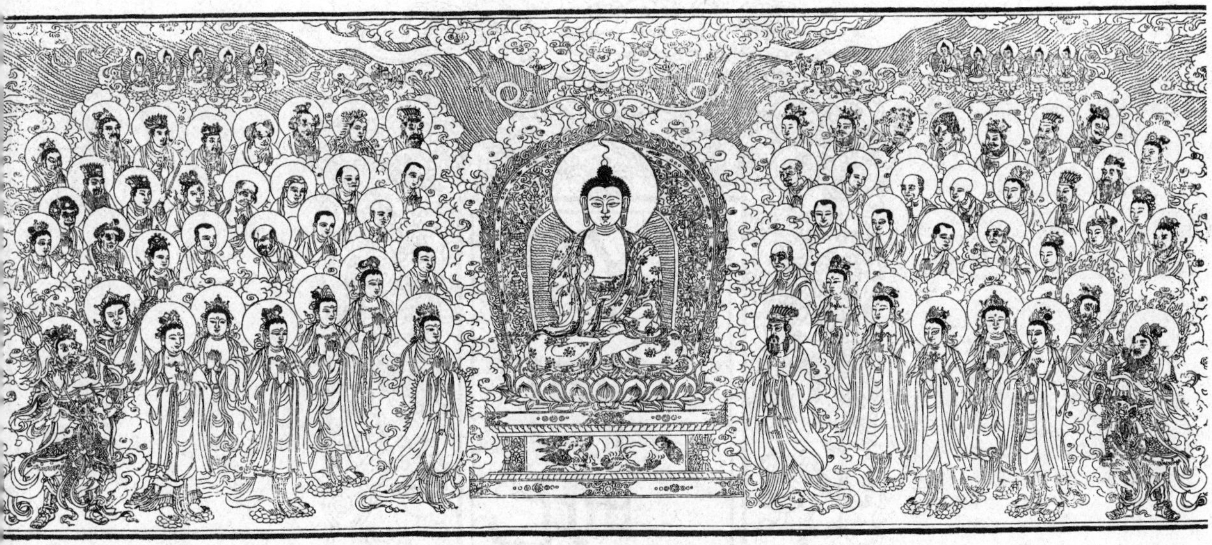

清刻龍藏佛說法變相圖

佛阿毗曇經卷上

陳三藏法師眞諦譯

出家相品第一

以一千阿僧祇世界衆生所有功德成佛一毛孔如是成佛一毛孔功德遍如來身毛孔功德成佛一好如是成就八十種好功德增爲百倍乃成如來身上一相所成就三十二相功德增爲千倍乃成如來額上一白毫相以一千毫相功德增爲百倍乃成如來一頂骨相一切飛天所不能見頂如是不思議清淨功德聚成就佛身是故如來於天人中最爲尊勝佛言往昔諸佛所說汝等比丘若見十二因緣生相即是見法若能見法其則見佛說如是語其義何也其義者以是因緣見十二因緣生相有生無生即是見法若能見

法有生無生即是見佛以隨從慧復次何者爲十二因緣名往古諸佛皆說以二義故說十二因緣生一從因二從緣復應作二義觀之一外二内其外因緣從因義何者一切過去未來諸佛種智同說如是以從種生芽從芽生葉從葉生節從節生莖從莖生幹從幹生枝從枝生蕚從蕚生華從華生子若無子則不生芽如是無華則不生子有子故得生芽如是有華故得生子如此子亦不言我能生芽芽亦不言我能自生如是一切法如理而安以是義故外因緣從因義應如是觀此是觀因義觀緣義者何如地性水性火性風性空性其地性者能受種子水性者能潤種子火性者能熟種子風性者能增長種子空性者能爲種子作無礙若離此緣則種子不生如地性能受種子水性能潤種子火性能熟種子風性能增長種子空性能無礙種子賴時節故種子增長種子增長故生芽其地性者亦不言我能受種子水性者亦不言我能潤種子火性者亦不言我能熟種子空性者亦不言我能爲種子作無礙種子亦不念言我藉此等緣能得增長若離此緣種子則不能生芽其此芽亦非自作亦非共作亦非自在天作亦非無因生皆從地水火風空種子時節故生芽此外因緣應作五事觀察非常非斷非傳度藉緣故果實增廣從相似生言非常者此種滅故言非常即此時種滅即此時芽生以無障礙故如秤低起故言非斷種與芽亦不相似故言非傳度所種種少收子滋多故言藉緣故果實增廣如所種種即

生相似果此是從相似生是亦不然如是從華故生子應如理安如是外因緣應二種觀察如是內因緣義亦應二種觀察一從因二從緣其內緣從因義何也所言無明緣行行緣識識緣名色名色緣六入六入緣觸觸緣受受緣愛愛緣取取緣有有緣生生緣老死憂悲苦惱次第增長如是等苦陰聚集增長如是有無明故行增長如是乃至有生故老死增長若無無明則不生行若無生則無老死如是有無明故有行增長如是有生故有老死增長其無明亦不念言我能造行行亦不念言我爲無明所造乃至生亦不言我能造老死老死亦不言我爲生所造如是有無明故有行增長乃至有生故有老死增長云何名無明所言無明者依六種性稱爲男女

何者爲六種性如是地性水性火性風性空性識性其地性者堅相能成身使身不敗水性亦能持能潤能輭能濕火性亦能持所飲噉食味能令成熟風性亦能持歔吸噫氣喘息吐等此等四大所成內孔即是空大乃至成名色喻如束荻緣由則是識性其地性非我非衆生非命非男非女非自非他如是乃至識性如是六性緣具故有衆生想常想恒想有想吾我想婬欲想我想如是等類種種無知稱爲無明有此無明故於境則生愛著則生瞋恚則生愚癡此等貪瞋癡依境故起則稱爲行隨事分别故名爲識從此識故復生四陰即是名色依名色故有諸根以此稱爲六入此聚集故有觸覺觸故受受後故愛愛增廣故取依取故生後有業有生故有有

以業爲因故有陰陰起故生陰熟故老陰壞故死内煩熱故憂思想故悲身識陰和會故苦意識陰和會故不適如是等名隨煩惱分其闇義故無明其造作義故行識義故識堅立義故名色入門義故六入觸義故觸領取義故受愛取義故取更生後有義故有起義故生熟義故老壞義故死煩熱義故憂思想義故悲逼惱身義故苦逼惱心義故不適隨煩惱分義故苦惱如是不隨實相故則隨邪行無知故則無明如是無明故生三種行則是善不善無記故言無明緣行有如是等行故有善識不善識無記識以是故行緣識以有善從識故則生從善名色不善及無記亦如是生識緣故稱爲名色名色增長故有六門作所應作等知智名色緣稱爲六入六觸入故生六觸緣此六入故稱爲觸此觸生故故生受故稱緣觸生受領取諸緣味著故名受緣受故稱爲愛歡悅躭著好色染味名色不能捨離深更貪求此等稱爲愛緣愛故取欲更希求後有因身口意業故稱取緣有依業故生陰此是緣有故生此陰生起故有熟壞故稱生緣老死如是十二因緣生更相因賴更相生長無始輪轉無有斷絶復次業及識等次生十二因緣故生四支此隨因義何者爲四無明愛業識也其識種子有爲因其名色者業及田爲因無明愛爲煩惱因無此業煩惱故識種子不生長明此因業識種子爲田無明故散識種子愛故潤識種子其無明亦不生念言我能散識種子愛亦不念言我能潤識種子業亦不念言我於識爲田用

識種子亦不念言我緣此等故生復次識種子安住業田中爲愛所潤漬無明爲啓覆故種子生長生名色芽於一切無生陰則此名色芽亦非自造亦非他造亦非俱造亦非自在天造亦非無因生有如上業煩惱故識種子增長生名色芽亦不從此世度於後世而有隨從業果因緣備足故譬如明鏡覩見面像面亦不離身度於鏡中而有相似形像藉因緣備足故如是此身於此處滅於彼處生有業因緣隨逐備足故譬如月輪於三萬二千由旬形現於此以鉢盛水覩見月形月亦不從空墜落於此亦不度來而有月形像因緣具故譬如持火以啓器盛貯火然不滅焰亦不離焰去隨因故然如是業煩惱生識種子從此生入相續生名色芽於無主法因緣具故如是一切有支如理而安如是內因緣從因義如是觀如是從緣義從因義如是從緣義如是如修多羅中說如是緣起如是緣集如是緣如是阿毗曇中今當說少勝相如男女聚集有婬欲時節俱會相續識種子於女人腹內起名色芽如眼緣色藉明生意緣生眼識如是色爲眼識緣境明爲開導空爲不礙如是生意無如是緣則識不生若眼入無礙色等外塵則爲緣對明爲開導空爲無礙生意緣則依意所作如是眼色明空生意緣和合故生眼識則此眼亦不念言我能爲眼識作依色亦不念言我能爲眼識作緣境明亦不念言我爲眼識作明導空亦不念言我能爲眼識作無礙生意緣亦不念言我能爲眼識作意緣眼識亦不念言我藉此等緣

所生若有此緣則生眼識如是耳鼻舌身意識如理廣如是說安住明中依意及法生意緣如是廣說如是內因緣從緣義應如是觀其內因緣義應作五事觀察非常非斷非傳度藉緣故果實增廣從相似生此亦不然所以者何臨死之陰滅故非常即此時死陰滅故更生餘陰中無間缺如稱低起故非斷以非相似然故初心更生勝心故非傳度緣作小業受大果報故稱藉緣故果實增廣如所作受業便受相似果故稱從相似生此亦不然若是因緣知十二因緣陰生有生無生則於此時以用一識本所經修四諦則能證苦以智證集以命證滅以現前證道以觀證如是見四正諦諸正弟子即是見法若見法即是見佛隨從慧行其義何也如是因緣見陰生有生無生即見二諦所謂苦諦集諦如是因緣若能俱見見初諦則見二諦滅諦道諦如是見四諦諸正弟子即見諸佛隨從慧故則生心念其譬云何如有人見善畫師畫作人像相好端正即生識云此畫師善能畫也如是諸正弟子見四正諦即生念言如來應供正遍知能說此法爲斷衆苦即於佛生無等信心自然善說此聲聞法甚深微密善能安置則於法得堅固信於是自然善說此阿毗曇經爲斷一切苦若能隨從即是善從則於僧生無等信既見實諦故得清白戒品得離身見及戒取等諸疑惑皆悉已離如是正弟子得見四諦具四無等則離三纏成須陀洹證決定法向正覺路住於初果薄婬怒癡故成斯陀含住於第二果離五種陰纏及九

增上結勤修治道盡諸漏結成阿那含住於三果盡離色欲慢自高無明等得最勝第四沙門果成阿羅漢住有餘涅槃次漸捨離諸有隨待時節身壞命終即入無餘涅槃如是觀身陰生相了知四正諦故得須陀洹斯陀含阿那含阿羅漢果皆得現前如是多種觀身生相覺四眞諦離此觀身生相及了四眞諦不得解脱道若欲求解脱道求四眞諦求無等信求成就沙門果欲求入無餘涅槃於阿毗曇經應勤觀陰生相無上正覺教法如是今次論律相佛世尊天龍夜叉阿脩羅迦樓羅乾闥婆恭敬尊重供養世尊已得善利已得心願滿足離一切不善法具足一切善法無愛無取離吾我想一切種智慧已得自在已斷諸趣已斷別離無諸煩惱已解脱能解脱轉諸輪迴生死輪種諸後善增長前善現前善根令得解脱紓所教化佛現於世莊嚴善利衆生世尊爲眼爲慧爲義爲法是大法聚於三種衆生佛爲軍師將導教化令人將導爲師令人爲師爲大商主能知道徑能說善道是大醫王無上轉輪人中最勝人雄受最後身沙門大沙門得至沙門無垢無穢明淨遍見能與明與眼除闇作明作光度生死海未安令安具足無等勤具足無等智大勇猛大歛攝大威德大雄大神大力大將導世尊爲初世尊爲最上世尊吹法螺擊法鼓竪法幢掛法旛然法燈遮惡趣示善趣除世間惡除世間險蔽惡道開天道示解脱道以神通力除以慧力滅一切衆生心惑雨法雨顯四無畏如日初出光明照世挫諸異道安

置衆生天道及解脱果已度度他已脱脱他已安安他已涅槃涅槃他佛世尊安住摩伽陀國靈利山林摩伽陀王頻婆娑羅聞世尊與大比丘衆千數俱皆是舊學外道諸漏已盡所作已辦已捨重擔逮得已利盡諸有結於正理中心得解脱王聞已大喜嚴駕兵衆有大威勢以王力故駕萬二千車乘萬八千馬騎兵衆與無數百千摩伽陀國婆羅門居士從王舍城往詣佛所爲欲見佛爲欲供養轝輦所至處已王即下輦仍足步入園於時頻婆娑羅王遥見佛即却五種莊嚴如是寶冠繖蓋寶劒寶莊團扇寶革屣時摩伽陀王頻婆娑羅偏袒右肩合掌向佛恭敬作禮三稱自姓名大德我是摩伽陀王頻婆娑羅如是三稱佛言如是汝是摩伽陀王頻婆娑羅亦如是三稱大王於汝自座處坐時摩伽陀王頻婆娑羅禮佛足已却坐一面摩伽陀國婆羅門居士俱在一處亦禮佛足却在一面時摩伽陀國婆羅門居士問訊佛佛種種慰𥬙竟却坐一面又摩伽陀國婆羅門居士合掌向佛作禮却坐一面又摩伽陀國婆羅門居士遠見佛已黙然而坐於時歐樓毗螺迦葉於此大衆中在近而坐時摩伽陀國婆羅門居士各生念言爲是此大沙門從歐樓毗螺迦葉學道爲是歐樓毗螺從此大沙門學道時佛知摩伽陀國婆羅門居士心中所念乃向歐樓毗螺迦葉説偈言

汝歐樓毗螺　何所因見故　而捨供養火
而從此學道　如是等所以　應當向我説
汝所供事火　云何各捨置

歐樓毗螺迦葉答言
飲食等諸味　貪嗜此三種　如是等過患
我深見所以　是故捨事火　心不生安樂
佛言
汝心不安樂　飲食等諸味　云何心不樂
人天中勝道　汝今應答我
迦葉言
我見無餘滅　道最爲第一　於世間欲樂
心不生貪著　更無別異相　故不從餘教
是故捨事火　心不生安樂　供養并事火
我昔心邪盡　緣此得解脫　我實大盲闇
隨從生死流　不識正眞道　今始見無爲
如來實善說　大衆所歸依　世尊爲軍主
我今已覺了　瞿曇實諦理
佛言
善來修行道　爾所念皆是　善分別法相
其最勝已得

迦葉汝當決衆疑時長老歐樓毗螺迦葉即入三昧如所起心於東方住於空界現四威儀行住坐卧身内出火長老歐樓毗螺迦葉身出種種光焰青黃赤白紅水精色現變神相身下分然身上分出清冷水如是南西北方種種示現神通變化竟攝還合掌向佛作禮而白佛言佛是我師我是佛弟子如是三說如是迦葉如是迦葉我是汝師汝是我弟子迦葉汝坐於汝座隨意坐時長老歐樓毗螺迦葉還本座坐時摩伽陀國婆羅門居士作如是念定非大沙門從歐樓毗螺迦葉學道乃是歐樓毗螺迦葉從大沙門學道時佛世尊告摩伽陀王頻婆娑羅大王色亦生亦

滅此生滅相應當知識想受行亦生亦滅此生滅相應當知大王色生滅法善男子知是事已識想受行生滅法大王善男子知是事已知是識已大王善男子知色不著不取不住不入計識想受行爲我善男子知是已不著不取不住不入大王善男子計色爲我不著不取不住不入作無我心我說是人則得無量無邊解脫生死時摩伽陀國婆羅門居士各作是念言若色非我識想受行非我即是誰當成我人衆生自體能作所作能起所起能知所知如上等事則應不生不有在在處處所作善惡業果誰當爲受誰捨此陰誰受後陰爾時世尊知摩伽陀國婆羅門居士心中所念告諸比丘有稱我我者皆是凡愚無知隨從他語皆無我無我所苦生故生苦滅故滅行生故生行滅故滅依如是等因緣故生衆生身行如來知衆生接續及生滅諸比丘我皆見以勝眼清淨過人中眼若衆生生滅善色惡色若勝若劣若生善道若生惡道如是業法我皆如實知此等衆生具身惡業具口意惡業誹謗賢聖具邪見法業因緣故身壞命終即墮惡趣生地獄中又此衆生具身善業具口意善業不誹謗賢聖正見隨造正見業法此因緣故身壞命終即墮善道生天中如是等我皆知見我亦不說言此是我此是衆生此是命此人此作此能作此生此能生能起所起能知所知如上等事則應不生不有在在處處受所作善惡業果捨此陰受後陰別法相賴其法相賴者此法有故是法生如無明緣行行緣識識緣名色名色

緣六入六入緣觸觸緣受受緣愛愛緣取取緣有有緣生生緣老死憂悲苦惱起如是等大苦陰聚集此等無故此等滅此無明滅故行滅行滅故識滅識滅故名色滅名色滅故六入滅六入滅故觸滅觸滅故受滅受滅故愛滅愛滅故取滅取滅故有滅有滅故生滅生滅故老死憂悲苦惱等滅如是等大苦陰滅如是比丘有爲皆苦涅槃寂滅因集故苦集因滅故苦滅斷本則不相續不相續故滅如是極於苦邊比丘云何名滅即處有苦滅故即寂滅即寂滅即盡已此是寂靜處若離一切煩累則愛盡離欲寂滅涅槃時佛世尊重復告摩伽陀國頻婆娑羅大王是色爲常爲無常無常世尊此若爲常爲無常苦是無常世尊是生滅法然聲聞正弟子作如是想隨從我此是我此我物此是我所是事不然世尊大王汝意云何識想受行爲常無常無常世尊此等苦爲常無常苦皆無常世尊若此苦是無常則是生滅法然聲聞正弟子作如是想隨從我此是我此我物此是我所是事不然世尊以如是等故大王若有小色過去未來現在若內若外若廣大若微細若增若劣若近若遠此等一切非是我我所以如是如實應以正智觀若有受若有想若有行若有識過去未來現在若內若外若廣大若微細若增若劣若近若遠此等一切非我我所如是如實應以正智觀如是正弟子如是知見故猒色受想行識等亦生猒猒故離猒離故得解脫得解脫故得見慧我生已盡諸漏已盡所作已辦不受後有說如是等法時

摩伽陀王頻婆娑羅無復諸染離諸垢穢於法得法眼淨時八萬諸天無量千數摩伽陀國婆羅門居士於法得法眼淨時摩伽陀王頻婆娑羅見法得法解法入甚深法度希望心度諸疑網不從他教更無餘信於佛教法中得無畏從座而起偏袒右肩合掌向佛作禮而白佛言世尊我已得過我已得過已我今歸依世尊及比丘僧憶持我爲優婆塞從今日乃至盡形壽歸依不殺生業清淨願世尊來王舍城我盡形壽供養世尊衣服飲食卧具湯藥等供具願世尊與比丘僧俱受我請摩伽陀王頻婆娑羅請已時佛世尊默然而住摩伽陀王頻婆娑羅知佛默然受請頭面接足禮辭佛而退

爾時世尊向王舍城次第行已至王舍城住王舍城柯蘭陀所住竹林時王舍城有道士名删闍夷出化未久其等承習師始適無常其有二伴將領徒衆一名優婆底沙一名古利多領諸徒衆其等二人共作是約若有先得甘露勝果者必相分遺時長老阿說者於晨朝執持衣鉢入王舍城乞食時優婆底沙道士於王舍城出行道路有小緣事故優婆底沙道士遠見長老阿說者心生歡喜鄭重觀視執持衣鉢見已心作是念在此王舍城内出家學道者不見有人威儀如是此出家人我今宜問乞士誰是汝師汝何所爲而出家耶汝從誰法欲訊訪故於路而立待長老阿說者至時優婆底沙道士問長老阿說者言乞士誰是汝師汝爲誰出家汝從誰法長老言瞿曇沙門是釋種子剃除鬚髮著壞色

衣有於正信捨離有爲出家學道無上正遍知正覺道此世尊是我師我爲其出家我從其法長老爲我說其法耶長老我年尚幼稚學日復初淺是故我未能說如來無上正遍知甚深廣大法我今且略說法中之少義願爲說之我唯須義不須文字時長老阿說者而說偈言

若法從因生　如來說此因　滅如是等因　如是世尊教

說如是等法時道士優婆底沙無染離垢於法得法眼淨時優婆底沙道士見法已得法已解法已入甚深法度希望心度諸疑網不復餘信不從他教於佛世尊法中得無畏從坐而起偏袒右肩合掌向長老阿說者作禮重作是言如是等深法世尊教所說無動無憂惱無數那由他刧昔來未聞見世尊今在何處住即在此王舍城柯蘭陀住處竹林時優婆底沙道士聞長老阿說者語已心生歡喜頭面禮阿說者足已而退時優婆底沙道士往詣古利多道士古利多遥見優婆底沙道士已作如是言汝諸根乃爾情悦面色清淨皮光白色長老汝已得甘露耶如是長老長老爲我說法時優婆底沙道士而說偈言

若法從因生　如來說此因　滅如是等因　如是世尊教

長老更爲我重說

若法從因生　如來說此因　滅如是等因　如是世尊教

說如是等法時古利多道士無染離垢於法得法眼淨時古利多道士見法已得法已解

法已入甚深法度希望心度諸疑網不復餘信不從他教於佛世尊法中已得無畏從坐而起偏袒右肩合掌向優婆底沙作禮重作是言如是等深法世尊教所説無動無憂惱無數那由他刧昔未曾聞見世尊今在何處住即在此王舍城柯蘭陀住處竹林便可共往詣世尊於世尊所修行梵行宜往觀詣彼衆彼亦有智人如我等者時優婆底沙與古利多道士告諸婆羅門弟子言我等欲於佛世尊所修行梵行汝等今何所作答言我等若有所知皆藉師教師若依世尊修行梵行我等亦隨師出家汝等婆羅門當知今正是時時優婆底沙古利多各有眷屬二百五十人出王舍城往世尊所於是時中佛世尊爲無數百千衆生説法世尊遥見優婆底沙古利多二道士各有二百五十眷屬導從遠見是已即告諸比丘汝等觀視此二伴各領徒衆在衆首行來詣此優婆底沙古利多等如是世尊此二人當成我第一諸從弟子一者神通第一二者智慧第一時衆中有比丘而説偈言

見此二人來　優婆底沙等　及古利多來
未至此竹林　世尊今懸記　無邊佛智慧
諸根過世人　滿足波羅蜜

世尊於世中最上彼衆二人來應爲大弟子世尊已懸記一神通第一二智慧第一時優婆底沙古利多等來至佛所頂禮佛足却住一面而白佛言我等願得於世尊所出家受具足戒作比丘於世尊所修行梵行優婆底沙古利多等道士於自然法教得出家受戒

作比丘已時諸比丘於晨朝時執持衣鉢入王舍城乞食時王舍城人民見刪闍夷道士徒衆出家受戒見此比丘已訶責而説偈言

佛至王舍城　摩伽陀勝國　何故不盡化
刪闍夷眷屬

時諸比丘默然無對未解無有辯才時諸比丘於王舍城次第乞已飲食訖仍還本處安置衣鉢洗足已往詣佛所至佛所已頂禮佛足却坐一面坐已時諸比丘而白佛言世尊我等與諸比丘於晨朝時執持衣鉢入王舍城乞食時王舍城人民見刪闍夷道士眷屬出家受戒並訶責而説偈言

佛至王舍城　摩伽陀勝國　何故不盡化
刪闍夷眷屬

時諸比丘默然無對未解無有辯才若王舍城人作如是言汝餘比丘應如是答

大雄所將度　如來以正法　善法攝衆生
誰無知當恠

若作是説時王舍城人民即當默然無對皆失辯才時諸比丘復於晨朝執持衣鉢入王舍城乞食時王舍城人民見刪闍夷道士眷屬復訶責而説偈言

佛至王舍城　摩伽陀勝國　何故不盡化
刪闍夷眷屬

時餘比丘即説偈言

大雄所將度　如來以正法　善法攝衆生
誰無知當恠

如是説已王舍城人民即默然退失辯才時佛世尊告諸比丘及外道形服不應度出家世尊即制戒外道形服不得度出家時有比

丘不知云何度外道出家以是事白佛佛言
是故比丘應當更尋於是時中姓犢子外道
住在王舍城時犢子外道故往詣佛世尊所
對佛已問訊種種語論已却坐一面坐已姓
犢子外道而白佛言我今欲問瞿曇少義願
開許我爲我解說說是語已世尊默然第二
第三亦作是言姓犢子外道白佛言我今請
問瞿曇大德少義唯願開許爲我解說第二
第三作如是言世尊默然時姓犢子外道白
佛言我共在此夜已淹久世尊瞿曇我今請
問少義願開許我爲我解說時佛念言此姓
犢子外道長夜無諂曲無欺誑性淳直若有
所問已解其意非爲惱亂我當如阿毗曇寗
義如律寗義有問當爲敷說知姓犢子外道
心念已佛言犢子可問隨汝所樂云何瞿曇

善不善爲有爲無犢子有善有不善善哉世
尊瞿曇願爲我說善法不善法令我識善不
善犢子我當種種分别爲汝說善不善然當
略說犢子諦聽欲染不善離欲染是善恚癡
不善離恚癡是善殺生是不善捨離殺生是
善偷盜邪婬妄語兩舌惡口綺語慳貪邪見
是不善正見是善犢子我已說如是三種是
善三種是不善若我弟子如是三不善如實
知三種善十種不善十種善如實知所餘知
欲盡知恚盡知癡盡欲盡恚盡癡盡漏盡故
得無漏心解脫得智解脫自然見法證法成
就我生已盡梵行已立所作已辦無復後有
瞿曇頗有一比丘於此法中得盡諸漏於無
漏法心得解脫如上所說不受後有耶犢子
非一比丘非二非三非五非百如是無數比

丘於此法中漏盡得無漏如前說不受後有瞿曇且置一比丘頗有一比丘尼於此法教中漏盡得無漏心得解脫如前所說不受後有耶犢子非一比丘尼非二非三非五非百如是無量比丘尼於此法中盡漏得無漏心得解脫如前所說不受後有瞿曇且置比丘尼頗有優婆塞修行梵行於此法中度希望度疑網耶犢子非一優婆塞非二非三非五非百乃有無量優婆塞於此法中於五別分纏得解脫化生即於中涅槃不復退還法應不還此界瞿曇且置比丘且置比丘尼且置優婆塞修行梵行頗有優婆夷修行梵行度希望度疑網耶犢子非一非二非三非五非百乃有無量優婆夷於此法中於五別分纏得解脫化生即於中涅槃不復退還法應不還此界瞿曇且置比丘且置比丘尼且置梵行優婆塞且置梵行優婆夷頗有一優婆塞受五欲樂於此法中度希望度疑網耶犢子非一優婆塞非二非三非五非百乃有無量於此法中有諸妻子臥具居家著香華瓔珞著妙好衣及諸塗身畜諸金寶驅策奴婢僕使解脫三纏薄婬怒癡得斯陀含一往來此世界盡諸苦邊瞿曇且置比丘且置比丘尼且置梵行優婆塞且置梵行優婆夷且置受五欲樂優婆塞頗有優婆夷受五欲樂於此法中度希望度疑網耶犢子非一優婆夷非二非三非五非百乃有無量於此法中育養兒子如前策使奴婢僕使解脫三纏逆生死流得不退墮法必證正覺受此七有七生天上還依人身盡諸苦邊若爾瞿曇法成正覺

若比丘皆得及比丘尼優婆塞修梵行者優婆夷修梵行者優婆塞受欲樂者優婆夷受欲樂者世尊瞿曇教法如是故則應不成滿足以是故如瞿曇法所成正覺比丘皆得及比丘尼優婆塞修梵行者優婆夷修梵行者優婆塞受欲樂者優婆夷受欲樂者如是故瞿曇教法以如是故滿足瞿曇我今意欲說譬犢子今正是時如是瞿曇如天雨雨水隨下流如是世尊瞿曇教一切男女童男童女若老若少隨涅槃下隨涅槃流隨涅槃低隨從說涅槃隨從已奇哉善覺奇哉善說法瞿曇若有外道出家道士若來若希求於自然法教出家受具足戒作比丘幾久依比丘共住犢子若外道出家道士若來若希求於自然法教出家受具足戒作比丘則應依比丘和尚所四月日披袈裟試之然取兩彼究悉我已說如是瞿曇若外道出家道士來若希求於自然法教出家受具足戒作比丘則應依比丘和尚所四月日披袈裟試之我今願欲非唯四月亦能四年依從我今願樂於自然法教出家受具足戒作比丘我依世尊瞿曇所修行梵行犢子然我先不已說二彼究悉汝瞿曇已說爾時世尊告諸比丘汝等比丘度姓犢子道士出家受具足戒姓犢子道士得於自然法教出家受具足戒已長老姓犢子受具足戒已得半月已乃至學慧應學應觀應至應覺是等慧已見已知已覺已證世尊正法時長老犢子作如是念我所應學慧應學應觀應至應覺此等一切慧已見已知已覺已證世尊正法我今正是時應往至

世尊所時長老犢子往詣世尊所至世尊所已頂禮世尊足已却住一面却住一面已長老犢子白世尊作如是言世尊我乃至學慧應學應觀應至應覺此等一切慧已見已知已覺已證世尊正法善哉世尊爲我說法使我親近無放逸乃至如本不知有後以是故汝犢子應親近二法觀察廣修如是等二法親近觀察廣修則得性慧覺了諸性已知種種性覺種種性知無量性覺無量性犢子若比丘欲作是念快哉我離諸欲我離諸惡不善法有希望有籌量寂靜安樂安住初禪爲滅希望滅籌量今內喜則一心無希望無籌量安住第二禪離喜故安住捨中安念覺了覺身樂則證正諦捨念安樂安住三禪離樂離苦滅憂喜無苦無樂具捨安念清淨安住四禪慈悲喜捨空處識處無所有處非想非非想處快哉我已離三纏得須陀洹離三纏已薄婬怒癡成斯陀含離五別分纏故成阿那含成就種種神力淨眼根淨耳根淨意根至於本處脫生死盡諸漏皆具如是具種種神通力以一身能爲無量身以無量身能作一身能作明作闇具觀諸慧過石過壁過籬障身無礙而過於大地中猶如虛空能出能没於大地猶如在水能出能没住於虛空結跏趺坐去行猶如飛鳥日月有大威光手能摩捉乃至身昇梵天以如意通皆得自在於自法門所有希望快哉我是比丘以清淨耳過人中耳聞二種聲若天若人若近若遠隨以所念即得現前於自法門若有希望快哉我是比丘知他衆生知他人所有希望所有

籌量心心所念如實而知如是有欲心如實而知如是離欲心離欲想如實而知如是有欲離欲如是有恚離恚有癡離癡如是攝心縱心高心不高心靜心極靜心作意心不作意心解脫心不解脫心如實而知隨心所向能得如意於自法門所有希望快哉我是比丘無量種分別憶念知前時事如是一生二三四五六七八九十二十三十四十五十百生千生百千生如是無量百千生如是無量過去未來劫數此悉憶知如曾有某衆生名某甲我於彼時名某甲如是種姓如是飲食如是覺苦樂如是長壽如是久長如是壽命極盡我從彼死復生某處又於彼死今於此生如相貌如處所種種分別憶知往昔所更事隨心所向此得如意於自法門所有希望快哉我是比丘以清淨眼根過人中眼見諸衆生死時生時善色惡色若增減若趣善道若趣不善道隨事隨業衆生如實而知此等衆生具身惡業具口意惡業誹謗賢善邪見具邪見業法習因緣以此因緣故身壞命終墮惡道生地獄中復有此等衆生具身善業具口意善業不誹謗賢善正見具正見業法習因緣以此因緣故身壞命終往趣善道生於天上隨心所向皆得如意於自法門所有希望快哉我是比丘已盡諸漏心得無漏解脫得慧解脫已具足證自然法我生已盡梵行已立所作已辦無復後有隨心所向能得如意於自法門所有希望所覺之法喜樂爲證隨心所向能得如意於自法門是等比丘如是二法應親近應觀察應廣修已修此等

二法已親近觀察廣修則成就性慧性覺具種種性慧無量性慧無量性覺時長老犢子聞佛說已歡喜踊躍頂禮世尊足已辭佛而退時長老犢子已得最勝第一法無放逸無煩熱心得自在安住若善男子所欲爲者剃除鬚髮披壞色衣有正信心捨離有爲向於無爲出家此無上梵行白法自知已具足證法我生已盡梵行已立所作已辦不受後有已覺了竟是長老得阿羅漢果心得解脫時衆多比丘勤求欲見世尊供養世尊時長老犢子見衆多比丘復作是言長老欲何處去我欲往世尊所欲見世尊欲供養世尊希長老傳我語禮世尊足問訊少病少惱起居輕利安樂行長老犢子作如是說我已安立世尊我已久習歡樂非不歡樂如是世尊弟子所應作事供養世尊我歡喜作非不歡喜時諸比丘往詣佛所至佛所已頂禮佛足却坐一面坐一面已時諸比丘白佛言世尊長老犢子頂禮世尊足問訊少病少惱起居輕利行來氣力安隱無障礙安樂行長老犢子作如是說我已安立世尊我已久習世尊歡樂非不歡樂如是世尊弟子所應作事供養世尊我歡喜作非不歡喜諸比丘諸天先已向我說是事次汝等後說如來無上慧知見行如是彼比丘亦是大神力大威德時佛世尊說稱讚長老犢子已如是說諸比丘不依作者得娑底娑羅若外道道士等來求出家者若比丘不與共住仍度出家即得娑底娑羅云何與外道共住若有外道來希求出家即應於僧求四月日住和南大衆我某甲外道

希求如來所覺法教出家受具足戒作比丘我某甲外道於僧乞求四月日住願大德僧與我四月日住慈愍故第二第三作如是說羯磨師應白衆

大德僧聽某甲外道希求如來所覺法教出家受具足戒作比丘此某甲外道從僧乞四月日住若僧時到僧忍聽僧若與某甲外道四月日住白如是應作羯磨大德僧聽此某甲外道希求如來所覺法教出家受具足戒作比丘此某甲外道從僧乞四月日住僧若與某甲外道四月日住誰諸長老忍與某甲外道四月日住者默然誰不忍者說此初羯磨如是第二羯磨如是第三羯磨僧與某甲四月日住僧忍默然故是事如是持

其人飲食若爲僧作務隨僧分中與食若不爲僧作應語言汝自當覓食此外道應自乞食諸比丘應一日之中三過於外道前毀呰言外道作如是說外道無敬信外道犯戒外道無羞恥外道是墮落外道邪見長老應作如上說於時復應讚須陀洹斯陀含阿那含阿羅漢等五種功德外道應言如是長老如是長老外道實不敬信乃至云外道實邪見願長老濟拔我願長老濟度我憐愍慈愍故於四月日共住試已得諸比丘意已應度出家受具足戒若餘外道作白衣形來亦應如是共住試已方聽出家受具足戒若有外道雖復解法亦應如上共住試已方聽出家受具足戒若外道不經共住及如上試不得度出家受具足戒若比丘不試度出家受具足戒者得娑底娑羅

佛阿毗曇經卷上

音釋

輭（而兗切柔也）歔（朽居切吹也）漬（疾智切浸也）歐樓毗螺（梵語也此云木瓜林歐烏侯切螺郎何切）刪（所間切）跏趺（跏古牙切趺甫無切跏趺屈足坐也）

佛阿毗曇經卷下

陳三藏法師眞諦譯

出家相品第二

佛世尊天龍夜叉阿脩羅迦樓羅乾闥婆恭敬尊重供養世尊已得善利已得心願滿足離一切不善法具足一切善法無愛無取離吾我想於一切種智慧已得自在已斷諸趣已斷別離無諸煩惱已解脱能解脱轉諸輪迴生死輪種諸後善增長前善現前善根令得解脱舒所教化佛現於世莊嚴善利衆生世尊爲眼爲慧爲義爲法是大法聚於三種衆生佛爲軍師將導教化令人將導爲師令人爲師爲大商主能知道徑能説善道是大醫王無上轉輪人中最勝人雄受最後身沙門大沙門得至沙門無垢無穢明淨遍見能與明與眼除闇作明作光度生死海未安令安具足無等勤具足無等智大勇猛大斂攝大威德大雄大神大力大將導世尊爲初世尊爲最上世尊吹法螺擊法鼓竪法幢掛法播然法燈遮惡趣示善趣除世間惡除世間險蔽惡道開天道示解脱道以神通力除以慧力滅一切衆生心惑雨法雨顯四無畏如日初出光明照世挫諸異道安置衆生天道及解脱果已度度他已脱脱他已安安他已涅槃涅槃他佛世尊住舍衛國祇樹給孤獨園於是時有諸比丘善來度人出家所出家人披著衣服不齊整佛言比丘不得善來度人出家若度出家者得婆底婆羅十緣起二十先因緣已廣説佛世尊恭敬供養乃至次第滅諸惡法世尊住舍衛國祇樹給孤獨園

爾時比丘以三歸授人爲具足戒所受戒人威儀衣服皆不齊整時有少欲比丘訶恠是事云何是等比丘以三歸爲具足戒威儀衣服皆不齊整比丘即以此事白佛佛言比丘不得以三歸授爲具足戒若授爲具足戒者得娑底娑羅佛世尊恭敬供養乃至次第滅諸惡法世尊在舍衛國祇樹給孤獨園爾時比丘爲白衣形服授具足戒時有少欲比丘訶恠是事云何是等比丘爲白衣形服受具足戒比丘即以此事白佛佛言比丘不得以白衣形服受具足戒若爲白衣形服受具足戒者得娑底娑羅佛世尊恭敬供養乃至次第滅諸惡法世尊在舍衛國祇樹給孤獨園爾時比丘爲著瓔珞人受具足戒時有少欲比丘訶恠是事云何是等比丘爲著瓔珞人受具足戒比丘即以此事白佛佛言比丘不得爲著瓔珞人受具足戒若爲著瓔珞人受具足戒者得娑底娑羅佛世尊恭敬供養乃至次第滅諸惡法世尊在舍衛國祇樹給孤獨園爾時比丘爲無男根人如女人爲受具足戒時有少欲比丘訶恠是事云何是等比丘爲無男根人受具足戒比丘即以此事白佛佛言比丘不得爲無男根人受具足戒若爲無男根人受具足戒者得娑底娑羅佛世尊恭敬供養乃至次第滅諸惡法世尊在舍衛國祇樹給孤獨園爾時比丘爲瘂人出家受具足戒瘂人是男子音聲如女人爲時少欲比丘訶恠是事云何是等比丘度瘂人出家受具足戒比丘即以此事白佛佛言不得度瘂人出家受具足戒若度瘂人出家受具

足戒者得婆底婆羅佛世尊恭敬供養乃至次第滅諸惡法世尊在舍衛國祇樹給孤獨園爾時比丘度瘂人出家受具足戒此瘂人者是男子根無用時有少欲比丘訶恠是事云何是等比丘度瘂人出家受具足戒比丘即以此事白佛佛言不得度瘂人出家受具足戒若度瘂人出家受具足戒者得婆底婆羅佛世尊恭敬供養乃至次第滅諸惡法世尊在舍衛國祇樹給孤獨園爾時比丘度不經共住人出家受具足戒時有少欲比丘訶恠是事云何是等比丘度不經共住人出家受具足戒比丘即以此事白佛佛言不得度不經共住人出家受具足戒若度不經共住人出家受具足戒者得婆底婆羅佛世尊恭敬供養乃至次第滅諸惡法世尊在舍衛國祇樹給孤獨園爾時比丘度閹人出家受具足戒時有少欲比丘訶恠是事云何是等比丘度閹人出家受具足戒比丘以此事白佛佛言比丘不得度閹人出家受具足戒若度閹人出家受具足戒者得婆底婆羅佛世尊恭敬供養乃至次第滅諸惡法世尊在舍衛國祇樹給孤獨園爾時比丘度不能男子出家受具足戒不能男者其有六種一生二斷三挼四不觸五嫉六半月何者生不能男生而無男根何者斷不能男斷其種子何者挼不能男挼其種子何者不觸不能男不為人所觸動則不能為人所觸動則能何者是嫉不能男見他作事方能男何者半月不能男半月成男半月不成男時有少欲比丘訶恠是事云何是等比丘度不能男出家受具足

戒比丘以此事白佛佛言比丘不得度不能男出家若度不能男出家受具足戒者得婆底婆羅佛世尊恭敬供養乃至次第滅諸惡法世尊住舍衞國祇樹給孤獨園時諸比丘不白爲受具足戒時有少欲比丘訶恠是事云何是等比丘不白爲受具足戒比丘以此事白佛佛言比丘不得不白爲受具足戒若不白爲受具足戒者得婆底婆羅佛世尊恭敬供養乃至廣說滅諸惡法世尊在舍衞國祇樹給孤獨園爾時比丘無和尚爲人受具足戒時有少欲比丘訶恠是事云何是等比丘無和尚爲人受具足戒比丘即以此事白佛佛言比丘無和尚不得爲人受具足戒若無和尚爲人受具足戒者得婆底婆羅佛世尊恭敬供養乃至次第滅諸惡法世尊在舍

衞國祇樹給孤獨園爾時比丘無阿闍梨爲受具足戒時有少欲比丘訶恠是事云何是等比丘無阿闍梨爲受具足戒比丘即以此事白佛佛言比丘不得無阿闍梨爲人受具足戒若無阿闍梨爲人受具足戒者得婆底婆羅佛世尊恭敬供養乃至廣說滅諸惡法世尊在舍衞國祇樹給孤獨園爾時比丘一一人各作羯磨時有少欲比丘訶恠此事云何是等比丘一一人各作羯磨比丘即以此事白佛佛言比丘不得一一人各作羯磨若一一人各作羯磨者得婆底婆羅佛世尊恭敬供養乃至廣說滅惡法世尊在舍衞國祇樹給孤獨園爾時比丘度未被許人出家受具足戒時有少欲比丘訶恠是事云何是等比丘度未被許人出家受具足戒比丘即以

此事白佛佛言比丘不得度未被許人出家受具足戒若度未被許人出家受具足戒者得娑底娑羅佛世尊恭敬供養乃至廣滅惡法世尊在舍衛國祇樹給孤獨園爾時比丘不問而爲受具足戒時有少欲比丘訶恠是事云何是等比丘不問而爲受具足戒比丘即以此事白佛佛言比丘不得不問而爲受具足戒若不問而爲受具足戒者得娑底娑羅佛世尊恭敬供養乃至廣滅惡法世尊住舍衛國祇樹給孤獨園爾時比丘度作人出家受具足戒時有少欲比丘訶恠是事云何此等比丘度作人出家受具足戒比丘即以此事白佛佛言比丘不得度作人出家受具足戒若度作人出家受具足戒者得娑底娑羅佛世尊恭敬供養乃至廣滅惡法世尊在

舍衛國祇樹給孤獨園爾時比丘度偏頭人出家受具足戒時多人訶恠是事云何比丘度偏頭人出家夫出家者皆應形體端正諸比丘聞是事已即以此事白佛佛言比丘不得度偏頭人出家若度偏頭人出家受具足戒者得娑底娑羅佛世尊恭敬供養乃至廣滅惡法世尊在舍衛國祇樹給孤獨園時比丘度大頭人出家受具足戒時多人訶恠是事云何是等比丘度大頭人出家受具足戒夫出家者形體端正比丘聞此事已即以白佛佛言比丘不得度大頭人出家受具足戒若度大頭人出家受具足戒者得娑底娑羅佛世尊恭敬供養乃至廣滅惡法世尊在舍衛國祇樹給孤獨園爾時比丘度牛頭人出家受具足戒時多人訶恠是事云何是等比

丘度牛頭人出家受具足戒夫出家者形體端正比丘聞是事已即以白佛佛言比丘不得度牛頭人出家受具足戒若度牛頭人出家受具足戒者得娑底娑羅佛世尊恭敬供養乃至廣滅惡法世尊在舍衛國祇樹給孤獨園爾時比丘度獼猴頭人出家受具足戒時有多人訶恠云何是等比丘度獼猴頭人出家受具足戒夫出家者形體端正比丘聞是事已即以白佛佛言比丘不得度獼猴頭人出家受具足戒若度獼猴頭人出家受具足戒者得娑底娑羅佛世尊恭敬供養乃至廣滅惡法世尊在舍衛國祇樹給孤獨園爾時比丘度無脣人出家受具足戒時人訶恠是事云何是等比丘釋子度無脣人出家受具足戒夫出家者形體端正比丘聞是事即以白佛佛言比丘不得度無脣人出家受具足戒若度無脣人出家受具足戒者得娑底娑羅佛世尊恭敬供養乃至廣滅惡法世尊在舍衛國祇樹給孤獨園爾時比丘度紋身人出家受具足戒時人訶恠云何是等比丘度紋身人出家夫出家者形體端正比丘聞是事已即以白佛佛言比丘不得度紋身人出家受具足戒若度紋身人出家受具足戒者得娑底娑羅佛世尊恭敬供養乃至廣滅惡法世尊在舍衛國祇樹給孤獨園爾時比丘度殘跛人出家受具足戒時人訶恠云何是等比丘度殘跛人出家受具足戒夫出家者形體端正比丘聞是事已即以此事白佛佛言比丘不得度殘跛人出家受具足戒若度殘跛人出家受具足戒者得娑底娑羅佛

世尊恭敬供養乃至廣滅惡法世尊在舍衛國祇樹給孤獨園爾時比丘度傴人出家受具足戒時人訶恠云何是等比丘度傴人出家受具足戒夫出家者形體端正比丘聞是事已即以白佛佛言比丘不得度傴人出家受具足戒若度傴人出家受具足戒者得娑底娑羅佛世尊恭敬供養乃至廣滅惡法世尊在舍衛國祇樹給孤獨園爾時比丘度瘖人出家受具足戒時人訶恠云何是等比丘度瘖人出家受具足戒夫出家者形體端正比丘聞是事已即以白佛佛言比丘不得度瘖人出家受具足戒若度瘖人出家受具足戒者得娑底娑羅於今比丘與誰受具足戒云何爲受具足戒諸比丘聞是事已即以白佛佛言次第爲受具足戒其事云何 若有人來希求出家應先問言汝欲出家汝心云何我心發如是即應勸獎應歎說佛德應歎說法僧德若必清淨應授與三歸與三歸法應如是

大德憶念我某甲盡形壽歸依佛兩足尊盡形壽歸依法離欲尊盡形壽歸依僧衆中尊

大德憶持我是優婆塞盡形壽歸依不殺生業清淨第二第三亦如是說應授與五戒復應作是事

大德憶念我某甲從今日始盡形壽捨離殺生盡形壽捨離盜盡形壽捨離邪婬盡形壽捨離妄語盡形壽捨離飲酒此等五法如諸正阿羅漢戒法我皆隨從作隨從學隨從方法以此因故願不生地獄願不生餓鬼願不生諸生死中得涅槃處不老不死證涅槃勝

法第二第三亦如是說
爾時遍問方法已欲出家者應白知
大德僧聽此某甲某甲希求出家未剃除鬚髮今希於自然法教剃除鬚髮披壞色衣正信捨有爲趣無爲此某甲剃除鬚髮著壞色衣正信捨有爲趣無爲欲出家一切諸比丘應問言已說清淨不答言已說清淨即應爲剃髮剃髮已應與袈裟希求出家者應右膝著地方應與袈裟此是汝袈裟今與汝無垢累此人應作是言身口意業頂戴受持與披三袈裟竟方授以戒復應作是事先禮佛次禮和尚次禮闍梨次禮諸比丘竟次就阿闍梨請求出家作如是言
大德憶念我某甲從大德乞出家願大德度我出家憐愍我慈愍故第二第三亦如是說

闍梨即應與戒應作是言
大德憶念我某甲盡形壽歸依佛兩足尊盡形壽歸依法離欲尊盡形壽歸依僧衆中尊歸依無上釋尊最勝釋王如來應供正遍知出家我隨從出家捨離居家服受持出家衣服大德憶持我是沙彌以義因緣故稱和尚名某甲是我和尚第二第三亦如是說
闍梨憶念我某甲盡形壽歸依佛兩足尊盡形壽歸依法離欲尊盡形壽歸依僧衆中尊歸依無上釋尊最勝釋王如來應供正遍知出家我隨從出家捨離居家服受持出家衣服闍梨憶持我是沙彌以義因緣故稱和尚名某甲是我和尚爲我出家持受三歸已次爲說戒闍梨憶念我某甲從今日始乃至盡形壽捨離殺生如阿羅漢盡形壽已捨離殺

生我某甲亦如是從今日始盡形壽捨離殺
生我以此初品如阿羅漢戒我亦隨作隨從
學闍梨憶念我盡形壽捨離不與取如阿羅
漢盡形壽已捨離不與取我某甲亦如是從
今日始乃至盡形壽捨離不與取我以此第
二品如阿羅漢戒我亦隨作隨從學闍梨憶
念我盡形壽捨離非梵行如阿羅漢盡形壽
已捨離非梵行我某甲亦如是從今日始乃
至盡形壽捨離非梵行我以此第三品如阿
羅漢戒我亦隨作隨從學闍梨憶念我盡形
壽捨離妄語如阿羅漢盡形壽捨離妄語我
某甲亦如是從今日始乃至盡形壽捨離妄
語我以此第四品如阿羅漢戒我亦隨作隨
從學闍梨憶念我盡形壽捨離飲酒遨逸處
如阿羅漢盡形壽捨離飲酒遨逸處我某甲

亦如是從今日始乃至盡形壽捨離飲酒遨
逸處我以此第五品如阿羅漢戒我亦隨作
隨從學闍梨憶念我盡形壽捨離作倡伎樂
歌舞如阿羅漢盡形壽捨離作倡伎樂歌舞
我某甲亦如是從今日始乃至盡形壽捨離
作倡伎樂歌舞我以此第六品如阿羅漢戒
我亦隨作隨從學闍梨憶念我盡形壽捨離
著香華塗身瓔珞如阿羅漢盡形壽捨離著
香華塗身瓔珞我某甲亦如是從今日始乃
至盡形壽捨離著香華塗身瓔珞我以此第
七品如阿羅漢戒亦隨作隨從學闍梨憶念
我盡形壽捨離高廣大牀如阿羅漢盡形壽
捨離高廣大牀我某甲亦如是從今日始乃
至盡形壽捨離高廣大牀我以此第八品如
阿羅漢戒亦隨作隨從學闍梨憶念我盡形

壽捨離非時食如阿羅漢盡形壽捨離非時食我某甲亦如是從今日始乃至盡形壽捨離非時食我以此第九品如阿羅漢戒亦隨作隨從學闍梨憶念我盡形壽捨離受畜金銀寶物如阿羅漢盡形壽捨離受畜金銀寶物我某甲亦如是從今日乃至盡形壽捨離受畜金銀寶物我以此第十品如阿羅漢戒亦隨作隨從學第二第三亦如是說

從今日始受三歸具足十品闍梨憶持我是沙彌闍梨應作是說如是善安念勿放逸次爲受戒一切衆僧聚集坐已若是中國十人聚集若是邊地律師五人得受具足戒和尚應覔鉢及三衣應請阿闍梨應請衆應觀視戒壇應看羯磨文離五過失一切具足已應請和尚作三拜禮應受持袈裟應受持鉢復應作如是請

大德憶念我弟子請大德爲和尚願大德爲我作和尚我依大德爲和尚受具足戒第二第三作如是說

和尚憶念我弟子請和尚爲和尚願和尚爲我作和尚我依和尚受具足戒和尚答言甚善和尚憶念我弟子此袈裟此袈裟僧伽梨割截成堪常用今受持第二第三亦如是說如是和尚憶念我弟子此袈裟此袈裟鬱多羅僧伽割截成堪常用今受持第二第三亦如是說如是和尚憶念我弟子此袈裟此袈裟安陀會割截成堪常用今受持第二第三亦如是說如是

和尚憶念我弟子此是我鉢此鉢應量是仙人器是乞食器今受持第二第三亦如是說

如是
爾時衆僧應安欲受戒者離聞處著見處面向僧時戒師應差覓教授師汝可爲作教授師教授師應言其名字何其名某甲和尚名某甲汝能爲某甲作教授師不教授師應答言能
大德僧聽差此某甲爲某甲作教授師此某甲能爲某甲作教授師和尚某甲若僧時到僧忍聽僧聽某甲爲某甲作教授師和尚某甲白如是
善男子聽今是眞誠時是實語時我今問汝隨所問汝汝當答我實當言實不實當言不實汝是男子不是男子年已滿二十未年滿二十三衣鉢具足不具足汝父母存在不在父母聽許不聽許汝非奴不汝非偷不汝非闘屬人不非被罪不非被捉不非王臣不非王怨不非欲爲王作不利益不汝不爲王作損惱及令人作不汝不負人債不汝不闘涉他物若多若少不汝非不能自安立汝非轉根人不汝無餘忽務事不汝非閹人不汝非不能男不汝非外道不汝非厚狎外道不汝非雜住不汝非無住不汝非賊住不汝非畜生不汝非化作不汝非非人不汝非退道不汝非惡性不汝不汙比丘尼不汝不殺母不汝不殺父不汝不殺阿羅漢不汝不破和合僧不汝不出佛身血不並答言不善男子諦聽男子身內身上有如是等病病癩癰疽白癩疥癬瘡黃瘦羸瘠氣嗽乾枯癇熱血痛陰瘖筋脉盤結尰血流癖多肉口病口膏口熱身熱脅熱骨節疼痛噦吐喘寒熱體痛脅痛

背痛癰一日二日三日四日衆病結痛骨碎
齒痛汝身内無如是等病及餘病不答言無
汝先已經出家未答言未若答言已經出家
應作是問汝持戒無有損缺不答言不心力
懈惰如法捨戒汝昔曾出家名字何等答言
我名某甲汝和尚名何答以義因緣我稱和
尚名某甲衆中亦當問子如上事如我即所
問汝於彼實當言實不實當言不實且住此
聽喚方來戒師即來衆中我已教誨某甲竟
衆宁並應言若自說清淨便可來即應求受
具足戒大德僧聽我某甲以義因緣稱和尚
名某甲求受具足戒我某甲從大德僧乞受
具足戒以義因緣稱和尚名某甲願大德僧
與我具足戒願大德僧容受我願大德僧接
取我憐愍我憐愍故第二第三亦如是說

大德僧聽此某甲從和尚某甲求受具足戒
此某甲從大德僧乞受具足戒和尚某甲若
僧時到僧忍聽我今於僧中問某甲諸難事
和尚某甲白如是即應問長老聽今是眞誠
時是實語時我今問汝隨所問汝汝當答我
實當言實不實當言不實汝是男子年已滿
二十三衣鉢具足不具足汝父母存在不在
父母聽許不聽許汝非奴不汝非偷不汝非
闌屬人不非被罪不非被捉不非王臣不非
王怨不非欲爲王作不利益不汝不爲王作
損惱及令人作不汝不負人債不汝關涉他
物若多若少不汝非不能自安立不汝非轉
根人不汝無餘忽務事不汝非閹人不汝非
不能男不汝非外道不汝非厚狎外道不汝
非雜住不汝非無住不汝非賊住不汝非畜

生不汝非化作不汝非非人不汝非退道不汝非惡性不汝不汙比丘尼不汝不殺母不汝不殺父不汝不殺阿羅漢不汝不破和合僧不汝不出佛身血不並答言不善男子諦聽男子身內身上有如是等病病癩癰疽白癩疥癬瘡黃瘦羸瘠氣嗽乾枯癇熱血痛陰癀筋脉盤結尰血流癖多肉口膏口熱身熱脅熱骨節疼痛噦吐喘寒熱體痛脅痛背痛瘧一日二日三日四日衆病結病骨碎齒痛汝身內無如是等病及餘病不答言無汝先已經出家未答言未若答言已經出家應作是問汝持戒無有損缺不答言不心力懈惰如法捨戒汝昔曾出家名字何等答言我名某甲汝和尚何名答以義因緣我稱和尚名某甲即應作白

大德僧聽此某甲從和尚某甲求受具足戒某甲是男子年滿二十三衣鉢具自說清淨無諸難事此某甲從大德僧乞受具足戒和尚某甲若僧時到僧忍聽僧授某甲具足戒和尚某甲白如是

大德僧聽此某甲從和尚某甲求受具足戒是男子年滿二十三衣鉢具自說清淨無諸難事此某甲從僧乞受具足戒和尚某甲僧今授某甲具足戒和尚某甲誰諸長老忍某甲受具足戒和尚某甲者默然誰不忍者說是初羯磨第二亦如是說如初第三亦如是說如初此第三羯磨某甲已受具足戒竟和尚某甲僧忍默然故是事如是持次應量度影

汝某甲聽此四世尊知者見者如來應供正

遍知正覺如是出家受具足戒比丘說此四依依此四於自然法教出家受具足戒作比丘此等少易得如法無礙第一無染本來所制何等為四比丘依糞掃衣於自然法教出家受具足戒作比丘汝某甲能盡形壽著糞掃衣答言能若有長施絹衣白氎簡衣輕衣縣衣納衣芻磨衣(細軟衣也)憍奢耶衣(野蠶繭織為衣也)奢那衣(奢那樹似麻取皮織為衣)傍伽衣(唯主樹雜吉貝樹華織為衣也)駱駝毛衣長毛冗吉貝衣粖寀底衣(野蠶繭作緯麻苧作經麻苧似此閒麻也)阿力多柯衣(織吉貝庸磨之多毛也)波兜羅衣(有蟲著波兜羅樹葉為窠子取此窠絲織為衣也)提婆田底衣(提婆田底樹取皮織為衣作驢毛色)高磨利衣(吉貝華憍奢耶波兜羅三種雜織為衣也)紙底衣(憍奢耶為經吉貝華為緯也)迦梨迦衣(織吉貝華)(作衣以㲬㲬染之作斑色也)阿判那衣(庫麻雜吉貝衣也)如是等衣或從僧中得或自得汝應知量受畜汝能如是不答言能汝某甲聽比丘依樹下住止於自然法教出家受具足戒作比丘汝某甲能盡形壽依樹下住止答言能若長得供養房舍龕室重閣堂重閣堂殿懸擔如月形上向遍開四方半片內龕相向或遍有窻或有行處或無行處草菴室或樹葉菴室或草屋或葉屋或木室或草覆或葉覆或刺覆或席覆或土龕或石龕或有高基或無高基有如是等從僧中得或自得汝於此應知量受畜汝能如是不答言能

汝某甲聽比丘依乞食於自然法教出家受具足戒作比丘汝某甲能盡形壽依乞食自供不答言能若長得供養或飯或果或常得處或別請得處或月八日或月十四日或月十五日或聚得或從僧得或自得汝應於此

等知量受汝能如是不答言能
汝某甲聽比丘依塵棄藥於自然法教出家受具足戒作比丘汝某甲能盡形壽依塵棄藥自治能如是不答言能若長得供養或根藥或莖藥或葉藥或華藥或子藥或酥油蜜石蜜或朝藥或晚藥或七日藥盡形壽藥或從僧中得自得汝於此應知量受汝能如是不答言能
汝某甲聽此四是世尊知者見者如來應供正遍知如是出家受具足戒作比丘所說墮落若比丘從此墮落非比丘非出家人非釋子失比丘法則墜失則斷則迴轉則墮落則退還不能持沙門法如伐多羅樹不復生芽增長青翠如是比丘於此四法若於一一處從此墮非比丘非出家人非釋子失比丘法破沙門法則墜失則斷則迴轉則墮落則退還不能持沙門法何者爲四世尊種種知者見者如來應供正遍知訶責婬欲窟室婬欲津染婬欲究竟貪著極貪著躭染窟室究竟無窮如是婬欲空誑虚妄無明法誑惑愚人臭穢不淨能違背若離欲所說斷無欲寂滅究竟汝某甲從今日始以愛著心眼亦不得覿視女人况復二人共俱和合作婬欲法其甲世尊已說若比丘與比丘共學戒不捨戒若羸戒覆藏作非梵行作婬欲法乃至共畜生以是事故墮比丘法非比丘非出家人非釋子墮比丘法破沙門行則墮則斷則迴轉則落則退還不能持沙門法如伐多羅樹不復能青不能增長長大如是比丘於是事於是處墮則非比丘非沙門非釋子失比丘法

破沙門法則墜失則斷則迴轉則墮落則退還不能持沙門法汝從今日始不應違犯不過此墮法心勤加憶念守護繼念慎勿放逸若有是處是事汝勿隨從長老是世尊種種知見知者見者如來應供正遍知訶責不與取稱讚捨離不與取汝某甲從今日始他物不與乃至糠麻起盜心不應取況復取五錢或過五錢長老世尊已說若比丘於村邑於曠野於他物不與起盜心取是物不與取爲王所捉或王臣捉或打或縛或擯其作如是言咄汝男子汝偷汝愚汝癡汝盜若比丘於是處墮非比丘非沙門非釋子失比丘法破沙門法則墜失則斷則迴轉則墮落則退還則不能持沙門法如伐多羅樹不能復青不能增長不能廣大如是比丘於此處墮非比丘非沙門非釋子失比丘法破沙門法則墜失則斷則迴轉則墮落則退還不能持沙門法汝從今日始不應違犯不過此墮法心勤加憶念守護繼念慎勿放逸若有是處是事汝勿隨從汝某甲是世尊種種知見知者見者如來應供正遍知訶責殺生稱讚廣歎捨離殺生汝某甲從今日始乃至蚑蜹蟻子等蟲不應作意起心故斷命況復當殺人及人類某甲世尊已說若比丘起意思惟手殺人若人類或持刀與或令人殺或隨喜殺或讚歎殺作如是言咄男子何用汝此罪若不淨惡活爲咄男子汝死當勝生或心隨喜或作念思惟以種種因緣勸讚死若此人因是事死若比丘於此處墮非比丘非沙門非釋子失比丘法破沙門法則墜失則斷則迴轉則

墮落則退還則不能持沙門法如伐多羅樹不能復青不能增長不能廣大如是比丘於此處墮非比丘非沙門非釋子失比丘法破沙門法則墜失則斷則迴轉則墮落則退還不能持沙門法汝從今日始不應違犯不過此墮法心勤加憶念守護繼念慎勿放逸若有是處是事汝勿隨從某甲是世尊種種知見知者見者如來應供正遍知訶責妄語稱讃廣歎捨離妄語汝某甲從今日始不應故作言説妄語乃至戲笑況復於無中而説爲有過人法過聖法智慧或稱自證或稱自見作如是言我知是見是某甲世尊已説若比丘不知不經知無有説有説過人法已得勝聖境或證或見我知是見是何所知知苦知集知滅知道何所見見天見龍見夜叉見阿脩羅見迦樓羅見乾闥婆見緊那羅見摩睺羅伽見餓鬼見鬼見俱盤茶乃至糞掃鬼天亦見我龍夜叉阿脩羅迦樓羅乾闥婆緊那羅摩睺羅伽餓鬼鬼俱盤茶乃至糞掃鬼亦見我我亦往詣天詣龍夜叉阿脩羅迦樓羅乾闥婆緊那羅摩睺羅伽餓鬼鬼俱盤茶乃至糞掃鬼天亦來詣我龍夜叉阿脩羅迦樓羅乾闥婆緊那羅摩睺羅伽餓鬼鬼俱盤茶乃至糞掃鬼亦來詣我我共天語更相問訊共言論我亦共龍夜叉阿脩羅迦樓羅乾闥婆緊那羅摩睺羅伽餓鬼鬼俱盤茶乃至糞掃鬼語更相問訊共言論天亦共我語更相問訊言論龍夜叉阿脩羅迦樓羅乾闥婆緊那羅摩睺羅伽餓鬼鬼俱盤茶乃至糞掃鬼亦共我語更相問訊言論某等所得我亦得

如是無常想苦想無我想食厭想一切世間不可樂想不淨想青想白艾想脺脹血塗想分離想厭想離欲想滅想骨想觀空想某等得如是我亦得如是慈悲喜捨等得初禪第二第三第四等禪空處識處無所有處非想非非想處神足力等天耳天眼識宿命漏盡我是阿羅漢得八解脫禪若比丘於此處墮非比丘非沙門非釋子失比丘法破沙門法則墮失則斷則迴轉則墮落則退還則不能持沙門法如伐多羅樹不能復青不能增長不能廣大如是比丘於此處墮非比丘非沙門非釋子失比丘法破沙門法則墜失則斷則迴轉則墮落則退還不能持沙門法汝從今日始不應違犯不過此墮法心勤加憶念守護係念愼勿放逸若有是處是事汝勿隨從此四是世尊知者見者如來應供正遍知如是出家受具足戒比丘說所作沙門法爲滿足沙門故是故比丘盡形壽應修學何等爲四汝某甲聽罵不應報罵此是初沙門法汝於此處盡形壽應修學瞋不報瞋此是第二沙門法汝於此處盡形壽應修學毀不報毀此第三沙門法汝於此處盡形壽應修學打不報打此第四沙門法汝於此處盡形壽應修學此四應學法汝應修學汝某甲聽汝所長夜希望於自然教法出家受具足戒作比丘若人出家得如法和尚得如法阿闍梨得如法衆白四羯磨無動如法處若比丘百年出家受具足戒作比丘如所學應如是學即日出家受具足戒者如百年出家所學戒法一等無異同戒同學同一說波羅提木叉

汝於此處應親近不應遠離汝從今日盡形壽應供養和尚和尚汝有所病亦當瞻視汝於和尚至於命終起卧於和尚所應作父想和尚亦於汝所應作子想汝從今日於同學所應生恭敬生歡喜應畏愼隨從於上座下座所從今日皆應從學讀誦持爲說應善學分別陰善分別界善分別入善分別十二因緣應置重擔未得爲得故未解爲解故未證爲證故汝應修學應盡諸漏

汝某甲聽我今於僧衆中爲汝說此最勝戒其餘等汝和尚闍梨當別爲汝說其餘同學比丘等共語共話更相讃歎歡喜同和尚同阿闍梨者亦當爲汝說又於半月半月中說戒汝亦於中聞汝已受具足戒於勝智法中汝應善親近遭遇此甚難端正者出家清淨者受戒所說此實名正覺善知見汝某甲已受具足戒汝善守護愼勿放逸世尊與比丘說受具足戒如是時有比丘始一臘爲人受具足戒此中別有緣起應作本事如是二臘三臘四臘五臘爲人受具足戒比丘以此事白佛佛言一臘不得爲人出家受具足戒乃至九臘不得爲人出家受具足戒若度人出家受具足戒者得婆底婆羅然十臘得爲人出家受具足戒時世尊許十臘得度人出家受具足戒時比丘滿足十臘者度人出家受具足戒此十臘比丘甚愚甚訥未明無方便某等自亦未調而欲調他無有是處佛言十臘未明解者不得度人出家受具足戒若爲人出家受具足戒者得婆底婆羅然十臘明解堪任得爲人出家受具足戒如是不如說

修行者得娑底娑羅

佛阿毗曇經卷下

音釋

閹 衣廉切 挼 奴禾切兩手相切磨也 跛 布火切足偏廢也 傴 於武切傴僂也 ⿸疒奇 乙買切 癩 落蓋切 疽 七余切 癬 息淺切 瘠 才亦切瘦也 嗽 蘇奏切欬嗽也 瘺 盧候切漏病也 ⿸疒貴 徒回切陰病也 瘇 竪勇切脛氣腫也 癖 匹辟切腹病也 瘧 魚畧切痁病也 噦 於月切嘔也 糂 糂蘇憾切 寀 寀無誅切 蚊蜹 蚊無分切 蜹而銳切

解脫戒本經

元魏婆羅門瞿曇般若流支譯

清刻龍藏佛說法變相圖

解脫戒本經序（譯經緣起）

魏 沙 門 僧 昉 述

戒律者建定慧之妙幢殄闇惑之明燈杜危嶮之蹊徑開澹泊之梁津寶殿之功罔初弗起踰越重閣非梯靡昇正法住滅驗之常典大聖泯暉邁餘千紀法澤遐流猶未周備令文學之徒異論競興薄俗之士訕音滿世余聽斯談輒閱慈範昧攬玄言乃矚大集聖所嗟歎言迦葉毗妙觀我人善摧惱結閑邪辯正極聖沖典每尋斯文慨五數闕敢以追訪獲斯戒本雖未廣具敬以洗心翦世浮辭大魏武定癸亥之年在鄴京都侍中尚書令高澄請爲出焉○羯磨中外國云若僧到時（此地迴文言時到）僧忍聽（言僧至我作法時莫遮我所作故言聽）外國耳聽（遮聽言音字別此用一字所以致惑）

解脱戒本經（出迦葉毗部）

元魏婆羅門瞿曇般若流支譯

是解脱戒經　億劫難得聞　攝受正修行
斯事倍復難　有佛興世樂　興世説法樂
衆僧和合樂　和合持戒樂

諸大德時分一月過三月在老死欲至佛法漸滅當一心精進莫行放逸所以者何如來勤精進故得阿耨多羅三藐三菩提及餘善法菩提分法衆僧和合坐未受具戒者出衆僧和合先作何事不來諸比丘説欲清淨比丘尼遣誰來受教

毗婆尸如來　六十八百千　阿羅漢衆中
説此解脱戒　忍辱第一義　佛説涅槃最
出家惱他人　不名爲沙門　尸棄牟尼尊
金山無與等　三十六萬衆　説此解脱戒
譬如明眼人　有足能避嶮　世有聰明人
能遠離衆惡　毗舍浮如來　永離諸煩惱
百千大衆中　説此解脱戒　不屏説人惡
不惱亂他人　常奉行於戒　衣食知止足
拘留孫陀佛　知見廣無畏　四十千衆中
説此解脱戒　譬如蜂採花　但取其香味
持至所住處　比丘入聚然　不破壞他意
不觀作不作　但自觀身行　若正若不正
迦那迦牟尼　三十千沙門　羅漢大衆中
説此解脱戒　正觀莫放逸　當學牟尼法
如是無憂愁　心寂入涅槃　迦葉波如來
大智大名稱　三十千衆中　説此解脱戒
一切惡莫作　當具足衆善　自調伏其心
此是諸佛教　世尊大智慧　釋法王牟尼
爲尼羅浮衆　説此解脱戒　善護於口業

自淨其心意　身莫作衆惡　此三業清淨
僧衆甚廣大　說法亦無量　名聞大供養
說此解脫戒
大德僧聽僧今十五日布薩說解脫戒若僧
時到僧忍聽僧作布薩說解脫戒白如是諸
大德今說解脫戒衆集嘿然聽善思念之若
有犯者當發露無犯者嘿然嘿然故知衆清
淨如一一比丘問如是比丘乃至三問若比
丘如是衆中乃至三問憶念有犯當發露不
發露得故妄語罪諸大德故妄語罪佛說障
道法彼比丘自憶知有犯欲求清淨當發露
發露則安隱不發露罪益深諸大德我已說
解脫戒經序今問諸大德是中清淨不如是三說
諸大德是中清淨嘿然故是事如是持
諸大德此四波羅夷法半月半月說解脫戒
經中來
若比丘共比丘同入戒法戒羸不捨戒作不
淨行習婬欲法乃至共畜生是比丘得波羅
夷不應共住
若比丘若在聚落若空靜地他物不與以盜
心取若王若大臣若捉若害若縛若罰財若
驅出國若與種種苦呰汝是賊汝無所知汝
癡汝不與取是比丘得波羅夷不應共住
若比丘若人若似人故自手斷其命若自持
刀或求持刀教死讚死如是說呰男子用此
不善惡活爲死勝生隨彼所欲心所憶念無
量種種教死讚死彼人因是事死是比丘得
波羅夷不應共住
若比丘不知不見上人法無聖智見勝法自
稱言我知我見彼於異時若檢問若不檢問

欲求清淨作如是說我實不知不見言知言
見虛誑妄語除增上慢是比丘得波羅夷不
應共住
諸大德我已說四波羅夷法若比丘犯一一
法不得與比丘共住如前波羅夷不應共住
今問諸大德是中清淨不三說
諸大德是中清淨嘿然故是事如是持
諸大德此十三僧伽婆尸沙法半月半月說
解脫戒經中來
若比丘憶念故出精除夢中僧伽婆尸沙
若比丘染汙心共女人身相觸若捉手若捉
臂若捉髮若觸一一身分覺觸僧伽婆尸沙
若比丘染汙心說麤惡婬欲語如男子女人
逓互說僧伽婆尸沙
若比丘於女人前自讚身言姊妹我等持戒
善修梵行應以婬欲供養我此法供養最第
一僧伽婆尸沙
若比丘行媒法持男意語女持女意語男若
爲婦事若爲私通乃至須臾僧伽婆尸沙
若比丘自求作房無主自爲已當應量作是
中量者長佛十二手內廣七手應將餘比丘
往視處所諸比丘應觀處所無難處無妨處
若比丘難處妨處自求作房無主自爲已不
將餘比丘往觀處所若過量作僧伽婆尸沙
若比丘欲作大房有主爲已作應將餘比丘
往視住處諸比丘應觀住處無難無妨比丘
初治地作大房有主爲已作不將餘比丘往
視住處僧伽婆尸沙
若比丘瞋恚故於淸淨無犯比丘以無根波
羅夷法謗欲破彼比丘淨行彼於異時若檢

問若訶責或不檢問便言此事無根說我瞋恚故作是語僧伽婆尸沙

若比丘瞋恚故於清淨無犯比丘以相似法無根波羅夷法謗爲破彼梵行彼於異時若檢問若不檢問知是異分相似比丘自說我瞋故妄語說僧伽婆尸沙

若比丘欲破和合僧受破僧方便法堅執不捨諸比丘應諫此比丘言大德莫破和合僧莫受破僧法堅執不捨大德共僧和合僧和合歡喜不諍同一師學如水乳合增益安樂住大德捨此破僧法諸比丘如是諫時捨者善不捨者諸比丘應三諫捨是事故乃至三諫捨者善若不捨僧伽婆尸沙

若比丘有餘同伴羣黨比丘說隨順語若二若三乃至衆多語諸比丘言長老莫諫此比丘此比丘非惡心何以故此比丘所說如法如律此比丘知說非不知說此比丘所說我等心所欲喜樂忍可此比丘所欲喜樂忍可我亦如是喜樂忍可諸比丘言大德莫作是語言此比丘所說如法如律此比丘知說非不知說此比丘喜樂忍可我亦如是喜樂忍可何以故此比丘所說非法非律此比丘非知說大德汝莫欲破和合僧大德當樂和合共僧和合僧令和合歡喜不諍同一住同一師學如水乳合於佛法中增益安樂住大德捨是破僧諍事諸比丘如是諫時捨者善若不捨者諸比丘應三諫捨是事故乃至三諫捨者善若不捨僧伽婆尸沙

若諸比丘依聚落城邑住汙種姓行惡行汙種姓亦見亦聞亦知行惡行亦見亦聞亦知

諸比丘語此比丘言長老汝汙種姓行惡行汝汙種姓亦見亦聞亦知行惡行亦見亦聞亦知長老汝汙種姓行惡行汝等出去不應此中住彼比丘語諸比丘言諸比丘有愛有恚有癡有怖有餘同行比丘有驅者有不驅者諸比丘應語此比丘言長老莫作是語言僧有愛有恚有癡有怖有餘同行比丘有驅者有不驅者何以故諸比丘不愛不恚不癡不怖長老汝汙種姓行惡行汝汙種姓亦見亦聞亦知行惡行亦見亦聞亦知汙種姓行惡行汝捨比有愛有恚有癡有怖語是比丘如是諫時捨者善若不捨者諸比丘應三諫捨是事故乃至三諫捨者善若不捨僧伽婆尸沙

若比丘惡口於戒律中學如來法中如法如毗尼自身不受諫語諸比丘言長老莫向我說若善不善我亦不向諸長老說若善不善長老止莫諫我諸比丘諫此比丘言大德於佛戒法中學如法如律自身當受諫莫不受諫大德如法如律諫諸比丘諸比丘亦如法如律諫大德何以故如是具足如來應供等正覺弟子衆得增長種種相諫展轉相教各各悔過各各共語彼比丘如是諫時捨者善若不捨諸比丘應三諫捨是事故乃至三諫捨者善若不捨僧伽婆尸沙

諸大德我已說十三僧伽婆尸沙法九初犯四乃至三諫若比丘犯一一法隨知覆藏應行別宿行別宿竟僧中六夜行摩那埵畢耶行淨意竟應與除罪順法行二十僧中滅罪若少一人不滿二十滅是比丘罪是比丘罪

不得除諸比丘亦有犯此法如是今問諸大德是中清淨不（如是三說）諸大德是中清淨嘿然故是事如是持

諸大德此二不定法半月半月說解脫戒經中來

若比丘共一女人獨在覆障處無人見處坐說欲事有信優婆夷三法中一一法說若波羅夷若僧伽婆尸沙若波逸提是坐處比丘自言我犯是罪於三法中應一一治若波羅夷若僧伽婆尸沙若波逸提如有信優婆夷所說應如法治是比丘是名不定法

若比丘共一女人不覆處坐有信優婆夷二法中一一法說若僧伽婆尸沙若波逸提是坐比丘自言我犯是罪二法中應一一治若僧伽婆尸沙若波逸提如有信優婆夷所說應如法治是比丘是名二不定法

諸大德我已說二不定法今問諸大德是中清淨不（如是三說）

諸大德是中清淨嘿然故是事如是持

諸大德此三十尼薩耆波逸提法半月半月說解脫戒經中來

若比丘衣已竟出迦絺那衣畜長衣經十日得持若過畜尼薩耆波逸提

若比丘衣已竟出迦絺那衣於三衣中離一一衣異處經一宿除僧羯磨尼薩耆波逸提

若比丘衣已竟出迦絺那衣得非時衣欲須便受受已疾成衣若足者善若不足得畜至一月若過畜尼薩耆波逸提

若比丘共非親里比丘尼博衣貿易尼薩耆波逸提

若比丘使非親里比丘尼浣染打故衣尼薩耆波逸提

若比丘從非親里居士居士婦乞衣除餘時尼薩耆波逸提餘時者奪衣失衣燒衣漂衣名餘時

若比丘奪衣失衣燒衣漂衣時非親里有信居士居士婦多與衣是比丘當知足受衣若過受尼薩耆波逸提

若比丘非親里居士居士婦爲比丘具衣價持此衣價與其甲比丘是比丘先不受自恣請至居士家作如是説居士實爲我故辦衣價不居士言實爾比丘言善哉居士當爲我辦如是好色衣爲好故若得衣尼薩耆波逸提

若比丘二居士各各爲比丘辦衣價此物作衣已與其甲比丘是比丘先不受自恣請憶念往至彼居士家作如是説居士汝二人實欲爲我作衣不耶答言實爾比丘言善哉居士辦如是好衣價爲我共作一衣爲好故若得衣尼薩耆波逸提

若比丘若王若大臣若婆羅門若長者若居士若商主若長者婦爲比丘送衣價持此衣價與其甲比丘彼使至比丘所作是説大德受此衣價慈愍故比丘言我不應受此衣價若我須衣時得淨衣便受使語比丘言大德有執事人不須衣比丘言有若守園人若優婆塞此是比丘執事人彼使詣執事人所白言執事此是其甲衣價爲其比丘作衣已其時當與其甲比丘彼使與衣價已至比丘所語比丘言大德所示其甲執事人我已與衣

價大德須衣時往取當得衣須衣比丘往執事人所二反三反語言我須衣若二反三反爲作憶念得衣者善若不得衣四反五反六反在前嘿然住令彼憶念若四反五反六反在前嘿然住得衣者善若不得衣過是求得衣尼薩耆波逸提若不得衣隨衣價所來處若自往若遣好使往語施主言汝先遣使送衣價與某甲比丘是比丘未曾得衣施主還取莫使失是名如法

若比丘新憍奢耶作臥具若使他作成者尼薩耆波逸提

若比丘純黑羺羊毛作臥具若使人作尼薩耆波逸提

若比丘作臥具應用二分黑羊毛第三分白第四分牻若使人作尼薩耆波逸提

若比丘黑三分白四分不用二分牻作新臥具者尼薩耆波逸提

若比丘作新臥具當取故者方一手揲新者上若不著尼薩耆波逸提

若比丘作臥具應六年持若減六年更作臥具尼薩耆波逸提

若比丘行路中得羊毛須者應取若無人持得自持行三由旬若過者尼薩耆波逸提

若比丘使非親里比丘尼浣染擗羊毛尼薩耆波逸提

若比丘種種販賣尼薩耆波逸提

若比丘種種貿易寶物尼薩耆波逸提

若比丘自手取寶尼薩耆波逸提

若比丘畜長鉢不淨施過十日尼薩耆波逸提

若比丘鉢減五綴不漏更求新鉢爲好故若得者尼薩耆波逸提彼比丘應僧中捨若無鉢比丘應受應好持乃至破是法應爾

若比丘自乞縷使非親里織師織作衣尼薩耆波逸提

若比丘非親里居士使織師爲比丘織作衣是比丘先不受自恣請憶念往織師所語織師言汝今當知比衣爲我織極好織令緻好我當多少與汝衣價若比丘與價乃至一食得衣者尼薩耆波逸提

若比丘先與比丘衣後瞋恚若自奪若使人奪取尼薩耆波逸提

若比丘十日未滿夏三月若有急施衣欲須便受受已衣時應畜若過畜尼薩耆波逸提

若比丘春末一月在應求雨浴衣半月復應用若過用尼薩耆波逸提

若比丘在阿蘭若有疑怖畏處比丘三衣中若留一一衣置舍内及有因緣出界離衣乃至六夜若過尼薩耆波逸提

若比丘知他與僧物自迴入已尼薩耆波逸提

若比丘有病聽畜酥油生酥蜜石蜜齊七日得服若過七日服尼薩耆波逸提

諸大德我已説三十尼薩耆波逸提法今問諸大德是中清淨不三説

諸大德是中清淨嘿然故是事如是持

諸大德是九十波逸提法半月半月説戒經中來

若比丘故妄語波逸提

若比丘兩舌語波逸提

若比丘毀呰語波逸提

若比丘僧如法斷事後發起波逸提

若比丘與女人說法過五六語除有智男子波逸提

若比丘與未受具戒人同誦波逸提

若比丘向未受具戒人自說得過人法實者波逸提

若比丘知他比丘有麤惡罪向未受大戒人說除僧羯磨波逸提

若比丘知他施僧物迴與知識波逸提

若比丘半月說戒時作是說何用此雜碎戒爲說是戒時令人悔惱懷疑輕毀戒故波逸提

若比丘壞種子鬼神村波逸提

若比丘譏罵者波逸提

若比丘不受諫波逸提

若比丘露地置僧臥具不自收舉不教人舉捨行波逸提

若比丘僧房中鋪草鋪葉不自舉不教人舉捨行波逸提

若比丘知他比丘先住處後來强鋪臥具宿若嫌迮者自當去以是因緣波逸提

若比丘先瞋恚爲惱亂故牽他出房波逸提

若比丘房重閣上脫脚牀不支持若坐若臥波逸提

若比丘知水有蟲自澆草土若教人澆波逸提

若比丘欲作大房自觀視二覆三覆至窻牖若過波逸提（外國平頭屋上開窻橫覆二三板則至牖）

若比丘僧不差教授比丘尼波逸提

若比丘爲僧差教授比丘尼乃至日没波逸提

若比丘入比丘尼寺爲無病比丘尼説法教授波逸提

若比丘語比丘言諸比丘爲資生故教授比丘尼波逸提

若比丘與非親里比丘尼衣波逸提

若比丘與非親里比丘尼作衣波逸提

若比丘與比丘尼計校同道行除餘時波逸提餘時者若多伴行有疑恐怖此是餘時

若比丘與比丘尼計校乗一船若上水若下水除直渡波逸提

若比丘獨與女人屏處坐波逸提

若比丘知比丘尼讚歎食除施主先有意波逸提

若比丘展轉食除餘時波逸提餘時者病時作衣時施衣時此是時

若比丘施一食處無病比丘應一食若過受波逸提

若衆多比丘於檀越家乞食信法長者多與餅麨比丘須者應取二三鉢若過取波逸提持至住處和合共食此法應爾

若比丘足食竟更食者波逸提

若比丘知他比丘足食竟請與食波逸提

若比丘别衆食除餘時波逸提除餘時者病時作衣時施衣時道行時船行時大會時沙門施食時此是時

若比丘非時食可食物波逸提

若比丘食殘宿食波逸提

若比丘不受食舉入口中除水楊枝波逸提

若比丘得好美飲食酥油蜜石蜜乳酪生酥若魚若肉無病爲已索而食者波逸提
若比丘知水有蟲飲用者波逸提
若比丘知他食家直入波逸提
若比丘食家强坐波逸提
若比丘出家外道自手與食波逸提
若比丘往觀軍陣除因縁波逸提
若比丘有因縁入軍中若過二宿至三宿波逸提
若比丘軍中住若二宿若三宿觀軍發行勢力幢麾種種觀視心生樂順波逸提
若比丘瞋恚心打比丘波逸提
若比丘瞋恚心以手擬比丘波逸提
若比丘知他比丘有麤惡罪覆藏者波逸提
若比丘與欲已後還悔波逸提
若比丘語比丘言長老共入某村當與汝多美食是比丘至村竟不令與此比丘食語言長老汝去我共汝若坐若語不樂我獨坐獨語樂非餘因縁而遣去者波逸提
若比丘無病因縁露地然火若教人然波逸提
若比丘與未受具戒人同室宿至三宿波逸提
若比丘如是說我知佛法義行婬欲不障道諸比丘應諫此比丘言長老莫作是語莫謗世尊謗世尊者不善世尊不作是說世尊無數方便說行婬欲是障道法如是世尊說欲障道長老捨此惡見是比丘如是諫時捨者善若不捨彼比丘應三諫捨是事故乃至三諫捨者善若不捨波逸提

若比丘知如是人未捨惡見共宿共食同一羯磨波逸提

若比丘知沙彌作如是説我如是知佛法義行婬欲非障道法諸比丘應諫此沙彌言莫作是語莫謗世尊謗世尊者不善世尊不作是語世尊無數方便説行婬欲是障道法沙彌捨此惡見如是諫時捨者善若不捨者是比丘應語此沙彌言汝自今已後莫言世尊是我大師汝非順梵行不得隨餘比丘如餘沙彌得與大比丘二三宿癡人汝今無是事出去滅去不須此中住若比丘知如是擯沙彌若畜同一止宿波逸提

若比丘以無根僧伽婆尸沙法謗者波逸提

若比丘淨施沙彌衣鉢不問輒用波逸提

若比丘與女人同路行乃至一村間波逸提

若比丘故斷畜生命波逸提

若比丘疑惱比丘乃至少時不樂波逸提

若比丘擊攊比丘波逸提

若比丘水中戲波逸提

若比丘與女人同室宿波逸提

若比丘恐他比丘乃至戲笑波逸提

若比丘藏他比丘衣鉢資具若教人藏乃至戲笑除餘時波逸提

若比丘得新衣不作壞色青黑木蘭波逸提

若比丘若寶若似寶若自取若教人取波逸提除僧伽藍及寄宿處若取寶莊飾具作如是念取者當還此是時

若比丘半月浴除餘時波逸提餘時者熱時病時作時風時雨時行時此是時

若比丘知是賊伴共同道行乃至一村間波

逸提
若比丘知年未滿二十人與受具足戒波逸提此人不得戒衆僧有犯此法如是
若比丘受四月請無病比丘應受若過受除常請更請分請盡形請波逸提
若比丘自掘地若教人掘地波逸提
若比丘語比丘言汝當學此戒是比丘言我不從汝癡愚人不正語人學戒乃至持修多羅持律持摩帝隸迦我當從問波逸提爲求解者應當問持經持律摩帝隸迦比丘此是如法
若比丘知他共鬪諍嘿然聽此語向彼說波逸提
若比丘僧說戒時不與欲嘿然去波逸提
若比丘不恭敬波逸提

若比丘飲酒者波逸提
若比丘非時入聚落不囑比丘者波逸提
若比丘先受請若前食若後食不囑餘比丘行詣餘家波逸提
若比丘灌頂王夜未曉王未出入宮門除因緣波逸提
若比丘說解脱戒時作是言大德我今始知是法半月半月戒經中說若比丘知此比丘先已二三說戒處坐何況多時隨彼比丘所犯罪應如法治更增猒離法長老汝無利得不善汝於說戒時不一心聽不敬重不作意不憶念此名猒離波逸提
若比丘骨牙角作針筒成者波逸提
若比丘作繩牀若木牀足應高如來八指除入陛若過成者波逸提

若比丘持兜羅綿貯繩牀木牀若自作若教人作成者波逸提

若比丘作坐具當應量作是中量者長佛二手廣一手半廣長各益半手若過成者波逸提

若比丘作覆疥瘡衣當應量作是中量者長佛四手廣二手若過成波逸提

若比丘作雨衣當應量作是中量者長佛六手廣二手半若過成者波逸提

若比丘與如來等量作衣若過量作衣成者波逸提是中佛衣量者長佛九手量廣六手量是名佛衣量

諸大德我已說九十波逸提法今問諸大德是中清淨不如是三說

諸大德是中清淨默然故是事如是持

諸大德此四悔過法半月半月說解脱戒經中來

若比丘入村乞食無病從非親里比丘尼自手受食食是比丘出至僧中應悔過言大德我犯可悔法所不應爲我今向大德悔過是名悔過法

若比丘在白衣家食是中有比丘尼指示與某甲羹與某甲飯與已復與諸比丘應語彼比丘尼言姊妹且住待諸比丘食竟若無一比丘語彼比丘尼如是言諸比丘應悔過言大德我犯可悔法所不應爲我今向大德悔過是名悔過法

若有諸學家僧作學家羯磨若比丘知是學家先不受請無病自手受食食是比丘應悔過言大德我犯可悔法我今向大德悔過是

名悔過法

若比丘在阿蘭若有疑怖畏處不在僧伽藍外受食在僧伽藍内無病自手受食食是比丘應悔過言大德我犯可悔法所不應爲我今向大德悔過是名悔過法

諸大德我已說四悔過法今問諸大德是中清淨不（如是三說）諸大德是中清淨默然故是事如是持

諸大德此衆學法半月半月說解脱戒經中來

不高著内衣應當學

不下著内衣應當學

齊整著内衣應當學

不象鼻著内衣應當學

不多羅葉著内衣應當學

不麨摶著内衣應當學

不高著三衣應當學

不下著三衣應當學

齊整著三衣應當學

不左右觀衣除爲齊整應當學

不左右觀衣入白衣舍應當學

正直入白衣舍應當學

好覆身入白衣舍應當學

靜嘿入白衣舍應當學

不左右顧視入白衣舍應當學

不自慠入白衣舍應當學

不叉腰入白衣舍應當學

不通肩披衣入白衣舍應當學

不反抄衣入白衣舍應當學

不戲笑入白衣舍應當學

不覆頭面入白衣舍應當學
不蹲入白衣舍應當學
不叉腰入白衣舍應當學
不跳身入白衣舍應當學
不掉臂入白衣舍應當學
不搖頭入白衣舍應當學
不搖身入白衣舍應當學
不携手入白衣舍應當學
不敧足入白衣舍應當學
不敧身入白衣舍應當學
不肩相倚入白衣舍應當學
待請而入應當學
不偃臥應當學
觀牀而坐應當學
不縱身重坐應當學

不荷脞坐應當學
不懸脚坐應當學
不寬脚坐應當學
不蹻脚坐應當學
正意受食應當學
不溢鉢食應當學
食未至不舒手索應當學
不以飯覆羹更望得應當學
不以羹覆飯應當學
無病不得爲已索食應當學
正意受羹應當學
正鉢受羹應當學
不嚼食作聲食應當學
不口吹飯食應當學
不嗅食食應當學

不食上唾應當學
不吒食應當學
不出舌食應當學
不嚙半食應當學
不揑作䔥食應當學
不舐手食應當學
不舐鉢食應當學
不手稱食應當學
不稱鉢食應當學
不齺餅食應當學
不作塔形食應當學
不大摶食應當學
不小摶食應當學
不含食語應當學
不張口待飯食應當學

不視比坐鉢起嫌心應當學
不讚汚比坐應當學
不汚手捉水器應當學
不以汚水棄白衣舍除問主人應當學
不以鉢置地應當學
不立洗鉢應當學
不置鉢墮處嶮處應當學
不在危處洗鉢應當學
人坐已立不應爲說法除病應當學
人臥已立不應爲說法除病應當學
人臥已坐不應爲說法除病應當學
人在坐已在非坐不應爲說法除病應當學
人在前已在後不得爲說法應當學
人在前行已在後不得爲說法應當學
人在道已在非道不得爲說法應當學

不得爲騎乘人説法除病應當學
不得爲乘輿人説法除病應當學
不得爲著屐人説法除病應當學
不得爲著履人説法除病應當學
不得爲持杖人説法除病應當學
不得爲持刀人説法除病應當學
不得爲持蓋人説法除病應當學
不得爲著帽人説法除病應當學
不得爲著花鬘人説法除病應當學
不得爲著寶冠人説法除病應當學
不得爲裹頭人説法除病應當學
不得爲覆頭人説法除病應當學
不得立大小便除病應當學
不得水中大小便涕唾除病應當學
不得生草上大小便涕唾歐吐血應當學

不得上過人樹除怖畏因緣應當學
諸大德我已説衆學法今問諸大德是中清淨不說三
諸大德是中清淨默然故是事如是持
諸大德此七滅諍法半月半月説戒經中來
若比丘有諍事起應除滅
應與現前毗尼當與現前毗尼
應與憶念毗尼當與憶念毗尼
應與不癡毗尼當與不癡毗尼
應與自言治當與自言治
應與伏本語當與伏本語
應與多人宗當與多人宗
應與草覆地當與草覆地
諸大德我已説七滅諍法今問諸大德是中清淨不說三

諸大德是中清淨默然故是事如是持

諸大德我已說解脫戒經序已說四波羅夷法已說十三僧殘法已說二不定法已說三十捨墮法已說九十一墮法已說四悔過法已說衆學法已說七滅諍法此是釋迦牟尼如來阿羅呵三藐三佛陀所說戒經半月半月說解脫戒經中來若更有餘佛法皆共隨順和合歡喜無諍應當學

東北方世界　最勝兩足尊　難見難值遇
說此解脫戒　財富非久伴　愚者所喜樂
智慧能滅苦　命終常安樂　是七佛世尊
說解脫戒經　心能敬重者　則獲無上法
所以說戒經　何故淨布薩　爲隨順學戒
如犛牛愛尾　說此戒經已　所有諸功德
願三界羣生　一切皆安隱　豐樂常憺怕
隨時降甘雨　修行供養佛　令正法久住
我今說戒經　誰能聞受行　謂四衆眷屬
安隱度善濟　世尊天中天　一切無與等
合十指爪掌　敬心頭面禮　說解脫戒經
衆僧布薩竟　若爲衆請者　疾辯爲宣說

解脫戒本經

音釋

殄徒典切滅也　闇烏紺切不明也　嶮虛儉切與險同危也　闚去規切視也　攬魯敢切與覽同　矚之欲切視之甚也　翦即淺切斷截也　鄴魚怯切地名　羯磨梵語也此云作法羯居謁切磨莫卧切　嘿莫北切不語也　羸力追切劣也　貿莫候切交易也　羺奴鉤切胡羊也　牻莫江切黑白雜

也
揲 徒協切摺揲也
擗 博陌切分擘也
縷 力主切綫也
緻 直利切密
也
呰 將此切毀也
麨 尺小切乾糧也
麾 許爲切旌麾也
擯 必刃切斥
逐也
擊擽 擊古歷切擽郎擊切
掘 其月切穿也
慠 魚到切倨慢也
脇 虛業切腋下也
敧 丘儀切傾也
蹻 丘妖切舉足也
嚼 疾雀切咀嚼也
吒 陟駕切吒食謂於口舌中作聲似嫌食也
齧 五結五巧二切噬也
捏 奴結切指捻也
⿰齒巤 盧盍切齧聲
濽 子旦切水濺也
歐 於口切與嘔同
⿱鄉皿 奴冬切與膿同腫血也
犛 莫交切長毛牛也

優波離問經

劉宋求那跋摩譯

清刻龍藏佛說法變相圖

優波離問經

劉宋求那跋摩譯

彼時佛世尊遊舍衛祇樹給孤獨園於是賢者優波離往世尊所稽首畢一面坐一面坐已白世尊言唯世尊比丘成就幾事盡命非不依止優波離我比丘成就五事盡命非不依止何謂五不知布薩不知布薩劔暮不知戒不知說戒減五歲此優波離我比丘成就五事盡命非不依止優波離我比丘成就五事盡命不依止何謂五知布薩知布薩劔暮知戒知說戒五歲過五歲此優波離我比丘成就五事盡命不依止復次優波離我比丘成就五事盡命非不依止何謂五不知請歲不知請歲劔暮不知戒不知說戒減五歲此優波離我比丘成就五事盡命非不依止優

波離我比丘成就五事盡命不依止何謂五知請歲知請歲劒暮知戒知說戒五歲過五歲此優波離我比丘成就五事盡命不依止

復次優波離我比丘成就五事盡命非不依止何謂五不知犯非犯不知犯輕重不知犯有殘無殘不知犯惡非惡減五歲此優波離我比丘成就五事盡命非不依止優波離我比丘成就五事盡命不依止何謂五知犯非犯知犯輕重知犯有殘無殘知犯惡非惡五歲過五歲此優波離我比丘成就五事盡命非不依止優波離我比丘成就五事盡命非不依止何謂五不知一制不知二制不知偏制不知一切制減五歲此優波離我比丘成就五事盡命非不依止優波離我比丘成就五事盡命不依止何謂五知一制知二制知偏制知一切制五歲過五歲此優波離我比丘成就五事盡命不依止優波離我比丘成就六事盡命非不依止何謂六不知犯非犯不知犯輕重不知犯有殘無殘不知惡非惡不廣利二部戒分別分部決定順經減五歲此優波離我比丘成就六事盡命非不依止優波離我比丘成就六事盡命不依止何謂六知犯非犯知犯輕重知犯有殘無殘知犯惡非惡廣利二部戒分別分部決定順經五歲過五歲此優波離我比丘成就六事盡命不依止

四棄捐法

維耶離迦蘭陀子須提難故一制（次復二制）婬犯三事婬未食身波羅夷婬大食身土羅遮口張男根入不振觸突吉羅不犯者不知不聽狂心亂病先作

復次制羅閱祇瓦師子達貳迦故一制（復次一制）不與取犯三事不與偷數取五錢五錢餘直波羅夷不與偷數取一錢餘減五錢直土羅遮（土羅遮重罪也）不與偷數取一錢減一錢直突吉羅（突吉羅者惡作）不犯者已想同意有暫用餓鬼所有畜生所有糞掃想狂先作

故斷人類命犯三事爲人當墮死掘坑者突吉羅墮生苦痛土羅遮死者波羅夷不犯者不故不知不欲殺狂先作

不眞實稱過人法犯三事欲著故不眞實稱過人法波羅夷說彼精舍住比丘阿羅漢解者土羅遮不解者突吉羅不犯者增上慢不欲稱說狂先作（四事竟）

十三事

弄失精犯三事故弄失僧伽婆尸沙故弄不失土羅遮方便突吉羅不犯者夢中若不欲狂先作

女人身相近犯三事身摩身僧伽婆尸沙身摩身衣土羅遮身衣摩身衣突吉羅不犯者不故不念不知不聽狂先作

與母人惡口語犯三事極稱說呰毀大小便道僧伽婆尸沙除二道已極稱說呰毀下雙膝上土羅遮極稱說呰毀身衣突吉羅不犯者爲義爲法爲解狂先作

自歎供養犯三事向母人自歎供養僧伽婆尸沙向不成男自歎供養土羅遮向畜生自歎供養突吉羅不犯者說衣食牀座病緣藥具供給狂先作

使行犯三事受思說僧伽婆尸沙受思不說土羅遮受而不思不說突吉羅不犯者爲僧

爲福爲病行狂先作
自作屋犯三事方便作突吉羅一摶泥未至
土羅遮彼泥至僧伽婆尸沙不犯者窟屋草
菴屋爲他除住屋一切不犯狂先作
作大舍犯三事方便作突吉羅一摶泥未至
土羅遮彼泥至僧伽婆尸沙不犯者窟屋草
菴屋爲他除住屋一切不犯狂先作
無根波羅夷法驅棄犯三事不問作欲擯說
者僧伽婆尸沙突吉羅問作欲罵說者犯於
形相事不犯者淨見淨狂先作
比丘有少毫片異事受波羅夷驅棄犯三事
不問作欲擯說者僧伽婆尸沙突吉羅問作
欲罵說者犯於形相事不犯者如想語教語
狂先作
破僧比丘至三諫不捨犯三事白者突吉羅

再語土羅遮語竟僧伽婆尸沙不犯者不諫
而捨狂先作
助破比丘至三諫不捨犯三事白者突吉羅
再語土羅遮語竟僧伽婆尸沙不犯者不諫
而捨狂先作
辱族比丘至三諫不捨犯三事白者突吉羅
再語土羅遮語竟僧伽婆尸沙不犯者不諫
而捨狂先作
戾語比丘至三諫不捨犯三事白者突吉羅
再語土羅遮語竟僧伽婆尸沙不犯者不諫
而捨狂先作十三事竟
三十事
餘衣過十日犯一事捨墮不犯者滿十日受
若施送與失壞燒奪同意取狂先作
一夜離衣宿犯一事捨墮不犯者若向曉捨

送與失壞燒奪同意取比丘要狂先作
取非時衣過月犯一事捨墮不犯者滿一月
受若施送與狂先作
取非親里尼衣犯二事方便取突吉羅取已
捨墮不犯者親里貿易少易多多易少比丘
同意取暫取除衣餘物取六法尼沙彌尼狂
先作
非親里尼浣故衣犯二事方便浣突吉羅浣
已捨墮不犯者親里浣親里非親弟子不語
而浣未著而浣除衣餘具浣六法尼沙彌尼
狂先作
非親里居士婦求衣犯二事方便求突吉羅
求已捨墮不犯者時故親里若請爲他自物
狂先作
過足求衣犯二事方便求突吉羅求已捨墮
不犯者餘殘不爲奪作與不爲失作與親里
若請爲他自物狂先作
非親里居士居士婦本不請爲衣往自親犯
二事方便自親突吉羅自親已捨墮不犯者
親里若請爲他自物欲好作教不好作狂先
作
二非親里居士本不請爲衣往自親犯二事
方便自親突吉羅自親已捨墮不犯者親里
若請爲他自物欲好作教不好作狂先作
過三返語過六返住成衣與犯二事方便成
與突吉羅成與已捨墮不犯者三返語六返
住減三返語減六返住不語而與主語與狂
先作
繡所雜作卧敷犯二事方便作突吉羅作已
捨墮不犯者作帳覆地拘執褥枕狂先作

純黑羊毛作卧敷犯二事方便作突吉羅作已捨墮不犯者作帳覆地拘執狂先作
不取等白等牻作卧具犯二事方便作突吉羅作已捨墮不犯者取等白等牻作取多白多牻作取純白純牻作帳覆地狂先作
未六年而作卧數犯二事方便作突吉羅作已捨墮不犯者六年作過六年爲他作教作他作得用作帳覆地拘執奪枕比丘要狂先作
不取故卧敷緣善逝尺作新坐具卧敷犯二事方便作突吉羅作已捨墮不犯者取故卧具緣善逝尺作無有取少作都無有不取作他作得用作帳覆地狂先作
取羊毛過三由延犯二事初脚過三由延突吉羅兩脚過三由延捨墮不犯者三由延減三由延三由延還奪更得棄更得教他領直狂先作
非親里尼浣羊毛犯二事方便浣突吉羅浣已捨墮不犯者親里浣非親里弟子不語而浣未用而浣領六法尼沙彌尼狂先作
取銀犯二事方便取突吉羅取已捨墮不犯者或園內園邊自取教取舉彼有者當取狂先作
種種賣銀行犯二事方便行突吉羅行已捨墮不犯者非銀非銀相似者不犯狂先作
種種販賣行犯二事方便行突吉羅行已捨墮不犯者問價直示語作淨者是我物我須是我須是狂先作
長鉢過十日犯一事捨墮不犯者滿十日受若施送與失壞奪取同意取狂先作

滅五綴鉢更作新鉢犯二事方便作突吉羅作已捨墮不犯者失鉢破鉢親里若請爲他自物狂先作

自乞縷織師織衣犯二事方便織突吉羅織已捨墮不犯者縫衣襌帶鉢囊腰帶肩帶灑水物親里若請爲他自物狂先作

非親里居士本不請爲衣往織師所自親犯二事方便自親突吉羅自親已捨墮不犯者親里若請爲他自物欲好織教不好織狂先作

自與比丘衣瞋不可意奪者犯二事方便奪突吉羅奪已捨墮不犯者彼與同意取狂先作

取本衣過衣時犯一事捨墮不犯者當時受若施送與失壞燒奪同意取狂先作

三衣隨其衣舉著家内過六夜離犯一事捨墮不犯者六夜離滅六夜離六復至村内宿而去六夜向曉捨送與失壞燒奪同意取比丘要狂先作

過春餘月求雨被衣犯二事方便求突吉羅求已捨墮不犯者春餘月求春餘半月持減春餘月求減春餘半月持至夏捨浣舉奪衣失衣時著急事狂先作

知物向僧自求犯二事方便求突吉羅求已捨墮不犯者問與誰隨君施法用可得善利隨君心與狂先作

取藥過七日犯一事捨墮不犯者滿七日受送與失壞燒奪同意取至成棄與未具戒得服狂先作 三十事竟

九十二事

知而妄語犯五事欲著故不真實稱過人法波羅夷無根波羅夷法驅棄僧伽婆尸沙說彼精舍住比丘阿羅漢解者土羅遮不解者突吉羅知而妄語波逸提不犯者本說誤說狂先作

形相犯二事形相未具足突吉羅形相具足波逸提不犯者爲義爲法爲解狂先作

兩舌犯二事具足所兩舌波逸提未具足所兩舌突吉羅不犯者不欲作別離狂先作

知如法止更舉犯二事方便舉突吉羅舉已波逸提不犯者非法群黨知非羯磨作羯磨故舉狂先作

母人說法過六語犯二事方便說突吉羅句句波逸提不犯者有可知男說五六語減五六語起更坐說爲異母人問事答事爲他說母人聽狂先作

未具足說句法犯二事方便說突吉羅句句波逸提不犯者教誦狂先作

實上人法向未具足人說犯二事方便向說突吉羅向說已波逸提不犯者向具足實狂先作

向未具足說比丘所犯罪犯二事方便向說突吉羅說已波逸提不犯者向說牀不事事若說非牀比丘要狂先作

同僧與衣後違法犯二事方便違突吉羅違已波逸提不犯者愛恚癡畏與破不成與故違狂先作

知物向僧求與人（胡本云與私也）犯二事方便求突吉羅求已波逸提不犯者問與誰隨君施法用可得善利隨君心與狂先作

毁呰律犯二事方便毁呰突吉羅毁呰已波逸提不犯者不欲毁呰言誦經偈阿毗曇已然後當誦律狂先作

斫鬼村犯二事方便作突吉羅下下波逸提不犯者知此與此取此須此此語淨作不念不知狂先作

訶責比丘犯二事方便訶責突吉羅訶責已波逸提不犯者性愛恚癡作恐怖故訶責狂先作

餘語犯二事事未成餘語突吉羅事成餘語波逸提不犯者不知問病不答打僧罵諍故破僧競故非法黨故非匆暮作匆暮故不答狂先作

僧牀榻薦拘執露地布置不舉不別去犯二事初脚過去突吉羅兩脚過去波逸提不犯者舉去教別去曬去緣礙急事狂先作

僧堂舍布置宿不舉不別去犯二事初脚過閾突吉羅兩脚過波逸提不犯者舉去別去緣礙暫出住彼白緣礙急事狂先作

比丘瞋不可意驅出僧房犯二事方便驅出突吉羅驅出已波逸提不犯者無慙故驅出教驅彼物具出教出狂故打罵諍亂作鬪僧故弟子不如法故驅出教驅彼物具出教狂先作

知比丘先住相近宿犯二事方便卧突吉羅卧已波逸提不犯者病故住寒熱故住急事狂先作

僧房重閣屋尖脚牀榻用力坐犯二事方便用力坐突吉羅用力坐已波逸提不犯者非閣屋團脚牢無有住者立過取物狂先作

知蟲水澆泥草犯二事方便澆突吉羅澆已
波逸提不犯者不故不知不念狂先作
過是再三重苫者犯二事方便苫突吉羅苫
已波逸提不犯者再三重減再三重窟屋草
屋爲他自物除住居一切不犯狂先作
不差教比丘尼犯二事方便教突吉羅教已
波逸提不犯者問誦師語誦問事答事爲他
說尼聽六法尼沙彌尼狂先作
教比丘尼日入者犯二事方便教突吉羅教
已波逸提不犯者問誦師語誦問事答事爲
他說尼聽六法尼沙彌尼狂先作
往尼舍教犯二事方便教突吉羅教已波逸
提不犯者時故問誦師語誦問事答事爲他
說尼聽六法尼沙彌尼狂先作
說貪食教尼犯二事方便說突吉羅說已波
逸提不犯者說衣牀座病緣藥具供順敬重
供養故教狂先作
共尼同一道行犯二事方便行突吉羅行已
波逸提不犯者時故不相隨去尼隨去比丘
不隨不要去急事狂先作
共尼同船上犯二事方便上突吉羅上已波
逸提不犯者渡不相隨上尼隨上比丘不隨
上不要上急事狂先作
與非親里尼衣犯二事方便與突吉羅與已
波逸提不犯者親里貿易少易多多易少尼
同意取暫取除衣餘物取六法尼沙彌尼狂
先作
縫非親里尼衣犯二事方便縫突吉羅針針
波逸提不犯者親里除衣縫餘物教六法尼
沙彌尼狂先作

共一尼一處坐犯二事方便坐突吉羅坐已波逸提不犯者有可知男伴立不坐無異意坐狂先作

共一母人一處坐犯二事方便坐突吉羅坐已波逸提不犯者有可知男伴立不坐無異意坐狂先作

知尼歎飯食犯二事當食而受突吉羅口口波逸提不犯者舊檀越六法尼沙彌尼除五種食一切不犯狂先作曇摩羅叉云五種食者麨餅魚肉煑麥飯也

展轉食犯二事當食而受突吉羅口口波逸提不犯者時故彼二請一處一食舉村請已隨彼食衆人請已隨彼食請時比丘言當去常食籌食月半説戒月朝除五種食一切不犯狂先作

過是所住食犯二事當食而食突吉羅口口波逸提不犯者病故不病食去已更來食者主請爲設食若不足除五種食一切所犯狂先作

過滿兩三鉢取犯二事方便取突吉羅取已波逸提不犯者滿兩三鉢減再三鉢親里若請爲他自物狂先作

請食已不囑食而食犯二事當食而受突吉羅口口波逸提不犯者囑而食囑已當食而受爲他受時須七日胡本七日者皆言七時無日字終身因緣食狂先作譯者解云因緣食者食已不囑後飢須當自求乞一鉢食授與彼囑食比丘比丘即一口或五三口食已還授與得噉

比丘請食已不囑食强請食犯二事彼言當受食者突吉羅食竟波逸提不犯者與囑者食爲他與去時須七日終身因緣與食狂先

作
群食犯二事當食而受突吉羅口口波逸提
不犯者時故兩一處食乞共一處食常食籌
食月半說戒月朝除五種食一切不犯狂先
作
非時所食所噉者犯二事當食而受突吉羅
口口波逸提不犯者時須七日終身狂先作
舉所食噉食噉者犯二事當食而食突吉羅
口口波逸提不犯者隨時隨時食時須時須
食七日七日食終身食食狂先作
不受著口中犯二事當食而取突吉羅口口
波逸提不犯者水及齒木狂先作
自爲求好食食犯二事當食而受突吉羅口
口波逸提不犯者病爲病者求不病食病者
殘親里若請爲他自物狂先作

知水蟲飲犯二事方便飲突吉羅飲已波逸
提不犯者知飲水蟲不死而飲狂先作
有食舍相近坐犯二事方便坐突吉羅坐已
波逸提不犯者大家行牀檢手足坐小家牀
不相接坐比丘有伴俱出俱婬罷非宿屋狂
先作
屏障處共母人牀坐犯二事方便坐突吉羅
坐已波逸提不犯者有可知男伴立不坐無
異意坐狂先作
自手與無衣異學夫婦食犯二事方便與突
吉羅與已波逸提不犯者教與不自與放地
與狂先作
去視軍發行犯二事當去突吉羅立彼視波
逸提不犯者住精舍見比丘或立坐卧來去
見因緣急事狂先作

過二夜軍宿犯二事方便宿突吉羅宿已波逸提不犯者二夜宿滅二夜宿三夜向曉復宿病故爲病軍將逼留緣礙急事狂先作
去視戰陣犯二事當去突吉羅立彼視波逸提不犯者住精舍見比丘或立坐卧來去有所作去急事狂先作
比丘瞋不可意與手捲犯二事方便與突吉羅與已波逸提不犯者觸嬈欲脫故與狂先作
比丘瞋不可意舉手相恐犯二事方便舉突吉羅舉已波逸提不犯者觸嬈欲脫故舉狂先作
知比丘犯罪覆藏犯一事波逸提不犯者打僧罵故群諍故不向說破僧競故不向說剛强害命復梵行不見餘好比丘不欲覆藏知自現故狂先作
比丘若來村邑食彼人已或與或不與遣者犯二事方便突吉羅遣已波逸提不犯者俱安處不足故遣見貴物相打起貪法故遣見母人起不樂故遣病守精舍與食而遣欲作非威儀故遣狂先作
然火炙犯二事方便然突吉羅然已波逸提不犯者病故他作而炙油火蛇窟因緣急事狂先作
法事可作已後遣法犯二事方便遣突吉羅遣已波逸提不犯者非法黨故知非翖暮作翖暮狂先作
未具足過二夜同宿犯二事方便卧突吉羅卧已波逸提不犯者二夜住滅二夜住三夜向曉復住一切覆不障一切障不覆都不覆

不障未具足卧比丘坐比丘卧未具足坐俱
坐狂先作
惡見至三諫不捨犯二事白者突吉羅語竟
波逸提不犯者不諫而捨狂先作
知是非法語比丘不捨所見共止犯二事方
便共止突吉羅共止已波逸提不犯者知未
舉若罷捨見狂先作
知是擯沙彌安處犯二事方便安處突吉羅
安處已波逸提不犯者知不捨擯見狂先作
取寶犯二事方便取突吉羅取已波逸提不
犯者寶似寶者或園内園邊自取教取舉彼
有者當取似寶者同意取暫取糞掃想取狂
先作
不取三惡色作親衣著犯二事方便著突吉
羅著已波逸提不犯者取著作淨已失脱滅
以淨縫裸不淨補縁狂先作
減半月浴犯二事方便浴突吉羅浴竟波逸
提不犯者時故半月過半月卒行浴邊國中
狂先作
故斷衆生命有四種爲當墮死掘坑者突吉
羅人墮死波羅夷閦叉餓鬼畜生人像者墮
死土羅遮畜生墮死波逸提不犯者不故不
知不欲殺狂先作
故弄比丘悔犯二事方便弄突吉羅弄已波
逸提不犯者不欲弄悔知不滿二十與具足
知過時食知飲酒知與母人共屏處坐知此
教悔狂先作
指挃笑犯二事方便笑突吉羅笑已波逸提
不犯者不欲笑有事故狂先作
水戲犯二事没水下戲突吉羅在水上戲波

逸提不犯者不欲笑有事入水或没或出渡故去急狂先作

母人同宿犯二事方便臥突吉羅臥已波逸提不犯者一切覆不障一切障不覆都不覆不障母人臥比丘坐比丘臥母人坐俱坐狂先作

比丘恐怖犯二事方便怖突吉羅怖已波逸提不犯者不欲怖有賊惡蟲毗舍遮故示色聲香味細滑狂先作

藏衣鉢坐具鍼筒腰帶犯二事方便藏突吉羅藏已波逸提不犯者不欲笑惡處與舉若舉說法已與狂先作

比丘比丘尼六法尼沙彌沙彌尼所自求衣著不與直犯二事方便著突吉羅著已波逸提不犯者彼與同意取狂先作

比丘無根僧殘法驅棄犯二事方便驅突吉羅驅已波逸提不犯者如想語教語狂先作

知盜共一道行犯二事方便行突吉羅行已波逸提不犯者不相隨去人隨去比丘不隨去要急事狂先作

共母人一道行犯二事方便行突吉羅行已波逸提不犯者不相隨去母人隨去比丘不隨去不要去狂先作

知人年減二十與具足犯二事方便與具足突吉羅與具足已波逸提不犯者年減二十想滿與年滿二十與具足狂先作

掘地犯二事方便掘突吉羅下下波逸提不犯者知此與此須此取此此語淨作不故不念不知狂先作

過是求藥犯二事方便求突吉羅求已波逸

提不犯者請是藥求是藥請中夜者求中夜
請我此藥我少此藥示須此藥親里若請爲
他自物狂先作
比丘說法時語若我不學此所學戒當問餘
眞持律比丘犯二事方便語突吉羅語巳波
逸提不犯者言當知當學狂先作
知比丘相打罵諍立聽犯二事當去突吉羅
立聽巳波逸提不犯者聽此巳當捨止息當
自避故去狂先作
僧斷事時不囑起去犯二事輕而離突吉羅
離巳波逸提不犯者打僧罵故亂鬪諍故去
破僧競故去非法群黨非羯磨作羯磨若病
爲病急大小便不欲壞羯磨正爾當還故去
狂先作
作擾動犯二事方便作突吉羅作巳波逸提

不犯者如我師所受問若說狂先作
飲酒犯二事當飲而取突吉羅口口波逸提
不犯者非酒似酒氣味在羹中狂先作
有比丘不白非時入村犯二事初脚發過突
言羅兩脚過波逸提不犯者急有所作有比
丘白去無比丘不白去精舍去尼舍去異學
處去道由村過急事狂先作
請食時有比丘不白食前食後彼舍中行犯
二事初脚發過突吉羅兩脚過波逸提不犯
者時故有比丘白而入無比丘不白入家邊
道他家去園内去尼舍去異學處去急事狂
先作
先未通入王門犯二事初脚發過突吉羅兩
脚過波逸提不犯者先通非王種不拜爲王
王夫人俱出宿屋狂先作

貢高犯二事事未成貢高突吉羅事成貢高已波逸提不犯者不欲貢高不廣聞滅再三反聞狂先作

骨牙角作鍼筩犯二事方便作突吉羅作已波逸提不犯者禪鎮攢藥筩藥匕(梵本用抄藥著眼中物不名匕)斧拂柄狂先作

過量作牀榻(梵本不言榻音似名小牀也)犯二事方便作突吉羅作已波逸提不犯者如量作滅作他作過量得截用狂先作

綿纏結作牀榻犯二事方便作突吉羅作已波逸提不犯者禪帶腰帶鉢囊漉水物作筦他作得破用狂先作

過量作兩被犯二事方便作突吉羅作已波逸提不犯者如量作滅作他過量作得截用狂先作

過量作泥洹僧犯二事方便作突吉羅作已波逸提不犯者如量作滅作他過量作得截用狂先作

過量作坐具犯二事方便作突吉羅作已波逸提不犯者如量作滅作他過量作得破用狂先作

如如來衣量作衣犯二事方便作突吉羅作已波逸提不犯者滅作他過量作得截用狂先作(九十二事竟)

四悔過法(譯者解云四悔者或言應說法或言應發露者也)

入家內自手取非親里尼食犯二事當食而取突吉羅口口是悔過不犯者親里教與不自與放地與精舍內與時須七日終身因緣六法尼沙彌尼狂先作

比丘尼索不訶而食犯二事當食而受突吉

羅口口是悔過不犯者自有食教與不自與他有食與不教與教與未得食者六法尼沙彌尼除五種食一切不犯狂先作

拜爲學家中自手取食犯二事當食而取突吉羅口口是悔過不犯者若請若病請者病者殘常食時須食七日終身因緣狂先作

阿練若住處中先不差園外自手取食犯二事當食而取突吉羅口口是悔過不犯者若差若病瘥者病者殘山所生根皮葉華果時須七日終身狂先作（四悔過竟）

衆多法

前後衆差著泥洹僧突吉羅不犯者不故不念不知病急事狂先作

前後衆差被衣突吉羅不犯者不故不念不知病急事狂先作

露身入家內突吉羅不犯者不故狂先作

露身坐家內突吉羅不犯者不故不念不知病眠急事狂先作

訶責入家內突吉羅不犯者不故不念不知病急事狂先作

訶責坐家內突吉羅不犯者不故不念不知病急事狂先作

左右視入家內突吉羅不犯者不故狂先作

左右視坐家內突吉羅不犯者不故不念不知狂先作

作大高聲入家內突吉羅不犯者不故狂先作

作大高聲坐家內突吉羅不犯者不故不念不知狂先作

蹲入家內突吉羅不犯者不故狂先作

覆頭入家内突吉羅不犯者不故不念不知
病眠急事狂先作
覆頭坐家内突吉羅不犯者眠狂先作
現胷入家内突吉羅不犯者不故狂先作
現胷坐家内突吉羅不犯者不故不念不知
病眠急事狂先作
下垂坐家内突吉羅不犯者不故不念不知
病眠急事狂先作
抄衣入家内突吉羅不犯者不故狂先作
抄衣坐家内突吉羅不犯者不故不念不知
病眠急事狂先作
搖臂入家内突吉羅不犯者不故狂先作
搖身坐家内突吉羅不犯者不故不念不知
病眠急事狂先作
搖頭入家内突吉羅不犯者不故不念不知
狂先作
搖頭坐家内突吉羅不犯者不故不念不知
病眠急事狂先作
弄手脚入家内突吉羅不犯者不故狂先作
弄手脚坐家内突吉羅不犯者不故狂先作
不端一受飯突吉羅不犯者不故狂先作
左右視受飯突吉羅不犯者不故狂先作
多取羮突吉羅不犯者不故不念不知病若
種種親里若請爲他自物急事狂先作
堆受飯突吉羅不犯者不故狂先作
𠙨堆飯食突吉羅不犯者不故不念不知病
𠙨殘著一處食急事狂先作
不端一食突吉羅不犯者不故狂先作
處處採飯食突吉羅不犯者不故不念不知
病採與他採出急事狂先作

多羨美食突吉羅不犯者不故不念不知病種
種親里若請自物急事狂先作
大作摶突吉羅不犯者不故不念不知病若
餅果急事狂先作
長作摶突吉羅不犯者不故不念不知病餅
果急事狂先作
摶未至張口突吉羅不犯者不故狂先作
含飯語突吉羅不犯者狂先作
一切手入口突吉羅不犯者不故狂先作
作嘷噍食突吉羅不犯者不故狂先作
作吸食突吉羅不犯者不故狂先作
舐脣食突吉羅不犯者不故不念不知病急
事狂先作
吐舌食突吉羅不犯者不故不念不知病急
事狂先作

縮鼻食突吉羅不犯者不故不念狂先作
截團食突吉羅不犯者不故不念不知病若
餅果急事狂先作
作吐出食突吉羅不犯者不故不念不知病
若餅果急事狂先作
舐手食突吉羅不犯者不故不念不知狂先
作
放鉢食突吉羅不犯者不故不念不知病放
殘著一處食急事狂先作
振手食突吉羅不犯者不故不念不知病急
事狂先作
作酪飯食突吉羅不犯者不故不念不知病
急事狂先作
膩手取水器突吉羅不犯者不故不念不知
病當洗教洗故取急事狂先作

自爲索羹飯食突吉羅不犯者不故不念不知病親里若請爲他自物急事狂先作

羹上覆飯突吉羅不犯者不故不念不知主覆與不欲更得急事狂先作

訶想視他鉢突吉羅不犯者不故不念不知不訶想視急事狂先作

澡鉢水有飯寫家内突吉羅不犯者不故不念不知病擲去若破寫外急事狂先作

爲騎乘說法突吉羅不犯者不故不念狂先作

後行爲前說法突吉羅不犯者不故狂先作

道外爲道中說法突吉羅不犯者不故狂先作

地坐爲牀上說法突吉羅不犯者不故不念不知病急事狂先作

甲牀爲高牀坐說法突吉羅不犯者不故不念不知病急事狂先作

立爲坐說法突吉羅不犯者不故不念不知狂先作

爲卧說法突吉羅不犯者不故狂先作

爲覆頭說法突吉羅不犯者不故不念不知露頭急事狂先作

爲纏頭說法突吉羅不犯者不故不念不知病露髮急事狂先作

爲垂衣坐說法突吉羅不犯者不故不念狂先作

爲著屐說法突吉羅不犯者不故狂先作

爲著屐說法突吉羅不犯者不故不念狂先作

爲持杖說法突吉羅不犯者不故狂先作

爲持蓋説法突吉羅不犯者不故狂先作

爲持刀説法突吉羅不犯者不故不知狂先作

爲持器杖（梵本音不言器仗也更有名難轉也）説法突吉羅不犯者不故不念狂先作

生草上作大小便洟唾突吉羅不犯者不故不知病非生草用拭急事狂先作

水中作大小便洟唾突吉羅不犯者不故不念不知病水邊洗急事狂先作

立作大小便突吉羅不犯者不故不念不知病狂先作（衆多七十四竟）

優波離問經

音釋

牻（莫江切白黑雜也） 閾（越逼切門限也） 苫（失廉切編茅蓋也） 緤（音牒）

挃（陟栗切撞也） ⿰國爪（正作擭屋號切手取也） ⿰口尃（補各切） ⿰口集（子立切）

⿰口尃⿰口集（噍貌）

根本說一切有部戒經

唐三藏法師義淨奉 制譯

清刻龍藏佛說法變相圖

根本說一切有部戒經

唐三藏法師義淨奉　制譯

別解脫經難得聞　經於無量俱胝劫
讀誦受持亦如是　如說行者更難遇
諸佛出現於世樂　演說微妙正法樂
僧伽一心同見樂　和合俱修勇進樂
若見聖人則爲樂　并與共住亦爲樂
若不見諸愚癡人　是則名爲常受樂
見具尸羅者爲樂　若見多聞亦名樂
見阿羅漢是眞樂　由於後有不生故
於河津處妙階樂　以法降怨戰勝樂
證得正慧果生時　能除我慢盡爲樂
若有能爲決定意　善伏根欲具多聞
從少至老處林中　寂靜閑居蘭若樂

諸大德春時爾許過餘有爾許在老死既侵

命根漸滅大師教法不久當滅諸大德應勤光顯莫爲放逸由不放逸必當證得如來應正等覺何況所餘覺品善法大德僧伽先作何事佛聲聞衆少求少事未受近圓者出不來諸苾芻說欲及清淨（其持欲者各對比座而說）誰遣苾芻尼請教授

合十指恭敬　禮釋迦師子　別解脫調伏
我說仁善聽　聽已當正行　如大仙所說
於諸小罪中　勇猛亦勤護　心馬難制止
勇決恒相續　別解脫如銜　有百針極利
若人違軌則　聞教便能止　大士若良馬
當出煩惱陣　若人無此銜　亦不曾喜樂
彼沒煩惱陣　迷轉於生死

大德僧伽聽今僧伽黑月十四日（或白月十五日）作褒灑陀若僧伽時至聽者僧伽應許僧伽今作褒灑陀說波羅底木叉戒經白如是諸大德我今作褒灑陀說波羅底木叉戒經仁等諦聽善思念之若有犯者當發露無犯者默然默然故知諸大德清淨如餘問時即如實答我今於此勝苾芻衆中乃至三問亦應如實答若苾芻憶知有犯不發露者得故妄語罪諸大德佛說故妄語是障礙法是故苾芻欲求清淨者當發露發露即安樂不發露不安樂諸大德我已說戒經序今問諸大德是中清淨不（如是二說）諸大德是中清淨默然故我今如是持

攝頌曰

若作不淨行　不與取斷人　妄說上人法
斯皆不共住

諸大德此四波羅市迦法半月半月戒經中

說若復苾芻與諸苾芻同得學處不捨學處
學羸不自說作不淨行兩交會法乃至共傍
生此苾芻亦得波羅市迦不應共住
若復苾芻若在聚落若空閑處他不與物以
盜心取如是盜時若王若大臣若捉若殺若
縛若驅擯若呵責言咄男子汝是賊癡無所
知作如是盜如是盜者此苾芻亦得波羅市
迦不應共住
若復苾芻若人若人胎故自手斷其命或持
刀授與或自持刀或求持刀者若勸死讚死
語言咄男子何用此罪累不淨惡活為汝今
寧死死勝生隨自心念以餘言說勸讚令死
彼因死者此苾芻亦得波羅市迦不應共住
若復苾芻實無知無徧知自知不得上人法
寂靜聖者殊勝證悟智見安樂住而言我知
我見彼於異時若問若不問欲自清淨故作
如是說諸具壽我實不知不見言知言見虛
誑妄語除增上慢此苾芻亦得波羅市迦不
應共住
諸大德我已說四他勝法苾芻於此隨犯一
一事不得與諸苾芻共住如前後亦如是得
他勝罪不應共住
今問諸大德是中清淨不如是三說
諸大德是中清淨默然故我今如是持
攝頌曰
泄觸鄙供媒　小房大寺謗　非分破僧事
隨從汚慢語
諸大德此十三僧伽伐尸沙法半月半月戒
經中說
若復苾芻故心泄精除夢中僧伽伐尸沙

若復苾芻以染纏心與女人身相觸若捉手若捉臂若捉髮若觸一一身分作受樂心者僧伽伐尸沙

若復苾芻以染纏心共女人作鄙惡不軌婬欲相應語如夫妻者僧伽伐尸沙

若復苾芻以染纏心於女人前自歎身言姊妹若苾芻與我相似具足尸羅有勝善法修梵行者可持此婬欲法而供養之若苾芻如是語者僧伽伐尸沙

若復苾芻作媒嫁事以男意語女以女意語男若爲成婦事及私通事乃至須臾頃僧伽伐尸沙

若復苾芻自乞作小房無主爲已作當應量作此中量者長佛十二張手廣七張手是苾芻應將苾芻衆往觀處所彼苾芻衆應觀處所是應法淨處無諍競處有進趣處若苾芻於不應法不淨處有諍競處無進趣處自乞作房無主自爲已不將諸苾芻往觀處所於如是處過量作者僧伽伐尸沙

若復苾芻作大住處有主爲衆作是苾芻應將苾芻衆往觀處所彼苾芻衆應觀處所是應法淨處無諍競處有進趣處若苾芻於不應法處不淨處有諍競處無進趣處作大住處有主爲衆作不將諸苾芻往觀處所於如是處所造大住處者僧伽伐尸沙

若復苾芻懷瞋不捨故於清淨苾芻以無根波羅市迦法謗欲壞彼淨行後於異時若問若不問知此是無根謗彼苾芻由瞋恚故作是語者僧伽伐尸沙

若復苾芻懷瞋不捨故於清淨苾芻以異非

分波羅市迦法謗欲壞彼淨行後於異時若問若不問知此是異非分事以少相似法而爲毀謗彼苾芻由瞋恚故作是語者僧伽伐尸沙

若復苾芻與方便欲破和合僧於破僧事堅執不捨諸苾芻應語彼苾芻言具壽莫欲破和合僧堅執而住具壽應與衆僧和合共住歡喜無諍一心一説如水乳合大師教法令得光顯安樂久住具壽汝可捨破僧事諸苾芻如是諫時捨者善若不捨者應可再三慇懃正諫隨敎應詰令捨是事捨者善若不捨者僧伽伐尸沙

若復苾芻若一若二若多與彼苾芻共爲伴黨同邪違正隨順而住時此苾芻語諸苾芻言大德莫共彼苾芻有所論説若好若惡何以故彼苾芻是順法律依法律語言無虚妄彼愛樂者我亦愛樂諸苾芻應語此苾芻言具壽莫作是説彼苾芻是順法律依法律語言無虚妄彼愛樂者我亦愛樂何以故彼苾芻非順法律不依法律語言皆虚妄汝莫樂破僧當樂和合僧應與僧和合歡喜無諍一心一説如水乳合大師教法令得光顯安樂久住具壽可捨破僧惡見順邪違正勸作諍事堅執而住諸苾芻如是諫時捨者善若不捨者應可再三慇懃正諫隨敎應詰令捨是事捨者善若不捨者僧伽伐尸沙

若復衆多苾芻於村落城邑住汚他家行惡行汚他家亦衆見聞知行惡行亦衆見聞知諸苾芻應語彼苾芻言具壽汝等汚他家行惡行汚他家亦衆見聞知行惡行亦衆見聞

知汝等可去不應住此彼苾芻語諸苾芻言大德有愛恚怖癡有如是同罪苾芻有驅者有不驅者時諸苾芻語彼苾芻言具壽莫作是語諸大德有愛恚怖癡有如是同罪苾芻有驅者有不驅者何以故諸苾芻無愛恚怖癡汝等汚他家行惡行汚他家亦衆見聞知行惡行亦衆見聞知具壽汝等應捨愛恚等言諸苾芻如是諫時捨者善若不捨者應可再三慇懃正諫隨教應詰令捨是事捨者善若不捨者僧伽伐尸沙

若復苾芻惡性不受人語諸苾芻於佛所説戒經中如法如律勸誨之時不受諫語言諸大德莫向我説少許若好若惡我亦不向諸大德説若好若惡諸大德止莫勸我莫論説我諸苾芻語是苾芻言具壽汝莫不受諫語諸苾芻於戒經中如法如律勸誨之時應受諫語具壽如法諫諸苾芻諸苾芻亦如法諫具壽如是如來應正等覺佛聲聞衆便得增長共相諫誨具壽汝應捨此事諸苾芻如是諫時捨者善若不捨者應可再三慇懃正諫隨教應詰令捨是事捨者善若不捨者僧伽伐尸沙

諸大德我已説十三僧伽伐尸沙法九捐便犯四乃至三諫若苾芻隨一一犯故覆藏者隨覆藏日衆應與作不樂波利婆娑行波利婆娑竟衆應與作六夜摩那馳行摩那馳竟餘有出罪應二十僧中出是苾芻若少一人不滿二十衆是苾芻罪不得除諸苾芻皆得罪此是出罪法

今問諸大德是中清淨不（如是三説）

諸大德是中清淨默然故我今如是持

攝頌曰

若在屏障中　堪行婬欲處　及在非障處

無有第三人

諸大德此二不定法半月半月戒經中說

若復苾芻獨與一女人在於屏障堪行婬處坐有正信鄔波斯迦於三法中隨一而說若波羅市迦若僧伽伐尸沙若波逸底迦彼坐苾芻自言其事者於三法中應隨一一法治若波羅市迦若僧伽伐尸沙若波逸底迦或以鄔波斯迦所說事治彼苾芻是名不定法

若復苾芻獨與一女人在非屏障不堪行婬處坐有正信鄔波斯迦於二法中隨一而說若僧伽伐尸沙若波逸底迦彼坐苾芻自言其事者於二法中應隨一一法治若僧伽伐尸沙若波逸底迦或以鄔波斯迦所說事治彼苾芻是名不定法

諸大德我已說二不定法今問諸大德是中清淨不（如是三說）諸大德是中清淨默然故我今如是持

初攝頌曰

持離畜浣衣　取衣乞過受　同價及別主

遣使送衣直

諸大德此三十泥薩祇波逸底迦法半月半月戒經中說

若復苾芻作衣已竟羯恥那衣復出得長衣齊十日不分別應畜若過畜者泥薩祇波逸底迦

若復苾芻作衣已竟羯恥那衣復出於三衣中離一一衣界外宿下至一夜除衆作法泥

薩祇波逸底迦

若復苾芻作衣已竟羯恥那衣復出得非時衣欲須應受受已當疾成衣若有望處求令滿足若不足者得畜經一月若過者泥薩祇波逸底迦

若復苾芻使非親苾芻尼浣染打故衣者泥薩祇波逸底迦

若復苾芻從非親苾芻尼取衣者除貿易泥薩祇波逸底迦

若復苾芻從非親居士居士婦乞衣除餘時泥薩祇波逸底迦餘時者若苾芻奪衣失衣燒衣吹衣漂衣此是時

若復苾芻奪衣失衣燒衣吹衣漂衣從非親居士居士婦乞衣彼多施衣苾芻若須應受上下二衣若過受者泥薩祇波逸底迦

若復苾芻有非親居士居士婦共辦衣價當買如是清淨衣與某甲苾芻及時應用此苾芻先不受請因他告知便詣彼家作如是語善哉仁者爲我所辦衣價可買如是清淨衣及時與我爲好故若得衣者泥薩祇波逸底迦

若復苾芻有非親居士居士婦各辦衣價當買如是清淨衣與某甲苾芻此苾芻先不受請因他告知便詣彼家作如是語善哉仁者爲我所辦衣價可共買如是清淨衣及時與我爲好故若得衣者泥薩祇波逸底迦

若復苾芻若王若大臣婆羅門居士等遣使爲苾芻送衣價彼使持衣價至苾芻所白言大德此物是某甲王大臣婆羅門居士等遣我送來大德哀愍爲受是苾芻語彼使言仁

此衣價我不應受若得順時淨衣應受彼使白言大德有執事人不須衣苾芻言有若僧淨人若鄔波索迦此是苾芻執事人彼使往執事人所與衣價已語言汝可以此衣價買順時清淨衣與某甲苾芻令其被服彼使善敎執事人已還至苾芻所白言大德所示執事人我已與衣價得清淨衣應受苾芻須衣應往執事人所若二若三令彼憶念告言我須衣若得者善若不得者乃至四五六返往彼默然隨處而住若四五六返得衣者善若不得衣過是求得衣者泥薩祇波逸底迦若竟不得衣是苾芻應隨彼送衣價處若自往若遣可信人往報言仁爲某甲苾芻送衣價彼苾芻竟不得衣仁應知勿令失此是時

第二攝頌曰

高世耶純黑 分六尼師但 擔毛浣金銀

納貿并賣買

若復苾芻用新高世耶絲綿作敷具者泥薩祇波逸底迦

若復苾芻用純黑羊毛作新敷具者泥薩祇波逸底迦

若復苾芻作新羊毛敷具應用二分純黑第三分白第四分麤若苾芻不用二分純黑第三分白第四分麤作新敷具者泥薩祇波逸底迦

若復苾芻作新敷具縱心不樂應六年持若減六年不捨故更作新者除得衆法泥薩祇波逸底迦

若復苾芻作新尼師但那應取故者堅處縱廣佛一張手貼新者上爲壞色故若苾芻作

新尼師但那不以故者貼著新者上爲壞色故泥薩衹波逸底迦
若復苾芻行路中得羊毛欲須應取若無人持得自持至三踰繕那若過者泥薩衹波逸底迦
若復苾芻使非親苾芻尼浣染擘羊毛者泥薩衹波逸底迦
若復苾芻自手捉金銀錢等若敎他捉泥薩衹波逸底迦
若復苾芻種種出納求利者泥薩衹波逸底迦
若復苾芻種種賣買者泥薩衹波逸底迦
第三攝頌曰
二鉢二織師　奪衣并急施　阿蘭若雨衣
迴僧七日藥

若復苾芻畜長鉢過七日不分別者泥薩衹波逸底迦
若復苾芻有鉢減五綴堪得受用爲好故更求餘鉢得者泥薩衹波逸底迦彼苾芻當於衆中捨此鉢取衆中最下鉢與彼苾芻報言此鉢還汝不應守持不應分別亦勿於人應自審詳徐徐受用乃至破應護持此是其法
若復苾芻自乞縷線使非親織師織作衣若得衣者泥薩衹波逸底迦
若復苾芻有非親居士居士婦爲苾芻使非親織師織作衣此苾芻先不受請便生異念詣彼織師所作如是言汝今知不此衣爲我織善哉織師應好織淨梳治善簡擇極堅打我當以少鉢食或鉢食類或復食直而相濟給若苾芻以如是物與織師求得衣者泥薩

祇波逸底迦
若復苾芻先與苾芻衣彼於後時惱瞋駡詈生嫌賤心若自奪若敎他奪報言還我衣來不與汝若衣離彼身自受用者泥薩祇波逸底迦
若復苾芻前三月雨安居十日未滿有急施衣苾芻須者應受乃至施衣時應畜若過畜者泥薩祇波逸底迦
若復衆多苾芻在阿蘭若處住作後安居有驚怖畏難處苾芻欲於三衣中隨留一衣置村舍内若苾芻有縁須出阿蘭若界者得齊六夜離衣而宿若過者泥薩祇波逸底迦
若復苾芻春殘一月在應求雨浴衣齊後半月來應持用若苾芻未至春殘一月求雨浴衣至後半月仍持用者泥薩祇波逸底迦
若復苾芻知他與僧利物自迴入已者泥薩祇波逸底迦
如世尊説聽諸病苾芻所有諸藥隨意服食謂酥油糖蜜於七日中應自守持觸宿而服若苾芻過七日服者泥薩祇波逸底迦
諸大德我已説三十泥薩祇波逸底迦法今問諸大德是中清淨不如是三説諸大德是中清淨默然故我今如是持
總攝頌曰
故妄及種子　不差并數食　蟲水命伴行
傍生賊徒請
初別攝頌曰
妄毀及離間　發舉説同聲　説罪得上人
隨親輒輕毁
諸大德此九十波逸底迦法半月半月戒經

中說
若復苾芻故妄語者波逸底迦
若復苾芻毀呰語故波逸底迦
若復苾芻離間語故波逸底迦
若復苾芻知和合僧伽如法斷諍事已除滅後於羯磨處更發舉者波逸底迦
若復苾芻爲女人說法過五六語除有智男子波逸底迦
若復苾芻與未近圓人同句讀誦教授法者波逸底迦
若復苾芻知他苾芻有麤惡罪向未近圓人說除衆羯磨波逸底迦
若復苾芻實得上人法向未近圓人說者波逸底迦
若復苾芻先同心許後作是說諸具壽以僧利物隨親厚處迴與別人者波逸底迦
若復苾芻半月半月說戒經時作如是語具壽何用說此小隨小學處爲說是戒時令諸苾芻心生惡作惱悔懷憂若作如是輕呵戒者波逸底迦
第二攝頌曰
種子輕惱教　安牀草蓐牽　强住脫牀脚澆草應三二
若復苾芻自壞種子有情村及令他壞者波逸底迦
若復苾芻嫌毀輕賤苾芻者波逸底迦
若復苾芻違惱言教者波逸底迦
若復苾芻於露地處安僧敷具及諸牀座去時不自舉不教人舉若有苾芻不屬授除餘緣故波逸底迦

若復苾芻於僧房内若草若葉自敷教人敷去時不自舉不教人舉若有苾芻不囑授除餘縁故波逸底迦

若復苾芻瞋恚不喜於僧住處牽苾芻出或令他牵出者除餘縁故波逸底迦

若復苾芻於僧住處知諸苾芻先此處住後來於中故相惱觸於彼卧具若坐若卧作如是念彼若生苦者自當避我去波逸底迦

若復苾芻於僧住處知重房棚上脱脚牀及餘坐物放身坐卧者波逸底迦

若復苾芻知水有蟲自澆草土若和牛糞及教人澆者波逸底迦

若復苾芻作大住處於門楗邊應安横居及諸窻牖并安水竇若起牆時是濕泥者應二三重齊横居處若過者波逸底迦

第三攝頌曰

不差至日暮　為食二種衣　同路及乘船

二屏教化食

若復苾芻衆不差遣自往教誡苾芻尼者除獲勝法波逸底迦

若復苾芻雖被衆差教誡苾芻尼乃至日暮時而教誡者波逸底迦

若復苾芻向諸苾芻作如是語汝為飲食供養故教誡苾芻尼者波逸底迦

若復苾芻與非親苾芻尼衣除貿易波逸底迦

若復苾芻與非親苾芻尼作衣者波逸底迦

若復苾芻與苾芻尼共賓旅期行者除餘時波逸底迦餘時者謂有恐怖畏難處此是時

若復苾芻與苾芻尼期乘一船若沿波若泝

流除直渡波逸底迦
若復苾芻獨與一女人屏處坐者波逸底迦
若復苾芻獨與一苾芻尼屏處坐者波逸底迦
若復苾芻知苾芻尼讃歎因緣得食食除施主先有意波逸底迦
第四攝頌曰
數食一宿處　受鉢不爲餘　足食別非時
觸不受妙食
若復苾芻展轉食者除餘時波逸底迦餘時者病時作時道行時施衣時此是時
若復苾芻於外道住處得經一宿一食除病因緣若過者波逸底迦
若復衆多苾芻往俗家中有淨信婆羅門居士慇懃請與餅麨飯苾芻須者應兩三鉢受
若過受者波逸底迦既受得已還至住處若有苾芻應共分食此是時
若復苾芻足食竟不作餘食法更食者波逸底迦
若復苾芻知他苾芻足食竟不作餘食法勸令更食告言具壽當敢此食以此因緣欲使他犯生憂惱者波逸底迦
若復苾芻別衆食者除餘時波逸底迦餘時者病時作時道行時船行時大衆食時沙門施食時此是時
若復苾芻非時食者波逸底迦
若復苾芻食曾經觸食者波逸底迦
若復苾芻不受食舉著口中而噉咽者除水及齒木波逸底迦
如世尊説上妙飲食乳酪生酥魚及肉若苾

芻無病爲巳詣他家乞取食者波逸底迦

第五攝頌曰

蟲水二食舍　無服往觀軍　兩夜覻遊兵

打擬覆麤罪

若復苾芻知水有蟲受用者波逸底迦

若復苾芻知有食家强安坐者波逸底迦

若復苾芻知有食家在屏處强立者波逸底迦

若復苾芻自手授與無衣外道及餘外道男女食者波逸底迦

若復苾芻往觀整裝軍者波逸底迦

若復苾芻有因緣往軍中應齊二夜若過宿者波逸底迦

若復苾芻在軍中經二宿觀整裝軍見先旗兵及看布陣散兵者波逸底迦

若復苾芻瞋恚故不喜打苾芻者波逸底迦

若復苾芻瞋恚故不喜擬手向苾芻者波逸底迦

若復苾芻知他苾芻有麤惡罪覆藏者波逸底迦

第六攝頌曰

伴惱觸火欲　同眠法非障　未捨求寂染

收寶極炎時

若復苾芻語餘苾芻作如是語具壽共汝詣俗家當與汝美好飲食令得飽滿彼苾芻至俗家竟不與食語言具壽汝去我與汝共坐共語不樂我獨坐獨語樂作是語時欲令生惱者波逸底迦

若復苾芻無病爲身若自燃火若教他燃者波逸底迦

若復苾芻與他欲已後便悔言還我欲來不與汝者波逸底迦

若復苾芻與未近圓人同室宿過二夜者波逸底迦

若復苾芻作如是語我知佛所説法欲是障礙者習行之時非是障礙諸苾芻應語彼苾芻言汝莫作是語我知佛所説欲是障礙法者習行之時非是障礙汝莫謗世尊謗世尊者不善世尊不作是語世尊以無量門於諸欲法説爲障礙汝可棄捨如是惡見諸苾芻如是諫時捨者善若不捨者應可再三慇懃正諫隨教應詰令捨是事捨者善若不捨者波逸底迦

若復苾芻知如是語人未爲隨法不捨惡見共爲言説共住受用同室而宿者波逸底迦

若復苾芻見有求寂作如是語我知佛所説法欲是障礙法者習行之時非是障礙諸苾芻應語彼求寂言汝莫作是語我知佛所説欲是障礙法者習行之時非是障礙汝莫謗世尊謗世尊者不善世尊不作是語世尊以無量門於諸欲法説爲障礙汝可棄捨如是惡見諸苾芻語彼求寂時捨此事者善若不捨者乃至二三隨正應諫隨正應教令捨是事捨者善若不捨者諸苾芻應語彼求寂言汝從今已去不應説言如來應正等覺是我大師若有尊宿及同梵行者不應隨行如餘求寂得苾芻二夜同宿汝今無是事汝愚癡人可速滅去若苾芻知是被擯求寂而攝受饒益同室宿者波逸底迦

若復苾芻得新衣當作三種染壞色若青若

泥若赤隨一而壞若不作三種壞色而受用
者波逸底迦
若復苾芻寶及寶類若自捉教人捉除在寺
内及白衣舍波逸底迦若在寺内及白衣舍
見寶及寶類應作是念然後當取若有認者
我當與之此是時
若復苾芻半月應洗浴故違而浴者除餘時
波逸底迦餘時者熱時病時作時行時雨時
風時風雨時此是時
第七攝頌曰
殺傍生故惱　擊攊水同眠　怖藏資索衣
無根女同路
若復苾芻故斷傍生命者波逸底迦
若復苾芻故惱他苾芻乃至少時不樂以此
爲縁者波逸底迦
若復苾芻以指擊攊他者波逸底迦
若復苾芻水中戲者波逸底迦
若復苾芻共女人同室宿者波逸底迦
若復苾芻若自恐怖若教人恐怖他苾芻下
至戲笑者波逸底迦
若復苾芻自藏苾芻苾芻尼若正學女求寂
求寂女衣鉢及餘資具若教人藏除餘縁故
波逸底迦
若復苾芻受他寄衣後時不問主輒自著用
者波逸底迦
若復苾芻瞋恚故知彼苾芻清淨無犯以無
根僧伽伐尸沙法謗者波逸底迦
若復苾芻共女人同道行更無男子乃至一
村間者波逸底迦
第八攝頌曰

賊徒年未滿　掘地請違敎　竊聽默然去

不敬酒非時

若復苾芻與賊賁旅共同道行乃至一村間者波逸底迦

若復苾芻知年未滿二十與受近圓成苾芻性者波逸底迦此非近圓諸苾芻得罪

若復苾芻自手掘地若敎人掘者波逸底迦

若復苾芻有四月請須時應受若過受者除餘時波逸底迦餘時者謂别請更請慇懃請常請此是時

若復苾芻聞諸苾芻作如是語具壽仁今當習如是學處彼作是語我實不能用汝愚癡不分明不善解者所說之言受行學處我若見餘善閑三藏當隨彼言而受行者波逸底迦若苾芻實欲求解者當問三藏此是時

若復苾芻知餘苾芻評論事生求過紛擾諍競而住默然往彼聽其所說作如是念我欲聽已當令鬪亂以此爲緣者波逸底迦

若復苾芻知衆如法評論事時默然從座起去有苾芻不囑授者除餘緣故波逸底迦

若復苾芻不恭敬者波逸底迦

若復苾芻飲諸酒者波逸底迦

若復苾芻非時入聚落不囑餘苾芻除餘緣故波逸底迦

第九攝頌曰

食明相今知　針筒牀脚量　貯華并坐具

瘡雨大師衣

若復苾芻受食家請食前食後行詣餘家不囑授者波逸底迦

若復苾芻明相未出刹帝利灌頂王未藏寶

及寶類若入過宮門閫者除餘緣故波逸底迦

若復苾芻半月半月說戒經時作如是語具壽我今始知是法戒經中說諸苾芻知是苾芻若二若三同作長淨況復過此應語彼言具壽非不知故得免其罪汝所犯罪應如法說悔當勸喻言具壽此法希奇難可逢遇汝說戒時不恭敬不住心不慇重不作意不一想不攝耳不策念而聽法者波逸底迦

若復苾芻用骨牙角作針筒成者應打碎波逸底迦

若復苾芻作大小牀足應高佛八指除入梐木若有過者應截去波逸底迦

若復苾芻以木綿等貯僧牀座者應撤去波逸底迦

若復苾芻作尼師但那當應量作是中量者長佛二張手廣一張手半長中更增一張手若過作者應截去波逸底迦

若復苾芻作覆瘡衣當應量作是中量者長佛四張手廣二張手若過作者應截去波逸底迦

若復苾芻作雨浴衣當應量作是中量者長佛六張手廣二張手半若過作者應截去波逸底迦

若復苾芻同佛衣量作衣或復過者波逸底迦是中佛衣量者長佛十張手廣六張手此是佛衣量

諸大德我已說九十波逸底迦法今問諸大德是中清淨不（如是三說）諸大德是中清淨默然故我今如是持攝頌曰

非親尼自受　舍中處分食　不請向學家
受食於寺外

諸大德此四對說波羅底提舍尼法半月半月戒經中說

若復苾芻於村路中從非親苾芻尼自手受食食是苾芻應還村外住處詣諸苾芻所各別告言大德我犯對說惡法是不應爲今對說悔是名對說法

若復衆多苾芻於白衣家食有苾芻尼指授此苾芻應可多與美好飲食諸苾芻應語是苾芻尼言姊妹且止少時待諸苾芻食竟若無一人作是語者是諸苾芻應還村外住處詣諸苾芻所各別告言大德我犯對說惡法是不應爲今對說悔是名對說法

若復苾芻知是學家僧與作學家羯磨苾芻先不受請便詣彼家自手受食食是苾芻應還村外住處詣諸苾芻所各別告言大德我犯對說惡法是不應爲今對說悔是名對說法

若復苾芻在阿蘭若恐怖處住先無觀察險難之人於住處外受食食者是苾芻應還住處詣諸苾芻所各別告言大德我犯對說惡法是不應爲今對說悔是名對說法

諸大德我已說四波羅底提舍尼法今問諸大德是中清淨不（如是三說）諸大德是中清淨黙然故我今如是持

總攝頌曰

衣食形齊整　俗舍善容儀　護鉢除病人
草水過人樹

諸大德是衆學法半月半月戒經中說

齊整著裙應當學
不太高不太下不象鼻不蛇頭不多羅葉不豆團形著裙應當學
齊整披三衣應當學
不太高不太下好正披好正覆少語言不高視入白衣舍應當學
不覆頭不偏抄衣不雙抄衣不叉胷不拊肩入白衣舍應當學
不蹲行不足指行不跳行不庂足行不努身行入白衣舍應當學
不摇身不掉臂不摇頭不肩排不連手入白衣舍應當學
在白衣舍未請坐不應坐應當學
在白衣舍不善觀察不應坐應當學
在白衣舍不放身坐應當學
在白衣舍不累足不重内踝不重外踝不急斂足不長舒足不露身應當學
恭敬受食應當學
不得滿鉢受飯更安羹菜令食流溢於鉢緣邊應留屈指用意受食應當學
行食未至不預申其鉢應當學
不安鉢在食上應當學
恭敬而食應當學
不極小摶不極大摶圓整而食應當學
若食未至不張口待應當學
不含食語應當學
不得以飯覆羮菜不將羮菜覆飯更望多得應當學
不彈舌食不嗗喋食不呵氣食不吹氣食不手散食不毁呰食不塡頰食不齧半食不舒

舌食不作窣堵波形食應當學
不舐手不舐鉢不振手不振鉢常看鉢食應當學
不輕慢心觀比座鉢中食應當學
不以汚手捉淨水瓶應當學
在白衣舍不棄洗鉢水除問主人應當學
不得以殘食置鉢水中應當學
地上無替不應安鉢應當學
不立洗鉢應當學
不於危險岸處置鉢亦不迸流酌水應當學
人坐已立不爲説法除病應當學
人卧已坐不爲説法除病應當學
人在高座已在下座不爲説法除病應當學
人在前行已在後行不爲説法除病應當學
人在道已在非道不爲説法除病應當學
不爲覆頭者不爲偏抄衣不爲雙抄衣不爲扠腰者不爲拊肩者説法除病應當學
不爲乘象者不爲乘馬不爲乘轝不爲乘車者説法除病應當學
不爲著屐靴鞋及履屨者説法除病應當學
不爲戴帽著冠及作佛頂髻者不爲纏頭不爲冠華者説法除病應當學
不爲持蓋者説法除病應當學
不立大小便除病應當學
不得青草上棄大小便及洟唾除病應當學
不得水中大小便洟唾除病應當學
不得上過人樹除有難緣應當學
諸大德我已説衆多學法今問諸大德是中清淨不如是三説
諸大德是中清淨默然故我今如是持

攝頌曰

現前并憶念　不癡與求罪　多人語自言

草覆除衆諍

諸大德此七滅諍法半月半月戒經中説

應與現前毗奈耶　當與現前毗奈耶

應與憶念毗奈耶　當與憶念毗奈耶

應與不癡毗奈耶　當與不癡毗奈耶

應與求罪自性毗奈耶

當與求罪自性毗奈耶

應與多人語毗奈耶

當與多人語毗奈耶

應與自言毗奈耶

當與自言毗奈耶

應與草掩毗奈耶

當與草掩毗奈耶

若有諍事起當以七法順大師教如法如律而除滅之

諸大德我已説七滅諍法今問諸大德是中清淨不（如是三説）諸大德是中清淨默然故我今如是持

諸大德我已説戒經序已説四波羅市迦法十三僧伽伐尸沙法二不定法三十泥薩祇波逸底迦法九十波逸底迦法四波羅底提舍尼法衆學法七滅諍法此是如來應正等覺戒經中所説所攝若更有餘法之隨法與此相應者皆當修學仁等共集歡喜無諍一心一説如水乳合應勤光顯大師聖教令安樂住勿爲放逸應當修學

忍是勤中上　能得涅槃處　出家惱他人

不名爲沙門

此是毗鉢尸如來等正覺說是戒經

明眼避險途　能至安隱處　智者於生界
能遠離諸惡

此是尸棄如來等正覺說是戒經

不毀亦不害　善護於戒經　飲食知止足
受用下卧具　勤修增上定　此是諸佛教

此是毗舍浮如來等正覺說是戒經

譬如蜂採華　不壞色與香　但取其味去
苾芻入聚然

此是俱留孫如來等正覺說是戒經

不違逆他人　不觀作不作　但自觀身行
若正若不正

此是羯諾迦牟尼如來等正覺說是戒經

勿著於定心　勤修寂靜處　能撇者無憂
常令念不失　若人能惠施　福增怨自息
修善除衆惡　感盡至涅槃

此是迦攝波如來等正覺說是戒經

一切惡莫作　一切善應修　遍調於自心
是則諸佛教　護身爲善哉　能護語亦善
護意爲善哉　盡護最爲善　苾芻護一切
能解脫衆苦　善護於口言　亦善護於意
身不作諸惡　常淨三種業　是則能隨順
大仙所行道

此是釋迦如來等正覺說是戒經

毗鉢尸式棄　毗舍俱留孫　羯諾迦牟尼
迦葉釋迦尊　如是天中天　無上調御者
七佛皆雄猛　能救護世間　具足大名稱
咸說此戒法　諸佛及弟子　咸共尊敬戒
恭敬戒經故　獲得無上果　汝當求出離
於佛教勤修　降伏生死軍　如象摧草舍

於此法律中　常爲不放逸　能竭煩惱海
當盡苦邊際　所爲說戒經　和合作長淨
當共尊敬戒　如犛牛愛尾　我已說戒經
衆僧長淨竟　福利諸有情　皆共成佛道

根本說一切有部戒經

音釋

擯必刃切斥也　咄都活切呵也　寱莫鳳切與夢同　馳甲也切　貼他協切粘置也　踰繕那梵語也此云限量繕時戰切　擘博厄切分擘也　綴朱衛切聯也　縷隴主切線也　呰蔣氏切譏也　棚蒲庚切閣也　梐部禮切　扂徒點切戶牡也　沿泝沿余專切順流也泝蘇故切逆流也　麨齒沼切乾糧也　覿亭歷切見也　攊郎狄切以指擊口也　賣尸羊切與爾同　撤直列切除去也　蹲音存踞也　跳田聊切躍也　仄阻力切傾也　踝戶瓦切足骨也　嚩㗫嚩補各切㗫子立切嚩㗫貌　頰古協切面旁也　齧倪結切噬也　窣堵波梵語也此云高顯窣蘇骨切　舐甚爾切餂也　迸北諍切涌也　扠初加切挾也　轝羊諸切車也　屐竭戟切木

屐也　靴許遮切有靿屐也　屨俱遇切屐屬　犛莫交切長髦牛也

四經同卷

清刻龍藏佛說法變相圖

佛說迦葉禁戒經

宋居士沮渠京聲譯

聞如是一時佛在舍衛國祇樹給孤獨園時摩訶比丘千二百五十人菩薩萬二千人是時佛語摩訶迦葉比丘言比丘有二事身墮地獄中一者言是我所二者求人欲得供養比丘復有二事一者反聽外道二者多欲積衣被袈裟鉢比丘復有二事一者與白衣厚善二者見好持戒沙門反嫉之比丘復有二事墮鑊湯中一者常念愛欲二者喜交結知

友比丘復有二事一者自有過不肯悔二者及念他人惡比丘復有二事當墮泥犁中一者誹謗經道二者毀傷經戒比丘復有二事一者於都犯戒二者於法中無所得比丘復有二事悔一者强披法衣袈裟二者身不持戒不承事持戒沙門比丘復有二事實難愈一者心邪亂二者止人作菩薩道

佛語迦葉沙門何故正字沙門有四事爲沙門一者形容被服像類沙門二者外如沙門内懷諛諂三者但欲求索承事名譽自用貢高四者行戒不犯是爲眞沙門何等爲形容被服者除鬚髮被法衣持應器心不自政但欲作惡喜學邪道是爲外被服像類沙門内諛諂者安徐而行徐出徐入外衣食麤惡内欲甘美外居山間草茅爲廬内無信意自寬賈若内嫉忠直從因緣多索財物成其承名是爲諛諂不持戒不持戒者但欲令人稱譽諂諛屏處欲令人稱譽不自剋責趍求度脫但有諂諛之態是爲四事沙門不應何等爲眞沙門持戒行道不惜壽命捐棄身體不索萬物不求供養若有比丘守空行者常觀淨法本無瑕穢自作慧行不從他人得於佛法中得泥洹是爲眞沙門佛語迦葉欲求道當於是眞沙門莫於名沙門諂諛沙門譬如貧人稱名大富但有富名内無所有佛問迦葉是人應有不迦葉言不應佛言如是雖有沙門名者不行沙門法如貧人稱大富譬如有人爲水所没漂反渴欲死沙門雖多諷誦高才智慧不去情欲爲是情欲飢渴死坐是入泥犁禽獸薜荔中譬如賢醫師滿一器藥不

能自愈其病雖多諷經不持戒譬如摩尼珠墮不淨中雖多諷經不持戒譬如死人著金銀珍寶身不持戒反著袈裟像類沙門譬如長者子被服莊飾著好新衣中外潔淨多諷經不持戒如是佛語迦葉有四事像持戒人何等四事一者有比丘禁戒所語言我不犯雖有是語爲有著自呼有入二者若有比丘悉知深經著行自言是我所行三者若比丘多著言是我所著四者自言我常行等心著恐畏於生死是爲沙門自稱譽爲持戒佛語迦葉禁戒無形不著三界無識無吾人無命無意無名無種無化無敎作者無所從來無所從去無形無滅無身無所犯無口無所犯無心無所犯無世間無計無世事無所住亦無戒亦無所念亦無敗壞是名爲禁戒是時佛說禁戒無瑕穢亦無所著戒者無諸瞋恚安定就度世道如是爲持戒不愛身形不愛壽命亦不樂於五道悉曉了入於佛道中是爲持戒亦不在中亦不在邊不著亦不轉譬如虛空中風是爲持戒是乃名爲無種人有定心亦無所著亦無我爲天人相而曉是者是爲淨持戒不轉於禁戒不自貢高常欲守道持戒如是無有而過者耶無有是人信於空者隨佛所行不染汚從世間冥中入照入明適無所住立亦莫於三界是戒法佛說是戒法三萬三千諸天人民皆得須陀洹道八百沙門從是因緣意解得度行智慧如是

佛說迦葉禁戒經

佛說犯戒罪輕重經 漢隋唐錄並云世高所譯恐非

後漢安息三藏安世高譯

如是我聞一時佛住王舍城迦蘭陀竹園爾時尊者大目揵連晡時從禪定覺往至佛所頭面禮足却坐一面合掌恭敬而白佛言世尊意有所疑今欲請問惟願聽許佛告目連恣汝所問當爲汝說目連即白佛言世尊若比丘比丘尼無慚愧心輕慢佛語犯衆學戒如是犯波羅提提舍尼波逸提偷蘭遮僧伽婆尸沙犯波羅夷得幾不饒益罪惟願解說佛告目連諦聽諦聽今爲汝說若比丘比丘尼無慚無愧輕慢佛語犯衆學戒如四天王壽五百歲墮泥犂中於人間數九百千歲復次目連若無慚愧輕慢佛語犯波羅提提舍尼如三十三天壽千歲墮泥犂中於人間數三億六十千歲復次目連若無慚無愧輕慢佛語犯波夜提如燄摩天壽二千歲墮泥犂中於人間數二十四億四十千歲復次目連若無慚愧輕慢佛語犯偷蘭遮如兜率天壽四千歲墮泥犂中於人間數五十億六十千歲復次目連若無慚愧輕慢佛語犯僧伽婆尸沙如不憍樂天壽八千歲墮泥犂中於人間數二百三十億四十千歲復次目連若無慚愧輕慢佛語犯波羅夷如他化自在天壽十六千歲墮泥犂中於人間數九百二十一億六十千歲尊者目連聞佛所說歡喜奉行

爾時目連即說偈言

因緣輕慢故　命終墮惡道　因緣修善者
於此生天上　緣斯修善業　離惡得解脫
不善觀因緣　身壞墮惡趣　比丘謹慎樂

放逸多憂譴　變諍小致大　積惡入火焚
持戒福致喜　破戒有懼心　永斷三界漏
爾乃得涅槃　戒德可恃怙　福報常隨心
見法爲人長　永遠三惡道　戒愼除恐畏
福德三界尊　鬼龍邪毒害　不犯持戒人
神仙五通人　造世諸呪術　爲彼慚愧者
斷諸無慚愧　如來制禁戒　半月半月説
已説戒利益　稽首禮諸佛

佛説犯戒罪輕重經

佛說戒消災經

吴月支優婆塞支謙譯

聞如是一時佛在舍衛國爾時有一縣皆奉行佛五戒十善一縣界無釀酒者中有大姓家子欲遠賈販臨行父母語其子言汝勤持五戒奉行十善慎莫飲酒犯佛重戒受教而行到他國見故同學親友相得歡喜歸出蒲萄酒欲共飲之辭曰吾國土奉佛五戒無敢犯者飲酒後生爲人愚癡不值見佛旦辭親行父母相戒以酒蒸仍違教犯戒罪莫大也知識區區別久會同心雖悅喜不宜使吾犯戒違親教也主人言吾與卿同師恩則兄弟吾親則是子親父母相飲豈可違之若吾在卿家必順子親事不獲已乃聽飲之醉卧三日醒悟心悔懼怖事訖還家具首於親父母報言汝違吾教加復犯戒亂法之漸非孝子也無得說之爲國作先便以所得物逐令出國無宜留此子以犯戒爲親所逐乃到他國住客舍家主人所事三鬼神能作人現對面飲食與人語言主人事之積年疲勞居財空盡而家疾病死喪不絶患猒此鬼私共論之鬼知人意而患苦之鬼自相共議此人財產空訖正爲吾人耳未曾有益令相猒患宜求珍寶以施與之令其心悅便行盜他方國主庫藏好寶積置園中報言汝事吾歷年勤苦甚久今欲福汝使得饒富此乃快乎主人言受大神恩鬼曰汝園中有金銀可往取之方有大福令得汝願主人欣然入園見物奇異負挾歸舍辭謝受恩明日欲設飲食願屈顧下施設餚饌皆辦鬼神來詣門見舍衛國人

在主人舍便奔走而去主人追呼請還今設微供皆已辦具大神既已下顧委去何爲神曰卿舍尊客吾焉得前重復驚走主人還歸坐自思惟吾舍之中無有異人正有此人耳即出言語供設所有極相娛樂飲食已竟因問之曰卿有何功德於世有此吾所事神畏子而走客具説佛功德五戒十善實犯酒戒爲親所逐尚餘四戒故爲天神所見營護卿神不敢當之主人言吾雖事此神久患猒之今欲奉持佛五戒因從客受三自歸五戒十善一心精進不敢懈怠問佛所在可得見不客曰佛在舍衛國給孤獨園中往立可見主人一心到彼經歷一亭中有一女人端正是噉人鬼婦也男子行路迥遠時日逼暮從女人寄一宿女即報言慎勿留此宜急前去男子問曰用何等故將有意乎女人報曰吾已語卿用復問爲男子自念前舍衛國人完佛四戒我神尚爲畏之乃爾我已受三自歸五戒十善心不懈怠何畏懼乎遂自留宿噉人鬼見護戒神徘徊其傍去亭四十里一宿不歸明日男子進路見鬼所噉人骸骨狼藉衣毛爲起心怖而悔退自思惟我在本國家居衣食極快足用空爲此人所化言佛在舍衛國未覩奇妙反見骸骨縱横惡意更生自念不如還彼女人將歸本土共居如故不亦樂乎即時迴還至亭所因從女人復求留宿女謂男子何復還耶答曰行計不成故迴還耳復寄一宿女言卿死矣吾夫是噉人鬼方求不久卿急去此男子不信遂止不去心更迷惑婬意復生不復信佛三自歸之德五戒十

善之心天神即去無復護之鬼得來還女人恐鬼食此男子哀愍藏之瓮中鬼聞人氣謂婦言爾得肉耶吾欲噉之婦言我不行何從得肉婦問鬼卿昨何以不歸鬼言坐汝所爲而舍尊客宿令吾見逐瓮中男子踰益恐怖不復識三自歸意婦言何以不得肉乎鬼言正爲汝舍佛弟子天神逐我出四十里外露宿震怖於今不安故不得肉婦聞默喜因問其夫佛戒云何悉所奉持鬼言我大飢極急以肉來不須問此此是無上正真之戒非吾所敢說也婦言爲說之我當與卿肉鬼類貪殘欲食無止婦迫問之因便爲說三自歸五種戒一曰慈仁不殺二曰清信不盜三曰守貞不婬四曰口無妄言五曰孝順不醉鬼初說一戒時婦輒受之五戒心執口誦男子於瓮中識五戒隨受之天帝釋知此二人心自歸佛即遣善神五十人擁護兩人鬼遂走去到明日婦問男子怖乎答曰大怖蒙仁者恩心悟識佛婦言男子昨何以迴還答曰吾見新久死人骸骨縱横恐畏故迴還耳婦言骨是吾所棄者也吾本良家之女爲鬼所掠取吾作妻悲窮無訴今蒙仁恩得聞佛戒得離此鬼婦言賢者今欲到何所男子報言吾欲到舍衛國見佛婦曰善哉吾置本國及父母隨賢者見佛便俱前行逢四百九十八人因相問訊諸賢者從何所來欲到何所答曰吾等從佛所來問言卿等已得見佛何爲復去報言佛日說經意中罔罔故尚不解今還本國兩賢者具說本末以鬼畏戒高行之人意乃開解俱還見佛佛遥見之則笑口中五色

光出阿難長跪佛不妄笑將有所說佛語阿難汝見是四百九十八人還不對曰見之佛言此四百九十八人今得其本師來見佛者皆當得道五百人至佛所前爲佛作禮一心聽經心開意解皆作沙門得阿羅漢道佛言犯酒戒者則是客舍主人與此女人累世兄弟也然此二人是四百九十八人前世之師也凡人求道要當得其本師及其善友爾乃解耳佛說經竟諸比丘皆大歡喜前爲佛作禮而去

佛說戒消灾經

佛説優婆塞五戒相經

宋天竺三藏求那跋摩譯

殺戒第一

聞如是一時佛在迦維羅衛國爾時淨飯王來詣佛所頭面禮足合掌恭敬而白佛言欲所請求以自濟度唯願世尊哀訓我志佛言可得之願隨王所求王白佛言世尊已爲比丘比丘尼沙彌沙彌尼制戒輕重唯願如來亦爲我等優婆塞分別五戒可悔不可悔者令識戒相使無疑惑佛言善哉善哉憍曇我本心念久欲與優婆塞分別五戒若有善男子受持不犯者以是因緣當成佛道若有犯而不悔常在三塗故爾時佛爲淨飯王種種説已王聞法竟前禮佛足遶佛而去佛以是因緣告諸比丘我今欲爲諸優婆塞説犯戒輕重可悔不可悔者諸比丘僉曰唯然願樂欲聞佛告諸比丘犯殺有三種奪人命一者自作二者教人三者遣使自作者自身作奪他命教人者教語他人言捉是人繫縛奪命遣使者語他人言汝識某甲不汝捉是人繫縛奪命是使隨語奪彼命時優婆塞犯不可悔罪復有三種奪人命一者用内色二者用非内色三者用内非内色内色者優婆塞用手打他若用足及餘身分作如是念令彼因死彼因死者是犯不可悔罪若不即死後因是死亦犯不可悔若不即死後不因死是中罪可悔用不内色者若人以木瓦石刀矟弓箭白鑞段鉛錫段遥擲彼人作是念令彼因死彼因死者犯不可悔罪若不即死後因是死亦犯不可悔罪若不即死後不因死是中

罪可悔用内非内色者若以手捉木瓦石刀矟弓箭白鑞段鉛錫段木段打他作如是念令彼因死彼因死者是罪不可悔若不即死後因是死亦犯不可悔若不即死後不因死是中罪可悔復有不以内色不以非内色亦不以内非内色爲殺人故合諸毒藥若著眼耳鼻身上瘡中若著諸食中若被蓐中車輿中作如是念令彼因死彼因死者犯不可悔罪若不即死後因是死亦犯不可悔罪若不即死後不因死是中罪可悔復有作無烟火坑殺他核殺[木强]殺作穽殺撥殺毗陀羅殺墮胎殺按腹殺推著火中水中推著坑中殺若遣令去就道中死乃至胎中初受二根身根命根於中起方便殺無烟火坑殺者若優婆塞知是人從此道來於中先作無烟火坑以沙土覆上若口說以是人從此道來故我作此坑若是人因是死者是犯不可悔罪若不即死後因是死犯不可悔罪若不即死後不因死是中罪可悔爲人作無烟火坑人死者不可悔非人死者是中罪可悔畜生死者下罪可悔爲非人作坑非人死者是中罪可悔人死是下罪可悔畜生死者犯下可悔罪若爲畜生作坑畜生死者是下罪可悔若人墮死若非人墮死皆犯下罪可悔若優婆塞不定爲一事作坑諸有來者皆令墮死人死者犯不可悔罪非人死者中罪可悔畜生死者下罪可悔都無死者犯三方便可悔罪是名無烟火坑殺也毗陀羅者若優婆塞以二十九日求全身死人召鬼呪屍令起水洗著衣令手提刀若心念口說我爲某甲故作此毗

陀羅即讀呪術若所欲害人死者犯不可悔罪若前人入諸三昧或天神所護或大呪師所救解不成害犯中可悔罪是名毗陀羅殺也半毗陀羅者若優婆塞二十九日作鐵車作鐵車已作鐵人召鬼呪鐵人令起水洒著衣令鐵人手捉刀若心念口說我爲某甲讀是呪若是人死者犯不可悔罪若前人入諸三昧諸天神所護若呪師所救解不成死者是罪中可悔是名半毗陀羅殺斷命者二十九日牛屎塗地以酒食著中然火已尋便著水中若心念口說讀呪術言如火水中滅若火滅時彼命隨滅又復二十九日牛屎塗地酒食著中畫作所欲殺人像作像已尋還撥滅心念口說讀呪術言如此像滅彼命亦滅若像滅時彼命隨滅又復二十九日牛屎塗地酒食著中以針刺衣角頭尋還拔出心念口說讀呪術言如此針出彼命隨出是名斷命若用種種呪死者犯不可悔罪若不死者是中罪可悔又復墮胎者與有胎女人吐下藥及灌一切處藥若針血脉乃至出眼淚藥作是念以是因緣令女人死死者犯不可悔罪若不即死後因是死亦犯不可悔罪若不即死後不因死是中罪可悔若爲殺母故墮胎若母死者犯不可悔罪若胎死者是罪可悔若俱死者是罪不可悔若俱不死者是中罪可悔若爲殺胎故作墮胎法若胎死者犯不可悔若胎不死者是中罪可悔若母死者是中罪可悔俱死者是犯不可悔是名墮胎殺法按腹者使懷妊女人重作或擔重物教使車前走若令上峻岸作是念令女人死死

者犯不可悔若不即死後因是死是罪不可悔若不因死者是中罪可悔若爲胎者如上說是名按腹殺也遣令道中死者知是道中有惡獸飢餓遣令往至惡道中作如是念令彼惡道中死者犯不可悔餘者亦犯同如上說是名惡道中殺乃至母胎中初得二根身根命根歌羅邏時以殺心起方便欲令死者犯不可悔罪餘犯同如上說讚歎殺有三種一者惡戒人二者善戒人三者老病人惡戒人者殺牛羊養雞猪放鷹捕魚獵師圍兔射麞鹿等偷賊魁膾呪龍守獄若到是人所作如是言汝等惡戒人何以久作罪不如早死是人因死者是罪不可悔若不因死者是中罪可悔若惡人作如是言我不用是人語不因是死犯中可悔罪若讚歎是人令死便心

悔作是念何以教是人死還到語言汝等惡人或以善知識因緣故親近善人得聽善法能正思惟得離惡罪汝勿自殺若是人受其語不死者是中罪可悔善戒人者如來四衆是也若到諸善人所如是言汝持善戒有福德人若死便受天福何不自奪命是人因是自殺者犯不可悔罪若不自殺者中罪可悔若善戒人作是念我何以受他語自殺若不死者是罪可悔若教他死巳心生悔言我不是何以教他善人死還往語言汝善人隨壽命住福德益多故受福益多莫自奪命若不因死者是中罪可悔老病者四大增減受諸苦惱往語是人言汝云何久忍是苦何不自奪命因死者是罪不可悔若不因死者是中罪可悔若病人作是念我何緣受是人語自

奪命若語病人已心生悔我不是何以語此病人自殺還遂往語言汝等病人或得良藥善看病人隨藥飲食病可得瘥莫自奪命若不因死者是中罪可悔餘上七種殺説犯與不犯同如上火坑若人作人想殺是罪不可悔人作非人想殺人中生疑殺皆犯不可悔非人人想殺非人中生疑殺是中罪可悔又一人被截手足置著城塹中又衆女人來入城中聞是啼哭聲便往就觀共相謂言若有能與是人藥漿飲使得時死則不久受苦中有愚直女人便與藥漿即死諸女言汝犯戒不可悔即白佛佛言汝與藥漿時死者犯戒不可悔若居士作方便欲殺母而殺非母是中罪可悔若居士欲殺非母而自殺母是犯中罪可悔非逆若居士方便欲殺人而殺非人是中罪可悔若居士作方便欲殺非人而殺人者犯小可悔罪若人懷畜生胎墮此胎者犯小可悔罪若畜生懷人胎者墮此胎死者犯不可悔若居士作殺人方便居士先死後若有死者是罪犯可悔若居士欲殺父母心生疑是父母非耶若定知是父母殺者是逆罪不可悔若居士生疑是人非人若心定知是人殺者犯不可悔罪若人捉賊欲將殺賊得走去若以官力若聚落力追尋是賊若居士逆道來追者問居士言汝見賊不是居士先於賊有惡心瞋恨語言我見在是處以是因緣令賊失命者犯不可悔若人將衆多賊欲殺是賊得走去若以官力若聚落力追逐是居士逆道來追者問居士言汝見賊不是賊中或有一人是居士所瞋者言我見在是

處若殺非所瞋者是罪可悔餘如上説若居士母想殺非母犯不可悔非逆罪若戲笑打他若死者是罪可悔若狂不自憶念殺者無罪若優婆塞用有蟲水及草木中殺蟲皆犯罪若有蟲無蟲想用亦犯若無蟲有蟲想用者亦犯有居士起新舍在屋上住手中失梁墮木師頭上即死居士生疑是罪爲可悔不問佛佛言無罪屋上梁人力少不禁故梁墮木師頭上殺木師居士即生疑佛言無罪從今日作好用心勿令殺人又一居士屋上作見塹中有蠍怖畏跳下墮木師上即死居士生疑佛言無罪從今日好用心作勿令殺人又一居士日暮入險道值賊賊欲取之捨賊而走墮岸下織衣人上織師即死居士生疑佛言無罪又一居士山上推石石下殺人生疑佛言無罪若欲推石時當先唱石下令人知又一人病癰瘡未熟居士爲破而死即生疑佛言癰瘡未熟若破者人死是中罪可悔若破熟癰瘡死者無罪又一小兒喜笑居士捉擊攊令大笑故便死居士生疑佛言戲笑故不犯殺罪從今不應復擊攊人令笑又一人坐以衣自覆居士喚言起是人言勿喚我起便死復喚言起起便即死居士生疑佛言犯中罪可悔

盜戒第二

佛告諸比丘優婆塞以三種取他重物犯不可悔一者用心二者用身三者離本處用心者發心思惟欲爲偷盜用身者用身分等取他物離本處者隨物在處舉著餘處復有三種取人重物犯不可悔罪一者自取二者教

他取三者遣使取自取者自手舉離本處教他取者若優婆塞教人言盜他物是人隨意取離本處時遣使者語使人言汝知彼重物處不答言知處遣往盜取是人隨語取離本處時復有五種取他重物犯不可悔一者苦切取二者輕慢取三者詐稱他名字取四者强奪取五者受寄取重物者若五錢若直五錢物犯不可悔若居士知他有五寶若似五寶以偷心選擇而未離處犯可悔罪若選擇已取離本處直五錢者犯不可悔離本處者若織物異繩名異處若皮若衣一色名一處異色名異處若皮衣牀一色名一處異色名異處若毛褥者一重毛名一處一色名一處異色名異處是名諸處居士爲他擔物以盜心移左肩著右肩右手著左手如是身分名爲異處車則輪軸衡軛船則兩舷前後屋則梁棟椽桷四隅及奥皆名異處以盜心移物著諸異處者皆犯不可悔盜水中物者人栰材木隨水流下居士以盜心取者犯不可悔若以盜心捉木令住後流至前際及以盜心沉著水底若舉離水時皆犯不可悔復次有主池中養鳥居士以盜心按著池水中者犯可悔罪若舉離池水犯不可悔若人家養鳥飛入野池以盜心舉離水及沉著水底皆犯不可悔又有居士内外莊嚴之具在樓觀上諸有主鳥銜此物去以盜心奪此鳥者犯不可悔若見鳥銜寶而飛以盜心遥待之時犯中可悔若以呪力令鳥隨意所欲至處犯不可悔若至餘處犯中可悔若有野鳥銜寶而去居士以盜心奪野鳥取犯中可悔待野鳥

時犯小可悔又諸野鳥銜寶而去諸有主鳥奪野鳥取居士以盜心奪有主鳥取犯不可悔若待鳥時犯中可悔餘如上說又諸有主鳥銜寶物去爲野鳥所奪居士以盜心奪野鳥取犯中可悔若待鳥時亦犯中可悔餘亦如上若居士蒱博以盜心轉齒勝他得五錢者犯不可悔若有居士以盜心偷舍利犯中可悔若以恭敬心而作是念佛亦我師清淨心取者無犯若居士以盜心取經卷犯不可悔計直輕重夫盜田者有二因緣奪他田地一者相言二者作相若居士爲地故言他得勝若作異相過分得地直五錢者犯不可悔有諸居士應輸估稅而不輸至五錢者犯不可悔復有居士至關稅處語諸居士汝爲我過此物與汝半稅爲持過者違稅五錢犯不可悔居士若示人異道使令失稅物直五錢犯中可悔若稅處有賊及惡獸或飢餓故示異道令免斯害不犯又有居士與賊共謀破諸村落得物共分直五錢者犯不可悔盜無足衆生者蛭蟲于投羅蟲等人取舉著器中居士從器中取者犯不可悔選擇如上盜二足三足衆生者人及鵝鴈鸚鵡鳥等是諸鳥在籠禁中若盜心取者犯不可悔餘如上說盜人有二種一者擔去二者共期若居士以盜心擔人著肩上人兩足離地犯不可悔若共期行過二雙步犯不可悔餘皆如上說盜四足者象馬牛羊也人以繩繫著一處以盜心牽將過四雙步犯不可悔若在一處卧以盜心驅起過四雙步犯不可悔多足亦同若在牆壁籬障內以盜心驅出過群四雙步者

犯不可悔餘如上說若在外放之居士以爲心念若放牧人入林去時我當盜取發念之機犯中可悔若殺者自同殺罪殺已取五錢肉犯不可悔復有七種一非己想二不同意三不暫用四知有主五不狂六不心亂七不病壞心此七者取重物犯不可悔取輕物犯中可悔又有七種一者己想二者同意三者暫用四者謂無主五狂六心亂七病壞心此七者取物無犯有一居士種植蘿蔔又有一人來至園所語居士言與我蘿蔔居士問言汝有價耶爲當直索答言我無價也居士曰若須蘿蔔當持價來我若但與汝者何以供朝夕之饍耶客言汝定不與我耶主曰吾豈得與汝客便以呪術令菜乾枯迴自生疑將無犯不可悔耶往決如來佛言計直所犯可悔不可悔莖葉華實皆與根同有一人在祇洹間耕墾脫衣著田一面時有居士四望無人便持衣去時耕者遥見語居士言勿取我衣居士不聞猶謂無主故持衣去耕人即隨後捉之語居士言汝法應不與取耶居士答言我謂無主故取之耳豈法宜然耕人言此是我衣居士言曰是汝衣者便可持去居士生疑我將無犯不可悔耶即往佛所諮質此事佛知故問汝以何心取之居士白言謂言無主佛言無犯自今以後取物者善加籌量或自有物雖無人守而實有主者耶若發心欲偷未取者犯下可悔取而不滿五錢者犯中可悔取而滿五錢犯不可悔

婬戒第三

佛告諸比丘優婆塞不應生欲想欲覺尚不

應生心何況起欲恚癡結縛根本不淨惡業是中犯邪婬有四處男女黄門二根女者人女非人女畜生女男者人男非人男畜生男黄門二根亦同於上類若優婆塞與人女非人女畜生女三處行邪婬犯不可悔若人男非人男畜生男黄門二根二處行婬犯不可悔若發心欲行婬未和合者犯不可悔若二身和合止不婬犯中可悔若優婆塞婢使已配嫁有主於中行邪婬者犯不可悔餘輕犯如上説三處者口處大便小便處除是三處餘處行欲皆可悔若優婆塞婢使未配嫁於中非道行婬者犯可悔罪後生受報罪重若優婆塞有男子僮使人等共彼行婬二處犯不可悔罪餘輕犯罪同上説若優婆塞共婬女行婬不與直者犯邪婬不可悔與直無犯若人死乃至畜生死者身根未壞共彼行邪婬女者三處犯不可悔輕犯同上説若優婆塞自受八支行婬者犯不可悔八支無復邪正一切皆犯若優婆塞雖都不受戒犯佛弟子淨戒人者雖無犯戒之罪然後永不得受五戒乃至出家受具足佛告諸比丘吾有二身生身戒身若善男子爲吾生身起七寶塔至于梵天若人虧之其罪尚有可悔虧吾戒身其罪無量受罪如伊羅龍王

妄語戒第四

佛告諸比丘吾以種種訶妄語讚歎不妄語者乃至戲笑尚不應妄語何況故妄語是中犯者若優婆塞不知不見過人聖法自言我是羅漢向羅漢者犯不可悔若言我是阿那含斯陀含若須陀洹乃至向須陀洹若得初

禪第二禪第三禪第四禪若得慈悲喜捨無量心若得無色定虛空定識處定無所有處定非想非非想處定若得不淨觀安那般那念諸天來到我所諸龍夜叉薜荔毗舍闍鳩槃茶羅剎來到我所彼問我我答彼我問彼彼答我皆犯不可悔若本欲言羅漢誤言阿那含者犯中可悔餘亦如是犯若優婆塞人問言汝得道耶若默然若以相示者皆犯中可悔乃至言旋風土鬼來至我所者犯中可悔若優婆塞實聞而言不聞實見而言不見疑有而言無無而言有如是等妄語皆犯可悔若發心欲妄語未言者犯下可悔言而不盡意者犯中可悔若向人自言得道者便犯不可悔若狂若心亂不覺語者無犯

酒戒第五

佛在支提國跋陀羅婆提邑是處有惡龍名菴婆羅提陀兇暴惡害無人得到其處象馬牛羊驢騾駱駝無能近者乃至諸鳥不得過上秋穀熟時破滅諸穀長老莎伽陀遊行支提國漸到跋陀羅波提過是夜已晨朝著衣持鉢入村乞食乞食時聞此邑有惡龍名菴婆羅提陀兇暴惡害人民鳥獸不得到其住處秋穀熟時破滅諸穀聞已乞食訖到菴婆羅提陀龍住處泉鳥樹下敷坐具大坐龍聞衣氣即發瞋恚從身出烟長老莎伽陀即入三昧以神通力身亦出烟龍倍瞋恚身上出火莎伽陀復入火光三昧身亦出火龍復雨雹莎伽陀即變雨雹作釋俱餅髓餅波波羅餅龍復放霹靂莎伽陀即變作種種歡喜丸餅龍復雨弓箭刀矟莎伽陀即變作優鉢羅

華波頭摩華拘牟陀華時龍復雨毒蛇蜈蚣土虺蚰蜒莎伽陀即變作優鉢羅華瓔珞瞻蔔華瓔珞婆師華瓔珞阿提目多伽華瓔珞如是等龍所有勢力盡現向莎伽陀如是現德已不能勝故即失威力光明長老莎伽陀知龍力勢已盡不能復動即變作細身從龍兩耳入從兩眼出兩眼出已從鼻入從口中出在龍頭上往來經行不傷龍身爾時龍見如是事心即大驚怖畏毛豎合掌向長老莎伽陀言我歸依汝莎伽陀答言汝莫歸依我當歸依我師歸依佛龍言我從今歸三寶知我盡形作佛優婆塞是龍受三自歸作佛弟子已更不復作如先兇惡事諸人及鳥獸皆得到其所秋穀熟時不復傷破如是名聲流布諸國長老莎伽陀能降惡龍折伏令善諸人及鳥獸得到龍宮秋穀熟時不復破傷因長老莎伽陀名聲流布諸人皆作食傳請之是中有一貧女人信敬請長老莎伽陀莎伽陀默然受已是女人爲辦名酥乳糜受而食之女人思惟是沙門噉是名酥乳糜或當冷發便取似水色酒持與是莎伽陀不看飲已爲説法便去過向寺中爾時間酒勢便發近寺門邊倒地僧伽黎衣等漉水囊鉢杖油囊革屣針筒各在一處身在一處醉無所覺爾時佛與阿難遊行到是處佛見是比丘知而故問阿難此是何人答言世尊此是長老莎伽陀佛即語阿難是處爲我敷坐牀辦水集僧阿難受教即敷坐牀辦水集僧已往白佛言世尊我已敷牀辦水集僧佛自知時佛即洗足坐問諸比丘曾見聞有龍名菴婆羅提

阤嵬暴惡害先無有人到其住處象馬牛羊驢騾駱駝無能到者乃至諸鳥無敢過上秋穀熟時破滅諸穀善男子莎伽阤能折伏令善今諸人及鳥獸得到泉上是時衆中有見者言見世尊聞者言聞世尊佛語比丘於汝意云何此善男子莎伽阤今能折伏蝦蟇不答言不能世尊佛言聖人飲酒尚如是失何況俗凡夫如是過罪若過是罪皆由飲酒故從今日若言我是佛弟子者不得飲酒乃至小草頭一滴亦不得飲佛種種訶責飲酒過失已告諸比丘優婆塞不得飲酒者有二種穀酒木酒木酒者或用根莖葉華果用種種子諸藥草雜作酒酒色酒香酒味飲能醉人是名爲酒若優婆塞咅咽者亦名爲飲犯罪若飲穀酒咽咽犯罪若飲醋酒隨咽咽犯若飲甜酒隨咽咽犯若噉麴能醉者隨咽咽犯若噉滴糟隨咽咽犯若飲酒澱隨咽咽犯若飲似酒酒色酒香酒味能令人醉者隨咽咽犯若但作酒色無酒香無酒味不能醉人及餘飲皆不犯

佛説優婆塞五戒相經

音釋

稍色角切矛屬　橀其亮切與弶同　穽音靜陷穽也